CSSCI 集刊
CNKI 来源集刊

学术支持单位｜南京大学外国语学院

外国语文研究：

现实主义新论

王守仁 刘 洋 主编

南京大学出版社

图书在版编目(CIP)数据

外国语文研究：现实主义新论／王守仁，刘洋主编.
南京：南京大学出版社，2024.9. -- ISBN 978 - 7 - 305
- 28373 - 4

Ⅰ. I106

中国国家版本馆 CIP 数据核字第 20244CB097 号

出版发行　南京大学出版社
社　　址　南京市汉口路 22 号　　　　邮　编　210093
书　　名　**外国语文研究:现实主义新论**
　　　　　WAIGUO YUWEN YANJIU：XIANSHI ZHUYI XINLUN
主　　编　王守仁　刘　洋
责任编辑　董　颖　　　　　　　编辑热线　025 - 83596997
照　　排　南京南琳图文制作有限公司
印　　刷　江苏凤凰数码印务有限公司
开　　本　787 mm×1092 mm　1/16　印张 24　字数 483 千
版　　次　2024 年 9 月第 1 版　2024 年 9 月第 1 次印刷
ISBN　978 - 7 - 305 - 28373 - 4
定　　价　88.00 元

网址：http://www.njupco.com
官方微博：http://weibo.com/njupco
官方微信号：njupress
销售咨询热线：(025) 83594756

* 版权所有，侵权必究
* 凡购买南大版图书，如有印装质量问题，请与所购
　图书销售部门联系调换

目　录

主持人语

主持人　王守仁　刘　洋

习近平总书记在文艺工作座谈会上的讲话中指出,文艺创作"应该用现实主义精神和浪漫主义情怀观照现实生活"。现实主义精神包含一种特定的文学观,即在文学创作与现实生活之间建立关联。文学作为一种书写艺术,是生活的审美表现,时代的文化表征;生活则是文学的源泉和土壤,是文学的表现对象。现实主义文学根植于社会现实的土壤之中,其本质特征是追求真实、关注现实生活。

现实主义文学这一概念本身具有双重性,既是一个"时期概念",特指19世纪经典现实主义,也是一个"超历史的范畴",泛指体现现实主义精神、具有现实主义倾向的作品。现实主义文学作为人类文学的一种普遍现象,呈现多样化形态,随着时代变迁,在自我革新中保持着强大的生命力。现实主义在第二次世界大战之后各国文坛的发展与嬗变一直是南京大学当代外国文学与文化研究中心关注的课题。2018年10月,中心成功举办第一届"新时代现实主义文学研究"国际研讨会,在国内外产生影响,受到学界关注和好评。为推进现实主义文学理论、学术观点和研究方法创新,加强国际学术交流,中心于2023年10月再次举办现实主义文学研究国际研讨会,会议主题为"重访现实主义:历史·记忆·世界",140多位专家学者和年轻学子参加。

本专辑收录的三十一篇文章选自第二届"新时代现实主义文学研究"国际研讨会的参会论文,这些文章围绕现实主义这一关键词展开多角度、跨体裁、跨文化的分析讨论,议题涵盖现实主义核心概念的理论探索、经典现实主义作家与作品的重新阐释、当代现实主义创作思想和作品研究、国别地区的现实主义文学创作研究、中外现实主义文学比较研究、当代批评理论视角下虚构与非虚构作品的现实主义文学价值研究等,提出的学术观点和采用的研究方法均有新意,丰富了现实主义研究的理论话语与进路。

本专辑的文章共同构成了近年来现实主义研究的话语场域的一部分,它们之间的思想碰撞与对话，体现了现实主义文学不断迸发出的生机与活力。同时我们也应看到，在当今的时代与社会语境中，尤其是在新媒体与新技术的冲击之下，现实主义文学正面临新的挑战。如何通过文学书写表征现实、如何厘定文学表征的现实价值、如何建立其评价与评判标准，是学界需要面对和思考的问题。本专辑见证了我们为建构中国特色现实主义文学知识体系所做的努力，希望能为读者带来借鉴与启发。

哲学的根基与概念的溯源

——现实主义"求真"之"悖论性"

内容提要:19世纪以前,现实主义这一经典概念与文学思潮、流派、创作方法无关,它最早作为一个纯粹的哲学名词意指一种与唯名论相对的"现实性信仰"。从当下的现实主义热回溯到哲学根基,既是历史的回溯,也是概念内部的回退。回溯是解读现实主义之"求真"奥秘的一种基本视角和理论方法,同时也会复现现实主义这一"累积型概念"在不同话语谱系下的"求真"坐标。"悖论性"作为现实主义被忽视的特质之一,是回溯视角中一个隐在的让现实得以发生的推动力。"溯源"与"求真"的遭遇,恰好解答了现实主义是如何从哲学概念转向了思潮流派又转向了话语符号这一问题。哲学溯源虽在一定程度上削减了现实主义作为一个文学概念的丰富性,但是也为现实主义的"失语"或"泛化"提供了可供参考的解读视角。

关键词:哲学;现实主义;求真;回溯;悖论性

Title: Philosophical Roots and Conceptual Retroactivity: The "Paradoxical Nature" of Realism's "Search for Truth"

Abstract: Before the 19th century, the classical concept of realism had nothing to do with literary trends, genres, or creative methods, and it was first used as a purely philosophical term to refer to a kind of "belief in reality" as opposed to nominalism. Going back to the philosophical roots of realism from the current craze for realism is not only a historical retrospection, but also a retrogression within the concept. Retrospection is a basic perspective and theoretical method for deciphering the

---

 * **作者简介:**孙立武,燕山大学文法学院讲师,主要从事文艺理论与大众文化批评研究。联系方式:sunliwu1991@163.com。

mystery of realism's "truth-seeking", and at the same time, it will also revitalize the "cumulative concept" of realism, which is the concept of accumulation. At the same time, it will also reproduce the coordinates of "truth-seeking" under different discursive spectrums of realism, which is a "cumulative concept". "Paradoxicality", as one of the neglected qualities of realism, is an implicit driving force in the retrospective perspective that allows reality to happen. The encounter between "retrospection" and "truth-seeking" is an answer to the question of how realism shifted from philosophical concepts to ideological genres and then to discursive symbols. Although the philosophical traceability cuts down the richness of realism as a literary concept to a certain extent, it also provides an interpretative perspective for the "loss of words" or "generalization" of realism.

Key Words: philosophy; realism; truth-seeking; retrospection; paradoxicality

现实主义一直是创作界和理论界所共同关注的一个核心概念。虽然进入新世纪以来关于现实主义的讨论已经褪去了 20 世纪 80 年代的激情,也没有了 90 年代的那种带有"消逝感"的繁荣,但是随着现实主义题材和类型的不断推新,近几年又掀起了一股反思现实主义的热潮。为什么现实主义文学经久不衰? 现实主义的内在特质是什么? 现实主义的理论根源有何特别之处? 许多发问是基于时代语境或话语秩序的发问,正是因为受时代语境和话语的干预,所以对现实主义的深度反思越来越模糊。或者囿于历史的局限性,搁置对概念本身的发问,陷于一种无力的阐释循环,在陈旧的话语逻辑里,不厌其烦地谈论作为一种方法、一种理念的现实主义。实际上,现实主义不是一个纯粹的文学概念。它发轫于哲学,建基于人类认识世界和把握世界的方式;它更是一种主体意识,随着知识形态的演进而更新和凸显;它还是一个话语秩序的核心载体,随着时代语境的变化而为不同主体所用。

一、回溯作为"求真"历史脉络的视角与方法

"回溯"在这里有两重意义:其一是指现实主义的考察需要溯流而上,回顾其所来之路,这是一个基于时间概念的回溯;其二是指作为一个理论概念,它是意义发生的隐秘逻辑,只有当意涵穿透能指链上的某个点,能指才得以回溯性地固定,意义才得以确定。在拉康看来,"相对于能指而言,意涵效应(effect of signification)具有回溯性;相对于能指链的行进而言,意涵效应处于所指之后"(齐泽克 143)。既然意涵效应处于所指之

后,那么意义的获得也就成了"漂浮"中的偶发结果,也就是意义产生过程具有强烈的偶然性。但是当人类进入开启智慧的时代,这种意义的偶然愈发地变成了主体参与的不偶然。如果单纯地把现实主义作为一个能指链条上的"漂浮",那么意义的获得就有了无数可确定但又悬在空中的坐标点,还有那么多的所指意涵亟需回溯性的建构。

在现实主义的"理论旅行"中,其意义是被建构出来的。阿兰·米勒曾延续拉康的理论把缝合发展为一个哲学概念,在其看来,"能指结构与意指客体就是一种缝合关系。缝合建基于能指链的主体生产"(雷晶晶 57)。有鉴于能指链条的滑动和不确定性,当"约定俗成"的那些"缝合点"显现的时候,也就是能指链的主体化之坐标点显露之时,我们便获得了不同的现实观。如此之回溯的理论谱系为我们重新认识现实主义所来之路提供了可能,这样它就不再是一个单纯的文学概念的编写,而是进入了一个有着哲学推演的"理论旅行"之中。在赛义德看来,"相似的人和批评流派、观念和理论从这个人向那个人、从一个情境向另一情境、从此时向彼时旅行"(赛义德 138)。此时向彼时的旅行,既是时空的迁移,又是情景作为决定性因素的体现。"所谓理论的旅行'由此到彼',最根本的变化是情景,它是时间、空间和历史文化诸因素在生活世界的具体整合。"(吴兴明 114)从比较的视角出发,现代意义上的现实主义从西方进入中国也就百年的历史,但是其理论的旅行却不限于一国之"变异",这也是为什么要回溯性地建构其"理论旅行"脉络的出发点之一。

韦勒克认为早期经由绘画领域兴起的现实主义在为一些作家所使用之后形成了现实主义文学流派的早期雏形。"艺术应该忠实地表现这个真实的世界,因此,它应该通过精微的观察和仔细的辨析来研究当代的生活和风俗。它应该不动感情地、非个人地、客观地表现现实。从前一直被广泛运用于对自然的忠实表现的这个术语现在就同一批特定的作家联系起来,并被作为一个团体或一个运动的口号。"(韦勒克 220)到底是"现实主义选择了文学"还是"文学选择了现实主义",这是一个难以厘清的问题,但不可否认的是现实主义进入到文学中是由作为主体的作家把这一术语主体化的过程。这也就是为什么历来的现实主义文学研究总会把现实主义文学的源头追溯到法国现实主义流派的原因之一,但是这仅仅是完成了回溯的第一重意涵。回溯的目的还在于在把现实主义主体化之前,也就是现实主义被文学绑缚其意义形成一个具体坐标点之前的逻辑架构呈现出来。这就需要打破文学史脉络视角的局限性,真正地回溯到一个术语的跨学科"旅行"。

回溯的一个重要原因还在于现实主义问题尤其是在进入"复数现实主义"阶段后面临着走向"泛化""空壳化"的处境。批评家罗斯认为:"由于语言的表征本性,多种复数的现实主义的出现是不可避免的"(Brooke-Rose 6)。无论从跨国别的视角还是从一国之文学史流变的视角出发,现实主义都已经超出了其单一的形态,现实主义文学不再局限于经典现实主义理论的范畴,也不再是狭义的法国现实主义文学概念,而是呈现多元的发展趋势。"'现实主义'惊人的繁殖力,所表征的正是其作为文学传统之'写实''变数'基础上的'主义'的'复数',这些'主义'的'复数'形式则不应冠之以'文学思潮'的概念,而仅仅是现实主义或写实主义创作方法、创作原则的变体。"(蒋承勇 271)就在各领域都充斥现实主义、人人都在谈论现实主义的时刻,现实主义的概念也就迷失于"多语"的语境中,一种"多语症失语症"便出现在这一经典概念的话语场中。所以回溯的目的之一就是去繁就简,尽可能地回溯到"单数"的现实主义,去建构现实主义的由来之路,厘清泛化和多元语境所不能厘清的概念内涵问题。这不是退回到某一中心主义的视角去追溯概念的发生,而是在承认差异的基础上尝试构建一个经典概念的内在逻辑体系。

二、知识形态与"求真"——现实主义"实"之理念的演进

近年来,关于现实主义文学的研究围绕"现实""摹仿""真实"等核心概念展开。无论是文学史的溯源,还是原理学的构建,都有一个历史坐标点的追溯。从史料考察的角度,人们一般将"现实主义"这一概念追溯到席勒的《论素朴的诗与感伤的诗》,席勒在该文中将现实主义与理想主义者进行了比较,他认为:"在天然单纯的状态中,人仍然全力以赴,起着一个和谐的统一体的作用,……他整个天性的那种和谐共事不过是一种想法而已,造就诗人的必然是将现实提升为理想,或(其结果一样)对于理想的描绘"(席勒102)。从理论的渊源上,一般将其追溯至"镜子说"甚至是柏拉图的"摹仿论",这是一个文学和现实关系问题的考证,"奥尔巴赫、托多罗夫、利科、沃尔什、多勒泽尔等现当代学者将这一美学基本问题式重新演绎为文体论、象征符号学、认识论、可能世界理论的多种命题,在与传统摹仿论的对话中不断发掘新的诠释空间"(刘洋、王守仁 17)。总体看,文学史的脉络是基于文学创作实践的溯源,而理论的溯源则复杂得多,尤其是围绕着"真实"的考察呈现为多样化的理论观。现实主义之"实"的不确定性,在方法上造就了多重可能性,原理学的建构和概念史的发问,都试图深入到现实主义的内部,构建一个以"实"为核心的理论体系,从实际效果看,多元并没有让不确定性走向更为明晰,反而让概念变得更加模糊,进而呈现出"去中心化"之势。

现实主义之"实"的考察切中了这一概念的内核,需要把文体论和哲学认识论结合起来,只有这样才能消弭现实主义理论批评和文本实践的错位,具备厘清这一概念发生逻辑的可能性。"文化论转向""语言论转向""认识论转向""神学""本质论"等知识形态统摄下的世界,人类所表现出的认识世界和表达世界的方式也会呈现出不同的形态。这里有必要回溯西方知识形态演进逻辑中现实主义之"实"的基本视角。

"文化论转向"以来,"文化"成为人类的符号表意行为,以语言论为基础但更注重语言的社会文化意义。人们对于"实"的关注也就不在于其本身,而是关注其是什么、为什么如此,其文化语境如何造就了"实"等问题。现实主义在此成为一种话语形态,而不是独立的语言词汇或文学概念,它是一个多种文化力量交互作用并由特定的社会文化语

境造就的产物。"实"之内涵被淡化,其形式和外在语境被凸显。"语言论转向"以来,语言和符号取代理性而成为学术研究的中心问题,"主体——语言/符号——现实世界"这样的架构中,符号和现实世界得以分离,人们所认识的世界的"真实"是通过符号这一载体所捕获的。"意义不仅是某种以语言'表达'或'反映'的东西:意义其实是被语言创造出来的。"(伊戈尔顿 76)如此一来,现实主义之"实"的符号地位要远远高于其内涵和意义。"认识论转向"以来,人的理性觉醒,逐渐从宗教神学中解放出来。与之相对应的认识世界的方式发生了改变,人们认识到人类可以通过理性把握所面对的世界。随着科学的发展,人们开始从数字、图像、微观世界中寻求确定性,经典物理学到量子物理学蕴含了确定性到不确定性的转变,人们对现实世界的把握有了对于确定性的质疑。在"认识论转向"之前,人类在一段时间内一直相信上帝是世间万物的创造者,在神学论的统摄下,现实之"实"指向了唯一的造物主——上帝。回到"本质论"的追问。西方知识形态最早就是对于事物本质的追问,现实主义的研究回到概念本身去研究其发生机制会更有助于理解这一经典概念。

在这样一个大的知识形态谱系中,现实主义之"实"的考察抵达了一个核心问题——世界观与创作方法的关系问题,更进一步讲是二者的关系与真实性之间的辩证逻辑问题。这就使得现实主义之"实"与整个西方哲学关于真实的认识论结合在一起,"西方哲学视外部世界的客观本质为'真实'或真理的认识论由来已久,其中柏拉图的理式说与亚里士多德的可然律为人们把握形而上真实定下基于唯心和唯物的两个方向,并分别在黑格尔以绝对理念为真理之根本的客观唯心主义和马克思以实践为获得真理唯一方法的辩证唯物主义中发展到极致"(刘洋、王守仁 18)。在现实主义的学术史溯源中,学界习惯于搬出柏拉图、亚里士多德、康德、黑格尔等众哲人的论述;在现实主义的文学批评脉络中,也是不断地谈论奥尔巴赫、韦勒克、马克思、恩格斯等人的著述。不可否认,柏拉图的理念论为我们探索本原问题提供了较早的可靠范例,黑格尔唯实和唯名的论证为我们把握"实在"问题提供了借鉴,奥尔巴赫的摹仿论在文体上为我们理解现实主义提供了帮助,马克思的典型论则一直被文学创作者奉为典范。这些学说都指向了现实主义的一个核心特质——悖论性,唯物和唯心共同建构了现实主义,二者在不同知识形态下的混合构成了不同的现实主义观。"现实主义一方面应当依循唯物主义的思维路线,具有关注现实事物,通过事物特殊性揭示其普遍性的思想特征;一方面又应当同时依循唯心主义的思维路线,具有重视观念、理性和抽象,运用直觉、象征与隐喻,把思维和存在整合为同一体的思想特征。"(张连营 85)现实主义的"混沌状态"源于人类认识世界方式的两种对立,唯物和唯心对立之下的争论,恰好将现实主义之"实"的思考从复杂的逻辑中解救出来。

现实主义的"悖论性"特质就决定了它需要不同话语主体的介入才能保证"实"之形态的存续,也就是主体的介入使得"实"的悖论性得到压制,这在创作方法上就呈现为概念化、公式化。"世界观与创作方法的关系或倾向性(思想性)与真实性(艺术性)的关系是理论方面的命题,在创作上则表现为公式化、概念化等问题。"(陈顺馨 408)假设没有主体的介入,知识形态的构建也就没有可能,现实主义之"实"的悖论性将不会让现实的"实"在话语体系中显现,它只能是一个矛盾体,换言之,"实"乃是一种主体意识的建构。这种压抑悖论性的一个必然走向就是"实"的概念化和公式化,所以说现实主义之"实"是一个哲学意义上的主体意识问题,其本质是悖论性的内在冲突作为动因的系统,主体意识的介入使得这一矛盾系统外在地显现为名为"现实主义"的概念。

三、现实主义的悖论性内核与"史前史"中的"求真"坐标

"摹仿说"作为现实主义较早的理论阐释一直以来为批评者所重视,其最早可追溯至古希腊时期,在柏拉图和亚里士多德的论述中,可以窥见艺术之于现实的辩证关系。柏拉图的三一式结构理念使其成为古希腊摹仿说的集大成者,他认为,绘画等艺术创作"在进行自己的工作时是在创造远离真实的作品,是在和我们心灵里的那个远离理性的部分交往,不以健康与真理为目的地在向它学习"(柏拉图 401)。摹仿者只是形象的创造者并没有抵达实在,宇宙是造物者按照理念的范型所仿制的作品,而艺术则成了对次一级摹本的再制造。亚里士多德进一步对摹仿说进行了阐释并使之定型,他主张将"照事物本来的样子去摹仿"作为现实主义创作原则的最基本的要求。但是,《诗学》中的'摹仿'既不指恶意的扭曲和丑化,也不是照搬生活和对原型的生吞活剥,而是一种经过精心组织的、以表现人物的行动为中心的艺术活动。艺术源于生活,但不必拘泥于生活"(亚里士多德 213)。《诗学》中的"摹仿"可以说是现实主义作为创作方法的最早的提法,"按照生活的样子"但并非对原型的照搬。在亚氏的"摹仿"中,人的主体性并非完全从属于客观,客体和主体在文本中的互动构成了"摹仿"的实质,即艺术的摹仿是基于理性原则的指导,在主动精神的引导下,去对客体对象进行书写,现象因其客观性也非完全被动的一方。亚里士多德在《诗学》文本所详察的摹仿对象的位置是为了表明:"摹仿并不是'复制'现实世界,而是按照可然律进行的创造;亦不是对所谓现实'原本'的仿制,而是在诗中对目的的追寻"(徐平 88)。在此,亚氏突出了主体之于材料的中介作用,即艺术家按照可然律或必然率赋予"物因"以"形式",从而促成新事物的"实现"。

相较于柏拉图的基于理念论的摹仿说,亚里士多德将摹仿说进一步推进到悲剧、喜剧等艺术创作之中。二者在"真"的认知上有着传承关系:"在柏拉图那里,'真'是摹仿的理念境界,在亚里士多德这里,'真'仍是摹仿的极致"(李珺平 19)。柏拉图的"摹本的摹本""影子的影子"否认了模仿艺术创造的现实形象的"真",而亚里士多德则相反,他肯定了现实世界的真实性,从而肯定了摹仿艺术的真实性。但是亚氏也呈现了真实

之实现条件——那就是艺术创作者遵照事物之可然律或必然律,赋予形式于材料,上升至艺术的真实。这就凸显了主体之于真实的不可回避性。

尔后中世纪唯实论和唯名论的争锋,呈现了西方哲学史上两种截然不同的思潮,这两种思潮贯穿了整个中世纪甚至是近现代哲学。在 16 世纪的时候,"realist"("现实的"或"现实主义的")这一形容词,用以指中世纪中与唯名论相对的唯实论,认为概念是独立于思想和客体对象之外的客观存在。简单讲,唯名论指向的是概念,唯实论指向的是真实存在,"波尔菲思在他的〈导论〉中把这个问题表述为:一般概念(类和种)是否为实在的实体,或者是否只存在于人心中;如果它们是实在的,到底是物质的,还是非物质的;它们是脱离具体的可感觉的事物而存在,还是存在于它们之中"(梯利 183)。唯名论和唯实论论争的核心则是概念和事物之间的关系孰先孰后、孰是真。柏拉图的理念论、亚里士多德的形式质料说、洛色林对三位一体说的反对以及后来经院哲学中的各种争论,都为现实主义的"史前史"提供了一个牢固的根基,也就有了如下的认识:"现实主义这一术语最早出现于哲学中,意指一种与唯名论相对立的对于观念的现实性的信仰"(张秉真 413)。

在唯实论和唯名论的对立之中,可以发现,最初的唯实论与我们今天的实在论是一个截然相反的概念,"凡主张共相在思维的主体之外,区别于个别事物,是一个存在着的实在,并认为只有理念才是事物本质的人,就叫做唯实论者"(黑格尔 336)。唯实论所主张共相居于思维主体之外,是区别于个别事物的实在,这种依托"共相""理念""普遍者或类"的唯实论,后来发展为"事物像它们直接地那样就具有真实的存在",这里有一个翻转式的转变,也可以说是唯心和唯物的悖论。

而唯名论则认为:"这些共相仅仅是名字、形式、一个由心灵构造出的主观的东西,是为我们的、被我们所造成的表象,——因此只有个别的东西才是实在"(黑格尔 336)。二者对于"实在"内核的认知,一个指向了"独立于思维主体的共相",一个指向了"个别具体事物","共相"之主张的理念论、经院哲学的唯实论等唯实论相关的学说指向的是对于观念或概念的信仰,它是一种唯心主义,而我们今天的现实主义沿着唯实论那条翻转式的谱系脉络,则比较坚定地指向了唯物主义。这种悖论性并不影响我们追溯现实主义的概念流变,恰好为我们思考现实主义提供了哲学维度上的深度内涵。

现实主义在哲学的溯源指向了一种唯心与唯物交汇的"浑沌状态",这种状态并不是把我们对于现实主义的思考引向一种始于中国传统中庸之维的调和观点,而是在理解现实主义之哲学原初意义的基础上,把现实主义的演变视作一个与人类认知方式、科学理性推进等勾连在一起的辩证概念。认识现实主义的发生和演变逻辑要求我们重新审视这样一个概念与哲学的关联性,它在哲学上的演进不是单一的洛色林、奥康、布里丹等人的共相与个性的争论,也不能把现实主义的产生直接归于托马斯·阿奎那以及 19 世纪新托马斯主义哲学的唯物与唯心兼容的哲学思想。文学中现实主义延续或继承的是实在论之确定性的内涵,借助于主体经验之认知,来达到描述世界再现世界之真实的效果,从原始的这种悖论性回到当下现实主义理论批评和文本实践的发生场域,是为了沿着柏拉图、亚里士多德、洛色林、托马斯·阿奎那、康德、黑格尔、马克思等人的脚步,去重新发现现实主义的由来和变迁,悖论性始终是这一经典概念的内在动因。

主客体共同建构的现实主义始终呈现出悖论性,一方面真实是客观的,一方面又是主观参与的。"悖论性"时刻发生的一个基础在于现实主义与现实要素紧密关联在一起,但是现实主义文本存在于现有的语言系统中,"真实"将意义寄托于文本之上,文本并不能阐释自身所蕴含的显在和隐在的多重意义。西方知识形态是催化剂,中国当下的文学实践是阐释基础。现实主义自始至终都是围绕着"主体——标志物——现实世界——哲学本质"几者之间的关系而展开的研究,不同的侧重视角会形成不同的现实主义观。现实主义所具有的"悖论性"特质,正在召唤新的批评方法和新的理论观。

四、"概念源"与"真内核"遭遇的可能与局限

萨义德(即:赛义德)在《开端:意图与方法》一书中区分了"开端"和"起源",在其看来"起源"具有天赐、神话及特权的性质,而"开端"则完全是一个由凡人创造的世俗概念。开端是历史性的,而"起源"是神圣的;"开端"是复数的,"起源"是单数的。"开端"不同于起源,它不仅仅是一个简单的点,"开端意味着开始了某段与一个指定的出发点相连的过程"(15)。在某种意义上讲,现实主义"概念源"的追溯更多的是一种现实主义开端的研究,它从本质上是对属神的起源的违反,"起源处于一种必然消失的地方,即事物的真理与可信的话语相对应之处,也处于话语所遮蔽、并最终要消失的偶然结合处"(鲍尔德温 211)。在起源之上孕生的是一种不断生成的状态,这一状态之中就包含了以悖论性特质为核心的话语秩序的更迭,现实主义之"求真"被赋予了图谋新意义的各种意图。一个复数的现实主义概念再采用传统的起源的追溯已经不足以厘清这一经典概念所承载的多重表征,现实主义的"概念源"不仅仅占据着一个可以成为"开端"的临时坐标点,而且引导着意图与方法在特定的历史语境中孕生一个相对确定的意义。

从某种意义上讲,正是有了悖论性这一特质,现实主义的"概念源"才有了一个基于历史语境和话语秩序的历史谱系,而非由某一个体或某一流派所创生的固定不变的概念,它是一个话语问题,一个历史性问题,还是一个主体意识问题。有学者指出,"'复数'现实主义的发展潮流推动了现实主义文学写作主体的多样化进程,也使得曾经不被纳入现实主义文学题材的社会现实进入了其表征的范畴之中,从另一个角度将现实推向了无边"(刘洋、王守仁 22)。事实上随着后现代主义思潮的风靡和退潮,文学和真实之间的关系也在"失语"和"多语"两种语境之间徘徊,在 21 世纪的今天,现实主义的无边更多的是一个从"失语"到"多语"转变过程中的盲从。现实主义所表现的"复数"或者

说"泛化",并不是因为"复数"的潮流涌动催生了写作主体创作的多样化,而是在一个"文本大爆发"的时代,写作主体创作的多样化构成了"复数"的潮流,这一"复数"进一步推动了文学与真实关系的重新审视。加洛蒂在《无边的现实主义》中所提到的"无边"是指:"没有非现实主义的、即不参照在它之外并独立于它的现实的艺术"(167)。现实主义的"无边"并非这一概念独有的特征,当下"复数"潮流中的"无边"更多的是写作主体的多样化写作的表征,真实之内核悖论性的暴露,才是与"无边"形态的动因,换言之,悖论性内核予以了现实主义形态以无限的可能。

在"开端"而非"起源"的维度上,现实主义不再是单一的题材、方法或精神,它是文类、语体、风格等要素融合在一起的文体系统,"文体是指一定的话语秩序所形成的文本体式"(童庆炳 1)。特定的精神结构、体验方式、思维方式、文化精神等作用于"现实主义"这一文体使之呈现为不同的表征形态,其所内在的悖论性特质作为哲学意义上的张力成了文体得以发生和实现的动因。如格兰特所说:"现实主义曾经分别效忠于唯心主义和唯物主义(但两种态度冷热不均),似乎忘记了对于现实本身应负的职责"(格兰特6)。一个重要的原因就是现实主义由哲学进入文学领域之后,无论是创作者还是理论者都不愿承认现实主义之"现实"概念本身就是一个充满矛盾的概念,尤其是与特定话语秩序结合在一起的时候,它就完全褪去了哲学色彩,在世俗的维度上完全与唯物主义联姻,成为一个易掌控的单一概念。以至于一段时间内出现了人人都在谈论现实主义,人人都不关心现实是什么的境遇。

五、结　语

把现实主义回溯到一个哲学式的"概念源"的发生,虽然有可能使得这一"确定了的""内容清晰"的经典概念陷于昏暗不明,但是从另一个角度讲,现实主义之"现实"虽然在形式上褪去了悖论性内涵达成了单一的确定性,但是恰好是长久以来对于"现实"之重心的偏离,忽视了对现实本身的关注。现实主义之"现实"与客观世界有着一层反映的关系,或许还以其固有的悖论性内涵孕育了现实本身的昏暗不明。早在 20 世纪80 年代,王蒙和王干的谈话中就论及了反映现实并不等于现实主义:"李陀曾提出一种观点,认为中国应该用另外的一套概念体系,就像中国未必有真正的现代主义一样,中国也未必有严格意义上的现实主义"(王蒙、王干 45)。现实主义在历史进程中扮演了太多本不属于这一概念本身内涵的角色,概念的溯源只是为了廓清这一概念自身内部所具有的"悖论性"特质,而"求真"的哲学溯源也仅仅是厘清这一概念之动力源的一种尝试。与其让现实主义在"文本大爆发"的时代陷于多语症的失语,不如唤起"求真"的悖论性内核,让现实得以发生的内在逻辑在以开端为名的孕生体系中显现。

参考文献

Aristotle. *Poetics*. Trans. Chen Zhongmei. Beijing: The Commercial Press, 1996.

［亚里士多德:《诗学》,陈中梅译,北京:商务印书馆,1996 年。］

Baldwin, Elaine. *Introducing Cultural Studies*. Trans. Tao Dongfeng, et al. Beijing: Higher Education Press, 2004.

［阿雷恩·鲍尔德温:《文化研究导论》,陶东风等译,北京:高等教育出版社,2004 年。］

Brooke-Rose, Christine. *A Rhetoric of the Unreal, Studies in Narrative and Structure, Especially of the Fantastic*. Cambridge: Cambridge University Press, 1981.

Chen, Shunxin. *The Acceptance and Transformation of Socialist Realism Theory in China*. Hefei: Anhui Education Press, 2000.

［陈顺馨:《社会主义现实主义理论在中国的接受与转换》,合肥:安徽教育出版社,2000 年。］

Eagleton, Terry. *20th Century Western Literary Theory*. Trans. Wu Xiaoming. Xi'an: Shaanxi Normal University Press, 1986.

［特里·伊戈尔顿:《二十世纪西方文学理论》,伍晓明译,西安:陕西师范大学出版社,1986 年。］

Grant, Damian. *Realism*. Trans. Zhou Faxiang. Beijing: Kunlun Publishing House, 1989.

［达米安·格兰特:《现实主义》,周发祥译,北京:昆仑出版社,1989 年。］

Garaudy, Roger. *Infinite Realism*. Trans. Wu Yuetian. Shanghai: Shanghai Literature and Art Publishing House, 1986.

［罗杰·加洛蒂:《论无边的现实主义》,吴岳添译,上海:上海文艺出版社,1986 年。］

Hegel. *Lectures on Philosophy, Vol. 3*. Trans. He Lin, Wang Taiqing. Beijing: The Commercial Press, 2017.

［黑格尔:《哲学讲演录(第三卷)》,贺麟、王太庆译,北京:商务印书馆,2017 年。］

Jiang, Chengyong. *A Study of Western Literary Trends in the 19th Century, Vol. 1, Realism*. Beijing: Peking University Press, 2022.

［蒋承勇:《19 世纪西方文学思潮研究.第二卷,现实主义》,北京:北京大学出版社,2022 年。］

Liu, Yang, and Wang Shouren. "On Constructing the Basic Theory of Literary Realism." *Journal of Shanghai Jiaotong University (Philosophy and Social Sciences)* 1(2023): 14 - 24.

［刘洋、王守仁:《论现实主义文学原理的构建》,《上海交通大学学报(哲学社会科学版)》2023 年第 1 期,第 14 - 24 页。］

Lei, Jingjing. "On Continuity: The Explanation on this Film Concept." *Contemporary Cinema* 4 (2015): 56 - 60.

［雷晶晶:《论"缝合":一个电影概念的梳理》,《当代电影》2015 年第 4 期,第 56 - 60 页。］

Li, Junping. "The Philosophical Trajectory of the Origin, Inheritance, and Integration of the Theory of Imitation in Ancient Greece." *Foreign Literature Review* 4(1999): 16 - 21.

［李珺平:《寻绎摹仿说在古希腊起承转合的哲学轨迹》,《外国文学评论》1999 年第 4 期,第 16 - 21 页。］

Plato. *The Republic*. Trans. Guo Binhe, Zhang Zhuming. Beijing: The Commercial Press, 1986.

［柏拉图：《理想国》，郭斌和、张竹明译，北京：商务印书馆，1986 年。］

Said, Edward Wadie. *Said's Selected Collection*. Trans. Xie Shaobo, Han Gang, et al. Beijing: China Social Sciences Press, 1999.

［爱德华·W.赛义德：《赛义德自选集》，谢少波、韩刚等译，北京：中国社会科学出版社，1999 年。］

Said, Edward Wadie. *Beginning: Intentions and Methods*. Trans. Zhang Letian. Beijing: SDX Joint Publishing Company, 2014.

［爱德华·W.萨义德：《开端：意图与方法》，章乐天译，北京：生活·读书·新知三联书店，2014 年。］

Schiller, Friedrich. *Schiller's Collected Works, Vol. 1*. Trans. Zhang Jiayu, Zhang Yushu, Sun Fengcheng. Beijing: People's Publishing House, 2005.

［席勒：《席勒文集(6)，理论卷》，张佳珏、张玉书、孙凤城译，北京：人民出版社，2005 年。］

Thilly, Frank. *History of Western Philosophy*. Trans. Ge Li. Beijing: The Commercial Press, 1995.

［弗兰克·梯利：《西方哲学史》，葛力，北京：商务印书馆，1995 年。］

Tong, Qingbing. *Literary Style and the Creation of Literary Style*. Kunming: Yunnan People's Publishing House, 1994.

［童庆炳：《文体与文体的创造》，昆明：云南人民出版社，1994 年。］

Wu, Xingming. "'Theoretical Travel' and 'Variation Studies': Examining the Position or Perspective of a Research Field." *Jianghan Tribune* 7(2006): 114 – 18.

［吴兴明：《"理论旅行"与"变异学"——对一个研究领域的立场或视角的考察》，《江汉论坛》2006 年第 7 期，第 114 – 118 页。］

Wellek, René. *The Concept of Literary Trends and Literary Movements*. Trans. Gao Jianwei. Beijing: China Social Sciences Press, 1989.

［勒内·韦勒克：《文学思潮和文学运动的概念》，高建为译，北京：中国社会科学出版社，1989 年。］

Wang, Meng, and Wang Gan. *The Magic Cube of Literature: Dialogue between Wang Meng and Wang Gan*. Beijing: Beijing United Publishing Company, 2016.

［王蒙、王干：《文学这个魔方：王蒙王干对话录》，北京：北京联合出版公司，2016 年。］

Xu, Ping. "A Reinterpretation of Aristotle's Mimetic Theory." *The Journal of Yunnan University Social Sciences Edition* 1(2009): 88 – 93.

［徐平：《亚里士多德"摹仿说"再考察》，《云南大学学报(社会科学版)》2009 年第 1 期，第 88 – 93 页。］

Žižek, Slavoj. *The Sublime Object of Ideology*. Trans. Ji Guangmao. Beijing: Central Compilation & Translation Press, 2017.

［斯拉沃热·齐泽克：《意识形态的崇高客体》，季广茂译，北京：中央编译出版社，2017 年。］

Zhang, Lianying. "The philosophical background of realism." *Journal of Hebei Normal University (Philosophy and Social Sciences)* 3(2000): 85 – 88.

［张连营：《现实主义的哲学背景探源》，《河北师范大学学报(哲学社会科学版)》2000 年第 3 期，第 85 – 88 页。］

Zhang, Bingzhen. *History of Western Literary Theory*. Beijing: China Renmin University Press, 1994.

［张秉真：《西方文艺理论史》，北京：中国人民大学出版社，1994 年。］

论艾丽丝·默多克的现实观

内容提要:小说家与哲学家艾丽丝·默多克在著作中对现实多有思考。本文聚焦默多克的哲学,通过分析默多克对当代哲学秉持的现实观、道德与现实、艺术与现实的论述,探讨默多克的哲学呈现的现实思想。在其哲学著作中,默多克不仅批判了当代哲学秉持的现实观,更挑战了当代哲学基于其现实观构建的道德哲学。不满于当代道德哲学,默多克立足柏拉图的哲学思想构建了自己的道德现实主义。默多克的道德现实主义不仅将个体的道德追寻与个体对现实的认知密切关联,而且将道德中的善演绎为完美的现实知识,将自由阐释为对他人现实的认知。此外,默多克的道德现实主义也将艺术与现实链接,既揭示了艺术对现实的呈现与遮蔽,也指出艺术家的责任在于真实地呈现现实。

关键词:艾丽丝·默多克;现实;道德;艺术

Title: On Iris Murdoch's Idea of Reality

Abstract: Novelist and philosopher Iris Murdoch stresses the issue of reality in her writings. Focusing on Murdoch's philosophy, this paper explores Murdoch's idea of reality by examining her critique of contemporary philosophy's idea of reality, her elaboration of morality and reality, and her discussion of art and reality. In her philosophy, Murdoch not only criticizes the idea of reality followed by contemporary philosophy but also challenges the moral philosophy constructed by contemporary philosophy. Dissatisfied with contemporary moral philosophy, Murdoch develops her own moral realism by resorting to Plato's philosophy. Murdoch's moral realism not

---

　* 作者简介:段道余,南京农业大学外国语学院讲师。主要从事英国文学和当代英语文学研究。联系方式:duandaoyu@njau.edu.cn。本文系江苏省高校哲学社会科学研究一般项目"艾丽丝·默多克的道德哲学思想研究"(2023SJYB0070)阶段性成果。

only relates the individual's moral pursuit to their cognition of reality but also ties the Good with the perfect knowledge of reality and connects freedom with the cognition of the others' reality. Moreover, Murdoch's moral realism relates art to reality, exploring art's revelation and distortion of reality, and artist's responsibility to truly represent reality.

Key Words: Iris Murdoch; reality; morality; art

引　言

作为英国战后著名的小说家与哲学家,艾丽丝·默多克(Iris Murdoch,1919—1999)在其创作中对"现实"(reality)与"真实"(truth)议题多有思考。不论在其哲学还是小说中,现实与真实都是默多克论述的核心思想之一,贯穿其作品前后。在哲学著作中,默多克不仅论述了柏拉图、康德与叔本华等人的哲学对现实与真实的演绎,而且批判了存在主义、行为主义与结构主义等当代哲学流派秉持的现实观。不仅如此,默多克还在自己的道德哲学中呈现了自身对道德与现实、艺术与现实的哲学思考。在小说创作中,默多克不仅对狄更斯、托尔斯泰和普鲁斯特等 19 世纪现实主义大家的创作颇为青睐,而且试图在其传统下展开小说写作。不仅如此,默多克的小说创作也将现实与真实作为小说的重要主题,呈现了小说人物从"臆想"(fantasy)经由"关注"(attention)最终抵达"善的现实"(the reality of Good)的道德提升与寻真历程。纵观默多克的 26 部小说,这一历程反复出现,是默多克小说呈现的一种主要模式。可以说,不论是默多克的哲学著作,还是其文学创作都与现实以及真实议题密不可分。前者构成默多克的"文学现实主义"(literary realism)思想,而后者则构成其"伦理现实主义"(ethical realism)的主要内容。

在以往的研究中,尽管学界对默多克的小说创作体裁多有争论,但是学界对其文学现实主义已有较多研究。迪普尔(Elizabeth Dipple)、休赛尔(Barbara Stevens Heusel)和尼科尔(Bran Nicol)等人在其专著和文章中都对默多克的文学现实主义多有论述。与学者对默多克的文学现实主义的研究相比,学界对默多克的伦理现实主义的探讨相对欠缺。这与学界对默多克哲学思想的研究起步较晚不无关联。随着学界开始重新审视默多克的哲学,学界对默多克的哲学思想的研究日趋增多。默多克在哲学著作中呈现的伦理现实主义也引起了越来越多学者的关注。

目前,学界对默多克哲学中的现实主义、真理和"道德现实主义"(moral realism)已多有思考。菲德斯(Paul S. Fiddes)在其专著《艾丽丝·默多克与其他作家:一位与神学对话的作家》(*Iris Murdoch and the Others:A Writer in Dialogue with Theology*,2022)中就专辟一章"艾丽丝·默多克和对真实的爱"("Iris Murdoch and Love of the Truth")探讨了默多克的哲学对真实的追寻。罗宾特(David Robjant)、彭斯(Elizabeth Burns)与乔丹(Jessy E. G. Jordan)也都撰文探讨或重审了默多克哲学中的现实议题,譬如默多克与柏拉图的"世俗现实主义"(earthy realism)、默多克对道德与现实以及宗教与现实的思考。除此之外,默多克的哲学对当代哲学秉持的现实观、艺术与现实的关系也多有论述。然而,目前的研究对此却并未进行全面的探讨。因此,本文将立足默多克的哲学著作,从默多克对当代哲学的现实观、道德与现实以及艺术与现实的论述出发,系统探讨默多克在哲学中呈现的现实思想。

一、当代哲学的现实观

在默多克开启创作生涯之际,英国本土的两大学术重镇剑桥与牛津正被分析哲学笼罩。然而,作为哲学家与小说家,默多克却对行为主义、功利主义与分析哲学等占主导地位的当代哲学都颇为不满。这从其哲学著作对当代哲学的批判可见一斑。在这些著作中,默多克不仅点出了当代哲学的弊病,更反思了造成这一弊病的缘由。在默多克看来,以行为主义、功利主义与分析哲学为代表的当代哲学都过于强调人的外在"行动"(action),忽略了人的"内在生活"(inner life),而当代哲学之所以看重人的行动却轻视人的内在生活与当代哲学秉持的现实观脱不了干系。

对于何为现实,行为主义、功利主义与分析哲学等当代哲学流派都认为,"'现实的'事物能够向不同的观察者敞开"(Murdoch, *SG* 5)。换言之,如果人可以直接或间接地观察到事物及其外在的变化,那么该事物便现实存在,否则,该事物便是虚幻。基于此种现实观,行为主义、功利主义与分析哲学等当代哲学流派将人的行动与内在生活作了区分。在它们看来,由于人的行动可以"引发可见的变化"(Murdoch, *SG* 5),人的行动便是现实之物。与人的行动相比,由于人的内心世界隐晦难察(Murdoch, *SG* 5),人的内在生活则是虚幻。在当代哲学看来,除非人的内在生活被引向人的外在行动即内在生活能够外显于人的外在行动之中,人的内在生活才能被视为现实之物。否则,人的内在生活只能是"无内容的梦"(Murdoch, *SG* 7),即虚幻不实之物。

深受这一现实观的影响,当代哲学在界定人的本质时将人与人的行动而非人的内在生活关联起来,因为人的行动是真实的,而人的内在生活则是虚幻。在当代哲学家看来,由于人是运动着的物体,总是"不断地将意图转化为行动的洪流"(Murdoch, *SG* 4),人的存在则是一种"外在选择意愿的运动"(Murdoch, "Idea" 304)。因此,对当代哲学而言,与静态的"视域"(vision)相比,"运动"(movement)更宜用来隐喻人的存在(Murdoch, *SG* 5),而人的运动则主要体现为外在可察的行动。在此意义上,当代哲学可谓"将现实的人与空无的选择意愿等同",强调人的"行动而非视域"(Murdoch, *SG* 34)。

对于当代哲学勾勒的人,默多克颇有微词。在她看来,当代哲学呈现的人"并不现实"(Murdoch, *SG* 9)。对此,默多克从经验、哲学与道德三方面作了解释。就经验而谈,默多克指出"人必然或本质上并不'如此'"(*SG* 9)。换言之,就默多克对人的理解而言,当代哲学对人的本质的呈现并不符合现实的人。从哲学上来看,默多克则指出,当代哲学呈现的人并不令人信服。而从道德上来说,默多克则认为人不应这样刻画自身(*SG* 9)。

默多克之所以有此论断与其对人的内在生活的再审视不无关联。在默多克看来,在当代哲学呈现的人中,"某种重要的东西丢失了"(*SG* 9)。这便是人的精神活动构成的内在生活。与当代哲学轻视人的内在生活不同,默多克认为人的内在生活也有其"自身的内容与价值"(*MGM* 153)。不仅如此,在默多克看来,人的内在生活也构成人物人格的内容(*SG* 21)。尽管它并不总是见于人的外在行动,但是它并非"'不现实'的虚幻"(Lazenby 60)。相反,它也"有现实的内容"(Lazenby 60),构成人的内在现实。因此,如果哲学要对人的本质作出现实的界定便无法否认人的内在生活。而如果否认了人的内在生活,哲学也就"否认了个体的现实"(Widdows 21)。

为了进一步说明人的内在生活真实不虚,默多克援引一位母亲对儿媳妇的认知转变过程作了说明。她假设有这样一位母亲 M 对儿媳妇 D 颇为不满。不过,M 是"一位非常'体面'的人,始终与女孩相处甚欢,丝毫不流露她的真实想法"(Murdoch, *SG* 17)。在默多克看来,如果 M 是"一位明智、心眼好的人,善于自我批评,能够认真和公正地关注她所面对的对象"(*SG* 17),那么随着时间的流逝,她会重新审视自己对 D 的看法,并改正她先前的成见。纵观 M 对 D 的认知转变过程,默多克指出 M 对 D 的认知转变实际上"完全发生在 M 的脑海中"(*SG* 17),并无任何外在可见的变化。

对此,默多克进一步指出,若依照当代哲学秉持的现实观来看,M 在整个认知转变过程中没有任何变化,因为她的认知转变没有引发任何可见的外在行动。不过,在默多克看来,情况并非如此。实际上,M"在此期间一直很活跃"(Murdoch, *SG* 19),因为她的精神世界一直思绪万千。尽管这些变化并不见于 M 的外在行动,但它并非虚无,而是真实存在。它不仅属于 M,而且构成了她不断生成的存在的一部分(Murdoch, *SG* 21)。

通过反思当代哲学对人的内在生活的贬抑,默多克可谓重新审视了人的内在生活。她不仅赋予人的内在生活以现实,而且将之演绎为人的存在的重要组成部分。在此意义上,默多克修正了当代哲学只注重人的外部现实而忽略人的内在现实的现实观。

除了反思当代哲学对人的内在生活的忽视,默多克也批判了当代哲学勾勒的"理想的理性的人"。在默多克看来,当代哲学呈现的理性的人过于理想化,因为这一理性的人不仅"能够意识到他所有作为记忆的记忆","能把他现在的情况与过去无意识的记忆区分开来",而且"能在满足他本能的需求中发现自身的行动动机"(转引自"Idea" 303)。在默多克看来,这一"理想的理性的人"不仅见于当代哲学,也"被许多作家理所当然地接受",甚至"几乎每一本当代小说的主人公都是如此"("Idea" 304)。

对于当代哲学与文学呈现的理想化的理性的人,默多克并不认同。在她看来,这一理想的理性的人并不存在,因为人的性格具有多重维度,很难捉摸(Murdoch, SG 6)。不仅如此,默多克还认为,这样一种理想的理性的人也不可能存在,因为倘若这样一种人真的存在,我们将"没有艺术、没有梦想或想象、没有与本能需要不相关的喜好或厌恶"("Idea" 304)。现实的情况是,艺术、梦想与想象普遍存在。默多克的言外之意表明,当代哲学勾勒的理想的理性的人并不存在。这与默多克对人的现实处境的认识分不开。受弗洛伊德的心理机制思想的影响,默多克认为人总是倾向寻求"想象性慰藉"(imaginary consolation),避免直面痛苦的现实。在默多克看来,"我们对自己的描述已经变得过于宏大,我们已经疏离并将自身与一个不现实的意愿概念认同,我们已经失去了与我们自身分离的现实的视域,我们也没有充足的原罪概念"(SG 46)。不仅如此,在默多克看来,"我们并非疏离的自由选择者和巡视一切的君主,而是陷入一种现实的愚钝生物,我们不断且无法抗拒地倾向用臆想扭曲现实的本质。我们当前的自由图景鼓励了一种梦幻般的才能;而我们所需要的是一种对道德生活的难度和复杂性以及人的不透明性的崭新认知"("Dryness" 293)。

此外,默多克也批判了当代哲学弥漫的乐观与浪漫气息。在默多克看来,自康德以降的经验主义、行为主义以及包含海德格尔和萨特等哲学大家在内的存在主义无一不带有一种乐观主义与浪漫主义色彩。这是一种并不现实且"没有抱负的乐观主义"(Murdoch, SG 49),难以真正解决战后社会中的个体面临的困境。

正是基于这样的现实观、人的本质观与乐观主义气质,当代哲学在思索道德时更多地聚焦人的选择与行动。在当代哲学看来,人的选择与行动构成道德的重要组成部分,而人的内在生活则不然。因此,个体的内在生活被当代哲学踢出了道德的范畴。于是,在当代哲学演绎的道德哲学中,人的"道德成为事前思考清楚,然后前去与其他人进行外在交往的事情"(Murdoch, "Idea" 305)。在默多克看来,当代哲学呈现的这种道德就如同人们"去商店购物"的行为,"在拥有完全负责的自由的情况下,我进入商店,客观地评估商品的特点,然后做出选择"("Idea" 305)。默多克并不看好这种道德观。在她看来,人的道德实际上既"复杂又难以分析"(Murdoch, "Idea" 306),而当代道德哲学则将人的道德活动简单化。也正是因此,默多克指出,当前的道德哲学既不充分,也不正确(SG 74)。

可以说,默多克对内在生活、理想的理性的人以及当代哲学的浪漫气息的反思,不仅批判了当代哲学秉持的现实观,更挑战了当代哲学基于科学主义的现实观建立的道德哲学。通过重新审视个体内在生活的重要性,默多克将个体的道德与个体的意识重新关联。被当代哲学排斥出道德领域的意识,由此重新获得了道德重要性。

二、道德与现实

作为哲学家,默多克不仅批判了当代哲学秉持的现实观及其基于这一现实观建立的道德哲学,而且立足柏拉图的哲学思想,发展了自己的道德哲学,探讨了道德与现实的关系。纵观默多克的道德哲学,现实或真实构成其核心关键词之一。在默多克看来,"道德哲学是对所有人类活动中最重要活动的考察"(SG 76)。这一考察需要两个因素,其中之一便是"这一考察应该是现实的"(Murdoch,SG 76)。默多克不仅主张道德哲学探索本身应遵循现实原则,避免当代哲学的乐观浪漫倾向,更思考了个体的道德追求、重要的道德概念如善和自由同现实的紧密关联。通过论述个体的道德追求、善、自由与现实的重要关系,默多克构建了一种道德现实主义。

恰如前文所述,通过反思当代哲学秉持的现实观,默多克将被当代哲学忽视的个体的内在生活重新与道德关联。不仅如此,默多克更是在其道德哲学中将个体的内在生活,尤其是个体的意识,发展为个体道德追寻的重要组成部分。这从默多克在哲学中对意识的论述可见一斑。在其出版的最后一本哲学著作《作为道德指南的形而上学》(*Metaphysics as a Guide to Morals*,1992)中,默多克就专辟两章讨论了意识与思想。不仅如此,默多克更是指出,"意识或自我存在是道德存在的根本模式或形式"(MGM 171)。在此意义上,默多克实则将当代哲学基于人的行动建立的道德哲学发展为基于人的意识的道德哲学。

鉴于对意识与道德关系的思考,与当代道德哲学将个体的道德与个体的行动关联不同,默多克在其道德哲学中将个体的道德与个体的"视域"(vision)即个体对事物现实的认知联系起来。在默多克看来,视域的清晰度即个体对事物现实的认知程度决定了个体道德追寻的层次。在个体的道德追寻中存在不同的视域,既有清晰的视域,也有扭曲的视域(Murdoch,SG 36)。前者展现了个体在道德追寻中对事物现实的充分认知,而后者则呈现了个体对事物现实的偏颇认知。由于清晰的视域揭示了个体对事物现实的充分认知,清晰的视域也就真实地呈现了事物的本来面貌。也正是在此意义上,默多克指出,"清晰的视域与对现实的尊重分不开"(SG 88)。换言之,在个体的道德追寻中,清晰的视域并不歪曲或遮盖事物的现实,而是如其所是地呈现事物的现实。对此,默多克在其后的哲学著作《作为道德指南的形而上学》中就表明,在个体的道德追寻中,"现实作为真实视域的对象出现"(39)。言外之意,清晰的视域揭示了现实。与清晰的视域相比,扭曲的视域则歪曲事物的现实。

在默多克的道德哲学中,扭曲的视域展现了个体道德追寻中的臆想状态,阻止个体看清自身之外的现实,而清晰的视域则将个体引向了"善"(the Good)。对默多克而言,善代表了一种"完美的道德视域或者无虚幻的现实知识"(Antonaccio 182)。在此意义上,默多克于是将善与现实联系起来。

在其哲学著作中,默多克对善与现实的关系也多有思考。恰如以往的哲学家柏拉图与康德,默多克也将善视为一种知识。在她看来,"在一个严肃的常识层面和关于道德本质的普通而非哲学的反思方面,善很明显与知识相关:不是与非人的近似科学的、关于普通世界的知识有关,不论它是什么,而是与对现实情况精确而如实地理解有关,与耐心和公正地观察并探索人所面对的事物有关,它不仅仅是睁开眼看的问题,而是一种特定、完美而熟悉的道德规训"(Murdoch, SG 37)。在其后的哲学著作中,默多克更是清晰地指出,"善包含探索真理的知识和对欲望的规训"(MGM 39)。

默多克之所以将善与现实知识关联与其对善的认识不无关联。在默多克看来,"道德的主要敌人是个人的臆想:自我膨胀的机理以及令人慰藉的愿望和梦想阻止人看清自身之外的事物"(SG 57)。臆想使个体陷入自我中心主义的泥淖,阻止个体看清自身之外的世界与他人的现实。而道德生活或向善历程则意味着将个体从臆想中解救,使之看清自身之外的世界与他人的现实。在此意义上,个体的道德提升与向善同个体对世界与他人的现实认知密切相关。对此,默多克就指出,现实是道德追求的"理想终点",而"这也是善的概念所在的地方"(SG 41)。换言之,在默多克看来,善与现实密切相关(SG 41),而"至善就是至真"(MGM 398)。也正是因此,默多克得出结论"道德与善是现实主义的一种形式"(SG 57)。在默多克看来,"善要求的现实主义(感知现实的能力)是一种感知现实的思想能力,它同时也是一种自我的压制"(SG 64)。鉴于善与现实的关系,默多克指出,"一个真正善的人生活在一个私人的梦幻世界的观点看似不可接受",他"必然知道他周围的特定事物,最明显的就是他人的存在和他们的宣称"(SG 57)。

默多克不仅论述了道德、善与现实的关系,更对这种关系作了进一步思考。在默多克看来,"如果理解善即是理解个体和现实,那么善便介入了现实无限逃逸的特点"(SG 41)。言外之意,善代表的现实总是逃离个体,无法被个体捕捉。对此,有学者就指出,在默多克的哲学中,善所代表的现实是一种"无法触及的现实"(Forsberg 124)。对此,默多克在其哲学中也作了详细论述。在她看来,的确"存在一种道德现实,一种尽管无限遥远却现实的标准"(Murdoch, SG 30)。然而,这一现实却很难实现,因为对这一现实的"理解和模仿依然不乏困难"(Murdoch, SG 30)。不仅如此,在默多克看来,"理解一个具有吸引力,却无法穷尽的现实的任务具有无限的困难"(SG 41)。原因就在于,在道德追寻中,个体的心智总是倾向陷入自我中心主义的臆想,从而看不清自身之外的现实。

在默多克看来,道德追寻中的个体可以通过"关注"(attention)行为抵达善的现实。默多克的关注一词借自法国哲学家薇依(Simone Weil)。在默多克的笔下,关注指"公正和有爱地凝视个体的现实"(SG 33)。它是一种"无私的关注行为"(Conradi,SA 107),并不展现个体的意志。此外,默多克认为"关注的任务一直在发生,并见于我们正在'看'的看似空无和日常的时刻"(SG 42)。对默多克而言,这些时刻的关注虽只是无足轻重的观看尝试,却可以"通过累积显现出十分重要的效果"(SG 42)。换言之,关注行为不仅无时不有,持续不断,而且也见于日常生活中看似无意义与平淡的观看时刻。这些时刻的关注虽然对个体的道德提升影响甚微,却可以通过累积的方式使个体寻求道德提升的努力发生质变。恰如默多克所言,善与现实密切相关,而"关注则被赋予了现实的知识"(SG 87)。

此外,默多克也思索了自由与现实的关系。与当代哲学如存在主义和行为主义不同,默多克并不认为自由是意愿的施展。相反,她认为自由是"远离臆想的自由"(Murdoch,SG 65)。在默多克的哲学中,臆想展现了扭曲的视域,"远离臆想的自由"则是"对正确视域的体验"(SG 65)。由于视域呈现了个体对事物的认知,展现了正确视域的自由则呈现了个体对事物现实的真实呈现。也正是在此意义上,默多克指出,自由是一种关乎"同情的现实主义"(SG 65)。

三、艺术与现实

在默多克的道德哲学中,道德与艺术密切关联。恰如默多克所言,她的道德心理学的最大优势是"它并不将艺术与道德对立"(SG 39)。相反,在默多克看来,道德与艺术是"同一抗争的两个方面"(SG 39-40)。在《崇高与善》("The Sublime and the Good")一文中,默多克更是指出,在特定条件下,艺术和道德是一体的,因为"它们两者的本质都是爱"(215)。鉴于爱是"对个体的理解",是"极其艰难地认识到自我之外的事物是真实的",默多克于是指出"爱、艺术和道德都是发现现实"("Sublime" 215)。

对默多克而言,她关于艺术与道德关系的论述"不仅适用于文学艺术,而且适用于所有艺术"("Sublime" 218)。在她看来,"对一种现实而非自我充满爱意的尊重概念"既与文学艺术譬如"写一部小说"有关,也与非文学的其他艺术形式有关,譬如"做花瓶"的艺术。此外,这一论述也"不仅仅适用于在明显意义上与模仿有关的艺术"(Murdoch,"Sublime" 218)。

鉴于艺术与道德的紧密关联,默多克在其道德哲学中论述道德与现实的同时,也对艺术与现实的关系作了较多思考。概括来看,默多克对艺术与现实的论述主要包含以下三个方面:好的/糟糕的艺术与现实、伟大的艺术与现实以及艺术家与现实。

在默多克看来,艺术与现实密切相关。一方面,默多克指出,"艺术揭示现实"(SG 94)。从默多克的著作来看,她此处所说的艺术指向"好的艺术"(good art)。对默多克而言,"不论其风格如何,好的艺术都有坚硬、坚定、现实主义、清晰、疏离、公正和真理的品质"(MGM 226)。它不仅呈现了人拒绝寻求慰藉的努力,而且通过揭示我们普通而枯燥的意识无法看到的世界(Murdoch, SG 86),向人展现了一种现实的视域(Murdoch, SG 63)。对此,有评论者就指出,对默多克而言,"好的艺术使人更接近现实"(Fine 116)。另一方面,默多克也反思了艺术对现实的遮蔽。在此,默多克主要思考了"糟糕的艺术"(bad art)对现实呈现的影响。在默多克看来,与好的艺术不同,糟糕的艺术掩盖现实。不仅如此,默多克也以具体的艺术形式,尤其是小说为例,思考了艺术与现实的关系。在她看来,小说的功能是"去强调通常被掩盖的真理"(Bellamy & Murdoch 53),而"好的小说关注善与恶之间的斗争以及从表象到真实的历程"(Murdoch, MGM 97)。

除了论述好的艺术、糟糕的艺术与现实的关系,默多克也论述了伟大的艺术与现实的关系。在默多克看来,伟大的艺术在人对现实的呈现中扮演了双重角色。它既揭示现实,也教导人如何观看现实。恰如默多克所言,"伟大的艺术扮演了教育者和揭示者的角色"(SG 63)。

在其著作中,默多克对伟大的艺术对现实的揭示多有论述。在《用词拯救》("Salvation by Words")中,默多克就指出,伟大的艺术通过将自我批评式的准确性引入其模仿和用试图完整却不完整的形式呈现世界"激发了真实性和谦卑"(240)。不仅如此,默多克还认为,"伟大的艺术可以以一种比科学或者甚至是哲学更加准确的方式展示和讨论我们的现实、我们真实意识的核心领域"("Salvation" 240)。

此外,默多克更以伟大的作家如莎士比亚和托尔斯泰为例思考了伟大的艺术与现实的关系。默多克虽承认"伟大的艺术家有'个性',拥有独特的风格",而即便莎士比亚有时也在其著作中呈现了他自己感兴趣的东西,尽管这种情况十分少有,但是默多克仍认为,"伟大的艺术是'非个人的',因为它清晰地向我们展示了世界,我们的世界而不是另一个世界"(SG 63)。言外之意,在默多克看来,伟大的艺术揭示了真实的世界,"教导了一种现实感"(MGM 430)。为此,默多克以莎士比亚和托尔斯泰的文学为例作了具体说明。她写道:"考虑一下我们从思考莎士比亚或托尔斯泰的人物又或维拉斯凯兹或提香的绘画学到了什么。我们从此处学到的是人性的真实品质,它们被画家用公正和富有同情的视域展望。"(Murdoch, SG 63-64)

在其后的著作《重访崇高与美》("The Sublime and the Beautiful Revisited")一文中,默多克又以莎士比亚和托尔斯泰为例作了进一步说明。在此,默多克提出了"伟大的文学作品的特点是什么?"("Beautiful" 275)随后,默多克解释道,这一问题可以这样提出,即"是什么主要使托尔斯泰成为最伟大的小说家和莎士比亚成为最伟大的作家?"

("Beautiful" 275)在默多克看来,这主要在于他们的人物塑造,即他们的作品呈现了人物的现实。以莎士比亚的作品为例,默多克指出,"莎士比亚的著作充满了自由和奇特的人格,莎士比亚理解这些人格的现实,并将这些现实展示为与自身十分不同的事物"("Beautiful" 275)。换言之,莎士比亚在其创作中真实地呈现了人物的现实。

在默多克看来,伟大的艺术不仅揭示现实,而且教育观者如何观看现实。对默多克而言,"伟大的艺术教导我们如何观看和爱现实之物",而非"被吸收进自我的贪婪机制中"(SG 64),因为观看和爱现实之物需要"准确性和好的视域",而这些准确性与好的视域则确保了艺术家和观者可以做到"非感伤、疏离、无私和客观的关注"(SG 64)。

除了好的/糟糕的艺术与现实、伟大的艺术与现实,默多克也论述了艺术家与现实的关系。在默多克看来,"艺术家的责任是艺术,是用自己的媒介讲述真理"(EM 18)。换言之,一个艺术家的职责在于利用艺术讲述真理。不过,对默多克而言,这并非易事。在主张艺术家职责的同时,默多克也意识到艺术家讲述真理的困难。在她看来,"几乎所有的艺术都是一种形式的臆想式慰藉,而少有艺术家获得了关于现实的视域"(Murdoch, SG 63)。对默多克而言,情况之所以如此在于,艺术家的才能很容易就会被用来呈现艺术家自己的慰藉和自大,而其艺术作品也很容易被投射了艺术家自己的关注点和愿望(SG 63)。然而,"去压制和消除自我,去思考和用清晰的视野描述自然并不容易,它需要一种道德训练"(Murdoch, SG 63)。默多克所说的道德训练指向了艺术家所需的"公正的判断"品质(MGM 134),即艺术家对自身之外的事物与他人现实的如其所是地呈现。具体而言,它指艺术家在创作中并不从自己的视角思考和扭曲所要呈现的事物与他人的现实。也正是在此意义上,默多克指出,"伟大的艺术家展现的现实主义不是'照相式'的现实主义,它本质上是同情和公正"(SG 93)。

此外,默多克也以小说家为例进一步论述了艺术家与现实的关系。在默多克看来,在小说创作中作家应创作现实的人物,而非使人物成为作家的传声筒。这就要求小说作家应努力"理解他们的现实"(Murdoch, "Beautiful" 284),并在人物创作中秉持自然主义的人物观(Murdoch, "Dryness" 294),即创造现实的人物。只有如此,作家创作的小说才能成为"一间适合自由的人物生活的房子"(Murdoch, "Beautiful" 286),才能规避小说创作中采用的形式对现实的遮蔽,因为"现实的人对神话具有破坏性"(Murdoch, "Dryness" 294)。

四、结 论

总而言之,对现实的思考贯穿默多克的哲学著作。作为哲学家,默多克不仅反思了当代哲学秉持的现实观及其在此基础上构建的道德哲学,而且基于柏拉图的哲学思想发展了有别于当代道德哲学的道德现实主义思想。默多克的道德现实主义不仅将个体的道德生活与个体对现实的认知密切关联,而且将道德中的善演绎为完美的现实知识,将自由阐释为对他人现实的认知。此外,默多克的道德现实主义也将与道德密切相关的艺术与现实链接,既揭示了艺术对现实的呈现与遮蔽,也指出艺术家的责任在于真实地呈现现实。

参考文献

Antonaccio, M. *Picturing the Human: The Moral Thought of Iris Murdoch*. Oxford: Oxford UP, 2000.

Bellamy, M. O. and Iris Murdoch. "An Interview with Iris Murdoch."*From a Tiny Corner in the House of Fiction: Conversations with Iris Murdoch*. Ed. Gillian Dooley. Columbia: U of South Carolina, 2003. 44 - 55.

Conradi, Peter J.*Iris Murdoch: The Saint and the Artist*. Basingstoke: Macmillan, 1986.

Fine, David J. "Disciplines of Attention: Iris Murdoch on Consciousness, Criticism, and Thought (*MGM* Chapters 6 - 8)." *Reading Iris Murdoch's Metaphysics as a Guide to Morals*. Ed. Nora Hämäläinen and Gillian Dooley. Cham: Palgrave Macmillan, 2019. 107 - 23.

Forsberg, N. "'Taking the Linguistic Method Seriously': On Iris Murdoch on Language and Linguistic Philosophy." *Murdoch on Truth and Love*. Ed. Gary Browning. Cham: Palgrave Macmillan, 2018. 109 - 32.

Lazenby, Donna J. *A Mystical Philosophy: Transcendence and Immanence in the Works of Virginia Woolf and Iris Murdoch*. London: Bloomsbury, 2014.

Murdoch, I. "Against Dryness." *Existentialists and Mystics: Writings on Philosophy and Literature*. Ed. Peter J. Conradi. New York: Penguin, 1997. 287 - 95.

---. "The Idea of Perfection." *Existentialists and Mystics: Writings on Philosophy and Literature*. Ed. Peter J. Conradi. New York: Penguin, 1997. 299 - 336.

---. *Metaphysics as a Guide to Morals*. London: Penguin, 1993.

---. "Salvation by Words." *Existentialists and Mystics: Writings on Philosophy and Literature*. Ed. Peter J. Conradi. New York: Penguin, 1997. 235 - 42.

---. *The Sovereignty of Good*. London: Routledge, 2001.

---. "The Sublime and the Beautiful Revisited." *Existentialists and Mystics: Writings on Philosophy and Literature*. Ed. Peter J. Conradi. New York: Penguin, 1997. 261 - 86.

---. "The Sublime and the Good." *Existentialists and Mystics: Writings on Philosophy and Literature*. Ed. Peter J. Conradi. New York: Penguin, 1997. 205 - 20.

Widdows, H. *The Moral Vision of Iris Murdoch*. Hampshire: Ashgate, 2005.

《公众形象》的情感劳动与无情的现实主义书写

内容提要:缪丽尔·斯帕克的"新小说"《公众形象》在探讨形象与名誉的表面下隐藏着一个易被忽视的现实语境,即后现代拟像社会的情感劳动。随着物质生产过剩,服务业逐渐取代制造业,娱乐行业的造星运动促使表演从艺术领域走向商业领域,与服务业共享相似的情感劳动逻辑。基于霍克希尔德等人的情感劳动理论视角可以发现,斯帕克通过"无情"的写作方式与人物塑造,讽刺性地揭示了造星运动中情感劳动对个体控制情感、改写情感、利用情感的要求,以及情感劳动在推动情感商品化、构建及瓦解主体性、巩固及改写公私领域情感规则的作用。通过"无情"的情感结构,斯帕克在《公众形象》中展现了其"新小说"写作的现实主义维度。

关键词:表演;情感劳动;无情;缪丽尔·斯帕克

Title: Emotional Labor and the Realism of Apathy in *The Public Image*

Abstract: Compared to the exploration of image and reputation, Muriel Spark's postmodernist *nouveau roman*, *The Public Image*, is rarely read within a crucial social context: the emotional labor of postmodern society. This context emerges from an excess of material production, leading to the gradual shift from manufacturing to the dominance of the service industry. The entertainment sector, propelled by star-making movements, transposes performance from the realm of art to commerce, sharing a comparable emotional labor logic with the service industry. This article, in light of the theory of emotional labor by Hochschild and others, argues that Spark unravels through the writing style and characterization of "apathy" the ways in which emotional labor on the one hand regulates, revises and exploits individual affects, and

---

* **作者简介:**古帆,南京大学外国语学院博士生,主要研究方向为战后女性文学、文学与情感研究。联系方式:dg1709003@smail. nju. edu. cn。

on the other facilitates the commercialization of human feelings, shapes and dismantles subjectivity, and reinforces and revises feeling rules in both public and private domains. Disclosing "apathy" as a structure of feeling, Spark reveals in *The Public Image* a realistic dimension of her *nouveau roman* writing.

Key Words： performance；emotional labor；apathy；Spark

1968 年出版、1969 年入围首届布克奖的《公众形象》(*The Public Image*)一书通常被认为是理解斯帕克(Muriel Spark，1918—2006)作品核心议题(虚构与现实的关系)及其"轻盈"(lightness)风格的重要著作，也被视为斯帕克转向"新小说"(*nouveau roman*)创作的代表作。彼时斯帕克已经因为《布罗迪小姐的青春》(*The Prime of Miss Jean Brodie*)一书小有名气，她的纽约行更为她塑造了优雅时髦的名人形象。因而该书出版伊始，其写作动因就被归功于"缪丽尔·斯帕克成为国际明星小说家的新生活环境，[因为]她需要承担自己的公共形象"(qtd. from Stannard 350)。《公众形象》围绕身份与名誉问题塑造了一对因深陷公众想象难以从濒临崩溃的婚姻中获得解脱的夫妇，但小说的走向并未止步于这种困境。斯帕克不仅详细刻画了夫妻二人面对公众形象建构过程的迥异反应，还用丈夫以自杀的方式试图摧毁公众形象，妻子又通过媒体重塑公众形象的悬疑与反转，一次次回溯了公众形象构建的过程及影响。尽管该书篇幅不长，问世之初也引发诸多失望，但无论读者是否从中觉察到多么严肃的主题，小说的"冰冷"都给人留下深刻印象，成为学者们不断指认的一大特点。弗里曼特尔(Anne Fremantle)指出本书可贵之处便是"叙述如此冷酷，如同屠夫肢解尸体一般专业"(qtd. from Stannard 351)。西苏(Hélène Cixous)则认为这是一本让人厌恶的书，毫无道德可言，"安娜贝尔是一个冷冰冰的小吸血鬼"(208)。可以说，"冰冷"既是小说主人公安娜贝尔的性格特点，也构成了小说的主要语调。叙述者跟随安娜贝尔的视角对一切事件——哪怕是惨烈的自杀与令人毛骨悚然的阴谋——都采用了疏离的语调，麻木与冷酷交织其中，带给读者无可挣脱的残酷体验。

学界倾向于认为，这一语调反映了斯帕克转向"新小说"写作的具体实践，同时能够体现斯帕克个人对虚构与现实之间关系的辩证看法。介于"新小说"技法重视呈现表象，略过内心活动，而斯帕克也认为虚构作品对照现实生活之时总是虚假的，因此《公众形象》的冷酷与恐怖或被视为表面叙述必然会带来的效果，或被认作虚假的副产品。这导致学者们屡屡提及《公众形象》的冷与空，却极少深入剖析一二。本文认为，《公众形象》中麻木、冷酷与空洞的语调及状态本身值得进一步探究，它不仅不是虚假的副产品，反而可能涵盖了斯帕克对现实生活中情感结构的关切。例如盖(Adam Guy)就曾在研究斯帕克的"新小说"写作中指出其中的现实主义深意，他认为尽管斯帕克看到了在约翰逊（Hansford Johnson）看来是"荒谬的盲道技巧"与"无聊"的"新小说"特征，但她却将其"与负面评价区分开来，将其视为'新小说'的现实主义本质"（141）。本文在此基础上进一步论证，如果将《公众形象》中的冷酷视为某种现实主义的情感书写，将会勾勒出小说观照的一个被忽视的现实语境，即《公众形象》所描写的与当时斯帕克正在经历的，是一个服务业逐渐取代制造业，因而物质劳动转变为非物质劳动的商业社会。与此同时，物质生产过剩带来了娱乐行业的蓬勃，而形象生产作为非物质劳动的一种，在娱乐行业崛起的同时快速发展，催生了一种以"无情"为特征的情感劳动。因此，在造星时期所涉及的情感劳动中重审《公众形象》有助于看到斯帕克"新小说"的现实主义色调。《公众形象》的主人公安娜贝尔既是一个偶然的独特的存在，也是处于转型期的娱乐界里一个原型式人物。娱乐社会给予她名誉与财富，也重塑了她的个性与生活。成为明星所包含的情感劳动将她困于形象的牢笼，按规定操演身体、展露情绪，在赋予她冷漠的主体性之时，强化了她真实的空洞。斯帕克通过戏仿一系列骇人的情感劳动呈现了情感商品化过程中无可逆转的"人的损失"，将安娜贝尔个人的空洞人生拓展为对无情的现实主义书写。

一、空洞的职业：表演艺术与表演劳动的耦合点

演员在舞台上"戴着面具"，这是古已有之的论断。柏拉图批评演员，因他们容易沾染角色的低劣品性；卢梭斥责演员，认为这种职业削弱个人的真实存在。18世纪末，法国哲学家、艺术评论家狄德罗（Denis Diderot）将上述对演员的不同指责引申为此后两个世纪以来一直争论的"情感悖论"议题。他极端地指出："伟大的演员应当在表演中毫无感觉，如此方能在观众那里激发最强烈的情感"（qtd. from Konijn 3）。随后关于表演的不同派别就这一问题的讨论各不相同，但随着体验派鼻祖斯坦尼斯拉夫斯基（Konstantin Stanislavsky）强调演员与角色在表演中情感合一，讨论核心逐渐演变为演员是否应在表演中与人物情感充分认同。尽管各执己见，这些对表演的认知都将表演视为核心的艺术表现形式。这也是《公众形象》的主人公之一弗雷德里克，不曾跳脱的范畴。而与此形成鲜明对比的，是他的妻子安娜贝尔，她展示了消费社会中，表演艺术通过电影技术和商业模式的运作，逐渐演变为表演劳动的另一层面，即演员必须成为满足市场需求的劳动者。她的表演劳动不再受限于舞台，情感表现突破了角色设定的框架，发展为职业中的情感劳动。斯帕克以弗雷德里克狂热却失败的艺术追求对照安娜贝尔淡漠却成功的成名之路，重新诠释了演员被塑造为一种商品化的空洞职业的现实。

作为演员，安娜贝尔演技如何？这是评论界面对《公众形象》一书几乎无人问津的话题。乍看之下，文中寥寥数语都直指其天资平庸，演技拙劣。弗雷德里克更是对她的

演技提出了致命批判。他认为安娜贝尔"以最肤浅的手段获得最动人的效果的能力"（Spark 16）让他头晕目眩，几近暴怒。"他坚定地认为，演员应当在扮演的角色中保持真诚，无论塑造什么形象，都应当从灵魂深处体验角色的情感。他认为，安娜贝尔即使是在表演，也是一种欺骗，她仅仅是出于一种仪态感（a sense of manners）在表演。"（同上）。在弗雷德里克眼中，表演必须是真诚的艺术，需要演员与角色的灵魂共振，情感交融。而安娜贝尔的表演只有简单的肢体动作与空洞的惯性表情，在他眼中是不能接受的欺骗。弗雷德里克的批判反映了彼时几乎统领电影表演的艺术理论——美国方法派（method acting）——对演员深刻体悟情感的要求。方法派诞生于1951年。彼时斯特拉斯堡（Lee Strasberg）接任了创立于1947年的"演员研修所"（Actors Studio），延续了以体验派著称的斯坦尼斯拉夫斯基体系（The System），旨在通过一系列训练让演员在舞台上呈现出生活化的行为举止与情绪状态（Conroy 242）。通过情绪记忆（Affective memory）等训练，方法派要求演员实现与其所创造角色的认同，在忘我的共情中将角色的情感状态真实、自然地表现出来。斯特拉斯堡相信，"演员的任务是在舞台上创造出某种程度的信念，使演员能够以伴随真实体验的全部自动生理反应来体验剧中想象的事件与对象"（132）。因此，私人生活中的真实感受是方法派的实践前提。日常生活的场景、声音、事件等通常会成为方法派进行情绪记忆训练的依据。方法派演员需要详细分析角色的生活背景、心理状态和行为动机，并将其与个人熟知的生活场景联系起来，以激发自身自动的生理反应。在50年代到70年代期间创立的方法派成为好莱坞表演理论的主导流派，并在世界范围内广泛传播，弗雷德里克所"生活的"的意大利也非例外。安娜贝尔所在的戏剧学校里"人人都在谈论创造一个角色，谈论伟大的表演"（Spark 8），这正是方法派的写照。这大致能够解释为何弗雷德里克要将表演的真谛定义为"保持真诚……从灵魂深处体验角色的情感"。他显然是方法派的门徒，相信对等的体验与分析能够帮助演员与角色产生深度关联，从而演绎角色真实的情绪状态。但讽刺的是，无论弗雷德里克多么熟知当下的表演理论，无论他如何指控安娜贝尔装模作样的表演毫无情感可言，他始终没有获得一个表演者所渴望的艺术成就。反而是这个肤浅的妻子成了拥有财富、名誉与公众形象的成功人士。那么，抛开弗雷德里克以方法派为依据的评价，安娜贝尔是怎样表演的呢？

书中只有几处隐隐提及安娜贝尔的表演。简言之，她技巧贫乏（"meagre skill"）（Spark 8）。但近十年的龙套生涯却教给她一种面对镜头机械却熟稔的技能，"她本能的表演方式是对着镜头摆出一系列姿势，仿佛拍摄一些用于私人目的的照片。她对此技巧驾轻就熟，变得极度专业"（Spark 8）。尽管在弗雷德里克看来，这简直就是对表演艺术的亵渎，安娜贝尔却丝毫不以为耻。当弗雷德里克指责她："你根本不曾感受你的角色，是吗？"安娜贝尔回答道："我不懂你什么意思。""我在表演，就是在工作。"（Spark 17）而对于安娜贝尔从事演员工作的动机，小说也毫不掩饰。起初她说："我是这个家养家糊口的人。"(Spark 7)尔后弗雷德里克都被她的"商业头脑"震惊,他感到她已毫不在意自己要靠她养活这件事,因为"她出得起这个价钱;他不再是个问题"(Spark 23)。在这些零星的将表演视为赚钱途径的表达中,表演行业转变为电影商业的图景正影影绰绰地展开。布鲁内塔(Gian Piero Brunetta)的研究表明,在 20 世纪 50 年代的意大利,电影"闯入了普通人的生活,改变了社会习惯,并成为大众娱乐的主要方式和家庭支出的重要项目"(qtd. from Wood 52)。随着 50 年代末经济增长,意大利电影逐渐扩大规模,从低成本的类型片开始向好莱坞式的美国资本主义模式发展。电影的商业化道路势不可挡,逐渐诞生出"一系列旨在最大化电影发行商收入的制度安排"(Sedgwick 199)。随着电影的生产制作与消费流程愈加清晰,电影制作的效率不断提高,盈利愈发可观,所需要的女性角色也不断增多,这为女性提供了新的工作机会。与此同时,正因这些以演员、电视主持人、导游、翻译等为代表的女性化新职业的涌现,"人们[才]倾向于将 20 世纪 50 年代看作是妇女在工作中崭露头角的时期"(Morris 10)。安娜贝尔可谓一边享受了电影商业的红利,一边接受了新的职业观念。在她看来,表演与其他工作别无二致,仅仅是一种谋求财富的劳动。她的行为恰好反映了霍克希尔德(Arlie Russell Hochschild)所定义的"情感劳动"(emotional labor)。霍克希尔德在考察后工业社会的服务业(尤其是空乘行业)时,将研究重心投向了服务业从业者本人的情感体验与情感表现中。她观察到他们的笑容、同意与感谢并非出自人际交往的真诚,而是受到特定训练的结果,因为情绪状态隶属于他们所出售的商品本身。因此她将情感劳动定义为"其情感风格隶属于其服务本身的一种劳动",它要求个体"为了让他人产生适宜的心理状态,通过诱发或抑制自己的感受来保持恰当的表情"(7)。要按照既定要求表演情感对弗雷德里克而言或许存在障碍,但对情绪烈度微弱的安娜贝尔来说,这份工作很对她的胃口。她那无情的钝感力反而在某种程度上让她更能适应当下的商业氛围。如琼斯(Carole Jones)所观察到的那样,"安娜贝尔最突出之处,便是她被指责愚蠢时缺乏不满,对指责的来源漠然以对"(38)。琼斯将这份漠然解读为对既定男权价值及理想的反抗,认为安娜贝尔对愚蠢指控的淡漠恰恰体现了她拒绝将愚蠢视为失败的反直觉认知模式(同上)。这种因"无知"而产生的创造潜力恰恰为她将艺术视为纯粹工作铺平了道路。

作为未能接受专业训练的龙套演员,安娜贝尔只在小有名气之后才去上了艺术学校,在那里人人都在谈论"创造一个角色"。这个标语出现在小说中绝非虚构,因为这正是被方法论盛赞为鼻祖的斯坦尼斯拉夫斯基表演理论三部曲最后一部论著的题名——《创造一个角色》(Creating a Role)。其俄文版本出版于 1957 年,英文译本出版于 1961年。在这部作品中,斯坦尼斯拉夫斯基强调了前两部作品中忽略的生理具身性(physical embodiment),在前两部重视节奏、语言、韵律、情感的基础上加入了仪态训练。仪态训练也因此成为好莱坞女星着重被训练的环节。可以肯定,安娜贝尔也在艺术学校接受了仪态训练，但惹人发笑的是，她显然没有真正领悟斯式的表演理论。对她而言，这种训练仪态的演技不过是一种展示身体以唤起特定情感的技术。面对镜头，她只需要熟练地操控身体，摆上几个已重复多年的动作。待到成为众人皆知的"英式虎女"（English Tiger-Lady），也只需要在镜头上瞪大那象征着"英式无情"（English callousness）的眼睛。对艺术的脱敏让她能够毫无情感负担，螺丝钉一般完成工作，积累财富。而面对工作对生活的挤压，她也没有像丈夫那般激烈反抗。尚未成名之时，安娜贝尔还拥有一个不为人知的内心世界。闲暇时她会给父亲、亲人或某个老朋友写信："她亲笔书写，然后封好，带去邮局，买一张邮票，舔一舔，将它在信封上按紧"（Spark 13）。但很快，"时间成了猎物，没有时间写那么多信了。当信件堆积如山、不堪忍受时，电影制片厂的一位秘书伸出了援手，用她自己的方式回复了大量信件。一家中介公司有条不紊地安排她的工作日和工作时间的报酬"（14）。同时，工作参与着她在日常生活中的情绪管理。当他想跟丈夫吵一架时，她很快意识到"第二天早上七点就得起床，八点就得带着明亮的眼睛赶到片场"（Spark 14）。这些是安娜贝尔生活中极少暴露且在后来不再出现的细节。在整部小说中，这种摹绘细腻情绪的质感也极为罕见。它突然出现又像盐溶于水般消失，却捕捉到了个人时间如何被转化为生产时间，私人感受又如何被包装为商品的过程。这份工作要求安娜贝尔为财富出售自己的性格，变得高效而冷漠。然而，对于本就"无情"的安娜贝尔而言，这样的侵入似乎并未对她构成实质性影响。凭借"无情"这一天分与武器，安娜贝尔很快适应了表演艺术已悄然让位于表演劳动的现实。

二、空洞的公众形象：情感劳动对主体的围困

随着电影商业取代纯粹表演的图景浮出水面，安娜贝尔口中的"工作"囊括了比在镜头前摆姿势做表情外更复杂的内涵。电影的商业运作模式不仅要求演员服务好角色的形象，更需要他们出售自己的形象。这是一种自觉接受市场要求侵蚀私人生活的情感劳动，对身体的操演无处不在；同时也是一场规训与表演情感的劳动，对情感的操控在暗处发生。结合形象劳动及其现实语境，可以看到斯帕克对无情表象的非个人化书写展现了情感劳动围困主体的现实主义深意。

随着电影《密涅瓦到达十号站台》（*Minerva Arrived at Platform 10*）上映，安娜贝尔迎来了她的高光时刻。她扮演的"英式虎女"引爆了市场，从此将她捧上电影明星的宝座。商业嗅觉敏锐的弗朗西斯卡很快在这对夫妇身上发现，他们将在意大利追捧花边新闻的狂热中大放异彩。于是借着安娜贝尔第三部电影《虎女》（*The Tiger-Lady*）上映，弗兰西斯卡迅速为安娜贝尔那原本病态、却在彩色电影技术加持下变得"炽热而

绝妙"(Spark 15)的大眼睛配上了意大利公众痴迷不已的激情叙事。通过一系列照片、海报、杂志故事与新闻报道,弗朗西斯卡为二人炮制了这样的形象:"他们在白天无可指摘地拘束,却在夜幕的遮蔽下彼此痴情缠绵"(Spark 25)。她暗示安娜贝尔人前是端庄拘谨的理想妻子,私人生活中是激情主动的英式虎女。这既符合意大利人对英国人淡漠又拘束的印象,也满足了他们窥伺隐私的欲望。于是,仅仅几个星期之后,"整个意大利内外,人们都清楚地了解到,深刻地被示意、被暗示、被内化[一个事实],即在私人空间,在所有调查不可通达之处,尤其是在床上,曾扮演多情的英国家庭教师的新星安娜贝尔·克里斯托弗尽情释放自我"(Spark 30)。作为隐秘情欲的化身,安娜贝尔不仅以演员身份走向奥斯卡,更成为一种商品化的形象,从此就连她随身穿戴的珍珠项链都炙手可热。

为何"英式虎女"能大获成功呢?回顾这一形象不难发现,"英式虎女"的诞生与造星运动的现实语境密不可分。弗朗西斯卡是一个成功经纪人的原型,安娜贝尔凭借"英式虎女"爆火的经历正是彼时娱乐业女星实现商业价值的普遍路径之一。回望20世纪60年代,随电影技术发展诞生的女星几乎都难逃与性魅力相关的身体展示与形象塑造。随着第二波女权运动对性禁忌的批判,性成为20世纪五六十年代涉及人性本质最重要的问题之一。社会思潮的转变在彼时最能代表大众文化消费的电影行业引起强烈反响,曾经大量占据市场份额的家庭电影逐渐没落,取而代之的是"在性问题上更加大胆露骨的电影主流"(Dyer 24),好莱坞则是最重要的代表。代尔(Richard Dyer)在分析玛丽莲·梦露(Marilyn Monroe)作为性禁忌破冰者的形象时指出,梦露所展现的大胆、热烈、自由的身体表面看来反映了《花花公子》杂志"直面性将带来更健康更愉悦的文明"这一主张(Dyer 29),实际却未能逃脱一个古老的设想——女性是性欲望的客体。这同样是《花花公子》试图掩盖的实质,一种它自身都不愿启齿的欲望:"性是属于男人的"(Dyer 38)。在性解放话语体系中,这种绵延于历史的剥削未被根除,女性本身成为性的赋型。安娜贝尔的英式虎女形象正好迎合了男性对女性"可欲性(desirability)"特质的诉求,冷酷的外表与隐秘的激情暗示让她成为理想女伴的符号。

基于此背景回看安娜贝尔的形象维护工程,会发现斯帕克借鉴"新小说"对表象书写的重视本身便蕴藏着现实主义观照。从某种意义上来说,"英式虎女"的成功"挽救"了安娜贝尔与弗雷德里克摇摇欲坠的婚姻。开启明星之路的安娜贝尔需要弗雷德里克作为维护其公众形象的一部分,因为"他们二人的私人生活在世界流行杂志封面及页面中被曝光几周之后,便成为电影的延伸"(Spark 23)。自此,表演不再是安娜贝尔从事演员工作时段的特定劳动,而是随时随地从事明星工作的形象劳动。公共空间与私人生活的界限开始被消解,本应属于日常生活的方方面面成为表演公众形象的布景。这类似于戈夫曼(Erving Goffman)所说的"日常生活中的自我表演",但相比于普通人在社会契约中对自我形象的构建,明星的形象劳动更加虚假,更加拟像化。"他们倚靠在纪念碑上，在喷泉边消磨时光，通过透视图能看到他们穿过朱利亚大街（Via Giulia）上戏剧性的拱门。他们出现在菲奥里坎波（Campo dei Fiori）色彩斑斓的市场上，或与周六的人群一起漫步在科罗纳里大街（Via Coronari）上。"（Sparle 37）除此之外，无论购物、用餐、去教堂、娱乐休闲等，照片上的他们始终保持着"一对拥有幸福婚姻秘诀的奇妙夫妇"（Spark 37）的形象。在记述这段造星过程时，斯帕克借鉴了法国"新小说"的物本主义，叙事如摄像机镜头一扫而过，安娜贝尔与弗雷德里克的心理活动不容外人知晓，定格的只有被捕捉到的一帧一帧画面。他们俨然一帧帧胶片上的木偶，在快门按下的时刻做出某个动作，完成某种对视。这不容读者窥视的缄默凸显了造星运动的情感劳动，在每个身体操演发生的当下，他们都在竭力创造一种情感的表象。盖（Adam Guy）在分析赫彭斯托尔（Rayner Heppenstall）的"新小说"元叙事时指出，他将"唯我论形式主义"（solipsistic formalism）转化为了"一种逼真性的指标"，"用'如果真实的现实也是非连续性？'这一问题捍卫了表现主义的（Expressionism）的再现能力"（139）。盖认为赫彭斯托尔的现实观为战后英国小说提供了一种与传统 19 世纪小说相互竞争的现实主义，这在斯帕克对表象的书写中同样适用。在描摹安娜贝尔夫妇形象劳动时，斯帕克似乎提出了与赫彭斯托尔相同的问题，即：如果真实的现实本身就是无情的表象？

霍克希尔德借助戈夫曼的行为理论，以"浅层表演"（surface acting）诠释了 20 世纪 60 年代服务业中的情感劳动。在浅层表演中，身体是最直观的交易场所，演员通过控制身体姿态和面部表情，达到让观众沉浸于某种情绪中的效果。浅层表演以观众情感反应为导向，演员本身则需要保持头脑清醒。霍克希尔德引用了斯坦尼斯拉夫斯基对浅层表演的评价，称"他用一种冰冷的、非个人化的方式指涉了某场景的外在形式，却丝毫未曾试图将生命或深度融入其中"（qtd. from Hochschild 37）。霍克希尔德的本义是借助浅层表演来推演服务业如何通过对员工进行表演类的培训来帮助他们进行情感管控，从而帮助他们潜移默化地将情感商品化，以应对顾客在享受该服务中的情感需要。而这一论述在此时却恰如其分地解释了安娜贝尔与弗雷德里克类似浅层表演的情感劳动。早已同床异梦的二人，在街头巷尾配合镜头开始操演身体，管理面部肌肉，表演在不经意间看向对方的幸福眼神。在这种对情感的表演中，他们要做的正是将婚姻生活中的种种症结抛诸脑后，以"冰冷的、非个人化"的方式完成做明星工作所需要的情感管理。而做好这份工作的前提，正是斯式在批判浅层表演时提到的，拒绝"将生命或深度融入其中"。但值得注意的是，霍克希尔德谈论浅层表演的目的是展示这种情感劳动对主体真实性的伤害，因为浅层表演往往要求区分私人主体和劳动主体，要求劳动主体压抑自我的真实情绪。但在本就空洞的安娜贝尔身上，造星运动对浅层表演的要求却以一种冷漠的空洞"充实"了她原本的空洞，反而加持了她冷漠的主体性。

借助弗雷德里克的观察，我们看到的安娜贝尔愚蠢而不自知，言行举止处处透露出浅薄，会不合时宜地大笑，听取别人的评价之时漫不经心。而在"英式虎女"的大荧幕形象让她一夜成名、从此开始了漫长的明星工作之后,安娜贝尔的面容发生了更显著的变化:"仿佛经过许多著名照相机的拍摄,[她的脸]变成了她公众形象的模具。她看上去冷淡又颇负教养。她的笑容过去是迅速而轻微的,如今变得缓慢又有几分拘谨;现在只有在镜头前扮演虎女之时,她才会活泼起来"(Spark 40)。安娜贝尔的变化展现了镜头下的情感劳动对主体的形塑过程。在扮演了诸多角色之后,她开始将生活中的人视为角色,同时将自我与角色融为一体。英式虎女的形象消融了她眼中的愚蠢,她显得睿智持重。这是长期面对镜头,为公众形象的需要而重复实施情感劳动的结果。情感劳动要求她反复地训练自己的仪态、动作、表情,以至于在不同镜头下,安娜贝尔已然形成一套天然的肌肉反应。而这种反复的身体操演与身份认同之间的关系仿佛印证了巴特勒(Judith Butler)对身体与身份的判断。巴特勒在论证性别身份时指出,"性别的效果是通过身体的风格化产生的,因而必须被理解为是身体的姿势、动作和各种风格以平常的方式构成了一个持久的、性别化自我的幻觉"(179)。安娜贝尔也是如此,因为起初她并不执着于英式虎女这一形象,还等着这一形象被公众淡忘,重新扮演其他角色(Spark 30)。但因此成名后,随着自己在各种场景各种镜头下反复为巩固这一形象进行情感劳动,安娜贝尔无意间内化了虎女冷漠强势的一面。她无视婚姻中的情感背叛,不顾弗雷德里克的反对生下孩子,哪怕面对弗雷德里克的死亡,依旧只考虑如何保住这种公众形象。虎女的表象成为形塑自我永恒的幻觉,同时成为安娜贝尔拼命捍卫的真实。

如鲍德里亚(Jean Baudrillard)在《拟像与仿真》(*Simulacra and Simulation*)中引用的《传道书》名句所述:"拟像从不隐藏真实——它只是隐藏了真实并不存在的事实。拟像即真实"(1)。霍克希尔德强调,介于服务业对情感管理的要求,服务人员需要表露的情感与真实自我背离,从而加强了他们对真实脱节的感受,而情感劳动却讽刺性地为安娜贝尔原本就空洞的躯壳又填补了一重真实。学者往往批判安娜贝尔主体性的虚假,如普林(Faith Pullin)称"她只是在附和别人的短语及风格,是个拾人牙慧者"(72);塞勒斯(Susan Sellers)则更犀利地指出,该小说反映了"媒体那令人眩晕的理想化渲染湮灭了他们希望捧起的理想个体"(46)。但需要同时看到的是,媒体极尽技术与舆论之力塑造的理想形象的虚假,只是进一步强化了安娜贝尔最真实的空洞。

三、空洞的真实:情感劳动的惊悚复现

随着情感劳动在商业社会的普及,其对个体的影响逐渐在群体的情感效应中显现。在小说的后半部分,以激发观者特定情感为目标的情感劳动成为斯帕克反复书写的对象。弗雷德里克与安娜贝尔争相构筑的自杀与反自杀拟像既暴露出其所仰仗的一系列

情感规则，也通过荒诞地复刻"新小说"的表象书写，将读者带回到无情的历史当下①，从而呈现了情感规则的商品化过程中人与人之间前所未有的疏离。而斯帕克通过戏剧性地再现此种疏离，也为读者提出了交流的寄望。

过往研究已经观察到，《公众形象》所勾勒的电影产业是一个拟像泛滥的世界。格雷格森（Ian Gregson）意识到该书探索的是"作为后现代表象（surface）的自我这一主张"（9），艾普斯托卢（Fotini E. Apostolou）则一针见血地指出，这本小说中不存在任何"真实生活"，"读者接收到的只是一种超现实（hyperreality），一种拟像（simulacra）的恶性循环"（64）。鲍德里亚借助表象、拟像、超现实等概念勾勒出后现代符号构筑的现实早已混淆甚至取代真实本源的境况，而《公众形象》除了反映这一状况之外，还揭露了构筑拟像的过程中情感劳动促使情感消亡的现实。弗雷德里克摧毁安娜贝尔公众形象的手段是自导自演一出"孟浪影星在丈夫自杀之日于家中聚众狂欢"的戏码。为此他精心选择了死亡场景，从圣约翰圣保罗教堂的脚手架上一跃而下，跌进殉葬者墓穴。而他的死亡只是这场蒙太奇的一个片段，与之并置的是安娜贝尔在家举行（他一手策划而安娜贝尔并不知情的）暖房酒会。同时他还为这一段场景增加了彼时在意大利最受欢迎的"儿子向母亲坦白"的丑闻叙事，在自杀的酒店留下一封封写给早已去世的母亲的书信，捏造安娜贝尔对婚姻不忠、让他备受羞辱的"事实"。显然，在协助维护安娜贝尔的公众形象之时，弗雷德里克深入了解了电影行业构筑拟像的过程。但要借此摧毁安娜贝尔，还需明了公众的感受规则（feeling rules）。霍克希尔德借"感受规则"这一概念描述我们在评估或被评估个人感受及情感展演时所依据的一套稳定模式。她相信我们"也许可以利用很多碎片化的评估资料，开始拼凑出一套更为一般性的、指导我们进行深层扮演的规则，这套规则会随着社会的不同和历史的发展而变化"（Hochschild 260 n3）。就好像待人接物存在行为礼仪，面对特定情景也存在一套"应当感觉到什么""应当如何回应某种感受"的感受规范。而这种"应当"受制于特定的文化与历史环境，也随着环境变化而转变。弗雷德里克在构筑关于安娜贝尔的浪荡叙事时显然借助了当时意大利造星运动中大众对女性的感受规则。哈沃思（Rachel Haworth）在研究 1960 年代意大利对女星米娜（Mina）的丑闻报道中指出，对米娜的负面报道反映了当时深受宗教影响的保守主义价值观。彼时在意大利，"离婚和堕胎尚未合法化，受到教会和基督教民主党政府的影响，意大利妇女传统家庭角色得到提升"（Haworth 248）。换言之，女性在婚姻默许的行为领域获得了一定程度的自主权，而逾越婚姻界限的性则是一种威胁主流意识形态的丑闻，理应受到谴责。弗雷德里克正是深谙这种感受规则，才制造了"纯洁殉

---

① 伯兰特（Lauren Berlant）在讨论历史小说时指出，历史小说研究所关注的"情感情景"（affective situations）不仅为这种文类提供了审美惯例，还"体现了特定时空的政治和主观形态"（66），这些历史小说的历史性存在于一种审美文类的"氛围"（atmosphere）中（同上）。盖认为布兰特对历史小说的解读揭示了"新小说"的现实主义内涵，即他们"在形式上的创新让读者重新感受到他们的历史当下"（143）。

道者"的死亡肉体与安娜贝尔纵情作乐的蒙太奇手法,企图借用这一场景的张力博取公众对他的同情,引发对安娜贝尔的道德审判。

然而安娜贝尔作为"没有角色便一无是处"(Cixous 208)的电影界宠儿,自然最善于重构拟像。她迅速借助一场新闻发布会,将弗雷德里克企图构造的受害者叙事扼杀于摇篮中。在这场发布会中,安娜贝尔体现了对感受规则更为细致且复杂的直觉。她一方面运用了意大利最易被认可的母性气质,一方面利用了邻居对维护"美好形象"的情感实践。发布会的场景是安娜贝尔端坐于邻居中间,"像抱着一面胜利的盾牌那般抱着孩子"(Spark 79)。面对记者询问,她"眨眨眼驱散眼角的湿润,做着明显的吞咽,低头看着孩子叹气"(Spark 83)。叙述者后来追述道,记者们没能问出想要的内情都表现出些许失望,"但他们还是被这幅值得一看的场景(scene)所震慑,安娜贝尔和婴儿被安排在[众邻居]之中,仿佛霍尔拜因(Holbein)笔下的某副庞大的家庭画卷"(Spark 88)。这里斯帕克很可能指向小汉斯·霍尔拜因的名作《圣母与梅耶市长一家》(*The Madonna with the Family of Mayor Meyer*)。画中圣母玛利亚怀抱耶稣,站在祈祷的众人中间,眉眼中流露出崇高的圣洁与恩典。要知道,安娜贝尔炮制的这一拟像在当时的意大利可谓因时制宜。在宗教方面,圣母玛利亚的形象在罗马天主教发源地意大利备受推崇,其作为美与恩典的象征性是其他基督教国家难以比肩的,因而这是一个可以引发普遍崇拜与敬畏情感的拟像。在世俗层面,20世纪五六十年代的意大利明星作为理想形象的代言人,承担着"强化传统观念的女性气质与妇女角色"(Buckley 35)的重大压力:即"妇女的主要职责是照顾丈夫和孩子以及料理家务"(同上)。因而女性被呈现为母亲的形象更能引发人们对其慈爱、温柔等女性气质的认同。玛利亚的圣母形象帮助安娜贝尔成功激发了观者的敬畏、同情与认可,而邻居在新闻发布会中的表现也提供了某种堪为典范的情感表达。发布会开始的瞬间,他们"突然沉默",围绕在安娜贝尔周围,以各式各样的手势和自发的情感态度表达他们对"当下困境的感知和对这位丧失亲人的女性的支持"(Spark 83)。这一切发生的那样迅速却一致,"仿佛该场景已经经过数周研习与预演那般成功"(同上)。尔后在叙述者的回溯中,我们了解到他们需要"坚守他们所谓的'美好形象(*bella figura*)',即一种外表与所处场合相称的原则"(Spark 89)。"美好形象"一词几乎贯穿意大利文化生活的方方面面。简言之,它包含一种"习得的得体性"(learned appropriateness)和展示自我文明身份的自觉。这种运用恰当风格、开展得体行动的生活艺术构成了意大利人自我认同与存在方式的重要组成部分。吉达(Denis Scannell Guida)特别指出,"美好形象"与沉默(omerta)的规则关系甚密,因为"沉默允许个体操控他们的自我呈现,并在外人面前隐藏真实自我"(qtd. from Guida)。这就解释了为何邻居们之前与安娜贝尔并不相熟,却在得知弗雷德里克的死讯后自发在她家门口聚集。而新闻发布会开始之前还在互相寒暄的邻居,在发布会一开始就迅速进入了一致的情感呈现中。他们需要表现得友善、团结、乐于助人,需要立刻对安娜贝尔的不幸经历表达出真诚又不失优雅的同情。而发布会开始的沉默则是帮助他们完成这一场景切换的利器，更为这一场景增添了几分肃穆与悲戚。沉默同时也是他们基于"美好形象"所做出的示范，暗示他们对面的记者在这种情况下何为正确的感受。沉默的邻居震慑着记者们，提醒他们在别人遭受这巨大的痛苦时，过度窥伺隐私是极不体面的。于是，在安娜贝尔与邻居共同组成的这副充斥着复杂情感规则的"画作"面前，记者们只能咽下心中的狐疑，接受安娜贝尔已经掌握重写其夫之死这一主动权的事实。

值得注意的是，斯帕克不仅呈现了上述感受规则的文化诱因，还一度提醒我们，安娜贝尔针对上述发生的一切有一种秘而不发的觉知。小说从三个侧面反复书写了安娜贝尔对这场情感劳动的谋划。一是安娜贝尔在医院认尸完毕后迅速意识到"此时才刚过凌晨两点"，她"必须立刻对媒体说点什么，否则就来不及[登上]早报了"（Spark 74）。二是在准备新闻发布会的过程中，斯帕克通过对安娜贝尔和邻居做作的体态与表情描写，明示这是一场"带着对仪式（ceremony）与景观（spectacle）的直觉"（Spark 81）所展开的情感表演。三是发布会结束后的黎明到清晨，安娜贝尔倚在床边复盘发布会的场景并浏览早报，确保自己没有受到谴责。叙述者总结道，安娜贝尔如释重负，因为她"在面对这一夜事件的压力时终于没有丢失她的头脑"（Spark 91）。"头脑"在这一切的情感劳动中至关重要，它意味着所有被呈现出的情感都需要被掌控，被推向某一个特定目标。在安娜贝尔那里，这个目标是迫在眉睫地稳固公众形象；而在邻居那里，公众生活要求他们所展示的美好形象成为安娜贝尔实现这一目标的途径。于是，在这场情感泛滥的景观中，斯帕克为读者奉上了一场同情与无情的周旋。叙述者一面透露，安娜贝尔真实的情感状态唯有"麻木"（numbness），一面强调邻居对"同情"的表演恰恰反映出他们的重心不在于关心弗雷德里克死亡这一事实及其影响。麻木让安娜贝尔保持奇特的清醒与理智，"不关心"让邻居自觉成为安娜贝尔自导自演的剧本的一环。当情感展演的规则开始为某种获利的目标服务，它便不再表现为真实的情感联结，而是落入"人成为资本"的陷阱。霍克希尔德谈及情感商品化时借鉴了卢梭对18世纪"人转变为资本"的思考。卢梭提到，当人被视为资本，"理性的做法是只将自己投资于能获取最高回报的财产中"（qtd. from Hochschild 185）。在这种情况下，"个人情感是一种阻碍，因为它干扰了个体计算最佳利益，并可能引导他走上在经济上适得其反的道路"（同上）。在卢梭对早期资本主义的审视中，斯多葛学派那种管束激情的理性成为劳动者获利的依托①。因而在劳动中，私人生活里诸如关怀、同情等利他性情感成为亟待压制的对象。

---

① 在关于无情的讨论中，表现为倦怠、无聊、懒惰等情绪与动机缺席固然构成了最重要的部分，但还有另一支源自斯多葛学派的观点，即无视痛苦的存在，屏蔽所有无法管束的激情，依靠理智的头脑做判断是人生的理想形态。尽管斯多葛学派对这种品质有益于政治活动的理念在20世纪已经不合时宜，但他们对"无视痛苦、屏蔽情感、理智判断"的信仰却能在晚近资本主义时期的情感劳动中获得新的解读。

而在霍克希尔德对晚近资本主义的阐释中,关怀、同情等情感本身已然具备商品属性,公司正将员工情感视为一种资本,运用到其获利过程中。在安娜贝尔与邻居协同完成新闻发布会之时,安娜贝尔本人俨然资本的操盘手,正好是她清晰的目标,明确的情感表演与对邻居感受规则了然于胸的盘算,让邻居那些生动的哀叹与眼泪成为她获利的资本。而正是邻居们对"应当如何表现"的过度重视,让他们流露出的关怀丧失了自然的道德力量。尽管不曾与安娜贝尔发生直接的雇佣关系,他们的情感表现却让他们无意间成为安娜贝尔这一情感资本家的雇员。

但斯帕克没有止步于对情感联结成为商品的嘲讽,她用一丝隐蔽的寒意刺破了安娜贝尔在这场情感表演战争的胜利。这令人毛骨悚然的恐惧来自弗雷德里克本人,他的缺席是这出闹剧的因果,但这缺席不单单是一个抽象事件,而是一具真实的死亡肉身。当安娜贝尔在麻木中盘算"这场电影如何收场"(Spark 72),当邻居面对摄像头"偷偷摸摸调整着紧急套上的衣服"(Spark 76)时,安娜贝尔冷不丁地触碰到这一事实:她满脑子都在想如何否定酒会的存在,因此必须警告弗雷德里克不能说出跟酒会相关的事。然而"她即刻颤抖起来,因为她那惊悸的大脑突然意识到弗雷德里克已经死了"(Spark 89)。这突发的惊悸突破了她以工作态度面对个人生活的一贯麻木,将她与那个屏障了共情可能的自己短暂隔离。而这个悬置的瞬间也构成了本书最大的暗恐,它重申了唯一超出拟像的真实——弗雷德里克那真实死亡的肉身。这个永恒的缺席在这一刻复现,以毛骨悚然的方式提醒读者,这一场场充斥着同情与悲伤的情感劳动已然忘却了这个原本应该最令人悲伤的真实。于是我们在那惊悚且滑稽的一刻看到了米尔斯(C. Wright Mills)笔下商业社会的人。他们"彼此疏远,因为每个人都暗地里试图将对方作为自己的工具,久而久之就形成了一个完整的循环:一个人将自己作为工具,同时也疏远了自己"(Mills 188)。当这个被忘却的惊人事实重现,并提醒安娜贝尔和读者它的缺席,我们才惊觉工具化的人与商品化的情感已然将死亡那不可通达的特性变成了符号,人与人的疏远已经到达异化生命之有限性的地步。这突如其来的惊惧,或可让人与人之间再度产生联结。

《公众形象》的结尾用逃离暗示了安娜贝尔的启悟。她抱着孩子,以非公众形象现身机场,并清晰地概括出此刻的情绪:"事实上,她过去曾感觉到,现在依然觉得,既非自由又非不自由。她并不确定这些话意味着什么"(Spark 154)。这种未能获得自由也并非全然被囚禁的状态几乎准确表达了安娜贝尔在做演员、做明星及应对弗雷德里克的报复性自杀时的体验。将表演视为普通劳动的她从未体验过艺术创作的自由,却因获取大笔财富拥有了自由的物质生活;因"英式虎女"一炮而红的她从此被这一角色围困,也因这一身份获取了稳固的公众形象;为了保住这一形象受困于永久的疏离,却也在情感劳动中做起了他人情感的操盘手。但这种体验是否定性的,与既自由又不自由的矛盾不同。它凸显出一种受困的无奈,也暗示着斯帕克笔下这个受困于情感劳动的世界正在经历的情感现实。它要求劳动者对自己无情,如此方能最高效地将个人情感转化为商品;对爱人无情,如此便不被私人情感左右,只满足大众需求;对邻人无情,如此便能将他人的情感为己所用,创造利益。安娜贝尔曾在这样的世界如鱼得水,情感劳动暴露、固化甚至加剧了她生命里无情的底色,也将她永远困在无情的劳动中。但此刻的她不是"英式虎女",她脱掉了形象的躯壳,昔日那只空空的贝壳里有了海的回声。她感觉到孩子仿佛还在腹中,与她构成尚未异化的联结。斯帕克似乎在此刻暗示,在惊悸中意识到生命的有限性后,安娜贝尔终于面对肉体的真实,也终于有希望踏上一条通往有情的道路。

参考文献

Apostolou, Fotini E. *Seduction and Death in Muriel Spark's Fiction*. Westport: Greenwood Press, 2001.

Baudrillard Jean. *Simulacra and Simulation*. Trans. Sheila Faria Glaser. Ann Arbor: University of Michigan Press, 1994.

Berlant, Lauren. *Cruel Optimism*. Durham & London: Duke University Press, 2011.

Buckley, Réka. "Marriage, Motherhood, and the Italian Film Stars of the 1950s." *Women in Italy, 1945—1960: An Interdisciplinary Study*. Ed. Penelope Morris. New York: Palgrave Macmillan US, 2006. 35 - 50.

Butler, Judith. *Gender Trouble: Feminism and the Subversion of Identity*. New York & London: Routledge, 1999.

Cixous, Hélène. "Grimacing Catholicism: Muriel Spark's Macabre Farce (1) and Muriel Spark's Latest Novel: The Public Image (2)." *Theorizing Muriel Spark: Gender, Race, Deconstruction*. Ed. Martin McQuillan. Trans. Christine Irizzary. New York: Palgrave, 2002. 204 - 09.

Conroy, Marianne. "Acting Out: Method Acting, the National Culture, and the Middlebrow Disposition in Cold War America." *Criticism*, 35.2 (1993): 239 - 63.

Dyer, Richard. *Heavenly Bodies: Film Stars and Society*. 2nd ed. London & New York: Routledge, 2004.

Gregson, Ian. *Character and Satire in Postwar Fiction*. New York and London: Continuum, 2006.

Guida, Denise Scannell. "Bella Figura: Understanding Italian Communication in Local and Transatlantic Contexts." *Oxford Research Encyclopedia of Communication*. Oxford: Oxford University Press, 2020.

Guy, Adam. *The Nouveau Roman and Writing in Britain after Modernism*. Oxford: Oxford University Press, 2019.

Haworth, Rachel. "Scandal, Motherhood and Mina in 1960s Italy." *Modern Italy*, 22(2017): 247 - 60.

Hochschild, Arlie Russell. *The Managed Heart: Commercialization of Human Feeling*. London: University of California Press, 2003.

Jones, Carole. "Muriel Spark's Waywardness." *The Crooked Dividend: Essays on Muriel Spark*. Eds. Gerard Carruthers & Helen Stoddart. Glasgow: Scottish Literature International, 2022. 25 - 43.

Konijn, Elly A. *Acting Emotions: Shaping Emotions on Stage*. Trans. Barbara Leach & David Chambers. Amsterdam: Amsterdam University Press, 2000.

Mills, C. W. *White Collar: The American Middle Classes*. New York: Oxford University Press, 1951.

Morris, Penelope. "Introduction." *Women in Italy, 1945—1960: An Interdisciplinary Study*. Ed. Penelope Morris. New York: Palgrave Macmillan US, 2006. 1 - 20.

Pullin, Faith. "Autonomy and Fabulation in the Fiction of Muriel Spark." *Muriel Spark: An Odd Capacity for Vision*. Ed. Alan Bold. London: Vision; Totowa: Barnes & Noble, 1984. 71 - 93.

Sedgwick, John, et al. "The Market for Films in Postwar Italy: Evidence for Both National and Regional Patterns of Taste." *Enterprise & Society*, 20(2018): 199 - 228.

Sellers, Susan. "Tales of Love: Narcissism and Idealization in *The Public Image*." *Theorizing Muriel Spark: Gender, Race, Deconstruction*. Ed. Martin McQuillan. New York: Palgrave, 2002. 35 - 48.

Spark, Muriel. *The Public Image*. London: Virago Press, 2014.

Stannard, Martin. *Muriel Spark: The Bibliography*. London: Phoenix, 2009.

Strasberg, L. *A dream of Passion: The development of the Method*. Ed. E. Morphos. London: Bloomsbury, 1988.

Wood, Mary P. "From Bust to Boom: Women and Representations of Prosperity in Italian Cinema of the Late 1940s and 1950s." *Women in Italy, 1945—1960: An Interdisciplinary Study*. Ed. Penelope Morris. New York: Palgrave Macmillan US, 2006. 51 - 63.

后现代实验小说的现实主义纹理：
斯帕克《驾驶座》中的现实主义

沈依霖[*]

内容提要：身处不同社会历史环境中的人们对现实与真实有着不同的认知，现实主义作为一种试图真实地反映现实生活的表现形式，其创作方法会随着社会的演变而变化。本文试图以缪丽尔·斯帕克的《驾驶座》为例，探讨战后英国文学中后现代实验小说与现实主义的关系。本文认为斯帕克的小说包含现实主义思想，忠于外在客观现实，同时能够穿透异化的社会表象，把握深层真实。另外，斯帕克的作品显示出她对现实主义的虚构与现实的关系的思考，超越了传统现实主义中两者分隔的对应关系，指向现实与虚构相互交织的新可能。斯帕克的小说对理解英国语境中实验小说与现实主义的关系具有重要意义。

关键词：缪丽尔·斯帕克；现实主义；后现代；实验小说

Title: The Realist Texture of Postmodern Experimental Fiction: Realism in Muriel Spark's *The Driver's Seat*

Abstract: People in different socio-historical environments have varied perceptions of reality and truth. Realism, as a form of expression that aims to give a truthful representation of life, has engendered various techniques in tandem with the changes of society. This paper attempts to use Muriel Spark's *The Driver's Seat* as an exemplar to explore the relationship between postmodern experimental fictions and realism in post-war British literature. It argues that Spark's novels contain the idea of realism, being faithful to external objective reality. Meanwhile, they are able to

---

* **作者简介**：沈依霖，南京大学外国语学院英美文学专业博士生，主要研究方向为当代英国小说。联系方式：956827715@qq.com。

penetrate the surface of society and grasp the deeper reality. In addition, Spark's work indicates her thinking about the relationship between the ideas of "fiction" and "reality". *The Driver's Seat* goes beyond traditional realism and points to new relationships between "fiction" and "reality", where they are intertwined instead of being separated. Spark's novels are instructive for understanding the relationship between experimental fictions and realism in the British context.

Key Words: Muriel Spark; realism; postmodern; experimental fiction

面对后现代实验性小说,我们还能够谈论现实主义吗? 英国作家缪丽尔·斯帕克(Muriel Spark)用作品告诉我们,答案是肯定的。现实主义有着悠久的发展历史,作为一种文艺思潮,它首先出现在 1826 年的法国(韦勒克 218),它"以语言符号为工具,以社会现实为指称,致力于创造反映生活的'镜子'"(王守仁等 28),其基本标志是"真实地描写现实"(王向锋 5)。在 19 世纪,现实主义日臻繁荣,总体具有"真实性(客观性)、典型性和历史性三大特征"(王守仁 34)。然而,20 世纪 60 年代萌发的后现代思潮挑战了现实主义的理论根基。弗朗索瓦·利奥塔(Jean-Francois Lyotard)、雅克·德里达(Jacques Derrida)、罗兰·巴特(Roland Barthes)等理论家对语言能否真实地描述生活提出了质疑,而这一语言和现实的关系正是"现实主义模仿假设"的基础(Waugh 66)。如 J. 希利斯·米勒(J. Hillis Miller)与巴特都认为现实主义小说中所谓的"真实"并非由于其对外在现实的忠实描绘,而是语言制造出的幻觉(王守仁 42)。因此,后现代思想"强调话语建构,消解真实性"(王守仁 48),这与现实主义诗学强调对外在世界的连接和模仿相悖。但现实主义在后现代时期并没有消失,正如王守仁在《战后世界进程与外国文学进程研究》中指出的,不仅有安德鲁·加西雷克(Andrzej Gasiorek)、保罗·利科(Paul Ricoeur)、特里·伊格尔顿(Terry Eagleton)等理论家寻找着"与过去机械反映论不同的现实主义新模式"(49),还有着众多作家创作出现实主义的作品,如 C. P. 斯诺(C. P. Snow)、威廉·库珀(William Cooper)、格雷厄姆·格林(Graham Greene)等,他们往往都反对形式实验,使用传统的现实主义手法进行写作。然而,"现实主义"与"实验性"其实并非一对反义词,因为"现实主义的再现模式体现的是浸淫于某一社会环境的人对于世界的一般体认,这必会导致不同历史时期和不同文化背景的作家创作出风格迥异、手法万千的作品"(王守仁 54),因此,现实主义不应排斥"风格手法上的创新"(王守仁 55)。同时"实验性写作也不是哪一类小说的专利"。而在斯帕克那里,这两者被协调地融合起来,在后现代时期为现实主义寻找到了新的发展路径。

斯帕克在学术界往往因其小说反映的后现代思想和包含的实验性而出名。众多国外的研究者将她认定为"先于她时代的后现代主义者"(Maley 173),因为她 20 世纪

50—60 年代的小说展现了当时在英语写作界还并不盛行的后现代特征(Stevenson 107)。后现代理论家如利奥塔等将沃纳·海森堡(Werner Heisenberg)、尼尔斯·波尔(Niels Bohr)所从事的量子力学研究与库尔特·哥德尔(Kurt Gödel)从事的数理研究作为其科学权威背书,以支持其"极端不确定性、不可判定性和不确定性的看法"(Waugh 68)。在这些科学与哲学思想的影响下,当时的许多作家如"缪丽尔·斯帕克,多丽丝·莱辛,约翰·福尔斯、安吉拉·卡特(等)……对一系列自我指涉的美学实践表现出实验兴趣,其中包括反讽、戏仿、意合(parataxis)、嵌套和框架、自我意识"等写作手法(68)。国外对斯帕克的批评研究,在内容上大多从身份政治、种族、民族、宗教、文化等展开,往往将其小说与"传统""现代主义""后现代主义"这些类别相联系,并且"不考虑所有其他分类"(Bailey 1)。而国内的研究者一般也都强调斯帕克小说的后现代特征,如张莹颖在《论缪丽尔·斯帕克的创作特征——以〈死的警告〉等作品为例》(2014)中分析了斯帕克的后现代创作技巧,何凯悦的《缪里尔·斯帕克"新小说"的空间研究》(2019)与王兴刚的《〈吉恩·布罗迪小姐的青春〉的后现代写作特征》(2011)均研究其小说的后现代特征。而国内关于斯帕克的博士论文——戴鸿斌的《缪里尔·斯帕克的后现代主义小说艺术》(2009)亦强调其小说的互文性、新小说、元小说的后现代技巧。总之,国内外对斯帕克小说中的现实主义有论述的学术作品较少,詹姆斯·贝利(James Bailey)的《缪丽尔·斯帕克的早期小说:文学颠覆和形式实验》(2021)在这个话题上有所建树,但其主体仍然强调斯帕克小说的实验性。由此,本文将在其基础上讨论斯帕克小说与现实主义的关系。

一、与现实主义同行

斯帕克本人曾表达过对现实主义的关注。在面对自诩是现实主义者的斯诺、库珀等作家对于实验小说的抨击时,她表示:"我可能声称自己在所有可能的方面都与斯诺相反"(Toynbee 74)。然而,这并非表示她对现实主义的排斥,相反,在她眼中,斯诺"他认为他自己是个现实主义者:我认为我才是一个现实主义者而他是一个彻头彻尾的幻想主义者"(74)。在一次采访中她谈到她不认可所谓的"现实主义小说",因为它们"比其他种类的小说更忠于教条的和绝对的真理"(Hosmer 147),因此她创作小说是为了"通过对'教条的和绝对的真理'的陌生化与拆解"(Bailey 4)来"揭露传统现实主义幻想的人造性"(Lodge 105)。由此可见,斯帕克对现实主义并非全然排斥,反而对其有亲近感,不过她所欣赏的现实主义显然不是传统意义上的"现实主义",而是更能表达后现代状况的现实主义。斯帕克的写作,根据其传记作家布莱恩·切耶特(Bryan Cheyette)的观点,受到"英国社会现实主义长久传统"的影响,同时也受到法国新小说的"先锋运动"与英国"实验主义"(9－10)的影响。因而,斯帕克的小说走的是"第三条路","同时涵盖了主张在世纪中叶回归现实主义的反现代主义者和后现代主义实践者所表现出的倾向"(Herman 473－4)。因而她处于"一个在现实主义和实验主义中间的模糊的(或者说双重的)位置"(Bailey 3)。而同时融汇两种风格的斯帕克,其写作实践实际上想要"通过不同模式的文学创新来重新定义传统现实主义而非全然弃之"(Bailey 3)。由此,关注斯帕克写作中的现实主义是有意义的。

斯帕克对于现实主义的这一兴趣和关注也可以被解释为源自她的亲身经历。1944年,斯帕克在英国的"政治战争组织"(Political Warfare Executive)工作。这一组织是英国在二战期间成立的,有着向敌方发布宣传的任务。PWE和BBC等机构进行的"白色"宣传不同,后者光明正大地彰显自己对英国的忠诚,前者则是进行"黑色"宣传,其手段比较隐秘,简而言之是根据一些貌似真实的事件,对其进行修饰,将其播报给德国民众,让其不自觉地对德国政府产生反叛心理(Lopez 970)。但这些播报给德国民众的信息实际只是捏造出的故事。由于这一经历,让斯帕克在其书写中对细节真实极其敏感。PWE认为"对于真实事实的组编和使用可以经受住查证",因而这也是他们宣传工作的关键(972)。而斯帕克在她的文学书写中对其小说中的历史背景进行了详尽的调查:"像一个很好的宣传者,她非常重视事实的真实性(authenticity),围绕这些事实,她可以建立一个可信(plausible)的故事"(972)。在这一点上,她的作品甚至是可以被视为现实主义的,因为按照利科的观点,文学创作的真实"不在于其描绘的内容是实在本身(actuality),而在于其可信性(plausibility)"(王守仁 92)。实际上,斯帕克不仅关注了可信性,而且关注实在本身,在一次采访中她谈道:"你知道,假设我说1952年8月15日,下雨了,我确实会查看那天那个地方是否在下雨。"(Lopez 972)除此之外,战时的许多策略和社会现实都被展现在斯帕克的小说中,如PWE对媒体的操控,将其用以传播假新闻的手段就在《肯辛顿往事》(A Far Cry from Kensington)中被男主人公"尿稿人"运用;如战时伦敦的物资分发制度则在《处心积虑》(Loitering with Intent)中被描绘。在其自传中,她还展示了自己从现实生活取材的写作过程,如在进入教会小学后,斯帕克就遇到了女老师克里斯蒂娜·凯,她用文艺复兴的绘画装饰着她的教室,斯帕克把这一教室搬到了小说《布罗迪小姐的青春》(The Prime of Miss Jean Bordie)中,同时也基于这一老师创造了她的著名形象布罗迪小姐。斯帕克骄傲地写道:"凯小姐的学生无一不怀着喜悦和怀念之情,在布罗迪小姐的形象中认出凯来"(Curriculum 56－7)。这些对于现实的反映和取材无疑构成了她小说中现实主义的部分,这也是她自己所言的其小说的"现实主义框架(realistic framework)"(Lopez 972)。

二、超越表象真实

斯帕克的小说显而易见受到法国"新小说"的影响。她在采访中承认，当她创作如《驾驶座》(*The Driver's Seat*，国内译作《对不起，我在找陌生人》)的小说时，她"受到法国新小说作家极大的影响"(McQuillan 215)。根据罗兰·巴特的定义，以阿兰·罗伯-格里耶为代表的"新小说"是"在表面上建构小说"(Barthes 23)，它们仅仅记录"对于人的环境的直接体验，而不求助于心理学、形而上学或精神分析来理解人所发现的环境"(23)。斯帕克在其小说中也运用着"新小说"的这一手法，然而却与"新小说"的目的有所背离。

《驾驶座》的开头充斥着对现代社会的外在环境描写：衣服的图案与面料、与售货员的互动、对衣服的包装、公寓房间的设计……无一不在建构一个琳琅满目的现代环境。而这样的社会环境也暗含了对人的异化。斯帕克是这样描写在工作环境中的主人公莉丝的："她的嘴唇，除了说话和吃饭，基本紧闭成一条财务报表里比着尺子画的直线，再经过她老气的口红强调后"，这张嘴"简直成了一台精密的仪器"(3)。而莉丝将自己的公寓保持得极为简约，"以至于她每天下班以后，回到的似乎是一套没被人住过的房子"，她的公寓地产商用松木作为内部装饰，这使这套公寓现在价值不菲，而"那些曾经在林中摇曳的高耸的松树，四周散落着满地的松果，如今都被驯化成沉默、服帖的板材"(8)。这些对整洁而冰冷的环境的刻画表明，在现代社会中，衡量人的向度变成了工作中使用的工具，而人本身也被降格为一种物，一切的生命都变成了商品。正如有学者所言"在《驾驶座》中，莉丝公寓中缺乏自然、缺乏生命的意象延展成为整个西方世界的图景，这个世界致力于消解生活现实，专注于外部而非内部、表面而非深层"(Day 327)。莉丝由于精神崩溃来到了另一个国家度假。斯帕克描写了这样的一幕，在商场中有"两台电视机，一大一小，播放着同样的节目——一部马上就要结束的野生动物纪录片。一群往前猛冲的水牛，在一台电视机上显得庞大，在另一台上则显得渺小"，而他们的播放的声音却一样大(斯帕克 55)。几分钟后，两台屏幕都出现了播报员，播报一则军事武装分子占领中东某国的新闻消息(56)。电视屏幕由此"通过沟通的幻象，吸收、消除和淡化了强壮的自然造物与真实的政治生活"(Day 327)。而在这样的环境当中，在"这样再现的光滑表面"中，所到达的"不是真实的尽头，而是模拟的尽头"(327)。这一消解"真实"的商场场景正是现代社会的缩影。主体性在这一环境中失落了，这也是为何莉丝似乎一直在搜寻某物，在努力地试图穿透这一光滑的表面。

卡莱尔·科西克(Karel Kosík)的"伪具体"(pseudoconcrete)概念可以较好地解释这一现象。"伪具体"是科西克在《具体辩证法》(*Dialectics of the Concrete*)中提出的概念,指的是"充斥在日常环境和人类生活日常氛围中的各种现象的集合,这些现象以规律性、直接性和不言自明的方式渗透到行动者的意识中,给人一种自主和自然的感觉"(2)。然而这种现象实际上是对真实的遮蔽,无人在意野生动物的生命力与世界各处真实发生的政治生活,人们能接触到真实可感的物,却感知不了真正的人类生活和自然生命。因此,"现象不仅没有揭示本质,也没有让观察者形成清晰的意义,反而变得具有欺骗性,因为现象并没有直接引导我们找到本质,相反,它们自身被感知为纯粹的本质"(Tava 372)。在这一被异化的、拜物教的环境中,作家如何把握真实成了问题。

而在科西克眼中,弗兰茨·卡夫卡(Franz Kafka)就做到了在后现代幻象中把握真实,在他的视角下,卡夫卡的写作方式不是研究者们普遍认为的表现主义,而是现实主义的(372)。人们往往反对卡夫卡是现实主义者,因为他的小说情节往往会出现意想不到的转变,如《变形记》(The Metamorphosis)中格里高尔的变形,而这些急转的情节常常被视为对于现实的逃避或放弃。然而,学者如阿列克谢·库萨克(Alexej Kusák)指出,这种突然的情节并非是"一种对现实的逃避,而只是摆脱其小说人物在日常生活中所处的异化状态的途径"(374)。因此,"对卡夫卡来说,真正的现实异化并不对应于超越之物(the transcendent beyond),而是对应于日常性,而现实在其最深刻的意义上,恰恰是在这种超越中显示出来的,它使人能够摆脱这种异化"。在这一点上,传统现实主义所追求的与外界对应的真实实际上"仅仅是表面,是被错误地当作本质的纯粹现象"(374)。科西克认为,如果要突破这一表象而把握真正的真实,则需要将日常熟悉的世界"从恋物癖式的亲密关系中剥离出来,通过陌生的残酷将其暴露。……要看清异化日常的真相,就必须与它保持一定的距离"(Kosík 48-9)。

而斯帕克在这一异化环境中试图把握真实的方法和卡夫卡极为相似。正如本雅明注意到的,卡夫卡笔下的人物总是有着奇特和怪异的姿态和行为(Benjamin 137),而这些古怪的姿态"指向的是超越姿态本身的东西;超越他笔下的人物不断目睹的同样怪诞的境况",而对卡夫卡而言重要的不是超越性的东西,"而是开创性的姿态本身,即打破场景的过度行为"(Tava 379)。在《驾驶座》中,面对着冷酷的现代商业世界,斯帕克让莉丝也通过相似的怪异行为对表象现实进行超越。不论是尖叫着试图脱掉售货员推荐的裙子(斯帕克2),还是无礼地反驳售货员的观点(6),抑或是与飞机上的邻座进行匪夷所思的对话(莉丝说:"你看着像小红帽的狼外婆。你想吃了我吗?")(19),莉丝都显得与环境中的其他人格格不入。当她入住酒店的时候,她在前台"索要她的护照,声音大到除了正在招呼她的员工之外,坐在他旁边正在用计算器计算着什么的同事,以及旅馆前厅里零散或立或坐的闲杂人等,全都注意到了她"(41)。莉丝穿着引人注目的搭配怪异的裙子,有着超乎常理的举动,发出令人诧异的狂笑(48),这些貌似的疯癫和怪诞都是为了"抵制(环境的)规定,获得自我掌控权,并通过这种自我掌控权能够对环境采取行动,而不是被环境左右"(Day 329)。这些怪异的姿态就如卡夫卡笔下的姿态一样打破了异化的周围环境,不是沉浸在表象现实的秩序当中,而是穿透物质世界光滑的表面,与其保持了一定距离。莉丝的举动实际上充满了自我意识,当她把局面变得非常怪异的时候,她的眼中流露出"不容置疑的、对自己彻底控制住局面的得意"(斯帕克 3)。

而正是斯帕克笔下的这些试图超越表象、把握深层真实的古怪行为使其作品区别于"新小说"。斯帕克虽然承认自己受到"新小说"作家如罗伯-格里耶的影响,但她同时也对"新小说"保持着一定的谨慎,当问及她欣赏的现代作家时,斯帕克说道:"罗伯-格里耶是当然的,虽然我一点儿也不接受反小说的理论"(转引自 Stevenson 107)。罗伯-格里耶在其文论《小说的一种未来》("A Future for the Novel")中拒绝了"那些为了发掘隐藏在事物背后的全部灵魂而不断进行挖掘的文学"(Robbe-Grillet 23)。然而,斯帕克显然在这一点上站在他的对立面。《驾驶座》不满足于"新小说"对客观物质的陈列展览,而是试图依靠莉丝的主体行为突破这一难以穿透的表面,摆脱现实的异化。她寻找一个男人杀死自己的行为,正是其希望主宰和书写自身命运的体现。而极具讽刺意味的是"只有莉丝停止了呼吸、流血至死,她的生命才有了内容和深度,才在人造和表象之外实现了自身"(Day 330)。因此,斯帕克小说的中心不是后现代所宣扬的虚无和不确定性,而是用生命悲剧书写的确定,是在死亡中把握的真实。偏离传统现实主义的后现代手法,在斯帕克那里,成为她跨越表象到达真实的手段。这正呼应了后现代现实主义的对于文学真实的看法:"文学的真实主要表现为对先前审美认知框架的超越,以及作家通过对社会症结处的深刻剖析来呈现超越当前现实表象的相对真实,往往融经验真实与理性真知于一体"(王紫薇,王守仁 15)。

三、虚构与现实的交汇

关于现实主义最著名的隐喻就是"镜子之喻"(刘洋,王守仁 16),即现实主义虚构作品应当如同镜子般忠实地反映现实。这一隐喻可以折射出两个关于现实主义概念的思考。一是虚构与现实的关系问题,"镜子之喻"暗含着虚构与现实是对立关系,无论作品多么忠实地反映客观现实,它所呈现的仍然是镜中的虚幻。而这一关系也一直被学术界所认可,直到 20 世纪 60 年代,在"后结构主义、可能世界、新历史主义诗学等理论思潮的冲击下",虚构与现实的对立"逐渐转化为与现实、真实相关的重大命题"(刘洋,王守仁 18)。一是作品与读者的关系问题。理论家在讨论现实主义时往往注重现实主义与"视觉"的关系,正如"镜子之喻"直接将"呈现视觉图像的任务赋予了文学作品"(16)。因而人们要求文学作品进行客观细致的细节描写,"为读者传达视觉性信息,通过使读者'看'到现实"以"达到其认知目的"。在这一隐喻框架下,作品被赋予的期待仅仅是"在认知维度对读者产生影响""为读者提供关于现实的知识"(15),成为一种知识的来源。而随着后现代思潮的出现,在阐释学和接受美学的影响下,理论家逐渐注意到作者与文本关系的其他可能。沃尔夫冈·伊瑟尔(Wolfgang Iser)在《阅读活动》(*The Act of Reading*)中将文学作品分为两极——艺术极与审美极,"艺术极是作品的文本,审美极是由读者完成的对文本的实现"(27),提示我们关注读者对作品的生成作用。而保罗·利科在《时间与叙事》(*Time and Narrative*)中也指出文学作品实际上包含着三重摹仿。在他的理论体系中,摹仿 I 指符号系统所赋予现实行动的可读性(lisibilité),因而行动便可被视为准—文本(quasi-texte)(80);摹仿 II 则可以被理解为文学虚构,一种情节构造过程,是摹仿 I 和摹仿 III 之间的中介(73);摹仿 III 指向读者对文本的接受,表明"文本世界与听众或读者世界互相重叠"(97)。本文认为,或许可以基于利科的三重摹仿论,观照现实主义文学作品中不同层面的现实。对应而言,现实主义文学作品一般存在着三重现实。一是文本所摹仿或对应的客观现实,二是文本中所描写与包含的现实,三是读者所处时空的现实。在传统现实主义中,这三重现实相互独立而割裂,而在后现代中,它们有了相互交汇的可能。

在斯帕克的工作经历中,现实可以变为虚构,而虚构也可以影响现实。前者是由于"政治战争组织"对于现实材料的加工,让其变为了虚构故事,而后者是由于这些编造的故事确实对民众心理产生了影响。同时,这一组织甚至会将其所编造的事情变成外在现实,如寄物资给他们笔下所描述的高收入德国战犯家庭,使他们在他人眼里符合其高收入形象(Lopez 974)。而这一独特的虚实交织体验也被斯帕克放进其小说中。在《处心积虑》中,叙述主人公芙蕾尔成了由昆丁爵士组织的自传协会的秘书,与此同时她还在写作一本小说《沃伦德·蔡斯》,这一小说实际是基于她在自传协会的工作经历而逐渐成形的,但昆丁爵士让人偷走了这一小说的原稿,奇怪的事情却发生了,《沃伦德·蔡斯》中所写的情节竟然渐渐变成了现实,自传学会的女会员如同芙蕾尔小说中的女人一样自杀了,而昆丁爵士也越来越像她所创作的男主人公蔡斯,最后竟和他一样遭受车祸而去世。斯帕克写道:"昆丁爵士几乎显得不真实,他只是我塑造的一个人物,而沃伦德·蔡斯是个男人,一个真实的人,基于他,我塑造了昆丁爵士"(179)。外在客观现实和虚构的界限由此被打破了,芙蕾尔以外在客观生活为素材来构思小说,最终却是虚构小说变成了外在现实。虚构不再是机械反映现实,而是与现实无限贴近,相互交织。

斯帕克不仅让文本和其摹仿的现实相交汇,还让文本与读者所处的现实面交汇。正如伊瑟尔注意到的,传统现实主义和实验性小说"要求读者参与的方式完全不同。如果文本再现并且肯定读者所熟悉的规范,读者就可能相对保持被动状态;反之,当文本和读者的共同基础被文本从他脚下挖去时,读者就被迫加入一种紧张的活动之中"(115)。而这正是斯帕克小说所创造的效果。面对《驾驶座》,读者不再对文本进行一种被动的接受,文本也不再仅仅是对现实的模仿和知识的传达。文本通过将读者卷入其中,连接了外部现实。

《驾驶座》这部小说的名字不禁引人发问,小说和驾驶座有什么关系？究竟谁坐在驾驶座中？"驾驶座"带来的隐含意义是对局势的操控,而这部小说中很难有谁能称之为绝对的操控者。叙述者仅仅在开头告知读者女主人公莉丝会在第二天早晨就被人杀害,但在一些时候叙述者也表现得很无知:"天知道她脑子里在想什么,谁能说得准？"(斯帕克 41)故事的情节很简单,莉丝一直在寻觅一位男性,却不告知读者其意图,再找错了几次人以后,她终于找到了他,这时读者才明白她的想法,是想让这位男子了结自己的生命,于是经过她的说服,男子用刀扎入了莉丝的喉咙。但在最后一章之前,莉丝也"没有完全的主宰","她仍然担心自己能否实现(这一目标)"(Norquay 338)。这样的情节设置,让读者甚至可以被视作坐在这一驾驶座上。正如格伦达·诺奎(Glenda Norquay)所言,读者"不得不伴随着莉丝直到她的死亡,并且别无选择只能见证这一死亡",因而一定程度上读者和犯罪者一起合谋了这一场谋杀(340)。同时,斯帕克还有意通过技巧影响读者的心情。她从侦探小说中学到了"悬疑"(suspense)手法,并试图在小说中加强这一效果:"我认为如果作者在开头就'泄露'情节,悬疑就会被加强",进而有意识地让读者产生反应:"这样读者就会更急切地找出结局是如何生成的"(Hosmer 146)。而"叙述者在现在和过去之间不停'盘旋'的注意力"更是加重了读者的急迫(Bailey 152)。因而,这就造成了这样一种效果:"在我们对结局的狂热渴望中,我们也开始占据了'驾驶座'的位置",因为我们渴望小说不断发展而形成一个结局,这一结局"会证实我们之前被给予的所有关于莉丝死亡的提示,从而令我们满意"(Norquay 340)。通过后现代写作手法对于线性时间的超越、减少对全知全能视角的依赖,斯帕克把读者放在"驾驶座"之上,让读者亲自驾驶这一叙述的车辆,激情昂扬地驶向莉丝的死亡。因而读者不再是站在虚构之外,而可以被视为进入文本之内,正如汉斯·萨克斯(Hanns Sachs)所言:"通过这个过程,一个内在世界对他开放了,这个世界……是他固有的,但是,如果没有来自这个特定的艺术作品的帮助和激励,他就无法进入到这个世界中"(Sachs 197 - 8)。或者可以说,通过斯帕克所使用的后现代技巧,读者和文本打破彼此之间的隔阂,一起生成了卢伯米尔·多勒泽尔(Lubomir Dolezel)意义上的"可能世界"。

伊瑟尔在《阅读活动》中说过,如果认为不同的艺术类型能形成不同的图式,那么:

> "每一个图式都根据艺术家继承下来的惯例使世界变得易于接近。但是,当某种新事物被人们察觉,而它尚未被这些图式包含进来时,它就只能通过修改那个图式而得到表现。通过这种修改,这种特殊的、新的感知经验就引起人们的注意并得到人们的传播。在这里,我们不仅已经放弃了朴素的、模仿的现实主义观念,而且得出了这种结论,即理解和再现一种特殊的现实,只能通过否定一个图式中熟悉成分的方式来实现。"(124)

而斯帕克的实验性小说，正是通过对朴素现实主义图式的否定与超越，来生成新的感知经验。她弥合了传统现实主义小说虚构与其对应现实之间的分隔，同时关注了传统现实主义小说对审美极的忽略，为虚构和现实之间的多重关系提供了更多的可能性。

通过对斯帕克小说的分析，我们可以发现，后现代实验小说与现实主义传统并非相背而行，斯帕克的实验性小说的图景里充满了现实主义的纹理。正如评论家所言，"在英国的语境中，即使是公开的实验小说家，他们的文本游戏性通常也是在一种对稀释了的现实主义的潜在的（或者说是矛盾的）依恋关系中进行的"（Waugh 69）。斯帕克不仅主观亲近与继承了现实主义对外在客观的忠实，同时在后现代的语境中找到了突破异化的表面而把握深层真实的途径。更重要的是，她重塑了传统现实主义所秉持的虚构与现实的关系，为把握多重现实提供了卓越的范本。

参考文献

Bailey, James. *Muriel Spark's Early Fiction: Literary Subversion and Experiments with Form*. Edinburgh UP, 2021.

Barthes, Roland. "Objective Literature." Critical Essays. Trans. Richard Howard. Evanston: Northwestern University Press, 1972. 13 – 24.

Benjamin, W. "Franz Kafka: On the Tenth Anniversary of His Death." *Illuminations: Essays and Reflections*. Ed. Hannah Arendt. New York: Schocken Books, 1968. 111 – 40.

Cheyette, Bryan. *Muriel Spark*. Tavistock: Northcote House. 2000.

Dai, Hongbin. *The Postmodernist Art in Muriel Spark's Fiction*. Shanghai International Studies U, PhD thesis, 2009.

［戴鸿斌：《缪里尔·斯帕克的后现代主义小说艺术》，上海外国语大学，博士毕业论文，2009 年。］

Day, Aidan. "Parodying Postmodernism: Muriel Spark (The Driver's Seat) and Robbe-Grillet (Jealousy)". *English* 56.216 (2007): 321 – 37.

He, Kaiyue. *A Study of Space in Muriel Spark's "New Novels"*. Shanghai International Studies U, MA thesis, 2019.

［何凯悦：《缪里尔·斯帕克"新小说"的空间研究》，上海外国语大学，硕士毕业论文，2019 年。］

Herman, David. "'A Salutary Scar': Muriel Spark's Desegregated Art in the Twenty-First Century." *Modern Fiction Studies* 54.3 (2008): 473 – 86.

Hosmer, Robert E. "An interview with Dame Muriel Spark." *Salmagundi* 146 (2005): 127 – 59.

Iser, Wolfgang. *The Act of Reading: A Theory of Aesthetic Response*. Trans. Huo Guihuan and Li Baoyan. Beijing: China Renmin UP, 1988.

［沃尔夫冈·伊瑟尔：《阅读活动：审美响应理论》，霍桂桓，李宝彦译，北京：中国人民大学出版社，1988 年。］

Kosík, K. *Dialectics of the Concrete: A Study on Problems of Man and World*. Trans. Karel Kovanda and James Schmidt. Dordrecht; Boston: Reidel, 1976.

Liu, yang and Wang Shouren. "On Constructing the Basic Theory of Literary Realism." *Journal of Shanghai Jiaotong University (Philosophy and Social Sciences)* 1(2023):14‑24.

［刘洋、王守仁：《论现实主义文学原理的构建》，《上海交通大学学报（哲学社会科学版）》2023 年第 1 期，第 14‑24 页。］

Lodge, David. "The Uses and Abuses of Omniscience: Method and Meaning in Muriel Spark's *The Prime of Miss Jean Bordie*." *Critical Essays on Muriel Spark*, New York: G. K. Hall, 1992. 151‑73.

Lopez, Beatriz. "Muriel Spark and the Art of Deception: Constructing Plausibility with the Methods of WWII Black Propaganda." *The Review of English Studies* 71.302(2020): 969‑86.

Maley, Willy. "Not to Deconstruct? Righting and Deference in Not to Disturb." *Theorizing Muriel Spark: Gender, Race, Deconstruction*. Palgrave Macmillan UK, 2001. 170‑88.

McQuillan, Martin. "'The Same Informed air': An Interview With Muriel Spark', *Theorising Muriel Spark: Gender, Race, Deconstruction*. Basingstoke and New York: Palgrave, 2001. 210‑29.

Norquay, Glenda. *Moral Absolutism in the Novels of Robert Louis Stevenson, Robin Jenkins and Muriel Spark: Challenges to Realism*. 1985. The University of Edinburgh, PhD thesis.

Ricoeur, Paul. *Time and Narrative*. Vol. 2. Trans. Cui Weifeng. Shanghai: Shanghai People's Publishing House, 2023.

［保罗·利科：《情节与历史叙事：时间与叙事》，崔伟峰译，上海：上海人民出版社，2023 年。］

Robbe-Grillet, Alain, "A Future for the Novel." *For A New Novel: Essays on Fiction*, Trans. Richard Howard, Evanston: Northwestern UP, 1963. 15‑24.

Sachs, Hanos. *The Creative Unconscious: Studies in the Psychoanalysis of Art*. Cambridge, Mass.: Sci-Art Publishers, 1942.

Spark, Muriel. *A Far Cry from Kensington*. Trans. Bai Xue. Nanjing: Nanjing UP, 2022.

［缪丽尔·斯帕克：《肯辛顿旧事》，柏雪译，南京：南京大学出版社，2022 年。］

---. *Curriculum Vitae: Autobiography*. Houghton Mifflin Company, 1992.

---. *Loitering with Intent*. Trans. Peng Guiju. Nanjing: Nanjing UP, 2022.

［缪丽尔·斯帕克：《处心积虑》，彭贵菊译，南京：南京大学出版社，2022 年。］

---. *The Driver's Seat*. Trans. Li Jing. Beijing: People's Literature Publishing House, 2022.

［缪丽尔·斯帕克：《对不起，我在找陌生人》，李静译，北京：人民文学出版社，2022 年。］

Stevenson, Randall. "The Postwar Contexts of Spark's Writing." *The Edinburgh Companion to Muriel Spark*, Edinburgh UP, 2022. 98‑109.

Tava, Francesco. "Tragic Realism: On KarelKosík's Insight into Kafka." *Journal of the British Society for Phenomenology* 53.4(2022): 370‑83.

Toynbee, Philip. "Interview with Muriel Spark." *The Observer Colour Magazine* Nov. 1971:73‑74.

Wang, Shouren, et al. *Post-WWⅡ World History and the Development of Foreign Literature*. Vol.

1. Nanjing: Yilin Press, 2019.

［王守仁等:《战后世界进程与外国文学进程研究 第一卷 战后现实主义文学研究》,南京:译林出版社,2019 年。］

Wang, Xiangfeng. *Aesthetic Reflections on Realism*. Beijing: Culture and Art Publishing House, 1988.

［王向峰:《现实主义的美学思考》,北京:文化艺术出版社,1988 年。］

Wang, Xinggang. *Postmodern Writing Features in The Prime of Miss Jean Brodie*. Harbin Normal U, MA thesis, 2011.

［王兴刚:《〈吉恩·布罗迪小姐的青春〉的后现代写作特征》,哈尔滨师范大学,硕士毕业论文,2011 年。］

Wang, Ziwei and Wang Shouren. "Realism and Truth." *Foreign Language and Literature Studies*, 2 (2022):3 - 20.

［王紫薇、王守仁:《现实主义与真实》,《外国语文研究》2022 年第 2 期,第 3 - 20 页。］

Waugh, Patricia. "Postmodern Fiction and the Rise of Critical Theory." *A Companion to the British and Irish Novel 1945—2000*, Ed. Brian W. Shaffer, Blackwell Publishing Ltd, 2005. 65 - 82.

Wellek, René. *Concepts of Criticism*. Trans. Zhang Jinyan. Beijing: China Academy of Art Press, 1999.

［雷内·韦勒克:《批评的概念》,张金言译,北京:中国美术学院出版社,1999 年。］

Zhang, Yingying. *On the characteristic of Muriel Spark's Writings*. Sichuan Normal University. MA thesis, 2014.

［张莹颖:《论缪丽尔·斯帕克的创作特征》,四川师范大学,硕士毕业论文,2014 年。］

斜目而视下的英国 20 世纪 60—70 年代社会景观
——《历史人物》中作为"歪像"的大学校园、现代都市与日常生活空间

宋艳芳[*]

内容提要: 马尔科姆·布雷德伯里的学院派小说《历史人物》所描述的文化空间——大学校园、现代城镇和人们的日常生活空间——提供了一系列"歪像",让读者得以从不同侧面审视 20 世纪 60—70 年代英国的社会景观,探察其背后的现实。虚构的大学校园反映了现实中英国的"新大学运动"及遍布国内外的激进主义潮流;沿海的南方城镇影射了英国区域间的发展差距以及人们意识形态的发展变化;日常生活空间里上演着女权主义运动的戏剧性故事,同时也揭示了女性抗争所受到的局限。小说以小见大,以戏仿反映现实,虚实之间既关照了历史,也彰显了空间与文化的关联与互动。

关键词:《历史人物》;歪像;空间;文化

Title: Spectacle of 1960 – 70s British Society When Looked Awry—Campus, Modern City and Domestic Spaces as "anamorphosis" in *The History Man*

Abstract: In Malcolm Bradbury's academic novel *The History Man*, the cultural arenas portrayed—university campuses, contemporary urban settings, and domestic spaces—serve as a canvas for a series of "anamorphosis". These depictions afford readers the opportunity to scrutinize the societal panorama of 1960s and 1970s Britain through diverse vantage points, thus uncovering its latent truths. The fictitious university campus, emblematic of the "New University Movement" and the era's

---
    * **作者简介:** 宋艳芳,苏州大学外国语学院教授,主要从事英美文学研究。本文为国家社会科学基金"当代英美学院派小说中的社会变迁与人文学科发展问题研究"(23BWW035)及江苏省社会科学基金课题"当代英美学院派小说中的文化地理研究"(20WWB008)阶段性成果。

pervasive radicalism, acts as a microcosm reflecting broader ideological currents in British and global contexts. Concurrently, the coastal town in the southern locale symbolically mirrors regional disparities in development and the ideological evolution of its inhabitants. Additionally, the domestic spaces, where compelling feminist narratives unfold, illuminate the inherent constraints faced by women in their struggles. Employing parody as a narrative device, the novel contextualizes individual narratives within a broader framework of societal discord, thereby offering a nuanced examination of historical pertinence amidst the interplay of imagination and reality. Furthermore, by underscoring the nexus between space and culture, the novel affords an insightful exploration of the dynamic relationship between societal landscapes and cultural ethos.

Key Words: *The History Man*; anamorphosis; space; culture

马尔科姆·布雷德伯里的学院派小说《历史人物》反映了 20 世纪 60 年代末至 70 年代初英国的社会状况,具有强烈的时代感。梅里特·莫斯利曾表示:"虽然他的大多数小说,正如他所宣称的那样,可以被认为是'关于它们的时代,它们的主题、思想、情感、虚伪、知识风尚和当务之急',但《历史人物》最充分地再现了其特定的历史背景"(Moseley 58)。

《历史人物》的故事发生于 1972 年 10 月初至 12 月初,围绕主人公霍华德·柯克和妻子芭芭拉所举办的两次家庭聚会展开,描述了他们在不同时空的成长、成熟、变化及其相关的社会历史与文化。相较于布雷德伯里的前两部小说,这部小说吸引了较多的评价和分析。理查德·托德在《马尔科姆·布雷德伯里的〈历史人物〉:作为不情愿的指挥家的小说家》一文中分析了小说中的"小说家"这一人物跟作者布雷德伯里之间的联系(Todd 162 - 182);詹姆斯·艾奇逊在《马尔科姆·布雷德伯里的〈历史人物〉中的正题和反题》中分析了小说中作为"反题"的现代马克思主义社会和作为"正题"的中产阶级社会对人们的影响(Acheson 41 - 53);罗伯特·莫拉斯在他的专著中分析了小说形式上的实验性、语言和内容的对话性、人物的符号性(Morace 60 - 85)。2020 年,史蒂夫·莫里斯的一篇小文章回顾了 20 世纪 70 年代的英国历史,分析了布雷德伯里的创作意图和深意,指出:"这本书为读者提供了 1972 年特定时刻的一副快照,背景设在南海岸某处一所新式大学,其中时髦人物、马基雅维利式情节一应俱全"(Morris 29)。《历史人物》在中国也得到较多关注:管南异曾于 2005 年发文探析小说的叙述语言,揭示作者"在英国社会经历剧烈观念变革的 20 世纪 60—70 年代所捕捉到的极其矛盾和焦虑的心态"(管南异 29)。近年来的研究注重探讨这部小说中的人物形象(知识分子形象、女性角色等）和叙事艺术，对于小说中所揭示的空间、历史和文化的互动以及现实主义因素缺乏细致分析。

在此基础上，本文借鉴齐泽克针对"歪像"（anamorphosis，亦译为"变形"）的阐述，结合文化地理学有关空间与历史、文化关系的论述，探讨《历史人物》通过大学校园、城市景观、居家环境等表象所揭示的 20 世纪中期英国社会景观和其背后所隐藏的深层现实，特别是当时激进主义、马克思主义、女权主义的流行及其对人们的影响。齐泽克借用绘画领域来自荷尔拜因的名画《大使们》的一个隐喻，提出"歪像"的概念，说："'正眼望去'，即直接望去，绘画的细节显得模糊不清；一旦我们从某个角度'斜目而视'，这些细节就会变得十分清晰，人们可以一目了然"（齐泽克 18）。本文从空间的角度"斜目而视"《历史人物》中所描述的社会现象，试图挖掘其背后的历史现实。

一、沃特茅斯大学：激进主义潮流下的新大学运动

《历史人物》以沃特茅斯大学（Watermouth Univeristy）①这样一所虚构的大学给读者提供了第一个"歪像"，展现了 20 世纪 50—70 年代初的激进主义、新大学运动及其对大学校园、师生的影响，同时也从一个侧面反映了当时英国和世界范围的激进主义潮流。布雷德伯里本人也表达了他对这种激进潮流的担忧、愤怒和对秩序的渴望。

在《再看〈历史人物〉》中，莫里斯提到，布雷德伯里的朋友克里斯托弗·比格斯比（Christopher Bigsby）曾告诉他："布雷德伯里对东安格利亚大学（University of East Anglia）的学生静坐感到愤怒，随后写了《历史人物》。"（Morris 31）布雷德伯里本人也曾表示，这部小说"完全是对现实主义的戏仿、对历史的嘲弄……"（Bradbury, *No Not Bloomsbury* 17）。换言之，《历史人物》既基于现实又超越现实。在 80 年代的一场访谈中，布雷德伯里也提到他小说中的现实主义因素问题，指出："所有的艺术都是模仿，所有的模仿都是欺骗。因此，作为持续不断的人类探究之作，艺术的价值恰恰处于模棱两可的模仿领域：所有模仿都必须诉诸某种真实的观念——如果使用'模仿'这个词，就必须有一个被模仿的东西——同时宣称自己是一种欺骗"（Haffenden 33）。他在 1983 年出版的《兑换率》（*Rates of Exchange*）中以戏谑的口吻再次重申了这一点：

语言也只是被发明出来的交换系统，试图把文字（word）变成世界（world），把符号（sign）变成价值，把讲稿变成货币，把符码（code）变成现实。当然，在任何地

---

① 英国有多所大学有类似名称：普利茅斯大学（University of Plymouth）、朴次茅斯大学（University of Portsmouth）、伯恩茅斯大学（Bournemouth University）等，可见布雷德伯里对现实的戏仿。

方,甚至在斯拉卡,都有政治家和牧师,阿亚图拉(ayatollahs,伊斯兰教什叶派宗教领袖)和经济学家,他们会试图解释现实就是他们所说的那样。永远不要相信他们;只相信小说家,那些更有深度的银行家,他们花时间试图把一张张印刷的纸变成价值,但从不讳言结果只是一个有用的虚构。(Bradbury, *Rates of Exchange* 8)

这跟齐泽克有关现实的阐释有异曲同工之妙。齐泽克在解释拉康的"实在界"(the Real)这一概念时反复强调,我们日常生活中所谓的"现实"不过是一种幻象(fantasy),经过了符号界的歪曲和变形。"如果我们所经历的'现实'(reality)是由幻象构成的,如果幻象是保护我们不被原始的实在界直接淹没的屏障,那么现实本身就可以作为逃避实在界的工具。"(Zizek, "Psychoanalysis and the Lacanian Real" 222)简言之,"我们日常所见、身处其中的,不过是幻象和符号界的现实,实在界一直在场却难以窥视,绝对的真实不可捕捉"(宋艳芳 29)。那么,艺术家的责任就是通过模仿来尽力拨开符号界的迷雾,去探询其背后未被歪曲的真实。

布雷德伯里在《历史人物》中试图通过语言符号来模仿他所经历、观察到的现实。细读可见,这部小说基于作者真实的体验,反映了英国从 20 世纪 50 年代的保守主义逐渐走向 20 世纪 60—70 年代的激进主义的历史进程以及新型大学校园中的激进主义运动给师生们带来的影响。多林在他纪念布雷德伯里的文章中提到,"《历史人物》出色地唤起了英国'新'大学校园的激进氛围:沃特茅斯大学为信奉马基雅维利主义的社会学家霍华德·柯克提供了完美的伪装,因为他在追求伟大的过程中摧毁了婚姻和事业"(Doering 160)。

英国早在 19 世纪就开始了新大学运动,这场运动的影响持续到了 20 世纪中期并得到新的发展。在《新大学运动与英国高等教育的近代化》一文中,邓云清梳理了英国新大学运动的来龙去脉,探讨了英国高等教育从 19 世纪到 20 世纪初的发展历程,指出:"新大学以功利主义为导向,取消教派限制,提供职业教育与科学教育,力图面向全社会培养实用人才"(邓云清 85)。以 1827 年伦敦大学(University of London)的建立为开端,英国高等教育经过半个多世纪的发展,从注重职业化教育到重新重视人文学科的基础性功能,开展综合教育,形成一批"人文学科与理工学科兼备、教育与科研并重的综合性大学"(邓云清 89)。这场新大学运动"基本实现了英国高等教育的世俗化、平民化与泛智化"(邓云清 90)。到 20 世纪 50 年代,这种新型大学发展日趋稳定,受到人们的欢迎,并吸引了大批学生入学。

在《历史人物》中,叙述者花了较大篇幅描述了柯克夫妇从保守主义到激进主义的转变,也揭示了英国大学从 20 世纪 50 年代到 70 年代初的发展状况。布雷德伯里本人分别在英国的莱斯特大学(University of Leicester)、伦敦大学玛丽王后学院(Queen Mary College, University of London)和曼彻斯特大学(University of Manchester)获得本科、硕士和博士学位,从广义上来讲,三座大学均属于与牛津大学、剑桥大学等古典大学相对的"红砖大学"(Redbrick University)。其中,曼彻斯特大学是六所著名"红砖大学"之一①;莱斯特大学是新晋红砖大学②;伦敦大学虽然不是典型的"红砖大学",但按照"文化百科"上的说法,"红砖"一词也被更广泛地用于指代任何非古典大学。《旁观者》(*Spectator*)将包括伦敦大学、苏塞克斯大学(University of Sussex)、诺丁汉大学(University of Nottingham)在内的多所大学也归入红砖大学("Red Brick University" at Culture Wikia)。因此,布雷德伯里是红砖大学的亲历者和拥护者,他自己的小说也基本上以这类新型大学为背景,展现其中的新风气、革命精神和激进主义氛围。这在《历史人物》中尤其突出。正如科恩在他的一篇书评中所说,小说中虚构的沃特茅斯镇,在某种程度上就是布莱顿(Brighton)的化身,沃特茅斯大学校园是"埃塞克斯大学、肯特大学、约克大学和东安格利亚大学(布雷德伯里任教的地方)的糟糕混合体"(Cohen 533)。因此,布雷德伯里将自己在各个大学校园的体验混杂在一起,完成了这部小说。

小说用两章(第二、第三章)的内容回顾了柯克夫妇在世界性的激进主义浪潮下的成长和改变,这种成长和改变与他们所接受的大学教育紧密相关,也从一个侧面反映了当时英国大学的开放环境、新大学运动以及大学里研究方向和学科的创新与融合。小说第二章的开头就给了柯克夫妇一个明确的定位,"毫无疑问,柯克夫妇属于新人类。然而,有些人生来如此:天生与变化和历史相熟,而柯克夫妇达到这种状态却经历了更为艰辛的过程,是通过努力、不断的改变和痛苦的经历达到的"(*The History Man* 18后文仅标注页码)。他们于 20 世纪 50 年代进入大学,1960 年毕业,随后结婚。霍华德继续攻读研究生学位,芭芭拉成为家庭主妇。在经历过 20 世纪 50 年代的保守主义之后,他们感觉环境压抑,心情沉重,试图做出一定的改变,"历史环境在改变。正经历着一场革命的整个世界也在改变"(24)。芭芭拉寻求改变的方式是出轨;而霍华德则试图通过申请其他新大学的职位来做出改变,"整个研究方向正处于不断扩张的状态,并因为众多新大学的影响而发生了许多变化。他们中的许多学校把社会学当成了新的学术框架的主体"(34)。他到南方的沃特茅斯大学参加了面试,"大学里交叉式的学科设置、新颖的教学模式让霍华德在经历了利兹大学之后感到兴奋不已"(34)。这一点反映了新大学其中的一个特点:跨学科研究的兴起。阿萨·布里格斯(Asa Briggs)曾以苏塞克斯大学为例,指出,该校大二、大三的一些课程和讲座"将会以研讨会的方式予以加强,其中一些研讨会将会是'跨学科的'"(Briggs 65)。

---

① 这六所"红砖大学"包括:伯明翰大学(The University of Birmingham)、利物浦大学(The University of Liverpool)、利兹大学(The University of Leeds)、谢菲尔德大学(The University of Sheffield)、布里斯托大学(The University of Bristol)、曼彻斯特大学(The University of Manchester)。

② 杰克·西蒙斯的《新大学》专门讲述了莱斯特大学作为新大学的兴起和发展。见 Simmons, Jack. *New University*. Leicester: Leicester University Press, 1958.

　　此类描述在《历史人物》中不胜枚举,展现了英国新型大学的革新及其中大学生们的开放和激进。这与 20 世纪 60 年代的社会大环境也息息相关。1968 年的"巴黎五月风暴"引发了欧洲各个国家的高等教育改革,英国也不例外。《历史人物》以此为大背景,以柯克夫妇为典型,反映了这一时期校园内外的激进主义风潮。叙述者表示,1968 年这激进的一年把柯克夫妇彻底改造成了激进主义者。那一年,沃特茅斯大学的学生在"巴黎五月风暴"的影响下,在校园里静坐,要求副校长"宣布大学是一个自由的组织、一个革命的机构,与过时的资本主义划清界限"(48)。学校里的革命分子们在崭新的剧院里的混凝土墙壁上写上"烧毁一切""立即革命"等字眼(49)。在这样的社会风潮之下,"憎恨与革命的热情不断高涨。……城市的中心广场上,人们举行着游行示威。最大的百货商店里,许多窗户被砸了。学院里的员工分成了两派,一派支持激进的学生,一派却发表声明,呼吁学生回到他们的学业之中"(49)。霍华德·柯克显然属于激进派,他参加了静坐,到工人组织和工会大会上进行演讲,利用这个激进的时代,加入战斗,试图推翻原有的组织和体系,准备迎接一个崭新的时代,一个新的大学体系和世界体系。

　　因此,透过沃特茅斯大学这一"歪像",读者可以窥见 20 世纪 60—70 年代英国的新大学运动和这一运动所反映的教育发展、英国社会历史进展与当时的文化潮流。布雷德伯里以虚构的大学和故事揭示了隐藏其后的真实社会景观。

二、沃特茅斯镇:马克思主义思潮下的现代都市景观

　　沃特茅斯大学所在的沃特茅斯镇可以看作小说提供的第二个"歪像"。透过这一歪像可见这一时期马克思主义的复苏、流行及其在现代都市中的体现。作为一个沿海的现代化城镇,沃特茅斯与柯克夫妇原来所在的内陆城市形成对比,反映了英国城镇发展的区域差别以及人们在迁徙过程中的意识形态变化。

　　邓肯等学者在《文化地理学指南》中曾提到 20 世纪 60 年代的激进主义、马克思主义与文化地理学之间的关系,认为马克思主义正是通过这一时期激进学者们的积极参与才进入了地理学研究。"在这方面,转向马克思主义是更广泛的地理学激进变革的一部分——包括无政府主义、女权主义、生态学和人文主义的发展,因为地理学家试图在理论上为自己日益增长的激进主义奠定基础。"(Duncan et al. 60)《历史人物》通过描述沃特茅斯这一虚构城市,表现了马克思主义在英国现代城市中的发展和流行。主人公霍华德·柯克这样一位激进主义者、行为主义者的人物形象更是为此提供了便利。他自己是一位马克思主义者;他和妻子奉行马克思主义的行事原则;现代城镇沃特茅斯提供了他们践行马克思主义理论原则的沃土。从芭芭拉的视角来看,沃特茅斯"有一种

乐观的、令人振奋的气息,四处都能找到一种亲切的激进主义。这种不断奋进的现代式风格比利兹城里那个阴暗而严酷的世界要先进好几个光年"(34-35)。

在沃特茅斯,激进分子霍华德不满于资产阶级化的、舒适的生活环境,也不赞同他的朋友比米什在郊外栖居田园式住宅的做法,而是特意寻找了一所灰泥粉刷的老房子,这所房子"位于市中心贫民窟拆迁后的一块空地上"。因为,"对于柯克夫妇而言,这是一处理想的境地。这里靠近真正的社会问题,周围还有沙滩、激进派书店、计划生育诊所、长寿食品商店、福利办公室以及高耸入云的市建居民楼和九十分钟就能到达伦敦的快速电力火车。总而言之,就是靠近不断运转的生活"(4)。这也意味着,作为马克思主义者,柯克试图靠近鲜活、真实的生活,参与阶级斗争。

这一点戏仿了马克思和恩格斯对于社会阶级斗争的描述。布雷斯勒对此有过这样的总结:

> 马克思认为,所有社会都在向共产主义迈进。马克思认为进步是反动的或革命的,他断言,随着一个社会的经济生产方式从封建制度向更加市场化的经济发展,生产、分配和消费商品的实际过程变得更加复杂。因此,人们在经济体系中的职能变得不同。这种差异不可避免地将人们划分为不同的社会阶层。最终,各个社会阶层的愿望和期望发生冲突。这种冲突或阶级矛盾导致社会经济基础从基于继承财富和地位的封建权力制度向基于私有财产所有权的资本主义制度发生根本性变化。这种转变需要社会的法律、习俗和宗教发生无数变化。(Bressler 193)

在《历史人物》中,柯克本人通过努力从工人阶级跻身中产阶级,试图挑战资产阶级,以自己的亲身经历实践着马克思主义的信条。

小说叙述者在第二章曾经交代过,柯克夫妇是经过了艰苦的过程,通过努力改变和痛苦的经历变成了如今的"新人类"。因为"他们并不是出生在拥有各种机会和控制权的中产阶级家庭,也没有生长在这个明亮的海边城市,这个拥有码头、沙滩和体面的住宅,拥有到伦敦的便捷条件以及与潮流和财富紧密接触的地方"(18)。相反,柯克夫妇"都生长在更为严肃、纪律更为严明的北方,出生在可敬的工人阶级上层—中产阶级下层这样的背景中"(18)。因此,他们试图通过自己的努力获得阶级上的爬升。霍华德·柯克1957年凭借学业上的努力进入利兹大学,三年后以优等生的身份毕业,继续攻读研究生学位。再后来还通过长期的努力完成了博士论文,获得了博士学位,成功在利兹大学的社会学系扎稳脚跟,跻身中产阶级,实现了自己的梦想。芭芭拉作为女性,通过嫁给霍华德也获得了阶级的进一步提升。

叙述者以地理空间的变化反映了柯克夫妇阶级的变化、经济状况的变化给他们带来的意识和思想的改变。柯克夫妇通过自己的努力从北方城市一路向英国中部和南部进发,实现了地理空间的变迁,也摆脱了原生家庭清规戒律的束缚。从北方到了利兹,"他们开始变得口若悬河,一切都有了一种新的味道。他们长期居住其内的墙壁突然打开,他们开始因为新的欲望和期待而变得骚动不安起来。……通过自己的努力和别人的帮助,他们的举止、风格以及性情都焕然一新"(22)。这契合了马克思主义的一些基本原理:经济基础决定上层建筑,你是什么样的人取决于你所拥有的东西。叙述者以调侃的语气解释柯克夫妇的这些变化:

> 要理解这个,就像霍华德作为一个热情的解释者说的那样,你需要知道一点儿马克思,一点儿弗洛伊德,还有一点儿社会历史。……你要知道时间、地点、环境、微观结构和宏观结构、意识的状态和决定因素以及人类意识的扩展能力和爆发能力。如果你理解了这些,你就明白了为什么老的柯克夫妇慢慢退出了视线,而新的柯克夫妇得以形成。(22 - 23)

这是作为学院派作家的布雷德伯里对马克思主义决定论的一种具象化的阐释。脱离了父辈和出生环境的影响,柯克夫妇也脱离了原来的意识形态,形成了新的价值观,有了更高的物质和精神追求。从物质上来说,"借助工作的优势,柯克夫妇住进了一个稍大的单元房,有了一张小一点儿的床,而且能够安装新的厨具、购买电视并举行一些小型聚会"(27)。从精神上来说,"在其他的研究生以及现在的同事中间,他们结识了一些新的、更加激进的朋友。他已不再被人评价,而是可以去评价他人,这一事实把他拖出了长期生存其中的、以卑躬屈膝的方式获得成绩的精神荒原"(27)。

地理空间的变化、物质的进步、精神的解放让他们愈来愈激进。柯克在利兹大学也逐渐心生不满,继续往南进发,在沃特茅斯找到新的教职,准备开始新的征程。他们一家于 1967 年举家南迁,在越南战争形势不断升温的社会大背景下穿过英格兰中部、伯明翰南端,进入了一个新的、更加现代化的区域。布林利·托马斯(Brinley Thomas)曾指出,在英国,自维多利亚时代与爱德华时代以来,人们就喜欢向南迁徙(Thomas 296):"在 1951—1966 年间,英国南方吸引了 1 059 000 的移民,北方则失去了 815 000 的人口,其中苏格兰地区流失人口将近 500 000。西南、东南、东安格利亚和中部地区在制造业扩张率和净移民率方面排名靠前。北部地区和苏格兰的制造业发展速度相对较低,净外迁人口较多"(Thomas 297)。这说明,英国南方意味着发展的潜力。

在脱离原生家庭之后,1967 年的南迁是柯克一家又一次地理上的迁徙和精神上的解放。从原生家庭到利兹,他们并没有经历过于激烈的震荡;但到沃特茅斯,他们开始自我怀疑,不知道如何面对新的环境、新的状况、新的意识。"利兹是工人阶级,人们依靠工作生存;沃特茅斯是资产阶级,这里依靠旅游业、财产、退休金、法国大厨而繁荣"(38)。柯克夫妇并不想如他们的老朋友比米什夫妇那样融入资产阶级,停止战斗。他把亨利·比米什追求享乐的生活方式称为"推脱责任的寂静主义"(40)。而他和芭芭拉,则逃离比米什夫妇在郊外田园式的生活场所,"逃到沃特茅斯去重新感受城市生活的气息,去再次融入基本的现实。这里有房屋、垃圾桶、污秽和犯罪"(40 - 41)。霍华德决定去拜访沃特茅斯城的社会安全部。"他需要首先鼓足自己的士气,确保在这个自己要扎根命运的地方确实有社会学——有社会张力,有是非之地,有种族政治,有阶级斗争,还有政府与群众的斗争、被孤立的区域、素材资料,总而言之,有真实的生活"(41)。于是,他在沃特茅斯镇找到了一处贫民拆迁区,准备亲历激进派、嬉皮士、失业者、酒鬼、醉汉、吸毒者们的生活,将自己的社会学理论和生活实际结合起来。

透过沃特茅斯镇这一歪像,读者可以管窥英国20世纪中期以后城镇发展的区域差别:南方城镇的开放、激进与北方城镇的闭塞与保守形成鲜明的对比;开放的城镇环境也带来人们意识形态的变化,展现了空间与政治、文化之间的关联:不同的地理空间会促使人们形成不同的政治思想、意识形态、价值观和文化生活。

三、日常生活空间:女权主义运动的文化场所及其局限

小说提供的另一个"歪像"是日常生活空间,透过这些看似不起眼的空间,读者可见20世纪中期以后女权主义运动对英国女性的影响:19世纪以来的女权主义运动确实给现当代女性带来了一定的权力,但也带来新的问题。她们并不能完全挣脱宗教、道德、男权社会施加于女性的束缚,从而在激进中保守,在开放之余懊悔。

《历史人物》中体现女权主义运动和思想的文化空间与众不同,不是在常见的公共空间,如工作场所、咖啡厅等,而主要是在日常生活空间或私密场景中:厨房、卧室、起居室。正如邓肯等学者所说,如果谈到马克思主义、女权主义等社会理论与地理空间的关系,只关注生产空间、工作场所是不够的,"家庭、邻里、学校和商店都是针对资本主义及其社会形态进行谈判和斗争的关键场所"(Duncan et al. 62)。《历史人物》通过芭芭拉·柯克、弗洛拉·本尼弗姆、安妮·卡伦德以及其他相关女性人物展现了他们在各自的日常生活空间中针对男权主义所进行的斗争以及这些斗争的结果。

在《历史人物》中的所有女性人物中,在家庭内外积极争取权力的芭芭拉显然占据了最为重要的位置。布雷德伯里本人在访谈中承认,芭芭拉是整部小说隐藏的中心人物,是悲剧女主角。"但问题是,她的故事没有得到完整展现。直到你把书放下,回头细想,才可能发现她的故事本来会是怎样的。我认为她实际上是非常重要的。尽管她刻意地没有被前置,这并不意味着这本书本质上不是她的故事。"(Haffenden 41)按照作者提供的这条暗示,回头从芭芭拉的视角来看事态的发展,我们会发现,芭芭拉的故事确实体现了一位女性艰难成长的过程和最终的绝望。正如弗吉尼亚·伍尔夫在《自己

的一间屋》(*A Room of One's Own*)中提到的那个著名假设一样,如果莎士比亚有一个跟他一样才华横溢的妹妹,这个妹妹在成长过程中会经历很多的阻碍—比如父母不重视她的才能发展、不提供受教育机会,长大后可能被骗失身、怀孕,最终不仅难以像莎士比亚那样功成名就,还可能名誉尽毁、陷入绝望、自杀身亡(Woolf 45‐46)。在《历史人物》中,芭芭拉被描述为一个比霍华德还聪明的女性,然而,同虚构的莎士比亚的妹妹一样,在男性主导的社会中,她不仅不能发挥自己的才能,反而陷入婚姻的牢笼,最终绝望自杀。

《历史人物》的时代背景是 20 世纪 50—70 年代,较之于莎士比亚所处的文艺复兴时期,人们对女性已经有了更多的宽容。然而,即便是在这样的情况下,即便芭芭拉积极地参与女权主义运动,维护自己的利益,她仍然陷入了死胡同。小说从各个侧面展现了芭芭拉从大学到家庭一系列的斗争和失败。叙述者提到霍华德和芭芭拉考进大学的情况,霍华德是靠努力和拼命考上大学的。对照而言,"芭芭拉天生更加聪明,她必须如此才行,因为那种家庭背景对女孩的学业没有太过严厉的要求。她是从女子中学考上的大学,但她并不像霍华德那样是通过强大的动力,而是因为一位有同情心并倾向社会主义的英语老师的鼓励和建议。这位老师曾嘲笑过她多情的居家抱负"(19)。然而,到1960 年毕业的时候,霍华德获得了一等荣誉学位,"而芭芭拉因为不太喜欢她的英语专业课程,而且花费过多的时间帮霍华德复习,只拿到了二等下荣誉学位①"(19‐20)。

从这些描述我们可以看出芭芭拉成长的困境和可能的未来走向。她从小得到的教育让她像很多传统女性一样,最大的梦想就是做家庭主妇,囿于厨房、卧室等方寸之地;她之所以能考上大学不是靠家庭的推动,而是因为一位英语教师的嘲讽。但由于她那"多情的居家抱负"和客观条件的限制,上大学并没有真正改变她的命运。同霍华德结婚后,芭芭拉成了一名家庭主妇,深陷于家庭琐事,他们的婚姻也"成了一个监狱,其功能是检验成长,而不是打开成长的渠道"(24)。她大学毕业后就成了"一位标准女性,一个一心操持家务的人,其结果是性冷淡、压抑性歇斯底里和肉体羞耻感的典型性综合病症,最终是肉体上和社会上的自我厌烦"(24)。后来,在第二次女权运动的影响下,芭芭拉出轨,打破了他们婚姻的平静和稳定。随后两人复合,芭芭拉怀孕生子,这让她的情况雪上加霜。尽管孩子出生后霍华德"恪守职责"(30),承担起很多照顾孩子的事情,但"芭芭拉依然抱怨说自己为母亲的角色所束缚,这种角色既否定又满足她的自我价值。于是,她让他为自己作为妻子和母亲的社会角色付工资,以证明自己不是二等公民"(30)。做了两个月的全职妈妈之后,芭芭拉想要经济独立,找邻居帮忙照顾孩子,自己

---

① 英国大学本科毕业证书有四个等级:一等荣誉学士学位(First Class Honours)、二等上荣誉学士学位(Upper‐second Class Honours)、二等下荣誉学士学位(Lower‐second Class Honours)、三等学士学位(Third Class Honours)。

开始兼职做一些公共意见调查和市场调研,获得了心理上的满足。

在婚姻中,在日常生活空间中,芭芭拉作为一位"现代女性",竭尽全力地追求自由、独立和自我价值的实现。她试图摆脱"二等公民"的地位,与霍华德平分家务、平起平坐;她率先出轨,宣布自己的自由;她通过兼职试图获得经济独立,实现自己的价值。然而,最终,她仍然面临各种困境:当霍华德在大学校园里参与各种激进主义活动时,她的斗争舞台仍然主要局限于居家环境。她不得不清洗家庭聚会后的盘子,照顾孩子;她自己有一个情人,却只能偷偷摸摸到伦敦私会。因此,当她的情人里昂准备离开伦敦,当她发现自己完全没有从自己所谓的开放式婚姻中得到幸福,当她发现有些人认为保守的亨利才是"唯一一个表现得体的人"(218),她意识到自己在现代婚姻中,在激进主义社会中并没有实现自我的价值,反而违背了传统的道德原则,因此选择了自杀。

除了芭芭拉·柯克,《历史人物》中还有几位女性人物同样在女权主义运动的影响下对男权社会做出了自己的抗争,这些抗争也并不是发生在公共空间,而是在日常生活的私人空间。其中,弗洛拉·本尼弗姆是一位年近 40 岁的社会心理学家,在卧室展开研究和斗争,"她喜欢跟那些婚姻出问题的男人睡觉:他们身上有更多的话题可以讨论,并因为来自家庭中的微妙政治而具有吸引力。这是弗洛拉的研究领域"(53)。与传统女性不同,她大胆前卫,在与霍华德·柯克的婚外情中占据主导地位,引导霍华德讨论他与芭芭拉婚姻中的问题,以此作为她研究的素材。作为一位女学者,她冷静机智,能够理性地处理感情问题,细致入微地分析现代婚姻的本质,显然是一个现代女强人的代言人,但布雷德伯里字里行间的调侃也不言而喻:如果一位现代女性走到如此激进的地步,显然会为社会所不容。

透过小说提供的日常生活空间这一歪像,读者可见 20 世纪 60—70 年代英国的女权主义浪潮以及女性的各种反抗,小说中的这种反抗主要发生在日常生活领域,更加彰显了这一时期女权主义运动的普遍性和局限性:经过长期的斗争,任何空间都可能成为女性斗争的舞台,但最终,她们并不能挣脱空间、生理、心理上的限制,在激进与保守之间进退维谷。

四、结 语

《历史人物》中的大学校园、现代城市、日常生活空间为读者提供了一个个的"歪像"。透过这些"歪像",读者可见作者布雷德伯里的良苦用心和他对 20 世纪 60—70 年代英国社会发展、历史进程、文化潮流的关注、思考和再现。通过展现大学校园内外的激进主义浪潮、现代城镇中的马克思主义复苏、日常生活场景中的女权主义运动给人们带来的影响,小说现实主义地再现了英国那个时代的思想与文化,勾勒了时代发展的痕迹。同时，小说也以英国的新大学运动、城市发展差距以及日常生活场景中的政治斗争等揭示了空间与文化之间的关联。这对读者来说提供了两点启发：其一，真正的"实在界"或者绝对的现实也许无法百分之百还原或再现，文学艺术却总是在以各种方式挖掘现实，使之符号化，让读者通过这些语言符号来尽量靠近其背后的现实；其二，空间与文化之间有着紧密而微妙的联系，培养空间感和空间意识对于了解特定时代、国家的文学与文化也大有裨益。

参考文献

Acheson, James. "Thesis and Antithesis in Malcolm Bradbury's *The History Man.*" *Journal of European Studies* 33.1 (Mar 2003): 41-53.

Bradbury, Malcolm. *The History Man*. New York: Penguin, 1975.

—. *Rates of Exchange*. London: Secker & Warburg, 1983.

—. *No, not Bloomsbury*. London: Deutsch, 1987.

Bressler, Charles E. *Literary Criticism: An Introduction to Theory and Practice*. (4th ed.) New Jersey: Pearson Education, Inc. 1994.

Briggs, Asa. "Drawing a New Map of Leaning." *The Idea of a New University: An Experiment in Sussex*. Ed. David Daiches. London: Deutsch, 1964: 60-80.

Cohen, Stan. "Sociologists, History and the Literary Men."*Sociology* 11.3 (Sept. 1977): 533-47.

Deng, Yunqing. "The New University Movement and the Modernization of Higher Education in England." *Journal of Higher Education* 01 (2008): 85-91.

[邓云清：《新大学运动与英国高等教育的近代化》，《高等教育研究》2008 年第 1 期，第 85-91 页。]

Doering, Jonathan W. "Malcolm Bradbury: A History Man for Our Times." *Contemporary Review* 278. 1622 (Mar. 2001): 159-63.

Duncan, James S., Nuala C. Johnson and Richard H. Schein (eds.), *A Companion to Cultural Geography*. Oxford: Blackwell Publishing, 2004.

Guan, Nanyi. "Where Will You Go—On Malcolm Bradbury's Novel *The History Man. Foreign Literature* 02 (2005): 29-34.

[管南异：《你往何处去——评马尔科姆·布拉德伯里的长篇小说〈历史人〉》，《外国文学》2005 年第 2 期，第 29 页。]

Haffenden, John. *Novelists in Interview*, London: Methuen & co. Ltd., 1985.

Li, Xixiang. "The Deconstructed Reality: Fantasy, Reality and the Real." *Modern Philosophy* 4 (2012): 22-28.

[李西祥：《社会现实的解构：幻象、现实、实在界》，《现代哲学》2012 年第 4 期，第 22-28 页。]

Morace, Robert A. *The Dialogic Novels of Malcolm Bradbury and David Lodge*, Carbondale and Edwardsville: Southern Illinois University Press, 1989.

Morris, Steve. "Another Look at 'The History Man'." *New Criterion* 38. 10 (June 2020): 29 – 31.

Moseley, Merritt. "Malcolm Bradbury." In Moseley, Merritt ed. *Dictionary of Literary Biography (DLB) Vol. 207: British Novelists since 1960*, 3rd series. Detroit: Gales Group, 1999: 51 – 65.

"Red Brick University." Web. 4 January 2024. 〈https://culture. fandom. com/wiki/Red _ brick _ university〉.

Simmons, Jack. *New University*. Leicester: Leicester University Press, 1958.

Song, Yanfang. "A Critical Analysis of Zizek's and Eagleton's Notions of the 'Real', Reality and Realism." *New Perspectives on World Literature* 06 (2020): 25 – 34.

[宋艳芳:《齐泽克与伊格尔顿笔下的"实在界"、现实与现实主义考辨》,《外国文学动态研究》2020 年第 6 期,第 25 – 34 页。]

Thomas, Brinley. *Migration and Economic Growth: A Study of Great Britain and Atlantic Economy.* 2nd ed. London: Cambridge University Press, 1973.

Todd, Richard. "Malcolm Bradbury's 'The History Man': The Novelist as Reluctant Impresario." *Dutch Quarterly Review of Anglo-American Letters* 11.3 (1981): 162 – 82.

Woolf, Virginia. *A Room of One's Own and Three Guineas*. London: William Collins, 2014.

Zizek, Slavoj. "Psychoanalysis and the Lacanian Real: 'Strange Shapes of the Unwarped Primal World'." *Adventures in Realism*. Ed. Matthew Beaumont. Malden & Oxford: Blackwell Publishing, 2007: 207 – 23.

Zizek, Slavoj. *Looking Awry: An Introduction to Jacques Lacan through Popular Culture*. Trans. Ji Guangmao. Hangzhou: Zhejiang University Press, 2011.

[斯拉沃热·齐泽克:《斜目而视:透过通俗文化看拉康》,季光茂译,杭州:浙江大学出版社,2011 年。]

"愿望"与"义务"的道德

——现实主义视角下伊恩·麦克尤恩 《儿童法案》中的法理观

黄子夜 *

内容提要:国内对伊恩·麦克尤恩小说伦理维度的研究多以探讨人的心理与情感为主,而对小说现实维度的研究又常常脱离伦理这一聚焦点,仅关注英国社会的历史与政治书写。事实上,麦克尤恩对法律意象及法律主题多层次的关注恰巧能够成为道德伦理与现实社会的联结点。以小说《儿童法案》为例,其从法官菲奥娜这一角色切入,深度演绎法律的内在道德性在立法、司法及自由裁量情境下的局限,以文学"诗性正义"的方式对法律"义务的道德"与"愿望的道德"做出了反思。麦克尤恩从个体描写出发,借由法律视角窥视社会公共道德困境,在揭示作品法理观的同时,也印证了其作品中所蕴含的现实主义诗性伦理。

关键词:伊恩·麦克尤恩;《儿童法案》;现实主义;法律与道德;诗性正义

Title: The Moralities of Duty and of Aspiration: Literary Jurisprudence in Ian McEwan's *The Children Act* within the Perspective of Realism

Abstract: Chinese academia used to notice the phycological and emotional themes when discussing the ethical dimension of Ian McEwan's novels, or preferred to break away from the ethical focus and merely emphasized the history and politics of British society instead. In fact, McEwan's multi-layered attention to legal images and legal themes happens to be the link between moral ethics and social reality. Taking the novel *The Children Act* as an example, it reflects on the two legal concepts "the

---

* **作者简介:**黄子夜,南京大学外国语学院博士研究生,主要研究领域为英美文学。电子邮箱:ziye96@126.com。

moralities of duty" and "the moralities of aspiration" through the pattern of poetic justice by creating the character Fiona Meyer and deducing the limitations of the morality of law in the context of legislation, judicature, and discretion. Starting from the individual depiction, McEwan takes the perspective of law to examine the public moral dilemma, which not only reveals the literary jurisprudence of the work but also presents his poetic ethics of realism.

Key Words: Ian McEwan; *The Children Act*; realism; law and morals; poetic justice

....

2015 年，伊恩·麦克尤恩(Ian McEwan，1948—)对多个英国真实诉讼案件①进行融合演绎，完成了小说《儿童法案》(*The Children Act*，2014)，故事讲述了一位主理家庭法庭诉讼的女法官菲奥娜·迈耶在种种涉及儿童福祉(welfare)的棘手案件中艰难博弈的故事。评论家止庵认为，法律或许仅可作为小说的表面主题，小说更深层次的主题表达仍然承袭于麦克尤恩对情感与爱的话题讨论；因此，小说的不足之处是其对真实法案的具体描写过多，给读者造成一种"这是一本关于讨论法律的书"的错觉。而笔者认为，麦克尤恩在其中后期作品中已然实现了以个体的心理危机为切入点、直接挑战现代晚期"复杂的伦理、社会和历史问题"(Schemberg 28 - 29)的风格转型。从国际政治到环境科学，从宗教到法律，麦克尤恩的文学叙事拥有广阔的社会与政治视野，以"看似极端的现实主义形式"(姚成贺 92)指涉当代英国的社会痼疾。同时，也不应忽略《儿童法案》本就属于一部以讲述法官典型性格及其职业生涯、并兼有法庭交叉质证等审判情节的典型法律小说②。以小说中援引真实法律条文的体量与法官判词明显的法律叙事特色来看，麦克尤恩绝非仅仅将法律当作小说的"外衣"(尚必武 54)；笔者认为，《儿童法案》的法律叙事特色恰恰是联结其社会现实描写与个体心理描写的有效手段——麦克尤恩从女法官菲奥娜的个体形象塑造出发，通过构建文学的诗性正义，将小说作为一种法理的载体来反思法律精神的内核，刻画法律与道德的冲突与协商，在法律这一窥镜中聚焦公共伦理与个人道德责任(Acheson 24)的激烈交锋，由此呈现出一种现实主义

---

① 把案件写进来小说中讲述的双胞胎马修、马克连体婴一案，再现了 2000 年发生在英国曼彻斯特圣玛丽医院的一场著名的连体婴分离手术——一对来自马耳他的双胞胎女婴朱迪(Jodie)和玛丽(Mary)臀部相连，而医疗团队在综合分析之后认为，最佳的手术方案是切断朱迪对玛丽的供养，使朱迪一人正常存活。由于宗教信仰问题，婴儿的父母拒绝"杀死玛丽，救活朱迪"这一伦理相冲的行为，医院只得诉诸法庭，最终得到法院判决手术许可，而这一判决也在整个欧洲掀起不同领域群体间的激辩。

② 约翰·维格莫尔将法律小说主要分成四类：描写某些审判场景的小说，也包括巧妙地交叉质证；描写律师或法官的典型性格或职业生涯的小说；描写在刑事侦查、追捕以及惩罚中的法律方法的小说；抒写某些法律见解影响人物权利或行为的小说。

道德观照。

一、儿童福祉："义务"还是"愿望"的道德？

事实上，麦克尤恩早已透露出对道德与法律这一主题的兴趣与关注——《阿姆斯特丹》在复仇母题的基础上，表达了对荷兰安乐死相关法律的反思；《赎罪》围绕一桩因作伪证引发的冤案展开，以元小说的叙事方式探讨文学法理对人性的修复作用；而《儿童法案》则直击法律正义与道德正义在特殊案件中的冲突与衡平，使读者不仅能够感受到法律、宗教与伦理道德之间更大的张力，也能对法律在英国现实社会中的重要地位窥见一斑。

追根溯源，人类对法律与道德关系的探讨始于古希腊哲学，后逐渐发展为对法学与伦理学的探讨。尽管后期自然法被纳入了对法律秩序进行维护的正当系统化的办法（庞德 12），也确立了法学独立于伦理学而存在的地位，但在法学界内部，关于道德与法律关系这一基本法理问题的争论却从未止息。许多早期经典文学作品也常被作为讨论法律与道德关系的客体。古希腊经典悲剧《安提戈涅》普遍被认为是最能体现法律应然正义与实然正义之间冲突与张力的作品之一（罗翔 15），故事中，国王克瑞翁坚称自己对犯叛国罪的波吕涅克斯处以冷酷极刑是在维护王权法条，而女主人公安提戈涅埋葬兄长波吕涅克斯则是遵循了"天道"。在这里，克瑞翁概念中的法条代表着法律的规则——既然波吕涅克斯犯了叛国罪，那么处以极刑则是理所应当；但安提戈涅声称，自己埋葬兄长是基于"上天指定的不成文律条"，这其中存在的是自然法学派概念中的应然正义，也是罗翔所定义的"圆圈正义"所在。因而，《安提戈涅》生动地表达出了两种正义概念在法律实施过程中的矛盾与冲突，而这部作品也成为后期新分析法学与新自然法学派关于"恶法非法"和"恶法亦法"的争论时常被援引的例证之一。

随着社会法律体系由自然法向实在法的过渡与发展，这场论争愈发激烈。这其中，以新分析法学代表哈特（H. L. A. Hart）与新自然法学代表富勒（L. L. Fuller）之间关于法律与道德关系的论争最为著名。在美国实证主义哲学的影响下，哈特始终坚持"实然法"和"应然法"、"法的分析"和"法的评价"彼此分离的传统；富勒却反对哈特强行将道德与法律分离开来的观点，认为是道德的存在才使法律成为可能。对此，富勒提出了一种新的理解方式，他认为，哈特分离的是法律的外在道德，即"实然法（law as it is）"，是法律外在道德的所在，但"应然法（law as it ought to be）"却对应着法律的内在道德，即法律实体规则制定与实施的原则与依据所在。简言之，哈特的中心关注点在法律"是什么"，而在富勒看来，法律"应当是什么"才是评价法律最不应忽略的最高标准。富勒提出，存在"义务的道德"与"愿望的道德"两种概念，前者代表了人类社会有序运行的基本原则，是法律的道德底线与制定基础，而后者体现了人类对完美社会的诉求，象征着人类所能达到的最好美德，是法律长久的目标与追求（余卫东 19）。基于此，法律现实主义运动的代表人物罗斯科·庞德提出的社会法学观点则比较中立。他认为，法律作为社会控制的主要手段，需要宗教、道德和教育的共同支持，而其目的和任务在于最大限度地满足、调和相互冲突的利益（46）。如果说法律是社会的一把标尺，"愿望"与"义务"这两个概念就如同这把标尺的两端；而包含法律主题与意象的文学作品就如同这把标尺中的指针一般，帮助人们从作品的法律解读中发现两者的不同表征及其之间的距离。

作为当代小说的《儿童法案》涵盖了多个以真实案件为蓝本改编的司法案件，直接涉及对英国现行司法体系的讨论。这些案件大多围绕未成年儿童的生命权与抚养权展开，突出了多个利益方之间的矛盾冲突，案件的司法审判相应也需考虑诸多复杂的语境。小说叙事的中心案件是白血病少年亚当输血一案。在这场相当棘手的诉讼中，即将年满 18 岁的少年亚当罹患急性白血病，主治医院认为唯一能够挽救其生命的治疗方法便是输血。然而，这一方案却违背了亚当一家信仰的宗教教义，亚当也因此坚决拒绝输血。院方本着维护儿童生命权的初衷，最终决定向法院寻求帮助。仅仅在判决前的案件听证会上，该案的数个矛盾点就展露无遗：亚当的父母作为被告方，表明其能够接受输血以外的所有治疗手段，这便使原告医院方无法控诉其忽视亚当的生命权，而原告律师只有在听证会上反复证明，输血之外的其他治疗方案均无法挽救亚当的生命，才有可能胜诉；其次，亚当属于一个年满 16 周岁且拥有"吉利克能力"①的未成年人，因此，被告律师始终强调其个人意愿自由的重要性，并以 1969 年《家庭改革法案》第八条的内容"对年满 16 周岁的未成年人进行手术治疗，需获本人同意。未经允许进行治疗视同侵犯人身权利，其权利受法律保护，与成年人无异"（麦克尤恩 129）作为有力的法律支持；不仅如此，宗教信仰自由也同样受到法律保护，亚当本人对耶和华见证人信仰的忠诚捍卫也成了被告申辩时无法撼动的证据之一。显然，亚当的生命权与宗教信仰自由权构成了一对相冲的伦理原则，这就意味着法律无论如何判决都将造成一定程度上的道德损害。针对亚当一案，菲奥娜认为，当实际案件发生两害相权的情况时，只能择其轻者，以达到"减轻恶"而不是"消除恶"的结果。在这里，菲奥娜提到的"消除恶"是为人类社会勾勒美好图景的"愿望的道德"，而"减少恶"才是法律真正能为社会提供的、以"义务的道德"为标准而制定的规则。这种境况下，法官的义务则是在不同的"减少恶"的方案中取最优者。这也同时意味着，无论菲奥娜判定医院方胜诉或者败诉，在法理上都将无可指摘，因为两种判决都符合法律"义务的道德"的基本原则。

---

① 小说中解释"吉利克能力"是指儿童（未满 16 周岁的自然人）在达到心智成熟，能充分理解议题的前提下，有权决定自身的治疗方法。

基于此,菲奥娜援引了"儿童福祉"这一法律概念打破了这一司法窘境。麦克尤恩在小说扉页便引用了 1989 年英国《儿童法案》的真实条文:"法律在解决任何关涉……儿童养育问题时……应优先考虑该儿童的福祉"(扉页),菲奥娜也正是以该项法律为基准,确定了亚当的生命安全在其宗教信仰面前的优先权。不仅如此,儿童福祉的实现本身便包含着作为"义务"与"愿望"的道德的不同层面。作为儿童福祉最基本的内涵,维护儿童的生命权已然能够达到法律"义务的道德"的标准,但菲奥娜在最终判决中却显然有比"义务的道德"更高远层面的意图:

> "他的整个童年一直与一种非黑即白的偏激世界观接触,让他去经历不必要的痛苦死亡,对他的福祉毫无裨益,反而是对他信念的摧残。假如他很好地康复,那么凭他对诗歌的热忱,他新近发现的对小提琴的热情,他敏捷的才思,幽默又温柔的天性,以及展现在他未来的生活与爱,他的福祉必定能得以增进。"(麦克尤恩 130 - 131)

可以看出,菲奥娜将儿童的未来发展也纳入到了儿童福祉的概念中;换言之,她的判决逻辑是在维护亚当生命权的基础上保障其未来的无限可能,从而使自己的判决突破"义务的道德"的阈限,并向"愿望的道德"无限延伸。

二、"情"与"法"之辩:法官的"义务"与个人的"愿望"

从菲奥娜的判决书内容可以推断,英国的司法判决从属于英美法系典型的判例法,尤其是在处理伦理问题错综复杂的案件时,不同法官的判决势必会对法律内在的道德性呈现出程度不一的表征,这便使法官的文学形象成为法律小说的中心阐释点之一。而与经典文学作品中的法官形象相比,麦克尤恩笔下的菲奥娜·迈耶无疑是更加复杂而多面的。麦克尤恩将菲奥娜的个人叙事与法官叙事进行双重并置,成功地外化了法律规则与法官个人情感的交织——基于心理学的情绪理论,菲奥娜的文学形象凸显了司法过程中"法感情(Rechtsgefühl)①"的生发与作用。根据米夏埃尔·比勒的定义,法感情并不是一种理智的情感,它是裁判者在案件裁量过程中,由于案件对其产生的某种特殊意义,而产生了一种对一方当事人同情或赞同的感觉,裁判者通过寻找相关的法规

---

① 法感情是德国舶来词,指人们对法律采取的一种态度,是人们对法律的一种特别信仰和依赖。其可包含法官、社会公众作为不义之事的旁观者在不义之事发生时内心涌出的愤怒和义愤之情,或者看到正义伸张时油然而生的愉悦和满足之情等。

范或原则试图对这种法感情进行正当化(赵希 104)。因此,司法裁判也会不可避免地受到法感情的影响,而特定的法感情随后将作为信息参与法官大脑加工过程,并引导法官作出特定的决策(唐丰鹤 188)。在"情"与"法"的博弈过程中,法官的目标是实现其职业"义务"与个人"愿望"的融合,而这也是司法判决由"义务的道德"向"愿望的道德"不断靠拢的重要途径。

然而,在小说中,麦克尤恩似乎多次暗示菲奥娜在处理"情"与"法"关系以及在"法官"与"个人"角色切换过程中的失衡。小说伊始的菲奥娜便十分符合"当代小说总是将从事法律职业的主人公描绘成一个孤独的人"(沃德 211)这一特点——"菲奥娜·迈耶,一位高等法院法官,仰卧在家中的躺椅上……壁炉也有一年没生火了。黑乎乎的雨点……落在乱糟糟的泛黄的报纸上……在她伸手可及、靠近躺椅的地方,有一份判决草案书。菲奥娜仰天卧躺,祷盼这一切沉入海底"(麦克尤恩 1)——闲置一年的壁炉暗示着菲奥娜婚姻生活的冷寂,也使作为个人的菲奥娜与其家庭的疏离感跃然纸上;而代表其法官工作的判决草案书却在她"伸手可及"的地方——可见,将工作置于首位则是其生活严重失衡及其个人孤独感的主要成因。与此同时,"兑水的苏格兰威士忌"显现出了她近期的情绪变化;接着,麦克尤恩的叙事在菲奥娜对婚姻生活的强烈思绪与其在法官工作中的冷静克制间反复切换,使读者感受到菲奥娜对个人情绪的极致约束与克制。刨除婚姻危机的困扰,连体婴分离手术一案①产生的负面评价进一步使菲奥娜的情感经历与法律体验痛苦地纠缠在一起。在该案中,由于分离手术必然会导致婴儿马修的死亡,菲奥娜在判决中必须既基于伦理原则,又要论证"杀死"马修、"救活"马克这一手术方案具有符合儿童"最大利益"的正当合法性。在判决中,菲奥娜独辟蹊径地论证道,发育不完全的马修不能称之为与马克同等意义上的健全生命,因此也并不享有与马克同等的生命权。尽管这一论断成功挽救了马克的生命,也为菲奥娜赢得了业界的高度赞誉,但事后的菲奥娜却时常受到来自宗教、伦理界的谴责与谩骂,其本人也囿于这一案件的伦理困境中无法自拔;也正是在这个关头,她多年无子嗣的伤疤被再次揭开——"她的一部分和可怜的马修一道变得冰冷死寂,是她将一个小孩驱逐出这个世界……她已把心中的畏缩视为理所当然……行尸走肉是对她最好的描述"(麦克尤恩 33)。她在法官角色中对马修的"无情驱逐"加剧了其对自己的道德谴责,也使她意识到法律"义务的道德"的冰冷与麻木。"在绝望的潮水中随波泅泳"(麦克尤恩 53)生动地体现了菲奥娜在其个人角色与法官角色博弈中的失焦感。

于是,亚当这位"脸瘦长惨白却十分俊美"(麦克尤恩 106)的少年的出现,无疑是她死气沉沉的婚姻生活与焦头烂额的法官工作之间出现的一抹亮色,而菲奥娜是否在亚

---

① 本案件取材于发生在英国伦敦 2000 年的真实案件,一对马耳他连体女婴朱迪和玛丽在英国曼彻斯特圣玛丽医院接受分离手术,手术成功保住了朱迪的生命,但她的同胞姊妹玛丽则因手术而死亡。

当一案也表现出过度的法感情也成了读者的又一疑问。菲奥娜回忆中那首为《水中的奥菲利亚》而作的溺水死亡之诗——"躺在水草之中,缓缓向下沉去,感觉妙不可言"(麦克尤恩 94),既与亚当在信仰和生命之间的挣扎有异曲同工之处,也似乎象征着菲奥娜个人情感的复苏。对于一位从未做过生身母亲的女性而言,少年亚当或许激发了菲奥娜某种出于母性的爱欲,也或许激活了菲奥娜瘫痪已久的情感知觉。尽管菲奥娜在"抑制自己的情感",但她的实际行为却已游走在"不安全"(Domselaar 82)的司法边缘,曾经理性断案的稳健气氛已然不复存在。明知会见亚当可能是自己"意气用事、处在崩溃边缘而做出的职业误判"(麦克尤恩 97),她却任由自己继续"提出一个连她自己都始料未及的请求(麦克尤恩 124)",让自己为亚当的小提琴演奏伴唱。麦克尤恩运用了音乐叙事烘托菲奥娜内心失控的情感,在这一瞬间,音乐对于菲奥娜而言不再是与法律相同的"拥有规则"的存在,他们"四目相对,完全沉浸在追忆往昔的哀思中"(125),菲奥娜个人对挽救亚当生命的愿望也达到了顶峰。有了连体婴一案的阴影,菲奥娜似乎不顾一切地想要留住这样一个鲜活的生命,她相信,"无论如何,亚当·亨利都很有希望在他延期了的考试中发挥出色,并考入一所好大学"(麦克尤恩 192),也深信亚当能够顺利地走向她判决书中为他勾勒的未来——这无疑也是菲奥娜"行文明快,紧凑得体,用语得当,切中肯綮,反讽中不失温暖"(麦克尤恩 14)的又一判决。

而在小说中,麦克尤恩先刻画出菲奥娜在亚当一案中表现出的"动情",后续又加以反转,凸显菲奥娜面对亚当求助时的不耐烦与冷漠——最终,亚当的死去猝不及防但又平静地出现在小说尾声。这难免令读者产生对菲奥娜的谴责,因其在判决之时并未意识到自己无法对判决书中提到的亚当未来的"生活与爱"负责任,强行令亚当在未获取人生意义的状态下延续生命。笔者认为,麦克尤恩的真正矛头并非指向菲奥娜。针对法官角色本身而言,菲奥娜已凭其职业所能做出了相对出色的判决。早在 16 世纪,英格兰的衡平法便将伦理理念以及法官的正确观及错误观纳入了法律扩张出的手段中(庞德 27),这其实从侧面肯定了法官可以在司法认知上带有适当的主观性。换言之,菲奥娜在亚当一案中所运行的法感情是基于正确的正义观且在判决过程中起到了积极的导向作用,她尽全力"以负责和勤勉的方式作出裁决,以维护法律在道德和宗教方面的自主权,并平衡了案件涉及的公共和私人角色"(Trindade 165)。不仅如此,法官在进行司法判决时理应运用厚实伦理概念(thick value concept)①而非薄伦理概念(Williams 32)——在伯恩斯坦夫妇一案中,菲奥娜充分考虑了女性儿童受教育权的重要;在连体婴分离一案中,她也力证放弃马修并不是单纯意义上的谋杀,而是拯救马克

---

① 伦理的"厚概念"是一种比喻,如怯懦和贞洁属于厚概念,而对与错就属于"薄概念"。小说中菲奥娜明确指出案件没有完全的善恶之分,而是利用儿童福祉相关法律中更具体的概念进行利弊衡平,侧面印证了其审判时对厚实伦理概念的把握。

这个唯一可看待为拥有儿童生命权的存在。因此，菲奥娜对"儿童福祉"这一法律概念的解读无疑是丰富而专业的。"经济与精神自由、品德与同情心、利他无私、发奋图强、深广的人际关系网、赢取他人的尊敬、追求自身存在的恢宏意义，以及在人生的关键时期拥有一个或少数几个铮铮至爱"（麦克尤恩 16），这些由"儿童福祉"延展而成的厚实概念本身均是合理的。可以说，菲奥娜这一法官形象较为完满地诠释了法官在司法判决时对"情"与"法"的衡量，也较大限度地实现了其由法感情生发出的个人愿望与案件本身应达到的法律义务的融合。

三、现实主义的诗性伦理：法律的"义务"与文学的"愿望"

那么，麦克尤恩究竟为何向业内典范菲奥娜制造了亚当之死这一打击？在笔者看来，麦克尤恩真正要探讨的核心问题是法律是否确能做出向"愿望的道德"靠拢的判决——在菲奥娜与亚当复杂的心理世界背后，《儿童法案》的中心批判点是法律本身。菲奥娜唯一的不足在于，她潜意识将自己判决书中的内容错当成亚当康复之后必然能够获取的结果。这样的潜意识缘于她的法律实践与她承袭的法律传统，也就是说，作为法官的菲奥娜仅仅是整个英国社会轮廓下哲学传统与法律概念的施事者，她对儿童福祉这一法律概念的把握是基于世俗人文主义固有框架下的、一种非精神的、人类内在固有的存在（Ungureanu 3），这也侧面印证了"愿望的道德"的灵活性、模糊性与不确定性（富勒 8）。在这样背景下做出的对"福祉"的定义是被社会伦理价值判断与道德推理（博登海默 388）所形塑的、与强调精神层面获得的宗教信仰格格不入的，也正是这样的价值体系差异在亚当与菲奥娜之间横亘了一条不可逾越的鸿沟，使菲奥娜无法意识到丧失信仰给亚当带来的难以抵御的精神危机。她按照"愿望的道德"的标准权衡和限定了亚当的福祉，殊不知自己作为法官也仅仅能在"义务的道德"的层面暂时救活亚当的性命而已。不仅如此，强行向"愿望的道德"靠近的司法判决将亚当置于无路可退的境地，缺失活下去信念的他沦为了宗教的牺牲品，而菲奥娜费尽心机为亚当争取来的生命权也化为了泡影，这桩案件最终在"义务的道德"层面取得的胜利也形同虚设了。从这个角度讲，麦克尤恩对先前所提问题的答案是否定的。

可见，法律主题的文学作品终究会落到对现实的批判与反思之上。作为"愿望的道德"的载体，文学面向法律提出的一个核心问题便是"是否存在一种无语境的、客观普遍的、普适的法律制度来保护人的某种权利"（苏力 373），而文学与法律的这种互动早在传统现实主义早期便有迹可循。早在 18 世纪，英国现实主义作家亨利·菲尔丁（Henry Fielding，1707—1754）便结合自己做治安法官的法律实践，在作品中临摹同时代的英国法治现实，在建构文学正义的同时亦显示了法律衡平、改良等思想主张；此外，我国讨论法治与法律制度本身的现实主义作品也不在少数。小说《秋菊打官司》中,秋菊面对丈夫被村长踢伤一事,想要诉诸法律"讨个说法"(苏力 374),但显然,公安机关依照法律对村长行政拘留的处置并不是秋菊真正想要的"说法"。再回到《儿童法案》的亚当,他想要的"说法"也绝不单纯是进行输血治疗后康复。原本对输血手术极度抗拒的他却在苏醒后发现自己的父母喜极而泣,彻底颠覆了自己的宗教价值体系,他于是转向菲奥娜求助,希望菲奥娜能将他带向"某种美丽而又深刻的东西"(麦克尤恩 147)——显然,即便是代表司法权力的菲奥娜也并无义务为其提供这种"说法"。在这个过程中,法律本身的特性在文学作品中就显得格外刺眼,读者也能直观地感受到,纵然某些裁决不如当事人的私人愿望更加合理,法律规则仍保持着对人类社会的统治性。而文学作为法律之镜,也发出了警醒的讯号——对于较为复杂的纠纷,法律裁决并不可仅作为"一锤子买卖"(苏力 376),长远的关系和利益同样应该得到法律的关注。在《秋菊打官司》中,法律看似得到了执行,村民的人身利益看似得到了法律的保障、正义看似得到了伸张,但村长与秋菊一家长久以来的和谐关系却被打破;同理,在亚当一案中,他的生命权看似得到了法律的维护、他的福祉看似受到了法律的重视,但实际上他对生存意义的迷惘与信仰缺失的绝望却始终未得到过法律层面的援助。

因此,在小说法律审判的显性叙事背后,麦克尤恩同样构置了一种文学审判,让诗性正义成为追求正义的额外选择。从表面上看,亚当临死前寄给菲奥娜的抒情诗犹如判决书一般,颠覆了菲奥娜的法律审判,构成了对菲奥娜的文学审判。"那鱼是撒旦的化身,你必须付出代价"(麦克尤恩 191)……"但愿亲手淹没我十字架的人被置于死地"(麦克尤恩 217),这封临终信件既透露出亚当决然赴死的心境,也注定判决菲奥娜终生铭记"自己的羞愧与对亚当的死所负的责任"(麦克尤恩 227)。这一结局的艺术风格令读者似曾相识——在麦克尤恩早期作品《赎罪》中,他同样构置了对女主人公布里奥妮的文学审判。布里奥妮作为整件冤案的始作俑者,作伪证使姐姐西塞莉亚的恋人罗比蒙冤入狱,后被送往二战战场与西塞莉亚两相分离。尽管法律正义在小说中始终是缺席和失效的,但当读者读至西塞莉亚与罗比在伦敦重逢时,对布里奥妮的怨怼明显得到了缓解。然而,麦克尤恩再次在结局中实现了反转——他向读者公布了布里奥妮作为元小说叙事者的身份,使布里奥妮"拥有绝对权力,能呼风唤雨、指点江山"(350)——读者绝望地发现,战争的血盆大口早已将西塞丽娅和罗比这对情人吞噬殆尽,罗比因败血症惨死战场,而西塞丽娅也在敌军对伦敦地铁站的轰炸中丧生。因而,文学写作便成了麦克尤恩为布里奥妮精心打造的赎罪方式,使她一生都在悔恨、愧疚与不断的创作与改写中度过。从表面来讲,文学对布里奥妮的判决使真相永远被围筑在案件真凶的美好生活之内,因此,布里奥妮也将永远活在对现实不可弥补的无力之中。但不可忽略的是,透过菲奥娜与布里奥妮这两个角色,麦克尤恩更深层的文学审判无疑指向的是法律与战争。从这个角度来讲,亚当的死亡悲剧象征着世俗人文主义框架下的司法判决在维护有宗教信仰儿童未来福祉时的失能，也形成了对《儿童法案》这一现实中存在的法律条文本身的反讽。麦克尤恩这种将法律修辞语言与文学视角对复杂人性深刻洞察相结合的写作特点，不失为一种将法律现实内嵌于文学平台的现实主义表现形式。

伊丽莎白·安克尔在论述当代法律与文学跨学科研究的新动向时认为，文学与艺术作品有能力通过挑战与瓦解法律机制、规则与现状揭示其中被抑制与排除的伦理价值(9)——这恰恰与战后现实主义对道德伦理的关注不谋而合。《儿童法案》从某种程度而言也的确具备了这种倾向。作为一部法律小说，其无疑能帮助读者看到儿童福祉这项法律自身的冰冷与模糊，并能使读者更加直观地感受到，在法律与宗教信仰伦理发生冲突时，儿童极易陷入同时丧失家庭保护与法律保护的危险境地。《儿童法案》以文学审判的方式印证了"儿童福祉"这一法律思想的局限，也为未来如何处理有关宗教与儿童福祉冲突的案件提出了新的可能性——与其把希望全部投掷于法官，不如从法律条文本身出发，依照法律"既不远离伦理习俗，也不能落后或超出太多"(庞德 90)的宗旨，在无限接近保护儿童福祉这一"愿望的道德"勾勒的美好愿景的同时，为保障儿童福祉的顺利实施加以一系列后续的维持与指导，从而推动法律内在道德更完善地实现。可以说，麦克尤恩借由《儿童法案》所倡导的，是通过文学对现实的关注来推动法律与社会互动关系的平衡，使作品扮演文学裁判的角色，以"诗性正义"(努斯鲍姆 171)的方式刻画出现行法律在实施过程中对"义务的道德"的表征，也揭示了其与"愿望的道德"之间的距离。在此过程中，读者既能感知现代社会个体内心世界的丰富性和复杂性，又能看到麦克尤恩在人物背后指涉的客观世界，从而体现了新时代现实主义的诗学立场。

四、结　语

约翰·维茨伯格曾提到，法律赋有与文学类似的"想象叙事"(Weisberg 129)的特点，这暗示出文学与法律想象力的共同追求之一便是社会道德价值的终极实现；而文学作为诗性正义的代名词，其与法律进行交流时，关注的是被定义为"他者"的生活困境，促进的是法律中伦理成分的复兴。根据波斯纳(Richard A. Posner)的观点，阅读文学作品是发现法律价值、意义和修辞的重要媒介(3)。从"义务"与"愿望"的道德概念入手分析小说的法理主题，能够直接呈现法律内在道德性在立法与司法上的局限，而小说所呈现出的法理思想也间接肯定了"文学作品对法律的批判价值"(吴笛 39)。这在一定程度上促进了"法律与文学(law and literature)"向"文学法律批评(legal literary criticism)"过渡中的重心转变(吴笛 36)，也再次肯定了虚构叙事在文学与法律跨学科研究中的主体性。从《儿童法案》这样的当代西方小说作品中挖掘其法理思想，已然打破了文学与法律研究专注西方经典文本阐释的传统；从某种程度讲，"法律与文学"研究文本的更新迭代也标志着现实主义含义内核的与时俱进。作为一位长于描写个体与社会的道德伦理危机(姚成贺 96)的当代小说家,麦克尤恩不仅能唤起人们的道德责任感,更能唤醒法律的道德责任感。他笔下的人物为读者思考道德与法律的关系提供了新的视角,而他也始终期待读者对其作品进行一种超越法律的文学审判。

参考文献

Transcript of the book launch of *The Children Act*. June 2017. Shanghai Translation Publishing House. 〈https://book.douban.com/review/8630988/〉.

[《儿童法案》新书发布会活动记录,上海译文出版社,2017 年 6 月〈https://book.douban.com/review/8630988/〉.]

Acheson, James, and Sarah C. E. Ross, eds. The Contemporary British Novel. Edinburgh: Edinburgh UP, 2005.

Anker, Elizabeth, and Bernadette Meyler, eds. *New directions in Law and Literature*. London: Oxford UP, 2017.

Bodenheimer, Edgar. *Jurisprudence: The Philosophy and Method of the Law*. Trans. Deng Zhenglai. Beijing: China U of Political Science and Law P, 2017.

[E. 博登海默:《法理学——法律哲学与法律方法》,邓正来译,北京:中国政法大学出版社,2017 年。]

Domselaar, Iris van. "The perceptive judge." *Jurisprudence*, Vol.9, 1(2018): 71-87.

Trindade, André K. "models of Judges in Literature."*Revista Opinião Jurídica*, vol. 18, 29 (2020): 152-70.

Fuller, L. L. *The Morality of Law*. Trans. Zheng Yi. Beijing: Commercial P, 2005.

[朗・富勒:《法律的道德性》,郑戈译,北京:商务印书馆,2005 年。]

Luo, Xiang. *The Faith as Premise of Freedom*. Beijing: China Legal Publishing House, 2019.

[罗翔:《圆圈正义——作为自由前提的信念》,北京:中国法制出版社,2019 年。]

Pound, Roscoe. *Law and Morals*. Trans. Chen Linlin. Beijing: Commercial P, 2015.

[罗斯科・庞德:《法律与道德》,陈林林译,北京:商务印书馆,2015 年。]

Pound, Roscoe. *Social Control through Law*. Trans. Shen Zongling. Beijing: Commercial P, 2009.

[罗斯科・庞德:《通过法律的社会控制》,沈宗灵译,北京:商务印书馆,2009 年。]

Schemberg, Claudia. *Achieving "Atonement": Storytelling and the Concept of the Self in Ian McEwan's The Child in Time, Black Dogs, Enduring Love, and Atonement*. Frankfurt: Peter Lang, 2004.

Shang, Biwu. "The Meaning and Protection of the Child's Welfare: Ethical Identities and Ethical Choices in Ian McEwan's The Children Act." *Foreign Literature Studies* 3 (2015): 53-63.

[尚必武:《儿童福祉的意义探寻与守护方式:麦克尤恩新作〈儿童法案〉中的伦理身份与伦理选择》,《外国文学研究》2015 年第 3 期, 第 53-63 页。]

Su, Li. *Law and Literature: Based on Chinese Traditional Drama*. Shanghai: SDX Joint Publishing Company, 2006.

［苏力:《法律与文学——以中国传统戏剧为材料》,上海:生活·读书·新知·三联书店,2006 年。］

Tang, Fenghe. "Legal Feelings in Judicial Process: An Analysis based on psychological Emotion Theory." *Journal of Sichuan University* 5(2021): 183 - 92.

［唐丰鹤:《司法过程中的法感情 ——基于心理学情绪理论的分析》,四川大学学报 2021 第 5 期,第 183 - 192 页。］

Posner, Richard A. *Law and Literature*. Massachusetts: Harvard UP, 2009.

McEwan, Ian. *Atonement*. New York: Doubleday, 2001.

McEwan, Ian. *The Children Act*. Trans. Guo Guoliang. Shanghai: Shanghai Translation Publishing House, 2017.

［伊恩·麦克尤恩:《儿童法案》,郭国良译,上海译文出版社,2017 年。］

Nussbaum, Martha. *Poetic Justice: The Literary Imagination and Public Life*. Trans. Ding Xiaodong. Beijing: Peking UP, 2010.

［玛莎·努斯鲍姆:《诗性正义——文学想象与公共生活》,丁晓东译,北京:北京大学出版社,2010 年。］

Ungureanu, Camil. "Secularist Humanism, Law and Religion in Ian McEwan's *The Children Act*." *Religions*, 12(2021): 468 - 80.

Ward, Ian. *Law and Literature: Possibilities and Perspectives*. Trans. Liu Xing, et al. Beijing: China U of Politic Science and Law P, 2016.

［伊恩·沃德:《法律与文学——可能性及研究视角》,刘星等译,北京:中国政法大学出版社,2016 年。］

Weisberg, Richard H. "Wigmore and the Law and Literature Movement." *Law and Literature*, 21.1 (Spring 2009): 129 - 45.

Williams, Bernard. *Morality: An Introduction to Ethics*. Cambridge: Cambridge UP, 1972.

Wu, Di. "'Legal Literary Criticism' vs 'Law and Literature'." *Foreign Literature Studies* 5(2021): 33 - 42.

［吴笛:《文学法律批评 vs 法律与文学》,《外国文学研究》2021 年第 5 期,第 33 - 42 页。］

Yao, Chenghe. "Post-war British Realism." *A Study of Postwar World Progress and Foreign Literature Progress: A Study of the Development Trend of Foreign Literature in the New Century*, Vol.1. Ed. Wang Shouren, et al. Nanjing: Yilin P, 2019.

［姚成贺:《战后英国现实主义》,王守仁等编《战后世界进程与外国文学进程研究:新世纪外国文学发展趋势研究》(第一卷),译林出版社,2019 年。］

Yu, Weidong, Lu Qin. "The Antinomy of Law and Morality and its Inner Tension: from the Century Debate between Hart and Fuller." *Journal of Hubei University* 4(2018): 15 - 21.

［余卫东、鲁琴:《法律与道德的二律背反及内在张力——从哈特与富勒的世纪论战谈起》,《湖北大学学报》2018 年第 4 期,第 15 - 21 页。］

Zhao, Xi. "The Theory of 'Legal Feelings' in German Judicial Adjudication: Centered on Michael Buehler's legal Feelings Theory." *Journal of Comparative Law* 3(2017): 102 - 16.

［赵希：《德国司法裁判中的"法感情"理论 ——以米夏埃尔·比勒的法感情理论为核心》,《比较法研究》2017 第 3 期,第 102 - 116 页。］

战争记忆与历史书写

——论石黑一雄日本二战题材小说

刘利平[*]

内容提要：以记忆书写历史是石黑一雄小说中最为突出的主题之一。在他的小说中，个体经历往往以回忆的形式展开，这些个体记忆一方面极具个人化和私密化色彩，另一方面又融进了很多公共历史化因素。因此，个体经历被作家从私人化领域提升至公共意识层面，记忆与历史书写之间的关系成为揭示历史本质的途径之一。《远山淡影》、《浮世画家》和《上海孤儿》构成了石黑一雄日本战争历史记忆化书写的三个阶段，隐藏在《远山淡影》中的战争记忆，经过了《浮世画家》的自我修正，最终在《上海孤儿》中呈现出历史的真相。而小说家石黑一雄，正是借助这种以记忆书写历史的方式，对人们在战争中所遭受到的创伤，对于日本二战的历史真相不断进行增补，通过文本的留白、压抑和矛盾，在记忆的缝隙中，呈现出过去若隐若现、无由确定的真相。

关键词：战争记忆；历史书写；《远山淡影》；《浮世画家》；《上海孤儿》

Title: War Memory and History Writing

——On Kazuo Ishiguro's Novels about Japanese History of World War II

Abstract: Writing history through memory is one of the most prominent themes in Ishiguro's novels. In his novels, individual experiences are often carried out in the form of memories. On the one hand, these individual memories are highly personalized and private, whereas on the other hand, they are integrated with many public historical factors. Therefore, the writer elevates individual experience from the private realm to the level of public consciousness, and reveals the essence of history

* **作者简介**：刘利平，西北师范大学外国语学院副教授，硕士生导师，主要从事文艺学、英美文学研究。联系方式：15424518@qq.com。

through the relationship between memory and historical writing. The three stages of Ishiguro's historical writing of Japanese WWII through memories are presented by his three novels: *A Pale View of Hills*, *An Artist of the Floating World*, and *When We Were Orphans*. The war memory hidden in *A Pale View of Hills*, after being self-corrected in *An Artist of the Floating World*, finally presents the historical truth in *When We Were Orphans*. The novelist Kazuo Ishiguro, with the help of writing history by memory, keeps adding the trauma suffered by people in the war and the historical truth of the Second World War in Japan, and presents the vague and uncertain traces of the past history in the blank space of the text, the gaps of the depression and contradiction within the text.

Key Words: war memories; historical writing; *A Pale View of Hills*; *An Artist of the Floating World*; *When We Were Orphans*

一直以来,记忆与历史之间一直存在着一种若即若离,暧昧含混的关系,对过去的记忆当然不能完全等同于历史,尽管它们都关乎于对过去和时间的叙事。记忆与历史之间最大的区别在于记忆可以借助想象在过去和现实之间不停往返,它是可以重复,修改甚至消失的,而历史却具有确切无疑的不可重复性。记忆是一个借助主体不断被创造,被生成的过程,历史却是已然发生的事实,代表着人类自身或是群体不可更改的过去。历史与记忆的相互关联来自历史叙事性的凸显。新历史主义理论家海登·怀特认为历史其实像一种文学制品,必须经由"叙事"之形式表达,"事实上,叙事一直是并且继续是历史著作中的主导性模式"(White 168)。新历史主义另一位理论家蒙特鲁斯将其称为"历史的文本性"。"历史从历史事实发展至历史话语,从历史的真实性发展至历史的诗性,就是主体对历史原始经验的主观记忆化过程,也可以称历史的记忆化过程"(Zhao 60)。历史和记忆的关系因而演化为一种共存互生的关系,构成了一种自我建构和自我论证式的封闭式循环结构,"历史的书写提供了个体记忆的可能性,决定了集体记忆的背景,而记忆的传播和接续又固化了历史知识,对世人塑造某种被期待知识体系和价值结构提供强有力的支撑"(Zhao 6)。

以记忆书写历史是石黑一雄小说中最为突出的主题之一。在他的小说中,主人公的回溯性人生经历成为反映整个社会历史变迁的叙事策略,但是与传统小说不同而且超越了传统小说的是作家所呈现的个体经历往往以回忆的形式展开。这些个体记忆一方面极具个人化和私密化色彩,另一方面又融进了很多公共历史化因素。因此,个体记忆被作家从私人化领域提升至公共意识层面,记忆与历史之间的关系成为揭示历史本质的途径之一。因此"这里所谓的历史是作者设置的特定人物所目击和参与到的历史,是通过特定人物的个人回忆讲述出来的,特定人物通过这种方式获得对事实的主要拥有权"(Wang 86)。在石黑一雄关于日本二战历史的三部小说《远山淡影》《浮世画家》《上海孤儿》中,正是借助不同类型的记忆,日本二战的历史得以多面相地呈现,共同构成了一种最接近于真相的历史书写。

一、《远山淡影》:创伤记忆与历史反思

创伤记忆从心理学上被认定为是"指对生活中具有严重伤害性事件的记忆"(Yang 412),它首先是一种建立在个体基础之上的创伤性体验或是经历的记忆,会因为记忆主体的不同而呈现出差异化和多元化的特点。其次作为一种亲历性记忆,创伤记忆主体在创伤事件发生时是在场的,这种在场或表现为空间上的场地性,或为时间上的即时性以及广义上的时段性,也就是说当创伤性事件发生的当时及后来的一段时间内,主体一定是在场的。然而记忆主体的在场性并不能确保同一事件的不同经历者的记忆是完全相同的。悖论的是它恰恰会因为主体在认知、情感以及价值判断方面的不同而呈现出大相径庭的面相。因此,在创伤记忆中,记忆主体无法对所经历的事件的完全进行还原,它实则是一种因为强烈的主观情绪或情感而呈现出的片段性记忆,即"当某种情景或事件引起个人强烈或深刻的情绪、情感体验时,对情境、事件的感知和记忆。这类记忆的回忆过程中,只要有关的表象浮现,相应的情绪、情感就会出现"(Yang 412)。对于记忆主体而言,创伤体验会一直留存在记忆深处,并不断提醒和暗示创伤主体曾经发生的事情,与此同时,"创伤记忆的主体又会控制这部分记忆来平衡创伤性过去和现实之间的关系,通过压抑、释放、梳理或分析等多种手段来适应创伤体验对于主体日常生活的介入,并最终趋向缓解痛苦甚或治愈创伤的目的"(Zhao 94)。

《远山淡影》选择了长崎作为故事的发生地点,以"原爆"事件亲历者悦子为故事主人公,借助悦子时断时续、过去和现在交叉呈现的叙事,主要聚焦了战时及战后的日本普通民众所遭受到的战争创伤。徐贲在《人以什么理由来记忆》中写道:"经历了历史性灾难的人们,幸运的和不幸运,都只能拥有对过去的局部的、零碎记忆……如果她不记忆,那不是因为直接记忆者已经死绝,没法再记忆,而是因为他拒绝接受自己那一份隔代但不断代的记忆分工。放弃了直接见证者的个人记忆,就从根本上断绝了集体记忆的可能"(11)。《远山淡影》中的悦子为了逃避过往记忆,远渡重洋来到陌生的国度。但是战争的阴影如影随形,在女儿自杀之后的寂寞日子里,过往生活的记忆不断闪现,尽管她借用了另一个人的身份来讲述这段过往,但是其中呈现的却是二战期间以及战后日本民众的真实生活。如前所述,创伤记忆带有鲜明的个体性色彩,正是这些充满了个人印记、碎片化、零散的个体记忆,从不同方面汇聚成一种新的群体记忆,并在其中投射

出最真实的历史面相。带着女儿独居木屋的单身母亲佐知子,在战争中先后失去四个儿子和丈夫的藤原太太,以及那个作为替身出现的悦子,他们的生活都因为这场战争发生了天翻地覆的变化。至于在闪回中不断出现的战争期间母亲亲手溺死孩子的景象,则代表性地表现了战争期间日本民众如地狱般的生活现实。

创伤记忆其中所涵盖的事实来源,也就是由事件、事发环境、亲历者所共同构成的已经过去的"历史",这些创伤记忆如何讲述和流传代表了对"历史"的文化表征和现实化。《远山淡影》中的个体记忆往往蒙着一层虚幻的面纱,时真时假,时远时近。石黑一雄有意识地借助一种看似虚假的叙事策略,通过谎言与真相之间的博弈,旨在以一种完全个体化的视角来讲述并审视这段"历史"。对于每一个个体而言,对创伤的体验和感受都是完全不同的。有人选择沉默,以逃避的方式阻挡创伤对现实生活的侵入,也有人选择讲述,借助复述自己的故事来缓解伤痛,寻求帮助。小说中的悦子选择了第三种方式,以讲述他人的故事来缓解自己的伤痛。在这个看似第三者的故事中,她将自己一分为二,佐知子是那个深陷痛苦往事无法自拔的一半,悦子则是努力想要从过往走出来,开始新生活的另一半。当故事结尾时,悦子与佐知子合二为一,完成了创伤主体借助讲述创伤过往的自我疗愈和解脱。沉淀在个体创伤记忆深处的历史正是通过这样一种方式实现了历史的表征化和现实化。

如果说这种方式仅仅实现的是一种个体化的历史表述,那么在个体记忆中出现的对于战争的反思则成为将个体创伤深化为一个族群、民族和国家群体危机的契机。小说中的悦子以旁观者的身份,回忆了绪方先生和重夫关于二战的不同态度以及由此引发的师生冲突。在重夫看来,以绪方为代表的战争鼓吹派误导了年轻人对于日本发动战争的看法。绪方先生对此不能理解,在他看来,日本之所以战败的原因在于没有足够的枪和坦克,但这一点不能抹去日本人在战争期间的辛勤工作,也不能否认他认为的正确价值观。重夫反驳道:"我不怀疑您的真诚和辛勤工作。可是您的精力用在了不对的地方,罪恶的地方。"(Ishiguro, *A Pale View of Hills* 189)在两人的谈话中,重夫直言:"您那个时候,老师教给日本的孩子们可怕的东西。他们学到的是最具破坏力的谎言。最糟糕的是,老师教他们不能看,不能问,这就是为什么我们国家会卷入有史以来最可怕灾难的原因。"(189)石黑一雄以战后日本两代人对于战争的不同态度,一方面正面谴责了日本发动二战给本国以及其他侵略国带来的灾难,同时也试图将一种个体创伤上升为一种集体危机。正是由于受到军国主义思想的蛊惑,像绪方先生这样的人即使面对战败的事实,仍然无法正视日本发动侵略战争的历史真相。如果个体创伤无法形成一个民族共同的文化创伤,那么那些造成这种创伤的历史错误迟早会重蹈覆辙。

"石黑一雄小说中的主人公总是在寻求慰藉以弥补人生中的缺憾,他们重探了过往的创伤事件,讲述对于他们来说是一种精神宣泄,帮助他们重建过往,理解自己的缺失"(Wong 2)。借助个体创伤记忆的讲述,那些隐身于宏达历史叙事纵深之处的褶皱和阴影得以浮出，但更为重要的是这些个体创伤记忆将会汇聚成一种新的属于一个民族、一个国家的文化创伤。正如美国社会学家杰弗里·C·亚历山大所说，"借由建构文化创伤，各种社会群体、国族社会，有时候甚至是整个文明，不仅在认知上辨认出人类苦难的存在和根源，还会就此担负起一些重大责任"（2）。《远山淡影》中的悦子（佐知子）是无数经历过二战的日本民众的缩影，他们在战前和战后天壤之别的生活境遇真实再现了战争带来的巨大创伤，它不仅构成了属于整个民族、国家共有的文化创伤，同时也应肩负起对此进行反思的历史责任和使命。

二、《浮世画家》：集体记忆与历史责任

集体记忆这一概念是相对于个体记忆而言的，哈布瓦赫提出这一概念，将记忆理论从原先的心理学范畴扩展至社会学范畴，"社会框架"是其中最为重要的概念。哈布瓦赫认为，只有将自身置于这些"社会框架"中，个体才能进行有效的记忆。所以说个体之所以能够记忆，是因为"无论何时，我生活的群体能提供给我重建记忆的方法"（Halbwachs 68 - 69），无论个体记忆存在多大的区别，都是集体记忆的一部分。人类学家玛丽·道格拉斯认为："任何机制想要维持良好状况，就必须控制其成员的记忆"（Appleby 93）。对于个体记忆的掌握，一个机制，一个国家，才能使其成员"忘记其不合乎其正义形象的经验，使他们想起能够维系自我欣赏观念的事件"（Appleby 93），而一个群体，才能"利用历史来美化自己，粉饰过去，安定人心，为所作所为正名"（Appleby 93）。在集体记忆的层面上，记忆实际上就是一种"被治理的政治"，它的产生会受到一个国家的传统思想方式或是政治统治方式的影响和控制。至此，记忆不再是主体的权利问题，也是主体的义务问题。"记忆的伦理责任意味着牢记某些历史事件是人类的责任和义务，遗忘它们，无论是无意遗忘还是刻意遗忘，都是一种违反伦理的不道德行为，而铭记过去的苦难、灾难、暴行等历史事件本身就是一种值得提倡的美德"（Li & Hu 136 - 140）。

二战的集体记忆从本质上可以归属为记忆的义务问题范畴。关于这一点，日本大学教授高桥哲哉在他反思中日关系的重要著作《战后责任论》中将其归结为日本的战后责任之一。他认为，所谓责任的其实就是一种"应答可能性"，它是共同生活在社会现实中的人与人之间的呼应关系。高桥哲哉在书中对日本应该承担的责任进行了区分，将其分为战争责任和战后责任两种。他认为"战争责任就是日本侵略亚洲各国，把那里作为自己的殖民地和占领地，违反各种国际法，进行战争犯罪和迫害行为的责任"（13），而战后责任则是作为战后一代的日本人被追究的"应答可能性"的责任，是指战后的日本人"从根本上克服、改变曾经使侵略战争和殖民地统治成为可能的这个社会现状"（13）

的责任。"战后责任"明确指出那些没有直接参加过战争的日本人同样不得不承担记忆战争的责任。

对于日本而言,明治维新带来了本国经济的蓬勃发展,同时也导致了日本传统文化不断被西方文明价值观所改变的现实。整个社会被一种商业文明所统治,人们都以追求经济利益的最大化作为人生的价值和目标。《浮世画家》中的左翼人物松山将日本的现状归结于商人和政客处于统治地位,而这些人都是自私、腐朽和堕落的。按照松山的逻辑,日本要想有所改变,必须实行所谓的"光复",恢复天皇陛下一国之主的正当地位。已经具备强大力量的日本民族,有能力和任何西方国家抗衡。因此,"现在我们应该打造一个像英国和法国那样强大而富有的帝国。我们必须利用我们的力量向外扩张。时机已到,日本应该在世界列强中占领它应得的位置。我们必须摆脱那些商人和政客。然后,军队就只会听从天皇陛下的召唤"(Ishiguro, *An Artist of the Floating World* 218)。这种借助对外扩张来改变日本社会现状的策略,被冠之以"新爱国主义"逐渐占据了整个日本,二战的侵略性被刻意抹杀和曲解,国内因为贫富差距而产生的尖锐的阶级矛盾被一种所谓的民族主义所替代。

正是由于受到这种"新爱国主义"的影响,在军国主义者的欺瞒和操控之下,小野和众多希图改变日本附庸于西方大国现状的民众一样,将对外侵略扩张看作日本的出路,成为日本侵略战争的追随者和鼓吹者。他的关于二战的记忆也因为受到了这种政治化因素的规约而呈现出被扭曲,被篡改的形态。在关于二战期间职业生涯的回忆中,小野一直保持着一种所谓的理性立场,认为自己的所作所为没有任何值得诟病之处,甚至认为自己在为一个伟大的事业而奋斗。正如他自己所言,"如果你的国家卷入战争,你只能尽你的力量去支持,这是无可厚非的"(67)。对于自己在战争中如火如荼的艺术事业,以及自己对身边人的影响,甚至对所在社区的影响,小野充满了某种自我的成就感和荣誉感。小野关于二战的记忆正是战后日本部分民众关于二战群体记忆的缩影。石黑一雄正是以此为缝隙,洞悉了日本民众如何被军国主义者蛊惑操控,并进而不自知地成为战争拥护者的历史真相。

《浮世画家》在呈现日本民众群体记忆被政治规约化的同时,也不断通过战后的一系列现实真相来展示被操控的记忆如何被打破并进而被修正的过程。战后的小野因为身边发生的一系列事件开始重新认识自己在战争中的言行。因为战争而被耽误的小女儿在战后被毫无征兆地退婚,背后的原因正在于他无意之间发表的维护战争的言论。曾经依附于他的弟子绅太郎为了保住自己的教职,希望他出面证明自己在创作那些军国主义宣传画时,曾经与老师之间有过意见分歧。为了小女儿的婚事能够顺利进行,他被迫去拜访和自己分道扬镳的弟子黑田。黑田是小野最为出色的弟子,却因为反战思想被小野告发并被当局逮捕入狱。在黑田居所里,小野遭到黑田弟子的冷遇和训斥,并且得知黑田被捕之后被残酷虐待的事实。面对从战场归来的女婿的质问:"勇敢的青年为愚蠢的事业丢掉性命,真正的罪犯却仍然活在我们中间,不敢露出自己的真面目,不敢承担自己的责任。"(Ishiguro, *An Artist of the Floating World* 71)作为其中一员的小野必须承担作出应答可能性的责任,反思日本作为侵略者所应当承担的历史责任。借助野口先生自杀谢罪一事,小野作出了自己应有的回应:"他觉得他应该谢罪,向每一个离世的人谢罪。向那些失去像你这样的小男孩的父母谢罪。他想对所有这些人说声对不起"(193)。这里的他不仅仅是野口,也是小野本人,以及众多和小野一样曾经为日本发动侵略战争摇旗呐喊的人。至此,战后的小野逐步由军国主义的追随者成为战争历史的忏悔者和反思者。

《浮世画家》中的战争历史,一直处于一种群体记忆不断被政治规约化的同时,又试图突破这种约束呈现历史真相的矛盾性张力之中,表现为记忆中所涵盖的对于战争责任的反思往往以间接的方式加以呈现。小野的自我忏悔总是表现为对事情的评论,而且他的反思自始至终都伴随着对自我的某种辩解。玛格丽特·斯坎伦曾精当地评价了小野的这种自我辩解方式:"当直面伤痛的往事,他倾向于将它抽象化、笼统化;而在谈论他人时,他似乎常常是在谈论他自己"(139)。因此,在回忆自己的艺术生涯如何受到松田的影响并进而转向军国主义思想时,小野常常以复数的"我们"代替"我",借用集体的"我们"来掩饰战后深感内疚的"我"。对小野而言,战争成就了他作为艺术家的职业生涯,尽管他本人在目睹了战争给日本带来的巨大破坏之后,在周围人不断高涨地对战争的批判声中,逐渐意识到这场战争的非正义性,日本因为这场战争所付出的惨痛代价。但是这种悔恨因为羞耻而难以企口,于是他时常要借助对他人事件的描述来表达自己的态度。他借口评论野口自杀,以及为了小女儿的婚事不得不向未来的亲家表达自己的忏悔之意,都采用了这种不得已而为之的策略。他在记忆中不停地想要反证自己对于战争的不自知或是不自觉的被动姿态。在这种被动姿态中,是一个曾经怀有理想主义的艺术家被政治所裹挟、所淹没、所控制的人生历程。在这些被政治挤压而变形的记忆中,在不断被不同群体、他人的价值质询中,以小野为代表的战争拥趸群体最终还是突破了政治规约化的逾限,承担起了反思历史的责任和使命。正如他在女儿订婚宴上所言,"我承认我做的许多事情对我们的民族极其有害,我承认在那种最后给我们人民带来数不清的痛苦的影响当中,也有我的一份"(156),这里的"我"也是"我们"。

三、《上海孤儿》:他者记忆与历史真相

与《远山淡影》和《浮世画家》以日本视角关注二战不同,《上海孤儿》借助了一个从小生活在上海的英国人视角,以外在于日本的他者记忆再现了远东战场的历史真相。记忆书写视角的转化,是石黑一雄作为日裔英籍作家反思日本二战历史的一种书写策

略,这构成了记忆书写不同视角之间的相互视角化。"相互矛盾、互为相对化的视角,在争夺记忆主导权的敌对关系中互为对手,这就挑战了一种理念,即认为存在着优势统一有约束力的记忆"(Neumann 420)。从某种意义上看,主人公班克斯身上或多或少存在着石黑一雄本人的影子,一个在各种文化中不断追寻自我主体身份的移民者。在小说中,上海是一个独特的记忆之场,这个记忆之场是一个各种文化不断碰撞又不断融合的场域,且处在战争这样一个独特的历史语境之中。因此,在班克斯自我身份的重构过程中,作为主要记忆场域的上海扮演了其中非常重要的角色,而这些记忆又与当时关于战争的历史紧密结合,自我身份的探寻之旅与关于战争的记忆互为指涉,构成了《上海孤儿》中以他者记忆再现历史真相的书写策略。

在自我的建构中,他者是其中不容忽视的参照物。他者和自我的关系往往呈现极为复杂的面相,"他者不是物质实在的人或物,从本质上讲,他者是指一种他性,即异己性,指与自我不同的、外在于自我的或不属于自我之本性的特质"(Zhao 214),自我的特征需要在这种异己性特征的比照中得到凸显和确定。然而,他者或"他性"是一个复数概念,因此,在具体的实践活动中,所谓"他者的参照"也一定是一种多元参照,而认同也不可能只是一种关系认同。就这点而言,班克斯作为一个生活在上海租界的英国公民,关于他的身份认同就是一组建立在英国文化与租界之内的其他国家文化之间的相互关系的认同。石黑一雄在此有意识地将其聚焦于英国文化与本土的中国文化以及同为殖民者的日本文化之间的对照关系之中。站在班克斯的立场之上,他最初的文化认同来自对英国身份的认同,然而这种认同随着他回到英国之后的种种经历而趋于瓦解。因为特殊的成长经历,班克斯不可避免地受到中国文化以及上海租界内其他文化(主要表现为以秋田为代表的日本文化)的影响。在回到英国之后,他反而成了一个外来者,一个无法融入英国文化的他者。班克斯终其一生都要寻找自己离奇失踪的双亲,正是因为这是他自我身份确认的唯一方式,它必须建立在一种稳定的文化认同基础之上,这种文化认同首先来自父母的文化认同。

关于班克斯游移的文化立场,小说还将其折射于他与日本邻居秋田的关系之中。对于班克斯而言,秋田是儿时的伙伴,在他们的童年经历中,日本和英国都是遥远陌生的所在,上海才是记忆中可以称为家乡的所在。多年之后,两人在已经成为战场的上海再次重逢,以日本兵身份出现的秋田在回忆起曾经居住的租界时,仍然将其称为他的"家乡村子",为此,班克斯也做出相应的回应:"我想这也算是我的家乡村子吧"(Ishiguro, *When We Were Orphans* 294)。在这一刻,无论是班克斯还是秋田,都成了英国或日本文化的他者,而本应是他者的中国则变成了自己的家乡。《上海孤儿》的他者与自我之间的关系因而显得混杂、模糊,充满了不确定性。正是这种不确定性造成了班克斯在回忆自己穿越战火纷飞的闸北区去寻找母亲的下落时,其记忆中所展现有关战争的面貌因为摒弃了一种单一的文化立场而呈现出历史的不同面相。

在班克斯关于战场的记忆中,他似乎在英国身份和中国立场之间游移。在穿行于闸北区的过程中,他以旁观者的视角呈现了战场的惨烈景象:到处都是被战火损毁的房子,被困在其中的中国难民,随处可见的死难者,以及濒死的伤者痛苦的哀嚎。到了日占区,地上到处都是人的肠子,按照秋田的说法,这是被刺刀捅死之后的人遗留下来的。在那所被认为有可能囚禁了母亲的房子里,旁观者的班克斯目睹了一番类似于世界末日的荒诞景象:"靠近屋后,在墙那边,有具女人的尸体,大概是女孩的母亲,可能爆炸让她飞过去,人就躺在落地之处。她的脸上带着震惊的表情,一只手臂齐肘折断。此时她以断臂指着天空,也许是要指示炮弹飞来的方向。几码外的瓦砾堆里,有位老太太也同样张口睁眼,对着天花板上的大洞。她脸的一侧已经焦黑,不过我没看到血或是其他明显的伤口。最后,就在最靠近我们站立之处的地方——压在倒下的架子底下,我们起先没有看到——有个男孩,只比那个带我们进来的女孩大一点。他的一条腿从臀部炸断,伤口处拖着肠子,长得出奇,有如装饰在风筝后面的长尾巴"(Ishiguro, *When We Were Orphans* 312)。与如此惨烈的景象相对应的是对此感到懵懂无知的小女孩,她的亲人都在轰炸中丧生,她却守在已经奄奄一息的小狗身边,哀求他们的帮助。此时的班克斯不再是一个置身其外的他者,他对小女孩说:"我对你发誓,不管是谁造成了这一切,不管是谁做了这些可怕的事情,他们会得到报应的。你也许不知道我是谁,不过我正好……呃,我正好是你需要的。我保证这些人逃不掉的。"(312)他将自己和小女孩置于同一个立场之上,自我和他者之间的界限被打破,他同样也是这场战争的亲历者和受害者。

从象征意义上看,班克斯的寻母之旅就是他的自我重构之旅,这种自我的重构首先建立在文化认同的基础之上。班克斯在穿越战场的过程中,目睹了战争的残酷,面对日军的暴行,他最初认为自己只是一个置身其外的旁观者,因此他试图以英国人的立场来批判日本的暴行,然而面对日本人对于英国侵略历史的反击,他的英国立场被轻易瓦解。石黑一雄以一个外来者班克斯的视角展现了战争的真相,但是在这一过程中,作为日本人的秋田始终在场,显性视角的班克斯和隐形视角的秋田并行存在于文本之中,所以班克斯记忆中的历史真相实是借助双重视角呈现的。双重视角的相互视角化解构了记忆的叙事盲点,呈现出记忆书写的多重面相。在以他者为参照物确认自我的过程中,班克斯的身份认同是游移不定的,他时而是英国文化的他者,时而是中国文化的他者,这种不确定性决定了他关于战争的记忆可以同时站在不同文化的立场之上,也可以完全抛弃各种文化立场。脱离了文化立场的局限,班克斯或者是借助班克斯,石黑一雄真实再现了远东战场的历史真相。

四、结　语

　　在通过记忆书写历史的过程中,石黑一雄往往要借助真实与谎言之间的博弈,以及两者之间的内在纠缠,其自省式的叙事流是借助小说叙事层次间的矛盾性来实现和完成的。"在真实和谎言之间,他创造了一种语境,使叙述者们在欺骗自己的同时为自己辩护。这种通过打破时间的直线性和主题的逻辑性的叙述语言,最接近于那种无人能够精确表述的悲伤的本质"(Mei 201)。无论是经历了战争创伤的日本平民、被军国主义思想所蛊惑对战争不自知的参与者,还是真正在战场上目睹战争真相的亲历者,日本侵华战争的历史不可磨灭,他们所应承担的历史责任也不会随着战争的远去而被历史遗忘。而小说家石黑一雄,正是借助这种以记忆书写历史的方式,对人们在战争中所遭受到的创伤,对于日本二战的历史真相不断进行增补,通过文本的留白、压抑和矛盾,在记忆的缝隙中,呈现出过去若隐若现、无由确定的真相。

参考文献

Alexander, Jeffery C. "Toward a Theory of Cultural Trauma." In Jeffery C. Alexander et. al., *Cultural Trauma and Collective Identity*. Berkeley, CA: U of California P, 2004.

Appleby, Joyce & Lynn Avery Hunt & Margaret Jacob. *Telling the Truth about History*. Trans. Liu Beicheng, Xue Xuan. Shanghai: Shanghai Renmin Press, 2011.

[乔伊斯·阿普尔比、林恩·亨特等:《历史的真相》,刘北成、薛绚译,上海:上海人民出版社,2011年。]

Halbwachs, Maurice. *On Collective Memory*. Trans. Bi Ran, Guo Jinhua. Shanghai: Shanghai Renmin Press, 2002.

[莫里斯·哈布瓦赫:《论集体记忆》,毕然、郭金华译,上海:上海人民出版社,2002年。]

Ishiguro, Kazuo. *A Pale View of Hills*. Trans. Zhang Xiaoyi. Shanghai: Shanghai Translation Publishing House, 2011.

[石黑一雄:《远山淡影》,张晓意译,上海:上海译文出版社,2011年。]

Ishiguro, Kazuo. *An Artist of the Floating World*. Trans. Ma Ainong. Shanghai: Shanghai Translation Publishing House, 2011.

[石黑一雄:《浮世画家》,马爱农译,上海:上海译文出版社,2011年。]

Ishiguro, Kazuo. *When We Were Orphans*. Trans. Lin Weizheng. Shanghai: Shanghai Translation Publishing House, 2018.

[石黑一雄:《上海孤儿》,林为正译,上海:上海译文出版社,2018年。]

Li, Jingxuan, Hu Qiang. "The Ethical Concern of Historical Memory in Julian Barne's *101/2 World History*." Journal of Xiangtan University (Social Science Edition), 2019, 43(2): 136 - 40.

［李婧璇、胡强:《朱利安·巴恩斯〈101/2章世界史〉中历史记忆的伦理关怀》,《湘潭大学学报》(哲学社会科学版),2019年第43卷第2期:136 - 140。］

Mei, Li. "On Ishiguro's Writing of Historical Trauma." *Journal of Central South University(Social Science Edition)*, 2016 (22 - 1): 197 - 202.

［梅丽:《论石黑一雄的历史创伤书写》,《中南大学学报》(社会科学版),2016年,第22卷第1期:197 - 202。］

Neumann, Birgit. "The Literary Representation of Memory." *From A Companion to Cultural Memory Studies*. Astrid Erll, Ansgar Nunning eds. Trans. Li Gongzhong, Lixia. Nanjing: Nanjing UP, 2021.

［柏吉特·纽曼:《记忆的文学再现》,引自《文化记忆研究指南》,阿斯特莉特·埃尔,安斯加尔·纽宁编,李恭忠、李霞译,南京:南京大学出版社,2021年。］

Wang, Ye. "Historical Subjectivity and Ideological Implications: Kazuo Ishiguro's Resistance to Historical Authority." *Journal of Shanxi Normal University (Social Science Edition)*, 2013 (3): 86 - 9.

［王烨:《历史的主观性和意识形态蕴涵:石黑一雄对历史威权的反抗》,《山西师大学报(社会科学版)》,2013年第3期,第86 - 89页。］

White, Hayden. *Literary Theory and History Writing in Figural Realism: Studies in Mimesis Effect*. Baltimore: The John Hopkins U P, 1999.

Wong, Cynthia F. *Kazuo Ishiguro*. Plymouth, England: Northcote House, with British Council, 2000:19.

Scanlan, Margaret. "Mistaken Identity: First-Person Narration in Kazuo Ishiguro." Journal of narrative and Life History, 1993(3): 135 - 40.

Takahashi Tetsuya. *On Postwar Responsibility*. Trans. Xu Man. Beijing: Social Science Academic Press, 2008.

［高桥哲哉:《战后责任论》,徐曼译,北京:社会科学文献出版社,2008年。］

Xu, Ben. *For What Do Human Beings Remember*. Changchun: Jilin Publishing Group Co. Ltd, 2018.

［徐贲:《人以什么理由来记忆》,长春:吉林出版集团有限公司,2008年。］

Yang, Zhiliang, et, al. *Psychology of Memory* (3rd Edition). Shanghai: East China Normal UP, 2012.

［杨治良等编著:《记忆心理学》(第三版),上海:华东师范大学出版社,2012年。］

Zhao, Jingrong. *Culture Memory and Identity*. Beijing: Sdx Joint Publishing Company, 2015.

［赵静蓉:《文化记忆与身份认同》,北京:生活·读书·新知三联书店,2015年。］

文与道俱

——彼得·阿克罗伊德小说的叙事艺术研究

郭瑞萍*

内容提要：阿克罗伊德的历史小说可以被分为互文小说、传记小说、侦探小说、考古小说、成长小说、反事实小说和改编小说。他不仅采用了精彩纷呈的叙事手法讲述了一个个迷人的故事，而且通过对伦敦的历史书写探讨了民族精神、文化传统、历史起源、家庭伦理、种族矛盾、科学发展等令人深思的社会问题，因此，阿克罗伊德的小说实现了"文"与"道"的最佳兼容，引发读者对英国历史和当下全人类普遍问题的追问和思考。

关键词：历史小说；叙事艺术；文与道

Title: The Narrative Art of Peter Ackroyd's Novels

Abstract: Ackroyd's historical novels can be divided into intertextual novels, biographical novels, detective novels, archaeological novels, bildungsroman, counterfactual novels and adapted novels. He not only tells a series of fascinating stories by using wonderful narrative techniques, but also discusses some thought-provoking social issues such as national spirit, cultural tradition, the origin of history, family ethics, racial contradictions, and scientific development through historical writing of London. Ackroyd's novels achieve the best compatibility of form and matter, stimulating readers to inquire and think about British history and the common problems of mankind at present.

Key Words: historical novel, narrative art, form and matter

---

* 作者简介：郭瑞萍，河北科技大学外国语学院教授，主要从事英美文学研究。联系方式：2453368806@qq.com。

彼得·阿克罗伊德(Peter Ackroyd,1949—)是英国当代文坛最独特和最多产的作家之一,自20世纪70年代以来,已发表近60部作品,包括诗歌、传记和小说,另有100多篇书评、影视评论、散文、演讲和杂文等散见期刊和报端。传记和小说的获奖,为他赢得"当代最有才华的传记作家之一"(Wright xxiv)和"历史小说大师"的称号。

目前国内外阿克罗伊德研究大都聚焦于对他的部分小说或传记的介绍,缺少对其小说叙事的专项研究。同时,现有研究多将阿克罗伊德与其他后现代作家一并分析,重点关注他作品的后现代叙事技巧,却对他小说的动态多元的叙事模式有所忽略。因此,该文旨在通过梳理阿克罗伊德自20世纪80年代以来发表的16部小说的叙事艺术,挖掘其作品的审美价值和社会意义。

阿克罗伊德的历史小说已成为世界历史小说的一个重要组成部分。事实上,历史书写的重要性已引起国内外众多学者共鸣。例如,杨金才曾说:"先赋性的、本源性的文化传统,包括一个民族独有的民间故事、神话传统、文学叙事、文化象征、宗教仪式等正是民族认同建构的根基。"(杨金才 133)英国学者杰罗姆·德·格鲁特(Jerome De Groot)认为:"历史小说可以被看作是民族自我定义的方法,其形式可以影响整个世界,其内容可以影响整个民族……历史小说是国家身份的一部分,有助于定义本尼迪克特·安德森(Benedict Anderson)所说的想象共同体。"(Groot 94)卢卡奇在评论司各特的历史小说时也曾说:"呼吁民族独立和民族性必须要唤醒人们对民族历史的重视。"(Lukacs 25)有鉴于此,对阿克罗伊德历史小说的研究意义深远。根据不同的叙事特征,可以将他的小说分为互文小说、传记小说、侦探小说、考古小说、成长小说、反事实小说和改编小说。每部小说叙事既迷人,又探讨了民族精神、文化传统、历史起源、家庭伦理、种族矛盾、科学发展等重要议题,因此,实现了欧阳修所说的"道胜者,文不难而自至"的境界(欧阳修),"文"与"道"俱,唯美而厚重,给人"始于欢乐,终于智慧"的阅读体验。

一、文辞丰厚:精彩纷呈的叙事迷宫

阿克罗伊德的小说犹如是一个叙事的百花园,让读者欣赏到一个个散发着独特芳香的历史故事。在其处女作《伦敦大火》(*The Great Fire of London*,1981)中,他首次使用互文性叙事,"为他后来的小说定下了基调"(王守仁 232)。在小说中,狄更斯和《小杜丽》多次出现,成为推动小说叙事的关键因素。小说人物电影制作人斯宾塞拍摄《小杜丽》的初衷是:"狄更斯了解伦敦,是个伟大的人,知道一切是怎么回事,了解城市人的不同行为方式。"(Ackroyd，*The Great Fire of London* 16)。《伦敦大火》的叙事既继承了英国传统小说的全知视角，又采用后现代手法：突破时空、突破生死、突破神人界限，蕴含作者后期小说中反复出现的诸多重要元素。作者充分利用复线和交替叙事模式，以拍摄《小杜丽》为核心，让人物和事件都围绕其展开。叙事繁杂而不乱，整个小说结构如同一朵盛开的玉兰花，各个章节如同一个个花瓣，看似独立、松散，却通过《小杜丽》这一中心花托形成一个相互联系的有机整体。

在《一个唯美主义者的遗言》(*The Last Testament of Oscar Wilde*，1983)、《查特顿》(*Chatterton*，1987)和《伦敦的兰姆一家》(*The Lambs of London*，2004)三部传记小说中，作者既能依据历史事实描写传主的主要人生轨迹，又能借助小说叙事艺术进行想象。在《一个唯美主义者的遗言》中，他借助"腹语术"让王尔德本人用日记叙述自己的故事，因为他相信通过让叙述者穿越时空可以更好地揭示王尔德的秘密。例如小说中的王尔德看着一幅画像说："我想回到那个过去——进入另一个人的心灵。在那个过渡时刻，我既是自己又是他人，既属于自己的时代也属于他人的时代，此时宇宙的秘密会为我展现。"(阿克罗伊德 193)在《查特顿》中，阿克罗伊德使叙述在三个不同的历史时空之间自由转换和巧妙交织。同时，他还充分利用写意之笔，把现实、梦境和幻想联系在一起，在小说的结尾让三个历史时空的人物相聚，使小说具有强烈的画面感。在叙事构图上，《查特顿》还具有素描画风格，寥寥几笔就勾勒出一幅幅古今交融的意境。《伦敦的兰姆一家》围绕英国著名作家查尔斯·兰姆(Charles Lamb)一家多维度地再现出一副英国摄政时期的伦敦社会图景。作者在小说前言题记中用"文类契约"方式声明："这不是一本传记，而是一部小说。我虚构了一些人物，为了宏大叙事目的，我对兰姆一家的生活进行了改编。"(Ackroyd，*The Lambs of London*) 小说主要围绕两个故事展开：一个是关于伪造，另一个是关于谋杀。在第一个故事中，威廉·亨利·爱尔兰为赢得父亲认可，伪造了莎士比亚的作品，最终被揭穿。第二个故事聚焦兰姆和姐姐玛丽·兰姆，以他们的母亲被玛丽谋杀而告终。兰姆和玛丽也喜欢莎士比亚，并编写了散文版《莎士比亚戏剧故事》(1807)。因此，莎士比亚是将两个故事联系在一起的桥梁。在三部传记小说中，阿克罗伊德充分发挥其同时作为传记家和小说家的优势，创造出一种兼容历史与虚构的"杂糅艺术形式"。

《霍克斯默》(*Hawksmoor*，1985)和《丹·莱诺和莱姆豪斯的魔鬼》(*Dan Leno and the Limehouse Golem*，1994)彰显出作者对侦探小说叙事模式的重要突破，既继承了传统侦探小说的基础模式和结构，以案件发生和推理侦破过程为主线，又大胆采用空间、立体、并置和拼贴叙事方法。《霍克斯默》是现实主义和浪漫主义的杂糅，作者借助丰富想象依据历史人物霍克斯默虚构出两个人物：17 世纪的建筑师戴尔和 20 世纪的探长霍克斯默。为此，阿克罗伊德将小说分为两个世纪叙事线索，让不同世纪的事件与人物交替出现。奇数章节聚焦戴尔在建造六座教堂时用活人祭祀的故事，偶数章节描写霍克斯默侦破教堂谋杀案过程。在最后一章,作者通过"影子"这一意象让霍克斯默和戴尔合二为一。同时,通过采用不同修辞手段作者巧妙地让前一章结尾和后一章开头相呼应,使两条叙事线形成内在联系和重复。例如,两个世纪发生的谋杀地点、人数和被谋杀者的姓名都相同,有助于作者传达"地方"和"传统"之间神秘联系的主题。《丹·莱诺和莱姆豪斯的魔鬼》围绕 19 世纪 80 年代发生在伦敦的一系列谋杀案展开情节,是对历史上一场真实的审判,即 1889 年谋杀丈夫的弗洛里·梅布里克(Florie Maybrick)的审判的创造性模仿。由于小说采用诸多叙事模式,包括法庭笔录、日记、第一人称回忆录以及新闻报道等,因此,有学者认为,这部小说是"一种文本嫁接结构,一层又一层,一叠又一叠"(Gibson and Wolfreys 200)。小说结构分为两条叙事线:第一条线以伊丽莎白视角讲述她的童年、音乐生涯以及婚后的日子;第二条线以第三人称全知视角讲述对伊丽莎白的审判,并引入一些重要历史人物,如卡尔·马克思(Karl Marx)和乔治·吉辛(George Gissing)和丹·莱诺(Dan Leno)等,增强了小说的历史感。

在考古小说《第一束光》(*First Light*,1989)和《特洛伊的陷落》(*The Fall of Troy*,2006)中,为了更好地表达主题,阿克罗伊德让空间并置,让时间循环和重叠。在《第一束光》中,作者采用了复线叙事模式,以史前时期和宇宙为背景,用三条相互交织的叙事线.讲述了三位从事寻找各种起源的人物经历,巧妙地将人类、大地和天空之奥秘融合在一起,让叙事时间和空间达到无限拓展。作者除采用全知一级叙事者外,还采用了二级叙事者,借用小说人物的内视角讲述了一系列故事和异象。这不仅有利于拓展叙事维度和空间,使叙事内容具有层次感,与作品所表现的"多重世界"的主题思想形成内外呼应,而且还使小说彰显出文体风格的多样性特征,增强了作品的审美效果。在《特洛伊的陷落》中,作者依据真实的历史人物海因里希·施里曼(Heinrich Schliemann,1822—1890)虚构了小说主人公海因里希·奥伯曼。奥伯曼是一位著名的德国学者,相信他发现的古特洛伊遗址可以证明他毕生珍视的荷马史诗《伊利亚特》和《奥德赛》中的英雄们真实存在。从叙事艺术考查,《特洛伊的陷落》采用了传统小说的第三人称叙事视角和框架结构模式。但是它与传统的框架小说结构不同,并不是"中国式盒子"或"俄罗斯套娃"式结构,而是像中国刺绣的工艺,让所有故事以不同的花纹和图案出现在同一缎面,形成一个古今故事相互交织的叙事网。

在成长小说《英国音乐》(*English Music*,1992)、《狄博士的房屋》(*The House of Doctor Dee*,1993)和《三兄弟》(*Three Brothers*,2013)中,作者既秉承了英国经典作家的叙事手法,如菲尔丁的人物对比法,狄更斯的巧合和喜剧结尾,乔伊斯的意识流等,又引入魔幻现实主义(magic realism)叙事元素。《英国音乐》"以《大卫·科波菲尔》和《远大前程》的风格塑造了一位年轻人走向成熟的人生经历"(Lewis 66)。小说分两条叙事线展开,在奇数章节中,主人公蒂莫西回忆其自 20 世纪 20 至 90 年代的生活经历,以及他与作为灵媒的父亲之间的神秘关系。偶数章节以全知视角讲述蒂莫西的梦境和幻觉。在奇数章节的结尾,蒂莫西听着父亲读着英国文学经典作品入梦,看着电影或在音乐课堂上神游,或在画廊里看到幻像。在偶数章节中,蒂莫西在梦境或幻觉中同伟大的文学家、音乐家和画家以各种形式相遇。因此有学者说:"《英国音乐》可以看作是一部招魂之作,专注于今昔两个世界之间的联系。"(金佳14)同时,作者还运用"小鸟"和"向日葵"意象传达出希望、生命、力量和传统延续的主题。在《迪博士的房屋》中,两个世纪的叙述者以第一人称视角交替讲述故事。20世纪的故事由马修·帕尔默叙述,章节标题以数字呈现,即一、二、三、四、五、六、七。16世纪的故事由迪叙述,章节题目为"奇观""图书馆""医院""修道院""演示室""城市""密室""花园"等。作者让叙事在现在和过去之间交替展开,并让两个世纪的人物相互监听、交流和对话。另外,作者通过重复前一章结尾句和下一章开头句的方式,让章节内容衔接。重要的是,小说结构和迪的"蒙娜斯象形符号"元素之间形成对应关系。前四对章节对应于土、气、水、火四元素,五、六、七章分别对应于身体、灵魂和精神,并与迪叙述的"演示室""城市""密室""花园"四章一起构成七元素,其中隐含的第八个元素对应结尾章节"幻象"。两个重要意象"城市"和"花园"分别象征沉闷、压抑、无爱的世界和充满阳光、美好与爱的世界。此外,作者还引入神秘元素"人造生命"和"魔法石",并让其承担着"麦高芬"(MacGuffins)的作用。《三兄弟》既运用梦境、巧合、神迹、自传体、日记、信件等诸多叙事元素,又采用先综述后分述的叙事策略。在开篇,作者以全知视角对汉韦一家综述,暗示家庭的完整。从第二章开始作者将叙事线分为三支,交替讲述三兄弟的经历,暗示着母亲离家出走后家园的破裂。戴维·洛奇(David Lodge)曾说:"小说的开始是一个入门界限,它把我们居住的真实世界和小说家想象出来的世界区隔开来,就像俗话说的,它'把我们拉了进去'。"(洛奇 5)洛奇认为,小说开始的方式千变万化,然而只有好小说的开头句才能一下子让读者"上钩"。在《三兄弟》开篇,作者通过设计"巧合"元素使叙事像童话故事般吸引读者"上钩"。

> 上世纪中叶,在伦敦卡姆登区住着三兄弟;他们是三个小男孩,年龄相差一岁。然而,他们的关系非同寻常,竟然是在同一时间、同一个月的同一天出生,确切地说,是在5月8日中午。这种可能性微乎其微,甚至令人难以置信。但事实的确如此,当地报纸曾登载了这一巧合,第三个儿子出生后,汉韦家三个男孩引发诸多猜想(Ackroyd, *Three Brothers* 1)。

这样的开头,"可以使读者对人物有一个总体把握,可以为人物在以后的情节事件中的种种活动与表现寻找到某种根源"(谭君强 170),为后来的情节发展做好铺垫和埋下伏笔。

《弥尔顿在美国》(*Milton in America*,1996)和《柏拉图文稿》(*Plato Papers*,

1999)属于另类历史叙事。美国当代学者凯瑟琳·加拉格尔(Catherine Gallagher)曾说:"希望历史进程以不同方式发展的愿望,与历史写作本身一样古老,但直到19世纪,才有人将这种愿望精心设计为成熟的另类历史叙事。"(Gallagher 50)刘易斯曾评论说:"虽然我们不得不承认这一试探并非完全成功,但重要的是要承认阿克罗伊德在选择'虚构历史'方面的胆识。"(Lewis 95-96)他认为,定义《弥尔顿在美国》最贴切的词是"乌托时"(uchronia)(Lewis, 96),因为阿克罗伊德笔下的弥尔顿颠覆了弥尔顿在人们心目中的"基督学院淑女"形象。历史中的弥尔顿被认为是一位美男子、革命家、最伟大的清教徒诗人,小说中的弥尔顿为人严厉、脾气暴躁、固执。然而,阿克罗伊德笔下的弥尔顿形象不能被简单化,因为作者想让读者思考的是历史中的弥尔顿如果真逃到美国后会怎样的命题。纵观整部作品可以发现,它是一部充满讽刺意味的小说,因为弥尔顿所渴求的单一、纯洁、封闭的共和国以失败告终。在《柏拉图文稿》中,作者将叙述视角定位在公元3700年,即小说人物柏拉图所处的年代,背景是高度现代化的伦敦。小说叙事模仿了古希腊哲学家柏拉图式的对话传统,其中,有部分对话是柏拉图与自己灵魂的辩论,这种设计与历史人物吻合,因为历史上古希腊哲学家柏拉图认为,灵魂是独立于肉体的,并对其行为负责。通过柏拉图的演讲,作者总结了未来世界的"背景故事",并指出柏拉图和公民对过去的错误看法。

阿克罗伊德依据杰弗里·乔叟、玛丽·雪莱和托马斯·马洛礼的作品创作了三部改编小说《克拉肯威尔故事集》(*The Clerkenwell Tales*,2003)、《维克多·弗兰肯斯坦个案》(*The Casebook of Victor Frankenstein*,2008)和《亚瑟王之死》(*The Death of King Arthur*,2010)。他采用了"还原改编""疏离式改编"和"颠覆改编"三种类型。《克拉肯威尔故事集》为"颠覆改编"。乔叟的《坎特伯雷故事集》轻松、明快、语言幽默风趣、戏剧性强。改编作品的基调阴郁而恐怖,描绘的是亨利四世密谋篡夺理查二世王位时期混乱而令人恐怖的伦敦。原著中的一些人物形象被颠覆,忠诚、勇敢、高贵的骑士在改编本中是一个阴谋家;虚伪、好色、贪婪的法庭差役和赦罪僧被改写为有同情心和正义感的人;女权主义者巴斯婆成为妓院的老鸨。因此,改编本揭示出原作中一些遮蔽的历史事件,与原作形成对照和互补。在改编《弗兰肯斯坦》时,作者采用了"疏离式改编",将原著从科幻世界召回到英国现实生活。他借鉴和保留了原作的主要人物原型和情节。两部小说的主人公都从事生命科学研究,试图创造生命;他们的创造物起初都善良、友好。但是,作者对某些情节、人物、叙事视角、创造物名字等进行了改动,实现了本土化改编。原著中科学怪人藏身之处是居住在德国的法国人家,在改编本中,创造物藏身一户英国农民之家。两部作品的叙事视角也不同,原作采用外视角,第一层叙事是沃尔顿船长给姐姐书信的内容,其中镶嵌着弗兰肯斯坦给船长讲述他造人的故事,即"第一人称主人公叙述中的回顾性视角"(申丹95)。改编本改用内视角,即"第一人称叙述中的体验视角"(申丹97),让叙述者和读者始终沉浸在故事中。另一个重要不同是创造物名字。玛丽用的是"wretch"和"monster",阿克罗伊德改用"creature",暗示出人类和创造物之间关系由异类变为同类。《亚瑟王之死》采用的是"还原改编",保留了原作的结构风格,仍然以亚瑟王、特里斯坦与伊索尔德、寻找圣杯、兰斯洛特与桂乃芬、亚瑟王朝终结作为故事主线。但是,为满足现代人的阅读期待,作者对原作进行了精心调整和压缩,以简洁的形式传达出原著的庄严和悲怆,有助于使民族精神和神话叙事传统得以延续和流传。同时,作者在塑造人物时补充了心理描写,因此,改编作品虽然少了一些细节描写,"但赢得的却是被压缩的情节使故事结局快速到来时的那种缩命感"(Hutcheon 157),既具有原文本的精髓,又懂得制造留白,给读者提供了无限想象空间。

二、文意雄伟:现实观照和人文情怀

欧阳修在《答吴充秀才书》中曾说:"道胜者,文不难而自至也。"(欧阳修)欧阳修在此是指做文章不能沉湎于追求文章语言的精细工巧,而应该关心世事阐明道理,因为道理懂得多的人,其文章自然不难达到好的水平。可见,欧阳修强调的是文辞丰厚和文意雄伟并重。阿克罗伊德的小说叙事之所以引人入胜,正是在于其道胜,因此,文自然而至。综观其小说内容,这种道包含世间万物之道,如四季更替之道、生存之道、报效祖国之道、文化传统、历史起源、家庭伦理、种族矛盾、科学发展等,具有强烈的现实关照和世界意义。阿克罗伊德的小说魅力不仅因为其形式唯美,而且因为其丰厚的内涵和主题意义,因为对他而言,"叙事技巧本身不是目的,而是为达到某种目的所使用的方法"(Martin,152)。正如帕拉斯科斯所说,"阿克罗伊德从未忘记,小说的主要目的不是炫耀作者对文学理论的巧妙运用。而是为了讲述一个伟大的故事"(Paraskos)。

阿克罗伊德的多数小说遵循了他在《伦敦传》中所提及的创作模式:通过重写相关事件或人物的文本、话语和叙事,重新演绎伦敦的过去,以便更好地了解现在和未来。在他的作品中,历史往往表现为现在性,即历史会影响现在或活在现在。

在《伦敦大火》中,阿克罗伊德把伦敦描绘成一座集英国民族智慧于一身的超越历史时空的神秘城市,这为他以后的作品做好了重要铺垫。《伦敦大火》是他寻找"英国音乐"的开始,此后,他将一次又一次在接下来的每一部新小说中寻找不同的路径,采用不同的叙事技巧,以生动美妙的文笔,一次次书写他对伦敦的厚爱和深情,带领读者穿越时空,畅游伦敦的每一个角落,讲述伦敦的过去、现在和未来。

在三部传记小说中,阿克罗伊德不是简单讲述王尔德的凄美经历,而是旨在阐明"英国性"应是一个不断吸收其他文化的杂糅过程。查特顿只是一位作家形象,而已成为一种意识、一种精神,一个集过去和现在于一体的化身和符号,是"英国性"的象征。

作者借查特顿之口说:"我要创造一个奇迹,我要让过去再现。"(Ackroyd, *Chatterton* 83)《伦敦的兰姆一家》虽然可能无法帮助文学研究者解决关于玛丽·兰姆的心理问题或解密威廉·亨利·爱尔兰的身世,但它无疑有助于让众多读者对历史上两个不幸的年轻人产生兴趣,因此,尽管只是虚构故事,阿克罗伊德却让玛丽不再永远只在弟弟传记的脚注中被提起,让威廉不再永远活在查特顿的影子中。通过重写历史,阿克罗伊德不仅提出英国摄政时期许多引发深思的个人和社会问题,而且还使伦敦的文学样式更加丰富多彩和令人振奋。

《霍克斯默》虽然是一部历史小说,但是"像所有优秀的历史小说一样,它关注的是自己的时代"(Ackroyd, *Dickens* 187)。阿克罗伊德认为,在某种意义上,"英国性"就是要努力找出历史的连续性,在这部小说中,他通过追溯戴尔和霍克斯默的人生经历找到了一种关于人类存在的历史连续性,揭示出"英国性"中的阴暗传统,体现出作者对民族文化的自觉意识。这部小说虽然曾被认为是恐怖式哥特小说,但是作者自己却说:

> "哥特风格在英国和伦敦有着深厚的历史,比如哥特式小说,情节剧和戏剧。我深受这一传统的感染,但是我本人并没有为此着迷。在书中安排这样的情节主要是为了吸引读者的注意力。比如《霍克斯默》,我需要一部侦探小说来展开情节而我正好又了解在基督教以前风行的宗教祭祀。我认为这是一个联结历史和现代的最好途径。这正是我刻意安排的情节。"(阿克罗伊德,《霍克斯默》5)

在《丹·莱诺和莱姆豪斯的魔鬼》中,阿克罗伊德通过丹·莱诺和伊丽莎白两个人物表征了伦敦的戏剧性特征,并指出它对伦敦人的重要性,这也是为什么他在小说中引入丹·莱诺这一戏剧演员,强调伊丽莎白不仅表演戏剧而且还通过女扮男装表演人生的原因。粗略阅读,这两部小说似乎与其它侦探小说类似,但是细读之后会发现其立意与叙事方法与众不同。作者不只为了描写凶杀案本身、关注凶手是谁或警察如何侦破案件,而是更注重对谋杀发生的地点、规律或传统的探索。重要的是,在这两部小说中,阿克罗伊德注重通过描写犯罪探讨犯罪背后所潜藏的个人和社会问题,表现出对人类生存状况的深切关怀和思考。正如他本人在小说中所说,"空气就像是一个巨大的图书馆,男人的高谈或女人的低语永远书写在它的页面上"(Ackroyd, *The Trial of Elizabeth Cree* 109)。作者旨在暗示,历史有回声,与现实同在,可以影响其后的一代代人,从而形成传统。

在《第一束光》和《特洛伊的陷落》两部考古小说中,阿克罗伊德对千百年来萦绕人们心头的诸多谜团进行科学和神话探讨,引入量子物理学、宇宙学和神学,引发读者对科学、宗教和神话之间关系的深度思考,挑战人们对时空、考古学、人类起源、人类生存问题的传统认知和理解,激发人们对人类世界的多维审视,对过去、现在和未来的无限遐思,拓宽了文学话语的表现空间,彰显了文学的原动力,表现出他对当前人类所面临的生存和进步问题的积极思考和回应。在《第一束光》中,他曾借小说人物之口说:"一旦我们打开它,就会破坏它。要挖掘就得把它拆毁。在考古时,我们总是在找到证据的同时不小心又将其毁掉,还不如就这样让它保存完好"(Ackroyd, *First Light* 10),蕴含着作者强烈的历史责任感、忧患意识和对考古学的现代思考。在《特洛伊的陷落》中,阿克罗伊德之所以借助古特洛伊考古讲述神话故事,并让它们与现代科学交织,是因为他相信"古老的故事里蕴含着真理"(Ackroyd, *The Fall of Troy* 150),值得现代人认真思考和研究。

在《英国音乐》《狄博士的房屋》《三兄弟》三部成长小说中,作者通过父子关系、英国音乐、英国文学、英国绘画等再一次强调了历史文化的继承关系和连续性主题。在《英国音乐》的结尾,作者利用一死一生两只小鸟意象传递出世代相传的英国音乐传统,"我们祈祷完后,另一只小鸟从我们前面的树上飞了下来,栖息在大门上,不一会儿,它的歌声响彻整条白色的小径"(Ackroyd, English Music 340)。在《狄博士的房屋》结尾处,作者让迪经历了两种幻想,并最终获得顿悟:一个是没有爱的"城市"世界,另一个是有爱的"花园"世界。他最终明白,一个人唯有心中有爱才能真诚地关爱家人、他人和社会,也才能最终收获幸福和成功。最后一章题为"幻象",由马修、迪和阿克罗伊德三个人共同叙述,构成过去与现在的合声,暗示着古今交融,共生共存的主题。在《三兄弟》中,描写哈利和丹尼尔的章节犹如是两个人物简传,而描写萨姆的章节更像是一部成长小说,两位哥哥因自卑、虚荣、迷失自我而英年早逝,以悲剧告终,只有萨姆凭借真诚和善良身心获得成长,最终赢得未来和希望。作者虽然描写的是三兄弟的个人成长故事,但却承载了历史与当下、自我与他者、个人与社会的多重关系。因此,小说中的三兄弟可被视为"隐喻"或"提喻",蕴含着作者对人性的思考和对人类诗意生存的憧憬、诉求甚至呐喊,体现出作者对构建生态家园的期待与渴望。三部小说的意蕴已超越了故事时间和空间本身,既书写过去,又指涉当今,还引发人们对未来整个人类生存境遇的历史思考,幻想丰富,指向远方。

《弥尔顿在美国》和《柏拉图文稿》两部小说是作者对另类历史深度思考的结果,引发人们回望过去,从或然历史和真实历史的比较中获得指导现在和未来的人生经验和启迪,为读者创造了一个大胆的想象空间,戏说的背后暗含着作者对人性、当代人类社会和知识界的暗讽和警示。阿克罗伊德借弥尔顿之口说:"当天堂和地狱发生冲突时,那肯定是惊天动地的大事。"(Ackroyd, *Milton in America* 269)的确如此,弥尔顿在他发起的战争中,杀死了许多天主教定居者和印第安人,正直、开放、包容的古斯奎尔和坎皮斯也战死,引发人们对现代人类战争的反思。在《柏拉图文稿》中,作者让柏拉图告诉人们,他之前的演讲有许多错误,科技时代并不是像他之前认为的那样随着机器的燃烧而结束,而是仍然存在于一个巨大的洞穴中,并且"我们的世界(现在)和他们的世界(过去)是混合在一起的"(Ackroyd, *The Plato Papers*: *A Novel* 152)。因此，这部小说可被视为一部现代寓言，成功地嘲笑了人们对过去时代的误读、曲解和偏见，作者试图借此阐明，我们当代人很可能和小说中的柏拉图一样，只从碎片化历史遗存中去理解先辈的历史，可能会做出同样的误读和曲解。

《克拉肯威尔故事集》《维克多·弗兰肯斯坦个案》和《亚瑟王之死》最好地彰显出阿克罗伊德对经典作家和作品的尊重以及对前辈作家所开创的"英国性"传统的创造性继承和发展。他选择的三部改编文本具有重要的代表性，因为它们不仅承载着自己时代的精神，也包含着英国民族文化精髓和全人类共同关心的问题，因此，他认为值得不同时代的人们不断书写和重读。例如他说："乔叟作品中的那些人物可以象征所有时代和民族的人。"(Ackroyd, *The Clerkenwell Tales* vii)在改编《亚瑟王之死》时他声言："尽管我对原著作了一些改动，我希望依然能传达出这部伟大著作的庄严和悲怆。"(Ackroyd, *The Death of King Arthur* xvii)希利斯·米勒曾说："我们需要对'同一'故事一遍遍重复，因为这是用来维护我们文化中基本的意识形态的最强大的方式之一，也许是最强大的方式。"(Miller 72)阿克罗伊德也认为，对同一故事的不断重复有益于文化的传承和发展。同样，在阿克罗伊德看来，亚瑟王和他的那些圆桌骑士们承载着民族精神内核，是英国民族身份象征。此外，他对原著中所蕴含的悲剧精神有深刻领悟，并通过再现亚瑟王、兰斯洛特和特里斯坦等几位悲剧人物形象传达出原著中深沉的悲剧意识，引发人们对人类命运的终极思考。《维克多·弗兰肯斯坦个案》融入了作者对人类与科学之间关系的后现代反思，比原著更具人性关怀。例如，当创造物因杀人感到自责痛苦，尝试多种自杀方式失败后主动找到弗兰肯斯坦求死的情节感人至深：

> 我潜入河中，肺部虽然充满水，可是没有死。我从悬崖上跳到大海，然而还是安然无恙地浮出水面，所以我才回来找你帮我结束痛苦。……我一直在考虑我的困境。我不知道你使我复活的确切方法，但我推测过，花了几天几夜的时间思考这事件。我知道电流的能量，我想那一定是你所采用的方法。你肯定可以通过改变电流方向使其朝着与激活我时相反的方向流动，你说呢？你肯定有办法，是吗？(Ackroyd 321-322)

听完这些话后，弗兰肯斯坦开始反省自我，并开始理解创造物、同情他、接受他，并对他说："让我们一起分享科技发明带给我们的命运吧！"(Ackroyd 351)可见，原著的基调阴冷、恐怖，改编本温暖、轻松、充满人性观照，将科学、理想与人性完美融合。阿克罗伊德曾强调，最杰出、最具独创性的作家往往向别人学习和借用最多，如乔叟、莎士比亚、斯宾塞、弥尔顿、狄更斯、爱略特等都是如此。因此，他说："杂糅是英国文学、音乐和绘画的形式和特点之一，这既体现出一种由众多不同元素构成的混杂语言，又体现出一种由许多不同种族构成的混杂文化。"（Ackroyd，*Albion* 463）这也是他在所有小说中所努力表达的"英国性"。他坚信，"诗人，任何艺术的艺术家，谁也不能单独具有他完全的意义。他的重要性以及我们对他的鉴赏就是鉴赏他和以往诗人以及艺术家的关系"（Eliot 32）。正是怀有这种固执的信仰，他才能做到初心不改，执着地书写一个个历史故事，让英国文学的伟大传统得以延续。

三、结　语

阿克罗伊德在互文小说、传记小说、侦探小说、考古小说、成长小说、另类历史小说和改编小说中所采用的丰富多样的叙事手法为小说创作提供了新的范式。他的小说叙事犹如明代画家徐渭的《杂花图》，尽显无与伦比的杂糅之美和叙事功力。又如贝多芬的交响乐，情感真实、表现力强、风格多元。刘建军教授曾说，研究小说结构"就是要从艺术的角度，来考察其如何与内容相辅相成，更重要的是，它与时代发展之间的密切关系"（刘建军 4）。阿克罗伊德的小说不仅内容丰富，而且关照时代发展，是他与伦敦长期对话的结果。陈众议先生曾说，尽管外国文学和文学理论正在或已然"转向"，但一些西方学者和作家一直执着于文学经典或传统方法，"他们并非不了解形形色色的当代文论，却大都采取有用取之，无用弃之的新老实用主义态度"（陈众议 5）。尚必武教授认为，"无论是从叙事形式还是从创作主题上来看，英国小说在 21 世纪的发展都可以用'交融中的创新'来形容"（尚必武 134）。阿克罗伊德正是两位学者所说的执着于文学经典和传统方法，并能在经典与后经典叙事交融中创新的作家。他从不照搬传统的标准化叙事模式，而是注重将创作形式和创作主题有机关联，因此他的每部小说都达到了文辞丰厚，文意雄伟的境界。

参考文献

Ackroyd, Peter. *The Great Fire of London*. London: Penguin Books, 1993.

—. *Albion: The Origins of the English Imagination*. New York: Random House, 2004.

—. *The Casebook of Victor Frankenstein*. New York: Anchor Books, 2010.

—. *Chatterton*. London: Hamish Hamilton, 1987.

—. *The Clerkenwell Tales*. New York: Anchor Books, 2005.

—. *The Death of King Arthur*. New York: Penguin Group, 2011.

—. *Dickens*. London: Random House, 2002.

—. *English Music*. London: Hamish Hamilton, 1992.

—. *The Fall of Troy*. New York: Anchor Books, 2008.

—. *First Light*. New York: Grove Press, 1989.

—. *The Lambs of London*. London: Vintage, 2005.

—. Milton in America. London: Vintage, 1997.

—. *Three Brothers*. London: Chatto & Windus, 2013.

—. *The Plato Papers: A Novel*. New York: Anchor Books, 2001.

—. *The Trial of Elizabeth Cree*. New York: Doubleday, 1995.

Ackroyd, Peter. *Hawksmoor*. Trans. Yu, Junmin. Nanjing: Yilin Press, 2002.

[彼得·阿克罗伊德:《霍克斯默》,余珺珉译,南京:译林出版社,2002 年。]

Ackroyd, Peter. *The Last Testament of Oscar Wilde*. Trans. Fang Bolin. Nanjing: Yili Press, 2004.

[彼得·阿克罗伊德:《一个唯美主义者的遗言》,方柏林译,南京:译林出版社,2004 年。]

Chen, Zhongyi. "Some Problems of Current Foreign Literature." *New Perspectives on World Literature* 1(2015): 5 - 12.

[陈众议:《当前外国文学的若干问题》,《外国文学动态研究》2015 年第 1 期,第 5 - 12 页。]

De Groot, Jerome. *The Historical Novel*. New York: Routledge, 2010.

Eliot, T. S.. *The Sacred Wood: Essays on Poetry and Criticism*. Dodo Press, 1920.

Gallagher, Catherine. *Telling It Like It Wasn't: The Counterfactual Imagination in History and Fiction*. Chicago: The University of Chicago Press, 2018.

Hutcheon, Linda. *A Theory of Adaptation*. New York & London: Routledge, 2006.

Jeremy Gibson and Julian Wolfreys, *Peter Ackroyd: The Ludic and Labyrinthine Text*. London: Macmillan, 2000.

Jin, Jia. "No Island is An Island: A Vision of Community in English Music." *Foreign Literature* 4 (2018): 13 - 21.

[金佳:"孤岛不孤——《英国音乐》中的共同体情怀",《外国文学》2018 年第 4 期,第 13 - 21 页。]

Lewis, Barry. *My Words Echo Thus: Possessing the Past in Peter Ackroyd*. Columbia: University of South Carolina Press, 2007.

Liu, Jianjun. *A Study of the Structural Patterns of Western Novels*. Shanghai: East China Normal University Press, 2017.

[刘建军:《西方长篇小说结构模式研究》,上海:华东师范大学出版社,2017 年。]

Lodge, David. *The Art of Fiction*. Shanghai: Shanghai Translation Publishing House, 2010.

[戴维·洛奇:《小说的艺术》,上海:上海译文出版社,2010 年。]

Lukacs, George. *The Historical Novel*. trans. Hannah and Stanley Mitchell, London: Merlin, 1962.

Martin, Wallace. *Recent Theories of Narrative*. Peking: Peking University Press, 2006.

Miller, J. Hillis. "Narrative in Frank Lentricchia and Thomas McLaughlin." *Critical Terms for Literary Study* 2(66 - 79). Chicago: University of Yale, 1995.

Ou Yang, xiu. "Letter to Scholar Wu Chong." [2024 - 01 - 22]⟨https://shici. chazidian. com/ wenyanwen70398/⟩.

［欧阳修：《答吴充秀才书》(2024－01－22)〈https://shici. chazidian. com/wenyanwen70398/〉.］

Paraskos, Michael. "What a coincidence Peter Ackroyd convincingly stretches the truth in *Three Brothers.*" *Spectato*r (12 October, 2013)〈https://www. spectator. co. uk/2013/10/three-brothers-by-peter-ackroyd-review〉.

Shang, Biwu. "Innovation through Intersection: Approaching 21st-Century British Fiction." *Contemporary Foreign Literature* 2(2015)：132－39.

［尚必武：《交融中的创新：21 世纪英国小说创作论》，《当代外国文学》2015 年第 2 期，第 132－139 页。］

Shen, Dan, Wang Liya. *Western Narratology: Classical and Postclassical*. Beijing: Peking University Press, 2010.

［申丹，王丽亚：《西方叙事学：经典与后经典》，北京：北京大学出版社，2010 年。］

Tan, Junqiang. *Introduction to Narratology: From Classical Narratology to Postclassical Narratology*. Beijing: High Education Press, 2014.

［谭君强：《叙事学导论：从经典叙事学到后经典叙事学》，北京：高等教育出版社，2014 年。］

Wang, Shouren. *The History of the 20th Century British Literature*. Beijing: Peking UP, 2006.

［王守仁：《20 世纪英国文学史》，北京：北京大学出版社，2006 年。］

Wright, Thomas. *Peter Ackroyd, The Collection: Journalism, Reviews, Essays, Short Stories, Lectures*. London: Vintage, 2002.

Yang, Jincai, Renyi. "On National Identity Crisis in *A Bend in the River*." Foreign Literature 6 (2014)：131－37.

［杨金才，任易：《论〈河湾〉中的民族认同危机》，《外国文学》2014 年第 6 期，第 131－137 页。］

卡斯克小说《转折》中的真实与共识

刘　莉[*]

内容提要:当代英国小说在回望与实验中不断反思现实主义书写的价值。《转折》是作家蕾切尔·卡斯克探索叙述与现实关系的三部曲之一。本文将小说置于当代英国"后真相"的语境中加以解读,考察作家如何聚焦公共生活,揭示真实与共识的关系。小说以独特的文学策略审视了共识瓦解的社会空间和心理空间,揭示出真相的流转过程。小说摒弃追问共识的伤感主义倾向,以"去情节化"演绎新的共识路向,彰显个体叙事的不可化约性,还表达了文学叙述的认识与疗愈价值。小说借助美学形式的探索呈现出对英国社会共识问题的新思考,体现了当代现实主义书写的潜能。

关键词:蕾切尔·卡斯克;《转折》真实;共识;现实主义

Title: Truth and Consensus in Rachel Cusk's *Transit*

Abstract: The use of realism is the critical concern of twenty-first-century British novel writing in its retrospection and experimentation. *Transit*, one of Rachel Cusk's Trilogy, explores the entanglements between narration and truth. By interpreting the novel within the context of "post-truth" in contemporary Britain, it can be found that the author raises questions about truth and consensus in public life. Through innovative narrative modes, the novel reworks the social and psychological spaces with disintegrated consensus and reveals the path of dynamic truth. Turning away from the sentimentalism in pursuing consensus, the novel dramatize an alternative approach by rejecting "emplotment". It celebrates the irreducibility of individual narrative, as well as the heuristic and therapeutic value of literary narrative. This novel expands the discussion of consensus in contemporary Britain with aesthetic

---

　* **作者简介:**刘莉,山东师范大学外国语学院讲师。主要研究方向为英国文学、文化研究。联系方式:changtingwai20@outlook.com。

innovation, demonstrating the vitality of realistic writing.

Key Words: Rachel Cusk; *Transit*; truth; consensus; realism

蕾切尔·卡斯克(1967—)以作品对家庭、社会问题的敏锐观察而多次获得英国文学奖项,并两次入围布克奖提名。她的成名作《纲要》(*Outline*,2014)三部曲毫不掩饰对现实主义创作美学的挑战,受到评论界的热切关注。卡斯克曾大胆表达自己的创作观,提出"对塑造人物不感兴趣","维多利亚时代的小说写作模板中,人物才至关重要",她"试图从侧面(lateral)而不是人物中去看待经验"(Schwartz,"A Conversation"2018)。现实主义书写的发展在当代英国一直是评论家与作家论辩的焦点。2008年,扎迪·史密斯(Zadie Smith)在《纽约书评》对"小说的两条道路"的探讨广为评论界所知。她批评"抒情现实主义"(lyrical realism)的作品"一直占据着(小说发展)的高速路,而其他出口都被拦截";她认为虽然自己也曾沿着这一传统进行创作,但这类作品过于堆砌细节,对"形式的超然价值、语言揭示真相的魔力和本质上完整延续的个体"过于自信,对这些美学特征的逐项拆解在她看来才预示着小说的未来(Smith 71,73)。2014年,研究者以"元现代主义"(metamodernism)来命名当代英国小说的探索风格,认为包括扎迪·史密斯、伊恩·麦克尤恩等在内的作家开始直接以现代主义为源泉,以推动当代小说的创新,即这些作品不仅在形式上推崇"间断、非线性、内在性和时序游戏的实验美学",而且在主题上对"社会政治、历史和哲学情境"的探讨比现代主义更为深入(James and Seshagiri 89,93)。本文探讨的卡斯克三部曲之一《转折》(*Transit*,2016)也处于这样一个抉择和交叉的文学创作图景中。作家既热衷从语言层面对小说叙事方法进行尝试,也对"本原"问题抱有兴趣,关注真相在个体和公共生活中的流转和生成。

《转折》设定叙述者为带着两个孩子的离异女作家,她匆忙迁入伦敦某社区,一面亟待装修房屋整饬环境,一面维系日常工作,为混乱的环境确立起秩序。沿着她的生活轨迹,作品总体由主人公每天的会面来快速推进叙事,每一章聚焦于一个独立的场景:装修现场、理发店、咖啡馆、读书见面会、朋友重聚、家庭聚会。各场景中,主人公或与人对谈,或默默倾听他们的独白。小说保持着三部曲的整体基调,仿佛都是一些"谈话片段,未解决的旋律"(Garner)。所有事件看似前后相继,实际并无因果关联。众多人物只会出场一次便谢幕隐去。这一叙事方式被认为很大程度上"撕掉了写作指导手册"(Ali)。值得关注的是,主人公每次会面都平静而执着地叩问;而人物虽社会地位、生活状况各异,但在交谈中大多都会与"当时究竟是怎样"这一问题相遇。他们猝不及防,有时感到十分残酷,但都逐渐展开了各自的叙述。小说中场景不断叠加,就像同一声音反复登场,对相似的问题持续追问,使这部形式简单的小说呈现出象征化、寓言化的多重维度。

小说体察到当代个体所处的不确定性窘境,更聚焦于社会整体意义上真实感消逝的缘由和回归的途径。《转折》对变化中公共秩序的美学回应构成了一个审视当代英国现实主义创作的入口。将小说置于当代英国"后真相"的语境下，可以更好观察作品如何以美学形式演绎出社会意识的误区和共识生成的新的情境。正如我国学者所说，现实主义的研究需要"在坚持文本与世界各自独立的同时寻找与过去机械反映论不同的现实主义新模式，并挖掘具有动态内涵的模仿观"，以观察当代现实主义文学"如何调和外部指涉与自觉建构的难题"（王守仁等 49）。

一、真相的危机

这部小说前后相继的事件都发生在大都市伦敦及其郊区，而人物所处的空间却被挤压到趋于扁平，文中从开始就充斥着模糊迟疑的氛围。主人公倾尽所有在伦敦购得一处住房，房子风格古旧破败亟待维修，邻居们也是形形色色。叙事进展了很久，主人公与装修负责人商谈完毕出门，在街上从整体环视，此时才让共享同一视角的读者如释重负：终于获得了一点对整个住宅区立体架构确定的样貌。这种难以捉摸的基调就像街区衰败花园里成片的鸽子，"聚在一起、歇脚等待的样子，确实有种恶意在其中"（Cusk，*Transit* 49），令人感到隐隐的威胁。倪超雁（Sianne Nagi）以"负面情感"（ugly feelings）来描述一种主体失去方向感的存在状况，即缺乏明确客体，"能动性被悬置""矛盾不定""对自己的感觉感到混沌"（14）。小说将这种失真的感受呈现为当代人的普遍日常存在状态：小说家成名后坐上奢华的椅子，感觉身体里好像有新的部分生长出来，很陌生；家庭主妇总有昨日重现的感觉，觉得有些事是自己经历过，实际很多是自己读过的小说。如果情感可以视为"标示物"，"将（形式、意识形态、社会历史）不同领域的问题表现出来，还以独特的方式将这些问题结合起来"（Nagi 3），那么这部小说正是在描绘当代人自我危机的同时，借助这个模糊而复杂的社区空间呈现了一种普遍共通的困境。主人公要彻底翻修房屋，与住在地下室将近 40 年的老夫妇产生了激烈矛盾。他们是这片社区最后的公租房住户，屋子如"洞穴"一般，生活极度贫困，重病在身，午饭时间家里传出的味道像是"花园中逮到的某种动物"（139）。主人公背负沉重的贷款，只求尽快完成装修，把两个孩子从前夫那里接回。矛盾因噪音而起，但远不仅于此。在这部不依赖情节推动的小说中，一些简单勾勒出的冲突打破了自我的界限，传达出小说的社会关注。

主人公曾进到老妇人家中，一眼就看到桌上身材高挑的女子在海边的照片，她认出正是眼前满身污垢佝偻的老妇人，可以说她对楼下邻居的境遇并非无动于衷。但在若干回合的对抗后，小说并未为主人公安排一种由共情而起的内在超越，却使她在这些经验基础上直接确认了对立的正当性，甚至觉得"邪恶不是意志的结果，而是相反，是投降的结果"(196)。小说断断续续讲述了双方的对立,但令人有些费解地逆转了通常公共生活中对弱势群体的道德话语。甚至小说还在一定程度上肯定主人公的立场,借题发挥铺叙了一场以邪恶、愤怒与宽恕为主题的对谈。从主人公口中可以得知,老妇人不断向其唾骂,甚至向邻居控诉其私生活的"劣迹";从老妇人口中可以得知,主人公夜半时分仍不管不顾楼下安宁、逾越道德边界。就这些事实的视角而言,或许可以说,小说淡化道德话语、以模糊的叙述悬置道德判断,相当于把社区中的中下阶层放到了相似的位置——体弱年迈者贫病交加、单亲母亲充满养育焦虑,可以说行动者都受制于"无法控制的事件","丧失了过一种繁盛的人类生活所必需的某些伦理上重要的要素"(纳斯鲍姆 3)。更重要的是,小说为这种相似的脆弱性赋予了一层认识论的意味,即不同阶层都陷入了意识的误区,犹如洞穴寓言中的人物,分不清真实与折射,就采取敌对彼此的行动。主人公被刻画为具有相当的反思能力,她看出老妇人在反抗的愤怒中"面目扭曲",真正的根源跟她一样,都是在反抗和愤怒中"想要证明她依然自由"(159)。但主人公在自己生活濒临崩溃的情势下,无法客观面对老妇人的困境,拒绝共情让步。这意味着即使条件较好的阶层,日常有机会可以任意出入"洞穴"内外,能涉足城市更广阔的空间,但同样会受困在自己的精神空间之中。

如果按照真理的符合论(correspondence theory),"真"在于"与事实相符合、与实在相一致"(Audi 930)。上述场景中的事实显然已经主观化、个体化。事实的地位"取决于人们想相信什么——有些事实比其他更重要"(McIntyre 10)。按小说主人公的表述,对方对装修的阻挠已经具有"非人"的色彩,构成了展开生活的最大障碍(195)。换言之,这个冲突源起于噪音问题,而本质上体现着双方对生存环境的挣扎,是各自对社会境遇感到无奈甚至绝望的声讨。这个日常居住空间的矛盾成为社会中下层生存焦虑的缩影,在小说中进一步转化为公共生活中的认识论问题。

2016 年英国举行公投,脱欧阵营以 52% 的结果意外获胜,英国社会结构中长久以来隐藏的诸多矛盾在这个进程中不断发酵,"中产阶级的自由派、进步派和激进派同时宣称出现多重危机,突然要直面这个粗俗而分裂的国家"(McGarvey 148)。虽然欧洲怀疑论、抵触全球化、移民劳工等问题是脱欧阵营胜出的重要原因,但公众意见的分裂还有一个不可忽视的源头,那就是英国传统"共识政治"(consensus politics)的破裂导致社会正义失衡。"共识"通常指的是二战以后英国各政党在内外政策方面的趋同,它们虽意识形态色彩不同,但在"充分就业、福利国家、混合经济、对工会政策和外交防务"等层面的取向基本一致(刘杰 94)。然而本应更多体现社会中下层利益的工党,在"共识"中已经彻底倒向新自由主义经济的政策逻辑,"凡是促进经济的举措都被视为有益于整个英国"(Evans 114)。这种"精英的共识"不可避免将社会正义置于岌岌可危的地位,各阶层对社会现实的解读日趋"部落主义",埋下更多社会隐患。"后真相"(post-truth)这一命名就是揭示客观事实对当代公共意见的影响力衰落,而情感和个人信念的影响更显著(McIntyre 5)。《转折》洞察到个体生活混沌、彷徨的表象之下经济、社会结构的深刻变化，揭示出公共意见的撕裂往往源于中下阶层在生存和认识的双重脆弱位置上相互伤害。这也正是我国学者所指出的，"后真相"本质其实是"后共识"。当"经济发展失去了必要的互惠和共享性"，"认知者的认识意愿和真理程序"将必然受到破坏(汪行福15)。那么这种认识与生存之间的断裂在公共生活中具体是如何产生的？

二、可疑的"替代物"

在小说开端部分"犹如剧院一般"的理发店里，到处是镜子反射着各种表面(Cusk 75)。理发师言语间充满象征意味，他觉得对衰老等人生真实面貌的恐惧犹如屋里的"庞然大物"，但大家对此往往视而不见。人们都好似孩童，自欺欺人地以不同方式遮掩，实则失去了做出不同选择的能力。无论是生活中以沉溺娱乐逃避独处，还是到理发店遮盖白发，在他看来本质都等于从此被单一的选择所束缚，恰恰是与追求真正自主生活的目标背道而驰。这些观点呈现出一种萨特意义上的存在论意味，即将欲望视为自为的自我否定与自我超越，与此同时，欲望也成为"存在之缺失的体现和证据"(卢毅121)。从这个视角会更容易理解，当初主人公看清老妇人的阻挠时，为何会把一个日常矛盾界定为一种"具有原始否定性的力量""与创造力相关"(195)？因为当中蕴含了彼此都要弥补的生存缺失，都在以否定性的欲望形式伸张新的生存可能。存在的缺失是欲望的基础，但小说指出，这种追求也会走向另一极端：杰勒德感情受挫后砸掉屋里所有的墙壁，仿佛借助一览无余的空间才能理清思绪；少年时的伯姬德在厨房安置录音机，悄悄录下几百个小时父母的谈话，只为从中解读他们的情感是否真正平静如水。正如大卫·希尔兹(David Shields)在《渴望现实》(*Reality Hunger：A Manifesto*)中提到，"我们知道有些东西已经丢失。我们正抓住任何看似'实在'、有机和真实的内容"(90)。这种癫狂的状态犹如拉康所分析的欲望"换喻过程"，"总是指向或被推给下一个能指，总是'对他物的欲望'"(卢毅123)。不过小说并不认为这种"倒置"是无意识所为，而是人们常带有想要确定下来的盲目感(blindness of fixation)(6)，想找到"救生筏"(132)。于是就在恐惧的支配下受制于某种人与物、人与人关系的确定性，以为这就替代了真实缺失。

但小说更关注的是，在既定的现实中，能否辨别出一个事件究竟是自由意志的选择，还是被动依赖滑动的能指的后果？小说认为这并不容易。就像主人公准备购置房屋时陷入绝望，她的归因是手头极度拮据，因而后续不得不选择条件恶劣的住房地段，自己的选择带有无法逃避的色彩。小说指出，"早有定论"这类想法虽古怪却很有诱惑力。但可怕的问题在于，如果始终被动地去作为他人意志的"回响"(reverberation)而存在，以此当作真实，那在公共生活中就有可能掩盖了一些人的破坏力，导致那些本应负有道德责任的人脱逃，他们会被视为无辜的"生活中的角色"(198)；甚至在一些冲突当中，错置的命定论会使一些"代理人"有机可乘，危及对公共秩序的认识。

小说开头，主人公曾收到星座家的电子邮件，寄希望于星图，恢复一种宇宙意义上对生活的全景把控。就在邮件预示将会导向"转折"的那天，主人公遭遇了被"代理"讨还公道这一事件。装修工托尼为继续展开拆除工作，自告奋勇到楼下与老妇人交涉噪音问题。令人意外的是，他竟胜利而归，"现在他们对我像儿子一般"(186)。开始他执意不愿告诉主人公，到底怎样平息了老妇人的怨气。后来在追问下才说出，他告诉老妇人，主人公对待他们跟"奴隶主"一样，他们也是"受害者"。尽管托尼辩解，这不过是个说辞把戏，但他躲闪的表情刺痛了主人公，因为这半真半假中不乏真意，原本以为存在的友善和信任都是表象而已。更无法挽回的是，托尼强调自己与主人公雇佣关系中的对立，这样就与老妇人站在同样"受剥削"的位置，赢得后者的共鸣。他既代理着双方的欲望，又代理着双方的正义，缓解了眼前的局面，达成了暂时的共识。但激起仇恨之后，主人公"得跟孩子们继续住在这"(186)。托尼的抱怨强化了老妇人心中原来的"真实"认识，是激化而不是消解了她对主人公的憎恨，加剧了主人公的道德危机。小说中，主人公曾指出城市中当人们相遇还不确定彼此的立场时，那就"停留在中立的位置，由公共的地标来导引"(18)。如果代理了公共情感的地标已经位置扭曲，后果会怎样？

英国脱欧公投的结果与此前多数专业调研机构的预测相差悬殊，公众支持的对象最终都是那些貌似言之凿凿的政客。麦克尤恩(Ian McEwan)在小说《蟑螂》(Cockroach，2019)中曾嘲弄英国脱欧进程中各个利益群体都受到利用操纵：年迈的老人把脱欧派的反转主义(reversalism)理解为让时光倒流，怀旧情愫被调动；社会底层和老人又都受到民族主义狂热情绪的鼓动。脱欧派的媒体自我美化为奉行爱国主义，承诺会带来"民族复兴和净化(purification)"(29)。卡斯克虽未这样铺叙过脱欧事件，但也曾描写支持脱欧的公众"有点像火鸡们在给圣诞节投票"(Cusk, Kudos 165)，暗示他们做出的选择趋于盲目，被现实的"中介"操纵认知时等于束手就擒。小说中主人公被"代理"协商的过程与脱欧公投的相似之处在于都显示出一种强烈的现实悖论：人们恐惧真实的缺席才会找寻"替代物"，反而与现实更加疏离；尤其在公共生活中，认识的"中介"许诺了具有诱惑力的前景，结果对人们的认知和判断能力提出了更高的要求。《转折》呈现了真相在公共生活中隐匿的机制，也暗示了后真相时代公众处于幻想、惶惑状态的社会心理。然而无论是个体还是整个社会，小说并不认为找寻替代物是可以无休止延异下去的过程。理发店的旋转门被小说视为人们逃避面对真相的另一个隐喻，转来转去总停留在门中也算不上真正的自由(70)。小说中，独身的阿曼达与设计师产生了亲近感确立了关系，最终感情破裂，她发现自己不过是想弥补幼年一直居无定所的缺憾；劳伦斯严苛地控制自己和孩子的饮食，美其名曰走出舒适区、建立欲望的边界，实际却是再婚后对重组家庭的秩序感到应对无力。小说不停揭露人们在社会生活中对"替代"判断失误，也是在不断强调某种本原性的"缺席"。由此，小说在叙述层面的实验或许可以视为作家尝试提出的一种应对现实的美学解决方案。

三、被动与超越

"艺术的特性是'使我们看到'，'使我们觉察到'，'使我们感觉到'某种暗指现实的东西"（阿尔都塞 665）。对于卡斯克三部曲很大程度上"去情节化"的手法，有学者认为除了文本意义之外，也是对叙事哲学提出了挑战，即平滑连贯的叙事排斥了生活的真实面目，而去情节化则使得叙事和人生都得以向那些"被动而具观察力的可能性"敞开（Warren 176）。诚然，卡斯克曾坦言并不想塑造传统小说那种形象清晰、会引发读者认同的人物；但要看到，她同时强调其作品中叙事者被动的位置是出于个体的自主选择，是在选择了"如落叶般任由流水裹挟"之后去发现结果究竟会怎样（Schwartz）。这里更侧重的显然还是人的主体作用，而不是现代主义作品那种濒临绝境后的疏离或解体。《转折》用一帧帧场景拼装起叙述结构，将不同事件叠加，对真相反复追问，呈现出的是人们无论何种选择之后依然渴望获得对经验与情感的真实解读。因此本文还是更赞同艾拉·奥菲尔（Ella Ophir）的观点，即包括《转折》在内，卡斯克的三部曲都"保持了社会小说那种对群体和人际关系的热衷（devotion）"（Ophir 355）。以此为前提，才会更清晰看到作家对探索公共生活真相的期许。

小说中的女摄影师准备为某画家写传记，积攒了 30 万字的资料却迟迟不知如何动笔。她描述当初偶然冲进画廊以后受到强烈的触动，从画作中看到了同病相怜的慰藉和希望。在一对一的写作课上，主人公层层推进向她提出不下十个问题：专门去看画吗？平常拍什么照片？其中一个提问让摄影师无法回答：如果那天早上画廊展出的是其他画家的作品，她现在会不会（对自己的感触）有另外一种说法？或者虽然说法跟现在一样，但"用不同的方式组合相同的元素"（142）？主人公提出这个商榷，是因为之前谈话中已涉及，摄影师实际只想为童年被身为职业画家的母亲忽略而食不果腹的创伤找到出口。主人公觉得她在"竭力处理一种既熟悉又有些不和谐的感受"（136）。

伊丽莎白·迪兹·艾尔玛斯（Elizabeth Deeds Ermarth）在讨论英国 18、19 世纪现实主义作品时提出，那些小说中的叙事往往在表层与深层之间存在极大的张力，表层呈现出一种具有"共识"意味的提炼、概括，而个体的经历被归入"次要层面"，潜在被认为属于"无关紧要的事"（adiaphora）（Ermarth 47）。在上文的场景中，主人公建议摄影师放弃书写传记，实际是在提示，她是否一直被外在的逻辑所束缚？只为制造某种人生"情节"，反而愈加忽略了应直面的真实。换言之，卡斯克强调"去情节化"，突出了个体叙述应确立自身合理自主的地位。偶然性如果显现的不过是背后的必然性，那么就失去了存在的意义。事实上，小说中的人物无论处于人生境遇的哪个阶段，他们各自的叙述走向都保留了最大程度的开放，作家并未设计让人物改变彼此，更未对他们的经验做强行归纳。可见作家并不赞成将个体叙述纳入必然的时间逻辑，也不赞成利用外在的叙事向度对其进行整合。小说的终局一章让我们可以更清晰地观察到作家对共识生成形态的理解。

小说发展至倒数第二章，人们日常生活中对真实的各种焦虑已经尽数呈现，所有场景可以说完整结束。但终局一章进行了略显突兀的空间转换。浓雾中主人公驶出了伦敦，来到表兄的乡村大宅，与劳伦斯再婚的一家、几位女客聚在一起聊天，开始梳理各自与现实之间断裂的关系。小说之前呈现的很多事件中，人物都是在主人公引领下开始叙述，逐渐获得了更清晰的认识。如果说这一章与之前的场景有何不同，那就是交流的环境更纷乱，在同一空间中的干扰更多：孩子们的喧闹、争吵、哭泣以及对父母的各种要求穿插在聊天中，失控的局面映着烛光，"仿佛他们在燃烧"（249）。身处这片混乱的空间，随机的阻碍让人应接不暇，探求真实过程更加曲折难料。然而人物们还是一次次重拾起叙事的线索，卸掉面具，旁观自己的生活，摸索无法面对的真实到底是什么。正如主人公开车踏上这趟旅程时的那种心理感受："这条路缓慢、枯燥，似乎没有尽头"，"好像随时有可能炸裂"；但是"这种恐惧中又夹杂着愉悦的期待，仿佛某种障碍将被挪走，某种疆界将被打破，通向释放之路"（211）。在这片混乱里，多数时候徘徊在叙事边缘的主人公也开始讲述个人生活，从"我告诉她""我询问"，到"我发觉自己告诉她……"（233）。小说以"去情节化"拒绝了时间的必然性，也释放出了人的能动作用。众人一起在叙述中不断构造出的"当下"时刻，从具体细微的经验中促成真实生成的情境。这正如卡斯克在谈到其小说《纲要》时所说，作品的"全部基础就是一种'集体讲述'（communal storytelling）"，犹如"奥德赛"一般，"是关于叙述的根本观念，是叙述与疗愈的关系——人们在经历之后进行讲述——这种形式如何成为一种基本的疗愈方式，也激发出经验中某种共通之处"（Schwartz）。

需要看到，尽管小说人物常是在回溯往事中获得洞见，但小说同时暗示，叙述价值的实现并非通过一味的怀旧感伤，不是那种强行到历史时间中去寻找"过去可能存在的那种方式"，以备在未来能够实现（Boym 351）。小说曾指出人们往往有一种错觉，以为向前发展就意味着转变。而现实中"时间可能会改变一切，却没有改变需要改变的内容"（109），而命运就是"真相处于自然状态"（256）。小说中，叙述就被视为一系列事件，讲故事的人牵涉程度或多或少，但都并未刻意预测未来，或对叙述走向施加影响。因为这些叙述中蕴含了人们面对生活形形色色的基本价值、认识意愿与表达形式。通过"去情节化"和拒绝将历史时间感伤化，《转折》展现出"后真相"语境下"共识"强烈的社会属性，"公共意见的普遍化表达已经成为真理显现的必要条件。换言之，'一'的真理性内涵只有在'多'当中才能获得显现"(夏莹 70)。

"共识"政治是二战后英国社会经济发展、政治稳定的重要基础。在脱欧事件暴露出英国内外交困的严峻危机之后,"盎格鲁文化圈"(Anglosphere)等话语试图继续在民众中营造和维系共识的幻象(Wellings 368)。《转折》对公共生活中共识的生成语境并不抱有天真的想法。作家曾提到,当主人公处于人生困境、失去了所有社会身份之后,仿佛也失去了参与对话、参与群体叙述的资格(Schwartz)。这意味着只要固有的社会、经济逻辑还在侵蚀人们认知真实的情境,小说标题所示的"转折"就很难显现。这也是研究者为何指出,虽然《转折》中叙述的力量向所有人物敞开,但真正意义上的对谈往往只发生在相似社会地位的成员之间,而那是身处社会底层的老妇人无法进入的"故事讲述空间"(Ophir 360)。

四、结　语

《转折》剖析了城市生活中人们渴望真实的无奈和困窘,房产经纪人、装修工、生活优裕的职业人士、公租房的老人、未成年的孩子……都被纳入作家的叙述视野,呈现出生存意义上相似的命题。丹尼尔·李(Daniel Lea)曾指出,21 世纪的英国小说表现出对于主体真实存在状态的强烈焦虑。他观察到,当代作品这种焦虑根源于"表现主义(expressivist)的伦理与后解构主义主体的前景之间悬而未决的张力"(461)。《转折》对真相的关注亦体现出他所分析的那种"抗争性质(combative)"的文本特征,即"放弃叙述现实主义和人物发展的传统模式",而对"话语实验、形而上的思考和巧思进行一种混合"(475)。与此同时,这部小说立足于当下英国的社会心理、阶层关系和社会共识的前景,探索可知与未知之间的张力,以实验和开放的叙事彰显出现实主义书写的多元可能。

值得一提的是,小说认为在个体和公共生活中直面真实的紧迫性与"他者"的来临不无关系,这个"他者"或许是人生无可回避的亲密关系,或许是新自由主义经济中流动的移民劳工。个体的自我反思始终是卡斯克重构公共生活的起点。作家频频提及人们在生活中被"工具化"的感受,人物甚至直接表达自己成了他人生活欲望:"红色的雾霭幻化而成的形象""一个转移的客体"(6);爱的能力被"最大化进行了利用"(175)。而对于卡斯克,小说叙事形式和人物走向的开放式选择一定程度体现了她所认可的公共生活中面对"他者"的原则,即避免那种"无所不能、创造世界、主宰命运"的预设(Ophir 355)。在此基础上,才会有群体叙述构造真实生成语境的可能。此外,小说还清晰意识到,文学叙述自身其实已经无法逃脱与真实愈来愈复杂的关系。作品颇具自反意味地提到,昔日默默无闻的作家在当代文学场域中物质条件提升、实现了阶层跃迁,看到花园里"老猫捕鸟",一时竟不知该认同心爱的猫,还是那处于弱势、逆境逃脱、一如昔日自己的猎物小鸟。但在卡斯克心目中叙事仍要继续,因为写作并非"在一种美学现实中躲避"(7),而且责任感来自"充分意识到两个事物即将碰撞"(105)。现实主义作家的境况就是在遮蔽与去蔽的抉择中不断探索,如阿甘本(Giorgio Agamben)在讨论"当代人"时所说,"正是通过这种断裂与时代错位,他们(真正的当代人)比其他人更能够感知和把握他们的时代";而与此同时,"他无可改变地属于这个时代,无法逃离他自己的时代"(40,41)。

参考文献

Agamben, Giorgio. "What is the contemporary?" *What is an Apparatus? and Other Essays*. Trans. David Kishik and Stefan Pedatella. Stanford: Stanford UP, 2009. 39 – 54.

Ali, Monica. "On Rachel Cusk's Risky, Revolutionary Novel." *The New York Times*, 23 January 2017. ⟨https://www.nytimes.com/2017/01/23/books/review/rachel-cusk-transit.html⟩.

Althusser, Louis. "A Letter on Arts." *Selected Readings of Western Literary Theory in the Twentieth Century*, Vol. 1. Eds. Zhu Liyuan and Li Jun. Trans. Du Zhangzhi. Beijing: Higher Education Press, 2002. 665 – 68.

[路易·阿尔都塞:《一封论艺术的信》,杜章智译,《二十世纪西方文论选》(上),朱立元、李钧主编,北京:高等教育出版社,2002 年,第 665 – 668 页。]

Audi, Robert, ed. *The Cambridge Dictionary of Philosophy*. Cambridge: Cambridge UP, 1999.

Boym, Svetlana. *The Future of Nostalgia*. New York: Basic Books, 2001.

Cusk, Rachel. *Transit*. London: Faber & Faber, 2018.

---. *Kudos*, London: Faber & Faber, 2019.

Evans, Geoffrey and Anand Menon. *Brexit and British Politics*. Cambridge: Polity Press, 2017.

Ermarth, Elizabeth Deeds. *Realism and Consensus in the English Novel*. Edinburgh: Edinburgh UP, 1998.

Garner, Dwight. "With 'Kudos,' Rachel Cusk Completes an Exceptional Trilogy." *New York Times*, 21 May 2018. ⟨https://www.nytimes.com/2018/05/21/books/review-kudos-rachel-cusk.html⟩.

James, David, and Urmila Seshagiri. "Metamodernism: Narratives of Revolution and Continuity." *PMLA* 129.1 (2014): 87 – 100.

Lea, Daniel. "The Anxieties of Authenticity in Post-2000 British Fiction." *Modern Fiction Studies* 58.3 (2012): 459 – 76.

Liu, Jie. "A Survey of the Researches on Post-war Consensus Politics in Britain." *World History* 1 (2010): 94 – 101.

[刘杰:《战后英国共识政治研究综述》,《世界历史》2000 年第 1 期,第 94 – 101 页。]

Lu, Yi. "The Evolution of Modern Desire Philosophy in France: Desire, Existence and Ethics in the theories of Lacan and Satre." *Social Science* 8 (2019): 118‒26.

［卢毅:《现代欲望哲学的法国演进——拉康与萨特学说中的欲望、存在与伦理》,《社会科学》2019 年第 8 期,第 118‒126 页。］

McEwan, Ian. *Cockroach*, London: Jonathan Cape, 2019.

McGarvey, Darren. *Poverty Safari: Understanding the Anger of Britain's Underclass*, Edinburgh: Luath Press, 2017.

McIntyre, Lee. *Post-truth*. Cambridge: MIT UP, 2018.

Nagi, Sianne. *Ugly Feelings*, Cambridge: Harvard UP, 2005.

Nussbaum, Martha C. Preface to the Revised Edition. *The Fragility of Goodness*. Trans. Xu Xiangdong and Lu Meng. Nanjing: Yilin Press, 2017. 1‒44.

［玛莎·C. 纳斯鲍姆:《修订版序言》,《善的脆弱性》,徐向东、陆萌译。南京:译林出版社,2017 年,第 1‒44 页。］

Ophir, Ella. "Neomodernism and the Social Novel: Rachel Cusk's *Outline* Trilogy." *Critique: Studies in Contemporary Fiction* 64.2 (2023): 353‒64.

Schwartz, Alexandra. "A Conversation with Rachel Cusk." *New Yorker* 18 November 2018. 〈https://www. newyorker. com/culture/the-new-yorker-interview/i-dont-think-character-exists-anymore-a-conversation-with-rachel-cusk〉.

Shields, David. *Reality Hunger: A Manifesto*. London: Hamish, 2010.

Smith, Zadie. "Two Directions for the Novel." *Changing My Mind: Occasional Essays*. London: Penguin Books, 2009. 71‒96.

Wang, Shouren, et al. *On the Turbulence of Post-war World and the Development of Foreign Literature*, Vol. 1. Nanjing: Yilin Press, 2019.

［王守仁等:《战后世界进程与外国文学进程研究》(第 1 卷),南京:译林出版社,2019 年。］

Wang, Xingfu. "'Post-truth' is in Essence Post-Consensus."*Exploration and Free Views* 4 (2017): 14‒16.

［汪行福:《"后真相"本质上是后共识》,《探索与争鸣》2017 年第 4 期,第 14‒16 页。］

Warren, Kathryn Hamilton. "Against Plot."*The Hopkins Review* 15.4 (2022): 167‒77.

Wellings, B. '"Our Island Story': England, Europe and the Anglosphere Alternative."*Political Studies Review* 14.3 (2016): 368‒77.

Xia, Ying. "'Post-truth', a New Configuration of Truth: with comments on the views by Prof. Wu Xiaoming, Prof. Wang Xingfu et al." *Exploration and Free Views* 6 (2017): 66‒70.

［夏莹:《"后真相":一种新的真理形态——兼与吴晓明、汪行福等教授商榷》,《探索与争鸣》2017 年第 6 期,第 66‒70 页。］

"残酷"作为方法：
《舒吉·贝恩》的格拉斯哥城市叙事[*]

陈　丽^{**}

内容提要：在 2020 年布克奖获奖小说《舒吉·贝恩》中，道格拉斯·斯图尔特将"残酷"视为一种方法论的关键词，在叙事情节、形式和民族性三个方面建构格拉斯哥城市叙事的新趋向。"残酷"既是去工业化浪潮下城市底层生活状况的真实写照，也是斯图尔特为格拉斯哥小说确立的新现实主义美学立场。通过描绘底层女性在日常生活中遭遇的"残酷"现实，斯图尔特传达出当代苏格兰性就是个体残酷感知的理解。

关键词：《舒吉·贝恩》；残酷；城市叙事；苏格兰性

Title: "Cruelty" as a Methodology: Urban Writing of Glasgow in Douglas Stuart's *Shuggie Bain*

Abstract: Douglas Stuart considers "cruelty" as a key concept with methodological significance in his 2020 Booker Prize winning novel *Shuggie Bain*, which constructing a new approach in Glasgow urban writing in terms of plot, form and ethnic identity. "Cruelty" is not only the portrait of the living conditions of the underclass under the wave of deindustrialization, but also an aesthetic stance in Stuart's Glasgow novel writing. By depicting the "cruel" reality faced by underclass women in their daily lives, Stuart conveys his understanding of contemporary Scottishness that is the individual's perception of cruelty.

Key Words: *Shuggie Bain*; cruelty; urban writing; Scottishness

---

　* 本文系安徽省高校人文社会科学研究重点项目"当代英国历史小说的怀旧书写与共同体建构研究"（SK2021A0096）阶段性研究成果。

　** **作者简介：**陈丽，安徽师范大学外国语学院副教授，主要从事当代英美小说等领域的研究。联系方式：chenli9911@126.com。

2020 年的布克奖是道格拉斯·斯图尔特（Douglas Stuart，1976—）开启作家身份的一份褒奖。他的首部小说《舒吉·贝恩》（*Shuggie Bain*，2020）出版不久就摘得这个当代英语小说界最重要的奖项，之后还进入了当年美国国家图书奖的决选，获得广泛赞誉。斯图尔特成为继詹姆斯·凯尔曼（James Kelman）之后第二位获此殊荣的苏格兰作家。然而，相对于"后分权"（Post-devolution）时代涌现出的苏格兰叙事作品而言，《舒吉·贝恩》的获奖更像是当代苏格兰文学的一次事件性宣言。此前登顶的凯尔曼小说《晚了，太晚了》（*How Late It Was，How Late*，1994）引发的批评话语生动地展示了英国内部不同文化阵营对苏格兰性问题的激烈争辩。这一争论也在近年出版的苏格兰小说中频频登场，如阿莉·史密斯（Ali Smith）在小说《秋》（*Autumn*，2016）中讲述了苏格兰人对待英国脱欧的政治态度和身份选择，虽然呼声最高却止步于布克奖短名单提名。甚至有苏格兰学者认为"只有加深对苏格兰民族认同复杂性的理解之后，才能充分体验苏格兰文学的独特性"（Wolfreys 6）。

那么，在苏格兰分离主义趋势加剧的今天，为什么关于苏格兰城市题材的作品获得这一权威性的文学肯定？评论者不约而同地聚焦于该小说的两个特点：其一是"一部宏大的社会小说"（Jordan），它精心绘制了当代苏格兰城市边缘空间的残酷景图。这个观点并不陌生，得出了相似的结论：工作和意义被剥夺，"充斥着贫困、孤独和无助，弥漫着一股颓败和绝望的气氛"（吕洪灵 194）。这一评价流露的局外人视角提醒我们：苏格兰性的解读不必拘泥于本质性，也可以放置于文学与社会的同构关系中。其二是小说叙事风格的矛盾性：残酷且幽默，布克奖评委会主席玛格丽特·巴斯比（Magaret Busby）将这一阅读体验称为"令人心碎"和"感动"，"让人又哭又笑"等，认为小说的"联结"主题使其"注定是一部经典之作"。上述论述点明了"残酷"是这部小说不言而喻的叙事艺术，却并未进一步阐述"残酷"在小说中被赋予的方法论意义。本文将结合小说的自传色彩，从叙事情节、形式和民族性隐喻三个方面入手，分析"残酷"如何作为一种方法构建出斯图尔特的格拉斯哥城市叙事，阐明新生代苏格兰作家对民族性问题的认知转变。

一、"残酷"作为叙事情节

"残酷"作为一种小说创作的方法论，首先指向作家继承了再现小市民精神颓废、酗酒乱性且暴力犯罪等恶习的格拉斯哥小说传统，以及与之相关联的"残酷"叙事程式。《舒吉·贝恩》便是以"残酷"故事作为小说的表层叙事得以呈现。实际上，这一"残酷"情节写作正是作家受到经典性肯定的重要基础，也是成就他独特地方性风格的有效保证。《舒吉·贝恩》是作家斯图尔特经过十年创作，遭遇三十余次拒稿之后，在"残酷"的文学市场中获得出版，赢得了为苏格兰底层群体发声的机会。

残酷本身就是一种言语行为，它在词源学上源于古法语"cruelte"，意指"对众生痛苦或漠不关心，或以之取乐"。"漠不关心"，抑或"以之取乐"，皆是人性之"恶"的复杂表现。在后现代状况下，"残酷"的社会意义引起文化批评界的关注。法国戏剧家安托南·阿尔托（Antonin Artaud）在《残酷戏剧》（*Le Théâtre et son Double*）一书中将"残酷"（cruelty）概念归纳为个体无法回避的必然性，须得直面的痛苦，却借此获得延续生命的希望（81）。在《舒吉·贝恩》中，"残酷"的悖论内涵可以解释主要人物阿格尼斯令人费解的悲剧命运，同时也为评论者对这部小说赋予经典性论断提供一种较为合理的解释。一般而言，格拉斯哥底层女性的酗酒恶习无疑受到家庭婚姻压力，或是生活极度贫困的影响，但长期以来，在宗教文化和父权制思想的交叠影响下，她们的酒精上瘾症状并未得到善意的关注，反而受到暴力对待。围绕着阿格尼斯"酗酒"母亲的形象，斯图尔特展开了以"酗酒——戒酒——再酗酒死亡"为叙事程式的"残酷"故事，塑造了努力挣扎却无力逃脱死亡命运的底层女性形象。

如果说小说的前两章基本延续了格拉斯哥小说女性创伤叙事的传统，那么在随后的第三章矿区生活中，斯图尔特则悄然颠覆了这一传统形式呈现的残酷情节。《舒吉·贝恩》中，作家有意无意弱化城市消费异化的心理包袱，将叙事重心转移至笔下人与物的互动关系，在其中探索定义主体价值的可能。格拉斯哥去工业化的集体记忆虽然贯穿于全书背景，却不再仅仅投射于酗酒、贫困和绝望的社会悲剧，还被重新想象为底层女性在消费之物中"保持紧密联结，坚守价值观的故事"（Busby 2020）。阿格尼斯试图以酗酒抚慰婚姻失败带来的创伤，最终被丈夫舒格抛弃在格拉斯哥城市边缘的矿区，独自抚养三个孩子，几乎处于自生自灭的危险境地。可喜的是，阿格尼斯应聘了煤矿加油站的工作，开始远离酗酒。她用这份微薄的薪水在弗里曼邮购目录中重新定义自己的物质生活世界。家中的冰箱、吸尘器、时髦的服装无一不代表着她的"清醒"，以及"这份清醒带来的平静生活"（斯图尔特 268）。舒吉一家的公租房成为矿区街道里最整洁、充满生活气息的住所，"光鲜亮丽的玫瑰园，对于破败的煤矿小镇来说过于招眼了。门上刷了一层红色漆，和别家的颜色都不一样，看起来很自信"（333）。消费之物隐喻出她所向往的美好生活，也正是这种消费主义意识支撑着阿格尼斯开始重新塑造自我，主动加入格拉斯哥的各类戒酒会，寻求新的社会联结。

与此同时，孤独感成为一种写作残酷情节的新美学形式。在《舒吉·贝恩》中，"孤独"（loneliness）一词多次出现在阿格尼斯酒醒之后的生活中。虽然她试图用加油站的夜班工作、电话本、酒友的毒友谊等诸多方式保持与外部联系，但孤独感犹如阴影一般伴随着她短暂的一生。小说不惜用大量细节描述她日常生活中的孤独，譬如阿格尼斯翻阅电话簿，用打电话的方式宣泄孤独的桥段，她的疯癫表演足以投射出残酷生活对其生存空间的挤压程度。"她在电话桌前坐到天黑，又在一片漆黑中坐到深夜。烟头上的火是她唯一的光亮……"（255）。此类孤独场景在小说中频繁出现，共同指向了 1980 年代格拉斯哥工人阶层所经历的城市转型之痛。蓝领家庭在童年时期被灌输的阶层价值观和工人阶级身份不复存在。原本子承父业的工人阶层产生断裂，遭遇"恐惧、失落、羞耻等"孤独情感病症（艾伯蒂 9）。这一共同记忆使得读者对《舒吉·贝恩》的故事产生强烈的共情，足以调动起有过孤独体验的读者的阅读欲望。

更进一步说，这种孤独感不仅是格拉斯哥人的独特体验，还是全球化趋势下贫困和失业人士的共同经验。尤其在新冠疫情全球大流行期间，英国封城模式中的"自我隔离"已经将新自由主义带来的社会和经济矛盾暴露无遗。《舒吉·贝恩》中无处不在的孤独感突显出作为有血有肉的人的共通性，因而颠覆了格拉斯哥小说创伤叙事传统中"我们"与"他们"之间的二元对立。同时被质疑的还有新自由主义的神话。新自由主义对缓解"英国病"发挥了不可忽视的作用，但它的核心话语——自由——却并非一剂良药，反倒更像是一种离间苏格兰民众的团结感、加剧社会贫富分化的催化剂。以造船业为代表的苏格兰现代工业体系就是在这场市场经济自由化转型中轰然坍塌。经济金融化、虚拟化迫使曾经处于优势的苏格兰实体工业转移至发展中国家，小说中舒吉的姐姐凯瑟琳和新婚丈夫远赴南非谋求生计就是一个例证。尽管两人分属天主教和新教，但共同的求生目标让他们抛开彼此的宗教信仰差异，一起筹划着婚后飞到南非从事打小就熟悉的父辈行业。

这一看似自由选择的背后隐含数十万苏格兰青年背井离乡的痛苦和难以消磨的孤独。凯瑟琳每次从南非打电话给舒吉哥哥利克，都叮嘱他绝不能在阿格尼斯面前提到她的现状。孤独的意象还被用来描绘那些留守苏格兰的家人的落寞凄苦。故事中搭乘舒格出租车的老妇人，无法理解格拉斯哥青年们为了谋生选择踏上南非之旅，哀叹这座巨人城市的衰败给工人家庭带来的灾难，"整整二十五年。就在达尔马诺克钢铁厂。走的时候只领了三周的薪水"（斯图尔特 49）。可以说，格拉斯哥人陷入越自由，越贫困，越孤独的怪圈。孤独感构成了一种反复重述的共通感，成为苏格兰内部群体之间的情感纽带，颠覆了以往苏格兰文学中常见的宗派对立关系。与去工业化相关的历史叙事和政治影响被淡化，沉重的、挥之不去的孤独感却被前景化，成为格拉斯哥城市叙事风格的新标识。对于斯图尔特来说，"残酷"作为格拉斯哥叙事的情节，不只是一个个格拉斯哥底层家庭故事，还是每一个普通人在身处绝望困境中顽强扎根的写照：贫病相侵、善恶较量、抵抗孤独、亲历磨难后的心理重建。讲述"残酷"故事，也让斯图尔特的这部处女作小说出版不久就占据了一个独特的文坛位置。事实上，他对过去经验的再现和凝练正是作品能够经典化的重要因素，而文学奖对这一历史经验的承认又印证了能够成为经典的重要依据："能够呈现民族主义、被发明的传统和独特的文化认同"（Kolbas 139）。

二、"残酷"作为叙事形式

作为小说叙事形式的"残酷",指的是作家在格拉斯哥小说形式革新的探索。"残酷"是一种棘手又重要的叙述对象。作者如何在书写残酷场景的同时,避免落入道德合法性的陷阱?这无疑是一个考察作者文学能力的问题。在叙事形式方面,让读者跟随叙述者视角观看残酷场景,检视作者的伦理立场,这是斯图尔特的"残酷"故事获得经典性肯定的重要形式。作为一部自传小说,斯图尔特似乎总是在搭建"解释"与"真实"之间的关联性(杨正润 139)。一方面他强调小说的真实性,故事的蓝本源自于他和母亲在格拉斯哥生活写照。这段真实经历的书写,"对于成长在 1980 年代的格拉斯哥男孩而言,获奖是做梦都没想过的"(Simpson)。另一方面,他的自传性书写在行文中保持着自反性的内在冲动,却又对自传文本规约保持着高度自觉。可以说,斯图尔特选择的是在真实经历基础上的虚构,他所运用的叙事技法显然不同于传统格拉斯哥小说的虚构性。斯图尔特曾在访谈中向凯尔曼为代表的格拉斯哥小说致敬,也深刻理解其再现艺术所透露的绝望感。正是在这个意义上,作家所追求的真实感在于:小说借用视角的切换,有效制造了真实的多重面向,逼迫读者去反思这段格拉斯哥残酷记忆的真实效度,引导读者见证以阿格尼斯为代表的底层群体的人性悖论。

小说中,阿格尼斯作为一位单亲母亲在极度贫困中挣扎求生。婚姻阴影让她染上酗酒恶习,被遗弃矿区后她主动戒酒,试图重新开启爱心母亲的角色,却屡屡遭受社区醉酒汉们的身体侵害。阿格尼斯也由此成为小说中最受争议的人物。那么,斯图尔特为何要让读者见证阿格尼斯所遭遇的残酷暴力?小说大多以第三人称视角回忆讲述,第一人称视角和第二人称视角穿插分布于全书中,几种视角的交叠使用用意何在?这其实展现的是作者向读者传递潜在意图的文学能力。换言之,作者如何将读者角色迁移到文本结构之中,赋予真实读者依据"历史语境和个人情景",以"不同介入方式"展开阅读进程(Iser 36 - 38)。值得注意的是,斯图尔特的意图绝非仅仅是让读者去哀其不幸怒其不争那么简单,更是在冲击读者固有的伦理立场的同时,去亲近和反思自己所不曾面对的人性悖论。

阿格尼斯的受害者形象在社区邻里的集体想象中被污名化。随着两次婚姻的解体,阿格尼斯带着三个子女先后搬迁到观景山社区和英国政府废弃的格拉斯哥煤矿区。每一次邻里环境的转换,阿格尼斯与当地邻居的关系便日渐紧密,人性中的坚韧、狡诈和疯癫就越来越明显,而她也从一个明艳、爱情脑的女子变为一个被鄙视、被羞辱的女酒鬼。这些邻居是在阿格尼斯每次喝酒断片之后才聚集议论的,但第三人称叙述者早在故事的第一部分就已经向读者描述过她醉酒之后的窘态。如果不是因为婚姻变故,阿格尼斯或许就像一个普通酒鬼那样消失在人们的话题中,正是她每次清醒后表现的羞耻感和悔过行动,再次得到邻里们的关注。然而,当邻居们再次看到阿格尼斯的门厅布置和孩子们的着装打扮时,却发现自己的无知。这些叙述者要么是观景山社区的邻居,要么是矿区街道的居民。这些邻居在叙述中重复出现"时髦""英国女王"之类的描绘语,充分说明她们对阿格尼斯的印象:孤傲、清丽和格格不入;同时女邻居们也对其行为感到不解,都试图靠近观察这样的时尚女性为何进入贫民窟生活。"女人们上下打量这位新邻居:细高跟鞋,高高梳起的黑发,华丽的貂皮大衣。阿格尼斯盯着冷清的大街,任她们肆意审视。"(斯图尔特 128)不仅如此,她们对阿格尼斯酒鬼形象的评价还隐藏在日常的闲言碎语中。阿格尼斯的新男友尤金为了验证这一流言,特意在她的生日宴中加入饮酒环节,让已经戒酒的阿格尼斯再次陷入灾难。"干杯!你太让我骄傲了。我就知道我妹妹说的不是真的。"对"我妹妹说的",也就是说不止"我"一个人觉得"你"就应该是个女酒鬼。这是整个邻里针对阿格尼斯形象的污名化行为。也就是在这样一次次的邻里交往中,并没有人伸出援手帮助阿格尼斯戒除酒瘾,反而是积极去验证邻居们口中"一个酗酒的婊子"的形象是否真实(283)。阿格尼斯在形象污名化的背景下,异化为妖魔一般的存在,她在邻里共同体内部被边缘化,不得不开始又一次搬迁。

然而,故事中不时出现的直接评论有意提醒读者的介入,去反思我们对叙述者讲述邻里残酷行为时所采取的伦理立场。"这些陌生叔叔固然令人讨厌,但他们的目标仅仅是阿格尼斯。对舒吉来说,各类阿姨婆婆则要坏得多。"(258)第三人称叙述者的这些直接点评,拉开了读者对文本中那些残酷场景的欣赏,也提醒读者从这一混乱、暴力的体验中及时抽身。当然,也让读者意识到需要批判这种残酷的邻里生态,并反省自身的阅读趣味。同时,作家还启用第二人称"你"的模糊指涉,逼迫读者与人物、叙述者进行直接交流。在理查德森看来,第二人称视角表示"这种叙述将读者作为其话语的对象"(Richardson 33),避免读者过度沉浸在人物经历的事件中。面对邻里对自己的污名化攻击,阿格尼斯在男友尤金面前羞耻心爆满,无法回答尤金的质问。此时第二人称叙事"你"的出现,意味着作家在回忆自我时调用了"非我"的称呼,直接邀请读者来介入这一场景,增强了文本的对话潜能。"多年的酗酒会打乱你的记忆""旁人的重复询问会让你失去对事实的感应。"(斯图尔特 285)这表明斯图尔特有意突显自传性书写中的反身指涉,意在与现实中的阅读主体发生关联,进而将个人的残酷生活状况纳入与社会的互动关系中。

三、"残酷"作为小说叙事的民族性隐喻

"残酷"作为小说叙事的民族性隐喻,指的是斯图尔特对小说能否针砭时弊,能否再

现当代苏格兰残酷现实的限度测试。在 2020 年布克奖颁奖词中,《舒吉·贝恩》的叙事艺术魅力被认为与其构建的"苏格兰价值观"密切相关(Busby)。有关当代苏格兰性的讨论在学界并未形成一致的看法。在《理解苏格兰》(*Understanding Scotland*,1992)一书中,卡鲁瑟斯(David Carruthers)的观点是,历史上苏格兰民族性是在"妥协"和"协商"中构建的(200)。然而事实并非完全如此。征用叙事的力量进行诗学"抵抗",发出苏格兰地方的声音也未尝不是一种选择。

《舒吉·贝恩》获奖不久,斯图尔特在访谈中阐明了自己的诗学主张。他在人物对话中使用的格拉斯哥方言并非只是刻画人物本身,更是再现方言在当代苏格兰文学中集聚的能动性。斯图尔特坚信作为能指的方言的力量,足以能够弥合文学作品中词与物的裂隙,让他的作品呈现苏格兰人的"同理心、幽默、爱和斗争"(Simpson)。这一诗学主张与此前凯尔曼对苏格兰方言的辩护一脉相承。彼时评论者曾一度视格拉斯哥方言为粗鄙之词,这一论调让凯尔曼发出愤怒的呐喊,"我的文化和语言拥有存在的权利","文学中脏话的合理性辩论"会陷入"我们"和"你们"的价值观区隔(McGlynn 20)。颇有意味的是,斯图尔特认为正是凯尔曼让他看到了苏格兰人及其方言的创造性,而写作帮助他以中产阶级的视角真正理解底层民众的那种绝望感(Simpson)。可以说,斯图尔特延续了凯尔曼对于苏格兰文化地方性的辩护立场,但却更倾向利用方言的特质来引导读者重新理解 1980 年代格拉斯哥城市历史的残酷性。

有趣的是,为了突显这一城市历史记忆的残酷性,斯图尔特在《舒吉·贝恩》中十分青睐幽默叙事手法。残酷与幽默——这一矛盾的阅读体验与近年来格拉斯哥小说日常生活叙事转向不谋而合,曾以苏格兰高地历史为主体的宏大叙事让位于寻常百姓的微小叙事。对小市民精神面貌、社区暴力和亲密关系的探讨构成了当代格拉斯哥小说一个显著的日常主题。而这一转变与近年来后现代主义文学中强烈的喜剧意识相结合,更加自觉地展示了底层小人物在日常生活中的生命质感。这主要体现在方言和身体表演两个方面。

首先,格拉斯哥方言口音具有能动性,构成了一种言语行为,把阿格尼斯塑造成一位爱慕虚荣却勇于抵抗残酷现实的格拉斯哥时尚女性形象。方言口音因其所蕴含的社会阶层属性,成为阿格尼斯想象社会交往的重要方式,具有能动性。"传统的文学现实主义不能让人物'用他们的方言说话',所以会失败;方言能提供一种幻觉,日常现实在其中既听不见,又看不见。"(Craig 76)作家在人物对话中运用格拉斯哥不同社区的口音搭配与句法构造,营造专属于格拉斯哥特定阶层的滑稽性方言,将方言有机地渗透到叙事层面。故事中,阿格尼斯为了生计打算去当铺卖掉那件气场十足的紫色貂皮大衣,因避雨躲进一间出租车行,意图借用"最标准的米尔盖口音"掩饰自己的狼狈模样,却不想被车行伙计当场戳穿。他倒是给阿格尼斯一句忠告,促成了她戒酒的决心,"过好自己的日子,你他妈就得给他看看……那个傻逼见不得你好,你偏偏就好,气死他"(斯图尔特 155)。格拉斯哥方言以人物对话形式频繁出现,不单表现出浓厚的方言氛围在底层民众意识中积累的认同感,更是突显了语言在纾解底层残酷生活状况的能动性。方言对白突出了格拉斯哥地方性色彩,也在更深层次上映射出地方民众对底层残酷生活的独特认知。方言的能动性本身是一种地方文化力量,必然体现在由苏格兰文化和价值观念所塑造的行为之中,彰显出斯图尔特对格拉斯哥小说现实主义美学立场的坚守。

其次,身体表演也成为斯图尔特制造幽默叙事的重要手法,意在表达一种明确的意图:重审当代苏格兰民族性,尤其注重运用模棱两可的喜剧形式描绘小人物在残酷日常生活中的无力感,"将'苏格兰性'视为每个苏格兰人的处境,这从根本上定义了苏格兰人"(Schoene 15)。可以说,个人在日常生活中的残酷感知就是当代苏格兰性最典型的特征。故事中,阿格尼斯为改变这一残酷生存状态,完成了人生中的两次逃离,一次从天主教婚姻中逃离,转嫁舒格生下小男孩舒吉,另一次从父母家中离开,被舒格丢弃在危险的废旧矿区生活。为了抚平每一次离开带来的情感创伤,阿格尼斯都借助于酗酒来疗愈自我,但她的主体意识从未被真正表达,也从未得到善意的倾听。她的无力感和身不由己的选择是格拉斯哥底层女性共通的创伤。然而,斯图尔特在沿袭格拉斯哥小说传统底层女性形象的同时,又赋予了阿格尼斯命运多舛之外的喜剧形象。

具体而言,斯图尔特挪用卓别林式"闹剧"(slapstick)的形式,塑造了一个多重面向的格拉斯哥底层女性形象,展现其脆弱和顺从之下强烈的主体意识,并通过形象反差来展示母性之美,引导读者在笑声中思索残酷和痛苦的根源。身体表演成为彰显女性主体意识的有效手法。喜剧因素在人物阿格尼斯身上主要体现在夺子大战的桥段。在这一情节片段中,人性的真相成为一个被不断重新定义的对象,它被残酷和温柔交替改写,从而逼迫读者进入身体表演的世界,打破对"言说"的依赖。身体表演给柔弱、悲惨的阿格尼斯渲染上了滑稽的色彩。在夺子大战中,阿格尼斯听闻小儿子舒吉被送到了前夫情妇琼妮那里,她不顾自己刚从死神手上挣脱出来,颤颤巍巍地抱起垃圾桶,本想砸开琼妮家大门,却不偏不倚地飞入客厅窗户砸烂了大电视。虽然此时在全知叙述者视角下,琼妮家屋内弥漫着浓厚的复仇情绪,但舒吉不紧不慢地翻过客厅窗户扑向阿格尼斯的怀中。在这一滑稽性场景中,人物阿格尼斯完成了倔强母亲形象的建构,也在不经意间完成了用强悍、自省和愤怒的女性主体意识来挑战"社会对女性社会角色的限定和对女性叙述传统的压制"(何宁 25),反拨 1980 年代以来格拉斯哥城市叙事中女性"有意识的现实分离感"(Bell 24)。因此,在作家道格拉斯这里,以底层母亲形象的名义,残酷的格拉斯哥故事被重新讲述,但这一地方文化的再度复兴却仍然在延宕。在这个意义上,我们理解作家的自传性书写,大概是注重服务于一种对残酷生活经验产生共情的叙事模式,意在表现"作为生活经验的苏格兰性始终超越不变的、被限定的苏格兰性,即使存在和本质将永远密不可分"(Schoene 15)。

四、结　语

　　"残酷"在《舒吉·贝恩》的格拉斯哥城市叙事中构成了一种方法论意义上的关键词。首先,作为小说表层叙事的"残酷"故事,斯图尔特以底层人物阿格尼斯的悲剧命运转喻去工业化记忆的残酷性,让我们看到了在自传与虚构、地方与民族性等多重关系中定位这位苏格兰文坛新秀的小说创作实践。其次,作为小说叙事形式的"残酷"视角,引导读者关注自传小说中虚构与真实之间的交融关系,文中的虚构性提醒我们注意残酷叙事的道德合法性。而作为小说叙事的民族性隐喻的"残酷",则是召唤读者参与到建构当代苏格兰性的活动中,表明个人日常生活中的残酷感知就是当代苏格兰性最典型的特征,体现了作家在苏格兰性问题上的现实主义诗学立场。这其实构成了由表及里、由残酷到感动的文学阅读功能。在此过程中,"残酷"作为一种文学方法,体现了作家对格拉斯哥城市叙事策略的认知转变,也显示出自传文类所具有"时代精神的表征"(杨正润 61)。

参考文献

Alberti, Fay Bound. *A Biography of Loneliness: The History of an Emotion*. Trans. Zhang Chang. Nanjing: Yilin Press, 2021.

[费伊·邦德·艾伯蒂:《孤独传:一种现代情感的历史》,张畅译,南京:译林出版社,2021 年。]

Artaud, Antonin. *Le Théâtre et son Double*. Trans. Gui Yufang. Beijing: The Commercial Press, 2015.

[安托南·阿尔托:《残酷戏剧——戏剧及其重影》,桂裕芳译,北京:商务印书馆,2015 年。]

Bell, Eleanor. *Questioning Scotland: Literature, Nationalism, Postmodernism*. New York: Palgrave Macmillan, 2004.

Busby, Magaret. "*Shuggie Bain* wins 2020 Booker Prize." *The Booker Prizes*. 19 November 2020. ⟨https://thebookerprizes.com/booker-prize/news/shuggie-bain-wins-2020-booker-prize⟩.

Carruthers, David. *Understanding Scotland*. London and New York: Routledge, 1992.

Craig, Cairns. "Kelman's Glasgow Sentence." *The Edinburgh Companion to James Kelman*. Ed. Scott Hames. Edinburgh: Edinburgh UP, 2010. 75-85.

He, Ning. "Women's Voices in Liz Lochhead's Poetry." *Journal of Foreign Literature* 4 (2022): 21-28.

[何宁:论丽兹·洛克海德诗歌中的女性声音,《外国文学》2022 年第 4 期,第 21-28 页。]

Iser, Wolfgang. *The Act of Reading: A Theory of Aesthetic Response*. Baltimore: Johns Hopkins

UP, 1978.

Jordan, Justin. "Douglas Stuart's Booker win heralds arrival of a fully formed voice." *The Guardian*. 20 December 2020. ⟨https://www. theguardian. com/books/2020/dec/20/douglas-stuart-booker-voice-shuggie-bain⟩.

Kolbas, E. Dean. *Critical Theory and the Literary Canon*. Oxford: Westview Press, 2001.

Lü, Hongling. *Studies on Contemporary Scottish Novels*. Beijing: Renmin Press, 2019.
［吕洪灵：《当代苏格兰小说研究》，北京：人民出版社，2019 年。］

McGlynn, Mary. "*How late it was, how late* and Literary Value." *The Edinburgh Companion to James Kelman*. Ed. Scott Hames. Edinburgh: Edinburgh UP, 2010. 20 - 30.

Richardson, Brian. *Unnatural Voices: Extreme Narration in Modern and Contemporary Fiction*. Columbus: Ohio State UP, 2006.

Schoene, Berthold. "Going Cosmopolitan: Reconstituting 'Scottishness' in Post-devolution Criticism." *The Edinburgh Companion to Contemporary Scottish Literature*. Ed. Berthold Schoene. Edinburgh: Edinburgh UP, 2007. 7 - 16.

Simpson, Craig. "Booker Prize: Douglas Stuart becomes only the second Scot to win prestigious book award with *Shuggie Bain*." *The Telegraph*. 19 November 2020. ⟨https://www. telegraph. co. uk/news/2020/11/19/booker-prize-douglas-stuart-becomes-second-scot-win-prestigious/⟩.

Stuart, Douglas. *Shuggie Bain*. Trans. Xi Xiaodan and Zhong Yiyin. Nanjing: Yilin Press, 2022.
［道格拉斯·斯图尔特：《舒吉·贝恩》，席小丹、钟宜吟译，南京：译林出版社，2022 年。］

Wolfreys, Julian. *The Poetics of Space and Place in Scottish Literature*. London: Macmillan Press, 2019.

Yang, Zhengrun. *Studies on Modern Biography*. Nanjing: Nanjing UP, 2009.
［杨正润：《现代传记学》，南京：南京大学出版社，2009 年。］

"一部全心全意反对暴力的暴力戏剧"：
《伊尼什莫尔岛的中尉》的暴力书写*

徐晓妮**

内容提要：当代英爱剧作家马丁·麦克多纳的《伊尼什莫尔岛的中尉》讲述了爱尔兰国民解放军中尉帕德里克为自己的宠物猫小托马斯之"死"疯狂复仇造成四个人和两只猫死亡的黑色幽默故事。从帕德里克的疯狂切入，本文分析了剧中影射的北爱冲突时期爱尔兰共和军、国民解放军恐怖主义事件，认为暴行是极端民族主义政治意识形态的结果，极端民族主义催生了表现为疯狂的现代精神疾病，暴力则是疯狂的外在表现。麦克多纳的暴力书写体现了文学的事件性，是剧作家对北爱冲突时期社会现实的观察与体认，营造了直面暴力的戏剧效果，使读者和观众在沉浸体验中认识到暴力的荒谬，进而反对和抵制暴力。在当前局部战争频仍、恐怖主义依然存在的时代背景下，麦克多纳的暴力书写具有重要的现实意义。

关键词：《伊尼什莫尔岛的中尉》；马丁·麦克多纳；疯狂；暴力书写；文学事件

Title: "A Violent Play that Is Wholeheartedly Anti-violence": Violence Writing in *The Lieutenant of Inishmore*

Abstract: *The Lieutenant of Inishmore* written by contemporary Anglo-Irish playwright Martin McDonagh tells a dark humorous story about Padraic, a lieutenant in Irish National Liberation Army, who takes revenge for the "death" of his pet cat Wee Thomas, resulting in the deaths of four men and two cats. Starting from Padraic's madness, this paper analyzes the alluded terrorist incidents of the Irish

* 本文系安徽省科研编制计划项目重点项目（2022AH050545），安徽财经大学重点科研项目（ACKYB21021），安徽财经大学一般科研项目（ACKYC21085）阶段性成果。

** 作者简介：徐晓妮，安徽财经大学文学院副教授，文学博士，主要从事英美现当代戏剧研究。联系方式：545255799@qq.com。

Republican Army and the National Liberation Army during the Troubles, and holds that the atrocities are the result of the ultra-nationalist political ideology, which gives birth to madness, and the violence is the external expression of madness. McDonagh's violence writing is a literary event. It is the result of the playwright's observation and interpretation of the social reality during the Troubles, and makes the audiences confront violence immersively, making them realize the absurdity of violence, and then oppose and resist violence. In the current era of frequent local wars and the existence of terrorism, McDonagh's violence writing is of great practical significance.

Key Words: *The Lieutenant of Inishmore*, Martin McDonagh, madness, violence writing, literary event

《伊尼什莫尔岛的中尉》(*The Lieutenant of Inishmore*,以下简称《中尉》)是当代英爱剧作家马丁·麦克多纳(Martin MacDonagh)"阿伦岛三部曲"的第二部。这部被称为"恐怖主义喜剧"(terrorism comedy)的戏剧背景设在 1993 年爱尔兰西部的伊尼什莫尔岛,主要讲述爱尔兰国民解放军中尉帕德里克(Padraic)和梅瑞亚德(Mairead)以及他们各自的宠物猫小托马斯(Wee Thomas)和罗杰先生(Sir Roger)的故事。小托马斯的"死"引发一系列事件,最终导致四个人和两只猫的死亡。

《中尉》一经上演,其中的暴力与恐怖主义问题就引发热烈而持久的讨论。一部分研究者谴责该剧过于暴力,如评论家卢卡赫斯特(Mary Luckhurst)指责剧作家缺乏为观众提供充分道德判断的责任感,观众仅仅对剧中的滑稽元素感到好笑而忘了去思考爱尔兰剧作家本应该传递的政治讯息(Luckhurst 116 - 129),另一部分研究者则为剧中的暴力辩护,指出暴力呈现的目的是强调麦克多纳"有些紧要的事情要说",因此他"讨论了一些令人不安的话题",如爱尔兰共和军和国民解放军恐怖主义、谋杀、伤害以及暴力,其目的是"为了唤醒观众"(Sierz 5),去提高对恐怖主义严重性的认识,以及让观众了解暴露于政治暴力之下的感觉 (Yelmis 129 - 130)。还有学者分析了该剧"戏剧音乐化"的叙事策略,指出剧作家通过对朋克音乐的跨媒介效仿,以暴力隐喻的方式戏谑再现了北爱冲突的重大历史事件,表达了一个和平主义者的政治诉求(王晶,陈红薇25)。研究者们较多关注该剧暴力的表现形式及其引发的观众反应,而缺乏对暴力根源的深入分析,本文拟从时代背景出发,结合剧中暴力实施者的性格特征与精神状态,探讨其暴力的深层次原因,发掘该剧暴力书写的现实意义。

一、民族主义与现代精神疾病:从“英国病”到“爱尔兰病”

自古以来,精神疾病的本质和治疗一致备受关注,其中生物遗传学认为精神疾病是生理问题,可以通过药物治疗,文化研究则认为精神疾病是社会建构的,改造社会才能抑制精神疾病的产生。在此背景下,美国学者格林菲尔德(Liah Greenfeld)指出精神病学寄予希望的两种方法——生物学和精神动力学——都没有让我们更了解精神疾病的本质和治愈精神疾病,因此有理由提出一种从未尝试过的、完全不同的新方法。“病因不明的精神疾病的历史近代性、在不同社会中传播的时间以及发病率的上升表明,不能从任何普遍的、生物的或心理的、人性的角度来理解它,也不能用个人有机体或个性特征来解释它。可观察到的趋势(无论多么难以置信)与特定的社会和历史时期有关,并区别于特定的社会和历史时期,因此必须从历史的角度加以解释。”(Greenfeld 15)于是,作为前两种方法的补充,历史的方法成为考察精神疾病的第三种方法。

在《心灵,现代性,疯狂:文化对人类经验的影响》(*Mind*, *Modernity*, *Madness*: *The Impact of Culture on Human Experience*,2013)中,格林菲尔德研究了民族主义与现代精神疾病之间的关系,她明确指出“精神疾病是果,民族主义是因”(2)。民族主义是意识的一种形式,本质上是一种世俗的现实观,其社会-政治要素以社群成员的基本平等和人民主权原则为基础。民族主义的三个原则——世俗主义、平等主义和人民主权——必然影响国家中个体身份的形成。格林菲尔德认为在宗教和等级社会,个体的地位和身份在其出生时就已经确定,而在现代社会,个体必须决定他/她是什么,应该做什么,从而构建自己的身份。个人具有选择社会地位和身份的自由与权利,却使个体身份变得复杂和模糊。“清晰的身份意识是充分的心理功能的必要条件,身份的畸形则会导致精神疾病,但现代文化无法帮助个人获得这种清晰的意识,它本身就令人困惑。”(4-5)格林菲尔德指出,精神分裂症和抑郁症等精神疾病是由平等和自我实现的价值观引起的,这些价值观使每个人成为自己的创造者,这类精神疾病的发病率随着一个特定社会对这些价值观的投入程度,以及其中允许自由选择的范围而增加,而这些价值观是现实的民族主义形象,即民族意识中固有的。在民族主义国家,不可逾越的社会阶层界限不复存在,个体产生“向上的欲望”(upward desire),想要变得与最优秀的人平等。在寻找身份和追求地位的过程中,野心与激情成为内心驱动力,不断驱使个体渴望和实现更有尊严的个人身份和更高的社会地位,永不停歇。实现了的野心给人带来满足、自信、骄傲和强烈的喜悦,但并非所有的野心都能实现,受挫的野心以及紧随其后的失败则引发痛苦。个体在野心中迷失了自我,最终,追求自我实现的激情在一个鼓励野心的社会里助长了疯狂的产生。

格林菲尔德认为现代精神疾病始于 16 世纪的英国,之后传到爱尔兰、法国、德国、俄国等地。16 世纪的英格兰发生了翻天覆地的变化,英国进入了被命名为“现代”的新世界,一种全新的、激进的人文主义观点,即被历史称为“民族主义”的意识形态取代宗教成为灵魂的指引。随着民族主义在英国的兴起,一种新的精神疾病也随之出现。这种疾病具有慢性特征,是一种永久的存在性疾病,可能在人的一生中反复出现,不断复发,现有的关于精神障碍的术语都不足以描述它。16 世纪 30 年代,人们创造了新词“疯狂”(madness)或“精神失常”(lunacy)来命名这种奇怪的精神疾病,四个世纪后德国的精神病学家则将其分成两种不同的疾病,分别命名为精神分裂症和躁狂抑郁症。整个 16 世纪疯狂在英国迅速蔓延,到 16 世纪末它成为英国社会的一个特殊标志。17 世纪,疯狂在大不列颠其他地区以及英国海外殖民地蔓延,而在欧洲大陆还不完全为人所知。来自海外的游客对此充满好奇,称之为“英国病”(the English malady)。作为那个时代最敏锐的观察者,莎士比亚在他的戏剧中塑造了李尔王、哈姆雷特、麦克白等众多疯狂人物形象,反映了当时社会广泛存在的疯狂现象,其作品成为“自然的镜子”(the mirror up to nature),也成为疯狂在那个时代存在的至关重要的证据。“英国病”最初只影响到英国社会的精英阶层,之后逐渐渗透蔓延到下层阶级,在地理上也从最初集中的英国南部和中部向北部扩散,并在 18 世纪 50 年代越过国界传到了爱尔兰,“英国病”很快演变成了“爱尔兰病”。

格林菲尔德认为“爱尔兰病”与爱尔兰民族主义意识的发展直接相关,这一观点与托里(Fuller Torrey)、米勒(Judy Miller)在《看不见的瘟疫》(*The Invisible Plague: The Rise of Mental Illness from 1750 to the Present*,2001)中的观点一致,通过考察 1700 年至 1990 年爱尔兰的精神错乱现象,两位作者认为每一次爱尔兰精神错乱的增长都与民族主义运动息息相关。1690 年博因战役(Battle of Boyne)之后,爱尔兰天主教徒的权利受到严格限制,新教成员则享有特权,引起占人口多数的天主教徒的不满,导致爱尔兰民族主义的萌芽,在此期间爱尔兰各种精神分裂症变得尤为明显,人们认为精神错乱的增加与当时所谓的新教优势(Protestant Ascendancy)相吻合(Torrey and Miller 125)。受美国独立战争和法国大革命的激励与影响,1798 年爱尔兰民族主义者发动了一场争取民族解放的起义,起义失败后英国解散了爱尔兰议会,并通过 1801 年联合法案将爱尔兰并入英国,英爱民族矛盾更加激化,这一时期爱尔兰的精神错乱急剧增加。科克郡的一位医生哈拉兰(William S. Hallaran)就指出,从 1798 年到 1809 年爱尔兰精神病患者数量的增长远远超过以往任何时期,他认为这种突然而可怕的增长原因之一就在于 1798 年起义引起的恐惧心理(Torrey and Miller 129)。

19 世纪二三十年代,以奥康奈尔(Daniel O'Connell)天主教运动为首的爱尔兰民族主义运动发展到下一阶段,精神错乱率也随之进一步飙升。此时爱尔兰人口继续增长,但精神病患增长的速度比人口增长的速度更快。人口普查显示接受护理的精神病患者人数稳步增长。1828 年，精神病患总数为 1 584 人①（每千人中有 0.21 人），但到 1841 年，总数增加了一倍多，达到 3 622 人（每千人中有 0.44 人），1844 年据报道为 4 297 人（每千人中有 0.53 人）。1845 年开始的大饥荒使 100 万人死于饥饿和各种疾病，使另 100 万人移民海外，尽管人口下降，在饥荒期间和之后，爱尔兰精神病患者的数量继续稳步上升。被关在精神病院、济贫院和监狱里的精神病患者人数从 1851 年的 5 345 人增加到 1871 年的 10 767 人，1891 年达到 16 688 人。与此同时，爱尔兰总人口从 650 万减少到 470 万，因此每 1 000 人中被监禁的精神病患者增加了四倍多，从 1851 年的每 1 000 人的 0.82 人增加到 1891 年的每 1 000 人中的 3.57 人。每年进入地区精神病院的人数增加了三倍多，从 1851 年的每万人中的 1.5 人增加到 1891 年的每万人中的 5.0 人。19 世纪七八十年代，爱尔兰的精神错乱率高于英格兰、苏格兰。世纪之交，爱尔兰精神错乱的增长速度甚至更快。1894 年至 1899 年，接受治疗的精神病患者总数从 17 655 人增加到 20 863 人，增长了 18%，第一次入院率从每万人中 5.3 人增加到 6.3 人，增长了 19%。

　　20 世纪爱尔兰争取独立的运动愈演愈烈，爱尔兰民族主义者认为英国人是导致爱尔兰精神错乱日益增加的原因。1916 年 4 月复活节起义遭英国残酷镇压，激起爱尔兰天主教徒的不满和反抗，民族独立与自治的呼声更加高涨。正是在 20 世纪早期民族主义热情高涨的时期，精神错乱首次成为爱尔兰文学中明确的主题，尤以辛格为代表。1921 年爱尔兰南北分治，南方 26 郡成为自由邦，北方 6 郡仍留在英国，北爱亲英联合派（新教徒）与共和派（天主教徒）之间纷争不断，这为日后北爱冲突埋下祸根。统计显示，1923 年接受护理的精神病患者人数为每千人 5.9 人，这一数字缓慢但稳步增加，到 1940 年达到每千人 7.1 人，1940 年成为爱尔兰精神错乱流行病的顶峰。两次世界大战之间，精神错乱在爱尔兰文学中变得更加突出，尤其是在叶芝、乔伊斯、贝克特和奥凯西等人的作品中。20 世纪 60 年代末北爱问题激化，大规模流血冲突和骚乱层出不穷，英国政府派军镇压，并在 1972 年宣布撤销北爱议会和政府，对北爱实行直接统治。一直到 90 年代，两大教派极端组织特别是爱尔兰共和军进行了一系列的爆炸、绑架、暗杀活动，暴力恐怖事件频繁发生，史称北爱冲突时期；此间爱尔兰精神错乱持续增加，其中 1981 年关于精神分裂症住院率的统计显示爱尔兰的入院率比英格兰高两到三倍。这一时期反映北爱问题的戏剧作品开始占据舞台，称为"北爱问题剧"（the Troubles play），以帕克（Stewart Parker）、麦吉尼斯（Frank McGuinness）等为代表，其作品也呈现了众多疯狂人物形象。持续的暴力冲突让各方不堪其扰，90 年代中期以后英爱政府

---

　　①　本节关于爱尔兰精神病患者的统计数字均来自 Fuller Torrey and Judy Miller. *The Invisible Plague*: *The Rise of Mental Illness from 1750 to the Present*. New Brunswick, New Jersey and London: Rutgers UP, 2001. p. 124 - 60，不再另注。

历经多次谈判,最终于 1998 年签署北爱和平协议,结束了多年来北爱的教派冲突和暴力事件。随着社会稳定和经济发展,近年来爱尔兰的精神错乱发病率有所下降。

二、伊尼什莫尔岛的中尉:"疯子帕德里克"和梅瑞亚德

《中尉》以 1993 年的伊尼什莫尔岛为背景,此时和谈尚未开启,北爱冲突仍在继续。伊尼什莫尔岛的中尉帕德里克被人称为"疯子帕德里克"(Mad Padraic),"发起疯来七个人都干不过他"(McDonagh 7)。他是爱尔兰国民解放军的一员,因过于残暴而被爱尔兰共和军拒之门外,其原型是爱尔兰国民解放军指挥官多米尼克·麦克格林奇(Dominic McGlinchey,1954—1994)。此人曾被爱尔兰共和军开除而加入国民解放军,外号"疯狗",对多起暴力事件负有责任。他的妻子玛丽也是共和派的激进分子,1987 年被其组织成员谋杀身亡(Lonergan,Commentary xxx‑xxxi)。帕德里克凶狠残暴,12 岁时就因为有人嘲笑他的围巾而打瘸了人家的腿,审讯毒贩詹姆斯(James)时,他拔掉了他的两个脚趾甲,正准备割掉他的一个乳头,得知他的宠物猫小托马斯生病,于是终止审讯急忙返回伊尼什莫尔岛,发现托马斯已死,他竟举枪要杀死替他照看小猫的父亲唐尼(Donny)和无辜卷入的大卫(Davey)。帕德里克的部下克里斯蒂(Christy)、布兰登(Brendan)和乔伊(Joey)密谋杀害帕德里克,他们适时闯入中断了帕德里克枪杀唐尼和大卫。在梅瑞亚德的帮助下,帕德里克将三人全部杀死,命令唐尼和大卫拔掉他们的牙齿并将其尸体切成碎片。此外,作为国民解放军的中尉,帕德里克还实施了多起爆炸和恐怖事件,正打算建立一个新的分裂组织。凶狠残暴的帕德里克又有多愁善感的一面,尤其对他的猫小托马斯充满深情。十五年来小托马斯是他唯一的朋友,当得知小托马斯生病时他"两眼噙满泪水",放下电话后"嚎啕大哭"(McDonagh 14),立即赶回家中,发现小猫已死,他"哀伤暴怒",誓要打爆自己父亲和大卫的脑袋。当克里斯蒂等人要杀死他时,他请求给他一分钟为自己可怜的猫祈祷一下,甚至觉得猫的死比他自己的脑袋被打爆更让他伤心。得知是克里斯蒂杀死了他的猫,帕德里克残酷地将他折磨至死,并肢解了他的尸体。

一方面对人残忍至极,另一方面又对猫宠溺有加,帕德里克呈现出典型的精神分裂症状,而他对小托马斯极端的爱源于遭遇身份危机时对生命意义的探求和对自我的肯定。格林菲尔德指出,寻找生命意义的深切需要以及对自我的肯定很快使英国人进一步扩展了自我肯定的爱的概念,把不会说话的动物、猫和狗也包括在内。我们把动物当作宠物的观念和把狗当作人类最好的朋友的观念,直接来源于一种文化中对自我定义的追求,这种文化让个人自由地构建自我定义(331)。《中尉》的故事发生在 20 世纪八九十年代,正是北爱冲突最激烈的时期,从国家层面讲,此时的爱尔兰处于南北分治的

状况,国家的分裂使爱尔兰人不具有稳固的公民身份。从个人层面讲,帕德里克被爱尔兰共和军拒之门外成为其分裂组织国民解放军的一员,他的"中尉"身份不是官方任命而是自封的,而且即使是国民解放军的成员,他也一直想"另立山头",最终他没能建立自己的组织就死于梅瑞亚德的枪下。可以说帕德里克的身份具有不确定性,正是这种身份的不确定性使帕德里克通过小托马斯来确定自我的身份,并通过小托马斯来寻找生命的意义。十五年来小托马斯是他唯一的朋友,小托马斯的死使他觉得生活没有了意义。如格林菲尔德所言,"上帝的隐退和我们自由开放的社会拒绝给我们下定义,使我们转向狗和其他动物来寻找自我,没有比这更容易找到的了"(333)。

《中尉》中的猫不仅是帕德里克确定自我身份的媒介,还具有深刻的政治和宗教含义。剧中克里斯蒂问:"你知道当时奥利弗·克伦威尔杀死了多少只猫吗?很多只猫,而且还活埋了许多。"(McDonagh 73)这影射的是 1649 至 1652 年间英国克伦威尔远征爱尔兰,没收天主教徒的土地并大肆虐杀爱尔兰人。克里斯蒂的"猫"(cat)喻指爱尔兰"天主教徒"[Cat(holics)]。在克里斯蒂三人谈论杀死小托马斯引诱帕德里克回乡时,乔伊说:"这听上去像是他妈的英国佬做的事情。把一些爱尔兰猫抓起来,当这些可怜的家伙想逃跑的时候,出其不意地炸一下,就像'血腥星期日'那样。"(McDonagh 28)1972 年 1 月 30 日恰逢周日,爱尔兰德里市民众举行了一次和平示威活动,英军伞兵部队在没有遭到任何挑衅的情况下,向手无寸铁的群众开枪,当场打死 13 名群众,打伤 16 人,史称"血腥星期日",因此乔伊这里所说的"爱尔兰猫"实际上是指爱尔兰民众。除了历史和政治含义,还可以从宗教争端的角度解码小托马斯和罗杰先生这两只猫的颜色。小托马斯是黑色的,罗杰先生是橙色的,两只猫的颜色是麦克多纳有意为之,因为在爱尔兰这两种颜色都代表着对新教和英国王室的忠诚,麦克多纳以"一种不敬的后现代反讽,对颜色编码进行了颠覆"(Wilcock 349),同时表明宗教争端是北爱冲突的根源之一。

事实上,对帕德里克而言,对小托马斯偏执的爱已经与他所追求的所谓民族解放事业融为一体,他计划将他与梅瑞亚德建立的分裂组织命名为"小托马斯军队"。在哀悼小托马斯时,他说,"我知道我还会继续努力工作,但是托马斯走了,再也没有意义了。当我在酒馆安放炸弹,或者射击建筑工人的时候,他再也不会站在我身后,用微笑的眼睛看着我,敦促我说,'这是为了我和爱尔兰,帕德里克,记住这一点,'我的整个世界都消失了,他再也不会回来了"(McDonagh 44)。可以说作为极端民族主义者的帕德里克已经把小托马斯视为他追求爱尔兰解放事业的伙伴,这也印证了格林菲尔德的说法,"正是我们对自我肯定的爱的需要,也就是对民族主义的需要,使我们在一个长着尾巴和四只爪子的不会说话的动物身上看到了一个同伴,一个伙伴"(332)。小托马斯成为帕德里克偏执、疯狂心理的投射。评论者指出:"帕德里克本质上是一个精神病患者,无法区分对与错……有趣的是,帕德里克仅有的表现理性的时刻是他发表民族主义言论的时候——解放爱尔兰的必要性,一些人如何被视为'正当目标'等等……只有完全疯了,完全没有任何道德价值观的人,才会真正怀有这样的信念"(Lonergan, Commentary xxxi)。由此可见,帕德里克的暴虐、偏执与疯狂很大程度上与其极端的民族主义意识形态密切相联。正是面对北爱冲突的新的政治与历史环境,帕德里克无所适从,遭遇身份危机,导致精神错乱。

极端民族主义意识影响下疯狂的不仅有帕德里克,还有梅瑞亚德。这个16岁的姑娘长相漂亮却心狠手辣,她以远距离射击奶牛的眼睛为乐,将之视为"正当目标",是反对肉类贸易的政治抗议。为了一只猫,她可以毁坏哥哥大卫心爱的自行车,也不惜射瞎他的眼睛,毫无亲情可言。当她决定追随帕德里克时,母亲叮嘱她不要炸死小孩子,她的回答是"我尽量,但是我不保证"(McDonagh 57),完全无视孩童和无辜人群的生命安危。她喜欢帕德里克,却因为帕德里克杀死了她的猫罗杰先生而毫不手软地杀死了他。此外,像帕德里克一样,梅瑞亚德也狂热地追求爱尔兰统一事业。11岁时她就想加入爱尔兰军队,现在也仍然期望与帕德里克一起建立爱尔兰国民解放军的分裂组织。梅瑞亚德将她的宠物猫命名为"罗杰先生",而罗杰·凯斯门特(Roger Casement)是1961年爱尔兰复活节起义时负责从德国往爱尔兰秘密运送武器的爱国者,不幸的是凯斯门特被英国人逮捕,起义武器被英国海军俘获。同帕德里克将小托马斯与民族解放事业融为一体一样,梅瑞亚德也视她的罗杰先生为民族事业中的一员,死去的小猫在她看来是为爱尔兰解放事业牺牲的儿子(McDonagh 67)。

梅瑞亚德在爱尔兰历史上也是有其原型的。梅瑞德·法蕾尔(Mairead Farrell)原是贝尔法斯特女王大学的学生,是爱尔兰乃至欧洲都出名的恐怖皇后。1976年4月5日,法蕾尔首次担负重要任务,去炸毁一家驻有许多英军的酒店,但行动被警方挫败,法蕾尔锒铛入狱,她的男友也被当场击毙,此事更加深了她对英军的刻骨仇恨。出狱不久,她重新加入了共和军,很快成为共和军中地位最高的女军人。法蕾尔时常穿梭奔走于叙利亚、黎巴嫩、西班牙、荷兰等地,代表共和军和其他恐怖组织建立了合作关系,被称为共和军的"外交部长"。1988年3月6日,法蕾尔等三名共和军成员在西班牙的英属殖民地直布罗陀执行爆炸任务踩点时被打死在街头(柯春桥 378-379)。《中尉》中的梅瑞亚德与共和军历史上的梅瑞德一样,以暴力形式追求民族解放事业。在杀死帕德里克之后,梅瑞亚德命令唐尼和大卫处理他的尸体,"不要反抗我的命令,因为你们现在是在对一位中尉讲话"(McDonagh 66)。梅瑞亚德取代了帕德里克成为中尉,并发誓要调查出小猫罗杰先生之死的真相,这预示着她将成为下一个帕德里克式的"疯子",暴力走向了循环。有评论者指出,"某种程度上,她逐渐卷入恐怖主义,变成了一个可怕的人物。她的'疯狂'、她的精神错乱,代表了一个因恐怖主义活动而衰败的国家,而恐怖主义活动数十年来从未完全结束。换言之,她的疯狂反映了一个国家如何因为恐怖主义而变成地狱,一个人如何因为恐怖主义而变成精神病患者"(Yelmis 131)。与帕德里克一样,梅瑞亚德的暴虐、偏执、疯狂也是极端民族主义意识形态的结果。

三、全心全意反对暴力的暴力戏剧:《中尉》的 暴力书写与文学事件

在谈到疯狂与暴力的关系时,格林菲尔德指出显然疯狂改变了暴力犯罪的性质,极大增加了非理性因素,暴力行为不再是工具性的,而是表达性的。现代的校园枪击、连环杀人、政治暗杀、恐怖袭击等案件大多具有意识形态动机,将某个人或某个群体视为邪恶的化身,凶手感到有责任去消灭它,这种意识形态的动机是妄想性的(620)。在极端民族主义意识形态的影响下,以帕德里克、梅瑞亚德等为代表的爱尔兰共和军、国民解放军追求民族独立和自治的民权运动随着英爱两国矛盾的日益激化和斗争的不断升级逐渐演变成血腥、暴力的恐怖主义事件。帕德里克等人的疯狂引发了一系列暴力事件,暴力成为疯狂的外在表现形式。

麦克多纳曾指出,激励他写《中尉》的是爱尔兰共和军在沃灵顿的暴行。1993年3月20日,爱尔兰共和军临时派在英国北部城市沃灵顿制造爆炸事件,他们将炸弹安放在两只垃圾桶中,引发爆炸,导致了三岁的乔纳森·博尔(Jonathan Ball)和十二岁的蒂姆·帕里(Tim Parry)死亡以及54人受伤。麦克多纳描述自己写这出戏是"出于一种可以称之为和平主义者愤怒的立场",这是"一部全心全意反对暴力的暴力戏剧",他相信"如果能把一部作品写好,你就能解决任何问题"(O'Hagan 32)。事实上,正如罗纳根(Lonergan)指出的,《中尉》中的许多"笑话"指的都是爱尔兰共和军的实际暴行(Lonergan,Laughter 640)。如1979年3月时任北爱尔兰影子内阁大臣艾里·尼夫(Airey Neave)在爱尔兰国民解放军制造的汽车爆炸案中丧生(McDonagh 29);1988年一名名为理查德·希金斯(Richard Heakin)的英国士兵在比利时被爱尔兰共和军杀害(55);1990年两名澳大利亚游客被误认为英国士兵在荷兰被爱尔兰共和军杀害(55);1992年8名新教建筑工人被谋杀(44);1993年香基尔路爆炸案造成9名平民死亡,60多人受伤(13)等等。"这些暴力和恐怖主义史实不仅反映了无辜民众所遭遇的悲惨结局,而且也让人们了解爱尔兰共和军、国民解放军真正暴力和残酷世界的背景。通过《中尉》,麦克多纳'展现了人之能力之极限'(Sierz 239),让观众理解那些真正经历过暴力的人们的心理,更是通过以参与此类暴力活动为荣的梅瑞亚德批判了那些以'解放爱尔兰'为名参与暴力组织的人"(Yelmis 137-138)。以北爱社会问题为题材,麦克多纳的暴力书写是社会现实和时代特征的真实再现。

麦克多纳的暴力书写不仅是对北爱冲突时期社会现实的写照,还具有强烈的舞台感染力。戏剧评论家希尔兹(Aleks Sierz)在其专著《直面戏剧:今日英国戏剧》

(*In-Yer-Face Theatre*：*British Drama Today*，2001)中视麦克多纳为直面戏剧的代表剧作家之一。"直面"(In-yer-face)本义为"公然冒犯的、挑衅的，不能忽视或回避的"，直面戏剧具有语言粗鄙、行为暴虐、人物乖张、情节怪诞等特点，其中残暴、血腥、恐惧、恶心、焦虑相混杂，使观众处于压抑情境中，使其忍受力接受极限挑战(Sierz 4 - 5)。换言之，直面戏剧剧作家采用极端的舞台表现手法，将现实生活中的血腥暴力、吸毒纵欲、精神崩溃等搬上舞台，在狭小的演出空间中给观众一种胁迫感，使观众在震惊之余直面现实生活并做出反思。《中尉》中麦克多纳的暴力书写制造了一种直面暴力的戏剧效果，从被爆头的黑猫、被打瞎眼的奶牛，到被酷刑折磨的毒贩詹姆斯，再到被虐杀和肢解的克里斯蒂、布兰登和乔伊，乃至剧中提及的爆炸、袭击、暗杀等造成的人员伤亡，暴力充斥于这部剧的台前幕后。通过极致的暴力书写，聚焦和放大血腥残暴的细节，麦克多纳将暴力场景赤裸裸地呈现在读者和观众面前，使他们受到强烈的感官刺激，不仅产生体验式(experiential)感觉，引发情感宣泄，还唤醒他们麻木的神经，迫使他们正视和反思日常熟视无睹的社会问题。

因一只猫死了四个人和两只猫，《中尉》似乎是一部充满了讽刺的闹剧，然而它更是一部反暴力反恐怖主义主题的戏剧。剧末，"罪魁祸首"小托马斯悠然登场，大卫问道："所以这一切的恐怖都是毫无意义的了？"(McDonagh 68)评论者指出，"这句话的政治严肃性不容低估，它可以被看作麦克多纳在剧中所传达信息的总结：不能解决任何问题的政治恐怖主义不会给国家带来任何出路，相反，它只会让本已糟糕的状况更加恶化，导致国家深陷无法解决问题的恶性循环"(Yelmis 141 - 142)。也有评论者指出，"(这句话是)对社会的一个评论，(这部戏)通过展示恐怖主义残忍和破坏的可憎和无用，来谴责恐怖主义"(Anderson 294)。小托马斯的幸存和梅瑞亚德发誓继续调查罗杰先生之死的真相表明恐怖仍然笼罩在伊尼什莫尔岛，再结合该剧的写作背景，尽管爱尔兰共和军在1994年签订停火协议，但此后停火协议几经反复，爱尔兰仍然处于战争和恐怖主义的阴影之下，所以，某种程度上，这一句话可以看作是整部戏剧的核心和升华，通过这一问，麦克多纳也引发读者和观众对当前世界仍然存在的恐怖主义的思考。霍恩比(Richard Honrby)指出，伟大的戏剧作品不是消极地反映现实，而是一再提醒观众在看的只是一场表演，促使观众积极地思考、理解并推动现实的改变(32)。米勒(Hillis Miller)也指出，"文学本身成为见证……并由此指引我们从记忆走向行动"(4)。在米勒看来，文学是一种可以见证历史的行为或事件，我们不应该因为暴力而放弃写诗或者文学，恰恰相反，只有通过文学，我们才能更好地铭记历史、面向未来。换言之，文学能够以言行事，具有施为性力量，它能够见证历史事件，也可以在智力、情感和行动等方面激发读者的各种反应。通过暴力书写，《中尉》使读者和观众深刻认识到暴力的危害和荒谬，唤醒他们的理性意识，进而反抗和抵制暴力，促进社会变革。至此，情节跌宕、充满悬念、充斥杀戮的闹剧转变成"一部全心全意反对暴力的暴力戏剧"。《中尉》的暴力书写不仅实现了剧作家的写作意图，还引发读者和观众意识和行动的转变，体现了文学的事件性。

　　《中尉》是一部由爱尔兰国民解放军中尉帕德里克和梅瑞亚德因爱猫之死而引发的一系列暴力和杀戮事件的黑色喜剧，同时该剧戏谑再现了北爱冲突这一重大历史事件。以帕德里克、梅瑞亚德等为代表的爱尔兰共和军、国民解放军的疯狂导致暴力和恐怖事件的发生，而其疯狂是受到极端民族主义意识形态的影响，极端民族主义导致了表现为疯狂和分裂症的现代精神疾病。麦克多纳的暴力书写是其对北爱冲突时期社会现实的观察和体认，细腻极致的暴力场景使读者和观众直面暴力，产生沉浸和震撼的戏剧效果。当《中尉》因为过于血腥的暴力呈现而遭人诟病时，麦克多纳说，"暴力是有目的的……如果北爱冲突的任何一方遭受暴力痛苦的人看到这部剧，我希望他们能把它看作反暴力的"（Spencer 2002），可见，麦克多纳是以夸张的暴力书写来谴责，反对暴力和恐怖主义。在当前局部战争时有发生、恐怖主义依然存在的情况下，麦克多纳的暴力书写具有重要的现实意义。

参考文献

Anderson, Monica Fay. "The Lieutenant of Inishmore." *Theatre Journal* 60.2(2008): 294-98.

Greenfeld, Liah. *Mind, Modernity, Madness: The Impact of Culture on Human Experience*. Cambridge, Massachusetts and London: Harvard UP, 2013.

Hornby, Richard. *Drama, Metadrama and Perception*. Lewisburg, PA: Bucknell UP, 1986.

Ke, Chunqiao, Liang Xiaoqiu, Niu Weihong. *Unabomber: The Irish Republican Army*. Beijing: Contemporary World Press, 2000.

［柯春桥、梁晓秋、牛伟宏：《炸弹杀手：爱尔兰共和军》，北京：当代世界出版社，2000年。］

Lonergan, Patrick. " 'The Laughter Will Come of Itself. The Tears Are Inevitable' : Martin McDonagh, Globalization, and Irish Theatre Criticism." *Modern Drama* 47.4 (Winter 2004): 636-58.

---."Commentary." *The Lieutenant of Inishmore*. Martin McDonagh. London: Methuen, 2009.

Luckhurst, Mary. "Martin McDonagh's *Lieutenant of Inishmore*: Selling (-Out) to the English." *The Theatre of Martin McDonagh: A World of Savage Stories*. Ed. Lillian Chambers, Eamonn Jordan. Dublin: Carysfort Press Ltd. 2006.

McDonagh, Martin. *The Lieutenant of Inishmore*. London: Methuen, 2001.

Miller, Hillis. *The Conflagration of Community: Fiction before and after Auschwitz*. Trans. Chen Xu. Nanjing: Nanjing UP, 2019.

［希利斯·米勒：《共同体的焚毁：奥斯维辛前后的小说》，陈旭译，南京：南京大学出版社，2019年。］

O'Hagan, Sean. "The Wild West." *The Guardian*, 24 March 2001: 32.

Sierz, Aleks. *In-Yer-Face Theatre: British Drama Today*. London: Faber and Faber, 2001.

Spencer, Charles. "Devastating Masterpiece of Black Comedy." *Daily Telegraph*, 28 June 2002.

Torrey, Fuller and Judy Miller. *The Invisible Plague: The Rise of Mental Illness from 1750 to the Present*. New Brunswick, New Jersey and London: Rutgers UP, 2001.

Wang, Jing, Chen Hongwei. "The Musicalization of Drama: Punk and Violence in *The Lieutenant of Inishmore*." *Studies in Culture and Art* 11.3(2018): 25–33.

[王晶、陈红薇:《戏剧音乐化:论〈伊尼什莫尔岛的中尉〉中的朋克音乐与暴力隐喻》,《文化艺术研究》2018 年第 3 期,第 25–33 页。]

Wilcock, Mike. "Put to Silence: Murder, Madness and Moral Neutrality in Shakespeare's *Titus Andronicus* and Martin McDonagh's *The Lieutenant of Inishmore*." *Irish University Review* 2 (2008): 325–69.

Yelmis, Imren. "Representation of Female Evil as an Instrument for Satire on Political Violence: Martin McDonagh's *The Lieutenant of Inishmore*." *CBÜ SOSYAL BİLİMLER DERGİSİ* 14.3 (2016): 127–45.

班维尔《桦林庄园》的具身叙事与
新现实主义身体表征[*]

班维尔《桦林庄园》的具身叙事与
新现实主义身体表征 [*]

张　爽 [**]

内容提要：爱尔兰作家约翰·班维尔在《桦林庄园》中思考了自我与身体之间的关系，自我的具身性成为了理解这部作品的核心。小说叙事者加布里埃尔试图写下关于自我的故事，他的讲述由一系列具身体验构成，将身体定位为自我的来源，构筑了关于"身体—自我"的叙事。班维尔一方面书写了自我的耗竭，即身体的退化与不受控造成了自我焦虑；另一方面展现了自我复原的叙事，即身体的调整促成了自我意义的整合，从而让自我发展出独立性，让被"文本"淹没的自我回归现实。这部作品展示出新现实主义的身体书写方式，为身体赋予构建自我叙事的能力，蕴含了班维尔对于如何以具身性突破语言局限性的思考。

关键词：约翰·班维尔；《桦林庄园》；身体—自我；具身性；新现实主义

Title: The Embodied Narrative and Neorealistic Representation of the Body in John Banville's *Birchwood*

Abstract: Irish writer John Banville contemplates the relationship between self and body in *Birchwood*, and the embodiment of the self becomes the core for understanding this work. The narrator, Gabriel, attempts to write a story about self, and his narrative is composed of a series of embodied experiences, positioning body as the origin of self and constructing a narrative around "body-self". On one hand, Banville writes about the exhaustion of self, where the degeneration and uncontrollability

---

* 本文系 2023 年度湖南省社科基金"医疗人文视域下的英美新现实主义小说研究"（22YBQ034）的阶段性研究成果。

** **作者简介**：张爽，南京大学外国语学院博士研究生，主要研究英美文学。联系方式：sallyzs1707@smail.nju.edu.cn。

of the body result in self-anxiety. On the other hand, Banville portrays a narrative of self-restoration, where the adjustment of the body facilitates the integration of self, allowing the self to develop independence and bring the self, submerged by the "text", reemerge in reality. The work demonstrates a neorealist approach to writing about the body, endowing the body with the ability to construct the self-narrative, reflecting Banville's consideration of how to transcend the limitations of language through embodiment.

Key Words： John Banville；*Birchwood*；body-self；embodiment；neorealism

当代爱尔兰作家约翰·班维尔(John Banville)擅长通过第一人称的自我叙述来探讨个人与广泛生活世界的关系。在 1973 年出版的小说《桦林庄园》(*Birchwood*)中,叙事者兼主人公加布里埃尔·戈德金(Gabriel Godkin)讲述了家族的兴衰史,展开了对年轻时生活经历的回溯。小说出版后得到了学界的赞誉,在班维尔的创作生涯中有一定的转折性意义,如研究者汉德(Derek Hand)指出,相较于班维尔早期置于欧洲大陆背景中的小说,《桦林庄园》让他的创作"回归到爱尔兰背景之中"(Hand,*Exploring* 41)。著名爱尔兰作家科尔姆·托宾(Colm Tóibín)更是将这部小说称为"爱尔兰当代文学的一座分水岭。在这部小说中,历史化作一幕意蕴丰富的黑色喜剧"。由于作品出版于 20 世纪 70 年代初,正值北爱尔兰问题的引发的血腥暴力阶段,评论者们较多关注作品对饥荒、暴力镇压等历史事件的影射与历史元小说的书写风格,通常认为作品中的自我叙事是为了辅助历史书写。学界多将叙事者视为有自恋倾向的、不可靠的历史讲述者,讨论的是自我意识的可靠性对于"自我与国家叙事的潜在意义"(Hand,"Precursor"18),这在一定程度上忽视了叙事的内容、叙事行为与叙事方式对于叙事者的自我建构的作用,也未对作品中身体之于自我的独特意义给予足够重视。小说中的加布里埃尔书写回忆录,是为了在动荡的生活经历中整合自我。加布里埃尔在身体经验中触发自我叙事,让自我从身体中展开,使他的叙事具有独特的具身性特征,展现出超越"模仿"(imitation)原则的新现实主义身体书写。

"新现实主义"(Neorealism)是第二次世界大战后在意大利电影中兴起的艺术运动,强调真实、客观地反映社会现实,描摹与剖析日常生活,这种表现形式的革新后来影响到了文学领域的创作。文学评论家罗伯特·雷宾(Robert Rebein)用"新现实主义"来描述伴随后现代主义时代特征的"现实主义的新模式"(Konstantinou 110)。"不同的新现实主义都承认现实主义语言游戏的偶然性"(Konstantinou 110),在接受现实主义的"模仿"原则的情况下,保有"与现实主义的持续相关性"(Rebein 19),试图构建"更大、更好的现实主义"(Rebein 19)。新现实主义作家们对于身体的书写,倡导的是"关注本体论,关注身体之间的关系,对事物的热爱,形而上学的回归"(Konstantinou 120)。在《桦林庄园》中的具身性自我叙事中,身体感知与体验是表达情感和认知的方式,强调个体的主观经验,以对身体感官的描写来增强对自我概念的理解。文本认为,《桦林庄园》中的自我是具身自我,身体是加布里埃尔自我焦虑的来源,也是重构自我的基础,通过分析身体之于自我的多向度意义与具身性在自我叙事中重要作用,探究班维尔对于身体存在与自我经验之间复杂关系的理解,解读作品中具身叙事与身体表征的独特之处。

一、基于具身性的自我叙事

阅读《桦林庄园》时,读者跟随的是加布里埃尔的第一人称视角,小说的情节随着他对家族与自身经历的回忆和记录而徐徐展开。加布里埃尔在桦林庄园中长大,①是戈德金家族和劳利斯家族的后代,父亲是约瑟夫·戈德金,母亲是劳利斯家族的最后一位继承人比阿特丽斯·劳利斯。他的讲述从两个家族的纠纷展开,两姓间的纷争、家族内部的矛盾未曾停歇。劳利斯家族最初拥有桦林庄园,但在几代人之前,被戈德金家族接管。目前,这座庄园的实际管理者是戈德金奶奶。后来约瑟夫的妹妹玛莎与她的儿子迈克尔加入了桦林庄园的生活。玛莎姑妈暗中设法让迈克尔争夺加布里埃尔的继承权,试图让加布里埃尔相信,他有个名叫罗丝的孪生妹妹走失了,鼓动他离家寻找。桦林庄园本身也因内外的暴动逐渐解体。随后,加布里埃尔离开了桦林庄园,加入了普洛斯彼罗马戏团,一路上目睹了爱尔兰土地之上的动荡、混乱、暴力与饥荒。在饱受饥寒与痛苦后,加布里埃尔回到破败不堪的大房子,埋葬了父亲,继承了桦林庄园。他认识到,走失的妹妹只是他的想象,而迈克尔实际上是他的孪生哥哥,他们都是父亲和玛莎姑妈乱伦所生的孩子。他开始记下与家人和自己相关的人生经历,真正地面对自我的起源与意义。

加布里埃尔一边整修房子,一边动笔书写回忆,清理与讲述都是整合自我的尝试。叙述是由语言展开的行为,叙述的能力基于更基础的语言能力,而不同于班维尔早期作品中的第一人称叙述者,加布里埃尔明确表达出对语言的不信任,就像汉德指出,"班维尔对语言局限性的关注体现了现代人的孤独和脱节"(Hand,"Precursor" 30)。加布里埃尔认为语言很难真切地掌握现实,过往的人与事成为语言与认知之外的存在,难以

① 小说中的桦林庄园以山脊上的白桦林而得名,是典型的爱尔兰大房子(Irish big house)。这类大房子是英国新教阶层对于爱尔兰殖民的产物,见证着爱尔兰历史上的殖民和土地问题、阶层结构与社会冲突。20世纪初期,爱尔兰社会发生了剧变,其中的很多房子都被破坏、遗弃或改建。书写大房子的小说"以大房子的衰败或毁灭为核心意象"(陈丽 2),展示英—爱殖民阶级的没落。

被语言捕捉到。他对自我的讲述是不顺畅的，事物仿佛是逃避语言的"自在之物"（班维尔 6），让他感到语言与现实之间的隔阂。他觉得"话语如此支离破碎，那么轻描淡写，令人不知所云［……］它们俨如一个个毛茸茸的小球，轻轻落下，与地毯上的绒毛融为一体"（98），语言是脆弱的、空洞的，连述说者自身也无从把握。由于语言是不稳定的，那么，通过语言这个媒介呈现的思索就不足以表达自我。小说开篇第一句是加布里埃尔对笛卡尔（René Descartes）名句的改写："我在，故我思（I AM, therefore I think）"（3），说明他将自我在现实中的存在摆在了第一位，认识到仅靠认知进行的抽象叙事是不可靠的。语言能够重塑的只是"一段全然虚幻的往昔岁月"（5），脱离了真实，对回溯过往形成阻力。

　　加布里埃尔开始从身体感知中找寻关于自我的回忆。他一开始很难下笔，于是，他花了许多个夜晚去"梳理自己的记忆，轻触（fingering）它们［……］在积尘味中嗅探紫罗兰的余香"（3），如同一位普鲁斯特式的人物，将回忆称为"这些玛德莱娜蛋糕"（6）。触觉、嗅觉等身体感官的交织构成了联觉的（synaesthetic）多重感官体验，是非意愿记忆（involuntary memory）形成的重要因素，同时是加布里埃尔选择主动进入回忆空间、营造自我与空间的连结感的方式。他也为自己的过去赋予身体的特征，他说："往昔在［他］的四周盘桓，蓄势待发，［有如］一支利箭刺透黑暗，破空鸣响"（4），回忆"潜伏"着，发出"穿透"的动作，是视觉印象、声音、触觉与力量感的组合，调动他的思绪。自我通过感官接近过去，而过去也以身体的特征触动自我对自身的思考。加布里埃尔还将讲述的行为比喻为对有形实体的整理。他说，要把自我的故事"重新聚拢"（6），拼接起"记忆的马赛克拼图"（6），"编织"桦林庄园的细节（5），让自我叙事慢慢出现在布满黑色墨迹的纸上。从他回忆与叙述的方式可以看出，具有感知能力的身体是加布里埃尔阐释自我、书写自我的起点，这可以从梅洛-庞蒂（Maurice Merleau-Ponty）的自我哲学概念来理解。梅洛-庞蒂以行动的、积极的自我观代替了笛卡尔式的、非物质的自我观念，从具身性概念中发展出具身自我的定义。具身性（embodiment）这一概念强调身体是人与世界交互的媒介、塑造人对于自我和世界的理解，具身自我（embodied self）则是"用身体感知"的自我（Merleau-Ponty 213），也即"统一的身体—自我（body-self）"（Heavey 430）。小说不是把加布里埃尔的身体与自我画等号，而是认可具身性在构建自我经验、认知和行动时具有的重要地位，让他的自我感与"具身的自我感"（embodied sense of self）相关联（Gallagher 79）。加布里埃尔身体发挥了超越认知模式的作用，成为表述自我的语言，这样的身体"不是'我思'的对象：是一种朝向平衡的生活意义的整体"（Merleau-Ponty 155）。他的身体体验是叙事的动机，并且促成了叙事时机的成熟，影响叙事的过程，这样的讲述就是基于身体—自我的"具身叙事"（embodied narrative）（Menary 75），由一系列具身体验而构成。加布里埃尔一方面是叙事者，又是具身的意识，在叙述中整理具身经验，调节自我的认知与行动。

二、失控的身体与自我焦虑

　　《桦林庄园》中反复出现着消极的身体经验，人物意识到身体能力的消减或不可控的失调，难以做出有意义的行动，身体表现出一种消解的自我的力量，成为自我焦虑的焦点。加布里埃尔描述的最多的就是家庭成员们不受控的、功能失调的身体。这些怪异的、衰退的（degenerative）身体似乎被驱动着去延续一种重复性的、退化（regression）的模式，被他归结为"先天性的家族疯病"（班维尔 11）。加布里埃尔的家人们往往都在失去神志与身体残损的同时渐渐消亡。加布里埃尔最先回忆起的就是戈德金爷爷的离奇死亡，这被他称为"躯体相撞"（collision）事件。加布里埃尔的家人是处于优势地位的阶层，但这种特权统治是脆弱的，只要有一道篱笆未加修缮、留下漏洞，附近的农户会来偷猎、偷盗禽畜财产，会为他们带来惊吓。有一天，戈德金爷爷去追赶一个偷猎者，二人相撞在一起，偷猎者又将手中的野鸡狠狠砸向他，而后就消失了。他写道，戈德金爷爷"已经永远定格在了那一瞬间：躯体相撞"（68）。身体与身体之间的相撞是触觉事件（touching event），就如德勒兹（Gilles Deleuze）指出，"相遇、碰撞，并非是众多事件中的一种，而是事件唯一的可能性"（Deleuze 13），这样的事件是难以预料的，造成了带有强烈震惊感的、难以挽回的后果。桦林庄园中的相撞事件也是两个阶层之间的冲突，暗示旧有的秩序会被打破，而旧的身体与将衰朽下去，呈现出等待死亡的、耗竭（exhaustion）的状态（Deleuze 6）。这起事件之后，戈德金爷爷的身体与心智都无法复原，呈现出急剧退化的趋势，成了家人眼中"古老的胎儿"（班维尔 70）。他失去了意志，成了纯粹的物质性存在，是在大房子之中被消磨、耗尽的、力竭的身体，在对于自我知觉的回避之中崩溃。临终前，戈德金爷爷用最后的生命力跌跌撞撞地跑进树林中，"他倒毙在草丛中，蜷作一团，宛如一个流产的死婴［……］在他身旁的白桦树上，他的那副假牙深深地咬在树皮里，俨如一对凶恶的粉色寄生虫"（73）。他将自己耗竭的身体嵌入了具有生命力的树当中，形成了生命力缺失与充沛的鲜明对照。他的逝世构成了一幅退化为婴孩、退化为物质的身体图像，将震惊之感久久留在加布里埃尔的记忆里。退化而失控的身体展现出新现实主义小说中事实与虚构、真实与荒诞的结合，这样的身体威胁着自我的自主性，预示着难以预料的变化。

　　在班维尔的新现实主义书写中，"身体"溶解了主体与客体之间的等级关系，让从前作为客体的身体具有了主体的行动与感知能力。小说中的桦林庄园也被赋予了具身性，它"自恃清高"，总是别过脸去（87），具有感知力与情绪，而更严重的是，这个垂死的、巨大身体会吞噬戈德金家人的身体。随着庄园内外发生的农民动乱愈发严重，作为女族长的戈德金奶奶承认自己"在桦林庄园已经不受待见了"（92）。她只能察觉到身体机能每况愈下,但却无法左右身体的自主行动。在一个大雨天,戈德金奶奶失控般地冲向屋外。而后,桦林庄园在强烈的震荡中颤抖起来,"仿佛一个巨人突然心脏病发作,又好似发生了一场爆炸,产生的声波先于气浪奔涌而出,带来一阵死寂"(95)。慌张的家人赶往事发地,却发现在她经常去的小屋里,"墙壁上灰烬斑斑,座椅中是一堆黑紫色的焦炭,不成人形,而戈德金奶奶残存的两截断足,塞在一双烧焦的带扣皮靴里"(98 - 99),医生将其吞吞吐吐地解释为"人体自燃"(spontaneous combustion)。加布里埃尔在惊吓中想到,这种无法解释的、残损的身体成了真的"遗体"(the remains)(101)。甚至在他书写这段经历时,依然能够看到戈德金奶奶爆炸后留下的"环状焦痕"(4)上有光线颤动。可怖的身体图像"在文字、故事和记忆的一边储存了一种奇妙的势能"(Deleuze 11),是身体"疯狂的、被捕获的、随时爆炸的能量"(Deleuze 11)的显现。令身体爆炸的巨大能量让加布里埃尔感到惊骇,他的解释是,戈德金奶奶遭遇了桦林庄园的"暗杀"(班维尔 9),是这座大房子对她感到厌倦了,"最终激起了她体内的烈火,将其亲手消灭"(103)。身体被大房子吞噬与侵蚀,人的皮肤被剥离、烧焦,并且与房屋建筑的材质所融合,反而成了正常建筑当中的异类物质,受到房子的排斥。大房子仿佛具有免疫(immune)能力,在内部差异中识别到了身体对于身体的入侵,继而杀死异类的元素,引发一场"身体对于自身的驱逐"(Nancy 107)。此后,原本平静的大房子变得异常,让他们的椅子"仿佛在自行震动"(100),不情愿让他们坐着。颤抖影响的是触感、会模糊视力,是对于身体的一种否定形式,意味着身体的不可控,隐喻的是自我将要面临的崩溃。在加布里埃尔的视角中,大房子这个非同寻常的"身体"作出了"立场陈述"(position statements),表示出对于这些居住其间的退化的身体的厌恶,而这种怪异的行为让人诧异,要求人们必须接受"身体"被排斥的事实。加布里埃尔对于大房子态度的揣测,暗示出对于"身体"被否定的恐惧。戈德金家人这些重复的、强迫的身体运动背后,是自我控制力的丧失,故而衰老、残损、退化的身体物质现实既是身体危机,又是自我危机。小说以一种新的方式创造了身体与外部世界之间的界面(interface),在其中,身体与物质环境不可避免的碰撞与重叠,为从前无法想象的异质性创造出空间,形成了诸多"身体"间互相作用的具身叙事。在叙述中直面各种各样的身体,是加布里埃尔探索难以阐释的具身自我时的必要路径。

桦林庄园有将要塌陷的感觉,其中的身体也都是陷落于其他身体、物质或空间中的。回看加布里埃尔对于几位家族成员的身体的描述,他们的身体通常是被"嵌入"(imbedded)到环境或物体中的,然后在逼仄的空间中消亡。戈德金爷爷临终前,"假牙深深地咬在(sunk to)树皮里"(班维尔 73);戈德金奶奶残留的、烧焦的皮肤嵌在椅子上;母亲的身体罩在戈德金奶奶穿过的晚礼服里,被她"鬼魅般的黑色身影"(114)夺走了健全的精神状态;父亲的身体开始垮掉,"体内的斗志已经松懈"(120),他死去的身体被裹在床单里,拖进树林,形状像是"僵硬冰冷的幼虫"(231)。加布里埃尔难以从家人身体毁灭的画面中脱离出来，模糊了自己的身体与他人的身体之间的界限，他的身体——自我也仿佛嵌入其他人的身体当中。在祖母去世后，随之而来的肺炎让他高烧不退，他感觉自己的身体在一幕不间断的戏剧中展演（perform）家庭成员的身体，"变成了爆炸的戈德金奶奶，滑倒的诺克特，嘟嘟作响的话筒中的接线员，逃之夭夭的罗茜，以及在浑身打寒战、忽冷忽热中挣扎的加布里埃尔"（107）。这些身体排列、组合在一起，让加布里埃尔的身体被交叉在拥挤的身体世界（world of bodies）当中，受到密集空间的支配。而加布里埃尔所扮演的不同的身体、身体的各个方面暗示的是他的具身自我可能呈现出的各种版本，剥夺了属于他的自我感。班维尔还用文字游戏暗示了身体——自我被嵌入的情况，他向来喜欢在人物的名字上用巧思，小说中加布里埃尔恋人罗茜（Rosie）的名字中比他想象中的妹妹罗丝（Rose）的名字多了一个表示"我"的字母"i"，从字母的排列来看，如同将"我"嵌入了"罗丝"，就像他说，想到罗丝时，仿佛"一道缝隙裂开，一个人掉进去，裂缝（crack）随即合拢"（185），暗示的是他的自我被嵌入"具身性他者"（embodied other）的身体当中的情形。他也在罗茜的身体内发现了"隐蔽的角落和生霉的裂缝（crannies，crevices），这些罅隙甚至让［他］想起了房子里那些与世隔绝的封闭空间"（7），就像他对于家的描述，与可能让人陷落进去的"洞穴"（9）相关。加布里埃尔的自我被其他人的身体所裹挟，难以保留自身的形状。

具身自我被吞没的恐惧，指向对死亡的畏惧，因为死亡是自我意义涣散与崩塌的终点，是自我全然的消亡。加布里埃尔不住地回忆起死去的家人，为"生命之火被如此随意地掐灭"（100）感到震惊。在他看来，这是时间的力量造成的朽坏。时间不可阻挡，"可是所有那些时间啊，都不见了！我们身上死气沉沉，这让我们惊恐万分"（194）。时间造成的衰老与死亡被具身化为加布里埃尔想象中的、马戏团里的普罗斯佩罗（Prospero）。这个人物被加布里埃尔联想成一个神秘的、可怕的、衰老的形象，是个"瘦小干瘪的老头，皮肤像皱巴巴的牛皮纸［……］双眸黯淡，永远在我面前，就像一只黑蜘蛛"（156）。加布里埃尔把时间与黑色联系在一起，如他所说，当沉入黑暗时，他要带走的词语就是"时间"（171）。从线性时间观来看，黑色隐喻的是一日的尽头。加布里埃尔将黑色视为身体即将或已经死去的标志，如戈德金爷爷黑黢黢的房间中有"死亡之神"的"触须"（69）、戈德金奶奶黑色的礼服与化为黑色焦炭的身体。"黑蜘蛛"这个意象又同时比喻的是萎缩的、干枯的身体，流失了丰盈的血肉，失去了充沛的生命力，如戈德金奶奶身体随着衰老而"收缩"（19），戈德金爷爷"占据的空间收缩起来"（100），父亲身体萎缩的样子像"一只被吸尽了体液的黄蜂"（86），母亲缩回窄小的阁楼里，精神失常。那么，黑蜘蛛一样的普罗斯佩罗象征的也是死亡，是潜伏在加布里埃尔心中的暗恐（uncanny）之感的来源，他预感自己终将变成他"自己的普罗斯佩罗"（233），滑向未知的黑暗与自我的消亡。

三、从虚构的自我到书写的自我

身体—自我陷入了众多的身体当中,需要被分离出来,就像加布里埃尔说,他要"从舞台上退场,让其他人自己去扮演好各自的角色"(107),并为此做出尝试。出于对线性时间造成身体覆灭的恐惧,加布里埃尔开始痴迷环形的空间。在玛莎姑妈的鼓动下,他离开了家,跟着马戏团去表演杂耍,在爱尔兰的土地上四处流浪,将旅途画出一个大圆,"这个圆的中心就是马戏团"(214)[①],如同一个磁场吸引着他。加布里埃尔对于马戏团的兴趣或许受到了迈克尔表演杂耍的影响。他曾看着迈克尔掏出蓝色积木、玻璃弹珠与橡皮小球,"可随后一切都突然改变,某种节奏油然而生"(50),物体上下翻飞,划出淡蓝色的光环,"这种美丽""这份和谐"(50)让他心驰神往。玩杂耍的身体感知自身的弹性与位置感,抛掷、跳跃与旋转的动作是身体在空间中的游戏,代表的是一种空间上的循环。但是,在力量的创造中,加布里埃尔发现了会溢出循环的部分。马戏团的表演常常不尽人意,"杂耍棒也像骷髅似的撞到了一起[……]表演越发偏离正轨,令人绝望"(148–149),令他觉得这些喧闹与狂欢毫无意义。失败的表演代表着对循环的超越,因为"我们的身体和世界都不是圆形的[……]不能回到原点"(Nancy 103)。这一趟旅程构成的环形空间同样是断裂的,没有可供自我重建的开端,或完成自我意义的终点。这也是为何班维尔用流浪汉小说(picaresque)的风格来书写加布里埃尔的离家经历,他的身体所进入的外部空间是不稳定的、碎片化的、充满偶然性的世界,暗示着"一切皆有可能发生"(Hand, *Exploring* 121)。加布里埃尔向外的探寻在不可避免的身体感知中被打破,在暴力与饥荒肆虐的土地上,他忍受寒冷、饥饿,还受了伤,预料之外的身体体验迫使他改变行为,最终回到了桦林庄园。

那么,加布里埃尔自我出逃的尝试为何难以奏效呢?可以看出,《桦林庄园》这部小说内部嵌套着两个文本,即加布里埃尔进行自我叙事的文本,以及玛莎姑妈因自己的私心而提供的、作为语言游戏的文本,而其实从一开始,加布里埃尔仓皇的出行经历就是被设计出的文本(text)的游戏。为了给迈克尔争夺继承权,玛莎姑妈递给加布里埃尔一本书,迷惑了他,那本书上面写着:"加布里埃尔和罗丝住在海边的一座大房子里。有一天,在她很小的时候,小罗丝失踪了,加布里埃尔便离开家去找她……"(班维尔 56)。读过这一段之后,加布里埃尔浮想联翩,仿佛看到"玻璃碎裂,化作千万把水晶匕首,从

---

① 从词源上看,"马戏团"(circus)与"循环"(circle)的概念都与圆形、环形或绕圈运动有关。"马戏团"(circus)源自拉丁语 *circus*,指的是罗马人用来举行比赛或娱乐活动的环形场所,其意来源于比赛的战车所绕的圈。"圆圈"(circle)与"循环的"(circular)都可以追溯到拉丁语 *circulus*(circus + -ulus),是 circus 的衍生词。

天而降"(56)，以为发现了关于自身的真相。姑妈重复与交替地呼唤着"加布里埃尔"和"罗丝"这两个名字，她的声音紧紧追在他身后，造成强烈的印象，让他误以为自己的确有个妹妹走失了，仿佛是自身的一部分被偷走了。加布里埃尔仿佛神游一般地去找寻一张照片，照片中的小孩站在花园里，手上握着一枝玫瑰。或许正是玫瑰(rose)的出现让加布里埃尔误以为照片里的孩子就是罗丝(Rose)，照片中的形象与发音相同的语词模糊了虚构与现实的界限。加布里埃尔看似主动选择出走，却是因为读了那本关于双胞胎的虚构作品，那么实际上，这次旅程是由"文本驱动"(text-motivated)的结果(Murphy 18)。身体虽然在空间上有了位移，却嵌入了文本当中，被剥夺了真实性，具身自我被降格为文本中的虚构自我。加布里埃尔在累积自我经验时造成了自我的分岔，自我成为"非我"，他在现实中的身体被文本中的身体所代替，处于自我具身性与感官现实被"文本"所驱逐的误区之中。

班维尔在小说中安排的自我发现过程不是与身体经验完全同步的，他试图强调的是，身体在书写方面的创造力能够帮助具身自我进行调整与定位，让自我获得外部视角，向外展开。当旧的身体被破坏时，自我就需要新的叙事，因为身体"是一切新故事的起因、主题和工具"(Frank 2)。加布里埃尔逃避到玛莎姑妈给予他的文本骗局中，在虚构之中寻找自我的分身，这并没有解决现实的问题，回到家之后，他开始书写属于自己的文本，试图寻回自我的自主性，将自我被耗竭的叙事重写成自我复原的叙事(restitution narrative)。加布里埃尔说："在如今的这些夜晚，在我最近的病痛中，我在这些词语上艰苦锤炼，劳作不息"(班维尔 108)，他将感觉聚焦于自我，打破了幻觉，让书写构成观察与揭示自我的外部视角。如南希(Jean-Luc Nancy)对身体与书写关系的分析，书写的身体是"外展"的身体，就是"从自身分化出来，从其意义分化出来，从外部描写它自身的刻写"(王琦 51)。凭借具身性的视角，加布里埃尔所追求的和谐不是抽象的、"概念上的一致性"(O'Connell 20)，而是在书写行为中整合自我。在书写的过程中，加布里埃尔曾经受困的自我"被这些光明照亮(illuminated)"(班维尔 35)，与他所描绘过的黑暗与可怖的身体意象形成对照。他所感受到的"光"来自外界，又反射回身体，隐喻的是自我觉知的"光"，代表着身体向外界的展露(exposition)，提供了重新认识自我的可能。

小说还表现了具身叙事产生的现实效果。叙事能够使自我成为行动的控制者，因为自我的具身性叙事"会反馈到人类有机体的行为中"(Menary 68)，因此，就连已然式微的桦林庄园也重新焕发出生命力。如果说灰尘满布的房屋是幽闭的、压抑的空间，那么，庄园中的自然环境则保留了生机。加布里埃尔的自我叙事重新捕捉到了大自然的草皮将他托起的感受、咀嚼小草柔嫩茎秆的感觉，与树林在夏天发出的旋律。在他看来，淳朴的、物质的自然远胜过"充斥着死气沉沉的书本和积灰，叫人疲惫厌倦的房间"(班维尔 121)。在小说结尾部分，加布里埃尔感受着天空、湖水、辽阔的大海(237)，体会到不同于以往的开阔感，与陷入缝隙或洞穴的那种黑暗、局促与自我受限的感觉相对。自然所隐喻的是敞开的状态。自我的揭示发生在自然中，作为自然的一部分，向外伸展。加布里埃尔领悟着自然的奇异与四季的和谐，试图去"理解栖居于其间的那些生灵"（237），他同样栖身其中，在自然当中进入感知力充沛的状态，以即时的、感官的方式理解自我与世界，以感性的方式获得认知，他的身体"通过与外部物体的联系将自己组织起来，从而更新自身"（Marks 123）。这样看来，加布里埃尔既在"创造"（invent）新的身体，又是在创造新的自我叙事。自我走出了被嵌入众多身体中的状态，走出了嵌入"文本"中的状态，找到了感官现实的入口，逐渐被整合起来。班维尔展现了具有真实性、复杂性与流动性的身体经验，凸显了"身体影响与被影响的能力"（qtd. in Konstantinou 117），他为身体赋予更新自我、塑造自我认知与行为的能力，体现出具身性与自我叙事进行交互的意义。在小说最后，加布里埃尔开拓出了具身性自我的存在空间，相信自己可以"过上一种不一样的生活，和这个家族所知的任何生活迥然不同"（班维尔 236），他将继续"执笔书写"（236），为这一段复杂的经验留下私人的记述。

四、结 语

班维尔的小说创作"应对着爱尔兰人进行自我表达的传统符号与语言的崩溃和解体"（Hand 136），他在《桦林庄园》中将身体感官的经验与自我认识的阻力与动力融合在一起，从具身性的角度处理了自我面对的复杂性与可变性的问题，表达出"恢复一种未被语言的抽象性所触及的体验"（McMinn 183）的用意。小说中的身体是自我意义与自我叙事的发源之处，就像加布里埃尔说，"我必须要看见一切，轻触一切，仿佛只有那些触碰才能让我感到自己的存在"（班维尔 231）。他所讲述的各种身体具有可怖的、难以言说的一面，是自我焦虑的来源，让他担忧自我会失去可控性、失去意义。加布里埃尔通过身体来触发叙事，在叙述自我的过程中，逐渐收集了身体经验的碎片，在对身体的不断讲述中，让自我从众多的身体中脱离出来、从虚构文本对自我的置换中被释放出来，促成了具身自我的建立，也让叙事起到了修复自我的作用。班维尔不仅表达了身体对于自我的重要性，更塑造了一位愿意通过身体来认识与验证自我、来讲述自我复杂性的人物。小说中的身体与自我叙事产生共振，体现出重视身体物质现实与能动性的新现实主义表征方式。

参考文献

Banville, John. *Birchwood*. London: Martin Secker & Warburg Ltd., 1973.

［约翰·班维尔：《桦林庄园》，郭贤路、邹少芳译，杭州：浙江文艺出版社，2014 年。］

Chen, Li. *The Rose Upon the Rood of Time: 20th-Century Irish Big House Novel*. Shanghai: Fudan UP, 2009.

［陈丽：《时间十字架上的玫瑰——20 世纪爱尔兰大房子小说》，上海：复旦大学出版社，2009 年。］

Deleuze, Gilles. "The Exhausted." Trans. Anthony Uhlmann. *SubStance* (3)1995: 3 - 28.

Frank, Arthur. *The Wounded Storyteller: Body, Illness, and Ethics*. Chicago: U of Chicago P, 1995.

Gallagher, Shaun. *How the Body Shapes the Mind*. Oxford: Oxford University Press, 2005.

Hand, Derek. *John Banville: Exploring Fictions*. Dublin: The Liffey Press, 2002.

---. "John Banville and the Idea of the Precursor: Some Meditations." *John Banville and His Precursors*. Ed. Pietra Palazzolo, Michael Springer, and Stephen Butler. New York: Bloomsbury Publishing, 2019. 17 - 33.

Heavey, Emily. "Narrative bodies, embodied narratives." *The Handbook of Narrative Analysis*. Ed. Anna De Fina and Alexandra Georgakopoulou. Oxford: John Wiley & Sons, 2015. 429 - 46.

Konstantinou, Lee. "Neorealist Fiction." *Neorealist Fiction. American Literature in Transition, 2000—2010. Ed.* Rachel Greenwald Smith et al. Cambridge: Cambridge UP, 2017. 109 - 24.

McMinn, Joseph. "An Exalted Naming: The Poetical Fictions of John Banville." *The Canadian Journal of Irish Studies* 14.1 (1988): 17 - 27.

Marks, Laura U. *The Skin of the Film: Intercultural Cinema, Embodiment, and the Senses*. London: Duke UP, 2000.

Merleau-Ponty, Maurice. *Phenomenology of Perception*. Trans. Donald Landes. New York: Routledge, 2012.

Murphy, Neil. "From Long *Lankin* to *Birchwood*: The Genesis of John Banville's Architectural Space." *Irish University Review* 1 (2006): 9 - 24.

Menary, Richard. "Embodied Narratives." *Journal of Consciousness Studies* 15.6 (2008): 63 - 84.

Nancy, Jean-Luc. *Corpus*. Trans. Richard A. Rand. New York: Fordham UP, 2008.

O'Connell, Mark. *John Banville's Narcissistic Fictions: The Spectral Self*. Springer, 2013.

Rebein, Robert. *Hicks, Tribes, and Dirty Realists: American Fiction after Postmodernism*. Lexington: UP of Kentucky, 2001.

Wang, Qi. "Touching: An Important Intermediary for Generating Sense in Writing and Reading—New Understanding of Jean-Luc Nancy's Writing Thought." *Literary Review* (2) 2023: 45 - 53.

［王琦：《触感：书写与阅读中意义生成的重要中介——让-吕克·南希书写思想新论》，《文学评论》2023 年第 2 期，第 45 - 53 页。］

记忆书写的双重载体
——试论安妮·埃尔诺作品中的文字与图像

史烨婷*

内容提要: 法国作家、诺贝尔文学奖得主安妮·埃尔诺(Annie Ernaux)以融合了社会学和历史学的创作理念开辟了"无人称自传"(或社会自传),不倦书写着融合了个人记忆、集体记忆的现实生活,以求打破阶层、映证时代。在这一过程中,埃尔诺的记忆书写呈现出明显的跨媒介性。一方面以精准文字描绘图像(照片),将现实与记忆的物性诉诸笔端,依据福柯"物的秩序"原则,以语词将世界纳入话语的主权之中,再现表象。另一方面,埃尔诺作品中的文字与图像亦有差距,埃尔诺认为照片是痕迹,而文字必须"致幻"。她利用文字与图像在时间上的间离,构建特有的创作空间,以求捕捉人类心理世界的现实。图像反映现实,文字映照内心,在文字与图像的双重作用下实践了"镜与灯"的隐喻。安妮·埃尔诺结合了文字与图像的跨媒介手法,最大限度地捕捉真实,反映了时代洪流中个人之于社会留下的印记。

关键词: 安妮·埃尔诺;跨媒介;文字与图像;记忆

Title: The Dual Vehicle of Memory Writing—Text and Image in the Works of Annie Ernaux

Abstract: Annie Ernaux, the French writer and Nobel Prize laureate in literature, introduced the concept of "Impersonal autobiography" (or social autobiography) by ingeniously integrating sociology and history. She dedicated herself to depicting real life, intertwining personal and collective memory to dismantle hierarchies and mirror the zeitgeist. Ernaux's autobiographical works exhibit

* **作者简介:** 史烨婷,浙江大学外国语学院副教授,硕士生导师,主要从事当代法国文学研究、文学的跨媒介研究。联系方式:shiyt@zju.edu.cn。

transmediality. On one hand, she vividly portrays images (photographs) with precise language, capturing the tangible essence of reality and memory. Following Foucault's principle of "the order of things", Ernaux subjects the world to the sovereignty of discourse and reproduces representations through words. On the other hand, a gap exists between the text and the image in Ernaux's works. For Ernaux, photographs serve as traces, while words must be "hallucinogenic". Annie Ernaux leverages the temporal separation between words and images to craft a unique creative space that delves into the essence of the human psyche. The image mirrors reality, whereas the text conveys emotions. The metaphor of the mirror and the lamp is manifested through the dual function of text and image. By combining transmedia techniques, Annie Ernaux captures truths and reflects the individual's impact on society in the contemporary era.

Key Words: Annie Ernaux; transmedia; text and image; memory

　　法国作家安妮·埃尔诺于 2022 年获得诺贝尔文学奖,评奖词有言"她以勇气和手术刀般的精确,通过个人记忆揭露根源、异化和集体层面的限制"。埃尔诺的创作手法抛却传统规范,以勇气和信念践行自己的创作理想,开创了"无人称自传"(或称社会自传 auto-socio-biographie)的写法。而在这一过程中,作家的书写带有明显的跨媒介性,时常出现文字与图像的交错叠映。她曾清晰表达自己对于这两种媒介的偏爱和倚重:"我偏爱两种私人材料的联合,影集和日记:一种照片日记"(*Ecrire la vie* 8)。从形式上就能直接看出两种媒介的作品主要有《照片的用途》(*L'Usage de la photo*,2005)、《悠悠岁月》(*Les Années*,2008)和《书写生活》(*Ecrire la vie*,2011)的第一部分,当然,在作家的其他作品中,这种文字、图像的杂糅现象也并不陌生。法国学者、莫迪亚诺和埃尔诺研究专家布鲁诺·布朗克曼(Bruno Blanckeman)将《悠悠岁月》视为安妮·埃尔诺所有作品的"元小说",认为"(它)是作品中的作品,一生的作品"(78),看重其核心地位,也因此变向肯定了埃尔诺的跨媒介创作思维在理解作家创作过程中的重要性。虽然文字和图像分属不同的艺术媒介,但它们之间的关联显而易见,像在进行着一种相互呼应的游戏。因此,两种媒介在艺术表现手法和效果上的差异性成为学者们关注的重点,这种差异性很大程度上,表现为某种间离(intervalle),被描述为一种"时差、不协调、含糊不清、争议、矛盾"(Montémont 54)。法兰西学院院士、文学理论家、批评家家孔帕尼翁(Antoine Compagnon)曾评价《悠悠岁月》最令他喜欢的地方在于:她叙述自己一生时的距离感,评述家庭照片时不断匿名化的运动及其自我隐私在共同时间——世代、时代和大众文化中的融入。"距离感"——无论是纵向时间上,还是个人相对于大时

代——成为理解埃尔诺作品的一个关键点。

埃尔诺习惯用文字极其精确地描绘照片，《悠悠岁月》中并没有照片，但读者几乎不用看照片便能想象出照片的样子，以及它所呈现的画面。《照片的用途》中有照片，但埃尔诺依然执着地对照片进行细致描写，相比之下，M 描述照片的部分则仅是一种对照片的补足，简省、粗略得多。那么，埃尔诺以文字复写图像有何意义？这是否真的只是一种重复？《书写生活》中的文字和图像依然可见精准复写的特点，但同时又呈现出另一种时间上的间离关系，照片的拍摄时间与节选日记的时间往往存在差距，其表达效果何在，意义何在？

我们试图从文字对图像的精准呈现、文字与图像的贯通，以及文字与图像的间离三个方面来看埃尔诺在创作过程中对两种媒介的运用，从而探知作家在捕捉现实、反映人类在时代洪流中的个人记忆与集体记忆时想要达到的效果，以及所传达的思考。作家在访谈录《书写如刀》（*L'écriture comme couteau*，2003）中将书写比作"给日常的、城市的、集体的事实拍摄照片。[……]但无论是潜在的、还是真实存在的照片，摄影全然成了普鲁斯特笔下的小玛德莲娜蛋糕，扮演着叙述和记忆流程的转承角色"（让内特 60）。埃尔诺的记忆书写因而在文字与图像的双重载体中成为别具一格的存在。

一、复写图像的文字

《悠悠岁月》开篇第一句话是"所有的图像都将消失"（*Les Années* 1）。整部作品没有古典的叙事，而由许多零碎的记忆片段连缀而成，行进的过程中，我们仿佛看见一幅幅照片呈现在眼前。作品由十四张照片划分成十五个段落，每段的时间跨度大约是四至七年，总是从照片的细致描述开始，不同年代、不同人物固定在瞬间捕捉的画面中，成就了小说最为牢靠的结构，一路从 1940 年写到 2006 年。作者对于每张照片的相框、装饰、拍摄时间地点都有详细描述，照片中的人物更是被从样貌、穿着、神态、动作，以及拍摄场景等诸多方面进行了细致描写。全书没有任何图片，十四张照片全靠文字描摹。在西方的文学与艺术传统中，狭义上以文字详细描述绘画、雕塑或其他视觉艺术作品的文学手段被称为"艺格敷词"（ekphrasis），可追溯至古希腊，荷马史诗《伊利亚特》中对阿喀琉斯盾牌的长篇描述被视为最早的实例。埃尔诺以语词媒介（文学）来描述视觉艺术作品及其总体面貌（照片），唤起读者的视觉想象，居于传统的文学范畴，凭借语词的力量进行表达。但埃尔诺的创作实践显然不仅仅局限于此，她尝试在文学与图像的互涉领域进行更为深入的尝试。

《照片的用途》就是这种探索性质的实践。该书由安妮·埃尔诺和她的爱侣马克·马力（Marc Marie）分头书写，每一段落都始于一张呈现在书中的照片，两人基于同一照片各自生产文字,写作期间不互通消息。因此有关图像的书写方式立即呈现出了差异性:马力的文字明显因为图像的存在而简省了许多,而埃尔诺依然坚持以艺格敷词手法进行书写。但实体照片的存在已经使其创作方法跳脱了"艺格敷词"。埃尔诺曾在访谈中提及《照片的用途》的创作方法,认为这部作品是"[……]危险的文字,因为我自己提议从可见的照片出发"(Ernaux and Schwerdtner 759)。如若照片真实出现在作品中,则使文字的描述居于一种自反性的视角下,接受图像的检验,并同时强化了文学与视觉艺术之间的媒介差异性及竞争关系,"危险"在于照片的可见性,因为"可见的照片"是我们更易理解的"物证"。罗兰·巴特在《明室》中谈道:"照片具有证明力,[……]从现象学的观点来看,摄影的证明力胜过其表现力"(118)。并认为,相较于文字,图片的这种肯定性,任何文字的东西都无法给出。巴特认为:"自己不能证实自己,是语言的不幸运(但也可能是语言的乐趣所在)。语言的本质可能就是这种无能为力。语言从本质上说是虚幻的;[……] 但摄影对任何中介物都不感兴趣:它不创造什么;它就是证明的化身"(115)。法国摄影理论家、美学学者弗朗索瓦·苏拉热也将照片的功能归结为:"[……]不仅仅是一个目击者,更是我们生命的一个证明[……]因为这种生活成了'客观'再现的对象"(15)。可见埃尔诺意识到了这种图文并置超越了文学修辞,跨出了纯文学范畴,进入艺术间的跨媒介领域,构成了不同艺术门类间的"互文关系",直面语词与图像的竞争,对于作家来说,成为一种文学创作上的全新挑战。她一方面执着于图像的实证效果,一方面继续以文字的物性,追求对现实的记录。

埃尔诺自年轻时代起就深受社会学和哲学的影响,福柯的《词与物》(*Les Mots et les Choses*,1966)提出以语词将世界纳入话语的主权之中,这种话语有力量去再现其表象;加之同时期的一些实验性文学实践,如佩雷克(Georges Perec)的《物》(*Les Choses*,1964)、《我记得……》(*Je me souviens*,1978),运用的清单式写作手法,倚重实证。埃尔诺逐渐认同文学具备社会学调查的特质,以外部视角捕捉日常生活的细节、进行记录,重新审视出生的社会阶层,保持距离,保持真诚。正是在写作中对实证的不断探索,促使埃尔诺不断对文字与图像的关系进行思索。在纪录片《石头般的语词》(*Les Mots comme des pierres*,2013)中,作家坦言:"我的语言是物质性的,我很难做到抽象,我脑海中是实际的场景。词对我而言,就是物","我要通过字词去捕捉的'物'"(让内特76)。而这种文字的物性成了她极为重视的创作基础,对她来说具有重要意义:以语词为武器,精准刻画一切,借助这种方式让记忆、社会生活、情感关系尽可能地脱离巴特所认为的"虚幻",变得如图像般切实可见:"以最贴近现实(réalité)的方式书写生活,不虚构,不改头换面,[……]"(*Ecrire la vie* 8),追求并成就"实证"。

二、贯通图像的文字

埃尔诺曾表示:"记忆是物质性的[……]记忆把看到的东西、听到的东西(得益于一闪而过的碎言断语)、姿态、场景,最精准地带回给我。这些不断的'灵显'是我写书的素材,也是现实的'证明'"(让内特 64)。而这些"灵显"如何起作用? 除了基于文字的物性带来的实证,"带回"还必然还涉及时间的维度。如果对图像(照片)本质进行更为深入的思考,除了作为"物",与文字叠加除强化了实证效果外,时间同样也是不可忽略的维度,如巴特所说,"照片的证明针对的不是物体而是时间"(118)。"这个存在过"才是照片真正想说的,一个真实的东西在镜头前摆过,才会有照片。因此"这里存在着双重的互相关联着的肯定:一个是真实,一个是过去"(103)。同样在时间的向度上,福柯认为:"语言向时间的永久性中断提供了空间的连续性,并且,正是就语言分析、表达和划分表象而言,语言才具有在时间的跨度上把我们关于物的认识连接起来的力量。凭着语言,空间之模糊的单调性被打破了,而时间连续性的多样性却被统一一起来了"(福柯155)。因此面向照片进行书写,埃尔诺抓住图像与文字共有的物性,进入更深层的时间维度,图像打破时间连续性的实证需要文字将其贯通,在她看来,"它们[照片]是时间最纯粹的形式。[……]我书里描写的照片自然都是属于我的照片,它们会首先出现在我的眼前"(让内特 65)。然后作家所做的不再仅仅是艺格敷词,而是创造性地运用照片和文字的并存践行跨媒介书写,找寻接近记忆的最直接路径,以求捕捉她眼中记忆的真相——存于时间之中的物证。

罗兰·巴特认为:"在照片里,时间的静止不动只以一种极端的、畸形的形式出现:时间被卡住了脖子,停滞了"(121)。在时间这一维度上,照片与文字媒介有着极大差别,照片是对于静止画面瞬间的抓取,语词段落呈现的、让读者感知的文字所叙述的内容"是时间里的一个过程,在时间里流动"(桑塔格 82),即使埃尔诺习惯于针对碎片化的时间进行写作,她笔下捕捉的现实也无法避免的是一种"流动的过程"。在《外部日记》(*Journal du dehors*,1993)中,虽然作者的写作目的是用文字捕捉外部世界的瞬间,但这种捕捉更多的是运动中的画面,包含人物的动作和语言,更加贴近活动的影像或真实世界。即使在《照片的用途》中,她以语词精准描述照片,也总是以空间为序,先后描述着窗前、桌上、床上、地上的各个物件,更像观众跟着电影镜头扫视房间,而非一张照片。因为"生命不是关于一些意味深长的细节,被一道闪光照亮,永远地凝固。照片却是"(82)。因此在本质上,摄影不直接是记忆,而是阻断了的、抽象了的,关于记忆的"刺点"(punctum)①。照片与真实生活的关系,或者它所提供的记忆,在时间层面上,是"使现在和未来与过去保持联系。摄影提供的不只是对过去的一种记录,而是与现在打交道的一种新方式,[……]"(桑塔格 161),于是照片变成了连接过去与现在、记忆与感知的中间事物(medium),依照巴特的描述,就是"一种新形式的幻觉:在感觉层面上是假的,在时间层面上是真的。这是一种有节制、有分寸的幻觉,是介乎两种事物之间的幻觉,一方面是'这个不在那里了',另一方面又是'这个确实存在过'"(154)。

埃尔诺在写作中也有类似的"刺点",因为她坚信,总有一个细节会让记忆"痉挛",从而导致"定格"、触发感觉及一切,比如一个物件——父亲去世时我母亲手里拿着的餐巾。小说《位置》(*La Place*,1983)中,她写道:"我母亲出现在楼梯上。她用手里的餐巾擦着眼睛。那条餐巾一定是午餐后她上楼去房间时顺手拿着的。[……]我不记得接下来的几分钟里发生的事了[……]"(*La Place* 13 - 14)。这个令作者印象深刻、回忆起来依旧占据脑海的小细节(母亲手中的抹布)正是"刺点",是安妮·埃尔诺对照片刺点的文字性借鉴。

因此在埃尔诺的创作中,作为两种不同的媒介,文字与图像在大多数情况下并不是完全重叠的,她对两种媒介也有着不同的诉求。她需要图像作为书写的起点,但更需要在文字中享受自由、进行表达。"我看照片,但什么也没得到,是通过记忆和书写,我才找回些什么,照片展现的是我的样子,而不是我的所感所想,它告诉大家在别人眼里我是谁,仅此而已"(*Ecrire la vie* 37)。图像与文本在埃尔诺的创作中逐渐间离开来。

三、与图像间离的文字

使用照片和日记作为素材是埃尔诺感兴趣的创作方式,在《书写生活》的第一部分中,埃尔诺对这两种素材的排布明显制造了时间上的距离。埃尔诺根据照片来挑选日记片段,有的片段写于照片同一时期,更多的时候,日记滞后于照片。如 1949 年拍摄于海边的一张照片,埃尔诺选择了一段写于 1998 年 6 月的日记:"所有的少年时光都在那里,在外省一个个孤独下午的大风里"(*Ecrire la vie* 23)。又如里尔博小城的照片配着1994 年 7 月的日记:"[……],这个炎热的周日,炎热。所有其他的周日都包含在这个周日里"(14)。在她看来这样文字才能"揭示在时间长河中记忆的波动,在我生命中的种种事情上撒上不停变换的光辉"(9)。照片,日记和当下的书写联合了三重时间——

---

① 罗兰·巴特在《明室》中提出的术语,指照片内影响看者、使其被触动的细节。"刺点来自最意想不到之处……并且会在最适当的时机直抵观众的内心,激发出一种远远超出语言和含义的情绪。刺点是一种无法领会但可感知的现象;我们可以准确地描述,但无法正确地指定。这是一件不可言传之事,令观众既神往又困扰。"参见罗兰·巴特,《明室》,赵克非译,北京:中国人民大学出版社,2011 年,第 33、56 和 58 页。

经历过的时间、觉察到的时间和此刻真实的时间——从固定下来的过去直至现在。

相对于固定下来的照片时间，文字媒介享受着"流动的时间"，有着更大的自由度，时间上的间离成为作家的创作空间。布朗克曼在评价《悠悠岁月》时提到："为了在时光中保存画面，记忆并不满足于被动存储，而是将之同步适应于生命中的不同年岁"（Blanckeman 74）。这种同步针对时间差，也因为在时间差中生发的感受、想象、回忆、评论等内心活动才得以完成同步。因此这样的时间差所造就的文学空间对埃尔诺来说必不可少。在她其他类型的作品中，我们甚至能见到刻意创造时间差的做法。如在小说《事件》（L'événement，2000）中，作家直接使用括号，添加内容，有时是她当时写在随身手账本上的简短字句，如电报一般："（手账本里'尽管在码头和 T。问题堆积起来'。）"（Ecrire la vie 282）。此时主人公见了朋友让·T，他给为意外怀孕的女主人公提供了一些信息但显然不愿意帮更多的忙。括号里的短句像一条叠加在主线叙事上的轨道，以另一种方式补足了主人公的内心活动。有时括号里是多年以后自己对当时情形的回顾、感受和想法，甚至可以长达一页，讲的是与故事主线并无直接关系的时事评论。

而在另一个例子里，我们看到了完全打乱了的时间线，和一种跳出时间的目光："我真真切切地看见了自己，以我 8—12 岁时的目光：一位成熟女性，优雅，非常'有教养'，正要去巴黎的一家电影院在公众面前发言，巴黎的电影院，一个陌生的地方，这位女士距我的母亲十万八千里远［……］"（Ecrire la vie 20）。所配之图，是幼年的作家和母亲的合影。无论在时间上，还是在主题上，文字与图像都产生了间离。作家走了与回忆相反的方向，回忆往往从成年回望幼年，而她从幼年眺望成年。为了在自己和母亲之间形成对比，不同阶层、不同生活的对立的甚至包含些许敌对的对比。埃尔诺完全脱离照片给予的实际图像，转而书写自己的感想，她避开了照片在这里带来的物性而想要抓住内心世界的真实，在文字媒介的描述中，她"不只是想要回到另一个时间中，去重新审视自己，审视周围的世界，也想要记得自己的记忆，与现在的记忆可能并不相同的记忆"（Ecrire la vie 36）。"与现在的记忆并不相同的记忆"正是过去无数个时间平面上对当下的感知，是柏格森式的时间模型①在起作用。返回头去再看照片，观者无法避免地开始想象母亲当时的生活，以及年幼女儿对母亲的感情。如桑塔格所说，"照片既是一片薄薄的空间，也是时间。［……］否认互相联系和延续性，但赋予每一时刻某种神秘特质。任何一张照片都具有多重意义；［……］照片本身不能解释任何事物，却不倦地邀请你去推论、猜测和幻想"（21）。文字与图片所拉开的距离中，作者填充了诸多感觉和想

---

① 柏格森提出的过去现在未来并存的时间椎体模型是一个倒立的圆锥形，S 是圆锥的定点，AB 是圆锥的底面。S 与平面 P 接触。平面 P 代表当前，AB 平面表示过去。P 平面无尽延伸，S 点在其上不断运动。人的精神生活在 AB 与 S 间不断往返。SAB 存储了我们全部的记忆。参见 Henri Bergson, *Matière et mémoire：Essai sur la relation du corps à l'esprit* ［1896］. Paris：Quadrige/PUF, 2012.

象,拉开了与现实的距离,却成就了所捕捉的记忆本身。文字因此在感受和想象的层面成了记忆的载体。

在谈及《悠悠岁月》的创作时,埃尔诺说:"我想要让人感觉到时间的流淌,同时我自己是在消弭时间,寻找一切永恒之物"(Ernaux and Schwerdtner 767)。这样才能形成记忆,个体的记忆,集体的记忆,时代的记忆。而在书写中所形成的记忆,必然与现实保持着一定的距离,这才是作家得以回望的空间。至于图像,它同样在视觉感知中带我们落入另一重空间、另一重时间。照片本身即是一道痕迹①,对现实进行着发散的记录,这道痕迹让人幻想、让人提出疑问、令人着迷并使人忧虑,每每看到就触发想象,"然而[……]想象力是曲解由感知提供的图像的能力。[……]它尤其使我们从原初图像中解放出来[……]"(苏拉热 229)。而在埃尔诺兼具图文的写作中,这种曲解由感知提供的图像的能力正是文字带来的:埃尔诺承认自己的写作离不开"看到"或"听到",或者更确切地说应该是"再次看到"和"再次听到",因此她的创作绝非原样照搬图像或对话,不是描述或引用它们。可见埃尔诺将照片这种图像当作触发想象的出发点,它们除了是证据,更是去往想象的通路,如安妮·埃尔诺所说,"我必须使它们'致幻'"(让内特 64)。

四、结　语

语词与图像两者都拥有留下痕迹和激发幻想的双重功能。

埃尔诺以作家的本能用艺格敷词的手法复写图像,探索文字的物性带来的实证效果,以语词塑造图像,使文字发挥社会纪实的效果,作为坚实基础捕捉记忆。同时,埃尔诺对照片本身相当重视,将其视为记忆的激发点,基于图像发散开来,进一步创作,利用文字贯通图像中凝固的时间,达成书写生活与记忆的目标。而文字与图像之间存在的时间差才是埃尔诺遨游其间的创作空间,填充着大量内心世界的真实(感受、思考、评论、幻梦……),抽离现实、成就致幻。

正如文论领域时常提及的"镜与灯"的隐喻,图像如镜,侧重模拟现实,具备完美的映证和模仿的能力;文字如灯,重在映照内心,通过对内心世界的细致描摹,引发读者内心的共鸣,从而达到影响读者的目的。普鲁斯特擅长用潜意识激发出模糊的记忆,而埃尔诺利用照片,从图像出发寻找记忆,并利用两种媒介各自的特点进行跨媒介书写。在她的作品中,文字与图像的关系从外在到内在,从具体到抽象,从紧密到疏离。埃尔诺

---

① 参见弗朗索瓦·苏拉热,《摄影美学:遗留与留存》,陈庆、张慧译,上海:上海人民美术出版社,2021年,第8页。另外,苏珊·桑塔格也在《论摄影》中提及"一张照片首先不仅是一个影像,不仅是对现实的一次解释,而且是一条痕迹,直接从现实拓印下来"。参见苏珊·桑塔格,《论摄影》,黄灿然译,上海:上海译文出版社,2022年,第148页。

从她对过往岁月的越来越长的记忆来写，从不断承载着他人影像和话语的现在来写，使自己参与或目睹的人和事不被遗忘，不湮没在社会和时代的洪流中。这是她写作的巨大动力，也是属于她的自我拯救。

2022 年，埃尔诺与自己的儿子一起通过剪辑家庭录像推出了纪录片《速 8 岁月》（*Les Années super* 8）。图像，更确切地说是活动的影像再次与文字完美结合，在成就了记忆的书写和表达的同时，牵扯出了另一种图像与文字的关系，等待我们的挖掘。

参考文献

Barthes, Roland. *La Chambre claire*. trans. Zhao Kefei. Beijing: China Renmin University Press, 2011.

［罗兰·巴特：《明室》，赵克非译，北京：中国人民大学出版社，2011 年。］

Bergson, Henri. *Matière et mémoire*. Paris: PUF, 2012.

Blanckeman, Bruno. "Du romanesque dans *Les Années*." *Littérature*, N° 206, 2022（2）：72 - 78. ⟨https：//www. cairn. info/revue-litterature-2022-2-page-72. htm（consulté le 20 mai 2023）⟩.

Char, René. "Les compagnons dans le jardin." *Les Matinaux（suivi de la Parole en archipel）*, Paris: Gallimard/poesie, n°38, 1974.

Ernaux, Annie. *Ecrire la vie*. Paris: Gallimard, 2011.

---*La Place*, Paris: Gallimard, 1983.

---*L'événement*, dans *Ecrire la vie*, Paris: Gallimard, 2011.

---*Ecriture comme couteau: Entretien avec Frédéric-Yves Jeannet*, Paris: Gallimard, 2003.

---*Les Années*, Paris, Gallimard, 2008.

Ernaux, Annie, and Karin Schwerdtner. "Le 'dur désir d'écrire'： entretien avec Annie Ernaux." *The French Review*, Vol. 86, No.4, 2013（3）：758 - 71. ⟨https：//www. justor. org/stable/23511244（consulté le 20 mai 2023）⟩.

Foucault, Michel. *Les Mots et les Choses. Une archéologie des sciences humaines*. trans. Mo Weimin. Shanghai: SDX Joint Publishing Company, 2001.

［米歇尔·福柯：《词与物——人文科学考古学》，莫伟民译，上海：上海三联书店，2001 年。］

Jeannet, Frédéric-Yves, and Annie Ernaux. "L'Ecrire comme un couteau（extrait）." Trans. Wang Xiuhui. *World Literature* 2023（2）：58 - 76.

［弗雷德里克-伊夫·让内特，安妮·埃尔诺：《利刃般的写作（节选）》，王秀慧译，《世界文学》2023 年第 2 期，第 58 - 76 页。］

Mauriac, François. *Mémoires intérieurs suivi de Nouveaux mémoires intérieurs*, Paris: Flammarion, 1985.

Montémont, Véronique. "Vous et moi： usages autobiographiqes du matériau documentaire." *Littérature*, n°166, 2012（2）：40 - 54. ⟨https：//www. cairn. info/revue-litterature-2012-2-page-

40. htm（consulté le 20 mai 2023）〉.

Sontag, Susan. *On Photography*. Trans. Huang Canran. Shanghai: Shanghai Translation Publishing House, 2012.

［苏珊·桑塔格：《论摄影》，黄灿然译，上海：上海译文出版社，2012 年。］

Soulage, François. *Esthétique de la Photographie*. Trans. Chen Qing, Zhang Hui. Shanghai: Shanghai People's Fine Arts Publishing House, 2021.

［弗朗索瓦·苏拉热：《摄影美学：遗失与留存》，陈庆、张慧译，上海：上海人民美术出版社，2021 年。］

豪威尔斯是微笑现实主义作家吗？
——以《安妮·基尔伯恩》为例

赵　欢*

内容提要：20世纪30年代以来，有研究者一再指责威廉·迪恩·豪威尔斯是一位微笑现实主义作家，但这样的指责失之偏颇。豪威尔斯以《安妮·基尔伯恩》为代表的大量社会小说表明：1886年草市血案之后，其文学创作发生了根本转向。《安妮·基尔伯恩》创作于草市血案的历史节点，刻画了19世纪末美国资本主义工商业者与底层劳工之间日益尖锐的阶级矛盾，揭示了中产阶级仁爱观的伪善性，表明了豪威尔斯实则是一位有着强烈的社会问题意识的批判现实主义作家。

关键词：豪威尔斯；《安妮·基尔伯恩》；草市血案；社会问题与社会批判意识

Title: Is Howells a Smiling Realist Writer?—In the Case of *Annie Kilburn*

Abstract: Since the 1930s, some researchers have repeatedly accused William Dean Howells of being a smiling realist writer, but such accusations are debatable. The numerous social novels of Howells, represented by *Anne Kilburn*, show that Howells' literary production has took a radical turn since Haymarket Riot (1886). Created at the historical moment of Haymarket Riot, *Annie Kilburn* portrays the increasingly sharp class conflicts between capitalists and the lower-class laborers at the end of the nineteenth-century America, criticizes the hypocrisy of middle-class benevolence, indicating that Howells is actually a critical realist writer with strong awareness of social problems.

Key Words: William Dean Howells; *Annie Kilburn*; Haymarket Riot; awareness

---

＊ **作者简介**：赵欢，北京外国语大学英语学院博士研究生，研究方向为美国文学。联系方式：zhbfsu@163.com。

of social problem and social critique

1879 年 1 月 21 日,马克·吐温(Mark Twain)在致豪威尔斯(William Dean Howells,1837—1920)的信中说道:"我认为你是有史以来最伟大的艺术家,和你生活在同一个时代是一件振奋人心的事情……我相信,在你逝世百年之后,你会像莎士比亚一样位列经典,你的作品也将与圣经一样家喻户晓"(*Mark Twain-Howells Letters*,vol 1:245)。然而,时至今日,豪威尔斯并未像吐温预言的那样跻身经典作家之列,他的作品也不曾像圣经一样广为流传;相反,一些研究者一再指责他是保守的微笑现实主义作家。在他们看来,其作品在环境选择、人物塑造、情节设计等方面囿于美国远郊百姓的日常生活,缺乏现实主义文学强烈的社会问题和社会批判意识(Harvey 180;Mencken 128;Atherton 101)。

诚然,豪威尔斯的早期作品大多取材于普通百姓的现实生活,相较于后现代文学著作,在环境选择、人物塑造、情节设计等方面确实较为平实,但据此指责他缺乏社会问题与社会批判意识则值得商榷,因为其发表于草市血案(Haymarket Riot)后的大量社会小说并不支持这样的指责。《安妮·基尔伯恩》(*Annie Kilburn*,1888)、《新财富的危险》(*A Hazard of New Fortunes*,1890)、《使命》(*An Imperative Duty*,1891)、《来自利他国的旅客》(*A Traveler from Altruria*,1894)等多部以 19 世纪末美国核心工业城市为背景、社会矛盾为主题的小说表明,豪威尔斯不仅具有强烈的社会问题意识,而且还逐渐显露出相对激进的社会批判意识。在这些社会小说当中,最具代表性的是创作于草市血案历史节点的《安妮·基尔伯恩》。它反映了美国资本主义发展史中日益尖锐的阶级矛盾,批判了中产阶级仁爱观,揭露了美国建国宣言的谎言性。

一、草市血案与豪威尔斯的文学转向

豪威尔斯以阶级、种族、移民、性别等社会问题为主题的小说均创作于 1886 年之后。那么,1886 年究竟发生了什么,使得他从中产阶级的"琐事记录员"(Atherton 101)变成了"阴郁的左派作家"(Wonham 233),甚至"激进的马克思社会主义者"(Parrington 155)? 要回答这个问题还需要回到草市血案的历史现场。

草市血案,又称草市暴乱,是 1886 年 5 月 4 日发生在芝加哥的警察与劳工抗议者之间的暴力冲突,是国际劳动节的起源,象征着国际工人权利斗争,被誉为"人类劳工史上最具影响力的事件"(Adelman 25)。事件结束后,以芝加哥《工人报》(*Chicagoer Arbeiter-Zeitung*)主编施皮斯(August Spies)为主的八名无政府主义者在证据不足的情况下被拘捕并判处谋杀罪。据史学家考证,被指控的无政府主义者均提倡以和平途径解决劳工问题,并未在劳工集会中采取暴力手段,其中六人甚至不曾参加过集会。他们之所以被逮捕是因为他们相信政治经济学所提倡的平等观念,批判资本主义制度,认为资本主义是美国机会不平等和百姓苦难的根源(Dombrowski 129;Lovett 55)。

然而,当时的美国主流社会却众口一词,认为这些无政府主义者是血腥的破坏者。《纽约时报》(*New York Times*)、《芝加哥论坛报》(*Chicago Tribune*)、《芝加哥信使报》(*Chicago Courier*)等多家主流媒体呼吁当局施以无政府主义者"最严厉的报复",以防他们继续毒害劳工思想、煽动公众舆论(Myers 231)。美国第 26 任总统罗斯福(Theodore Roosevelt)称,无政府主义者是"暴民",而不是"真正的美国人"(46)。美国浪漫主义诗人洛威尔(James Russell Lowell)则在四名无政府主义者惨遭绞刑后高呼:"流氓们终于被绞死了。"(qtd. in Carter:271)

不同于主流社会的口诛笔伐,被戏称为"温和大主教"(Becker 283)的豪威尔斯成了当时"唯一一个"(Taylor 279)公开谴责芝加哥司法机关对无政府主义者不公正审判的美国作家,他也是"极少数"在"孤立无援的情况下"为无政府主义者奔走呼号的美国公众人物之一(Parrington 244;Lynn 291)。草市审判后,他查阅了大量有关草市血案的原始记录,严重质疑审判的公正性,认为无政府主义者因"意见"遭受审判的经历"违背了美国民主所倡导的自由精神"。他声称,该审判不仅是一种"令文明人所不齿的肮脏行径""令上帝蒙羞的可怕错误",更是一场"堪比美利坚民族之耻的公民谋杀"。(*Selected Letters*,vol. 3:193 - 237)。他还分别给《标盘》(*The Dial*)杂志主编布朗(Francis Fisher Brown)、反奴隶制演说家柯蒂斯(George W. Curtis)、废奴主义诗人惠蒂尔(John G. Whittier)等多位以往敢于就美国社会问题发表意见的公众人物写信,恳求他们签署请愿信,挽救无政府主义者的性命(*Selected Letters*,vol. 3:193,198,199)。尽管三位社会活动家都同情无政府主义者的遭遇,但他们都迫于现实阻力,回绝了豪威尔斯的请求。无奈之下,他独自签署了请愿信,通过《纽约论坛报》(*New York Tribune*)敦促其读者同他一起向政府施压,将无政府者的死刑改为监禁。请愿信发表后,豪威尔斯对草市审判的公开抗议招致了其雇主哈珀杂志(*Harper's Magazine*)与多数美国公众的不满,其职业、名声岌岌可危,但他依旧坚持为无政府主义者发声。施皮斯等人被施绞刑之后,豪威尔斯变得更为激进。他不仅在公开场合表示草市审判"使他的生活变得暗无天日",而且还搜集了大量无政府主义者生前的照片、信件及出版物,以纪念他们在"冤案"中展现的"勇气",他甚至还称赞他们拥有"高贵""无私""英勇"的灵魂(*Selected Letters*,vol. 3:209)。

豪威尔斯对无政府主义者的公开支持赢得了诸多赞誉。时任托莱多市(Toledo,Ohio)市长的惠特洛克(Brand Whitlock)称,在草市事件中,豪威尔斯展现了"伟大的良知"和"神圣的仁慈"(72)。美国社会革命研究专家大卫(Henry David)认为,在草市事件上,豪威尔斯比 19 世纪大多数自由主义者勇敢(397)。无产阶级革命家马克思之女埃莉诺(Eleanor Marx)称,豪威尔斯不仅是一个"真正的艺术家""伟大的作家",更是"世间罕见的义勇之士"(qtd. in Garlin:1)。美国《劳工报》(The Labor Defender)主编加林(Sender Garlin)则说:"草市事件是豪威尔斯一生中最灼热的经历,如闪电一般,撕裂了他[对美国]的最后一张幻想之网。"(28)加林的说法也许并不为过。越来越多的研究者注意到,草市血案后,豪威尔斯发生了深刻的转变,逐渐认识到美国镀金时代微笑表征背后的黑暗现实(Crowley 11;Malvasi 156;Ward 489)。

豪威尔斯的转变主要体现在政治观念、文学批评、文学创作等三个方面。在政治观层面,他对美国的态度呈现出由乐观到批判的转向。1862 年 4 月 26 日,他在致妹妹维多利亚的信中说:"在这个世界上,没有哪一种生活像美国人的生活那般欢乐,那般社会化,那般美好!"(Life in Letters,vol. 1:58)然而,1888 年 10 月 10 日,他却在致詹姆斯(Henry James)的信中表示:"我不太看好美国。在我看来,它是太阳底下最荒诞不经的事物"(231)。他还在多封信中批判了美国媒体和司法,认为美国媒体是"无聊文人的寡头政治",擅长编织谎言和欺骗大众;美国司法则是权力机关的"滑稽表演",时常扮演"恐怖主义"的角色(Letters,vol. 3:211,231)。

在文学批评方面,豪威尔斯逐渐拓宽了其批评视野。他的批评范畴不再局限于传统英美作家,而是越来越倾向托尔斯泰(Leo Tolstoy)、诺里斯(Frank Norris)、克莱恩(Stephen Crane)、左拉(Émile Zola)等有着强烈社会问题意识和评判内涵的现实主义或自然主义作家(Taylor 291)。在其理论著作《批评与小说》(Criticism and Fiction,1891)中,豪威尔斯将文学创作喻为蚱蜢的进化过程,认为"在简单、诚实、自然、深刻的蚱蜢能够拥有公平展示的舞台之前,理想、英雄、热情的蚱蜢必先消亡"(11-12)。豪威尔斯的"蚱蜢"比喻具有浪漫主义文学应该为现实主义文学让路的喻指。蚱蜢比喻后,他又一再强调文学创作应当忠于现实,认为 19 世纪中后期的美国文学应该如实描写资本主义社会的阴暗面,而不是将其掩映在浪漫主义的面具之下(13-25)。

在文学创作方面,豪威尔斯逐渐从改良现实主义过渡到批判现实主义。正如他在1887 年 11 月 4 日致小说家加兰(Hamlin Garland)的信中所说,"草市事件已促使我超越了以往的文学崇拜"(Selected Letters,vol. 3:215)。在主题上,他不再囿于中产阶级婚恋、海外旅居经历以及日常生活冲突描写,而更着重揭露阶级、种族、性别、移民等19 世纪末美国社会问题,批判美国社会制度。在人物塑造层面,豪威尔斯超越了其阶级局限,他的作品人物由中产阶级延伸到农民、工人、普通手工业者及其他社会底层人物,他甚至还塑造了马克思社会主义者、空想社会主义者、无政府主义者等大量反叛形象。在社会问题解决方案层面,他同样打破了其 1886 年之前的作品中渴望用中产阶级道德和基督仁爱解决社会问题的幻想,逐渐认识到"资本主义制度"才是美国社会的"疖疾",只有"最深刻的变革"才能"治愈"它(Olson 58)。豪威尔斯在主题、人物塑造、社会问题解决方案等方面的转变说明，其文学创作逐渐突破了"中产阶级视角"（Dawson 190），表现出强烈的社会问题意识与社会批判意识。

二、《安妮·基尔伯恩》中的社会问题意识

《安妮·基尔伯恩》是豪威尔斯社会问题意识和社会批判意识的直接产物。1887年11月18日，无政府主义者惨遭绞刑后的第七天，豪威尔斯在给其妹妹安妮的信中表示，芝加哥公民谋杀案令他"心痛不已"，终有一日，他会以"故事"的形式为这些"蒙冤之人"讨回公道（*Selected Letters*，vol. 3：208）。次年10月28日，他在致历史学家黑尔（Edward E. Hale）的信中坦言，他是"丑陋、疲惫、软弱的旧时代生物"，美国不公正的制度只能在他这里滋生更多的"文字"，却不能转化成"更切实的行动"（*Selected Letters*，vol. 3：233）。豪威尔斯口中由美国社会制度催生的"故事"和"文字"指的便是这部构思于1887年、发表于1888年的作品《安妮·基尔伯恩》。不少研究者认为，该作品是豪威尔斯最重要的文学著作之一，它关注了其时代最重要的社会问题，反映了作家与日俱增的现实主义文学诉求。（Cady 64；Childers 504；Metz 160）。研究者们对作品中现实主义文学特征和社会问题的强调意味着20世纪30年代以来，以刘易斯的研究为代表的有关豪威尔斯微笑现实主义的解读已经难以自圆其说。因此，聚焦作品所反映的社会问题——阶级矛盾，是了解豪威尔斯文学转向的重要一步。

资本主义工商业者与工人阶级之间的矛盾是豪威尔斯阶级矛盾书写的重要方面，具体表现为资本主义工商业场所中紧张的劳资关系。紧张甚至对立的劳资关系并不是19世纪末资本主义发展阶段的特有产物。早在19世纪中期，美国资本主义发展的初始阶段，它就已经初露端倪。然而，随着资本主义的深入发展，紧张的劳资关系在19世纪末变得尤为普遍。在《安妮·基尔伯恩》中，豪威尔斯刻画了零售商格里什、袜厂主威尔明顿、奶酪商诺斯维克、鞋厂主马文等大量典型的资本主义工商业者和众多受其雇佣的无名劳工，通过女主人公安妮的视角重点考察了格里什百货商店和威尔明顿袜厂中的资本主义劳资关系。

格里什百货商店是安妮家乡最大的零售商店，店主格里什夫妇与店内雇员之间的关系是19世纪末资本主义商业家与雇员之间关系的缩影。安妮眼中的格里什百货商店是一座"又大又丑"（693）的砖型建筑。店门两侧的门框和窗台的金属板上刻满了格里什的名字，象征着其"商业神话"（693）。店内的商品种类繁多，质量上乘，价格低廉，是"齐全、准时和优质的典范"（694）。然而，作品中有关店内紧张氛围的描写揭示出百货商店看似成功的经营模式背后紧张的雇佣关系。在安妮看来，格里什先生对员工们十分苛刻。他密切地监视着他们的一举一动，即使在与安妮交谈的过程中，他"商人般

老练的"眼睛也"一刻不离地"监视着柜台后的女店员(693)。他还明令禁止他们嚼口香糖、相互交流、与雇主攀谈、要求缩短工作时长或增加薪水等行为，认为雇主的"仁慈"与"隐忍"是导致员工懈怠或罢工的主要原因，雇主必须时刻将员工"踩在脚下"，以防其"得寸进尺"(696)。他向安妮表示，得益于其管理模式，商店内几乎没有发生过频繁干扰着城镇上其他工商业主的罢工问题，唯有一个要求加薪的门房，被他解雇后因失业和酗酒横尸街头(698)。与此同时，安妮注意到了店内员工对格里什的恐惧情绪，"他们会在格里什的注视下紧张地闭上眼睛"(693)。叙事人还假借安妮之口表示，"商店内的女雇员们都害怕他，恨他恨得咬牙切齿"(694)。

如果说格里什百货商店是19世纪末资本主义商业家与雇员之间关系的缩影，那么威尔明顿袜厂便是工厂主与工人之间关系的写照。威尔明顿袜厂位于草帽镇的商店区，工厂规模不大，却拥有完备的织袜工艺，可以满足周围城镇居民的需求。然而，安妮却在参观袜厂时感受到和格里什百货商店同等程度的"压迫感"(742)。作品从安妮的听觉、嗅觉、视觉等感官呈现了袜厂内恶劣的工作环境和强烈的压迫氛围。在厂区门前，安妮便听到了刺耳的混杂声，"嗡嗡的轰鸣声、机器的旋转声、撞击声及说话声交织在一起"(739)。进入厂区后，安妮又听到了纱锭发出的"令人震惊的呼啸声"(741)。其后，她感受到"一缕缕温暖、油腻的空气朝她袭来"(739)，那是工厂内纺纱机和织袜机散发出的"浓烈机油味"(740)。袜厂内的场景给她造成了更深刻的视觉冲击：纺纱间的空气中弥漫着"细雪般的纱绒"，"污浊的"窗扇旁数台机器"不知疲倦地"运行着，袜厂主威尔明顿不断地向工人们发出"简单粗暴的指令"(740)，工人们则以堪比"自杀强度的专注力"如纺纱机般高强度运转(740)。在安妮看来，"那些操作机器的男男女女似乎变成了机器的非自愿组成部分"(741)。

豪威尔斯对百货商店和袜厂的描绘并非是其文学想象的产物，而是他对19世纪末资本主义工商业者与劳工阶层之间矛盾的如实呈现。这一点可以从1887年2月26日《评论家》(The Critic)杂志的报道中看出来。报道称，为了给一部新小说获取素材，豪威尔斯在洛厄尔(Lowell，Massachusetts)待了三天，考察了当地"所有的制造机构"(103)。该报道在同年2月20日，豪威尔斯致其父亲的信中得到了印证："我在洛厄尔待了两天。当地棉花厂和地毯厂中工人们的遭遇让我觉得美国文明一无是处。我对此深感绝望，意识到这是一种奴隶制"(Selected Letters，vol. 3：182)。豪威尔斯将19世纪末资本主义劳资关系喻为奴隶制的做法与其在《安妮·基尔伯恩》中对格里什百货商店和威尔明顿袜厂劳资关系的刻画相似，都体现了他对劳工阶层的关怀和对美国资本主义劳资关系的批判。

土地资源重新配置引发的农民与资本主义工商业者之间的矛盾是《安妮·基尔伯恩》阶级矛盾书写的又一重要方面，主要是通过安妮的家仆伯顿太太和安妮的少时好友普特尼法官的视角呈现出来的。伯顿太太出身农场，久居草帽镇荒郊地区，是草帽镇工业化进程中失地农民的典型代表。自出场以来,她对草帽镇南部的度假胜地和在该地疗养的资本主义工商业者家眷表现出"强烈的憎恶情绪"(674)。在她看来,曾有着广阔农场和肥沃土壤的草帽镇南部地区已经"沦落为专供闲散之人消遣的罪恶之都"(674),而热衷于度假的资本主义工商业者家眷则是"公然不务正业之人"(674)。与伯顿太太一样,普特尼也指责了资本主义工商业者低价购买优质土地、修建度假屋的行为,认为"游手好闲"的夏日度假者不仅"腐蚀了"草帽镇南部的农民,而且还"侵占了"其生产资料(719)。他宣称:"我宁愿让爱尔兰人拥有土地,让他们在这块土地上诚实谋生,也不愿那些奢侈的避暑者在这儿败坏穷人的名声"(719)。豪威尔斯对农民与资本主义工商业者之间矛盾的关注在其他作品中亦有延续。在小说《来自利他国的游客》中,他假借青年农夫坎普之口表达了对资本主义工商业者侵占农村土地行为的不满:"农民在严寒酷暑中,世代开垦的优质土地悉数落入了铁路集团、农业集团及土地投机商手中"(93)。豪威尔斯通过伯顿太太、普特尼、坎普等人对资本主义制度下土地资源重新配置的看法表达了其对失地农民的同情和对资本主义工商业者抢占农村土地资源的不满。

豪威尔斯在《安妮·基尔伯恩》中对资本主义工商业者与工人和农民之间阶级矛盾的书写呈现了美国社会转型阶段最大的社会问题,反映了其强烈的社会问题意识。19世纪中期,美国还是一个以农业为主的国家,女主人公安妮的故乡草帽镇还被称为多切斯特农场。农场的大部分土地由像安妮的亡父基尔伯恩法官这样的乡绅阶层和农民共同持有。尽管,在很大程度上,农民要接受乡绅阶层的剥削,但大部分农民依旧拥有土地使用权,其日常生活基本得以维持。19世纪末,随着乡绅阶层的没落,大量的土地落入资本主义工商业者手中,大部分农民也随即失去了生产资料,被迫成为劳工。以伯顿夫妇和萨沃斯夫妇为代表的失地农民不得不向资本主义工商业者出卖劳动,获得生存资料。然而,随着再生产资本积累需求的增加,资本主义工商业者逐渐采取延长工作时间、降低劳工时薪、减少工人数量等方式剥削劳工的剩余价值,导致"劳工阶层陷入更深刻的贫困"(Boyer 600)。据统计,1860年到1890年间,美国国家财富从160亿美元增加到785亿美元,但其中一半以上为三分之一的人口所有;同时,美国失业人数超过一百万,工人的工资也从每年的400美元下降到300美元(Hopkins 80 - 97)。与之相随的则是资本主义工商业者与底层劳工之间日益尖锐的阶级矛盾。豪威尔斯在《安妮·基尔伯恩》中对这一矛盾的书写反映出他"忠于现实"(Howells, *Criticism and Fiction* 48)的文学创作准则和强烈的社会问题意识。

三、《安妮·基尔伯恩》中的社会批判意识

阶级批判是豪威尔斯社会批判意识的核心方面,具体表现为其对镀金时代中产阶

级仁爱观的批判。《安妮·基尔伯恩》中,豪威尔斯对中产阶级仁爱观的批判聚焦于草帽镇中产阶级社会联盟(Social Union)计划。作品中,社会联盟指由草帽镇南部中产阶级家眷倡议成立的资本主义工商业者与底层劳工之间的跨阶级联盟。豪威尔斯从社会联盟的创办目的、社会联盟发起者的阶级属性、社会联盟的实体形式等三个方面批判了中产阶级试图通过基督教仁爱观和文娱活动缓和阶级矛盾的行为。

社会联盟的实际创办目的揭示了中产阶级仁爱观的伪善本质。作品中,中产阶级慈善团体的代表成员布兰德雷斯先生和蒙格太太一再表示:社会联盟旨在向草帽镇的劳工阶层表明,草帽镇"最富裕""最优秀""最慈爱"的资本主义工商业者及其家眷"关心劳工利益",渴望与他们"达成共识"(672)。然而,看似正义的社会联盟计划却一再遭到基督教社会主义牧师佩克的反对。在他看来,资本主义工商业者"永远无法与底层劳工达成共识"(683),因为社会联盟只是他们的"权宜之计",它或许可以创造出"感恩的纽带",但无法"治愈"其与底层劳工之间贫富差距导致的顽疾(684)。佩克牧师对社会联盟的看法表明:中产阶级社会联盟的真实目的在于缓和草帽镇资本主义工商业者与底层劳工之间日益尖锐的阶级矛盾,维持资本主义工商业活动的正常运转。世纪之交,随着资本主义的发展,资本主义工商业者与劳工之间的阶级矛盾不断加剧,以罢工为主要形式的劳工抗议活动频繁发生。据统计,1886 年至 1887 年间,美国共发生了一万多场罢工运动(Cady 65)。豪威尔斯在《安妮·基尔伯恩》中对 19 世纪末罢工潮的提及以及在书信中对 1888 年伯灵顿铁路工人罢工(C. B. & Q. Strike)、1892 年宾夕法尼亚州卡内基钢铁公司罢工(Homestead Strike)、1895 年布鲁克林街车罢工(The Brooklyn Strike)(*Life in Letters*, vol. 1:414;vol. 2:25, 59)等劳工运动的讨论同样说明以中产阶级仁爱观为基础的社会联盟计划只是资本主义工商业者解决其生产危机的策略,并不能从真正意义上消除其与底层劳工之间的阶级矛盾。

社会联盟倡议者的阶级属性决定了社会联盟的不可行性。社会联盟的倡议者主要由以资本主义工商业者为主的中产阶级及其家眷组成。作品多处交代,他们充满善意,富有同情心和奉献精神,并自诩为基督仁慈的践行者(645 - 665)。然而,在为跨阶级慈善事业奔走的同时,他们大都过着奢侈的生活。这一点在中产阶级太太们的衣食住行方面体现得尤为明显。作品对她们的服饰着墨颇多,其中最典型的是对蒙格太太着装的描述:"她身着皮衣,手戴皮手套,腰间系着皮腰带,手腕上金表的表带和伞柄上的流苏也都是皮制的"(687)。不同于劳工们的朴素衣着,中产阶级太太们的"华冠丽服"往往款式新颖、材质昂贵(689)。除服饰外,作品还提及了中产阶级家眷们度假时随行的众多仆人、出行必备的豪华马车、餐桌上的美味珍馐以及家中富丽堂皇的陈设。在女主人公安妮看来,她们的奢华生活像"一股浓重而封闭的空气,压得她喘不过气来"(742)。然而,作品对草帽镇工商业主逃税、降薪裁员、惩治罢工者等行为的描述说明资本主义工商业者家眷奢侈生活的背后是其丈夫或父兄对底层劳工剩余价值的剥削。从中产阶级家眷一边享受劳工剩余价值创造的物质财富，一边宣称关心劳工利益、渴望通过社会联盟与劳工建立"共同基础"的矛盾行为中不难看出，社会联盟的倡议者与假定的受益者之间不存在平等交往的基础。商店主格里什对不同阶层社会交往的看法也证实了这一点。他声称，他只能接受在投票站、圣餐桌等"合适的场合"与劳工会面。劳工阶层，譬如他百货商店的文员、格里什太太的仆人均不能出现在他"神圣的家中"，他也"不允许"他的妻儿与他们进行"任何的社会交往"(699)。与格里什一样，佩克牧师也断言"闲适阶层的绅士和女士们不可能与鞋店或草店的工人平等交往"(683)。此外，安妮父亲对不同阶层社会交往的看法与格里什的观点不谋而合。他也认为美国民主所倡导的平等原则只适用于法律和政治层面，而不适用于社会交往层面。在他看来，试图将不同阶级混合在一起的行为是"非美国的价值体现"，美国民主实践的"优越性"在于它不做任何有关"社会平等的假设"(683)。安妮父亲对美国平等概念的阐释不仅预示了始于"排外社会"(682)的社会联盟计划必然流产的宿命，而且还体现出豪威尔斯对美国建国宣言"人人生而平等"的质疑与解构。由此看来，《安妮·基尔伯恩》并不像有的研究者认为的那样"局限于对小说人物的轻松讽刺"(Carrington 52)，而是对中产阶级仁爱观的虚伪性和美国建国宣言谎言性的大胆揭露。

社会联盟的实体形式同样揭示了中产阶级仁爱观的虚伪性。从实体形式来看，社会联盟是由音乐会、朗诵会、讲座、艺术鉴赏、美食品鉴等一系列休闲活动构成的，可供草帽镇中产阶级与底层劳工进行社会交往的休闲娱乐空间。然而，讲座、艺术鉴赏、文学作品朗诵、食物品鉴等代表着中产阶级"智识兴趣"(715)与"人生乐趣"(716)的文娱活动不仅难以在底层劳工中激发共鸣，而且还会加剧二者之间的既存矛盾。正如佩克牧师所言，以中产阶级文娱活动为主要形式的社会联盟计划实际上是由"百无聊赖的"富人们发明的"消遣活动"和"慈善赘余"(681)。因此，它不仅无法促成闲适阶层与劳工阶层之间的"社会共识"，而且还会使阶级关系陷入"更加尴尬的境地"(682)。在佩克牧师看来，社会联盟的实体形式是一种"巨大的错误"(682)，注定要使劳工阶层遭受"比贫困更为深刻的痛苦"，因为中产阶级家眷们所崇尚的高雅艺术是一种"炫耀性休闲"(Veblen 76)，会使得劳工阶层的匮乏现状暴露无遗(682)，从而引起劳工阶层对中产阶级的"憎恶情绪"(673)。实际上，草帽镇底层劳工需要的并不是以高雅艺术为主的休闲娱乐活动，而是平等的发展机会。然而，草帽镇南部的"新晋慈善家"们，不仅"无法揣测"他们成立社会联盟的动机，更"无法理解"他们的行为对底层劳工所产生的可能影响(Christianson 178)。

豪威尔斯对社会联盟的创办目的、社会联盟倡议者的阶级属性、社会联盟的实体形式等层面的批判表明：社会联盟是一种自上而下的、不对等的"跨阶级赞助"或是将阶级不公合理化的"政治妥协"(755)。换言之，由草帽镇中产阶级工商业阶层联合发起的以基督仁爱为名的社会联盟在本质上是一种维护中产阶级利益的"和平献祭"(755)。由此而论,豪威尔斯在《安妮·基尔伯恩》中对中产阶级社会联盟计划的批判不仅展现了其强烈的社会批判意识,而且还驳斥了有关其微笑现实主义的评价。

四、结　语

1930 年,刘易斯(Sinclair Lewis)荣获美国首个诺贝尔文学奖。在发表获奖感言时,他称赞了德莱赛(Theodore Dreiser)、凯瑟(Willa Cather)、海明威(Ernest Hemingway)等美国作家。然而,在提及豪威尔斯时他却颇有微词,认为他是热衷于书写乡间八卦的"老婢女"(15)。在刘易斯发表对豪威尔斯"诋毁言论"(Malvasi 156)的两个月之后,其挚友华顿(Edith Wharton)在给他的祝贺信中表示,尽管她为刘易斯在文学事业上取得的成就感到高兴,但其在重要场合"公开贬低"豪威尔斯的做法令她"严重不满"。在她看来,刘易斯对豪威尔斯"老婢女"与微笑现实主义的评价是一种误解。此外,华顿还认为,在刘易斯阅读几部豪威尔斯的重要小说后,必然会收回他对豪威尔斯的评价(qtd. in Dupree 265)。华顿要求刘易斯阅读的重要小说指的便是像《安妮·基尔伯恩》这样发表于草市血案后的社会小说。作为 19 世纪中后期劳工题材小说的一部分,《安妮·基尔伯恩》不仅提供了 19 世纪末资本主义发展过程中美国阶级矛盾的真实图景,还启发了诸多像豪威尔斯一样同情底层劳工的美国作家。20 世纪初的诸多劳工题材小说,如斯特芬斯(Elizabeth Stuart Phelps)的《城市之耻》(*The Shame of Cities*,1904)、亚当斯(Samuel Hopkins Adams)的《伟大的美国骗局》(*The Great American Fraud*,1906)、华顿的《树的果实》(*The Fruit of the Tree*,1907)等都受到了豪威尔斯《安妮·基尔伯恩》的影响(Tuttleton 157)。由此而论,豪威尔斯以《安妮·基尔伯恩》为代表的、发表于 1886 年草市血案之后的小说是反映世纪之交美国现实主义文学社会问题意识和社会批判意识的重要作品;同时也表明豪威尔斯的文学创作是一个动态发展的过程,任何静止的评价都有可能导致对豪威尔斯及其作品的误读与偏见。

参考文献

Adelman, William J. "Illinois Forgotten Labor History." *Illinois Issues* 22 May 1894: 22‐33.

Atherton, Gertrude. "Why is American Literature Bourgeois?" Cady and Frazier 100‐04.

Becker, George J. "William Dean Howells: The Awakening of Conscience." *College English* 19.7 (1958): 283‐91.

Boyer, Paul S. *The Enduring Vision: A History of American People*. Boston: D.C. Heath, 1993.

Cady, Edwin H. *The Realist at War*. Syracuse, New York: Syracuse UP, 1958.

Cady, Edwin H, and David L. Frazier, eds. *The War of Critics over William Dean Howells*. Evanston: Row, Peterson, 1962.

Carrington, George C. *The Immense Complex Drama: The World and Art of the Howells Novels*. Columbus: Ohio State UP, 1966.

Carter, Everett. "The Haymarket Affair in Literature." *The American Quarterly* 2.3 (1950): 270 – 78.

Childers, Joseph W. "A Matter of Time: The Textual History of W. D. Howells' *Annie Kilburn*." *The Papers of the Bibliographical Society of America* 83.4 (1989): 503 – 19.

Christianson, Frank. *Philanthropy in British and American Fiction: Dickens, Hawthorne, Eliot and Howells*. Edinburgh: Edinburgh UP, 2007.

Crowley, John W. *The Dean of American Letters: The Late Career of William Dean Howells*. Amherst: U of Massachusetts P, 1999.

David, Henry. *The History of the Haymarket Affairs: A Study in American Social-Revolutionary and Labor Movements*. New York: Russell & Russell, 1980.

Dawson, Melanie. "Searching for 'Common Ground': Class, Sympathy, and Perspective in Howells' Social Fiction." *American Literary Realism* 39.3 (2007): 189 – 12.

Dombrowski, James. *The Early Years of Christian Socialism*. New York: Octagon, 1966.

Dupree, Ellen P. "Wharton, Lewis and The Nobel Prize Address." *American Literature* 56.2 (1984): 262 – 70.

Garlin, Sender. *William Dean Howells and the Haymarket Era*. New York: American Institute for Marxist Studies, 1979.

Harvey, Alexander. *William Dean Howells: A Study of the Achievement of a Literary Artist*. New York: B.W. Huebsch, 1917.

Hopkins, Charles Edward. *The Rise of Social Gospel in American Protestantism, 1865—1915*. New Haven: Yale UP, 1940.

Hough, Robert L. *Quiet Rebel: William Dean Howells as Social Commentator*. Lincoln: U of Nebraska P, 1959.

Howells, Mildred, ed. *Life in Letters of William Dean Howells*. 2 vols. New York: Russell and Russell, 1968.

Howells, William Dean. *A Traveler from Altruria*. New York: Hill and Wang, 1957.

—. *Annie Kilburn. Novels 1886—1888*. New York: The Library of America, 1982. 641 – 65.

—. *Criticism and Fiction*. Ed. Clara Marburg Kirk and Rudolph Kirk. New York: New York UP, 1959.

—. *Selected Letters of William Dean Howells, 1882—1891*. Vol. 3. Ed. Robert C. Leitz. Boston: Twayne, 1980.

Lewis, Sinclair. "The American Fear of Literature." *The Man from Main Street: Selected Essays and Other Writings, 1904—1950*. Ed. Harry E. Maule and Melville H. Cane. New York: Random, 1953. 3 - 17.

Lovett, Robert Morss. *All Our Years: The Autobiography of Robert Morss Lovett*. New York: Viking, 1933.

Lynn, Kenneth S. *William Dean Howells: An American Life*. New York: Harcourt Brace Jovanovich, 1971.

"The Lounger." *The Critic* 26 Feb. 1887: 103.

Malvasi, Mark G. "William Dean Howells's America and What Went Wrong." *Humanitas* 22. 1 (2009): 152 - 60.

Mencken, H. L. "The Dean." Cady and Frazier 127 - 30.

Metz, Katharina. "Form, Reform, Reformulation: William Dean Howells's *Annie Kilburn*." *Swiss Papers in English Language and Literature* 32 (2015): 159 - 73.

Myers, Gustavus. *History of the Great American Fortunes*. Vol. 2. Chicago: Charles H. Kerr, 1907.

Olson, Robert. "Socialist and Realist." *Mainstream Weekly* 1 Apr. 1960: 56 - 58.

Parrington, Vernon Louis. *Main Currents in American Thought*. Vol. 3. New York: Harcourt, Brace, 1927.

Roosevelt, Theodore. *The Selected Letters of Theodore Roosevelt*. Ed. H. W. Brands. New York: Cooper Square, 2001.

Smith, Henry Nash and William M. Gibson, eds. *Mark Twain-Howells Letters: The Correspondence of Samuel L. Clemens and W. D. Howells*. 2 vols. New York: Harvard UP, 1960.

Taylor, Walter Fuller. *A History of American Letter*. Boston: American Book, 1936.

---. *The Economic Novel in America*. New York: Octagon, 1964.

Tuttleton, James W. "The Fruit of the Tree." *The Cambridge Companion to Edith Wharton*. Cambridge UP, 1995. 157 - 68.

Veblen, Thorstein. *The Theory of the Leisure Class: An Economic Study of Institutions*. New York: The Modern Library, 1934.

Ward. John. W. "Another Howells's Anarchist Letter." *American Literature* 22 (1951): 489 - 90.

Whitlock, Brand. *Forty Years of It*. Cleveland: The Press of Case Western Research University, 1970.

Wonham, Henry B. "Postcritical Howells: American Realism and Liberal Guilt." *American Literature* 92.2 (2020): 229 - 55.

《苦行记》中的凝视与西部边疆
景观的现实主义书写

孙　乐[*]

内容提要：游记《苦行记》中存在着新人游客的浪漫凝视与资深旅行者的深度凝视两种景观观看方式。新人游客先入为主地将如画审美和浪漫主义影响下的主观幻想投射于观看，其眼中的暴力和暴富等景观是中心凝视边缘的他者化产物。资深旅行者则在深度体验西部边疆本土文化的基础上对景观进行现实主义书写，突出其中蕴含的地方文化价值。马克·吐温通过旅行者观景方式的嬗变批判了既有美国西部游记中对欧洲审美标准和文化身份的盲目崇拜，同时将美国本土文化记忆融入西部边疆景观的再现中，使之作为本土景观成为想象美国民族性的文学介体。

关键词：《苦行记》；凝视；西部边疆景观；现实主义

Title: Gaze and the Realism Writing of the Western Frontier Landscape in *Roughing It*

Abstract: There are two ways of seeing the landscape in the travel book *Roughing It*, i.e., the romantic gaze of the greenhorn tourist and the deep gaze of the veteran traveller. The former projected on the landscapes his subjunctive illusions influenced by the picturesque aesthetics and romanticism, as as result, the violent and upstart landscapes he saw are nothing but a marginalized other from the perspective of the east. On the contrary, the latter highlights the realism features of the landscape, having experienced the local culture of the western frontier in a profound way. In the

---

* **作者简介：**孙乐，南京大学外国语学院博士研究生，渭南师范学院外语学院教师，主要从事美国文学研究。本文系国家社科基金项目"美国文学中的沙漠书写与国民教育研究"（18BWW080）的阶段性成果。联系方式：sucre2008@163.com。

light of the traveler's different ways of seeing the landscape, Mark Twain not only criticized the unquestioning worship of the European standard of aesthetics and cultural identity, but he also introduced the native cultural memories into the representation of the western frontier landscape, making this native landscape a literary medium which might enable the readers to imagine the American nationalism.

Key Words: *Roughing It*; gaze; western frontier landscape; realism

对游记而言，景观无疑是最重要的书写内容。景观之于游记如同人物之于小说。因此，如何呈现富有特色和魅力的景观以吸引读者是游记作者的必修课。在 19 世纪，美国人通过旅行看世界的热情日益增长，游记发挥着旅行启蒙的作用。彼时美国虽然在政治上脱离了英国的殖民统治，但是在文化上依然依附于以英国文化为主的欧洲文化。就景观书写而言，美国游记对景观的再现方式主要受彼时在欧洲风靡一时的如画审美的影响。布莱德森（Robert C. Bredeson）认为在 19 世纪三四十年代至内战前，时尚型的景观观看（fashionable views of landscape）是美国中产阶级的主流观景方式之一。时尚型的景观观看讲究在彼时流行的如画审美的指导下观看自然景观。如画审美主要包括优美和崇高两种审美类型，其中崇高审美崇尚瑰丽的想象和崇高情感的抒发，偏好粗糙、不规则的景观类型，比如荒野和废墟等。对于缺失人文历史的美国而言，荒野，尤其是无人荒野是作家和艺术家彰显民族特色的主要时尚景观。尽管如此，在彼时的美国文学作品中少有对真实的无人荒野景观的描写。究其原因，首先是因为体验无人荒野的风险极大，罕有作家会以身冒险。其次是因为如画景观有着较为刻板化的审美标准①，受其影响作者呈现的并非亲眼观看到的真实景观，而是经过如画审美加工后的虚构景观，比如未曾到过西部的库柏笔下的西部景观。这样的再现方式面临的一大难题是一旦作者真正面对犹他州和内华达州的大沙漠等"绝对孤独的景观"就会面临失语的窘迫境地（Miller 216）。这也是内战后美国文艺界亟待解决的一个难题。卡普兰（Amy Kaplan）认为内战后美国人集体跌入现实，在随后的三十年间，"重新想象一个社区，重新塑造一个民族"（Kaplan 240）成为美国艺术家和作家的主要创作目标之一。为此更多的艺术家和作家离开了新英格兰地区前往更为边远的美国土地上寻找建构民族文化的灵感。美国广袤的边疆和荒野让创作者能够摆脱如画美学的束缚，将更真实，更个性化，更富地域特征的体验融入作品中的景观描写。布莱德森认为对美国景观描写

---

① 在 1792 年发表的《关于如画的三篇论文》（Three Essays：On Picturesque Beauty；On Picturesque Travel；and On Sketching Landscape：To Which is Added A Poem：On Landscape Painting）中，吉尔平提出了若干种标准化的如画观看方式，比如对废墟的观看，他从取景角度、平面结构以及色调等三个方面提出了观看的建议。这些标准化的建议实际上也限制了观者的视野和想象，指导人们对景观进行刻板化的观看。

的这一变化是从演绎法到归纳法的转变。演绎法是在某一标准，比如，如画审美指导下描写景观的方式；归纳法指将个人情感和本土文化记忆融入景观书写的方式，马克·吐温等作家就是这一书写方式的代表。如布莱德森所言，"他的眼睛会如实地呈现他每一次遭遇自然时的所见和感受，他的文字会如实地记录他对景观的印象。无论有何种先入为主的认知，他都会通过自己的观察和思考去改变既有的认知。在吐温以及豪威尔斯（William Dean Howells）和詹姆斯（Henry James）的诸多作品中美国景观形成了自身的特色。因为每一个作家都在以自己的方式观看并描述在他所处的地方和他所处的时间看到的景色。如此的忠实让他们的描述超越了时间的束缚成为永恒"（Bredeson 94）。

作为美国现实主义文学的奠基人之一，吐温擅长以幽默和讽刺抨击美国虚伪的民主、法制与畸形的道德观，及其种族主义和帝国主义罪恶。同时，他注重将美国不同地域、不同种族的叙事方式、语言，乃至文化特色融入书写中，形成了有别于欧陆的美国现实主义风格。学界一般以《哈克·贝利费恩历险记》等长篇小说为例研究吐温作品的现实主义风格，相较之下，他游记作品的现实主义风格较少有研究涉足。实际上，吐温的现实主义风格在他早期的游记创作中已初露锋芒。彼时他的伯乐豪威尔斯建议他尝试现实主义风格的写作，"坚守事实和事物的本质，强化细节描写"（Twain and Howells Letters 46）。卡明斯（Sherwood Cummings）认为现实主义在美国出现于从内战前的超自然主义到 19 世纪末的科学主义转变这一"危机"阶段，其特征首先体现在对超自然现象的祛魅，以人文视角呈现事物的本来面貌，这一风格滥觞于豪威尔斯，吐温则作为继承者将其发扬光大（Cummings 210）。在《傻子出国记》中，吐温以杨基乡巴佬的身份对神圣的旧世界进行了祛魅和戏仿，揭露了其傲慢自大，因循守旧的一面。而在《苦行记》中，他又将批判矛头对准美国自身，批判主流文化对英雄主义和美国梦的神化给读者造成的误导以及对西部文化价值的遮蔽。《苦行记》记录了吐温从 1861 年至 1866 年期间的西部经历。如他在序言中所言，他的创作目的是呈现旅行中"身历其境、亲眼看到当时所发生的事"（吐温 7）。除了对西部边疆语言和叙事风格的应用以及对英雄主义和美国梦的祛魅与批判，作为一部以游记，《苦行记》的现实主义特色更体现在将景观描写与现实批判和文化反思结合，呈现西部边疆特有的自然和人文环境下的典型景观。不同于《傻子出国记》以书信的形式对即时旅行经历的描述，《苦行记》是以回溯的方式对旅行经历进行回忆，相应地叙事中的单一声音变成了双重声音，分别是旅行初期的新人游客，以及深度体验西部之后的资深旅行者。史密斯（Henry Nash Smith）是最早提出两种叙事声音说的学者，他认为，"两种叙事声音之间构成的对立关系一方面批评了新人游客的天真，另一方面突出了资深游客的成熟和复杂。这样的变化建立在旅行的基础上"（Smith 21）。古恩（Drewey Wayne Gunn）在与史密斯对话的基础上强调了对环境的观察和体验在旅行者自我实现过程中的重要作用，他认为两种叙事声音不是对立关系，而是在环境的影响下处于发展变化的生成关系中。具体而言，他认为文化环境下对旅行者的成长至关重要,"作者将其叙事身份置于文化背景之下,被迫对社会道德进行评估和判断"(Gunn 579)。评估和判断的对象为旅行者对东西部两种文化的记忆和认知,随着旅行的深入,二者经历了从对立到两碰撞、协商,和融合的变化,呈现出自东部的文化自我开始,经西部自然和文化环境的改造后向东西部文化映照下的文化自我过度的规律,在这一过程中具有流动性特征的景观观看方式得以形成。流动的观景方式让吐温跳出了刻板化审美的束缚,将文化映照下的个体感受融入景观的书写中,呈现出更加真实,更贴近西部地理与文化特质的边疆景观。

一、新人游客浪漫凝视下的边疆景观与他者化的地方文化

在 19 世纪,布莱恩特(William Cullen Bryant)、贝内特(Emerson Bennett)、库柏(James Fenimore Cooper)等作家将西部边疆建构为一个神圣的冒险空间,以浪漫化、哥特化的书写方式重新解读荒野中的暴力和死亡元素,探索其中蕴含的道德和美学价值,这样的创作思路迎合了当时读者的需求,但也导致大量粗制滥造的模仿作品夸大浪漫和哥特因素,以天马行空的幻想将西部边疆魔幻化。1858 年,为了吸引大众读者,出版商比德尔推出了定价十美分的"一角钱小说",以西部历险为主题,结果大受欢迎。在随后的四十五年间,这个系列共推出了三百多本小说,篇幅基本上在三万字上下。随着读者对这个系列的追捧,更多的出版商进入了这一领域,为了满足读者的猎奇心理,一些出版商放弃了历险情节、人物个性等构成小说的基本要素,以耸人听闻的内容作为卖点。以一角钱故事中最具影响力的野牛比尔系列故事为例,其开篇故事《草原侦察员》仅用四个小时就完成,主要情节就是以对印第安人的射杀彰显白人的勇气和男性气质,这一叙事侧重偏离了西方历险小说经典的"英雄叙事结构",将暴力作为冒险的代名词,使作品彻底失去了文学上的审美价值。吐温将此类作品称为"柔和的罗曼斯月光"(the mellow moonshine of romance),认为其与边疆的地理和历史现实脱钩,是以美国东西部之间文明——野蛮等二元对立为基础的对民族共同体的幻想。但不可否认的是这类作品建构的西部边疆是当时美国其他地区的读者想象西部的主要文学介体。阿斯奎斯认为廉价小说中的"一系列'能指'——皮衣、战斧等等——把西部转变成了一个拟像的范例:这不是一个真实物体的复制品,而是其自身变成了真实(或超真实)的物体。于是乎这就成了全美国的完美象征,亦即一个建构的现实"(阿斯奎斯 8)。这一拟像产生的现实影响就是,本应让人感到恐惧的暴力事件,以及参与事件的匪徒、印第安人等被浪漫化,成为读者对西部进行浪漫凝视的客体。吐温笔下的新人游客也是如此,他在旅行前对此类故事兴奋不已,对即将到来的冒险之旅充满幻想:

　　"旅行"这个词对我有一种诱人的魅力……走在远西部的大山里,他会看见野牛和印第安人,还有草原犬鼠和羚羊;会有各种冒险经历,说不定会被人家吊死或剥下头皮。他会过得非常开心,还会写信回家把这些事告诉我们,成为一个英雄。他也会看到金矿和银矿,没准儿公事完了以后抽个下午去溜达一番,在山坡上捡它两三桶亮晶晶的金属块,还有天然的金块银块什么的(9)。

　　新人游客对西部边疆景观的幻想充分体现出彼时关于西部的游记和小说对读者的影响力。这种影响力造成新人游客以中心和文明的代表自居,将西部边疆凝视为象征边缘和野蛮的他者。厄里在《游客凝视》(The Tourist Gaze)一书指出游客凝视通过摄影作品、游记等书籍以及旅行机构等社会和自然关系共同建构,包括集体凝视与浪漫凝视,真实凝视和非真实凝视等三种凝视方式。其中浪漫凝视"突出的是独处、私密以及与凝视对象一种个人化的,半精神化的关系"(Urry 205 - 206),这正符合新人游客摆脱保守刻板的东部文化氛围,前往西部追寻自由和独处空间的心态。但另一方面,新人游客又是矛盾的,上文的幻想表明他对西部景观的前凝视以文明/野蛮,中心/边缘,城市/荒野等二元对立关系为基础。就此而言,新人游客旅行的意义是摆脱东部的束缚,但在本质上亦是确认他的东部文化身份和凝视主体的地位,而以驿站马车为代表的旅行中的衣食住行则被他认为是能够体现他身份和地位的象征。新人游客本是密苏里州的小镇待业青年,他之所以能得到乘坐驿站马车的机会,是因为他被即将前往内华达准州府卡森市任州长秘书的哥哥聘为了私人秘书。在 19 世纪中期,驿站马车在新英格兰地区已是司空见惯的事物,但是在密苏里州,1857 年方投入运营的驿站马车仍然属于新鲜事物。在自称从来没有离开过家,从来没有出门旅行过的新人游客眼中,驿站马车豪华、宽敞,由六匹英俊的高头大马拉着,符合其作为东部文化代言人去管理边疆的新身份。为了凸显他的身份,他带上了四磅重的合众国法规集和六磅重的《大辞典》,并计划把燕尾服、白羊皮手套、礼帽、漆皮靴等带上马车去落基山脉参加波尼人的宴会。由于长途旅行行李数量的限制,加之要适应西部的气候和环境。最后他不得不穿上粗陋厚重的服装,包括羊毛织的军用衬衫和笨重的靴子(13)。

　　新人游客携带法规集、辞典和高档服饰的原因是认为他在地处西部边疆的卡森市买不到这些能够彰显身份的东西。布迪厄认为,"服饰、穿着、身体和举止的所有细节都是最为明显的,也是最不容易发觉的表现形式,体现了背后的秩序"(Bourdieu 77)。新人游客眼中的秩序泾渭分明,燕尾服、羊皮手套、礼帽等"生活必需品"符合干净整洁,精致有品位的东部礼仪秩序,"粗陋厚重""笨重的"衣服和鞋子则被排除在这一秩序之外。这一秩序也体现在他对旅行中饮食的态度中。在驿站休息时驿站长用一种叫"大锅茶"的饮料招待乘客。新人游客认为"这种东西的样子确实也能冒充茶,可是里边的洗碟布、沙子之类太多,还有陈旧的咸肉皮,实在骗不了聪明的旅客。既没有糖也没有牛奶,连用来搅拌里边各种成分的茶匙也没有一把"(30)。为了突出驿站饮食和就餐环境的粗鄙,他还在离开驿站后专门回忆了火车开通后他在火车上就餐的环境:"桌子上铺着雪白的桌布,配上纯银的餐具,穿着一尘不染的白色号衣的埃塞俄比亚侍者穿梭似的忙着,像变魔术那样摆上一桌连德尔蒙尼科本人也不会感到拿不出手的盛馔"(32)。

厄里认为,旅游这种实践活动涉及"离开"这个概念,即有限度地与常规和日常活动分开,并允许自己的感觉沉浸在与日常和世俗生活极为不同的刺激中(Urry 5),但新人游客在旅行中依然按照东部的标准观看西部的着装、食物、就餐环境,乃至餐具,这样的观看中有着"凝视"的影响。凝视"通常是视觉中心主义的产物,观者被权力赋予'看'的特权,通过'看'确立自己的主体位置,被观者在沦为'看'的对象的同时,体会到观者眼光带来的权力压力"(陈榕 349)。对于初次踏上旅行的吐温而言,"看"在他的旅行体验中无疑处于中心位置。而他对"看"到的物品的不同态度则暗示了他对自我身份和主体性的定位。实际上,新人游客之所以能得到看的特权,与驿站马车这一交通工具不无关系。他乘坐的马车自美国圣路易斯到旧金山,全程长达一千九百英里之遥,高昂的票价让多数旅客只能选择步行前往西部。旅行(travel)一词的词源 travail 即包含有艰苦之意。长途跋涉加上高山、沙漠等险要的环境让大多数人的旅行回归了艰辛的本质,很多人和牲畜永远地倒在了沿途,更遑论去欣赏景观。相较之下,驿站马车上的乘客不仅可以在沿途悠闲地听讲故事、欣赏沿途的风景,还可以把沿途靠步行长途跋涉的旅客当做景观进行观看。新人游客描述了他在车上看到的摩门教移民的景象:

> 有几十个衣服粗陋、面容悲苦的男女和儿童驱赶着他们的牛群,沿着大道疲惫地跋涉着。这些人曾经长达八星期之久日复一日像现在这样步行着,在这段时间里他们走了我们的马车在八天零三小时中走过的路程——足足七百九十八英里!这些人尘土满身、头发蓬乱、衣衫褴褛,男男女女都不戴帽子,而且看上去是如此的疲劳!(76)

在上文当中,坐在驿站马车上的新人游客将自我建构为凝视的主体,而蹒跚步行的摩门教徒车队则被建构为凝视的对象。二者之间的不对等关系导致后者无力与前者争夺注视的权力,只能沦为凝视的客体。除了摩门教徒,印第安人也是被新人游客凝视的景观客体,他们"矮小、瘦小、骨瘦如柴,脸和手上积满了污垢……只要是猪肯吃的东西,他们从不加以拒绝"(117–118)。凝视主体与凝视客体的区别暗示着前者的强势与后者的无力与被动性(刘丹萍 91)。新人游客在对摩门教徒和印第安人的凝视中处于强势的主体地位,但是作为马车上的乘客,他又不得不接受马车夫的凝视,而马车夫自己也不过是凝视鄙视链中的一环。在驿站马车公司中,不同分工的员工之间遵守着严苛的等级秩序,其中"代理人在'分区'是个非常有权势的人物——好比是印度的莫卧儿大帝和东印度群岛的苏丹,在他面前,普通人说话低声下气,举止毕恭毕敬,在他那种权势熏天的气焰中,就连威风凛凛的马车夫也缩成一个小瘪三"(39)。马车夫在代理人面前是小瘪三,但是在驿站长和料理马匹的人面前却又高高在上:"在当时的赶马车的人眼中,驿站长和料理马匹的人是一种还算不错的低等生物……反过来在驿站长和料理马匹的人眼中,马车夫是一位英雄、一位伟大光辉的人、世界的骄子、人们羡慕的对象"(26)。在马车夫和押车员的影响下,新人游客一方面对代理人毕恭毕敬,另一方面以居高临下的姿态凝视驿站长和养马人,从外表上断定他们是"半开化"的、"卑贱粗鲁的角色"(40),他们的语言单调乏味,是西部平原和山地人说的新口语,"很可能粗鄙的不能印成字儿"(30)。

萨特认为"他人的注视和这注视终端的我本身,使我有了生命……在我能拥有的一切意识之外,我是别人认识着的那个我"(萨特 346)。在萨特看来,他人的注视会本身不重要的,重要的是注视会让我产生反应。我既有可能因为他人的注视产生异化,丧失了自为性和主体性,也可能会让我的主体性因此得到确认。具体到旅行中的凝视而言,旅行者可能会坚持从原文化的立场,以挑剔的目光凝视异文化,强化自身固有的主体性;也可能会让原文化同异文化碰撞融合,适度改造主体性;或是彻底被异文化改造,放弃自身的主体性(Leitch 486)。旅行者的选择与其深入异文化的程度,以及异文化的发达程度相关,异文化越发达,旅行者越有可能被异化,反之亦然。在《苦行记》中,新人游客属于前者,他以东部斯文文化的标准凝视与驿站马车相关的边疆景观,肯定整洁、文雅,有秩序的景观,否定肮脏、粗鄙、凌乱的景观。这样的凝视符合他的身份、见识与旅行动机,代表了当时只能通过游记、小说等途径了解西部的美国东中部读者的见识。但是对于想要让读者看到真实西部边疆景观及其所蕴含的文化价值的资深旅行者而言,这样的景观,以及景观背后的权力秩序正是他致力于解构的因此,新人游客眼中的景观存在的意义在于暴露其对西部的无知,为资深旅行者对西部真实景观的揭示做铺垫。

二、资深旅行者深度凝视下的现实边疆景观与地方文化价值的再现

新人游客对西部边疆景观不切实际的浪漫幻想遮蔽了边疆复杂的地方历史、文化价值,及其同美国其他区域在历史文化方面的联系,阻碍了外界对西部边疆地域文化的客观认知。为了呈现出更加符合实际,能够反映出地方文化特质的西部边疆景观,吐温以资深旅行者的视角对边疆文化价值进行祛蔽并将其融入对景观的书写中,以期重构读者对西部的想象。厄里认为游客凝视会在旅行的过程中发生嬗变:"凝视是社会建构而成的观看或审视方式……当我们凝视特定的景致时,会受制于个人的经验与记忆,

而各种规则、风格,还有在全世界四处流转的各地影像与文本,也都会形成我们凝视的框架"(Urry 2)。在跨地域和文化旅行的过程中,新人游客原有的文化记忆也发生了变化。《苦行记》中的旅行长达四余年。在这一过程中,新人游客在荒野中的拓荒,与摩门教徒、西部边疆土著之间的交往、遭遇,以及探矿、冶矿和记者等深度体验西部的经历使他深入感受了西部边疆文化,实现了旅行身份和文化身份的转变。资深旅行者的观看则代表着美国西部淘金者、恶作剧者的冒险文化价值观和美国西部人的边疆审美情感,其对景观的观看方式实现了从以视觉为中心的观看向身体知觉影响下的深度凝视的转变,转变的基础则是对西部边疆景观的真实体验。如前所述,内华达等地的大沙漠属于"绝对孤独的景观",新人游客却将其幻想成能够彰显其"新鲜—浪漫—富于戏剧性的冒险精神"的浪漫景观(114),他的幻想在真正体验过沙漠之后化为乌有:

> 诗意全存在于期望之中——现实中是一点也没有……请想象一辆马车像随波漂荡的小虫子似的爬过这无边的荒漠,掀起大团大团的尘土吧;请想象一小时复一小时痛苦地忍受着单调的、尽头似乎还很遥远的跋涉吧……碱性的尘土使我们的嘴唇裂开,并折磨我们的眼睛,它蚀穿了脆弱的黏膜,使我们的鼻子流血,而且一直流个不停;于是千真万确,所有的浪漫想象都消失得无影无踪了(114)。

通过上述描述,吐温意在告诫读者,游客在西部更有可能遭遇的是危机四伏的自然环境,而非他们幻想中的景观。新人游客幻想下的西部边疆景观包括暴力景观、暴富景观以及田园景观,其中他最向往的是以英雄人物为核心的暴力景观。斯莱德是新人游客在旅行前最崇拜的英雄人物,在彼时的游记和小说中斯莱德被描述成心狠手辣,诡计多端,在整个西部地区都让人闻风丧胆的悍匪。在《苦行记》的第十章,新人游客在驿站用餐时邂逅其本人,意外发现其人温文尔雅,态度友好,与想象中凶神恶煞的形象有着云泥之别:

> 我们坐下来吃早饭,与我们同座的是一群半野蛮半开化的人,都是些佩着武器、蓄着胡须的登山者、牧场工人和驿站雇工。我们沿着横越大陆公司的马车线路所见到过最像绅士、最沉静和最和蔼可亲的高级职员,是坐在餐桌上座,紧挨着我的那个人。当我听到他叫斯莱德,我那种目瞪口呆、浑身哆嗦的样子,绝对没有第二个青年能够相比……他的态度非常友好,说话十分文雅,尽管我听到这么多关于他的可怕的故事,还是不由对他产生好感(65-66)。

百闻不如一见,亲眼所见推翻了从前的幻想,充分说明了现实体验之于旅行的意义。在邂逅斯莱德后不久,新人游客得知他因不断酗酒闹事被地方政府抓捕并下令处死,在行刑前他痛哭流涕,祈祷对方饶他一命,威风凛凛的英雄形象荡然无存。叙事者因此发出了"斯莱德是胆小鬼吗?"的质疑。这一质疑不仅是对被浪漫化的暴力景观的解构,也是游客身份转换的标志。与此同时,吐温对历史上真实发生的暴力事件进行了再现。1857 年,一群来自阿肯色州的欧洲裔移民在犹他州的一个草场遭到劫匪伏击,结果一百余人在此次事件中丧生。对于这次案件的幕后凶手,有印第安人和摩门教徒两种说法,吐温在旅途中多次听说关于此事的传闻,认为"这些情况都是从只有一天交情的人们——严格地说,全是从陌生人那儿来的"(109)。实际上,在描绘这一事件前,吐温刚刚经历了被摩门教领袖斯特里先生的接待。他眼中的对方虽然富可敌国,但为人豪爽,富有幽默感。为了弄清事实,以正视听,吐温以隐含作者的身份介入叙事,强调他在若干年后从韦特夫人的著作《摩门先知》中读到了法官对多名被告的审讯,得知此事正是摩门教徒所为。由于《苦行记》中有诸多虚构的故事,为了避免读者误以为这段历史也是作者虚构的,吐温在《苦行记》的附录中呈现法院判决文件的形式强调了这一事件的真实性。他以虚实交织的叙事表明,西部并不是读者浪漫想象中的冒险乐园,读者在小说中读到的暴力事件是建构的产物,而真实的暴力事件比虚构事件更加血腥恐怖,会彻底击碎他们对西部的浪漫幻想。

新人游客的转变不仅体现在对浪漫幻想的摒弃,更在于对边疆文化价值的发现。如旺纳姆(Henry B. Wonham)所言,"新人游客的声音里充满了对高贵的红种人,以及一片充满魅力和神秘性的、极富冒险性的土地的向往。随着对西部了解的深入,叙事者将学会放弃这种不真实的夸张语言……他将像大话故事的故事讲述者一样,在充满自我意识的幻想下通过对景观的重塑将西部再现为一片充满魅力和神秘性的土地"(Wonham 96)。旺纳姆因此认为在描写景观的同时插入奇闻异事和旅行逸事,以景观故事化的方式激发读者的想象是游记作者常见的写作方式,对于缺少历史文化底蕴的美国景观而言,这样的书写方式更是不可或缺。"在西部和南部之旅中,为了说明民族性格的特质,没有哪部游记的内容不包括一些当地的故事"(17)。就此而言,吐温在《苦行记》中常常将恶作剧(practical joke)故事融入景观的书写中。

恶作剧故事广泛存在于世界各地,美国幅员辽阔,种族众多,不同区域、不同种族也有各自不同的恶作剧故事。美国西部的恶作剧故事与早期的移民的拓荒行为有直接关系,是边疆故事的主要组成部分。处于荒野状态的边疆深山密林是野生动植物生存的天然乐土,但对人类来说却是危机四伏。面对残酷的环境和死亡的威胁,边疆野蛮人学会以玩世不恭的态度面对一切,以荒诞不经,但能自我鼓舞的恶作剧故事回应其艰难的处境。林恩(Kenneth S. Lynn)研究发现,美国边疆幽默中的恶作剧故事主要有三方面的作用。首先,恶作剧故事可以让拓荒者增强面对自然的信心,将他们的恐惧转换为欢乐和胆量。其次,恶作剧故事可以用于嘲讽将拓荒者当做野蛮人看待的东部人,将其建构为边疆文化的局外人。第三,恶作剧故事以智斗的方式减少身体对抗,让边疆野蛮人之间的大多数的对决都停留在语言层面,减少了武斗的可能性(Lynn 26 - 28)。吐温在西部旅行期间他从西部的吹牛大王布莱恩(Jim Blaine)和故事大王沃德(Artemus Ward)那里学到了边疆幽默故事的精髓。在《苦行记》中,吐温将边疆故事的叙事风格与他所见的景观结合,试图重构东部读者对西部荒野景观的认识。《苦行记》中最典型的恶作剧故事当属郊狼戏弄猎犬的故事。这一故事以资深旅行者的声音讲述的,在资深旅行者眼中:

> 郊狼的身体细长,瘦骨嶙峋,看上去令人又厌恶又可怜;它的全身紧紧裹着一块灰色的狼皮,长着一条还算蓬松的尾巴,却永远带着一种遭人摒弃、凄凄惨惨的绝望样子垂在臀后;它的眼睛鬼鬼祟祟,充满邪恶,脸部又长又尖,嘴唇略微上翘,露出了牙齿,全身有一种贼头贼脑的神态。郊狼是"匮乏"这词的一种有生命的、活的比拟,它永远饥肠辘辘,永远穷困、倒霉、没有朋友(35)。

郊狼外表形容枯槁,却深谙边疆的生存之道,擅长利用地形隐藏、移动身体、躲避袭击,乃至戏弄对手。当猎人瞄准它时,它"微微低下头,踏着轻轻的小步走开一长段路,穿过艾灌丛,不时回过头来瞅你一下,一直到走出用手枪能射到的射程之外,然后停下来不慌不忙地对你打量一番;它会走五十码停下来,再走五十码又停下来,最后它那灰色的滑动的身体和灰色的艾灌丛融成一片,就此失踪了"(35)。而当身强力壮,自信满满的猎犬奋力追赶它时,它"每隔一小会儿就回过头来假惺惺地微微一笑,这使得狗儿信心百倍……尾巴朝后面翘得更高,更加疯狂地撒腿狂奔"(36)。但郊狼利用自己对地形的熟悉,迈着轻巧的步伐总是保持与猎犬二十英尺的距离,直到最后猎犬意识到被戏弄,垂头丧气地回到主人身边。罗宾森(Forrest G. Robinson)认为尽管郊狼能从恶作剧中得到短暂的快感,但就本质而言它的恶作剧以牺牲自我为代价。由于恶作剧是"恶"性循环,没有终点,郊狼只能幻灭,永远无法成长(Robinson 36)。

罗宾森分析的局限在于将恶作剧等同于幻灭和沉沦,但恶作剧的本质并不是要毁掉生命的活力,而是在不同界限中创造"阈界"。"恶作剧者会打破界限,混淆区别。它们在人们对固有的道德准则困惑的时候出现,以一种不道德的行为打破对与错的界限,让生活恢复活力"(Hyde 7)。在戏弄猎犬的故事后,吐温又详细地讲述了郊狼如何在与印第安人、渡鸦共生的关系中生存。他们在恶劣的环境中并没有一蹶不振,而是培养出了顽强的生存意志和乐观的生活态度:"郊狼对于走上一百英里去吃一顿早饭或者一百五十英里去吃一顿午饭是毫不在乎的,因为它肯定吃了一顿之后必须隔上三四天才能吃到第二顿。让它躺在那儿什么也不干,做父母的累赘,还不如边跑路一边看看风景好"(37)。郊狼从苦难中看到希望的观景方式正是吐温希望读者能学到的,他以郊狼为例向读者说明在边疆历险是现实生活,而不是游客幻想。只有像顽强的郊狼一样不卑不亢，不自视为边疆景观的凝视主体，但也不自暴自弃，像猎犬一样被彻底击垮后沦为凝视的对象，才是真正的冒险英雄。实际上，郊狼故事是对边疆故事中常见的猎熊故事的戏仿。在猎熊故事中，熊是自然神的化身，尽管猎人想方设法地想要捕猎到熊，但总是弄巧成拙，反而被熊捉弄。这一故事暗示的是自然对拓荒者的反征服。也正是在这一过程中拓荒者从绝望到自嘲，以故事的形式回溯这段经历，调侃人类面对自然荒野时的渺小，同时以恶作剧精神鼓励自我继续同自然斗争。在猎熊故事的结尾，作为神灵象征的动物最后都意外丧生，具备坚定意志和恶作剧精神的人类最终会取得胜利。吐温通过郊狼和荒野景观的描写意在说明边疆探险的本质并不在于血腥和杀戮，而是以因地制宜的智慧、不屈不挠的意志，以及乐观的恶作剧精神面对自然的考验和挑战。而这正是西部边疆文化的精髓之一。

三、结　语

景观与文化的塑造是双向的，作为文化记忆的符号，景观会对文化产生影响，文化反过来也会塑造景观。在《苦行记》中，新人游客和资深旅行者对观看与再现景观的方式在本质上取决于其对西部边疆本土文化的态度。按照特纳和其他学者的总结，西部边疆的本土文化即包括坚毅的个人主义精神，以及自由、民主、开放，流动等特质。这些特质作为美国本土环境改造欧洲文化的产物，在拓荒者开发荒野的过程中形成并融入采矿社区、边疆城镇等地理景观中，最能彰显美国本土特色和边疆精神。但只有经历过对这些寻常景观深度体验和凝视的资深旅行者才能看到其中价值并将其融入景观的书写中，呈现出更切合现实，更能引发读者精神共鸣的西部边疆景观。就此而言，吐温以现实主义风格再现西部边疆景观的意义不仅在于解构既有文学作品对西部的边缘化、刻板化和他者化，更在于让读者重温自殖民时期以降先辈筚路蓝缕的拓荒精神，使之成为体现美国不同地域文化共性的民族景观。

参考文献

Asquith Mark. *The Lost Frontier: Reading Annie Proulx's Wyoming Stories*. Trans. Su Xinlian, Kang Jie. Beijing: The Commercial Press, 2018.

［马克·阿斯奎斯：《失落的边疆：阅读安妮普鲁的〈怀俄明的故事〉》，苏新连、康杰译，北京：商务印书馆，2018 年。］

Bourdieu, Pierre. *Outline of a Theory of Practice*. Trans. Richard Nice. Cambridge, London, New York, Melbourne: Cambridge University Press, 1977.

Bredeso, C. Robert. "Landscape Description in Nineteenth-Century American Travel Literature." *American Quarterly* 1(1968): 86 - 94.

Chen, Rong. "Gaze."*Key Words of Western Literary Theory*. Beijing: Foreign Language Teaching and Research Press, 2017: 349 - 61.

[陈榕:《凝视》,《西方文论关键词第一卷》,北京:外语教学与研究出版社,2017 年,第 349 - 361 页。]

Cummings, Sherwood. Mark Twain's Theory of Realism; or The Science of Piloting. *Studies in American Humor*, (3)1976: 210.

Hyde, Lewis. *Tricksters makes this world: mischief, myth, and art*. New York: Farrar, Straus and Giroux, 1993.

Gunn, Wayne Drewey. "The Monomythic Structure of Roughing it." *American Literature* 4(1989): 563 - 85.

Kaplan, Amy. "Nation, Region, and Empire."*The Columbia History of the American Novel*. Ed. Emory Elliott. New York: Columbia University Press, 1991: 240 - 66.

Leitch, G. David. "Billfinger, Blackfellows, and Forty-Niners: Travel and Judgement in Mark Twain." *Polity 42* (2010): 483 - 510.

Liu, Danping. "Tourist Gaze: From Foucault to Urry." *Tourist Tribune* 6 (2007): 91 - 95.

[刘丹萍:《旅游凝视:从福柯到厄里》,《旅游学刊》,2007 年第 6 期,第 91 - 95 页。]

Lynn, S. Kenneth. *"Roughing It" in Mark Twain: A Collection of Critical Essays*. Ed. Henry Nash Smith, Englewood Cliffs. New Jersey: Prentice Hall, 1963.

Mark Twain-Howells Letters. Ed. Henry Nash Smith and William M. Gibson. Cambridge, Mass: Harvard University Press, 1960.

Miller, Angela. "Everywhere and Nowhere: The Making of the National Landscape."*American Literary History* 2(1992): 207 - 29.

Robinson, G. Forrest. "The Innocent at Large: Mark Twain's Travel Writing." Forrest G. Robinson Ed. *The Cambridge Companion to Mark Twain*. New York: Cambridge University Press, 1995. P27 - 51.

Sartre, Jean Paul. *Being and Nothingness*. Trans. Chen Xuanliang, et al. Shanghai: Joint Publishing House, 1997.

[萨特:《存在与虚无》,陈宣良等译,上海:三联书店出版社,1997 年。]

Smith, Nash Henry. *Englewood Cliffs*. New Jersey: Prentice Hall, 1963.

Urry, Jhon. The *Tourist Gaze—Leisure and Travel in Contemporary Societies*. London: SAGE Publications Ltd, 1990.

Wonham, Henry B. *Mark Twain and Art of the Tall Tale*. New York: Oxford University Press, 1993.

Wu, Juntao, Ed. *Nineteen Volumes of Mark Twain, Volume 4*. Shi jiazhuang: Hebei Education Press, 2001.

[吴钧陶主编:《马克·吐温十九卷集》,第四卷,石家庄:河北教育出版社,2001 年。]

历史、记忆与情感结构：
朱厄特《深港》中的田园幻象解读

王利娟*

内容提要：乡村田园书写往往因其对残酷社会现实的遮蔽和美化被贬抑为虚假的艺术建构，然而其所蕴含的价值观和情感结构等有机现实往往遭到忽视。作为19世纪末新英格兰最具代表性的地域作家，朱厄特几乎在整个创作生涯中都在想象性地再现新英格兰乡村，然而她的乡村素描并不拘泥于传统地域现实主义文学对客观"事实"细节的充分呈现，而是在有选择性地建构"旧新英格兰"乡村生活延续的田园幻象中折射19世纪末现代社会转型期新英格兰乡村以及美国社会的本相。换言之，朱厄特的新英格兰乡村并不囿于历史之内，而是旨在重新创造历史；她是选择性地重塑关于彼时新英格兰乡村记忆，而非复原新英格兰乡村记忆。朱厄特的《深港》采用双重叙事，使不同立场和视角的叙事者们形成对话中主体平等的"邻里"，使读者能够在对存在争议的新英格兰乡村生活及其往昔的重构中，对其过去、当下和未来有更多的理解和思考。

关键词：萨拉·奥恩·朱厄特；《深港》；田园幻象；历史；记忆；情感结构

Title: History, Memory and Structure of Feelings: An Interpretation of the Pastoral Illusion in Jewett's *Deephaven*

Abstract: Rural writing with pastoral inclination is often dismissed as a kind of false artistic construction because of its obscuring and beautifying the harsh social reality, but the organic reality such as the values and structure of feelings it contains is often ignored. As the most representative regional writer in New England at the end of the 19th century, Sarah Orne Jewett has been imaginatively reproducing the

---

* **作者简介：**王利娟，南京大学外国语学院在读博士生，主要从事英美文学研究。联系方式：978731633 @qq.com。

New England countryside almost throughout her creative career. However, her rural sketches are not limited to the full presentation of physical "facts" in traditional regional and realistic literature. It reflects the essence of the New England countryside and the American society in the late 19th century through selectively constructing the pastoral illusion of the continuation of the "Old New England" rural life in the 18th century. In other words, Jewett's New England countryside is not confined to history, but aims to recreate it; She selectively reconstructs the memories of rural New England at the time, not restores rural New England memories. Jewett's *Deephaven* adopts double narration, not deliberately taking sides with any of the community perspectives, but constructing "neighbors" in conversation, so that readers can have more understanding and thinking about the past, the present and the future in the reconstruction of the contested history.

Key Words: Sarah Orne Jewett; *Deephaven*; pastoral illusion; history; memory; structure of feelings

....

　　19世纪末,新英格兰最具代表性的地域现实主义作家萨拉·奥恩·朱厄特(Sarah Orne Jewett),在其近四十年的创作生涯中始终执着于新英格兰乡村的想象性构建。《深港》(*Deephaven*)是其成年后创作的第一部乡村速写集,讲述了两位来自波士顿的年轻女孩海伦和凯特,在凯特童年时期生活过的、主要由老太太、老船长、老房子为主的新英格兰海滨小镇——深港的避暑经历。深港的自然景观、传统朴素的生活方式、古朴的建筑与典雅的豪宅内饰、见证了新英格兰航海时代繁荣的老船长和老太太及其有机的时间观念等,使深港呈现出仍在延续前工业时代的传统乡村田园生活方式的幻象。《深港》的创作技巧虽然被一些学者认为不及其巅峰之作《尖枞之乡》(*The Country of the Pointed Firs*)那么成熟,但朱厄特的乡村速写技巧和主题几乎皆以《深港》为基石的,因此,选取《深港》为研究对象是拓展对朱厄特其他作品研究的一面镜子。

　　对朱厄特作品,包括对19世纪其他地域书写的研究很难绕开美国学者艾米·卡普兰(Amy Kaplan)。受本尼迪克特·安德森(Benedict Anderson)《想象的共同体》(*Imagined Communities*)的启发,卡普兰指出,内战后的美国地域书写通过"有意的遗忘"(a willed amnesia)(242),重新想象美利坚的过去和不断变化的空间轮廓,重新创造可共享的民族文化遗产,参与进了内战后国家与民族重建的文化项目。在卡普兰看来,"地域主义乡土文学的退隐源于集权化的资本主义经济,最终也被集权化的资本主义经济所吞噬,如商品。地域主义乡土文学助长了从城市退隐到永恒乡村的欲望,也阻挠着这种欲望"(256),而朱厄特所创造的"岛屿社区"(242)自然也具有遮蔽和抹煞历史的痕迹,"与其说是怀旧的逃避,不如说是一个有争议的地区,有着复杂的历史,与城市中心密不可分"(252)。卡普兰既看到了朱厄特等地域作家作品中田园怀旧——逃离现代城市代表的工业现代性的冲动,同时也洞察到这些作家笔下的乡村其实是与刚刚过去的历史事实有偏差的,不是对真实地域乡土历史原原本本的还原,而是有所扭曲与掩饰的历史再现和重新创造。在 20 世纪 70 年代,英国马克思主义文化批评家雷蒙·威廉斯(Raymond Williams)通过克雷布的诗句已经喊出(田园)"诗中不再有真相"(《乡村与城市》16),"并不存在一个没有剥削、没有苦难的过去时光,所谓的'旧英格兰'不过是刻意编织出来的意识形态神话,是对真实历史做出的误导性的回应,文学在此过程中发挥了重大的作用。"(《乡村与城市》译序 3)美国田园生态批评奠基人利奥·马克斯(Leo Marx)也意识到了简单田园的虚幻性,指出情感型田园制造的是"绿色牧场的平静与和谐的幻想"(19),容易使人"忘记下面还有虎狼之心在怦然跳动"(229)。另一位美国知名生态文学批评家劳伦斯·布伊尔(Lawrence Buell)与威廉斯观点较为相似,认为田园传统背后隐含着的是"田园主义"(pastoralism)—各种各样的意识形态和政治目的。以上学者都指出了田园书写是有选择性地再现,是受城市读者赞助的"诗人"们过滤或遮蔽了一些历史事实的艺术重构。而这些学者基本上都认同乡村主要是被城市读者消费的对象,乡村书写的叙事立场主要是"诗人"的立场,而非被消费的他者——本地人的立场,主要迎合的是城市读者的"欲望"(desire),体现的社会主导阶层的意识形态和情感结构。美国女性主义批评家朱迪斯·费特丽(Judith Fetterley)和马乔丽·普莱斯(Marjorie Pryse)则认为,朱厄特的地域主义书写为本地人提供了言说自我的机会。笔者以为,朱厄特的地域田园书写虽然受到田园书写传统的影响,是有选择性地对乡村的再现和重塑,与历史现实有所偏差,但是其作品隐含的情感结构、价值观念等又形塑了另一种非物质的有机历史事实,是管窥 19 世纪末社会历史的一面镜子。无论是"诗人"还是通过回忆讲故事的"本地人",因其立场和经验等方面的不同,都呈现出了对乡村的有选择性再现,他们之间并不是二元对立的关系,也不是互补的关系,恰恰是有机互动"切磋"的"邻里",共同建构了有争议性的历史和地域,为读者回溯历史、思考其所在的时代以及展望未来提供了契机。因此,本文以朱厄特的《深港》为例,围绕田园诗中是否有真相的问题,探究田园幻象与历史事实以及情感结构之间的动态辩证关系。

一、"可知的社群"①：有选择性地再现与"旧新英格兰"乡村生活仍在继续的幻象

雷蒙德·威廉斯在评论简·奥斯汀(Jane Austin)小说的社群时曾说："虽然在小说的基本词语中，这是一个完全知晓的社群，但作为一个真实的社群，它却是经过极其精心挑选的。"(《乡村与城市》233)"奥斯汀通过眺望土地看到的是一个由有产家庭组成的网络，而通过这一严密描画的社会网络的网眼，多数真实的人是根本不会被看到的。在这个世界中面对面，就已经是在一个阶级的范围之内了。没有任何其他社群是可知的，不论是在物质呈现或社会现实方面。此外，不仅仅是多数其他人在一种和本·琼森一般明确的风格化的传统中消失了。乡村世界的大部分也消失了，而只有在与那些充当小说真正情节成分的人家产生联系时，它们才变得真实起来；因为真正的乡村就是天气或者一处用来散步的地方。"(威廉斯，《乡村与城市》233)也就是说，乡村的呈现取决于观察者的立场，乡村社区往往是观察主体有选择性建构的、基本可知的、而非完全可知的乡村。新英格兰地域文学对新英格兰乡村的塑造也并非全面的、真实的，都是经过了精心的选择。劳伦斯·布依尔(Lawrence Buell)在评论斯托夫人的新英格兰乡村书写时曾说："与大多数优秀的新英格兰乡村文学一样，斯托夫人的《新英格兰速写》(*A New England Sketch*)中所描述的风景部分基于作者亲身经历的生活模式，并对其进行了一些原创性扭曲，但同样，它也是一种共同的产物——一方面是乡村文化的产物，另一方面是盎格鲁—美国文学对这种文化的文学想象。"(305)故而，新英格兰作家笔下的新英格兰乡村既是新英格兰乡村文化影响下的产物，也是对新英格兰乡村文化的想象性艺术建构。《深港》中的社区亦是如此，它呈现的不是新英格兰乡村的原貌，而是通过选取依然遵守旧新英格兰乡村贵族斯文文化为主导的乡土社会体制的、具有明显缅因海滨地方色彩的几户乡民形成的、种族与文化较为同质的乡村社区②，是众多彼

---

① 可知的社群(knowable communities)，出自雷蒙德·威廉斯：《乡村与城市》，韩子满、刘戈、徐珊珊译，北京：商务印书馆，2013年，第232页。
② 由于国家与社会文化背景不同，与简·奥斯汀不一样的是，朱厄特对乡村乡民的挑选并非仅局限于同一阶级，而是在美利坚—新英格兰传统社会秩序观念下，挑选不同等级、不同出身、不同职业的乡民组成的比较能够体现美利坚—新英格兰良序、民主与平等观念的关系网。朱厄特怀旧性建构的新英格兰乡村社会具有清教文化特征，体现了清教徒特别是中富阶层精神领袖的一些社区主张，如约翰·温斯洛普，"他在其著作《基督教仁慈的典范》(1630)中表述了当时清教徒的一个流行信念：每个社会都必然分为两个等级：富人和穷人。富人是当然的统治者，穷人则是被统治者。上帝对富人和穷人分别赐以不同的美德：他赐予富人以仁爱和自制的美德，赐予穷人以忍耐和服从的美德"(涂纪亮 33)。详见：涂纪亮《美国哲学史(第一卷)》，石家庄：河北教育出版社，2000年。

时地域文学作品创造的复数的本土"乡村"之一。

《深港》是一部乡村速写集,但是它所收录的速写并不是即时而作的速写,朱厄特对其中的一些作品也进行了几个月的"重写与重新编排"(Blanchard 84),甚至对一些细节进行了"涂改"。故事中两位女主人公——海伦和凯特的年龄,也从最初的"二十二"岁改成"二十四岁"。同时,朱厄特还有意删掉了一些非盎格鲁-撒克逊异质民族的元素,她在 1877 年删除了几处提到的村子里有外国人的地方,去掉了一个贫穷的"荷兰妇女"和她的众多孩子,还将凯特从波士顿家中带来的仆人的名字从听起来像爱尔兰人的布里奇特(Bridgit)改为听起来更有洋基风格的安(Ann)。朱厄特这样做在桑德拉·扎格利尔(Sandra A. Zagarell)看来"很可能是为了应对(外来)移民的增加"(645)。由此可见,在创作层面上,作家对"上镜性材料"或"可入画性素材"进行了反复斟酌,深港社会的生活景观和人物都是经过严格的筛选和刻意的加工,其中隐含着作家及其相关社群在彼时的情感结构,而不仅仅是对现实历史生活表象的刻板模仿与复制。

在作品中,隐含作者——旁观者海伦和本地还乡人——凯特接触和探访的大多数故事讲述者都是经过精心挑选的,他们有意挑选了有故事者和有故事的地方进行探索和探访。海伦选择接近老船长们也带有预期目的性,正如她对她的潜在读者们所说:"如果我不告诉你们老水手们的一些故事,我认为我对深港社会的讲述就是有缺憾的,不完整的"(Jewett *Deephaven* 81)。对于本地故事讲述者和潜在观众,城市还乡者——主要叙事者海伦和凯特心中有着清晰的判断。在交谈过程中,她们还对一些话题进行有意识地引导,以满足"窥私欲"。在第六章中,当老水手丹尼的思绪和话题逐渐偏离并且停下不说时,凯特会再度接上未竟的话题,继续故事的讲述。在深港度假"探险"期间,有些船长和水手带有警惕性和排外性,并不想分享太多自己的故事,而老船长们愿意分享的故事也通常是他们平日在码头回忆往昔光辉岁月时侃谈的,故事真假都有待考证,其中不少故事存在争议,皆带有主观的个人解读和猜想。比如海伦认为,"佩顿太太知道每个人的秘密,能够明辨审慎地讲述它们。她整天都能像一只麻雀一样叽叽喳喳给你讲个不停,你也不会对她产生厌倦;当她给我们讲述往昔、凯特的祖先和她的同时代人时,我们从未如此开心地感到被愉悦过;她的记忆力很好,她要不就是长时间目睹了深港发生的一切,要不就是从可靠的见证人那里听说过具体的细节"(49-50),但是佩顿太太也会选择不同的对象诉说不同的秘密,对于多年好友达克姆太太,她则会透露自己额头上凹陷的原因,而对外来者她则不希望被询问。因此,本地人的讲述往往也是针对聆听对象选择性讲述他们认为可以被知晓的秘密,来愉悦"天真的"城市旅行者。因此本地人对聆听者和讲述的内容是有所拣选,并附带自己的判断力与洞察力进行加工重造的,是有选择性可听与可见。

无论是本地乡民看似自然客观却有挑选性地对地方奇闻轶事的分享,还是旅行——叙事者对本地人、本地景物和本地民俗文化等有选择性拣选,都直接或间接的重塑了一种"旧新英格兰"航运业繁盛时期的生活方式和价值观仍在延续的乡村田园幻象。这个乡村并非完全是对新英格兰缅因海滨乡镇的客观再现,而主要是朱厄特的具有世界主义视野、见多识广的叙事者——海伦与宣扬主流进步理念的美国现代工商业城镇,如波士顿,进行潜在对比之后刻意讲给城市读者听、满足其渴望逃离"本地"、向往异域的心理而创造出的"他地",亦即如桑德拉·扎格利尔所说的那样,《深港》中的老式的乡村生活的"原真性(authenticity)"是相对的,而不是绝对的:它意味着与被认定为不原真地道的——内战后现代的、人造的、商业的、都市化的、涌入越来越多外来移民的美国形成对比"(643)。因此,主要叙事者对深港是有选择性的建构,有所扭曲地创造出了原真地道的、同时符合城市读者期待视野的、"最不美国的"(not in the least American)(*Deephaven* 93)却最具早期美利坚本土色彩的新英格兰乡村。

二、被遮蔽的现实:集体记忆的重塑与有争议的"历史"的重新创造

朱厄特在其作品中常常流露出对地方风物、景观、乡民等的逐渐逝去的哀婉,并且认为地方历史传承的重要的载体之一是有故事的乡民,而受过教育的知识分子,如乡村医生,也可以成为聆听并记录下这些人口述的历史——个体记忆的"历史学家"。在《乡村医生》一书中,她借格雷厄姆太太(Mrs. Graham)之口表达了自己的这些看法:"但我希望我们能理解这些热爱新闻的老人们的价值。如果我们不努力去拯救,那么多的当地历史和传统就会随着每一个人的死亡而消亡。我希望你是明智的,尽可能多地收集。你们这些医生应该是我们的历史学家,因为只有你们才熟悉乡下人,可以无拘无束地和他们交谈"(140-141)。朱厄特肯定了本地人在地方历史与文化记忆传承中的重要性,同时也意识到个体记忆与回忆是有机历史建构的素材。

然而个体记忆和回忆往往带有个体情感色彩,"它只与那些能强化它的细节相容"(诺拉 5),这就意味着个体的记忆与回忆本身也存在有意识的选择性,这也再次说明,叙事者和讲故事者的乡村更大程度上是不完全可知的乡村,讲述的内容也不是完全客观的乡村历史事实。易言之,她是在有选择性地回忆的基础上重塑了关于新英格兰乡村的历史,而不是复原关于新英格兰乡村的历史。

进一步来讲,朱厄特的地域书写特别是乡村速写中建构的乡村与 19 世纪末的新英格兰乡村现实存在一定的距离,对残酷的社会和经济现实都有一定的委婉遮蔽,而竭力展示"人性中更优雅温暖的一面"(Jewett, Letters:195)。朱厄特曾对威拉·凯瑟(Willa Cather)吐露道:"她的脑子里满是可爱的老房子和老妇人,还有……当一个老房子和一个老妇人在她的脑海里一起出现时,她知道这个故事正在进行中。"(Cather xvi.)老房子和老太太是其小镇速写的核心意象，仅仅在《深港》一书中，"house"一词就出现了 374 次，是出现频率最高的名词，也是《深港》各章绕不开的话题。因此，本节笔者主要以朱厄特对深港住宅的描写为例，揭示《深港》古朴传统、稳定和谐、自足互助的美好田园表象下的社会经济现实。

《深港》第二章和第三章详细介绍了凯瑟琳小姐贵族风格的豪宅、基尤太太家守望的灯塔以及吉姆寡妇的简朴房舍。表面上看，凯瑟琳小姐贵族风格的布兰登豪宅与佩顿太太的房舍既营造出了辉煌的新英格兰航海时代的乡村往昔美好时光，也塑造出秩序稳定、邻里友善、民主平等、自给自足的乡村宅邸田园生活幻象。但仔细分析不难发现，二者表征了不同的社会身份和社会地位，隐含着社会变革带来的愈加悬殊的贫富差距和动荡不稳的乡村经济现实。凯特所继承的姨姥凯瑟琳的布兰登宅邸实际上是建立在充足的资本之上的，"（这）是一栋充满可能性的宅子；自然地散发出迷人魅力"(15)，是 18 世纪末 19 世纪初典型的新英格兰海滨乡村花园住宅，不仅房屋宽敞房间充足，而且各个角落儿乎充斥着异域元素：餐厅墙上古老的荷兰画、布兰登小姐送给卡特的古老的蓝色印度瓷器、会客室壁炉蓝白色的荷兰饰瓦、陈列柜里充满中国雕刻、瑞士木雕、南太平洋的艺术品等珍稀古董与摆件。在凯瑟琳去世后也有吉姆寡妇等人继续照管宅邸。与之形成鲜明对比的则是佩顿太太的"最好的房间"(50)。虽然家具十分齐全，古朴的桌椅和地毯、祭品、刺绣纪念品等传达出悠久稳定的传统田园生活气息，但还是可以从字里行间管窥到该房舍的"寒酸"和主人努力维持日常生活体面的独立的努力。不仅"（这张）地毯一定要使劲抻抻，才能伸长到地板的边缘"(50)，连佩顿太太引以为傲的摇椅也并不能让城市来客真切体会到她所说的舒适。这"最好的房间"在见过世面的海伦看来更谈不上有多高的经济价值。但是就是这样的房子并不是每个乡民都能够有经济实力维持下去的，除了依靠她所帮佣的豪宅主人凯瑟琳小姐在遗嘱中留下的资助使其能够在晚年保有房子的经济能力，她还经常帮忙照顾邻里病患、参与操办丧葬仪式、帮忙做些清洁等"兼职"，以确保日常生活的延续。

但是佩顿太太的幸运只是特例，在深港周围的远足出行中，海伦和凯特遇到的海滨贫农、马戏团女巨人和没落的贵族小姐昌西等人的故事则折射出 19 世纪社会转型过程中，社会变革带来的较为普遍的穷困和失家现象。当凯特和海伦给看马人——贫农安德鲁(Andrew)小费时，他感激涕零地说道："我希望你们永远不会知道像我这样辛苦地挣每一美元是多么艰难。我以前从来没有像这次这样轻易赚到钱。"(Jewett, *Deephaven* 206)如果不细细品味，很容易被慈善和感恩的氛围所蒙蔽，乡村经济现实问题会被巧妙遮蔽。从安德鲁接下来的话语中，可以进一步了解到这个家庭的经济情况："我身体不好，这是我最大的障碍。我的职业是造船，但现在生意都不景气了；现在人们都买二手的，你什么都做不了。我的身体状况无法承受深海捕鱼，你看我的土地这么贫瘠，根本没有什么价值。好在我的大儿子，他在进步。他今年春天离开了，他在波士顿的一家包装厂工作;他母亲的一个表兄给了他这个机会。他前段时间给我寄了10美元,给他母亲寄了一条披肩。我不明白他是怎么做到的,但他很聪明!"(Jewett, *Deephaven* 206)安德鲁的大儿子在纸盒包装厂干了大约一个多季度(春天去,现在7月4日——独立日之后)才攒下10美元和一条女士披肩寄给老家的父母。从看马人的真情坦露中可以看出,城市游客给的小费可能是1美元左右的,而对于身体不好、土地贫瘠的普通城市贫民家庭来说,半年也很难攒到10美元,到城市工厂才有可能攒到那么多。据丹尼尔·霍洛维茨(Daniel Horowitz)计算,19世纪60年代,大多数工厂工人的年收入在250美元至400美元之间(Horowitz 10)。在朱厄特的《法利镇的灰色棉纺厂》中,我们能了解到更为接近普通工人生活现实的真相。该作品发表于1898年,通过该作品中工人的工资收入和开支进行对比,我们能更清楚美国19世纪末新英格兰不同民众的收支情况。工人的收入除了生活饮食开支外,很大部分都被公司的"蜂巢"出租房赚了回去,并且还会毫不留情地涨房租,普通工人根本攒不到钱建造自己的房子,正如棉纺厂扫地工玛丽·卡西迪(Mary Cassidy)抱怨的那样,人们都以为麦克·克拉汗(Mike Callahan)攒到了钱为自己建造了可爱的房子以方便工作,但是知情的人才知晓内幕,克拉汗的钱是他那去西部加利福尼淘金闯荡的兄弟遗留给他的。两个扫地工老太太的闲谈基本上揭示了棉纺工人的生活状况。在棉纺厂打工的法裔年轻女孩去一趟餐厅,仅仅只消费"几根洋葱和一包饼干,再往黄油里加一点猪油"(Jewett, *Novels and Stories* 891)。而整个小镇像这些外来移民工人吃一周的牛排也花不了1美元,他们不把过多的工资花在工厂所在地,而是存着钱准备跑到加拿大买地。在法利镇的棉纺厂不景气的时候,最好的工人一周顶多挣取6.5美元(*Novels and Stories* 899),也就是说普通工人一天很难挣到梭罗在《瓦尔登湖》中所说的1美元,而在法利镇的棉纺厂停产期间,不少工人难以为继,像马琪(Maggie)那样没有经济来源的童工更是有回到济贫院(poorhouse)的可能。

朱厄特的《一只白苍鹭》(*A White Heron*)《尖枞之乡》和《沼泽岛》(*A Marsh Island*)等作品中的一些细节也辅助揭示了19世纪末新英格兰城乡经济收入来源和差距。《一只白苍鹭》中城市来的猎人—鸟类学家向农村女孩塞尔维亚及其乡村外婆梯利太太允诺任何能带他找到白苍鹭踪迹的人,他愿意付出10美元[1]。这10美元让塞尔维亚彻夜难眠,无法想象这笔财富能买多少东西,由此可见,在乡村,乡民们很难一下子攒到10美元。在《尖枞之乡》中制卖草药的托德太太做药草生意很难维持生存(最好时一天能赚取2美元27美分),还要将房子出租给外来的房客们挣取微薄的收入。据考证,美国内战期间就已经开始征收房产税,而房产税是地方财政不菲的收入来源,几近占到一半。有房产的居民想要维持自己的家宅也需要一定的收入。登尼特兰丁及其附近岛屿的乡民基本上都是有副业的,老船员梯利、布莱克特太太家的威廉等乡民平时都

---

[1] 彼时的10美元大约相当于如今的210美元,也即1512元人民币。

要出海打鱼,连独居贝壳岛的乔安娜也要养些鸡,偶尔附近乡民还会给她扔些苹果、鱼等物资对她进行默默扶持。而最后嫁给托德太太弟弟威廉的牧羊女以斯帖平时也要养羊卖给波士顿的市场,以挣取钱财还债和维生。由此可见,新英格兰乡村生活的经济收入根本离不开城市市场,而乡民们挣取收入也是较为困难的,与城市相比,乡村普通民众生活不是自愿简朴,而是不得已的简朴。贫农安德鲁的妻子也喜欢时尚服饰和饰品,《沼泽岛》中有地产有房产的乡民欧文夫人也向往繁华多金的城市,一心想让美丽斯文的女儿多丽丝嫁到城市,离开贫乏单调的小乡村。简而言之,乐意看到的简朴多是逃离腐败堕落的城市人的心理欲望所致,而非贫困乡民的真实心理。

朱厄特用参加葬礼时邻里对逝者的敬畏和孤儿被领养时的宽慰遮蔽了更为残酷的乡村社会经济现实,淡化了乡村贫困引发的后果。贫农安德鲁家的孩子们不仅失去了父母,按照当时的税法,连房产地产都会因交不上税而难以保住,最终只能被领养,寄人篱下或是成为《法利镇的灰色棉纺厂》里那样的童工或有钱人家的帮佣。在朱厄特的作品,如《小镇穷人》(The Town Poor)中,乡村住宅和物什在乡民无法维持下往往被拍卖,而19世纪末的新英格兰乡村在乡村旅游热的带动下,已经被资本攻破,农业部门、旅游机构等出台的相关政策更是拉动了城市有闲有钱阶层的投资。虽然农业委员会计划鼓励各种形式的旅游——露营、光顾度假酒店、购买避暑别墅——但这个新假期最具特色的形式是农场的夏季寄宿(Brown 155)。乡村民宿产业的兴起标志着完整乡村已不复存在,而乡民通过出卖独立性和隐私性获得的民宿收入也是为了竭力维持新英格兰乡民内心一贯所渴望的体面和独立。

三、幻象中的"真":时代情感结构折射有机现实

如前所述,朱厄特的乡村书写是有选择性地艺术建构,通过有意的遗忘,遮蔽了新大陆定居者殖民扩张历史、掩饰了本地人与外国移民以及不同阶层、种族间的冲突、弱化了内战给本地人带来的精神创伤,通过高扬富人的慈善和穷人的感恩营造出和谐美好的社群关系,淡化了乡村经济现实——极度匮乏。如前所述,既然作家们笔下的乡村,特别是田园主义文学作品中的乡村总是与现实有所偏差,那么乡土田园文学是否与现实主义文学完全相悖?不存在真实性?本节就该问题进行详细探讨。

地域现实主义的田园怀旧元素暗示了乡土文学超越现实的理想化,正如亚伦·桑蒂索(Aaron Santesso)所说:"如果说怀旧由理想化和对过去的向往两大因素构成,只有理想化是唯一必需的……回顾过去的作品很多,但只有当那个过去是经过理想化处理的过去时,才称得上怀旧"(16)。但是这并不意味着田园文学的理想化就只意味着"不真实",因为田园文学呈现的并非物质现实(physical reality),还有对生活的感受与

意识，即雷蒙德·威廉斯所说的情感结构。在浪漫的田园牧歌幻象之下，隐藏着诗人以及某一特定群体的情感结构。易言之，乡土现实主义文学不仅呈现自然主义的细节真实，更隐含着情感与心理现实。

事实上，文学作品，包括现实主义书写和历史书写与档案文献和历史书中的"真实"（truth）有所差别，正如北欧民俗史学家布莱恩朱尔夫·阿尔弗（Brynjulf Alver）所说："历史传说的'真实'与法律文书和史书的'真实'并不一致，官方文件本身也不一定是'客观'的报道"（149）。雷蒙德·威廉斯较早地意识到了这一点，因此，他在研究英国田园传统时看到了历史事实和历史视角与文学事实和文学视角之间的差异，"他们所说的东西也并不都属于同一个模式"（《乡村与城市》15），因此，在进行文学作品研究时，威廉斯更侧重分析情感结构。

"情感结构"这一概念由雷蒙德·威廉斯在与迈克尔·奥罗姆合著的《电影导言》（*A Preface to Film*）中首次提出，用来描述某一特定时代的人们对现实生活的普遍感受。我们在研究过去某个时期时，也许会将生活的特定方面分开，将这些方面当作独立自足的因素看待，显然，这是这些因素被研究的方式，而不是它们被经历的方式。我们把这些因素当成沉淀物来考察，然而在当下鲜活的体验中，每一个因素都是变动不居的，是一个复杂整体无法分割的一个部分……整体的效果、主导的情感结构主要在艺术中得到表达和呈现。（Matthews，2001：182）亦即，艺术不在于强调素材的真假，而在于运用素材借艺术抒发真情实感，艺术是凝聚和展露某一特定时期人们对现实生活的感受，特别是主导阶级和某一代人的普遍感受和情感的媒介手段。在《漫长的革命》（*The Long Revolution*）中，威廉斯对这一概念作了更为精炼的表述：正如"结构"这个词所暗示的，它稳固而明确，但它是在我们活动中最细微也最难触摸到的部分发挥作用。在某种意义上，这种感觉结构就是一个时代的文化：它是一般组织中所有因素带来的特殊的、活的结果。（《漫长的革命》57）在该书中，威廉斯详细阐明了感觉结构的载体，即除了有机载体—（一代）人以外，还存在物质文化载体—文献性文化。在《乡村与城市》中，威廉斯从文学作品主体的情感结构着手，考察了英国文学中一个持续变化的主题——"乡村"。通过对各个时期相关历史和文学作品的考察，威廉斯揭示了"并不存在一个真正没有剥削和苦难、具有美好诗意的过去时光，以及逝去的乡村牧歌传统，这些只不过是文学作品随着资本主义社会的发展进程营构出的审美幻象，其真实性不在于作品对于城市与乡村的描绘，而在于作品背后的情感结构，一种根植于历史发展进程，却又不同于主导性社会价值观的感觉经验世界"（曹成竹 47）。对文学作品的解读是读者等后代人了解先前文化和管窥前代人情感结构的直接途径，正如赵国新所言："这种感受饱含着人们共享的价值观和社会心理"（79）。然而，威廉斯对情感结构的阐释和运用有其局限性，他主要是在等级观念较为深刻的英国文化语境中提出与探讨的情感结构，关注到的是不同阶级和不同代人之间的情感结构的差异，而忽视了情感和感受的复杂性和跨越性，即跨阶级性和跨时代性。

《深港》中倒数第二章《昌西小姐》中，坚守家宅的没落乡村贵族昌西小姐与来自波士顿大都市、进行过海外旅行、具有世界主义者视野的还乡人凯特的"重聚"与认同，体现出了跨越代际的情感与文化认同。在本地乡民都认为遭遇沉重的家庭和经济变故的莎莉·昌西小姐(Sally Chauncey)得了失心疯，总是沉溺在家族荣耀、家宅兴旺的过去，而不懂得面对已经发生社会变革的现实时，外来者和旁观者——海伦和凯特却能与昌西小姐产生共情，认可"家"对于昌西小姐的重要性，意识到家背后的社会理想、经济价值、身份和文化象征，以及家族情感寄托和延续的载体意义，同情昌西小姐对往昔生活的沉溺，而不是从生理科学视角简单将活在过去认定为带有贬义情感色彩的精神疾病。显然，海伦和凯特对守家的昌西小姐的认同出自相似的文化认同倾向。海伦站在世界主义者的局外人立场，将昌西小姐和凯特个体间的生理和社会身份与地位间的相似性上升到集体文化认同层面：

> 这之后发生了一件令我们俩都难以形容的事：她带着困惑的神情坐了一会儿，看着凯特，最后这种神情消失了，露出了微笑。"我觉得你像我的母亲，"她说，"有人对你说过你像我的母亲吗？你能让我看看你的额头吗？是的，你的头发只是稍微黑了一点。"当昌西小姐起身时，凯特也起身了，她们肩并肩站着。老太太说话的口气使我热泪盈眶。她在那儿站了几分钟，看着凯特。我想知道她是怎么想的。在我看来，她们之间有一种亲缘关系，但不是血缘关系，只是她们俩有着一样的印章戒指和阶层地位：老一辈的昌西小姐和新一代的凯特·兰开斯特。昌西小姐转向我说："我想，抬头看看画像，你也会看到相似之处的。"(Jewett 1877：233)

主要叙事者海伦超越传统血缘因素定义的亲缘关系，察觉到昌西小姐和海伦印章(stamp)和阶层(rank)所象征的文化、身份和社会地位的相似性和亲缘性——同属于斯文高贵的"旧富"(Antiques)(Twain 237)大家庭。通过具有深刻象征意味的两代人的并肩而立，朱厄特别有深意而又巧妙地打破了乡村与城市、过去与当下、传统与现代之间的障碍，实现了跨年代、跨地域的文化情感认同。同时这种共情与认同也暗示，凯特、海伦等波士顿斯文阶层对社会变革给新英格兰乡村带来的失家、错置、贫困、家族文化断裂等焦虑感的同情，对往昔旧新英格兰生活方式与价值观的认可，这从最后一章中凯特所吐露的想要过的是 18 世纪末 19 世纪初爱尔兰的"兰格伦二女士"(the Ladies of Llangollen)那种"旧英格兰"乡村田园生活的心声可以得到论证："最近我常常想，她们一定过得很愉快，我对她们产生了一种从未有过的同情和友好。我们可以选择是否接待来访的客人，就像今年夏天一样，我们可以学习，变得非常聪明，还有什么比这更愉快的呢？"(Jewett，*Deephaven* 242)凯特对 18 世纪末"兰格伦二女士"以及在"最不美国"

的深港小镇的生活方式和价值观念等的心理认同体现出了对现代转型期快节奏的现代工商业美国生活的"逃离"心理,体现出了彼时相似阶层社群对社会生活的普遍真情实感。

四、结　语

朱厄特的《深港》再现的乡村生活是一种比较符合天真的乡村旅行者的预期与欲想的非完全真实的理想化的乡村生活,体现出"旧新英格兰"乡村生活仍在继续的田园幻象,与19世纪后半叶的乡村现实之间存在一定的偏差。但是这并不代表朱厄特的田园书写与现实相去甚远。仔细品读不难发现,《深港》并不拘泥于传统地域现实主义文学采用自然主义手法对客观"事实"细节的充分呈现,它主要折射出19世纪末美国社会转型期新英格兰乡村甚至整个美国社会更为鲜活的心理和情感现实本相。进一步来讲,田园只是朱厄特思考和回应现实生活的一种修辞手段,有机"融合了美学与科学"(吉福德,谢超 2023:84)。《深港》与其同时代的其他地域书写,如斯托夫人的《老镇乡民》(*Oldtown Folks*)等一道,构建了一个看似更稳定、自足的"想象的"过去,既期望远离、又不得不面对令人不安和焦虑的当下,同时起到平衡激进的社会变革带来的心理失衡的积极功用。

参考文献

Alver, Brynjulf. "Historical Legends and Historical Truth." *Nordic Folklore, Recent Studies*, Ed. Reimund Kvideland and Henning K. Sehmsdorf, in collaboration with Elizabeth Simpson, Bloomington: Indiana University Press, 1989: 137 – 49.

Blanchard, Paula. *Sarah Orne Jewett: Her World and Her Work*. Cambridge: Persus Publishing, 1994.

Buell, Lawrence. *New England Literary Culture*. New York: Cambridge University Press, 1986.

Brown, Dona. *Inventing New England: Regional Tourism in the Nineteenth Century*. Washington and London: Smithsonian Institution Press, 1995.

Cao, Chengzhu. "Structure of Feeling: The Historical Trace of a Keyword in Cultural Studies." *The Northern Forum* 2(2014): 44 – 48.

［曹成竹:《情感结构:威廉斯文化研究理论的关键词》,《北方论丛》,2014 年第 2 期,第 44 – 48 页。］

Cather, Willa, ed. The Best Stories of Sarah Orne Jewett. Boston: Houghton Mifflin, 1925.

Gifford, Terry. "What is Georgic's Relation to Pastoral?" Trans. Xie Chao. *Journal of Poyang Lake* 4(2023): 82 – 93＋128.

［特里·吉福德:《农事诗与田园诗关系考辨》,谢超译,《鄱阳湖学刊》,2023 年第 4 期,第 82－93＋128 页。］

Horowitz, Daniel. *The Morality of Spending: Attitudes Toward the Consumer Society in America, 1875—1940*. Baltimore: Johns Hopkins University Press, 1985.

Jewett, Sarah Orne. *Deephaven*. Boston: James R. Osgood, 1877.

—. *A Country Doctor*. Boston and New York: Houghton, Mifflin, 1884.

—. *Letters of Sarah Orne Jewett*. Ed. Annie Fields. Boston and New York: Houghton Mifflin Company, 1911.

Kaplan, Amy. "Nation, Region, and Empire." *The Columbia History of the American Novel*. Ed. Emory Elliott. New York: Columbia University Press, 1991: 240–66.

Marx, Leo. The Machine in the Garden: Technology and the Pastoral Ideal in America. Trans. Ma Hailiang, Lei Yuemei. Beijing: Peking University Press, 2011.

［利奥·马克斯:《花园里的机器:美国的技术与田园理想》,马海良、雷月梅译,北京:北京大学出版社,2011 年。］

Matthews, Sean S. "Change and Theory in Raymond Williams's Structure of Feeling." *Literary and Culture Studies* 10, 2(2001): 179–94.

Nora, Pierre. *Les Lieux de Mémoire*. Trans. Huang Yanhong, et al. Nanjing: Nanjing University Press, 2015.

［皮埃尔·诺拉:《记忆之场:法国国民意识的文化社会史》,黄艳红等译,南京:南京大学出版社,2015 年。］

Santesso, Aaron. *A Careful Longing: The Poetics and Problems of Nostalgia*. Newark: U of Delaware P, 2006.

Tu, Jiliang. *History of American Philosophy, Vol. 1*. Shijiazhuang: Hebei Education Press, 2000.

［涂纪亮:《美国哲学史(第一卷)》,石家庄:河北教育出版社,2000 年。］

Twain, M., & Hill, H. L. *The Gilded Age and Later Novels.* New York: Library of America, 2002.

Williams, Raymond. *The Country and the City*. New York: Oxford University Press, 1973.

—. *The Long Revolution*. Trans. Ni Wei. Shanghai: Shanghai People's Publishing House, 2012.

［雷蒙德·威廉斯:《漫长的革命》,倪伟译,上海:上海人民出版社,2012 年。］

—. *The Country and the City*. Trans. Han Ziman, Liu Ge, Xu Shanshan. Beijing: The Commercial Press, 2013.

［雷蒙德·威廉斯:《乡村与城市》,韩子满、刘戈、徐珊珊译,北京:商务印书馆,2013 年。］

Zagarell, Sandra A. "Troubling Regionalism: Rural Life and the Cosmopolitan Eye in Jewett's Deephaven." *American Literary History* 10. 4 (1998): 639–63.

Zhao, Guoxin. "Structure of Feelings." *Foreign Literature* 5(2002): 79–84.

［赵国新:《情感结构》,《外国文学》,2002 年第 5 期,第 79－84 页。］

肖邦地方书写回望[*]

万雪梅^{**}

摘　要: 与马克·吐温的乡土书写相比,凯特·肖邦的地方书写同样具有其价值与特色,甚至有更广阔的拓展空间。本文简要回溯肖邦已为学界所关注的路易斯安那地方书写概貌;接着,进一步说明她在其路易斯安那故事中,挑战种族划分制度、揭露内战给南方带来的危害,表达了对年轻人的希望;最后,认为肖邦的圣路易斯书写亦值得探究。在这些故事中,她暴露资本主义无序发展带来巨大贫富悬殊的弊端,跳出本阶级立场,同情底层人,嘲弄资本家。简而言之,一百多年前凯特·肖邦的地方书写在当下仍具有启示意义。

关键词: 凯特·肖邦;地方书写;现实主义;女性现实主义;现实主义的胜利

Title: Kate Chopin's Local Color Review

Abstract: Compared with Mark Twain's local writing, Kate Chopin's local writing also has its value and characteristics, and even has a broader space for expansion. This article firstly provides a brief overview of Chopin's Louisiana regional writing, which has gained academic attention. Secondly, it explains that in her Louisiana stories, she challenges the racial division system, exposes the harm that the Civil War brought to the South, and expresses hope for young people. Finally, it considers that Chopin's St. Louis writings are also worth exploring. In these stories, she exposes the drawbacks of the huge wealth gap caused by the disorderly development of capitalism, jumps out of her class position, sympathizes with the lower class, and mocks capitalists. In short, Kate Chopin's local stories, though

---

＊ 本文系国家社科基金项目"凯特·肖邦的经典接受与中华文化阐释研究"(16BWW014)的阶段性成果。

＊＊ **作者简介:** 万雪梅,江苏大学教授,主要研究方向为英美文学、比较文学和中国文化。联系方式: 1138121107@qq.com。

happening over a hundred years ago, still have global implications today.

Key Words: Kate Chopin; local writing; realism; female realism; the victory of realism

....

地方书写是美国现实主义文学的一部分。凯特·肖邦的有生之年(1850—1904)主要处于美国文学的"现实主义时期(1865—1918)"(陶洁《美国文学选读》绪论 4)。南北战争后,出现的地方色彩文学(Local Colorism)格外引人注目。这里的"地方色彩文学"有时又被称为"地方文学"或"地域文学"(Elliot 250),可指美国任何地方的地域文学,从广义上可以认为是"美国现实主义文学的一部分",也有人干脆称它为"现实主义"文学;所谓地方色彩的小说,是指它的"质地和背景独特,使得它不可能出自其他地方或外人之手",这里的"质地"指的是当地的文化特征元素,如语言、习俗,以及一个特定地方特有的元素,这里的"背景"涵盖了地理地貌,以及"影响人的思维和行为的地域特点和风貌"(朱刚 230)。地方作家在笔下创造的本土小世界,其品质将其与外部世界区分开来。

凯特·肖邦生前位列地方作家的名单之中。在肖邦创作的活跃期(1880s—1890s),地方小说已广受欢迎。在这份名单中,有不少作家都曾名噪一时,如:布雷特·哈特(Bret Harte,1836—1902),乔治·凯布尔(George Cable,1844—1925)和格蕾丝·金(Grace King,1852—1932)等。布雷特·哈特曾因"处于地方学派(the local color)的领导地位"而受时人钦佩,而现在回看,哈特"只提供了某种历史意义,一个地方色彩和地区主义的开创性例子,以及马克·吐温职业生涯的脚注"(Brooks 1252)。马克·吐温对他同时代的乔治·凯布尔也曾赞扬有加,认为他是"南方最了不起的文学天才"(朱刚 306)。格蕾丝·金等在路易斯安那州书写方面也都曾颇有建树。而现在,一提到美国的地方色彩文学,人们往往首先想到的是马克·吐温。

本文认为,凯特·肖邦的地方书写与马克·吐温亦可并驾齐驱,甚至更有广阔的挖掘空间。事实上,肖邦已被认为跻身美国一流作家的行列,当之无愧地被学界与马克·吐温和霍桑等人相提并论(Jung 213);有报道"在书面被论及最多的美国文学经典作家中,她排名第五,仅次于海明威、福克纳、霍桑和马克·吐温"(Toth 30)。确实,"表现了一个地区的语言特点、习俗和生活方式"的地方特色(Local Color)是马克·吐温小说的"突出特点"(陶洁《美国文学选读》67)。这个地区就是凯特·肖邦的家乡密苏里州,肖邦与马克·吐温同乡,但肖邦生前赢得"杰出的地方作家"声名主要因其路易斯安那州的书写。

一、典型环境中的典型作者

凯特·肖邦作为路易斯安那州的外乡人,何以能够因书写此地而闻名的呢? 这与她的生平与阅历等紧密相连。肖邦虽出生于密苏里州圣路易斯的一个富商家庭,父亲是信奉天主教的爱尔兰移民,但她的母亲是法国移民后裔克里奥尔人,她的曾外祖母在圣路易斯和新奥尔良(路易斯安那州)之间曾拥有一线航船。她的丈夫奥斯卡·肖邦(Oscar Chopin)来自路易斯安那州。肖邦一生主要在两个州、三个地方度过:一、密苏里州的圣路易斯(1851—1870,1884—1904);二、路易斯安那州的新奥尔良(1870—1879);三、路易斯安那州的纳基托什教区(Natchitoches)的克劳蒂尔维尔(Cloutierville,1879—1884)。可见,圣路易斯是肖邦的出生和终老地,而新奥尔良和克劳蒂尔维尔则是其随夫经营种植园的地方。从新奥尔良到克劳蒂尔维尔的辗转,是因其丈夫奥斯卡在新奥尔良生意失败了。肖邦一家到克劳蒂尔维尔时间不长,约三年多时,奥斯卡·肖邦患疟疾去世(1882 年 12 月),时年仅 38 岁。随后,肖邦继承夫业,替其丈夫经营农场、偿还巨额债务。她在完成了这些事情后,于 1884 年,带着五个孩子搬回圣路易斯娘家。

路易斯安那州作为一个本土小世界,它的历史与文化确实与美国的其他州有所不同。这里本是印第安人的领地,哥伦布发现美洲大陆后,欧洲多国先后展开了对此地的掠夺。1682 年,法国人先来此地探险、以法王路易十四之名命名,1699 年开始建殖民地(钱满素 177)。1800 年,西班牙控制了此地,同年 10 月,将这块领土割让给了拿破仑统治下的法国。1803 年,杰斐逊在其任期内仅花了"1 500 万美元"(Boyer 250)的总价,购得此地,使美国版图向西扩大了一倍。到 1803 年时,路易斯安那州已数易其主,其人种构成亦多元,有克里奥尔人、阿卡迪亚人、非裔美国人、美洲原住民、西班牙裔人、混血人和黑人等。随后,美国仍在西扩,并无暇顾及将各地的文化凝聚同化。而路易斯安那州也"一直是一个以文化、语言、肤色和种族归属的、不稳定融合为特征的空间"(Castillo 59)。

凯特·肖邦笔下的克里奥尔人,主要指"信奉天主教的法国或西班牙移民的后裔",有其共性:他们基本是受过教育、有文化的土地拥有者或商人,一般都信奉天主教;在语言方面,年长的克里奥尔人彼此之间多讲方言法语,他们的子女之间则更可能说英语;在生活习惯方面,受人尊敬的女性在晚餐后喝葡萄酒、白兰地,抽香烟,演奏肖邦奏鸣曲,听男人讲故事……简言之,这里的文化是法国式的,而非美国式的。肖邦笔下的阿卡迪亚人,也叫卡迪亚人或卡津人,则是来自加拿大"新斯科舍省法阿卡迪亚的二三千名法裔加拿大平民、天主教徒流亡者的后代",也就是说,他们当初是"法裔加拿大人"

(Koloski 10 - 11)。他们在经济上不如克里奥尔人,受教育程度更低,但也会说方言法语。他们通常靠捕鱼、务农到到富裕的克里奥尔人那里打工等谋生。关于阿卡迪亚人,史料中也有记载,在英法七年战争(The Seven Years' War,1756—1763)期间：

> (加拿大)新斯科舍省(Nova Scotia)省长接管法国要塞后,命令军队将数千名当地法裔加拿大平民阿卡迪亚人赶出家园,通常只允许他们随身携带一些物品,并烧毁他们的村庄。这种残酷的驱逐源于阿卡迪亚人拒绝承诺不拿起武器保卫法国。最终,加拿大近5％的人口以这种方式被驱逐到英国殖民地,许多人从英国殖民地移民到了法国路易斯安那州。在那里,他们被称为卡津人(Boyer 129)。

凯特·肖邦在其文本中如实展示这世界,似乎并没有表明自己的创作意图,她在这些故事里也不发表自己的评论。但她书写这方水土上的不同种族,如克里奥尔人时,就如曹雪芹写红楼梦中人、鲁迅写阿Q或祥林嫂等一样,"都是钻到人物心里去的"(陈众议90)。毕竟,她从小就置身于这个族群,对此非常熟悉,她自己的母亲、外祖母、曾外祖母就属于这个族群。这个世界是如此法国化,不仅没有引起出版界的不适或抗议,相反,当时的读者已习惯于这样的区域文化,并从阅读中获得了乐趣。这法国社区里的人通常与美国社区联系不多,有的甚至还有一种优越感。如：肖邦在其《事关偏见》("A Matter of Prejudice",1895)这个短篇小说中,就向读者叙述了一位年长的克里奥尔寡妇的故事。她住在新奥尔良郊外的法国区,有诸多偏见,"在她眼里,一切不属法国的事物都没有存在的权利"(283),她的儿子爱上了一位美国女子,并与这位美国女子结了婚,为此,她断绝与她儿、媳的往来,达十年之久,直到一位发烧的美国小女孩无意撞入她作为护士的怀中,才激发了她对所有病人那种没有偏见的爱心,以至于一个月后,她决定与儿子媳妇恢复往来,并打算学英语(此刻才发现,那小女孩就是她孙女)。

西方学界从凯特·肖邦的地方书写中了解路易斯安那州的同时,也肯定了其地方书写才能。1894年,肖邦将她创作的主要关于克里奥尔人的23个短篇小说集中起来,以《牛轭湖的人们》(Bayou Folk)加以出版,其中包括《黛丝蕾的婴孩》("Désirée's Baby")、《美人儿佐尔阿依德》("La Belle Zoraïde")和《圣约翰牛轭湖湾的淑女》("A Lady of Bayou St. John")等。该小说集一经出版,就获得了成功。小说成集的信息被登载在《纽约时报》(New York Times)和《大西洋》(Atlantic)月刊上,引起了美国评论界著名评论家的关注,他们喜欢小说中的地方语言风貌,认为这些故事友善、富有魅力,肖邦也因此跨入了"杰出的地方色彩作家"(Elliot 767)的行列。

凯特·肖邦的第二部短篇小说集的出版,进一步提升了其作为乡土作家的文学声誉。1897年,凯特·肖邦又选择了21个此前已发表、主要描绘阿卡迪亚人的短篇小说,以《阿卡迪亚之夜》(A Night in Acadie)为题名加以出版。这部短篇小说集中,较为脍炙人口的有:《爱森内斯》("Athénaïse")、《懊悔》("Regret")、《事关偏见》("A Matter of Prejudice")、《克里奥尔黑奴》("Nég Creol")、《死人鞋》("Dead Men's Shoes")和《一位正派女人》("A Respectable Woman")等。这部小说集被认为"确立了肖邦作为地方色彩运动代表的名声"(Elliot 767)。

凯特·肖邦的第三部短篇小说集《职业和声音》(*A Vocation and a Voice*)虽因《觉醒》(*The Awakening*,1899)的出版招致非议而被搁置数十年,但肖邦已经因其路易斯安那州书写而被载入了美国文学史册。仅从 1949—1968 年间 14 项研究成果(1900—1968,28 项)来看,凯特·肖邦被写进了像《美国人民的文学》(*The Literature of the American People*,1951)和《现实主义的酝酿:美国文学 1884—1919》(*The Ferment of Realism: American Literature, 1884—1919*,1965)等之类的文学史著作(万雪梅 10 - 12)。评论界肯定她"精通叙述故事的艺术、熟知克里奥尔人的生活和习俗","赋予这方不太为人所知的土地以浪漫气息","传达出了一种古色古香的怡人风貌"(K. 558)等。随着凯特·肖邦的评传、全集(1969)以及第三部短篇小说集《职业和声音》(1991)的相继发表,《觉醒》被挖掘,并被认为是经典之作,她的地方书写研究也得到了进一步拓展,她的感染力已不再局限于本国;她的书写风格被认为是一种"更为强大的女性现实主义"(Seyersted 99)。

二、路易斯安那的典型人物

综上,凯特·肖邦的路易斯安那书写已经得到了长足的研究,相关成果也比较丰硕,但依然有阐释的空间;并且肖邦的地方书写不只局限于路易斯安那这一个州。除《觉醒》和《过错》(*At Fault*,1890)这两部长篇小说外,肖邦还创作了"大约 100 篇短篇小说",艺术成就都很高,"实际上所有这些都方便广泛用于美国的大学教学"(Petry 18),并且这些短篇的意义极少有重复之处。如申丹教授在仔细考察肖邦的不同作品时,就发现其中隐含着大相径庭的意识形态立场。就性别问题而言,大致就可分为五类。同样一个《黛丝蕾的婴孩》的故事,多数学者将之解读为反奴隶制的作品,而申丹教授则从中读到了隐含作者保守的种族立场(申丹 101)。本文基于 19 世纪南方的种族体制现实以及肖邦本人的族裔身份,认为该故事挑战了当时美国社会种族划分和种族规范的合理性。

在 19 世纪,美国施行的基本都是黑白二分的种族体制,但对路易斯安那州而言,如此分类显然更加失之偏颇。《黛丝蕾的婴孩》启示我们:在黑白之间,还有很宽广的中间部分。帕特里夏·施耐德(Patricia Schneider)就从人的肤色遗传与进化的视角分析了《黛丝蕾的婴孩》中的肤色问题,假定阿曼德的父亲的肤色是全白,而母亲的肤色是全黑的话，那么生下的孩子的肤色基因将会是 64 种，体现出来的肤色，由深到浅、从全黑到全白，将会有 7 种可能。根据小说中的叙述，阿曼德的肤色显然处于中间部位，由于黛丝蕾出身不详，但依据小说文本可知，她的肤色是白的，至少比阿曼德白多了，那么她的父母很可能都是白人，但也不能排除父母中的一方，更有可能是母亲这方，带有致肤色为黑色的隐性基因；如果黛丝蕾的孩子肤色比阿曼德还黑的话，那就可以断定黛丝蕾确实带有致肤色为黑色的隐性基因(Schneider 22 - 24)。依据肤色来决定身份高低贵贱的规范性，在肖邦的这个故事里，就不攻自破。

小说末尾，黛丝蕾带着其婴孩溺水而亡这件事并没有撼动阿曼德庄园主的地位，这就意味着，"路易斯安那州的种植园精英可能不像他们看起来那么纯白"(Beer 71)。凯特·肖邦本人就是奴隶主的女儿；其公公也是奴隶主，丈夫是白人。她能写出这样的故事，不能不说这是"现实主义的胜利"。所谓"现实主义的胜利"是指作者在现实主义的创作中，能够"违反"贵族阶级的"阶级同情和政治偏见"，表现他所"看到"的客观事实(王先霈 34)。这也是恩格斯在《致玛·哈克奈斯》的信中，对巴尔扎克现实主义创作的肯定之词(恩格斯 591)。

不仅如此，凯特·肖邦还揭示了战后一些人真实的生存状态，如克里奥尔人、阿卡迪亚人和被解放了的黑奴等。美国南北战后，这些人的总体经济状况大不如从前，因为肖邦发现，"路易斯安那州大约三分之一的战前财富消失了，州和城市仍然受到内战的影响，种植园被毁，人均收入急剧下降"(Koloski 10)。许多人衣衫褴褛，住在摇摇欲坠的小屋或棚屋里。就连大多数以前的大种植园房屋也几近破败，画廊破败不堪，门廊摇摇欲坠，屋顶漏水。如《克里奥尔黑奴》("Nég Creol", 1897)中的白人老妇人阿格蕾伊·博伊斯杜(Aglaé Boisduré)就贫病无依，食不果腹，住在破旧的木板房顶层，如果不是希科(Chicot)，一个更加贫穷而且腿瘸的年长黑人男子无私忘我地与她分享食物的话，她会更早地离开人世(故事里有暗示：希科曾是这老妇人家的奴隶)。博伊斯杜离世时，被安排的是贫民的葬礼，尽管她来自的家族曾经显赫一时。而希科的住处则更加不足挂齿，他住在牛轭湖圣约翰的芦苇和柳树丛里，那主要用柏油纸做的、被人抛弃的鸡窝，就是他的家。又如《死人鞋》("Dead Men's Shoes", 1897)中的种植园主、克里奥尔人伽米切(Gamiche)的寡妇姐姐布罗泽夫人(Ma'am Brozé)、残废侄子塞普蒂姆(Septime)等也都非常贫穷，以至于在伽米切去世后，自行占据了其养子卡津人吉尔玛(Gilma)的大房子，无视伽米切让吉尔玛继承其财产的遗嘱。

更重要的是，凯特·肖邦笔下弱者的困境常常能得到妥善解决，如《死人鞋》就有一个给人以希望的结局。小说中，伽米切领养吉尔玛时，吉尔玛才九岁，两人相依为命。但十年后，伽米切就离开了人世，留下十九岁的吉尔玛独立面对那世界。在伽米切的葬礼上，吉尔玛是唯一一个流泪的人。伽米切的亲戚们虽然在伽米切死后的第二天就从外地赶了过来，但他们似乎对伽米切的遗物更为在意。他们未经吉尔玛许可，把他所有的衣服和物品全都搬出，堆放在后廊上，自行在他的大房子里安顿住下了，甚至连他自己的马也不让他骑，说马不属于他。吉尔玛本想动怒，但他想起了伽米切生前对他的教诲：要为人谨慎、遵纪守法。于是，他下了马，把马送回马厩，步行上路，去拜访了证人和律师。

虽然从律师那儿，吉尔玛了解到了伽米切三年前就立下遗嘱，把他所有的东西都留给吉尔玛，但他记着律师说的关于"死人鞋"之类的话，意思是：他"什么都不用干，只要把脚伸进一个死人的鞋子里就万事大吉了"（422）。吉尔玛高大魁梧、孔武有力，性格刚毅坚韧，他觉得自己没有权利、也没有必要把脚伸进死人鞋、接替死人的位置。这种情况更适合那些不强壮、不年轻、不独立的人。比如，伽米切的这些亲戚：他的一个残废侄子，他的寡妇姐姐，还有他这位姐姐的两个年幼的女儿。于是，吉尔玛告诉伽米切的这些亲戚，他只要他自己的马，其余一切都可以留给他们，他可以去找律师把遗嘱改过来。于是，除了那匹马，吉尔玛还拿了伽米切——他的老恩人的画像（他将之存放进口袋），他的手杖、一把枪，骑着马出了大门，忠犬紧随其后……故事到此结束，一位忠诚率真、豁达慷慨的年轻小伙的形象跃然纸上。

佩尔·赛耶斯特德（Per Seyersted）在其《凯特·肖邦评传》（*Kate Chopin—A Critical Biography*）中还对此故事进行了考证，认为这是肖邦"根据可证实的真实事件而创作的"（217），这个故事再次说明肖邦不断强调为人要"慷慨和仁慈"（77）。还有学者则从中感悟到："肖邦在这里和其他地方都表明，除非一个人有一种使命——无私地献身于更大的目标，否则生活往往毫无意义。这样的故事展示了利他主义的个人回报。这个故事还表明，不仅是女性，男性也可以通过帮助他人而感到充实"（Evans 59）。

三、圣路易斯的典型人物

西方学界一般只关注凯特·肖邦路易斯安那色彩，其实，她以其家乡密苏里州圣路易斯为背景的小说，也有其特色，与马克·吐温闻名于全球的地方书写不太一样，质地和背景都大不相同。马克·吐温出生在乡村，家境贫寒，两部历险名著皆因其生动的、符合其当地孩童心理的、具有当地地方色彩的语言而给读者留下了深刻印象。其灵感源泉一般被认为是其四岁时随父母迁居的小镇汉尼拔（Hannibal），它位于密西西比河畔。而肖邦则出生在圣路易斯市，家境富有，母亲这方是法裔克里奥尔人，向上可追溯到法国贵族血统，父亲是爱尔兰富商，公公则是奴隶主，总之，肖邦可谓殖民者的后代，虽有数代财富之积累，但到了肖邦这一代，家道明显中落，让人想到鲁迅先生在1935年8月24日写给萧军的信中自谦道："我大约也还是一个破落户"；又让人想到他在《〈呐喊〉自序》中的话："有谁从小康人家而坠入困顿的吗？我以为在这途路中，大概可以看见世人的真面目"(4)。肖邦在这方面也如此,故在人物刻画方面有入木三分之处。下文分别以《盲人》("The Blind Man", 1897)和《麦肯德斯小姐》("Miss McEnders", 1897)加以说明。

凯特·肖邦在其短篇小说《盲人》("The Blind Man", 1897)中的立场显然在盲人这边。在这个故事中,肖邦选取的典型环境为其家乡密苏里州的圣路易斯市。圣路易斯于 1764 年由法国商人所建,名字来源于法国国王路易九世。此时的圣路易斯,城市化已达到了相当高的程度:路面材料为沥青、马路上汽车轰鸣、路边住宅围栏和门都是铁制的(让人联想到法国埃菲尔铁塔,这使得该市的法式风格辨识度有所提高),并且门上已安装有"电钮"(the electric button)。

而故事中的主人公却是一个严重缺乏基本生存条件的盲人。"被描写所酝酿和滋养的情动"(徐蕾 21)充盈在其中。他无名无姓,没有任何家庭背景,除了窘迫的生存困境。他"一只手拿着一个红色的小盒子在街上慢慢地走着。他的草帽很旧,衣服也褪色了……他并不老,但看起来很虚弱"(518)。肖邦在开篇即用简单朴实的语言将一位未老先衰的盲人形象置于读者眼前。他双目失明、没有职业、无食果腹、衣衫褴褛,因人施舍,才有了一盒铅笔;为了生存,他不得不走街摸巷、挨家挨户叫卖,但始终没有卖出一支铅笔。烈日当空,他看不见何处可以庇荫。饥饿像一个怪兽,噬咬着盲人,似乎要把他吞掉;而口渴又如火一般,似乎要把他烤干:"饥饿,如锋利的尖牙,正啮咬着他的胃,耗人的口渴使他口干舌燥,煎熬着他"(518)。也有好心人提醒他到马路对过,那边有树荫,但当他好不容易拖着脚走过去后,正在那儿嬉戏的一群孩子却将他围住,其中甚至有一位竟然试图抢走他的铅笔盒——他"唯一赖以活命的东西"(519),出于保护自己的本能,他反抗着,并对他们大喊大叫,而这又招致了警察的注意,警察从拐角处出来,见他是骚乱的中心,猛地拉住他的衣领便要揍他,后来发现他是盲人,才打发他走了,走回阳光下。

在这种困境下,盲人似乎必死无疑了,就算没有立即饿死或渴死,车来车往,他也会被车撞死,毕竟他眼睛看不见,且无人搀扶,无犬导盲,甚至贫穷得没根拐杖。麻烦的是,后来盲人还无意走到了一条大街,那儿车水马龙,庞大的电动汽车(electric cars)来来往往,轰隆隆的响声和疯狂的喇叭声震得他脚下的地都在抖动。眼看着一场可怕的事故瞬间发生——"可怕得使妇女晕倒,使最强壮的男人感到心烦头昏"(519)。司机(motorman)的双唇和他的脸一样灰白,他摇摇晃晃地使出非凡的力气停下了他的车,但依然没能阻止一场车撞人亡的事故发生。亡者必是盲人无疑了?然而,出人意料的是:迅速拥挤过来的人群认出了死者根本就不是盲人,而是本城最富有的、影响力最大的人之一,"因谨慎和远见而出名"(519)。但今天他从自己的商行出来,急赶着回家,因一两个小时后他要和家人一起,到大西洋海岸的另一个家去消夏。他是如此匆忙,以至于根本没有察觉迎面驶过来另一辆车。当这一切发生的时候,盲人却浑然不觉,"他已经穿过了街道，他就在那儿，在阳光下跌跌撞撞地走着，沿着墙边拖着脚走着"（519）。

优秀作家是社会现实生活的良知，凯特·肖邦也不例外。《盲人》发表时的美国社会正处于飞速发展时期。从 1865 年南北战争结束到 1914 年第一次世界大战开始，美国完成了从农业国到工业国，从农村社会到城市社会的过渡。资本主义社会的发展也暴露出了其固有的弊病，城市中的穷人与富人形成了，相较于路易斯安那州的贫富悬殊，对比更为鲜明。正如，"被尊为美国现实主义文学的旗手"的威廉·迪安·豪威尔斯（William Dean Howells，1837—1920）1884 年在给马克·吐温的信中写道："我周围数英里都是空房子。这世界上分配实在是不公。这些漂亮惬意的房子空着，而成千上万的贫民却挤在这座城市肮脏的贫民窟里，一大家子挤在一间房子里"（朱刚 48）。豪威尔斯担任过多年的杂志主编，凯特·肖邦在其主编的杂志上曾发表多篇小说。他对资本主义的无序发展所导致的诸多问题深表关切，对底层人民深表同情。又如，他在一首题为《社会》（"Society"，1895）的诗歌里把当时贫富悬殊的现象描绘为一群衣着入时的女士绅士在富丽堂皇的地板上跳舞嬉戏，而地板却铺在受压迫受剥削流血流汗的穷人身上（陶洁《灯下西窗》35）。凯特·肖邦关注到了城市中的贫富悬殊现象，并用《盲人》的故事对此进行了毫不留情的嘲弄。有学者甚至认为"这个故事的结局可能反映了肖邦自己父亲的突然去世"（Evans 54）。确实，肖邦的父亲死于交通事故，肖邦的亲哥哥也是如此。而唯其如此，则更进一步说明"现实主义的胜利"在肖邦这里得到了进一步验证：肖邦一家都曾属于富有阶层，她对自己父亲和哥哥的意外离世自然伤痛不已，但她却能够"违反"阶级同情和亲情本能，表现她所"看到"的客观现实。

同样的情况，在凯特·肖邦的《麦肯德斯小姐》（"Miss McEnders"，1897）中，也可略见一斑。"现实主义的灵魂是对现实的关注和对真实的追求"（王守仁 12）。肖邦不仅自己关注现实、追求真实，还让她笔下的人物去探究事实真相。该故事同样以圣路易斯为环境背景。故事中的麦肯德斯小姐，生在富裕家庭，有着富家小姐的优越感，年轻、未婚，热衷于妇女协会的一些活动，如调查女工品行等。经调查，她认为帮她做嫁衣的女裁缝品行有问题，原因是她已为人母，却自称是小姐。于是，她以上帝的名义对其进行惩罚，收回了给她的全部嫁衣订单。女裁缝不仅对麦肯德斯小姐表示不屑，说自己的每一分钱都是用自己的汗水换来的，并且提醒麦肯德斯小姐去了解一下她父亲的财富的来源："麦肯德斯小姐，你亲自去，在街上站一会儿，问问过往行人，你亲爱的爸爸是怎样发财的，看看他们会说些什么"（209）。

不服气的麦肯德斯小姐真的这么去做了。她首先拦住的年长绅士拒绝回答她的问题；第二个路过的水管工告诉她，她的父亲霍勒斯·麦克恩德斯在臭名昭著的威士忌酒帮（Whisky Ring）中发了最大一笔财；第三个是报童，他说麦克恩德斯用偷来的钱盖了他的大房子。麦肯德斯小姐突然痛苦地意识到，她是整个社区中最后一个知道家庭财富背后真相的人。她默默地回到卧室，坐在椅子上痛哭……这个故事中的人物，同样有其真实的来源,他们源自于肖邦的现实生活。在现实生活中,他们作为资本家拥有更大的话语权,并且还是一家报刊的投资者,以至于《盲人》这个短篇,肖邦投稿五年,才得以发表。须知,最终,肖邦还是在署了"假名"的情况下,该故事才被刊用的(Evans 190)。

综上所述,凯特·肖邦不管是其路易斯安那地方书写,还是圣路易斯城市书写,都已具有普世意义。她笔下的路易斯安那种植园确实有向人们"传达出了一种古色古香、怡人风貌"的一面,但她"从来都没有狭隘了那种趣味"(K. 558),因为她有更大的担当。1894 年 6 月,凯 特·肖邦在印第安纳开完"西部作家协会"(the Western Association of Writers)会议后,在日记中以《西部作家协会》为题,开宗明义地肯定了地方色彩的写作意义,但同时,又表明了她的立意绝不仅仅限于此:地方特色(Provincialism)这个词在最佳意义上标志着这个作家协会的地域特点,但其实,"有一个很大、很大的世界,不只整个印第安纳北部,也不只是除它之外的其他地区。而是指人类的存在——微妙的、复杂的、富有真意的、剥夺了因伦理和传统标准而遮蔽的面纱的存在。当西部作家协会发展成为真正生活和真正艺术的研究者的群体时,谁知道它将来不能产生现在美国还不知道的天才呢?"(691 - 692)

由此可见,凯特·肖邦关注的是她笔下所有人的本真生存状态,去除了种种遮蔽的存在。她挑战根深蒂固的种族划分制度,她揭露内战给南方经济带来巨大损失、造成了民不聊生的局面,她赞扬同样身处逆境的年轻人的勇气与担当精神,她赋予黑人以坚韧的生命力以及忠诚利他的品质;她对城市底层人深表同情,而对资本家却进行了无情的嘲弄。正因为有她诚实的书写,她的故事令人信服,"她的感染力是世界性的"(K. 558);她在其作品中所体现的审美特征、社会责任以及创作方法等"文学常数"(陈众议86)将会继续感化读者、助力改变世道人心。

参考文献

Beer, Janet, ed. *The Cambridge Companion to Kate Chopin*, Cambridge: Cambridge UP, 2008.

Boyer, Paul S., et al. *The Ending Vision—A History of the American People*, Volume 1: To 1877, Lexington: D. C. Heath and Company, 1990.

Brooks, Cleanth, R. W. B. Lewis and Robert Penn Warren. *American Literature: The Makers and the Making*, Volume II. New York: St. Martin's Press, 1973.

Castillo, Susan. "Race and Ethnicity in Kate Chopin's Fiction." *The Cambridge Companion to Kate Chopin*. Ed. Janet Beer. New York: Cambridge University Press, 2008.

Chen, Zhongyi. Variable and Constants in Literature: "Extrinsic Research" and "Intrinsic Research". *Social Sciences in China* 4(2023): 83 - 89, 206.

[陈众议:文学的变数与常数——兼论"外部研究"与"内部研究",《中国社会科学》2023 年第 4 期,第 83 - 98+206 页。]

Chopin, Kate. *The Complete Works of Kate Chopin*. Ed. Per Seyersted. Baton Rouge: Louisiana State University Press, 1969.

Elliot, Emory. *The Columbia History of the American Novel*. Ed. Tao Jie. New York: Columbia University Press, 1991.

Engels, Frederick. "Letter to Margaret Hacknais." *Selected Works of Karl Marx and Frederick Engels*, Volume 4. Ed. and Trans. The Central Compilation & Translation Bureau on Marx, Engels, Lenin, and Stalin. Beijing: People's Publishing House, 2012.

［恩格斯：《恩格斯致玛格丽特·哈克奈斯》，《马克思恩格斯选集》第四卷，中共中央马克思恩格斯列宁斯大林著作编译局编译，北京：人民出版社，2012 年。］

Evans, Robert C. ed. *Kate Chopin's Short Fiction: A Critical Companion*. West Cornwall, CT: Locust Hill, 2001.

Jung, Yonjae. "The New Americanist Intervention into the Canon." *American Studies International* June-October (2004): 213 – 25.

K., P. "Kate Chopin and Her Creole Stories." *America* Vol. 48, 3(1933): 558.

Koloski, Bernard. *Kate Chopin—A Study of the Short Fiction*. New York: Twayne Publishers, 1996.

Lu, Xun. "Author's Preface to *Call to Arms*." *Call to Arms*. Beijing: Guangming Daily Publishing House, 2019.

［鲁迅：《〈呐喊〉自序》，《呐喊》，北京：光明日报出版社，2019 年。］

Petry, Alice Hall. "Introduction." *Critical Essays on Kate Chopin*. Ed. Alice Hall Petry. New York: G.K. Hall & Co. An Imprint of Simon & Schuster Macmillan, 1996.

Qian, Mansu. *American Civilization*. Beijing: China Social Sciences Press, 2001.

［钱满素：《美国文明》，北京：中国社会科学出版社，2001 年。］

Schneider, Patricia. "The Genetics and Evolution of Human Skin Color." *Journal of College Science Teaching*, October (2004): 20 – 24.

Seyersted, Per. *Kate Chopin—A Critical Biography*. New York: Octagon Books, 1969.

Shen, Dan. "Implied Author, Narrative Structure, and Subtext: Kate Chopin's 'Désirée's Baby'." *Journal of Peking University (Philosophy and Social Sciences)*, 5(2005): 100 – 10.

［申丹：《隐含作者，叙事结构与潜藏文本——解读肖邦〈黛西蕾的婴孩〉的深层意义》，《北京大学学报》（哲学社会科学版）2005 年第 5 期，第 100 – 110 页。］

Tao, Jie. *Selected Readings in American Literature*. Beijing: Peking University Press, 2019.

［陶洁主编：《美国文学选读》，北京：北京大学出版社，2019 年。］

---. *West Window under the Lamp—American Literature and American Culture*. Beijing: Peking University Press, 2004.

［陶洁：《灯下西窗——美国文学和美国文化》，北京：北京大学出版社，2004 年。］

Toth, Emily. "My Part in Reviving Kate Chopin." *The Awakenings: The Story of the Kate Chopin Revival*. Ed. Berhard Koloqk. Raton Rouge: Louisiana State University Press, 2009.

Wan, Xuemei. *Beauty in Love and Death—An Aesthetic Reading of Kate Chopin's Works*. Beijing: China Social Sciences Press, 2001.

[万雪梅:《美在爱和死——凯特·肖邦作品赏析》,北京:中国社会科学出版社,2012 年。]

Wang, Shouren, and Liu Yang. "'The Realist Turn' and Other Related Issues: An Interview with Professor Wang Shouren." *New Perspectives on World Literature* 6 (2020): 6-13.

[王守仁、刘洋:《"现实主义转向"及其他——王守仁教授访谈录》,《外国文学动态研究》2020 年第 6 期,第 6-13 页。]

Wang, Xianpei and Wang Youping. *Dictionary of Literary Criticism Terminology*. Shanghai: Shanghai Literature and Art Publishing House, 1999.

[王先霈、王又平主编:《文学批评术语词典》,上海:上海文艺出版社,1999 年。]

Xu, Lei. "The Dimension of Affect and Dialectics of Realism: A Review of Fredric Jameson's The Antinomies of Realism." *New Perspectives on World Literature* 6 (2020): 14-24.

[徐蕾:《情动的维度与现实主义的辩证法:评詹姆逊的〈现实主义的二律背反〉》,《外国文学动态研究》2020 年第 6 期,第 14-24 页。]

Zhu, Gang. *Literary History of the United States*, Volume 2. Ed. Liu Haiping and Wang Shouren. Shanghai: Shanghai Foreign Language Education Press, 2018.

[朱刚:《新编美国文学史》第二卷,刘海平、王守仁主编,上海:上海外语教育出版社,2018 年。]

《我们的国家公园》与镀金时代的树木现实主义

周奇林 *

摘 要: 在《我们的国家公园》中,约翰·缪尔所营造的西部森林美学中隐含着一部镀金时代的森林资源开采历史。一方面,缪尔通过树木审美来回应镀金时代森林被视作资源的观念,具有现实主义批判意义;另一方面,他的森林保护美学话语融合了树木的生命价值,蕴含其中的整体主义思想与生态议题具有同构性,归结为一点,即缪尔的树木审美上升到生态现实主义层面。本文通过建立"树木—文化"与布伊尔针对环境表征问题所提出的"物质和漫想的双重责任"的相关性,揭示缪尔树木审美背后的现实主义议题。通过分析镀金时代的树木现实主义,有助于理解缪尔荒野保护思想的内里及其对解决当下生态问题的启示意义。

关键词:《我们的国家公园》;镀金时代;树木现实主义;树木审美

Title: The Gilded Age's Arbori-realism in *Our National Parks*

Abstract: In *Our National Parks*, a history of exploitation of forest resources in the Gilded Age is implicit in the aesthetics of western forests created by John Muir. On the one hand, Muir responds to the idea of forests as resources in the Gilded Age through the aesthetics of trees, which has a realist critical significance; on the other hand, his aesthetics of forest preservation integrates the value of the life of trees, and the holistic ideas embedded in it are isomorphic with the ecological issues, which means that Muir's aesthetics of trees has risen to the level of ecological realism. With the connection between "arbori-culture" and Buell's "dual accountability to matter and to discursive mentation" for the representation of the environment, this paper unfolds the realistic topics behind Muir's tree aesthetics. By analyzing arbori-realism in the

---

* **作者简介:** 周奇林,南京大学外国语学院博士研究生,研究方向为美国自然文学。联系方式:1535130774@qq.com。

Gilded Age, it helps to understand the inner reasons of Muir's idea of wilderness preservation and its relevance to solving contemporary ecological issues.

Key Words: *Our National Parks*; the Gilded Age; arbori-realism; arboreal aesthetics

约翰·缪尔(John Muir，1838—1914)是与爱默生(Ralph Waldo Emerson)、梭罗 (Henry David Thoreau)和巴勒斯(John Burroughs)齐名的19世纪美国自然文学作家,以书写西部荒野,尤其是优山美地的荒野风景而闻名。缪尔数十年如一日地在西部荒野中探赜索隐,对荒野有着独到的见解和深厚的情感,所以他在晚年积极推动国家公园和森林保护区建设,让人们能够在物欲横流的时代寻找到一处涤荡心灵的场所,他也因此享有"国家公园之父"的美誉。值得注意的是,国家公园作为精神地标显得过于抽象,缪尔更关心植物、动物、冰川等具体而微的事物,于细节之中言说自然的意义。在《我们的国家公园》(*Our National Parks*，1901)中,缪尔对镀金时代人们肆意砍伐西部参天巨树的破坏行为表现出强烈的不满。他对西部森林的关照跟他与平肖(Gifford Pinchot)之间的环保理念之争密切相关,环境史学家们常以此为切入点,分析缪尔在物质需求迅速增长的年代提出的"荒野保育"(wilderness preservation)思想(Nash 134)。美国著名环境史学家唐纳德·沃斯特(Donald Worster)指出,缪尔与同时代的马克·吐温(Mark Twain)都在淘金热后前往西部,只不过马克·吐温成了镀金时代的"讽刺作家",缪尔则成了一名"保守主义者"(305)。沃斯特进一步指出,缪尔"希望通过伦理、美学和理性的利己主义压制贪婪,他采取的策略是参与自然及其资源保护运动"(306)。沃斯特的史学视角对文学研究有着深刻的启示意义,从中引出了一个重要的问题:缪尔笔下的西部森林与美国现实主义文学有何关联?

维茨基(Nicolas Witschi)对缪尔自然写作的现实主义维度展开研究,指出尽管缪尔并不是一名淘金热作家,但是他借助"采矿叙事"发展如画美学,"把矿藏掩埋在他独特的如画版本中"(47)。此处的"掩埋"一词意指文本层面只剩下如画风景描写,与淘金热相关的"物质工业以及与之相伴的话语进入不可见(和非场景)之中"(65)。上述观点源于布伊尔(Lawrence Buell)的主张,维茨基总结道:"自然文学中隐含的现实主义取决于'物质和漫想的双重责任'"(64)。由此可见,缪尔在《我们的国家公园》中立足镀金时代着力描写西部森林,他所营造的西部森林美学中隐含着一部镀金时代的森林资源开采历史。

在《树木文化》(*Tree Cultures*)一书里,作者用"自然—社会关系"(nature-society relations)引出"树木—文化"(arbori-culture)的概念。自然—社会关系"在具体的地方语境中持续呈现,它的意义源自社会、文化和自然元素不同组合间的特殊互动"(Jones and Cloke 1）。树木—文化把树木视作"活的灵魂",打破了树木作为"资源"的刻板印象,正因如此,树木构成了"具体地方自然—社会关系不可或缺的一部分"（3）。树木—文化糅合了"树木物质性"和"文化建构",树木的物质性是指它自身的生物特性,包括"形式、自然、习性、空间分布、当下的复杂性、动态、物质构成";文化建构则通过象征等方式实现,树木于是"成了在社会内部运行的有效的象征制造者"（30）。树木—文化承接布伊尔提出的"物质和漫想的双重责任",本文由此揭示缪尔树木审美背后的现实主义议题。一方面,缪尔通过树木审美来回应镀金时代森林被视作资源的观念,具有现实主义批判意义;另一方面,他的森林保护美学话语融合了树木的生命价值,蕴含其中的整体主义思想与生态议题具有同构性,归结为一点,即缪尔的树木审美上升到生态现实主义层面。通过分析缪尔作品中镀金时代的树木现实主义,有助于理解缪尔荒野保护思想的内里及其对解决当下生态问题的启示意义。

一、镀金时代的森林资源

　　缪尔在美国生态环境保护历史上占有举足轻重的地位,他与平肖之间的环保理念之争引起了人们的普遍关注。平肖主张"保护"（conservation）,此处的"保护"更接近"节约",它的内核在于"明智地使用"（wise use）（Nash 129）,即自然资源一方面应受到保护,另一方面需要为人所用。缪尔则主张"保育",维持"纯天然的荒野"（130）。两人之间的分歧在森林保护思想上展现得淋漓尽致。平肖提出的"明智地使用"即为砍伐树木后重新栽种上新的树木,以实现树木利用和保护的双重目的。缪尔对此加以反驳,"伐倒树的人没有谁会再去种树,而即使他们种上树,那么新树也无法弥补逝去的古老的大森林。一个人终其一生,只能在古树的原址上培育出幼苗,而被毁掉的古树却有几十个世纪的树龄"（225）。缪尔的这番言论表面上是与平肖展开唇枪舌剑,实则是击中了镀金时代贪婪与腐败的时代议题。资本主义的迅猛发展促进了物质生活的丰裕,而丰裕的物质生活则是以牺牲自然为代价,他批判的正是资本家们无限制地剥削利用森林资源以满足金钱欲望的价值观。

　　在镀金时代追名逐利的氛围里,人们沉迷于"黄金,黄金,黄金"的"金属的呼声"（223）,富人们"为财富所迷惑",穷人们"为贫穷所困扰"（224）,在这一时代背景下,森林资源无疑成了财富的源泉,人们对"森林的'美国梦'"趋之若鹜（205）。牧羊人、林场工人、投机家、劈木墙的人以及各种冒险家毫无节制地攫取森林资源。牧羊人赶着成百上千的羊群深入山地牧场放牧,羊群所到之处,植物被啃食殆尽,这些羊也因此被缪尔比喻为"带蹄子的蝗虫"。林场工人和劈木墙的人顺应定居文化、海军发展等时代需求砍伐木材,而他们"伐取木材的方式却是极其粗放和浪费的"（218）,只选用树木最好的一部分,剩下的被抛弃在原地。投机家和冒险家主要是那些钻法律空子的人,他们利用合众国出台的购地政策,用每英亩 2.5 美元的价格购入土地有林木的土地,最后再转手卖给木材公司。铁路公司作为当时最著名的投机者,用尽一切广告手段宣传沿线的美景,但是所谓的美景也是以砍伐森林为代价,"大破坏之路""烟尘之路""灰烬之路"才是这些"风景之路"的真实写照(221)。当所有人为了既得利益而肆意砍伐树木时,缪尔不禁用嘲讽的语气写道:"这些虔诚的破坏者们发动了无休止的森林战争"(209)。

相比于牧羊人、林场工人、投机家、劈木墙板的人以及各种冒险家,他更欣赏"寻求自由、家园和食物的每一个国家的正人君子"(224)。正人君子们与"森林的'美国梦'"的追逐者们一样看到了森林的工具价值,不过相较于"地地道道的破坏者",他们对森林的珍视"丝毫不会造成林木的减少",反倒是真正把森林当作生命家园来建设,"美化"他们所在的每一寸土地(225)。缪尔所枚举的两种截然不同的态度相互映照,其目的在于表明森林保护刻不容缓,否则由森林构筑的生命家园将因为人类的贪婪而消失殆尽。

总体而言,镀金时代的人们普遍把森林视作可供攫取的自然资源,"对林木和美的渴求"在金钱观面前显得微不足道(209)。美国著名植物学家萨金特(Charles Sargent)曾指出:"我国的民众在任何事情上都一直不愿承认有远见和自我制约的必要。……在甚于蛮夷的肆虐破坏和愚蠢中,我们屠戮、毁灭着属于国家的一切,我们的土地、森林、鱼兽"(转引自侯深 100)。正是因为缪尔洞悉时代发展的弊病,所以他才会积极推动国家公园和森林保护区的设立,让"荒野的精神和美学价值"与"文明的需求"相提并论(Nash 129)。因此,缪尔自然写作中的现实主义议题内嵌在他勾勒的自然之美中。

二、树木审美与镀金时代的现实主义批判

从创作时间和风格上来看,缪尔的作品可以被归入到美国内战后兴起的现实主义文学中。1868 年,缪尔抵达加州后直奔优山美地山谷。此时,马克·吐温已经离开西部,搭乘前往地中海地区的轮船沿途旅游;太平洋铁路的工程也延伸到了内华达山。缪尔并没有像马克·吐温那般对西部针砭时弊,也没有把华人劳工的哀歌写进自己的日志中,他"更倾向于选择如照片般逼真的东西"(Worster 224),山水、草木、动物、岩石、冰川、天气等荒野中的自然事物皆成了他笔下的主角。究其原因,缪尔的博物学家身份决定了他的自然写作(nature writing)具有"精细化"(particularity)的特点(63),这种精确描写自然的写作风格是美国西部文学(western American literature)的重要特征,也与现实主义文学客观再现现实的审美原则同频共振。早在 19 世纪,美国西部仍被视为远西地区,纯粹的自然风貌构成了美国西部文学不可或缺的组成部分。然而,美国西部除了拥有"广阔的空间、无限的机会和无穷无尽的风景",还是加州淘金热和二战期间

"美国工业化和经济扩张的首要原材料资源",而"西部现实的刻画必须依赖于一些物质资源攫取形式的表征"(Witschi 5)。所以美国西部文学与现实主义之间的关联性并不仅仅在于西部自然所呈现出的真实性,还在于西部丰富的自然资源默默地参与到资本主义发展进程之中,"自然资源的文学史掩饰纯粹自然现实表征的可能性,或者至少使其复杂化"(11)。缪尔自然文学的现实主义维度亦是如此,他所营造的西部森林美学中隐含着一部镀金时代的森林资源开采历史。

在荒野保育思想的影响下,缪尔如沃斯特所言,倾向于书写如照片般逼真的事物,呈现出西部荒野自然本真的一面,在具体的书写过程中,他的博物学家身份又发挥着重要作用,这需要从同时代的罗斯金(John Ruskin)和梭罗谈起。从梭罗的《缅因森林》(*The Maine Woods*,1864)、《野果》("Wild Fruits")等后期作品可以发现,他忠实于记录植物细节,从中传达出他看待自然的态度:"对现实的真切叙述是最罕见的诗歌"(317)。梭罗本人深受同时代的罗斯金的影响,罗斯金在《现代画家》(*Modern Painters*)(第一卷)的一处脚注中写道:

> 对于外部特征的知识是最需要的;即便如此,它还是不能被完全满足,它需要艺术家拥有彻底的、完整的科学知识;当我们的画家们将所有的时间都耗费在粗糙的轮廓或拙劣的肤浅之作中,殊不知时间会使他们成为现代科学的大师,熟悉大自然的每一种变化形式。(22)

罗斯金希望风景画家能够像地质学家、植物学家一样熟稔科学知识,洞悉自然万物,把真实与细节融入画作中。博物学家缪尔顺着罗斯金和梭罗的理念,把科学观察和精确描写糅合进他的自然写作中,对美学话语的呈现产生了重要影响,这一点深刻地体现在他对西部山地树种的崇高美学描写中。

西部山地的海拔影响了树木生长的气候条件,独特的环境孕育了崇高的针叶树。孟德斯鸠(Charles de Montesquieu)曾在《论法的精神》(*The Spirit of the Laws*,1748)中提出气候决定精神地理的观点。"气候决定论"虽然在审视精神文明层面颇具争议,但是在审视西部森林的树木崇高上却有借鉴意义。林中的松树、冷杉和巨杉"仿佛从其他星球新来的超级生物出现在自己面前,它们是那样平和沉静,光彩照人,就像神仙一般"(64)。这是新英格兰的橡树和枫树以及南方热带区域的蒲葵不具备的特质。缪尔在经过精心观察后发现,巨杉是各种崇高的针叶树中的翘楚。巨杉因生命力持久而著称,它"属于一个古老的世系,具有一种恍若隔世的奇异气质"(170)。"恍若隔世"是因为巨杉恒久的植物时间超脱于人类在世的时间,它对人类而言是"永恒的象征"(171)。时间的绵延赋予巨杉"奇异气质":它是缪尔所知道的树木中"最大的生物体"(170),没有树木能与之"一比高低"(176)。巨杉的"高龄"要比它们"庞大的身躯"更加

"神奇"(同上),但是在博物学家缪尔眼中,巨杉的高龄需要通过株体、树高、直径、根系等构成庞大身躯的要素加以体现,文中甚至还附着一张他从笔记本上抄录下来的巨杉尺寸记录。暴风雨、山火、累累硕果等是"命运给它们带来的一切"(同上),这些要素也需要借助观察、测量等方式加以了解。它们深深地镌刻在树表,为巨杉挺立千年的历史增添了丰富程度。由此可见,缪尔作为一名博物学家,重视实证研究是他深入了解树木崇高时必不可少的一环,他针对巨杉展开的科学观察和精确描写看似是数据的堆砌,实则是对巨杉生命之恒久的厚描。

通常,现实主义热衷于"忠实地摹仿客观世界"(Buell 84),尤其是对作为"背景"的非人类环境细节的厚描(85),狄更斯(Charles Dickens)的小说便是最好的例证。然而,J. 希利斯·米勒(J. Hillis Miller)表示:"幻像就是现实本身"(85)。正如狄更斯小说《博兹特写集》(*Sketches by Boz*,1836)中,博兹特从各种衣服可以联想到之前主人的生活。(97)米勒以此反对现实主义小说"像镜子般反映现实"的刻板印象(86)。布伊尔也就非虚构的自然文学中的非人类环境细节,提出了与米勒相似的观点。他认为忠实的细节描写并不是自然文学最重要的任务,其《环境的想象》(*The Environmental Imagination*)一书的标题明晰了想象力的重要性,在上述环境细节问题面前,"环境的想象"即是为了让自然文学忠实的细节描写复杂化,使之在"聚焦自然客体复原"的同时,关注"外部和内部风景之间的关联性"(88)。此处的"内部风景"是指文本内部的世界,"外部风景"则是指文本外部的世界,简称"外在摹仿"(the outer mimetic)(93),两者相结合,构成了布伊尔所说的"物质和漫想的双重责任"。由此可见,缪尔虽然在细致描写巨杉等西部参天巨树的崇高美学,实则批判了镀金时代森林资源大肆遭到破坏的现象。

清理森林的历史始于北美殖民地时期,殖民者为了谋求利益、推进文明进程而大量清除这些天然障碍。到了镀金时代,树木的用途更为广泛,可以用于造船、修建铁路、用作燃料等,被清理掉的森林面积日益增多。据统计,1850 年至 1910 年期间,光是为了发展农业,"每天有 13.5 平方英里森林被清理掉——这一时期被清理掉的森林总计大约有 1.9 亿英亩"(MacCleery xii)。除了发展农业和工业,人们还出于恐惧心理砍伐森林。缪尔观察到,红杉是极少数具有自我修复能力的针叶树,能够在砍倒后从树桩和树根发芽,重新长出森林。不过,"邻近地区所有人的思想、宗教及迷信观念都在试图阻止林木的再生。从树根及树桩上萌发的幼芽被一遍又一遍地砍去,人们在最佳时机使用最有效的手段置红杉于死地而后快"(216)。森林给人类带来的恐惧源于荒野与文明这对原初的矛盾,"野蛮、堕落、过错、毁灭——这些都是基督教神话中与森林相关的词"(Harrison 61)。为了消除恐惧,人们在镀金时代大肆砍伐森林的行为显得理所应当。

缪尔特意对比其他地方的树种来强调西部针叶树之崇高,"总体而言,太平洋沿岸是针叶树的天堂。在这里,它们几乎都是参天大树,所显示出的壮美是在任何其他地方都看不到的"(171)。他意在表明古老而又崇高的西部森林是美国仅剩的自然文化遗产。在《漫步》("Walking"，1862)一文中，梭罗一直向西行走，在广袤的荒野中感受野性。西部在梭罗所处的时代之所以重要，是因为象征着文明的斧柄还未完全伸向这片原始森林丛生之地，而彼时的东部已经经历了"开垦森林的光辉历史"(梭罗 156)。在1901 年《我们的国家公园》出版之际，"美国东部的原始森林已经基本上被砍伐殆尽"(付成双 53)。梭罗认为，"希腊、罗马、英格兰这样古老的文明国度之所以能够持续繁荣，最大的功劳就是原始森林。只要土地还没有消失殆尽，它就不会陨落"(155)。缪尔也持有相同的观点，他认为，"大树和大树林过去常常被视作神圣的纪念碑和殿堂加以崇拜"(177)。这些原始森林无疑是"国家的遗产"(侯深 102)，它们虽然"占据的不过是美国森林的极小部分，但是却能向世界展示美国的传奇与光荣"(103)。

对此，缪尔寄望于政府来保护森林。在美国，"残存的森林的命运掌握在联邦政府的手中，如果要想从根本上挽救残余的森林，就必须迅速动手"(225)。他在文末的一句"能够拯救它们的只有山姆大叔"(226)，一方面表明现今唯有政府才能有效管理和保护森林，另一方面也表达他的无奈，这是因为保护森林应是人们自觉自愿地化内在的荒野情感为外在行动。当人们能够真正懂得欣赏自然、尊重自然，"保护"一词才能生效。

三、森林保护的美学话语与生态现实主义

连绵壮丽的西部针叶林带具有一种崇高之美，而森林的毁坏对缪尔而言何尝不是一种崇高体验，镀金时代森林保护的重要性隐于其后。在缪尔笔下，森林毁坏主要分两种情况：一是诸如山火、暴风雨、雷电等自然因素导致的毁坏，二是触目惊心的人为毁坏，前者展现了树木生命的律动，后者透过树木的生命价值体现一种整体主义思想。森林毁坏的崇高美学与"树木书写"(dendrography/dendrographic writing)相契合。树木书写是指"一种努力栖居在树木范围和视角内的生态现实主义形式"，它"试图远离主要关注个人生活的 19 世纪现实主义"(Miller 696)，并"通过树木生命和自然世界"来"创造现实"(708)。所以，无论是罗斯金，还是梭罗，抑或是经年累月在荒野中探索的缪尔，他们想寻找的其实是隐藏在自然中的真理，而不是形式上的真实。对于缪尔而言，这份真理即是自然万物的生命力。

缪尔观赏巨杉遭遇大火的场景堪称是经典的伯克式崇高。缪尔在文中写道：

> 在这里，山火总是从容不迫、慢条斯理地从一棵树延烧到另一棵树，人们可以在近处进行观察，尽管如此，在燃烧的巨杉周围走动还是要多加小心，避免被落下的枝节及枯死的树冠的残余砸着。尽管白昼是进行观测研究的最好时光，我却每

晚夜游,在寂寥的黑暗中欣赏着这生动的壮丽美景。(193)

"多加小心"表明缪尔与着火的巨杉之间的安全距离,再加上黑夜的氛围,两者相结合,让缪尔欣赏到巨杉在生命最后一刻的崇高之美:着火的巨杉"就像炽热的铁柱",树身燃烧时"不时产生巨大的咆哮声,并爆发出耀眼的光亮"(同上)。缪尔的安全距离或许比伯克(Edmund Burke)所说的还要短,从他近距离观察熊,以及攀登冰川和瀑布的经历就可以发现端倪,这些相似的经历表明,他期望能够切实感受自然的生命律动。

巨杉之"巨"使得它在夜晚遭遇大火时格外引人瞩目,"最难忘最壮美的景观之一是平躺在山坡上的倒下的巨大树干"(194)。"平躺"一词表明巨杉已经失去生命力,即便如此,巨杉在火势的共同作用下仍释放着生机。巨杉巨大的树干"通体火红,像刚出炉的铁棍一样闪耀着光芒,它们有的长达 200 英尺,直径达 10 到 20 英尺"(同上)。在经过反复的灼烧后,烧焦的树表满是裂纹和落叶,"红宝石般纯洁而鲜丽的光芒迅速闪遍它们的全身。几乎没有一丝火焰和一缕青烟,在夜晚它们造就出一种瑰丽的效果"(同上)。巨杉巨大的树干在黑夜中散发的光芒,传递出一种与巨杉的庄严气质相匹配的崇高之美。与之相对的是活着的巨杉梢头熊熊燃烧的火焰,它们在生命的最后一刻表现出流动的、惊心动魄的崇高之美。缪尔观察到,被雷电击中的树干顶端存留有一些树叶、树枝和被松鼠咬食过的杉果鳞苞与杉子护翼,它们遇火即燃,"成串的火光"是"最美丽的火流",火流中火势较小的部分仅持续一两分钟,火势较大的部分却可以"变换着不同的亮度烧上几天或几个星期,像喷泉一样喷吐着火星"(同上)。与此同时,间或会有"重达半吨"的大树枝被烧断落下,"营造出惊心动魄的气氛"(同上)。虽然古老的巨杉遭遇山火时不可避免地会走向灭亡,但是它们巨大的树身又在火势的共同作用下表达迥异的崇高之美,展现生命的律动。

缪尔用审美的眼光看待巨杉被山火毁坏的场景,发掘其中的树木生命价值,以此反衬出镀金时代人们普遍重视树木工具价值的观念。亚里士多德(Aristotle)认为灵魂有三部分,分别是植物的灵魂、动物的灵魂和理性的灵魂,由于植物的灵魂缺乏"感觉机制",所以它处于最低级的位置,只有"营养生长功能"(88)。植物、动物和人的直线序列构成了一座生物阶梯,它影响了位于阶梯顶端的人看待植物的方式,与镀金时代在利益驱使下大肆砍伐森林的社会现象耦合。缪尔写道:"树木不会跑开,而即使它们能够跑开,它们也仍会被毁,因为只要能从它们的树皮里、枝干上找出一美元、获得一丝乐趣,它们就会遭到追逐并被猎杀"(225)。简单的一句"树木不会跑开"嘲讽树木理所应当被砍伐的观念,也体现了缪尔的生态关照。

树木承载着生命价值,蕴含其中的整体主义思想与生态议题具有同构性。1866年,海克尔(Ernst Haeckel)提出了"生态学"这一专业术语,该术语在百年后被广泛运用。实际上,生态学思想早已有之,"它的近代历史始于 18 世纪,当时它是以一种更为复杂的观察地球的生命结构的方式出现的：是探求一种把所有地球上活着的有机体描述为一个有着内在联系的整体的观点"（沃斯特 14）。马什（George Perkins Marsh）的著作《人与自然》（*Man and Nature*，1863）是美国早期生态学思想的典型代表，主要关涉人对自然造成的破坏，并提出相应的解决措施。马什在书中提出的术语"自然地理"（physical geography）是上述整体主义思想的具体反映，在马什看来，"整个自然界都被无形的纽带联系在一起，每一种有机生物，无论多么卑微、多么弱小、多么具有依附性，它们都是造物主创造的地球上无数生命形式中一些生命形式的福祉所必需的"（96）。马什的整体主义思想也体现在他的森林保护主张中，缪尔深受其影响，"他拥有一本注释版的《人与自然》，并引用这本书来支持自己为拯救加利福尼亚巨树所做的努力"（Payne 64）。《我们的国家公园》中有一段关于人为毁坏森林而引发自然灾难的描写：

> 因为巨杉创造了溪流。那种认为有水才有森林的观点是错误的。事实正相反，实际上是有了森林才有的水。大树的根系布满了大地，形成一块海绵，将云彩施与的甘霖贮藏起来，化作川流不息的清澈的溪流，而不会让它变成破坏性的短命的山洪去狂奔野跑。蒸发也被阻挡住，在巨杉的树荫深处，空气保持静止不动，燥热的干风停息了。（201）

这段简短的文字中融入了缪尔的整体主义思想，即森林作为一个巨大的生态系统，牵一发而动全身。"破坏性的短命的山洪"与"狂奔野跑"指涉一种毁灭性的崇高，进一步而言，这是一种生态批评惯用的"启示录"（apocalypse）修辞手法。通过对比巨杉意外遭遇自然大火和人为破坏森林，可以发现两种崇高场景造成的后果截然不同，前者只不过是正常的自然循环，而后者必然会导致森林走向毁灭。缪尔表示："迄今为止除了野火、斧头和牧人与牲畜的摧残外，没有任何不利的气候变化和疾病能够威胁到这些巨大的神树的生存"（203）。如若不加以阻止人为破坏森林的行为，那么终有一天大自然会带来毁灭性的灾难，危及人类生存。

缪尔与马什的不同之处在于马什与平肖一样主张"资源保护"（resource conservation）（Payne 65），缪尔则更重视树木本身的生命价值，提倡一种人与植物共生的理念：如若能够完好地保护森林，那么"这些森林将曾为取之不尽、用之不竭的财富源泉与美的源泉"（223）。正因如此，相较于马什的"功利和实用术语"，缪尔更认同"道德和审美术语"（Payne 62），由树木审美推进森林保护。关于缪尔与马什的主张，不必论及孰是孰非，两者皆是为了保护自然环境而贡献自己的生态智慧，只不过缪尔从道德和审美的角度来推进相关运动且卓有成效。他在晚年不断为建设国家公园和森林保护区而奔波，甚至影响了时任美国总统的西奥多·罗斯福（Theodore Roosevelt）。他所做出的贡献让镀金时代乃至后世的人们能够最大限度地欣赏荒野的崇高之美。一言以蔽之，森林保护的美学话语反映了缪尔生态思想的萌芽,具有生态现实主义意义。

四、结　语

缪尔的树木审美既在镀金时代的框架下展开,又拓宽了 19 世纪现实主义的内涵,初具生态思想雏形。不过,缪尔的主张也陷入了被质疑的境地。例如,维持荒野的原始状态意味着需要迁出世代生存在国家公园和森林保护区范围内的印第安人,其中涉及了环境正义问题。另外,旧金山为了缓解城市用水危机而打算在风景秀丽的赫奇赫奇峡谷建立水库,缪尔四处游说,极力阻止峡谷被毁,从中可见缪尔的荒野保护主张过于理想化。如果抛开这些疑虑,单从思想层面理解缪尔的主张,可以发现他试图用切身体会唤起大众对环境问题的关注。

环境史经典之作《荒野与美国思想》(*Wilderness and the American Mind*,1967)中有这样一句评价:"缪尔作为美国荒野的宣传者,无人能及"(Nash 122)。其实早在缪尔之前,梭罗就提出了"大众公园"(public parks)的构想:"一是保留康科德河沿岸,用作公共土地;二是每座小镇隔离出'五百或五千英亩的原始森林,那儿的木材决不能被砍伐或用作燃料,而是永远属于大众,用于教化或娱乐'"(转引自 Buell 212 - 213)。缪尔在《我们的国家公园》开篇写道:"今天,到大自然中去旅行已经成为一种潮流,而这正是我们所乐见的。成千上万心力交瘁生活在过度文明之中的人们开始发现:大自然是一种必需品,山林公园与山林保护区的作用不仅仅是作为木材与灌溉河流的源泉,它还是生命的源泉"(2)。无论是梭罗还是缪尔,他们的主张均是为了让大众能够在急功近利的资本主义社会中寻找到一方心灵净土。面对当下日益加剧的生态危机,唯有大众珍视自然,积极地参与到自然环境保护运动中,才能有效化解危机。

参考文献

Aristotle. *On the Soul*. Trans. Wu Shoupeng. Beijing: The Commercial Press, 1999.

［亚里士多德:《灵魂论及其他》,吴寿彭译,北京:商务印书馆,1999 年。］

Buell, Lawrence. *The Environmental Imagination: Thoreau, Nature Writing, and the Formation of American Culture*. Cambridge and London: The Belknap Press of Harvard UP, 1995.

Fu, Chengshuang. "The Measure of the Social Progress: The Evolution of the Perception on the Forest by the American Society and Its Consequences." *World History* 6 (2017): 50 - 62.

［付成双:《文明进步的尺度:美国社会森林观念的变迁及其影响》,《世界历史》2017 年第 6 期,第 50 - 62 页。］

Harrison, Robert P. *Forest: The Shadow of Civilization*. Chicago and London: Chicago UP, 1992.

Hou, Shen. "The Thought of Forest Conservation during the Pre-Pinchot Era." *Journal of Historical Science* 12 (2009): 98–104.

［侯深：《前平肖时代美国的森林资源保护思想》，《史学月刊》2009 年第 12 期，第 98–104 页。］

Jones, Owain and Paul Cloke. *Tree Cultures: The Place of Trees and Trees in Their Place*. Oxford and New York: Berg, 2002.

MacCleery, Douglas W. *American Forests: A History of Resiliency and Recovery*. Durham: Forest History Society, 2011.

Mash, George Perkins. *Man and Nature: Or, Physical Geography as Modifies by Human Action*. Ed. David Lowenthal. Cambridge and Massachusetts: The Belknap Press of Harvard UP, 1965.

Merrill, Lynn L. *The Romance of Victorian Natural History*. New York and Oxford: Oxford UP, 1989.

Miller, Elizabeth Carolyn. "Dendrography and Ecological Realism." *Victorian Studies* 58.4 (2016): 696–718.

Miller, J. Hillis. "The Fiction of Realism: Sketches by Boz, Oliver Twist, and Cruikshank's Illustrations." *Dickens Centennial Essays*. Eds. Ada Nisbet and Blake Nevius. Berkeley, Los Angeles and London: California UP, 1971. 85–153.

Muir, John. *Our National Parks*. Trans. Guo Mingjing. Nanjing: Jiangsu People's Publishing House, 2012.

［约翰·缪尔：《我们的国家公园》，郭名倞译，南京：江苏人民出版社，2012 年。］

Nash, Roderick F. *Wilderness and the American Mind*. 5th ed. New Haven and London: Yale UP, 2014.

Payne, Daniel G. *Voices in the Wilderness: American Nature Writing and Environmental Politics*. Hanover and London: New England UP, 1996.

Ruskin, John. *Modern Painters (Vol. 1)*. Trans. Tang Yaxun. Guilin: Guangxi Normal UP, 2005.

［约翰·罗斯金：《现代画家》（第一卷），唐亚勋译，桂林：广西师范大学出版社，2005 年。］

Thoreau, Henry David. *A Week on the Concord and Merrimack Rivers*. Trans. Chen Kai. Beijing: The Commercial Press, 2012.

［—. 亨利·戴维·梭罗：《河上一周》，陈凯译，北京：商务印书馆，2012 年。］

---. *Excursions*. Trans. Li Yan. Suzhou: Guwuxuan Publishing House, 2013.

［—：《远行》，李妍译，苏州：古吴轩出版社，2013 年。］

Witschi, Nicolas. *Traces of Gold: California's Natural Resources and the Claim to Realism in Western American Literature*. Tuscaloosa and London: The U of Alabama P, 2002.

Worster, Donald. *Nature's Economy: A History of Ecological Ideas*. Trans. Hou Wenhui. Beijing: The Commercial Press, 1999.

［唐纳德·沃斯特：《自然的经济体系——生态思想史》，侯文蕙译，北京：商务印书馆，1999 年。］

---. *A Passion for Nature: The Life of John Muir*. New York: Oxford UP, 2008.

美国南方女性文学的哥特现实主义[*]

刘玉红^{**}

摘　要：内战后的美国南方艰难走向工业化和城市化，社会矛盾尖锐，混乱和失序是常态，为文学的现实书写有效融入哥特性提供良机。长篇小说《飘》《铁脉》和短篇小说《难民》的哥特现实主义以多感官叙事和丰富的哥特化意象分别表征19世纪下半叶和20世纪上半叶南方社会转型中城市空间的阈限化、怪诞人物的生存困境，以及"南方骄傲"的毁灭力量，在写景、写人、写事中表现出南方文艺复兴时期女作家对南方不同时期思想症结和社会问题的深刻洞察。

关键词：美国南方；女性文学；哥特现实主义；社会转型

Title: Gothic Realism in American Southern Female Literature

Abstract: American south moved painfully to industrialization and urbanization after the Civil War, during which the society was besieged by intensified contradictions, chaos and disorder. And this provided writers with a good opportunity to fuse Gothic style in their realist writings. Characterized with the multi-sensory narrative and rich gothic images in their Gothic realism, the novels *Gone with the Wind* and *Vein of Iron*, and the short story "The Displaced Person" represent respectively liminality of the urban space, the living predicament of the so-called grotesque people as well as the destructive power of the "Southern pride". In narrating urban landscape, characters and events, the works reflect the women writers' insightful observations of the south's ideological and social problems in the

---

　*　本文系国家社科基金项目"认知女性主义视域下美国南方女作家的社会焦虑研究"（19BWW074）的阶段性成果。

　**　**作者简介：**刘玉红，广西师范大学外国语学院教授，从事美国文学研究。联系方式：793182432@qq.com。

latter half of the 19th century and the first half of the 20th century.

Key Words: American south; female literature; Gothic realism; social changes

···

哥特性是美国南方文学的显性标识。南方哥特小说最早出现于 19 世纪 30 年代，内战前的西姆斯（William Gilmore Simms）写独立战争，爱伦·坡（Edgar Allan Poe）展现人类心理的阴暗面，由此形成美国哥特写实和写心两条主脉。南方女性写哥特小说起步于 40 年代，一开始便表现出写实意识：聚焦家庭生活，超自然现象极少或得到合理解释，女主人公是道德标干。道德标干这一形象虽理想化，却基于作者的现实焦虑：社会邪恶多由男性造成，女性是"维护南方家庭和社区的核心力量，肩负在道德上改造'坏男人'的使命"（Smith 54）。20 世纪上半叶的南方文艺复兴挞伐奴隶制，揭露旧道德，同时又徘徊于田园性和工业化之间，对战后重建和新秩序满怀忧虑，哥特风格尤其适用表达这种复杂矛盾的现实情感，从而形成"哥特现实主义"（Gothic realism），它指征用哥特技巧，淡化其超自然因素，以南方时空为背景，通过典型人物和事件来表征和探究南方的历史创伤和社会问题，强调可读性和叙事张力，以获得强烈的叙事移情效果。借此认识，本文以南方文艺复兴时期玛格丽特·米切尔（Margaret Mitchell）的《飘》（*Gone with the Wind*，1936）、埃伦·格拉斯哥（Ellen Glasgow）的《铁脉》（*Vein of Iron*，1936）和弗兰纳里·奥康纳（Flannery O'Connor）的《难民》（"The Displaced Person"，1954）三部/篇作品中的代表性场景或主情节为对象，从小说的故事背景、人物塑造、情节架构三要素出发，分别探讨南方女作家如何以视觉、听觉等多感官叙事和丰富的哥特化意象来表征南方社会转型中城市空间的阈限化，经济和社会重压下"怪诞"折射出的生活困境，以及"南方骄傲"的毁灭力量，以此理解作者"在真实描写'现实关系'时，经常揭露现实中存在的种种问题"（王守仁 47 - 48）这一文学创作使命感。

一、故事背景：社会剧变与空间阈限化

空间的异质性是哥特小说第一体裁要素。在传统哥特里，内空间的阴暗迷乱与外空间的明朗有序这一对立关系暗示理性与非理性、善与恶、非我与自我界线分明。哥特小说在美国的本土化，首先表现为空间的现实性，"家居、工业化和城市化背景成了神秘恐怖的场所。……城市黑暗的街巷取代阴暗森林和迷宫般的地下通道"（Botting 123）。这种糅合日常生活和哥特氛围的空间因而具有阈限特征。阈限源自拉丁语"limen"，意为门槛（threshold），原指成长仪式中的过渡阶段，后从人类学扩展到文学、文化领域，影响渐盛，产生了居间诗学、门槛诗学等提法。阈限的基本特征是过渡性、杂糅性、不确

定性和无限的可能性（Mukherji xvii）。阈限模糊边界，解构辖域化、科层化的条纹空间，创造出一个不同力量或要素对话或对撞的场域，能有效检视美国南方现代转型中复杂的社会形态。

《飘》中的亚特兰大融合了哥特性和阈限性。无论是作品篇幅还是时间跨度，《飘》都堪称南方"史诗般叙事"（epic narrative）（Taylor 261）。从 1861 年到 1886 年，故事几乎覆盖了南方现代历史上所有重大变化：脱离联邦、内战、奴隶制解体、庄园文化衰落，以及重建时期（the Reconstruction，1863—1877）。在社会变迁中，新旧力量的对抗、历史与当下的矛盾、"瞻前顾后"的焦虑和未来的不确定性使南方成为一个时空阈限场，生动地具象化在 1886 年春天一个夜晚亚特兰大的街景中：①

> 整个城市在吼叫（roaring）——它像边境村庄一样门户大开，丝毫不掩饰它的邪恶和罪过。酒馆遍地开花，一条街就有两、三家酒馆，彻夜喧闹。夜幕降临，满街都是醉汉，有黑人，也有白人，晃晃悠悠（reeling），从墙壁撞到马路牙子，又撞回去。暴徒、小偷、妓女躲藏在没有灯光的巷子和阴暗的街上。赌（Gambling）场闹哄哄如炸弹轰鸣，夜夜都少不了动刀动枪（cutting and shooting）。体面的市民惊骇地发现，亚特兰大有了红灯区，竟比战时还大，还要兴旺（thriving），从拉下的窗帘后面通宵达旦飘出钢琴声、吵闹的歌声和笑声，时而插入尖叫声和手枪的噼啪声。（米切尔 666）②

在这里，城市的喧嚣和失序契合哥特小说的"极端书写"（writing of excess），即以对抗性叙事（counter-narrative）使理性和道德蒙上阴影，展现人性价值的阴暗面（Botting 1 - 2），如威廉·贝克福德（William Beckford）的"东方哥特"《瓦赛克》（*Vathek*，1786）中哈里发宫廷里醉生梦死的欢闹、爱伦·坡《红死鬼面具》（"The Mask of Red Death"，1842）中的末日狂欢。亚特兰大街头的混乱和狂欢与之不无相似之处。这一片段聚焦酒馆、赌场和红灯区这三个处于文明社会边缘地带的公共场所，以声（吼叫）赋景、赋人、赋行，为整个场景定下异于常态的基调。夜晚是一天中违法乱纪的高发时段，是哥特小说常见的隐喻性时间背景。在这个阴暗与光亮斑驳错杂的时空里，摇晃的醉汉、嘈杂的声响、碰撞打斗富有动感，形成视觉、听觉、触觉多感官冲击，从而营造出迷失自我的氛围。多个-ing 词汇交织的声景在正常和非正常之间激荡，而行走于这一躁动空间里的是居于法律边缘的"非正常人"：暴徒、酒鬼、妓女、小偷。如此，声、景、人"和谐地"融入一个既真实又异化、既欢乐又暴力的城市空间中。这样的亚特兰大生动

---

① 本文引用的《飘》出自李美华所译，译文有所修改。
② 作品引文首次标注作者，之后只标页码。

体现了"城市哥特"(Urban Gothic)的特质："城市是一个废墟,既常在常新,又总是走向衰败"(Mulvey-Roberts 288 - 289)。这里的"废墟"类似艾略特的"荒原":物质生活在发展,道德人性却在退化。南方"重建的魔爪"(665)既塑造出这个充满活力、"飞速前进的城市"(665),也使思嘉这些有财产的白人焦虑不已,"无视法律的黑人和北方士兵到处都有,这种威胁使她惴惴不安,而财产充公的危险挥之不去,连做梦也不得安宁。她还担心发生更恐怖的事"(664)。这个"更恐怖的事"指当时对妇女的暴行不时发生。亚特兰大由此成了一个哥特式阈限:经济发展,社会混乱;既是思嘉的发财福地,又是她嫌恶的罪恶之场。

亚特兰大的阈限性进而在城乡对比和思嘉的矛盾情感中得到强化。思嘉返回老家塔拉种植园参加父亲的葬礼,看到"开着沟的红土路两边,忍冬彼此缠结,垂挂下来,郁郁葱葱,芳香扑鼻,雨后的忍冬向来如此,这是世界上最甜美的香味"(699)。思嘉沉醉于田园静美,不禁自问,"她怎么在亚特兰大待了这么久?"(699)然而,思嘉终究没有回归乡下,她仍是"亚特兰大人"。即便在故事结尾,她打算回种植园想出办法赢回丈夫瑞德的心,这也只是"明天"的计划,是否实施,不得而知。可以说,种植园既真实又虚幻,既落后又美丽,成了与亚特兰大对位的另一个阈限存在,突显了思嘉纠结于生活现实和情感反差,这种矛盾情感微妙地流露在亚特兰大的"邪恶和罪过"和塔拉种植园散发出"世界上最甜美的香味"这一抽象与具象的对比中,这正是米切尔阈限情感在文本中的符码化。

米切尔成长于20世纪上半叶,这一代人已经抛弃对旧南方的过度浪漫化,他们"呼唤的不是梦想和幻想,而是现实主义和社会学……不是骑士精神,而是中产阶级价值观"(Pyron 242)。时代背景在一定程度上形塑了她的现实主义创作思想,她要"真实地"写出佐治亚州北部地区的生活原态(Mitchell,1986:359)。在《飘》中,她"以更为真实的北佐治亚州人物形象取代传统的弗吉尼亚绅士和南方淑女,前者出身自耕农,或是转为地主的冒险家,不久前晋升为中产阶级,他们更关心如何获取财富而非如何维护传统文化"(Bryant 37)。然而,"文学描绘的不是别的什么,就是'我'所体验到的东西,是'我'对世界的看法"(周宪 23)。米切尔和同时代不少南方女作家一样,虽不像重农派那么固执地怀旧,但多少保有旧日田园梦想,她视自己为"南方宝贵传统的守护者"(Tylor 260)。这种浪漫过去与纷乱现实的卷缠不仅是对重建后南方社会的真实写照,也为作品注入了叙事的内在张力,这或许是《飘》长久畅销的一个原因。

二、人物塑造:生活困境与怪诞对位

怪诞(the grotesque)是哥特小说独特的人物范式。传统哥特的怪诞多为超自然或通灵书写,与"不可视为崇高的恐怖、令人不安的、丑恶的物体或体验密切相关"(Llyod-Smith 174)。在南方女性文学中,怪诞已走进日常生活,通常指"畸形或反常的人物,居于特点鲜明的南方背景中,他或她形体有缺陷,精神有问题,行为异于常人,因而在阅读反应中持续形成张力"(Haar 210)。如卡森·麦卡勒斯(Carson McCullers)两部长篇小说《心是孤独的猎手》(*The Heart Is a Lonely Hunter*,1940)的米克和《婚礼的成员》(*The Member of the Wedding*,1946)的弗兰淇两个女孩都为自己的中性身体而烦恼,折射出女性在成长过程中对身体变化的体验、认知和接受或拒绝。在奥康纳笔下,残疾人、智障人、自残的杀人犯等畸形人传达出她的宗教信念:生活充满原罪,精神扭曲投射于身体畸形中,只有通过暴力,人才可能获得拯救。评论界讨论南方怪诞多提麦卡勒斯和奥康纳,却忽视了早于她们的格拉斯哥。

格拉斯哥被誉为"打开南方文艺复兴的闸门"(Skaggs 336)。她的作品多以真实的地点、人物和事件为原型,聚焦内战后南方社会文化、家庭关系、道德意识的变迁。长篇小说《铁脉》被认为是她"最成功的小说"(Skaggs 339),讲述了 19 世纪下半叶到 20 世纪初弗吉尼亚一家四代以爱和坚强应对生活困境的故事。作品的怪诞书写采用"双层对位"叙事模式:故事前半部分为铁边村芬卡瑟家和沃特斯家的共时空对位,体现旧南方"文化共同体"对异己的迫害和驱逐;后半部分为大萧条时期昆伯勒市贫民的"身死"与富人的"心死"这一隐喻性反向对位,复现了经济危机和人情冷漠对城市"穷白人"的致命打击。

芬家和沃家社会地位高低不同,却都因"怪诞"而陷入生存困境。故事以怪诞开篇,"一群小孩在追打一个傻小子"(3)。这个傻小子就是沃太太的儿子托比,他"脸上的嘴巴不过是一个弯洞,眼睛小而斜视,目光呆滞,眼睑红肿"(3)。与儿子长相之怪相配的是母亲身份之"坏":她年轻时是个妓女。19 世纪下半叶的南方性观念极为保守,虽然沃太太出卖身体是为了养家糊口,但村里长老会的"牧师和长辈们"(69)认定"她就是个坏女人"(54),将母子赶出村外,他们只能栖身于恐怖荒地,"穿过田野,经过墓园里最后一个塌陷的坟墓,休耕地尽头突然出现一条旱沟,它原先是河道,一百年多前这里埋了一个被吊死的人,故称'谋杀者之墓'……旱沟边有一间茅舍,里面住着傻子托比·沃特斯和他母亲"(3-4)。人是社会动物,让活"死人"与真死人比邻而居,这样的流放无疑是一种极端孤立。当年那个人被吊死原因不明,现在沃家遭受"谋杀"的结果却是清楚的:母子靠养猪为生,孤苦无助,备受欺凌。与"贱民"沃家相比,芬家是"体面的":祖辈是建村元老,祖母当过村医,德高望重,芬卡瑟本是牧师,收入不错。然而,他在出版第二部哲学著作后,公开承认自己的哲学思想与教会不和,并坚持己见。在 19 世纪"80年代,人们比这个新世纪要严格得多"(38),于是他被剥夺教职,转为教书,收入微薄,连给女儿买布娃娃的钱都不够,"他给毁了,他完了,他给忘了"(38)。

格里夫斯认为,格拉斯哥通过《铁脉》和其他作品"探究了普通白人常遭遇到的社问题,在这一点上,她早于福克纳、厄斯金·考德威尔或其他南方哥特式作家几十年"(Graves 357)。但他没有具体分析《铁脉》探究了什么社会问题。笔者认为,无论是沃家母子的身体流放,还是芬卡瑟的精神放逐,他们的生活困境都是占据主流地位的宗教话语规训和惩罚的结果,而这是有现实依据的。同在 19 世纪 80 年代,詹姆斯·伍德罗(James Woodrow)博士在南卡一个神学院讲了达尔文的《人类起源》,"南方长老会宣判他犯有异端罪,剥夺了他的神学院职位"(Cash139)。

如果说乡村怪诞以"流放"造成的生活窘境透视出旧南方社会伦理和宗教思想的自我隔离,那么城市怪诞则聚焦于经济危机中贫富对比的寓指召唤。1929 年 10 月,股市崩盘,经济大萧条席卷欧美,1930 年夏,南方又"遭遇严重干旱,农村地区大受影响,庄稼被毁,牲畜死亡,失业恶化"(Scott 401 - 402)。已定居昆伯勒市桑树街的芬家和很多人一样,存款归零,一夜返贫,勉强度日。为帮助更困难的邻居,芬卡瑟的女儿艾达决定向富有的娘家亲戚寻求帮助。贫与富仅隔三条街,景象却是天壤之别,生动反映在空间氛围和身体观感中。亲戚家"屋里灯光闪耀……乐声不断……酒香入鼻"(341 - 42)。而桑树街"似乎所有的窗户、门,甚至被遗弃的地下室都呼出恐惧的气息,像是一支送葬队伍或一场瘟疫刚刚经过"(333)。亲戚家正在举行生日派对,人们"衣着鲜艳,头饰如花,身影摇摆"(341)。两个年轻人在拥抱调情,女的"身材苗条,那张脸像人工画出的康乃馨",男的"索然无味,年纪尚轻,神气活现"(342)。桑树街则有"这么多稻草人般的身影,枯瘦胳膊从破烂衣袖里伸出来!这么多肮脏粗糙的手在乞讨!这么多张脸面色干黄、神情憔悴、恐惧万分!"(317)排队领救济餐的人们"眼神空洞,不洗澡,不刮胡子……他(芬卡瑟)看着他们排好队,如同看漫画里阴森的鬼魂"(355)。从"稻草人"到"鬼魂",哥特式隐喻强化了怪诞:稻草人虽扭曲人的形貌,但尚有实体感,而鬼魂已失去实体感,暗合人饿极之虚,形容惨淡;稻草人是怪异的"非人",而鬼魂已是恐怖的"非人"。在强烈的视觉冲击中,富人的美酒欢宴与"路有冻死骨"的惨状形成鲜明的主题性对位。

生活方式是价值观的一面镜子。对亲戚家的歌舞升平和欢声笑语,艾达尖锐地评论道,"他们不可能知道苦难是什么,他们不知道生活是什么"(341)。她失望而归并不令人奇怪。不久,她想帮助的哈伯伦夫妇不愿去救济院,打开煤气自尽,靠邻居凑钱才得以下葬。八十岁的芬卡瑟为能用自己的保险金帮助家人度日,挣扎回到乡下,死在老屋前。作品暗示,他们的死与富人的冷漠不无关系。两个年轻人不太正常的面貌和气质表明,同情心是人基本的道德情感,人一旦失去同情心,就会成为另一种"非人"。哈尔说南方作家写怪诞时"通常对这样的人物寄予同情"(Haar 210)。《铁脉》不但体现了对受苦民众的同情,更通过讽刺无良富人增加了怪诞书写的宽度和厚度。

"双重放逐"和"求富济贫"这两个对位叙事的社会批判内涵指向小说名"铁脉"的多义性。目前的评论一致认为"铁脉"彰显了芬家代代相传的坚强精神,这忽略了"铁"和"脉"兼有正反义:iron 既表坚强,也表冷硬;vein 既刻画了芬家坚韧的传统,也暗示了南方"自然和文明的毁灭力量"(Glasgow ix)一直都在。书名内涵的对位丰富了怪诞的政治意涵。

三、情节架构:旧南方的执着与多重暴力

暴力是哥特小说最具标识性的情节。早期哥特打造了暴力全景图:超自然凶杀和真实暴力、个人施暴和群体施暴、肉体暴力和心理暴力、他杀和自杀,应有尽有。在南方女性文学中,暴力传达的是现实主义批判态度:女性奴隶叙事控诉奴隶制的身心迫害,家庭小说揭露父权、男权的性别暴力,战争小说质疑国家暴力的正统叙事,等等。在女作家的暴力书写中,奥康纳独树一帜,其作多以现代南方乡下为场景,充满凶杀、溺水、纵火,在这些杀戮中,人际关系充满敌视,鸿沟般的隔阂似乎只能消弭于死亡中。短篇小说《难民》是奥康纳"最好的作品之一"(Orvell 152)。学界讨论其暴力主题多集中于波兰难民古扎克的受害者形象,对小说的多重暴力书写及其关联性意涵挖掘不够。从古扎克携妻女远渡重洋来到美国南方农场做帮工到他被杀,文本以三重暴力构筑起情节主干:二战是现实背景,诉诸言语暴力和"心里"暴力的"南方骄傲"是红线,个体暴力是高潮。暴力的因果关系和彼此叠加暗嵌了作者焦虑:南方的"骄傲之罪"具有毁灭力,而南方是否因暴力而获得拯救,则是存疑的。

小说名"The Displaced Person"(D. P.)是二战官方术语,指战争结束后因种种原因不能回国的民众,他们或集中住在原地,或移居其他国家。古扎克就是这样的难民,他一家人来到麦克英特尔太太的农场讨生活。从他出场开始,欧洲大屠杀的"尸体"意象数次出现,与接下来发生在农场内外的猝死、谋杀、疾病形成暗线呼应,因此,战争既是故事背景,也是重要的叙事铺垫。

布鲁姆指出,"在奥康纳笔下众多怪诞又不值得同情的世俗人物中,骄傲是主要罪过。只有通过预言式暴力,世人的骄傲才得以纠正"(Bloom 9)。在《难民》中,骄傲由表及里,渗透于麦太太和她的管事肖特利太太两个人物形象中,主要有三类表征:具身的、言语的和心理的,它们与暴力息息相关,互为因果。

"南方骄傲"首先体现在两人身体的象征性描写中。肖太太"两腿粗壮,昂然直立,满怀高山的雄伟自信……两道冰蓝色的目光直刺前方"(O'Connor, 1989:194)。她看难民一家的目光"如同秃鹰在空中滑翔,发现尸体残骸,才盘旋下降"(197)。和肖太太的"高大"相比,矮小的麦太太以"尖利"见长,她"眼睛睁大时颇为温和,一旦眯眼检查牛奶罐,目光如钢铁或花岗岩一般"(197)。当黑人帮工萨尔克告诉她古扎克要把表妹嫁给他时,她尖叫起来,"阳光落下,她的眼睛像蓝色花岗岩"(220)。两人虽身形有别,但"山脉""冰""花岗岩"和俯视"尸骸"等物化隐喻彰显了她们的共性:身为南方白人,自视

甚高,个性冷硬。由此折射出两个当权者思想僵化和情感冷漠,暗示她们取代了传统哥特的暴君/男性形象。

麦太太的骄傲,其内核是种族隔离,表现为言语暴力。追求利润的她起先很欣赏古扎克会操作机器,干活利索,不抽烟喝酒,称他为"我的救世主"(203),可一旦得知他想把自己的表妹嫁给萨尔克,借此帮她来到美国,她便痛骂他让一个白人嫁给"一个成天偷东西、臭烘烘的白痴黑鬼,你真是个魔鬼!"(222)她强调,"这太蠢了"(222)。骄傲的另一面是冷漠。古扎克告诉麦太太他表妹的悲惨遭遇:双亲死于集中营,"她在集中营里待了三年"(154)。麦太太回答:"我不用为世上的苦难负责"(223)。当麦太太的传统思想战胜经济利益时,古扎克自然成了"多余的人"(225),他的死亡也就成了必然。这与肖太太看到他就想起欧洲大屠杀的尸体堆形成呼应,引出讽刺性悲剧:难民逃过了残酷的战争,却死在代表他们美国梦的南方农场。

肖太太"和麦太太一样骄傲,对他人缺乏同情心"(Kirk 56)。肖太太权力有限,地域偏见和种族歧视主要体现在她的"内心图景"(200)中。她"自认为有真正的信仰,且坚如磐石,而其他人:黑人、穷人、欧洲人,不过是上天惩罚的牺牲品"(Orvell 145)。在她眼里,欧洲"神秘,邪恶,就是恶魔的试验场"(205)。欧洲极度落后,"看不出这些人信仰什么,因为愚昧还未消灭"(198)。她认为古扎克一家就是"带着伤寒病毒的老鼠,远渡重洋,把这些杀人的东西带到这里"(196)。她的歧视还蔓延到语言上,古扎克女儿的名字听上去"像虫子的名字"(197)。波兰语是"肮脏的""未革新的",而英语是"干净的"(209)。

如果说麦太太和肖太太的软暴力是坚守南方种族隔离思想的表现,那么肖特利谋杀古扎克的硬暴力则是出于现实的报复心理。肖特利经常消极怠工,还偷售私酒,肖太太一直焦虑古扎克抢走丈夫的工作,她偷听到麦太太打算赶走肖特利,大受打击,为维护尊严,率家人半夜离开,却在路上中风而死。不久肖特利重返农场,他制造谣言,煽动麦太太解雇古扎克,看到她因经济利益犹豫不决,便决定自己动手。他趁古扎克躺在地上修机器,故意不刹拖拉机,麦太太和萨尔克看到了,却没有提醒古扎克,看着"拖拉机的轮子压断波兰人的脊椎骨"(234)。这一"共谋"使个人暴力上升为群体暴力。

奥康纳的创作离不开其天主教信仰,但这并非意味着她疏离现实,相反,她强调,"我觉得每个作家谈到自己写小说的方法时,总希望他是一个现实主义者,他的作品具有重要而深刻的现实意义"(O'Connor,1969:37)。在她眼里,社会问题与宗教是彼此勾连的:暴力与骄傲这一原罪互为因果,又与现实焦虑相关。南方在"20世纪上半期是美国最贫穷落后的地区",种植园"工人多为非技术工人"(高红卫 109,111)。古扎克会操作、修理农业机械,这冲击了农场仍以手工劳作为主的生产模式,他所代表的工业化在为农场带来经济效益的同时,构成了一种外来威胁;而三个主要人物的反应展现了南方的复杂心态:麦太太在经济利益和种族偏见中纠结而至崩溃,肖太太在南方骄傲遭受重击时愤怒而亡，肖特利在丧妻之痛和失业焦虑中诉诸人身报复。可以说，古扎克之死和麦家农场没落是 20 世纪上半叶南方仍在艰难转型的缩影。

　　古扎克之死和农场没落都是暴力的结果，因此，有人认为他的死象征"上帝之死，为的是拯救全人类"（Hyman 42）。故事结尾，老神父每周来探望困于病榻的麦太太，"为她讲解教会教义"（168），这表明麦太太"获得了精神拯救"（Hyman 18），如此文本又自我消解了这两点。古扎克之死没能拯救任何人：肖特利未受惩罚，他和萨尔克不辞而别，农场丢荒。结尾只说神父苦口婆心，却没提麦太太是否心有所悟。其实，这种开放式结尾正是奥康纳的风格，她的作品的"共同点就是它们没有为读者提供解决方案"（Cofer 129）。旧南方的思想痼疾如此根深蒂固，她并不乐观，认为她身为作家，只能通过书写暴力来"促使读者思考作为一个肤浅而危险的物质世界之基础的精神现实"（Fitzgerald 257），并提供"有限的启示，但总算是启示"（O'Connor，1969：34）。

四、结　语

　　20 世纪的现实主义文学追求表达作者"看到的"的深层真实，"摹仿冲动和对外界现实的关注是现实主义诗学的根本，但是这种摹仿并非简单的复制，现实主义文学是作者主观意识参与的创造性再现的结果"（王守仁 刘洋 7）。内战后直到 20 世纪上半叶，南方在彷徨中走向工业化和城市化，思想游离，矛盾激荡，情感和认知失调。在南方文艺复兴时期崛起的格拉斯哥、米切尔、奥康纳等女作家有着深切的现实主义情怀，她们意识到"哥特性最合适用来书写当下经验，那就是悠久而控制一切的体系，社会机制的异化和毁灭力，以及至今仍在延续的兽性"（Lloyd-Smith 62）。在她们笔下，哥特技巧是行之有效的陌生化手法，她们的哥特现实主义在写景、写人、写事中深刻揭示了南方社会不同时期的思想症结和社会矛盾，对哈珀·李（Harper Lee）、多萝西·艾莉森（Dorothy Allison）、鲍比·安·梅森（Bobbie Ann Mason）等当代名家影响深刻。

参考文献

Barkley, Danielle. No Happy Loves: Desire, Nostalgia, and Failure in Margaret Mitchell's *Gone with the Wind*. The Southern Literary Journal, 47.1(2014): 54 – 67.

Bloom, Harold. "Introduction." Ed. Harold Bloom. *Bloom's Major Short Story Writers: Flannery O'Connor*. Chelsea House Publishers, 1999.

Botting, Fred. *Gothic*. London and New York: Routledge, 1996.

Bryant, J. A. Jr. *Twentieth-century Southern Literature New Perspectives on the South*. University

Press of Kentucky, Kentucky: The University Press of Kentucky, 1997.

Cash, W. J. *The Mind of the South*. New York: Vintage Books, 1991.

Cofer, Jordan. *The Gospel According to Flannery O'Connor: Examining the Role of the Bible in Flannery O'Connor's Fiction. New York: Bloomsbury*, 2014.

Fitzgerald, Sally. "Flannery O'Connor." *The History of Southern Women's Literature*. Ed. Carolyn Perry and Mary Louise Weaks. Baton Rouge: Louisiana State UP, 2022. 404 - 12.

Gao, Hongwei. *A Study of American Southern Culture in the First Half of 20th Century*. Shenyang: Liaoning People's Publishing House, 2015.

[高红卫:《20 世纪上半期美国南方文化研究》,沈阳:辽宁人民出版社,2015 年。]

Glasgow, Ellen. "Preface." *Vein of Iron*. Charlottesville and London: University Press of Virginia, 1995.

Graves, Mark A. "Ellen Glasgow's Gothic Heroes and Monsters." *The Palgrave Handbook of the Southern Gothic*. Eds. S. C. Street, C. L. Crow. 2016. 351 - 63.

Haar, Maria. *The Phenomenon of the Grotesque in Modern Southern Fiction: Some Aspects of Its Form and Function*. Stockholm, Sweden: Umea University, 1983.

Hyman, Stanley Edgar. *Flannery O'Connor*. Minneapolis: University of Minnesota Press, 1966.

Kirk, Connie Ann. *Critical Companion to Flannery O'Connor: A Literary Reference to Her Life and Work*. New York: Facts On File, Inc., 2008.

Lloyd-Smith, Alan. *American Gothic Fiction: An Introduction*. Shanghai Foreign Language Education Press, 2009.

Mitchell, Margaret. *Gone with the Wind*. New York: The Macmillan Company, 1936.

[玛格丽特·米切尔:《飘》,李美华译,南京:译林出版社,2017 年。]

---. "Mitchell to Virginius Dabney, 23 July 1942," in *Margaret Mitchell's "Gone with the Wind": Letters, 1936—1949*. Ed. Richard Harwell. London: Collier Macmillan, 1986.

Mukherji, Subha. *Thinking on Threshold: The Poetics of Transitive Spaces*. New York: Anthem Press, 2013.

Mulvey-Roberts, Marie, ed. *The Handbook to Gothic Literature*. London: Macmillan Press, 1998.

O'Connor, Flannery. *Mystery and Manners*. Ed. Sally and Robert Fitzgerald. New York: The Noonday Press, 1969.

---. *The Complete Stories of Flannery O'Connor*. New York: Farrar, Straus and Giroux, 1989.

Orvell, Miles. *Flannery O'Connor: An Introduction*. Jackson & London: University Press of Mississippi, 1991.

Pyron, Darden Asbury. *Southern Daughter: The Life of Margaret Mitchell*. Oxford: Oxford University Press, 1991.

Scott, Anne Firor. "Afterword." *Vein of Iron*, Ellen Glasgow. Charlottesville and London: University Press of Virginia, 1995.

Skaggs, Merrill Maguire. "Ellen Glasgow." *The History of Southern Women's Literature*. Ed.

Carolyn Perry and Mary Louise Weaks. Baton Rouge: Louisiana State UP, 2022. 336 – 42.

Smith, Karen Manners. "The Novel." *The History of Southern Women's Literature*. Ed. Carolyn Perry and Mary Louise Weaks. Baton Rouge: Louisiana State UP, 2022. 48 – 58.

Taylor, Helen. "*Gone with the Wind* and Its Influence." *The History of Southern Women's Literature*. Ed. Carolyn Perry and Mary Louise Weaks. Baton Rouge: Louisiana State UP, 2022. 258 – 67.

Wang, Shouren. "Realism in the Twentieth Century." *Foreign Literature Review* 4(1998): 45 – 49.

［王守仁：《谈二十世纪的现实主义》，《外国文学评论》1998 年第 4 期，第 45 – 49 页。］

Wang, Shouren, Liu Yang. "'The Realist Turn' and Others—An Interview with Wang Shouren." *New Perspectives on World Literature* 6(2020): 6 – 13.

［王守仁、刘洋：《"现实主义转向"及其他——王守仁教授访谈录》，《外国文学动态研究》2020 年第 6 期，第 6 – 13 页。］

Zhou, Xian. "Realism in the Twentieth Century: Perspectives from Philosophy and Psychology." Ed. Liu Mingjiu. *Realism in the Twentieth Century*. Beijing: China Social Sciences Press, 1992. 15 – 40.

［周宪：《二十世纪的现实主义：从哲学和心理学看》，《二十世纪现实主义》，柳鸣九主编，北京：中国社会科学出版社，1992 年，第 15 – 40 页。］

玻璃瓶中的身体政治：
普拉斯《钟形罩》对美国历史现实的折射

王凤霞[*]

摘　要：作为西尔维娅·普拉斯发表的唯一一部小说，《钟形罩》既以作者早年亲身经历为蓝本，艺术化再现其真实生活中的人物与社会，又融以小说故事发生的20世纪50年代与作品创作的60年代美国社会的部分现实事件，在个体与社会、历史与虚构、真实与想象的张力和交织中，有力展现了冷战初期美国历史现实图景。小说透过身体政治之镜，以第一人称叙事讲述了女主人公埃斯特·格林伍德长期遭受身心压抑，绝望反抗的心路历程，折射出女性所代表的"他者"群体在美国冷战政治笼罩下的生存现实。在冷战思维和白色恐怖之下，生命政治权力主体实行全方位遏制政策，从文化、商业和医疗等日常生活的微观层面加强对女性的身体规训，小说因此凸显了20世纪中叶美国社会弥漫的遏制思想和身体政治意识，呈现出的鲜明身体政治主题与冷战话语密不可分。

关键词：西尔维娅·普拉斯；《钟形罩》；历史现实；身体政治；冷战思维

Title: Body Politics in *The Bell Jar*: Plath's Recapture of the Historical Reality of 1950s America

Abstract: As Sylvia Plath's only published novel, *The Bell Jar* is not only a literary representation of the author's personal experiences in her early years, of persons and the society in real life, but also integrates into its texture some of the real-life events in 1950s and 1960s American society. Navigating through the tension between and intertwining of the individual and the society, history and fiction, truth

---

　＊ **作者简介：**王凤霞，南京大学外国语学院在读博士研究生，研究方向为英美文学。联系方式：fxwanggongzi@163.com。

and imagination, the novel successfully captures the historical reality of American society in the early years of the Cold War. Through the vantage point of body politics and from the first-person perspective, the novel relates the protagonist Esther Greenwood's long-term depression and desperate resistance, refracturing the living reality of "the other" represented by women under the sway of Cold War politics pervading American society in the era. Under the Cold War mentality and the White Terror, the subject of bio-politics practices all-round policies of containment, reinforcing the discipline of women's bodies on such micro levels of daily life as culture, commercial consumption and medical care. The novel hence brings out the ideology of containment and the consciousness of body politics permeating American society in the 1950s, and its distinctive theme of body politics is inextricably bound up with Cold War discourse.

Key Words: Sylvia Plath; *The Bell Jar*; historical reality; body politics; Cold War mentality

....

《钟形罩》(*The Bell Jar*，1963)是美国诗人、作家西尔维娅·普拉斯(Sylvia Plath，1932—1963)的自传体小说,今已成为"文学和大众文化中的经典"(Bloom 14)。然而,小说的文学价值自面世起就饱受争议,甚至至今仍未得到应有的承认。普拉斯"自白派诗人"光环使学界长期以来更关注她的诗作及其中的自我情感表达,并将该小说一并当作诗人个人经历的注脚。自白派诗人标签强化了普拉斯与当时美国真实历史、政治、文化事件及国际形势等外部现实世界的疏离感和距离感,致使《钟形罩》的文学价值及其对 20 世纪 50 年代和 60 年代这一特殊时期美国历史现实的映射一直被忽视,部分批评家甚至将普拉斯作品中对大屠杀、美苏冷战等重大历史事件的描写看作"不道德的利用"。另外,从作品读者群多为青春期女性和近些年影视剧对小说的挪用来看,《钟形罩》在流行文化中逐渐成了青春期焦虑和叛逆的代名词,它对个体心理世界的描写引起众多年轻女性读者共鸣。小说被视为"第一部塞林格风格的女性小说"(qtd. in Bundtzen 265)。《钟形罩》与塞林格(Jerome David Salinger，1919—2010)《麦田里的守望者》(*The Catcher in the Rye*，1951)虽确有相似之处,如均以 20 世纪中叶的美国为故事背景和聚焦年轻人矛盾的内心世界,但有学者认为前者已超越后者,因为它对周围社会的刻画和呈现更为深刻(McCann vii)。并非所有试图再现 50 年代的文学和影视作品都能像《钟形罩》那样捕捉到那个年代的感觉,普拉斯仿佛对自己所处的时代有一种历史感,像她这样"对那个时代的细节了如指掌的作家,实属罕见"(vii)。

《钟形罩》浓厚的自传色彩、现实指涉及美国当时特殊的社会环境和反现实主义话语,导致了它复杂多舛的出版历史。被美国出版社拒绝后,普拉斯不得已将小说转投英国的出版社,在 1963 年以笔名维多利亚·卢卡斯(Victoria Lucas)出版了这部小说,而直到 1971 年这部作品才得以在美国出版。近些年,《钟形罩》对女性生存困境的揭示和对美国现实社会的再现引起关注。肖瓦尔特(Elaine Showalter)[①]、布鲁姆(Harold Bloom)等人将小说与其时代背景联系起来。其中,布鲁姆认为它是"时代之作……其历史、社会、临床及意识形态方面的价值值得肯定"(7),还盛赞普拉斯对主人公厌恶情绪的描写:"只有像左拉或德莱塞这样强大和具有变幻能力的现实主义作家,才能将虚构人物的厌恶情绪转化为能引起人们持久兴趣的情感,这是小说作为一种艺术的必要条件"(7)。少数学者[②]注意到《钟形罩》与美国冷战话语的关联。

然而,学界目前对于小说的身体政治主题及其与历史现实间的关系尚未给予足够重视。实际上,《钟形罩》以核心意象"钟形罩"所代表的对现实进行一定程度扭曲和变形的方式,折射了美国冷战初期的历史现实。不仅女主人公的精神崩溃是普拉斯亲身经历的想象性重塑,作品中很多人物、地方、杂志等也均有现实原型,小说更融入并创造性再现了美苏冷战、核威胁、卢森堡间谍案、郊区扩张、战后婴儿潮等 20 世纪 50 年代美国社会的部分现实事件和现象。普拉斯自称是"政治人"(Plath 169),并表达了想写一部长篇小说的意愿,因为它能够传达"人们在日常生活中发现的东西"(171)。谈及《钟形罩》的创作,她说:"我所做的是把自己生活中的事件拼凑起来,用虚构手法增添色彩……我试图通过钟形罩这个扭曲的透镜来描绘我的世界和其中的人们。"(qtd. in Dunkle 62)可见,普拉斯十分关注日常生活与外部世界,并尝试以文学形式将现实图景进行艺术化再现。而身体政治是她再现美国社会现实的有利视角,使其能将该时期美国特殊的社会氛围及其对个体的影响具象化、形象化。普拉斯以身体政治主题为轴线,将个人内在世界与社会现实、私人空间与公共领域、虚构与真实、小说与历史连接,以个体精神危机反映美国民众在意识形态营造的拟像(simulacra)社会中压抑、分裂的生存现实,折射个体所处的社会现实图景,揭露社会不公、性别束缚、种族暴力等实际存在的社会问题。

小说以冷战初期为时代背景,围绕中产阶级女大学生埃斯特·格林伍德(Esther Greenwood)的精神崩溃和精神病治疗,讲述了其辗转于史密斯学院(Smith)、纽约城市

---

① 详见 Showalter, Elaine. *A Jury of Her Peers: American Women Writers from Anne Bradstreet to Annie Proulx*. New York: Alfred A. Knopf, 2009. p. 438.

② 详见 Peel, Robin. *Writing Back: Sylvia Plath and Cold War Politics*. Madison & Teaneck: Fairleigh Dickinson University Press, 2002; Bayley, Sally. "'I have your head on my wall': Sylvia Plath and the Rhetoric of Cold War America." *European Journal of American Culture* 25.3 (2007): 155 - 71; Smith, Rosi. "Seeing Through the *Bell Jar*: Distorted Female Identity in Cold War America." *Aspeers: Emerging Voices in American Studies* 1.1 (2008): 33 - 55.

空间、波士顿郊区家庭空间、戈登大夫(Doctor Gordon)的疯人院等医院空间之间的经历。作为小说核心意象"钟形罩"的多种变体,这些空间均与玻璃、监视和身体密切关联,是冷战背景下生命权力主体实施身体政治的重要场所。"钟形罩"常被解读为社会重压下走向精神分裂的女性困境的象征。但它不仅指个体错乱的精神世界,更指郊区住宅、商店橱窗、疯人院等使用大量玻璃材料的建筑空间所代表的、以监视文化和被监视感为特征的整体社会氛围。在小说整体层面上,"钟形罩"更是一种艺术手段,它不是一面机械反映社会、追求"与历史现实零距离的'逼真感'"(王守仁 132)的平面镜,而是对现实进行一定程度的扭曲、变形的钟形玻璃瓶,并通过将权力装置对身体的规训、干预和征服前景化,揭示该时期美国社会生活的本质特征,捕捉一种"本质的现实"(132),即美国冷战政治及其性别意识形态笼罩下人们的内心世界和社会现实图景。

《钟形罩》以美国冷战政治所具有的"偏执狂"或被害妄想这种"令人惊恐的、疯狂的文化现象"(Bayley 155)为创作与故事背景,以其鲜明的身体政治主题介入了冷战时期美国"国家叙事的常态化仪式"(Baldwin 141)及对冷战思维和性别意识形态的批判。在 50 年代的美国,时任美国总统艾森豪威尔、参议员麦卡锡等政坛人物的强势在场深深渗入国民意识。美国政客不仅担心来自苏联的外部威胁,还忧心国家内部的敌人,疑心"美国真正的危险来自内部:种族纷争、妇女解放、阶级冲突和家庭破裂"(May 9)。美国政府深信国家正处于内外交困的危急状况,将身体政治作为遏制人民内部敌人的重要手段,认为"通过身体政治对具有颠覆性的个体进行遏制,阻止他们传播有害的影响,社会就会安全"(16)。以"麦卡锡主义"(McCarthyism)为代表的反共运动、传统性别角色和家庭意识形态的强势回归,正是遏制政策的典型表现。美国企图通过国家叙事话语,树立并遏制"共同的敌人",以建立自我意识和民族共同体意识,并掩盖、转嫁国内矛盾。《钟形罩》透过身体政治之镜,折射出女性所代表的"他者"群体在美国冷战政治笼罩下的生存现实。在冷战思维和白色恐怖之下,生命政治权力主体实行全方位遏制政策,从文化、商业和医疗等日常生活的微观层面加强对女性的身体规训,小说因此凸显了 20 世纪中叶美国社会弥漫的遏制思想和身体政治意识,呈现出的鲜明身体政治主题与冷战话语密不可分。探析《钟形罩》透过身体政治之镜所折射的美国历史现实和美国冷战政治的偏执风格,在当下依然具有现实意义。

一、文化规训:"女性的奥秘"下的生物性身体

在以将美国公民身份与苏联他者、美国资本主义与苏联共产主义对立的二元框架为特征的冷战背景下(Baldwin 140),美国的家庭意识形态和性别角色分工与国家话语紧密相连。美国社会掀起一股归家热潮,保守主义、女性回归家庭和传统的性别角色分

工得到复兴。针对苏联的宣传战，美国企图通过呈现设施完备、分工明确的"郊区家庭理想"，宣扬其美式生活和资本主义制度的优越性。冷战思维将政治观念和家庭观念之间进行关联，也将美苏争霸世界的国际局势与美国国内的私人小世界这两幅看似完全不同的画面联系了起来。与女性及其性别角色密切相关的婚姻、母性、家庭价值理念等演变为冷战时期对抗共产主义阵营的堡垒。而普拉斯对于战后美国的家庭意识形态并不陌生，在史密斯学院毕业典礼上发表讲话的正是鼓动女大学生通过投身家庭为冷战国际政治做贡献的、时任民主党总统候选人阿德莱·史蒂文森（Adlai Stevenson）。

美国社会借助盛行于 50 年代的"女性的奥秘"（the feminine mystique）这一文化意识形态，试图对女性进行身体规训，将她们禁锢在基于生理特征的传统女性角色中。该奥秘的核心是"妇女的生理结构决定了她的命运"（弗里丹 74），即女性的生物构造和身体特征注定了她们身为母亲和妻子的角色。女性的奥秘成了当时美国文化中"为人珍爱、自生自长、恒久存在的核心"（4），在其影响下，成千上万的美国女性"被她们的外界环境、生活圈子降为生物性生存"（330）。小说女主人公的邻居、即将迎来第七个孩子的渡渡·康威（Dodo Conway）是该奥秘的代表，她"挺着个奇特的大肚子，正推着一辆旧的黑色婴儿车……脑袋幸福地往后仰着……活像一枚搁在鸭蛋上的麻雀蛋"（普拉斯 98）。女性奥秘的影响力显著体现在众多像她一样对婚姻和家庭主妇身份趋之若鹜的女性身上。

美国社会通过暴力方式对那些不愿被女性奥秘驯服的女性偏离者进行惩戒。公共卫生专家称"无论在家庭内部还是家庭外部，挑战传统角色的女性都会置国家安全于险境"（May 96）。冷战使美国进入一种"伴随着暴力与正义的必然无区分性"（阿甘本 56）的例外状态，偏离传统性别角色和性别规范的女性以及挑战异性恋统治地位的同性恋者可能会招致怀疑，受到监视、监禁和惩罚，他们会被看作是不道德的、病态的，甚至被怀疑有反美和共产主义倾向，可能引发社会混乱和国家安全危机。霍夫施塔特（Richard Hofstadter）在研究以夸大、怀疑和阴谋论为特点的美国政治偏执时指出，这种偏执风格的核心意象是"一个巨大而险恶的阴谋，一个已经发动的庞大而微妙的影响机制，其目的是破坏和摧毁一种生活方式"（29）。而"没有女人味的"女性成了该偏执思维下的替罪羊和重点怀疑对象。小说开头引入的卢森堡间谍案为故事增添了"外部张力和文化现实主义色彩"（Dunkle 65）。埃塞尔·卢森堡（全名 Esther Ethel Greenglass Rosenberg）是麦卡锡主义文化遏制对女性偏离者施加规训和肉体惩罚的典型例证。除被控向苏联泄露美国原子机密外，她还被媒体描写成女性气质的反面教材，一个专横、具有强烈操纵欲的妻子和母亲，而这被视为易受外部势力渗透。不称母职的埃塞尔和埃斯特对母亲的敌意影射该时期美国社会开始形成的"杀母文化"和对"大妈咪主义"（momism）的仇视心理，而反共、仇母以及性别歧视和种族主义的文化逻辑均基于对内部敌人的恐惧。卢森堡夫妇被电刑处死事件一直萦绕在埃斯特心头，其原因不仅在于她的名字与埃塞尔·卢森堡的娘家姓 Esther Greenglass 惊人地相似,更在于她清楚,排斥婚姻、母性和性别规范的自己与后者一样被当成美国社会的颠覆分子,随时面临被惩罚的危险。埃斯特脑海中挥之不去的还有脸长得像艾森豪威尔的婴儿。这些形象皆暗示女性、家庭意识形态与政治话语间的密切关联。

除了通过作用于女性身体的电刑、电休克等对女性他者予以惩罚,权力机制的运行更有赖于监视体系对日常生活中女性身体的捕捉与强制,并通过镜像将其意志烙印在女性身体之上和意识深处。在无处不在的监视下,每一个人"都会逐渐自觉地变成自己的监视者,这样就可以实现自我监禁"(福柯,《权力》158)。看着镜子里的自己,埃斯特这样说道:"镜子里瞪着我的脸……透过监牢的铁格栅栏盯视着我。"(普拉斯 86)她感到自己被囚禁于一个镜像世界里,也被囚禁于那个与自己格格不入的身体之中。她为自己伪造了一个假身份,希望能过上随心所欲的生活,却因无法忍受自己的堕落而迅速逃离了莱尼(Lenny)的住所,并试图洗去自己身上和道德上的污秽。在《淑女时代》(*Ladies' Day*)实习生所住的亚马逊酒店电梯镜子里,她注意到"有个个子高挑、眼圈模糊的女人傻里傻气地直盯着我的脸"(16)。随后,她又以为房间里"凭空而来的烟雾是对我的谴责"(16)。埃斯特的自我凝视和自我谴责显示出她对女性奥秘的内化,也表明该奥秘不仅约束着女性的思想和行为,而且将她们变成它的代理监视者,使其下意识地按照它的准则进行自我监控和评判。

权力机制对女性的身体规训不仅限于埃斯特实习的纽约城市空间,还延伸至郊区的普通居民社区。普拉斯让埃斯特回到家乡波士顿郊区精神崩溃别具深意。郊区是"保存幻觉的庇护所"(Mumford 494),而家庭主妇代表的女性"位于幻觉的中心,处于与世隔绝的真空状态"(Dunkle 71)。郊区是规训权力对女性进行持续监视和规训的重要空间。在埃斯特的社区中,女性不仅进行自我监视,而且彼此凝视、相互监督,她们本身已成为社会层级监视的组成部分和这种监视目光的化身,埃斯特的邻居奥肯登夫人(Mrs Ockenden)便是其一。她总是"没完没了地躲在她家浆过的白窗帘后面往外窥视"(普拉斯 98),并因看到埃斯特"不守规矩的"行为向她的母亲告过两次状:一次是看到埃斯特跟男生接吻,另一次是看到埃斯特半裸着身子。对女性进行层级监视有赖于可供旁观者窥视的建筑空间设计。埃斯特这样描述她家和周边的住宅:"我们家……的房子,坐落在……一块小小的绿色草坪中间……过路人只要往二层楼的窗户瞧上一眼,就能把屋里的情景看个一清二楚"(97),"在我们这一带,各家草坪毗连,其间以齐腰高的篱笆象征性地隔开"(98‐99)。在这样的社区中,低矮的灌木使个人空间和家庭空间进入公众视野,以更好地敦促女性履行家庭责任,遵守性别规范。特殊的建筑布局使"权力之眼"可以轻易进入私密空间,监视女性的身体形象和行为举止,并对其施加微妙而有力的强制。

二、商业规训：消费社会中的身体

20世纪50年代初正是美国消费社会出现的重要时期，《钟形罩》描绘了被商品及其背后的性别意识形态裹挟的美国女性群像，折射出都市繁华民主表象下潜藏的身体政治逻辑和涌动的暴力暗流。随着消费主义的兴起，消费文化成为左右人们思维和行为的主导力量，也成为冷战时期美国社会对女性实施身体操纵与规训的重要方式。消费社会是一个"丰盛、暴力、欣快、抑郁"（鲍德里亚 186）等众多混杂现象共存的社会，现代资本主义社会中作为消费者的人，沦为受到物的围困、"在新型布尔乔亚统治和奴役下的不幸的消费人"（张一兵 24）。美国社会鼓吹围绕身体进行的各种消费活动，实质上却"打着享乐主义和满足身体需要的口号，实施了对身体新的规训方式"（欧阳灿灿 28），力图将女性驯服成盲从的消费者，将其禁锢在身体、家庭和传统女性角色中。

多琳（Doreen）、希尔达（Hilda）等与埃斯特同为妇女杂志《淑女时代》实习生的姑娘们是意识形态操纵下消费人的代表。《淑女时代》让这些姑娘在纽约实习一个月，"所有费用全包，还有数不完道不尽的额外好处，像芭蕾舞和时装表演的赠票啦，上大名鼎鼎的豪华美容厅免费做头发啦……还有专人指导我们怎样根据各自肤色打扮自己"（普拉斯 3）。她们辗转于各种时装展览和宴席晚会，特别注重穿搭和身体形象，对时尚潮流趋之若鹜，面对以礼物和服务形式堆积在她们面前、用于身体美化保养的商品缺乏抵抗力。纽约之旅实际上是一场以身体为中心的消费狂欢。女性身体在消费社会中的完全出场背后是消费意识形态和身体政治的运作。女性身体被构筑为关切对象、魅力指数、消费物品、资本、身份和社会地位的能指，以及社会一体化、规训和控制的重要策略和媒介。消费社会打着身体"解放"旗号，把女性及其身体作为"美丽、性欲、指导性自恋的优先载体"（鲍德里亚 129），用身体崇拜取代并继承过去灵魂崇拜的意识形态功能，以保护"个人主义价值体系及相关的社会结构"（129）。

小说中围绕女性身体进行的消费狂欢——"消费女体"和"女体消费"——背后隐藏着身体政治逻辑和隐性暴力。"今天的历史……是权力让身体成为消费对象的历史，是身体受到赞美、欣赏和把玩的历史"（汪民安 44）。在小说中，权力机制对身体的规训始终针对女性消费者的身体，并将商品延伸至对女性身体的物化、商品化和景观化。消费意识形态作为"今时今日统治阶级实施非强制性同一的最有效手段"（张一兵 25），通过广告、杂志等大众媒介的反复叙事话语和符码操纵等方式，对女性进行心理塑形和精神驯化，并将其身体作为实施操纵的着力点。女性的本真存在和她们之间真实的个体差异被抹除，她们在视觉媒体中被当作可批量生产和互换的商品，因为在符号/象征-消费逻辑中，她们对应的是女性范例和性别意识形态。小说中充斥着大量以照片形式呈现的同质化女性形象。埃斯特自称只是"一副一个模子倒出来的扑克牌中的一张而已"(普拉斯 89),并这样描述自己被刊登在杂志上的照片:"我的行头上身是仿银丝缎子,绷得紧紧的,下面的裙身是尼龙薄纱做的……周围簇拥着几个不知其名的小伙子"(2)。她不仅是照片的视觉焦点,更位于男性凝视的视觉中心,成为男性欲望的客体和消费对象。而广告话语中的男性目光暗示着"男女两种范例的分离,以及男性优越性的等级残余",因为"女性只是为了更好地作为争夺对象进入男性竞争才被卷入自我满足之中的"(鲍德里亚 81)。多琳、希尔达等人不仅成为被消费的对象,甚至连她们与自身的关系都成为一种被消费的关系,因为她们与自己的关系"是由符号表达和维持的,那些符号构成了女性范例,而这一女性范例构成了真正的消费物品"(80)。

以《淑女时代》妇女杂志、广告等视觉媒体为代表的消费文化和文化产业的发展,导致意识形态操纵能力的增长,它们以商品为载体,向女性灌输附着于其身体之上的性别意识形态观念,以塑造具有特定思维和意识的女性消费者。消费社会构建的女性身体神话,使与身体有关的商品影响乃至决定着她们的自我认知及对其他女性的态度。埃斯特对上流社会时尚女郎多琳的态度矛盾:与多琳在一起时,她一方面觉得自己"聪明盖世,大可以睥睨众生"(普拉斯 7),另一方面又感到自己"慢慢融入暗影中,就像一个素昧平生的人的底片"(普拉斯 9)。这种自我认知和对其他女性的态度反映出消费社会对待女性的方式,即她们的魅力、身份和地位不仅是可视、可衡量的,且牢牢建立在由商品包装出的身体形象之上。埃斯特对自身形象的关注总是伴随着自我评判和否定,这指向消费社会的本质:等级、不公和隐性暴力。

这种隐性暴力突出体现在小说对镜像世界的描写中。埃斯特对纽约经历的叙述中充斥着与镜像相关的字眼和意象,如各式各样的镜子、玻璃橱窗、火车窗户等,以及对各种照片、图片、影像中的女性和自我身体形象的描写,表明她对镜像的高度敏感和镜像对女性的强大影响力。在她的意识中,镜中的女性形象反映出自我与身体的分裂而非统一,女性影像总是与一种寄生性的、支配性的邪恶势力相关联。这股力量在商业方面表现为附着在女性身体形象之上的审美霸权、价值观念和性别意识形态等。进入自愿奴役状态的希尔达是镜像代表的意识形态规训下的典型人物。她的嗓音听起来仿佛阴魂的声音,"举手投足完全是时装模特儿的派头"(普拉斯 83),而时装模特的身体揭示了"在一个催眠过程中被取消了的身体的真相"(鲍德里亚 126)。埃斯特首次将希尔达与阴魂联系起来发生在看到她"一个劲儿地瞪着亮光光的商店橱窗里映出的她的影像,似乎每时每刻都要使自己确信她依然存在"(普拉斯 84)。镜中影像是人们认识自我以及自我与外部世界的关系的重要基础,希尔达通过对橱窗内物品的凝视,通过物品与物品之间的强制性关涉逻辑和"由符号话语制造出来的暗示性的结构性意义和符号价值"(张一兵 24)进行自我定位,其主体性是缺席的,作为观看者的她沦为了被镜像世界和消费意识形态操控的存在。

三、医疗规训:标准化治疗中的生命政治

如果说冷战时期的美国社会对女性身体进行的文化和商业规训还较为隐蔽的话,那么以科学、治病之名对女性身体实施的医疗规训则难掩生命权力内在的暴力性与政治性。医学作为一种必要的社会规训、控制机制,不仅要维持人们身体的健康状态,以保证其生产价值,还要确保这些身体的驯服性,因为"只有在肉体既具有生产能力又被驯服时,它才能变成一种有用的力量"(福柯,《规训》27–28)。《钟形罩》揭示了在医疗规训范畴内,精神病院对患者进行的标准化治疗中蕴含的生命政治逻辑,呈现了精神病患者等弱势群体如何在身体政治和生命政治的双重裹挟中沦为医学权力和霸权政治掌控下的"赤裸生命"。

随着医学的发展及其科学地位的确立,医学知识与随之形成的医学话语逐渐建立起对人们精神的控制权和身体的话语权,生命政治与身体政治出现某种交融。资本主义现代社会的生命政治由规训权力和生命权力共同构筑,而身体是两者的交集和连接通道。生命权力固然针对的是宏观层面上的人口及与之相关的健康水平、疾病等要素,但它最终仍需作用于个体的身体,此处的个体指总体人口中的特殊个体,即"例外之人、有缺陷的人,以及各种各样的异常者"(蓝江50)。生命政治在18世纪历史舞台上出场时就与健康、疾病、身体、医学等密不可分,"在将身体作为政治的中心之后,(生命政治)也将疾病的潜在可能作为身体的中心"(Esposito 15)。生命政治围绕整体人口的利益和安全并在科学知识武装下开展一系列治理策略,如对国民健康的维护、对社会性疾病的防治、对身体和性的管理等。这些针对人口的策略与医学的交织可视为规训权力与生命权力、身体政治与生命政治的融合点。在《钟形罩》中,这样的融合点体现在对精神病患者的身体规训和生命治理上,突显了权力机制对这一特殊社会群体身体和生命的掌控。精神病患者作为特殊身体规训对象和威胁整体人口安全的传染病源,出于总体人口安全的考虑,是必须从社会中清除出去、实行严格隔离的类别,他们的权利和人身自由亦可以科学正当的理由加以褫夺。因此,在政治意识异常敏感的冷战时期,精神病患者处于被身体政治和生命政治双重捕获的状态,其生命随时面临被赤裸化的危险。

埃斯特、女同性恋者琼(Joan)等女性因抗拒纪律规训和管教手段而被诊断为精神错乱,被强行置于疯人院的管控下,失去了身体自主权和公民基本权益。小说对疯癫的描写反映出强烈的疾病政治意识。医学尤其是精神病学将特定思想或行为定义为疯癫背后,隐藏着管理、监视和控制疾病和患病的个体的权力机制,是冷战时期美国社会对越界女性进行正当控制的重要工具。作为权力代理人的精神病医生通过给"不正常的"人贴上疯癫标签,将其当作医学话语的对象纳入医院的合法管理、检查和控制下,削减

乃至剥夺患者的人身权利,进而建立一种凌驾于病患之上的医疗权力,而"这些权力关系实质上所牵涉的是理性对疯癫的绝对权利"(Foucault 48)。因而,作为社会建构产物的疯癫成为权力借助精神病学隔离、管理、规训和控制异己的意识形态工具。在《钟形罩》描写的监狱式社会中,精神病学作为关于"不正常的"人的专门科学和技术,被用来将对现存统治秩序产生威胁的人从社会中驱逐出去,将其监禁在医疗空间内,予以强制规训。

再者,精神病院对"疯女人"的规训还依赖于全景监视系统,将病人置于可供观察和监视的规训空间内,并利用规范性权力将其同质化和统一化。戈登大夫私人精神病院中的客厅是这种规训空间的典范。这间客厅作为一种物理空间,实质上反映着医生与病人之间权力的关系脉络,病人在客厅内的身体形象和行为印刻着医疗规训权力的痕迹。透明色窗帘使客厅成为一个高效运作的规训空间,医疗人员能够对病人进行完美的监视和观察,并对其实行微妙的强制。这种观察和凝视施加在病人身上的压力,体现在他们僵硬的姿态和千篇一律的神色上。因此,埃斯特觉得她周围的那些病人并不是人,而是"商店的模型,描上了人的模样,装出一副副活人的神态"(普拉斯 121)。她在即将参加医院董事会的出院考核时不无嘲讽地称,她的出院标志着重生,而"重生就像破轮胎给贴上一块橡胶,翻新了,证明可以上路"(普拉斯 210)。可见,权力操控下的医学治疗在对精神病人进行规训和再生产时,亦遵循着与文化规训和商业规训相似的标准化模式。

疯癫的医学化和对精神病人的治疗紧紧围绕人的身体,并与规训权力和生命权力的运作紧密相连。在成为医学分支学科前,精神病学是作为公共卫生的一个专门分支运转的,承担着维护整体人口和社会安全的重要意识形态功能,它"被制度化为社会防护的一个特殊领域,针对的是一切由于疾病或由于所有可以直接或间接当作疾病的东西而进入社会的危险"(福柯,《不正常》148)。精神病学把疯癫建构为疾病和危险,将社会危险编码为疯癫,而"疯癫的内核会在所有可以对社会构成危险的人之中"(150),它"深刻地在肉体医学中扎下了根,不是简单的可能在话语层面上进行的形式上的体质化(somatisation),而是对精神疾病根本的体质化"(202)。小说中,对病人采取的医学治疗普遍存在一种"将精神疾病概念化为身体异常"(Dowbnia 580)的做法。戈登大夫代表的精神病医生一方面将精神疾病定义为身体异常,以掩盖造成精神疾病的根源——文化、政治等因素,并为医疗权力对病人及其身体的强制治疗披上科学外衣,另一方面通过作用于病人身体的、带有规训和惩罚性质的手段来"医治"精神疾病。

电休克疗法、脑白质切除手术等治疗手段集中体现了美国社会借助医学对人们施加的暴力规训。前者近乎变相的肉体惩罚,后者则使病人失去思考能力甚至丧失人类感情。在这些通过破坏人的自然属性来实现对精神病患者的标准化治疗框架下,作为治疗对象的个体的人性和生命本身变得微不足道。电休克疗法是疯人院中很多病人都要接受的一种治疗方式,其使用频率和疗程根据病人表现而定。电疗过程中,埃斯特感到"我的骨头架子要散了,骨髓迸溅,像被撕裂的植物一般"(普拉斯122)。她多次将电疗台与刑台联系起来,这种下意识联想揭示了强加在病人身上制造痛苦的电休克疗法的惩戒本质。对被斥为人民公敌的卢森堡夫妇处以电刑和对偏离女性奥秘的"疯女人"实行电疗之间存在明确的相似性。他们都因背离美国核心价值观、危及美国赖以维系的意识形态基础而招致严惩。对政治犯执行的电刑和对女性偏离者进行的电疗均带有身体酷刑痕迹,反映出国家权力借助国家机器、法律、医学、社会准则等,通过惩罚异己来维护资本主义社会秩序。

四、结　语

透过身体政治之镜对 20 世纪 50 年代美国社会现实的折射,普拉斯的《钟形罩》揭开了官方历史记载中营造的战后经济繁荣、社会安定、人民幸福的假象,揭示出冷战初期美国社会涌动的偏执、妄想症和集体焦虑。小说"拒绝简单重复美国冷战时期的社会常识"(Baldwin 141),通过渲染个体精神危机和与之紧密关联的身体政治主题,作为透视冷战初期美国社会现实的艺术手段。"欢迎来到真实的荒漠",用《黑客帝国》(Matrix)中墨菲斯(Morpheus)这句话描述《钟形罩》对真实与虚构、现实与艺术、历史与小说之间关系的探索再合适不过。不同于传统现实主义小说,《钟形罩》并未以过多笔墨直接描写美国历史、政治和社会现实,而是通过聚焦个体内在疯癫的世界与外部世界的疯癫,"迫使我们思考所有真正的现实主义小说所提出的重大问题:什么是现实,如何面对现实?"(Scholes 67)。在小说中,从对本人亲身经历的创造性再现到对部分现实事件的艺术化处理,从微小却犀利的诙谐语言到令人深感不安的婴儿、玻璃罩、监禁等意象,普拉斯借助现实主义最重要的"陌生化"(defamiliarization)技巧,使 20 世纪中叶的美国现实社会"从习惯性接受的尘埃中浮现出来,重新变得清晰可见"(67)。透过对现实进行扭曲和变形的"钟形罩",我们看到反共浪潮下笼罩在麦卡锡主义和白色恐怖中的美国社会,作为美国社会中"他者"群体代表的越界女性成为众矢之的,女性个体生命体验中遮蔽了身体政治和生命政治霸权。小说还通过揭露美国社会内部的种种分裂现象及女主人公所代表的美国人的精神危机,表明美国通过遏制"共同的敌人"——无论是来自外部的苏联他者,还是"人民内部的敌人"——建立统一的国民意识和国家身份意识的企图是一种无法实现的幻觉。

虽然小说所描写的时代距今已近 70 年,但《钟形罩》对冷战历史现实的透视与呈现对于后 9·11 时代的人们来说依然具有一种熟悉感,这种熟悉感往往与隐蔽的敌人的威胁所产生的焦虑和恐惧感有关。普拉斯在《钟形罩》中对美国冷战话语背后偏执妄想的思维方式及其导致的种种狂热、猜疑、迫害的揭露，和对美国社会现实与美国人民压抑分裂的内心世界的再现，对于后9·11时代的当下依然具有现实意义。

参考文献

Agamben, Giorgio. *Homo Sacer: Sovereign Power and Bare Life*. Trans. Wu Guanjun. Beijing: Central Compilation and Translation Press, 2016.

［吉奥乔·阿甘本：《神圣人：至高权力与赤裸生命》，吴冠军译，北京：中央编译出版社，2016 年。］

Baldwin, Kate A. "The Novel's Social and Political Contexts." *Bloom's Guides: Sylvia Plath's The Bell Jar*. Ed. Harold Bloom. New York: Infobase Publishing, 2009. 140－151.

Baudrillard, Jean. *Consumer Society*. Trans. Liu Chengfu and Quan Zhigang. Nanjing: Nanjing UP, 2014.

［让·鲍德里亚：《消费社会》，刘成富、全志钢译，南京：南京大学出版社，2014 年。］

Bayley, Sally. " 'I have your head on my wall': Sylvia Plath and the Rhetoric of Cold War America." *European Journal of American Culture* 25.3 (2007):155－171.

Bloom, Harold. *Bloom's Guides: Sylvia Plath's The Bell Jar*. New York: Infobase Publishing, 2009.

Bundtzen, Lynda K. *Plath's Incarnations: Woman and the Creative Process*. Ann Arbor: U of Michigan P, 1988.

Dowbnia, Renée. "Consuming Appetites: Food, Sex, and Freedom in Sylvia Plath's *The Bell Jar*." *Women's Studies* 43.5 (2014): 567－588.

Dunkle, Iris Jamahl. "Sylvia Plath's *The Bell Jar*: Understanding Cultural and Historical Context in an Iconic Text." *Critical Insights: The Bell Jar*. Ed. Janet McCann. Pasadena and Hackensack: Salem Press, 2012. 60－74.

Esposito, Roberto. *Immunitas: The Protection and Negation of Life*. Trans. Zakiya Hanafi. Cambridge: Polity, 2011.

Friedan, Betty. *The Feminine Mystique*. Trans. Cheng Xilin, et al. Guangzhou: Guangdong Economic Publishing House, 2005.

［贝蒂·弗里丹：《女性的奥秘》，程锡麟等译，广州：广东经济出版社，2005 年。］

Foucault, Michel. *Ethics: Subjectivity and Truth: The Essential Works of Michel Foucault 1954—1984*. Vol. 1. Trans. Robert Hurley, et al. New York: The New Press, 1997.

---. *Les Anormaux: Cours au Collège de France, 1974—1975*. Trans. Qian Han. Shanghai: Shanghai People's Press, 2018.

［米歇尔·福柯：《不正常的人》，钱翰译，上海：上海人民出版社，2018 年。］

---. *Michel Foucault*. Trans. Yan Feng. Shanghai: Shanghai People's Press, 1997.

［米歇尔·福柯：《权力的眼睛——福柯访谈录》，严锋译，上海：上海人民出版社，1997 年。］

—. *Surveiller et Punir*. Trans. Liu Beicheng and Yang Yuanying. Beijing: SDX Joint Publishing Company, 2012.

［米歇尔·福柯：《规训与惩罚》，刘北成、杨远婴译，北京：生活·读书·新知三联书店，2012 年。］

Hofstadter, Richard. *The Paranoid Style in American Politics and Other Essays*. Cambridge: Harvard UP, 1996.

Lan, Jiang. "Bare Life and Produced Corps: Theoretical Summarization on Biopolitics." *Nanjing Journal of Social Sciences* 2 (2016): 47 – 55.

［蓝江：《赤裸生命与被生产的肉身：生命政治学的理论发凡》，《南京社会科学》2016 年第 2 期，第 47 – 55 页。］

May, Elaine Tyler. *Homeward Bound: American Families in the Cold War Era*. New York: Basic Books, 2008.

McCann, Janet. "About This Volume." *Critical Insights: The Bell Jar*. Ed. Janet McCann. Pasadena and Hackensack: Salem Press, 2012. vii – xi.

Mumford, Lewis. *The City in History: Its Origins, Its Transformations, and Its Prospects*. New York: Houghton Mifflin Harcourt, 1961.

Ouyang, Cancan. "Of the Body Studies in the Occident." *Foreign Literature Review* 2 (2008): 24 – 34.

［欧阳灿灿：《欧美身体研究述评》，《外国文学评论》2008 年第 2 期，第 24 – 34 页。］

Plath, Sylvia. *The Bell Jar*. Trans. Yang Jing. Nanjing: Yilin Press, 2011.

［西尔维娅·普拉斯：《钟形罩》，杨靖译，南京：译林出版社，2011 年。］

Plath, Sylvia, and Peter Orr. "Sylvia Plath." *The Poet Speaks: Interviews with Contemporary Poets*. Ed. Peter Orr. London: Routledge & Keganpaul, 1966. 167 – 172.

Scholes, Robert. "Plath's Use of Realism." *Bloom's Guides: Sylvia Plath's The Bell Jar*. Ed. Harold Bloom. New York: Infobase Publishing, 2009. 66 – 68.

Wang, Min'an and Chen Yongguo. "Body Turn." *Foreign Literature* 1 (2004): 36 – 44.

［汪民安、陈永国：《身体转向》，《外国文学》2004 年第 1 期，第 36 – 44 页。］

Wang, Shouren. "On the New Developments of Literary Realism Studies." *ZheJiang Social Sciences* 10 (2021): 129 – 134 ＋142.

［王守仁：《现实主义文学研究的勃勃生机》，《浙江社会科学》2021 年第 10 期，第 129 – 134 ＋142 页。］

Zhang, Yibing. "Ideology of Consumption: The Real Death in Codes Manipulation—An Interpretation of Baudrillard's *Consumer Society*." *Jianghan Tribune* 9 (2008): 23 – 29.

［张一兵：《消费意识形态：符码操控中的真实之死——鲍德里亚的〈消费社会〉解读》，《江汉论坛》2008 年第 9 期，第 23 – 29 页。］

雷蒙德·卡佛的新现实主义写作与尼采式"虚无主义"出路探索的关系之辩

摘　要：雷蒙德·卡佛的短篇小说集《当我们谈论爱情时我们在谈论什么》如纪录片般展现了美国底层民众的现实生活，呈现出精简冷硬的文风，因此被冠以"极简主义"和"肮脏现实主义"的称号。卡佛的作品中，"酒"是呈现肮脏现实的重要意象，通过对比其诗歌中对"酒"的不同描写，可看出"酒"的意象内涵经历了从"酒神"到"酒鬼"的转变，这也反映出 20 世纪美国民众由充满希望到怀疑绝望的过程。自尼采宣布"上帝已死"，西方世界开启"人"作为主体性存在的非理性转向，20 世纪可看作是尼采非理性哲学的实践历程。而美国民众心态的转变过程恰好体现出这一实践的失败，西方现代人以尼采的"酒神"精神作为反叛传统理性与道德束缚的良药的同时，却被物质享乐主义的价值观所裹挟，他们曾乐观拥抱的反叛力量正在走向"娱乐至死""强权暴力"的境地。本文试图从哲学视角考察卡佛的新现实主义写作，论证其"与过去对现实的虚假想象相决裂"的写作方式，体现了其对尼采式"虚无主义"出路的思索和怀疑，由此实现对现实主义写作的革新。

关键词：雷蒙德·卡佛；尼采；酒神精神；新现实主义；虚无主义

Title: On the Relationship between Raymond Carver's Neorealist Writing and the Overcoming of Nietzschean "Nihilism"

Abstract: Raymond Carver's short story collection, *What We Talk About When We Talk About Love*, is a documentary show on the reality of the American underclass, with a stripped-down style that has earned him the moniker "minimalism" and "dirty

---

* **作者简介：**高立新，上海外国语大学英语学院博士研究生，研究方向为英美文学。联系方式：gaolx0319@163.com。

realism". In Carver's works, "wine" is a critical image presenting the dirty reality. By comparing the different descriptions of "wine" in his poems, it can be seen that the image connotation of "wine" has transformed "Dionysus" to "Drunkard", which also reflects the process of American people from complete of hope to doubt and despair in the 20th century. Since Nietzsche declared "God is dead", the Western world has started an irrationality turn with "man" becoming the highest subjective existence. The 20th century can be regarded as the practical course of Nietzsche's irrational philosophy. The change in the American people's mentality reflects this practice's failure. Western modern people took Nietzsche's "Dionysian Spirit" as good medicine to rebel against traditional rationality and moral bondage but found themselves bound by the values of material hedonism. The rebel forces they once embraced with optimism are moving them toward the situation of "entertainment to death" and "power violence". This paper attempts to examine Carver's neo-realist writing from a philosophical perspective to demonstrate that his writing mode of "breaking with the false imagination of reality in the past" reflected his thinking and doubt on the overcoming of Nietzschean "nihilism", and thus completed the innovation of realist writing.

Key Words: Raymond Carver; Nietzsche; Dionysian Spirit; Neo-realism; Nihilism

---

现实主义的基本特征是"客观地再现当代现实"（Wellek 16）。尼采曾说，"为艺术而艺术"是一个"危险的原则"，"人们借此把一个虚假的对立面带入事物之中，——结果就是一种对现实的诽谤"（《权力意志》659）。尼采这句话针对唯美主义将艺术与现实对立的理念，他站在现实主义的立场，认为艺术应该原原本本地展现生活本身，而不是展现所谓的形式和技巧。正如他评价叔本华的伟大之处，"他站在整幅人生之画的面前，以求说明它的全部画意；而那些头脑聪明的人却以为只要烦琐地考证这幅画所使用的颜色和材料，便算弄懂画意了"（周国平 18）。雷蒙德·卡佛（Raymond Carver）出版于1981 年的短篇小说集《当我们谈论爱情时我们在谈论什么》（*What We Talk About When We Talk About Love*），如同摄影般记录下现实生活中的琐碎片段，展现现代社会中真实的人生境遇，没有过多的修辞和技巧，这与尼采倡导的艺术观是一致的。卡佛在谈论写作时也提到，"作家不需要花招或者把戏，甚至也未必得是一堆人里最聪明的"（《火》34）。他的作品大多采用留白、沉默、省略等策略，也因此，卡佛被冠以"极简主义"的称号。但这并不仅仅关涉创作手法和写作风格，更是反映了卡佛的世界观，那是有限

的生命个体面对无序无常无意义的现代生活困境的一种应对手段。

尼采将这种困境称为"虚无主义",在他看来,以苏格拉底为代表的理性主义是浅薄的乐观主义,以基督教为代表的宗教信仰是虚假的乐观主义,这些都无法克服虚无主义,唯有凭靠"酒神"的冲动力量才是唯一的出路。"上帝死了!"的口号太过响亮,尼采振臂一呼便是应者云集,卡佛作品中的主人公们无一不信奉和追随尼采的思想,他们将"酒神"引入人间,希望能够借此打破生存困境的束缚,生活中处处是酒神的影子,原始冲动的欲望、旺盛的生命力,一幅好不快活的景象。然而,这些现代人却是"借酒消愁愁更愁",不仅没有从虚无主义中突破重围,反而陷入更深的困境之中。下凡到人间的酒神逐渐失去了光环,尼采所谓的"强力意志"和"超人"形象在现实中碰壁失效。卡佛作品中大量的"酒"的意象,有力地刻画了美国底层民众慵懒消极的生活现实,其纪录片般"极简"的写实风格的背后隐含着其对西方长久以来的人本主义的反思。尼采宣布上帝死了之后,被推向神坛的"人"也死了(福柯,《词》446),面对信仰的再次崩塌,西方虚无主义的出路到底在哪里,卡佛作品的极简和沉默以及没有结局的结尾似乎正是在等待一个答案。而正是这种怀疑态度成就了其有别于传统现实主义的独特风格,使其成为美国新现实主义的代表人物之一。

一、酒神下凡:纵情声色的现代人

尼采在论及希腊悲剧时提出,希腊悲剧的唯一主角是酒神狄俄尼索斯(Dionysus),进而他以希腊悲剧的起源和实质来谈论人生,认为酒神精神代表了人的生命意义。他认为,大自然本身是通过"日神"与"酒神"的二元冲动来运作,在人类日常生活中的表现就是梦和醉,做梦是对现象和外观的迷恋是"日神"冲动,是来自希腊太阳神阿波罗祭祀的譬喻;醉狂时产生的自我解体融入宇宙大我的神秘感觉,就是"酒神"冲动,是酒神狄俄尼索斯祭祀的譬喻。在《悲剧的诞生》中,尼采描述了日神节和酒神节的不同场景,在日神节,"手持月桂枝的少女们向日神大庙庄严移动,一边唱着进行曲,她们依然故我,保持着她们的公民姓名",与之形成鲜明对照的酒神节,"酒神颂歌队是变态者的歌队,他们的公民经历和社会地位均被忘却,他们变成了自己的神灵的超越时间、超越一切社会领域的仆人"(《悲剧》116)。由此可以看出,在尼采的生命哲学中,日神冲动象征着理性的秩序、规则,造就和谐典雅的外观与现象,给人安抚和约束的力量;而酒神冲动是"驱向放纵之迫力"(尼采,《悲剧》116),是非理性的力量,意味着疯狂、野蛮和亢奋。在尼采看来,酒神冲动才是人生的意义所在,其本质是生命的充盈之感,是一种强烈的力量感。

卡佛对酒的热爱正是源于尼采所形容的那种迷狂的醉态愉悦,他不仅本人沉迷于醉酒中,而且将"酒"作为其作品中的重要意象,反复多次出现。"我们会带上烟卷、啤酒、/两三个女孩,/出门去要塞那边。/我们会做些傻事"(卡佛,《火》69)。"你到了后,/喝酒,做爱,/跳希米舞和比根舞"(卡佛,《火》86)。这与尼采的酒神祭祀多么相似,打破一切禁忌,放纵自己的原始本能,狂歌醉舞,寻求性欲的满足。野性的、放纵的、忘我的、陶醉的,甚至可以在那一刻毁灭个体的生命,体验得到尼采所说的自我解体融入宇宙大我的神秘快感:"我开心地/跟我的兄弟一边开车/一边就着一品脱装'老乌鸦'喝酒。/我们没有什么目的地,/只是开车。/如果我闭上眼睛一分钟/我就会送命,然而我可以高兴地在这条路边/躺下来长眠不醒"(卡佛,《火》67)。随着工业文明和资本社会的日趋发展,现代人日益感受到来自文明理性的约束,规则和秩序压抑着人的情欲,处处绳之以道德规范,人们渴望通过醉狂的放纵来释放自我。

20世纪以来,尼采反理性的哲学思想成为文化反抗运动的精神支柱,得到倍受文明束缚的现代人的追捧。尼采提出的"积极虚无主义",即以酒神冲动摆脱虚无主义的思想,为现代人提供了一方药剂,人们迫切地希望借此打破日久成疾的理性羁绊,复归酒神的原始生命力。一战之后的美国,消费主义甚嚣尘上,饮酒之风盛行,因此受到保守派的抵触,1920年美国宪法通过"禁酒令"修正案。然而,在禁酒期内,该法令引发的争议不断发酵,遭到民众强烈抵制,从菲茨杰拉德到海明威等众多作家也都发表了与禁酒令唱反调的文学作品,来表达对这项"反人性"法令的不满。1932年,以废除禁酒令为竞选口号的罗斯福,以压倒性胜利获得总统竞选,该项法令也于次年被正式废止,由此可见人们对自由饮酒的渴望和对保守规范制度的强烈抵制。禁酒令被认为是"建立在虚妄概念上、既不实际也不受欢迎的"法令,"急功近利","缺乏包容性和政治、文化共识的基础",美国政治史上的"最大败笔"(虞建华62-70)。1966年,深受尼采思想影响的苏珊·桑塔格以先锋的姿态发表《反对阐释》一书,高呼建立一门"艺术色情学"(115),发出释放生命"新感受力"的呐喊,成为当时反主流文化的一面旗帜,桑塔格也因此被誉为"美国公众的良心"。1970年,女权主义者杰梅茵·格里尔发表《女太监》,书中揭露了爱情和婚姻作为中产阶级神话的本质,认为其不过是宗教改革者和国家统治者抑制民众性欲冲动和维护社会稳定的手段罢了,她大力倡导性解放,并称之获得真正解放与自由的"小小冒险"(22)。一经出版,该书迅速成为全球畅销书,发行量数百万册,深深地影响了西方社会的思想和生活。1900年,尼采去世后,他倡导的"酒神"如众星捧月般地下凡到人间,主张纵欲享乐的消费文化和物质主义日益成为西方社会的主流,"酒神"放纵不羁的自由精神也成为一种反抗、颠覆和革命的标志。

韦勒克认为现实主义的包容性就在于"丑陋的、令人生厌的、低微的东西都可以作为正当的艺术题材"(10)。在《当我们谈论爱情》小说集中,卡佛以写实的手法记录了现代人信奉"酒神"、以酒为生的真实生活。"酒"作为背景无处不在,而且小说中几乎每一个人都离不开酒。与酒相伴的便是烟、性、无尽的欲望,满溢的暴力。酒是面对困境的唯一良药，纵欲是发泄不满的不二途径。开篇的《你们为什么不跳个舞》中那位将家具全都摆到屋外的男人，卡佛给他的每一个动作中都顺带上对酒的特写，从而让我们看到一个酒不离手的男人，从开酒、倒酒、喝酒到劝他人喝酒的全过程，好似"独乐乐不如众乐乐"。《当我们谈论爱情》这一篇中，两对情侣在家庭聚会中推杯问盏，空谈何为爱情；《凉亭》中的男女更是一幅纵情感官享乐，醉生梦死的情景；《咖啡先生和修理先生》中，男人的母亲和老婆都在"乱搞"（卡佛，《当》21），老婆的情人也在"乱搞"（卡佛，《当》21），而男人在"狂喝滥饮"（卡佛，《当》22）；《当我们谈论爱情》这一篇中，女人的前任为爱自残、自杀；《告诉女人们我们出去一趟》这一篇里，醉酒狂飙中的男人竟用石头活生生解决了他想侵犯的两个女孩，骇人地诠释了尼采所说的酒神祭祀的核心，"一种癫狂的性放纵，它的浪潮冲决每个家庭及其庄严规矩；天性中最凶猛的野兽径直脱开缰绳，乃至肉欲与暴行令人憎恶地相结合"（尼采，《悲剧》94）。

二、神坛跌落："超人"失去超能力

尼采认为，苏格拉底文化和基督教文化造成了人性的残缺不全和生命本能的衰竭。因而他提出"一切价值的重估"，标准就是酒神精神和强力意志。"强力意志"（也被译为"权力意志"）是从酒神精神演变而来，酒神精神是生命力旺盛的表现，是一种强烈的力量感。"那种意志本身，是权力意志——那种不竭的创生的生命意志"（尼采，《权力》36）。酒神精神与强力意志都是在强调以生命力的强大兴旺来战胜生命固有的痛苦，在与生命的痛苦和悲剧性命运的抗争中体验快乐，这种快乐的体验就是生命的意义所在。尼采认为以酒神艺术家为原型的"超人"（《查拉图斯特拉如是说》中的人物形象）才是最为健康发育的类型。

哈贝马斯声称尼采打破了现代性自身的"理性外壳"（99），开启了人作为主体性存在的非理性主义转向。在尼采的生命形而上学中，人的生命意志是最高的强力意志，是一种君临一切非人之生命存在的意志，是作为一切非人之存在者之存在根据的意志，以酒神精神为内核的"超人"便成为西方形而上学历史上主体性的最高存在。尼采将其哲学思想称之为"积极的虚假主义"，其精髓就在于要高扬人的主体性地位。

从这种意义上说，被誉为"文坛硬汉"的海明威完整地接过了尼采的衣钵，塑造了诸多拥有强烈生命意志的"超人"形象，其作品高度颂扬了人作为最高主体性存在的伟大。如果说海明威笔下的硬汉是顽强与命运抗争，愈挫愈勇，以悲剧英雄的姿态彰显出酒神精神颂扬的强大生命力的话，那么卡佛笔下的硬汉则更像是掌握了屠龙术的大汉，在现实生活的打击中，屡战屡败，空有一身孔武之力却无用武之地，茫然不知所措。从海明威到卡佛，反映了20世纪以来的美国民众从乐观的希望泡沫中到走向绝望谷底的心态转变。如奥康纳所说的,"海明威根本缺乏对于那些生活在真实环境中的普通民众的了解,……他的人物都是大写的人,他们勇猛和威武,但是,那是一种与普通人无关的理论上的勇武"(王腊宝 52)。海明威的小说呈现的一种乐观的假象。在经历越南战争、水门事件、能源紧张等一系列危机之后,二战后从美国经济空前扩张中得到的乐观心态如梦幻般走向破灭。"七十年代是美国普遍衰靡不振的时期,当初告知民众信奉物质主义的伟大承诺正在失败"(Lainsbury 87)。卡佛的《当我们谈论爱情》这部小说集形象地刻画了这样一群丢失了精神信仰、陷入生活漩涡的现代人,曾经崇拜的酒神精神无法让他们获得生机,精神贫瘠使他们陷入无法自拔的恶性循环。当繁荣退却,酒神失去了灵魂,成为跌落神坛的酒鬼。

《凉亭》这一篇中的男女在面对已经出现问题的婚姻时,仍然沉湎于酒和性,获取暂时的虚假幸福,尽管他们都知道"这事必须了结"(卡佛,《当》27),却还是难以控制地继续酗酒与偷欢。酒神的冲动力量不再是提供力量源泉的营养棒,而只能充当一针麻醉剂,给无助的现代人以短暂的快感与安慰,沉迷于此的那些人已经丧失了自我意志。嗜酒者互戒协会(Alcoholics Anonymous,1935 年成立于芝加哥的国际组织,成员匿名参加)将酗酒成瘾定义为"精神与身体的双重疾病",对于酗酒成瘾的人来说,"酒精的化学作用使其心理和生理都产生强烈的依赖感",这种依赖"制造一种连贯的、自主的幻觉",使他们对不断喝酒的冲动形成一种"自然化"的感觉,其表现即为在"生理上对酒的强烈需求"和"心理上对反复饮酒模式的认可",酗酒者由此获得一种"虚假的信心和权力意志"(Donahue 54-55)。卡佛笔下的人物普遍面临戒酒(烟、性等)无力的局面,他们明显感到应该做点什么,但是却又无力改变什么,"'你什么时候把烟戒了?'他说,点着她的烟后,也给自己点着一根"(卡佛,《当》82),他们已经失去了自我支配的能力,总在不自觉中"伸手去摸坐垫下面的酒瓶"(卡佛,《当》23)。

酗酒纵情不仅造成个人身体和精神上的困扰,失去敬畏与信仰的现代社会也随之陷入新的困境:冷漠、不信任、敌视、暴力杀戮,已成为司空见惯的常态。《家门口就有这么多水》这一篇是这种社会常态的缩影,去钓鱼野营的男人们对被谋杀的女孩尸体漠不关心,任由尸体在冷冷的河水中浸泡了两天,直到他们的露营结束才报警。在他们的眼中,虽然对此很难过,"但她死了"(卡佛,《当》95)。言下之意,他们改变不了什么,传统"死者为大"的观念已经被连根拔起,上帝、灵魂都是不存在的,在现代人眼里,死人便是一具与万物融为一体的存在,也就没有所谓的"人"的尊严。在这样冷漠无情的社会中,温情和信任都要被猜忌。小说中,面对这样冷漠的丈夫,女人感觉到不对却又不知问题出在哪里,她看着留言便签末尾的"爱"字,心想着,"这个词这样写对吗"(卡佛,《当》101)。她在路上遇到并排开车的一个剃平头的男人,不禁就对他产生恐惧感,尽管这个男人对锁在车里的她大喊"你会闷死在里面的",可女人认为,"他看着我的胸脯,我的腿。我知道他正在干这个"(卡佛,《当》102)。野蛮暴力成为随时可能发生的事情,从

《取景框》中男人操起石头到《告诉女人们我们出去一趟》猝不及防就砸死两个女孩，从《粗斜棉布》中玩赌博游戏的男人对占了他们位置的年轻人充满敌意的监视到《大众力学》中疯狂的年轻父母暴力撕扯弱小的婴儿，还有短短一篇《家门口就有这么多水》中就出现了三场谋杀案。找不到出路的现代人积压了太多的情绪，犹如重磅炸弹一点就着，浑身的蛮力只能通过最原始的方式发泄。福柯说："上帝死了，人不可能不同时消亡，而只有丑陋的侏儒留在世上。"（福柯，《福柯集》80）这一论断宣告了人的主体性地位的消解。尼采将上帝的神圣地位让渡给"人"，狂妄自大的"人"其实是多么有限的存在。卡佛简练的描写便将现代人的这种无奈和无力展现出来，"爸爸把手伸出车窗。他让风把他的手向后推"（卡佛，《当》112）。人不是主动感受，而是被动接受，接受一切命运的安排。

韦勒克在论现实主义的著名文章中指出，以巴尔扎克、狄更斯等19世纪现实主义作家为代表，他们的作品"创造出想象力的世界"，因而是"最高的现实主义"，而那些"降格为新闻报道、科学描述"等的现实主义则是"非艺术的"、"较低的现实主义"（18）。当卡佛在呈现上述的现实生活时，他冒着被"降格"的风险，采用了被韦勒克认为"相对较低"的现实主义手法，即一种写实的摄影般纪录的方式。不仅如此，卡佛通过片断纪录式呈现了无差别、肮脏、丑陋的现实，正如巴特在论摄影与绘画的差别时所指出的，绘画"由于是炫耀财力和社会地位的东西，在摄影普及之前很少见——不管怎么说，一张油画无论画得多像，但不是照片"（18）。带有强烈主观意图的绘画与客观纪录的摄影之间存在着显著的差异，比起精细的主观挑选，卡佛更愿意客观地再现那些边缘的、非典型的美国人形象，即被布福德称为是"肮脏现实主义"（Dirty Realism）的写作风格。卡佛关注的多是底层民众的生活，关注"那些住在没有装修、低廉租金的房子里、大白天看着电视、阅读廉价小说或听着乡村音乐的人物的悲剧故事"（Buford 4）。无论是摄影般的写实纪录，还是无差别地客观展现肮脏现实，都不同程度地体现了卡佛对传统经典的舍弃，带有明显的主观无能为力之感，而这源自于卡佛对现实的独特感知和对旧有价值体系的怀疑。

三、虚无主义：没有出路的悲剧性命运

"虚无主义意味着什么？——最高价值自行贬黜"（海德格尔792）。对尼采来说，虚无主义不是一种在某时某地流行的世界观，它是一个历史过程，是西方历史的发生事件的基本特征。在尼采看来，自苏格拉底和柏拉图起，西方便进入了虚无主义的历程。与尼采倡导生命本能的哲学相反，柏拉图倡导理性和道德，他设立了一个抽象的、外在于生命的超感性的理念世界，并将之看作是真正的世界或世界的原型与本质，而整个现实世界不过是这一原型的"摹本"，从而把现实世界与信仰世界、此岸世界与彼岸世界对

立起来。柏拉图这种二元划分奠定了后来西方基督教世界观的基石,当一切价值都被归于上帝的最高价值或理念的最高价值,人生的现实价值就被淘空了。因而,尼采所谓的"最高价值自行贬黜",即可认为是基督教上帝的价值信仰体系的瓦解和西方传统的理性形而上学体系的崩溃。尼采思想的提出有其时代背景,19 世纪中期,科学技术(追求"真"的理性主义的体现)迅速发展,不仅导致西方基督信仰崩溃,而且也带来了人的异化,人们陷入了现代社会的价值真空时期,显示出了人生无意义的荒谬处境。基于当时盛行的悲观主义,尼采发出复归希腊非理性的"酒神"冲动的生命呼号,告诉世人通过自身的"强力意志"赋予生命以意义。毫无疑问,尼采思想为灰暗荒诞的人世间提供一剂可贵的强心针。

从本质上来说,尼采仍是一个悲观主义者,因而他称自己的思想是一种"积极的虚无主义","酒神"精神是一种悲剧精神。他试图以"强力意志"为人生加戏的尝试只不过是寻求虚无主义出路的一种"明知不可为而为之"的伟大尝试而已。然而,当人们欢欣鼓舞地认为找到了克服虚无主义的出路,铆足劲儿地反叛传统理性与道德的束缚时,却发现已被物质主义的价值观所裹挟,他们曾乐观和热情拥抱的反叛力量正在走向"娱乐至死""强权暴力"的境地,人生再次显露荒诞虚无的本质。卡佛以他的书写宣告了尼采这场伟大尝试的失败。

《第三件毁了我父亲的事》这篇小说写的就是普通人的"最高价值自行贬黜"和人生充满虚无的故事。小说中的哑巴圈养了一池塘的鲈鱼,禁止一切人去钓他的鲈鱼,这些鲈鱼就像是哑巴固守的虚幻的梦,"爸爸"试图将哑巴从梦中叫醒,他告诉哑巴应该把小鱼苗清理出去才能保证这一池塘鲈鱼整体的生存空间,哑巴将信将疑地答应"爸爸"和"我"来帮忙钓走小鱼仔。然而,"我"却钓上了一条大鱼——"这孩子钓到一条我捡到过的最大的鲈鱼,他不会把它放回去的,我发誓"(卡佛,《当》116),"爸爸"指挥着还在学习钓鱼的"我"如何制服大鱼,全然不顾哑巴在边上手舞足蹈的制止。愤怒的哑巴一气之下剪断了鱼线,结束了"我"像海明威笔下的老人一样与大鱼的搏斗。但是,不久就来了一场洪水,吞没了哑巴的池塘,鲈鱼都跑了。从此,哑巴变了个人,他锤死了出轨的老婆后自杀。而哑巴的死进一步又影响"爸爸",成为毁了他的第三件事,而第一、二件事分别是二战和失业。这篇小说里,哑巴试图在维护一种道义和秩序,就如同父亲试图让"我"在钓那条大鱼中获得某种道义和秩序一样,其实都是一种试图为世界安排规则的表现。然而,很快,大自然的威力便将一切的秩序都打败了。这,就是命运的无常。"人"看似可以为自然立法、为万物立法(康德),然而这一些不过是人类自身自欺欺人的妄自尊大而已。"人终将被抹去,如同海边沙滩上一张脸的形象"(福柯,《词》506)。依靠个人有限性脱离虚无主义的做法,无异于拔着自己的头发摆脱地球,是难以实现的夙愿。

卡佛不仅通过书写的内容揭示了这种虚无,他所谓的"极简主义"也呼应了这种世界观。卡佛说,"在我看来,要去写一部长篇小说,作者应该生活在一个合理的世界上,一个可以让作者信赖的世界,确定要写什么,然后就准确地写起来了。与此同时,还要相信这个世界有其正确性,相信这个所知的世界有理由存在,值得一写不太可能好好的就出了岔子。我所知道而且在其中生活的世界就不是这样。我的世界似乎每天都按照自己的规矩换挡变方向"(《火》49)。从卡佛这段话可以看出更多的言外之意,在他看来,长篇小说的作者相信世界是有意义的,相信人作为主体性存在的价值,他们不是虚无主义者,他们相信"人"有着无限的可能性;而卡佛不是这种人,他承认了"人"的有限性,承认世界是无序无常无意义的,人只不过是其中的渺小存在而已,因而他更喜欢短篇,或者说他更喜欢真实地、无修饰地客观呈现本就无情虚无的世界。卡佛的这段话恰好与西蒙·吉肯迪(Simon Gikandi)的对传统现实主义的评价相呼应,吉肯迪认为,"在19世纪的伟大的'现实主义'叙事中我们似乎觉察到那种相对相对稳定性来源于作家们的信心,他们相信自己所再现的世界是稳定的,其时间观念和地理分布也是稳定的;这种文体基于这样一种希望,由激烈的历史变化所引起的文化和意识危机可以在叙事形式中重新化解"(转引自 Esty 45)。如果说19世纪的传统现实主义作家们还坚信一种合理和稳定,渴望通过他们恢宏的长篇小说为现实化解危机,那么生活在20世纪末期的卡佛在面对如何为这虚无的世界赋予意义时,他没有答案,他拒绝知道更多。就像《纸袋》这一篇里,因出轨导致离婚的父亲对儿子倾诉自己的无奈,儿子却像在听一个故事,置身事外,拒绝与他共情,尽管他也有着同样的遭遇,这使得父亲怒斥他"你什么都不懂,是不是"(卡佛,《当》52)。是的,"他修不好,我也修不好"(卡佛,《当》22)。"我伸手去摸钱包,这才明白:我谁都帮不了"(卡佛,《火》73)。如果说奥康纳发现短篇小说书写的不是"英雄"而是"底层民众"(Russell Banks 9),那么卡佛则发现了短篇小说书写的不是"意义"而是"虚无"。

四、结　语

雷蒙德·卡佛的短篇小说中,"酒"是呈现"肮脏现实"的重要意象,"酒"从激活生命的快乐水变成了无聊生活中的唯一消遣,反映了现实生活的单调乏味、混沌消沉,这生动地再现了美国70年代之后底层民众受困于物质享乐主义的生活状态。70年代系列危机,击破了美国经济发展的虚假泡沫,尤其随着阶层差距的日益拉大,底层民众的边缘感越发强烈,生活无所寄托。曾经以"酒神"精神作为反叛传统理性与道德束缚的良药,如今却发现已被物质主义的价值观所裹挟;曾经的精神寄托,如今转变为维持生命的精神鸦片。面对残酷的现实,底层民众悲观绝望,无能为力。卡佛在呈现这些社会现实时,他舍弃传统意义上追求故事情节的原则,采取了看似"低级的"摄影纪实的手法,运用沉默、省略、空白、不完全叙述等策略,故事往往缺少开头和结局,没有所谓的答案,戛然而止、意犹未尽。而这反映的正是他所认为的真实生活,一个失语、缺失、不完整的无常无序的世界。

因而,在卡佛的现实主义写作中,无论是大量出现的"酒"的意象、肮脏现实的底层生活题材,还是摄影般的纪实手法、极简的写作风格,以及其对短篇小说的偏爱,都具有重要的指涉意义。它们恰当地融合交汇,形成了卡佛独有的如匕首般冷冽尖锐的写作特色,传达了其内在悲观的世界观,暗含着其对乐观人本主义的反思和对尼采式"虚无主义"出路的怀疑,在一定程度上反映出 20 世纪以来以"酒神"精神为代表的非理性哲学实践的失败。同时,面对 20 世纪下半叶现实主义重新兴起,评论家莱文(George Levine)提出现实主义艺术一直坚持"与过去对现实的虚假想象相决裂"(转引自王守仁 5-6)。在新的时代背景下,卡佛通过其独特的创作呈现当代社会的现实生活,与过去传统现实主义的写作原则挥别,对现实主义进行了新的改革,成为美国新现实主义作家中独树一帜的代表。

参考文献

Banks, Russell. "introduction." *The Lonely Voice: A Study of the Short Story*. By Frank O'Connor. New York: Melville House Publishing. 2011, 6-11.

Buford, Bill. "Dirty Realism: New Writing from America." *Granta* 8(1983), 4.

Carver, Raymond. *Fire*. Trans. Sun Zhongxu. Nanjing: Yilin Publishing House, 2019.

[雷蒙德·卡佛:《火》,孙仲旭译,南京:译林出版社,2019 年。]

Carver, Raymond. *What We Talk About When We Talk about Love*. Trans. Xiaoer. Nanjing: Yilin Press, 2010.

[雷蒙德·卡佛:《当我们谈论爱情时我们在谈论什么》,小二译,南京:译林出版社,2010 年。]

Donahue, Peter J. "Alcoholism as Ideology in Raymond Carver's 'Careful' and 'Where I'm Calling From.'" *Extrapolation* 32.1(1991): 54-5.

Esty, Jed. *Unseasonable Youth: Modernism, Colonialism and the Fiction of Development*. Oxford UP, 2012.

Foucault, Michel. *The Foucault Collection*. Trans. Du Xiaozhen. Shanghai: Far East Publishing House, 1998.

[米歇尔·福柯:《福柯集》,杜小真译,上海:远东出版社,1998 年。]

Foucault, Michel. *Words and Things: Archaeology of the Human Sciences*. Trans. Mo Weimin. Shanghai: Shanghai Sanlian Publishing House, 2002.

[米歇尔·福柯:《词与物:人文科学考古学》,莫伟民译,上海:上海三联书店,2002 年。]

Greer, Germaine. *The Female Eunuch*. Harper Collins e-books, Pymble, NSW, 2008.

Habermas, Jürgen. *Philosophical Discourse of Modernity*. Trans. Cao Weidong. Nanjing: Yilin Press, 2011.

[尤尔根·哈贝马斯:《现代性的哲学话语》,曹卫东译,南京:译林出版社,2011 年。]

Heidegger, Martin. *Nietzsche*. Trans. Sun Zhouxing. Beijing: The Commercial Press, 2010.

[马丁·海德格尔:《尼采》,孙周兴译,北京:商务印书馆,2010 年。]

Lainsbury, G.P. "A Critical Context for the Carver Chronotope." *Canadian Review of American Studies* 27.1(1997), 77‐91.

Nietzsche, Friedrich. *Birth of Tragedy: Selected Works on Nietzsche's Aesthetics*, Trans. Zhou Guoping. Shanghai: Translation Publishing House, 2017.

[弗里德里希·尼采:《悲剧的诞生:尼采美学文选》,周国平译,上海:译文出版社,2017 年。]

Nietzsche, Friedrich. *The Will to Power*. Trans. Sun Zhouxing. Beijing: The Commercial Press, 2007.

[弗里德里希·尼采:《权力意志》,孙周兴译,北京:商务印书馆, 2007 年。]

Sontag, Susan. *Against Interpretation*. Trans. Cheng Wei. Shanghai: Translation Publishing House, 2011.

[苏珊·桑塔格:《反对阐释》,程巍译,上海:译文出版社,2011 年。]

Wang, Labao. "The Ideology of the Short Stories: Rereading O'Connor's *The Lonely Voice*." *Journal of Zhejiang Normal University (Social Science Edition)* 32.4(2007), 49‐56.

[王腊宝:《短篇小说与意识形态——重读弗兰克·奥康纳的〈孤独之声〉》,《浙江师范大学学报(社会科学版)》, 2007 年第 4 期,第 49‐56 页。]

Wang, Shouren, and Tang Xiaomin. "On Realism in Post-WWII Literature." *Foreign Language and Literature Studies* 1 (2017), 1‐7.

[王守仁、汤晓敏:《论战后现实主义文学》,《外国语文研究》(辑刊),2017 年第 1 期,第 1‐7 页。]

Wellek, René. "The Concept of Realism in Literary Scholarship." *Neophilologus*, 45.1(1961), 1‐20.

Zhou, Guoping. "On Nietzsche's Philosophy." *Philosophical Research* 6 (1986): 18‐26.

[周国平:《略论尼采哲学》,《哲学研究》,1986 年第 6 期,第 18‐26 页。]

《背叛》与自由主义的启蒙

薛瑞强 *

摘　要: 菲利普·罗斯的《背叛》并非仅仅是一个美国犹太人因为极端右翼的麦卡锡主义的控诉文化而走向理想毁灭的悲剧,在描述艾拉参与左派运动的过程中,罗斯有意突显出战后早期冷战背景下的美国自由主义左派同被视为罗斯福新政继承者的亨利·华莱士的进步党及 1948 年的总统选举之间的关联,以第二自我兼叙述者祖克曼被政治的启蒙“父亲”教化的形式,展现了 20 世纪四五十年代美国自由主义政治同公民个体生活之间的纠葛,小说不仅折射出战后早期美国左派试图通过继承建国时期的托马斯·潘恩的政治遗产确证自身的合法性,并采用民粹主义的政治策略来宣传乌托邦的理想,而且揭示了丹尼尔·贝尔关于意识形态之终结神话的虚构性,罗斯隐含的新政自由主义立场也受到了冷战时期小阿瑟·施莱辛格关于自由主义的“生命中心”思想的影响。

关键词:《背叛》;自由主义;菲利普·罗斯;小阿瑟·施莱辛格

Title: *I Married a Communist* and the Enlightenment of Liberalism

Abstract: *I Married a Communist* written by Philip Roth is not just a tragedy of a Jewish person harmed by the right-wing McCarthyism. On describing Ira's participation of the left-wing movements, Roth gives prominence to the relationship between the Liberal Left, the Progressive Party leading by Henry Wallace, and the presidential election of 1948, showing the entanglement between the liberal politics and the citizens' life of the 1940s and 1950s of America through Zuckerman's edification by his political enlightenment father. The novel manifests the efforts of early American Left after the war to prove their own legitimacy by inheriting the

---

　* **作者简介:** 薛瑞强,南开大学文学院博士研究生,研究方向为比较文学与世界文学。联系方式: 477674138@qq. com。

legacy of Thomas Paine and Abraham Lincoln, and to advertise Utopia through publicizing populism. Besides, it reveals the fictionality of Daniel Bell's myth of The End of Ideology. Roth's implicit position of The New Deal Liberalism is influenced by Arthur Schlesinger, Jr's idea of The Vital Center.

Key Words: *I Married a Communist*; liberalism; Philip Roth; Arthur Schlesinger Jr.

《背叛》(*I Married a Communist*，1998)在"美国三部曲"(*The American Trilogy*)中是相对较少被评论而又充满争议的作品,其中很大一个原因是小说所体现的浓厚的冷战意识形态色彩和战后 50 年代美国政治话语网络的复杂性。德里克·帕克·罗伊(Derek Parker Royal)认为这部小说意在凸显美国化的犹太人艾拉通过政治"乌托邦"意识形态的追寻来摆脱纯粹个人化的资产阶级生活的束缚(205)。约翰·德比郡(John Derbyshire)在保守主义刊物《国家评论》(*National Review*)上则批评罗斯对左派的书写过于失真和理想化而没有任何讽刺的因素,认为这部小说只是刚好迎合了知识分子对麦卡锡主义的厌恶而已(Derbyshire)。诺曼·波德霍雷茨(Norman Podhoretz)在《评论》(*Commentary*)上同样指责罗斯对冷战时期左派的书写只是陈词滥调,无非是指出美国对左派政治力量的敌视都是"妄想症",国会调查和黑名单只是为了"败坏自由主义者和民主党人的名声"(35)。角谷美智子(Michiko Kakutani)认为这部小说虽然表面上是五十年代的美国和麦卡锡主义的"寓言",但在整个世界观上却局限在狭隘的个人政治议题,小说的文体美学被混杂的叙事和声音所破坏(Kakutani)。还有一些评论家强调了这部小说的自传性质,认为罗斯是为了报复他的前妻克莱尔·布鲁姆(Claire Bloom)在《离开玩偶之家》(*Leaving a Doll's House*，1996)中对他的不实指控而创作的这部作品。

然而事实上这些解读都将视角局限在艾拉作为被同化的美国犹太人身份相关的个人活动和婚姻家庭的事迹,忽视了这部小说的叙述者祖克曼作为小说中各派政治活动的观察者和主人公的地位,以及小说中对美国四五十年代左派活动关键历史细节和由此产生的公共和私人领域互动影响的描绘。更重要的是这部作品中所蕴含的冷战初期美国政治现实的指涉及政治思想值得深入剖析,而这并不能仅仅通过对麦卡锡主义历史的回顾而简单涵盖。本文将小说中的 1948 年美国总统选举作为一个切入点,分析美国的进步党和自由主义左派之间的联系,以及这种联系同小说叙述者祖克曼的个人政治启蒙之间的关系,同时围绕不同人物政治立场的透视还原冷战初期美国政治与意识形态论战,揭示出美国"老左派"(old left)所利用的美国建国思想的政治遗产与民粹主义策略,进而得出罗斯以历史化和政治化的文学视野对战后美国自由主义左派的书写与思考。

一

　　20 世纪 30 年代中后期和 40 年代的美国,活跃于纽约市立大学(City College of New York)的一批犹太公共知识分子为 60 年代兴起的新保守主义运动奠定了基础。代表人物主要有欧文·克里斯托尔(Irving Kristol)、丹尼尔·贝尔(Daniel Bell)、欧文·豪(Irving Howe)、西摩·马丁·利普塞特(Seymour Martin Lipset)、菲利普·塞尔兹尼克(Philip Selznick)、内森·格雷泽(Nathan Glazer)、丹尼尔·帕特里克·莫伊尼汉(Daniel Patrick Moynihan)。这一自由主义知识分子群体通过刊物《党派评论》(*Partisan Review*)作为阵地来宣传自己的思想(Beer 36 - 37),随后由于同"旧自由主义"日益产生隔阂,纽约知识分子开始了保守主义的转向,他们同资产阶级社会的持续统治达成和解(Wald 230),转向了基于现实政治(Realpolitik)逻辑的哲学,放弃了对社会激进变革的信仰以及寻求资本主义体制外更美好生活的愿景(Gilbert 263)。由美国犹太委员会(American Jewish Committee,简称 AJC)主编的《评论》(*Commentary*)也经历了从支持自由主义到新保守主义的转向,其前主编诺曼·波德霍雷茨(Norman Podhoretz)曾指出:"美国政治制度及其经济和社会基础的德性这一新共识对我们产生了深远的影响,使我们致力于保护美国免受国外敌人的诽谤和国内批评者的诋毁,新保守主义者所支持的每一个信念都与保护美国免受左派攻击的核心冲动有关"(56 - 7)。右翼的自由主义者小阿瑟·施莱辛格(Arthur Schlesinger Jr.)、莱因霍尔德·尼布尔(Reinhold Niebuhr)、亨伯特·汉弗莱(Humbert Humphrey)、埃莉诺·罗斯福(Eleanor Roosevelt)等人于 1947 年创建了美国人民主行动组织(The Americans for Democratic Action,简称 ADA),以支持杜鲁门政府,杜鲁门 1948 年的选举成功标志着新保守主义在政治上舞台上崭露头角,他主张在国际上遏制苏联的影响,积极参与全球性事务和结成多边联盟,经济上促进全球一体化并构建所谓的和平与繁荣。自由主义逐渐在美国形成了一种共识,这种共识强调延续和维护新政(The New Deal)的遗产和福利国家的政策,并逐渐结成了一个由工会、农民、知识分子、非裔美国人和南方白人组成的联盟(Fraser 85 - 121),在左翼激进主义和保守主义未强盛的情况下,新政自由主义(New Deal liberalism)成为被知识分子和普通公民认可的主流意识形态。

　　战后的 50 年代还形成了另外一种认识,即专业知识和利益集团已经超越并取代了意识形态和政治的狭隘范畴,学者丹尼尔·贝尔(Danie Bell)指出意识形态这一概念应当走入历史的尘埃而没理由存在,所谓启蒙的意识形态在面对纳粹主义和犹太人大屠杀后已经丧失了信誉,理性主义信念已然衰落,旧的意识形态已经失去了真理性和说服力,剩下的只是福利国家的政策和混合制经济,政治完全被官僚制的专业知识以及利益集团、冷战的国际事务所掌控(402)。显然贝尔的理论似乎并不能真切地展示美苏冷战期间的政治意识形态之间斗争的重要性,但他对战后美国自由主义的发展勾勒出了一种发展的路径。贝尔进而指出50年代的知识分子在传统信仰失落后尽管失却了激情,但没有放弃在新的社会政治框架中寻找希望,并不断探索新的激进主义思想(404)。丹尼尔·贝尔构建了关于自由主义的乐观蓝图,在这种共识之下所谓的"自由世界国家"的公民都生活在一个去阶级化和自由化的秩序之中,消弭了关于种族和阶级的各种不平等因素,从而形成一个满足群众想象的战后理想乌托邦生存的神话,贝尔的这种乐观主义也预示和启迪了其后福山(Francis Fukuyama)关于"历史的终结"(the end of history)的论断。贝尔关于意识形态终结的神话在罗斯小说文本中被冷战铁幕下政治思想冲突的不稳定要素所瓦解,后者不仅包括了西方和苏联之间的对抗关系,在美国内部的政治谱系中同样存在意识形态的争论。

战后50年代的美国政治文化思潮的中心是自由主义政治的意识形态,美国知识分子对这一政治价值的阐释展开话语权的争夺。美国历史和政治学家小阿瑟·施莱辛格(Arthur M. Schlesinger, Jr.)鼓吹美国自由主义中心的"活力"而对左派充满敌视甚至"歪曲",并号召美国自由主义在全球语境下同左翼激进主义做对抗(x)。施莱辛格强调这种中心的关键是自由主义传统同左派的激进主义的矛盾,而并非是美国"内部"的自由派和保守派之间的竞争,也不是同时代政治家所热衷的中间路线(middle of the road),因为这种中间路线是"无生命的中心"(dead center),而且沿袭了罗斯福式的"向中间偏左一点"的策略(xiii)。施莱辛格的理论可以说是50年代美苏冷战时期自由主义的宣言,左翼的激进主义同自由主义中心之间的竞争成为当时美国社会思想界面临的一场关键抉择,他的理论体现了美苏冷战时期浓厚的意识形态霸权争夺的色彩。文学评论家莱昂内尔·特里林(Lionel Trilling)也谈到自由主义是美国社会"不仅是占主导地位的,甚至是唯一的知识传统"(vii),美国的主流机构——媒体、学术界、流行文化、宗教、法律在很大程度上受到自由主义精神的影响。其实,《背叛》中政治话语的主要冲突就是自由主义"生命中心"同老左派进步型社会方案之间的纠葛,以及这一中心面临的麦卡锡式保守主义右派的威胁,只不过这一中心比施莱辛格的中心相对更具有进步和平衡性的因素。小阿瑟·施莱辛格对《背叛》进行过评价:"《背叛》解构了50年代早期极端保守派的狂热症(reactonary hysteria),罗斯先生对这个疯狂时代的疯狂政治(frantic politics)有着精准的把握,《背叛》是一部杰出的作品,它的卓越之处在于对美国生活的严苛的观察,对人类生存的矛盾和悲怆的深刻感受,以及其独特的风格和智慧"(Roth,THS cover)。应当说他的评论切中了这部作品体现的"政治性"及其对"人性"产生的意识观念狂热的影响。

1945年罗斯福的去世和以1947年杜鲁门的铁幕演说为标志的冷战,使得自由主义者面临着新的抉择,部分人主张同苏联的左派结成同盟并对国内的政策展开相应的改革,另一部分主张杜鲁门限制左派活动的保守主义内政和外交政策。尽管其后美苏冷战日益趋紧,但战后的几年时间里,包括反法西斯"人民阵线"(Popular Front)在内的不少美国自由主义者仍然坚持想要同苏联维持战时同盟的关系,认为苏联是可以团结的进步力量(progressive force)(Kutulas 97–185)。战后自由主义框架的标志性事件即1948年的总统选举后,民主党总统杜鲁门面临了亨利·华莱士(Henry Wallace)的挑战,华莱士曾经长期是罗斯福内阁的成员,战后被任命为杜鲁门政府的商务部长,他拒绝杜鲁门对苏联的遏制政策,特别是在杜鲁门面临着美苏关系的紧张导致的一系列政策难题时,亨利华莱士成为左派关注的杜鲁门政府中唯一的罗斯福新政和战时同盟关系的代表者,左派期待华莱士能够提出替代冷战的方案以及延续罗斯福社会改革的热忱(Pells 63)。1946年华莱士被杜鲁门总统以公然支持斯大林和苏联友好为由而从内阁开除。华莱士试图建立一个左翼自由主义者联盟(left-liberal coalition)来挑战现有的美苏政策和自由主义的经济现状,并最终成立了由他领导的进步党(Progressive Party),并且在1948年总统选举中会分裂民主党的选票。进步党从建立之初就面临着其是代表左翼激进主义阵线的质疑,然而杜鲁门和华莱士都宣称自己是罗斯福新政的合法继承人。

战后美国自由主义的思潮不仅仅展现在国家政治舞台,而且同当时时代环境下的美国国民的政治参与息息相关。杜鲁门和华莱士的分裂在《背叛》中体现为祖克曼同其父亲之间的分歧。小说中内森·祖克曼曾作为艾拉的嘉宾,参加纽瓦克市区"清真寺剧院"举办的聚会,这次聚会是为新成立进步党的华莱士而举办的,当时的祖克曼正在受到激进左派活动者艾拉的政治教导,在祖克曼看来,"民主党这次分歧,发生在以总统为首的反苏派和以华莱士为首的反对杜鲁门主义(Truman Doctrine)和马歇尔计划(Marshall Plan)的'进步'亲苏派('progressive' Soviet sympathizers)之间。在我自己家,这种分歧反映在我们父子之间"(Roth 29)。祖克曼的父亲是新政自由主义者,他尽管对罗斯福门下的华莱士有欣赏态度,但是认为美国大选一般不会支持第三政党的候选人,华莱士参选总统的话可以获得六七百万张选票,这将极大分流与减少原本杜鲁门支持者的选票,从而将使得共和党的总统候选人托马斯·E·杜威(Thomas E. Dewey)获得大选,而共和党的保守主义政策会带来更多的问题,祖克曼父亲提到:"你支持的人只会使民主党落选,如果共和党当选,会给我们国家带来多少苦难"(29),弟弟亨利也指出:"将选票投给华莱士就是投给杜威(A vote for Wallace is a vote for Dewey)"(31)。

二

祖克曼父亲反对投票给华莱士体现出实用主义的原则,他做出的举动并非依靠一种社会完善的理想主义而驱动,而是根据具体政策所达成的实际效果来决断(Radu-Cucu 174)。祖克曼父亲经历过胡佛(Hoover)、哈丁(Harding)、柯立芝(Coolidge)和大萧条的时代,认为共和党代表的是大企业和"华尔街大人物"(the Big Boys from Wall Street)的利益,对普通大众的利益不屑一顾,共和党的统治带来了经济危机和民众贫困的生活状态。祖克曼不断试图以华莱士是代表罗斯福新政遗产的继承人的理由劝解父亲,然而并不奏效。因为在祖克曼父亲看来民主党才是维护新政自由主义的组织,只有新政自由主义才能保障普通大众的福利,"他始终都认为自己与他称为普通民众而我(祖克曼)沿袭华莱士称为'平民'(the common man)的那些人的利益息息相关"(30)。华莱士的方案是要"建立国家健康计划,保护工会和为工人谋福利,反对塔夫脱·哈特莱法案(Taft-Hartley)和迫害劳工,反对蒙特·尼克松法案(Mundt-Nixon bill)和迫害政治激进人士",蒙特·尼克松法案被华莱士认为是"美国迈向极权国家的第一步"和"国会提出的最具破坏性的法案"(30),同时,在种族问题方面华莱士强调解除种族隔离,在艾拉引导下的祖克曼认为民主党并不能真正解决这些问题,"民主党永远不会着手去结束种族隔离,不会将私刑、人头税和吉姆·克劳法(Jim Crow)定为非法"(30)。但祖克曼父亲坚持认为杜鲁门领导的民主党已经在循序渐进地解决南方的种族问题,并且在政治纲领中宣布了公民权的条款等内容,他不赞同华莱士的激进式变革,在父子辩论中,祖克曼始终站在进步党的立场,认为民主党和共和党都是一丘之貉,无法保障黑人族群的权利,并且漠视资本主义体系的固有不公正现象,同时采取的敌视苏联的冷战政策不利于团结热爱和平与友好的苏联人民(31),在他看来两党都没有实现左派的核心政治目标。

其实罗斯在文本中并没有直接进行政治价值的评判,但透过他在文本中对祖克曼父亲言论的刻画,能够看出罗斯对新政自由主义的潜在倾向性,罗斯本人也曾经说过:"我的整个家族——父母、姨母、叔父、堂兄弟——都是虔诚的新政民主党人(New Deal Democrats)"(Roth,*RMO* 10)。而且罗斯自己的政治立场也很明确,是新政自由主义者(New Deal liberal)或克林顿民主党人(Clinton Democrat)(Brühwiler 8)。罗斯在采访中透露家族的这一政治立场的形成来自对罗斯福新政的认同,以及对社会中下层劳动人士和弱势群体的同情,因而在1948年的总统选举中家族中的许多人将选票投给华莱士的进步党(Roth,*RMO* 10)。然而应当注意的是,他的小说却并没有从这一政治立场有利的角度来书写,而是揭示美国自由主义理想的实践过程中所暴露出的问题和矛盾之处。

艾拉作为祖克曼的左派政治启蒙导师之一,影响了祖克曼的阅读旨趣和政治道德意识的塑型。诺曼·科温(Norman Corwin)的《胜利手记》(*On a Note of Triumph*,1945)是最早对祖克曼产生艺术感染力的作品,并且教导他"铭记深陷战斗者的斗争",这体现了文学为劳动阶级大众而写的左派文学创作观。科温的"小人物"(little guy)就是美国的无产阶级，美国的无产阶级是通过二战这一民族神话而获得认同感的，他们参与了这一革命性的现实事件，从而获得了革命胜利的荣誉感(Radu-Cucu 176)。除此之外，祖克曼收藏的"一半书是关于约翰·R·图尼斯(John R. Tunis)所作的棒球类书籍，另一半是霍华德·法斯特(Howard Fast)所著的美国历史类小说"(25)。法斯特的历史小说《公民汤姆·潘恩》(*Citizen Tom Paine*，1943)成为备受祖克曼喜爱的书籍，祖克曼自述自己的理想主义受到了两条线的影响，关于棒球冠军的小说展现出球员们在困境中的努力拼搏及最终获得胜利的结果，而关于勇敢的美国人的历史小说则展现出同暴政和不正义战斗的人类的英雄气概(25)，后者正是受到左翼自由主义启蒙的祖克曼最关注的领域。《公民汤姆·潘恩》的原型是美国独立革命时期的政治活动家托马斯·潘恩(Tomas Paine)，他所写的《常识》(*Common Sense*，1776)和《人的权利》(*Rights of Man*，1791)等著作宣传了革命的必要性并鼓舞了北美大陆民众脱离英国而独立的决心，启蒙了大众关于民主和革命的理念，潘恩否定君主制政体的合法性，并认为应当用宪法限制政府的权力，"宪法定义并限制了它所创建的政府的权力。因此，作为自然和合乎逻辑的结果，政府行使任何未经宪法授权的权力都是假定的权力，因此是非法的"(Paine 69)，主张实行彻底的和全民参与的民主共和制，反对绝对权力和权威，而是强调民众的力量，因而无论是王权还是代议制的立法权都受到了批判，"没有一个被绝对权力统治的国家可以称为自由；无论是绝对的王权还是绝对的立法权，都无关紧要，因为后果对人民来说是一样的"(Paine 81)。潘恩的思想一般被认为是激进的革命民主思想，并且在一定程度上具有"民粹主义"(或平民主义)(Populism)的色彩，法斯特的小说引用了很多潘恩的文字，并且被艾拉作为宣传自己激进左派思想传统来源的武器，因而在艾拉看来当下的左派革命活动就成为美国独立革命的延续，并具有了不可置疑的合法性和必要性，艾拉向祖克曼推荐了潘恩所著的《常识》，并引用了潘恩的记述来阐述自己的思想："多数人的力量就是革命，但奇怪的是，人类经历了几千年的奴役却没有意识到这一事实。"(26)艾拉的哥哥默里指出潘恩同杰斐逊(Jefferson)、麦迪逊(Madison)所具有的共同点是对英语语言的反抗，他们在寻找一种新式的革命的英语语言，"为伟大的目标寻找到话语"，并进而阐述自己的理想。艾拉等左派成员所要寻找的革命式的英语语言是对现有语言秩序的挑战，语言的革命实验也会体现出某种解放性的力量，并成为改进和冲击现实统治话语的革命实践。艾拉等人通过革命的语言构建了左派激进主义的话语，打破了看似牢不可破的自由主义的主流政治话语。

艾拉的哥哥默里同样指出独立革命本身就是即兴的(improvise)和不可预见的、无组织(disorganized)的革命(27)，具有民粹主义色彩的激进左派正是在传承独立革命的基因，革命的自发性和大众性以及同这种行动相关联的文学话语起源于独立革命，不仅是来自于独立革命的成功，同时也传承了独立革命所隐含的创伤，即一种破坏旧秩序的狂热症，在当代的一些学者看来，独立革命本身就是一场激进主义的运动。罗斯小说文本中大量引用潘恩以及强调祖克曼对潘恩的崇拜，原因在于祖克曼对美国自由主义的想象源自于独立革命时期杰斐逊对美国理想政治生活的承诺，而潘恩在法斯特笔下的演绎以及在左派活动家艾拉的阐释下，成了杰斐逊的平民化的革命领袖镜像，因而对潘恩理念的信仰就是对独立革命中自由主义精神的传承。同时艾拉的左派活动传承了潘恩在独立革命时期从事的激进主义话语的活动。时间回到美国的 1789 年，当《联邦宪法》(Federal Constitution)获得批准时，"民主"是一个有争议的术语，很少有美国人用这个词来描述他们的新政治制度，直到在大西洋另一边出现的法国大革命掀起了民主激进主义(democratic radicalism)的浪潮，这一革命热浪激励和启发美国人开始想象广泛的社会和政治改革，这一变革的想象就被革命的支持者自豪地命名为"民主"。而托马斯·潘恩正是这一国际主义的变革的积极活动者，潘恩在 18 世纪 90 年代在旅居欧洲期间出版了大量的激进主义政治书籍，这些书籍被美国民主派的印刷商人、报纸编辑和书商出口到美国，从而激起了美国政治的热情，受到了世界上同时代的人的启发，美国的民主派不断推动美国公民思考更广泛的激进思想，诸如有关种族平等、经济正义、世界性公民的概念，以及建设更真实的民主政体。然而在欧洲，这些激进思想的社会方案很快就受到了反革命浪潮的反驳，他们将这种"潘恩式民主"(Painite democracy)方案定义为"危险"的雅各宾主义(Jacobinism)，同样的情况出现在 1790 年代的美国，对这种激进主义的浪潮形成了反对的声音，从而民主党在 1800 年的全国大选中因此受益，他们将自己定义为更温和与安全的民主方案的倡导者，以区别于右翼的贵族式联邦主义者(aristocratic Federalists)和左翼的危险的潘恩式雅各宾派(Painite Jacobins)(Cotlar 13 - 114)。在战后 50 年代激进左派的活动似乎就是对历史上潘恩式民主的回归和继承，因而对喜爱潘恩事迹的祖克曼产生了吸引，激进左派的意识形态在美国本土的独立革命找到了历史的渊源。而历史上这场 1800 年大选同战后 1948 年的总统选举似乎面临了相似的政治抉择状况，50 年代的自由主义政治面临着激进左派的活动的冲击，以及麦卡锡主义的右派控诉文化的影响，而如何在政治话语层面占据自由主义的中心成为各派争夺的焦点。

三

左派的革命文学话语就是由类似法斯特的《公民潘恩》等作品构建的，艾拉曾提到过他阅读过的左派文字包括《工人报》(Worker)中关于华莱士的专栏，以及斯坦贝克(Steinbeck)、厄普顿·辛克莱(Upton Sinclair)、杰克·伦敦(Jack London)、考德威尔(Caldwell)等美国左翼文学家的作品(26)。这些作品都是为了社会理想而探索的革命英语文本。潘恩是少数"觉醒"的人，类似于艾拉所参与的少数人的左派，在祖克曼看来尽管潘恩受到很多人的非议和憎恨,但却拥有卓越的智慧,怀抱最纯粹的社会理想,"他是全世界最为人所憎恨的人,也许在少数人眼里是最被热爱的人""人类历史上极少有人拥有他这样燃烧自己的灵魂和精神的人""以自己的灵魂承受数百万人所经历的苦痛""他的思想和观点比杰斐逊更接近普通的劳动者"(25)。法斯特笔下的潘恩携带步枪穿梭于独立革命时期混乱的大街小巷,出入酒馆妓院,衣衫褴褛、不修边幅,没有朋友的陪伴,只有革命是他的朋友,并且时刻面临刺客的追杀,其中最吸引祖克曼的是潘恩的叛逆和反抗的精神,以及为社会理想信念奋斗的勇敢与执着,潘恩的一生就是战斗的一生,直到生前的遗嘱之作《理性时代》(*The Age Of Reason*,1794)中他依然在同教会的权威进行战斗,"我不相信无论犹太教会、罗马教会、希腊教会、土耳其教会、基督教会还是任何教会所信奉的信条。我自己的头脑即是我自己的教会"(26),这种彻底的叛逆姿态成了鼓舞激进左派的精神养料。

托马斯·潘恩不仅在左派的话语中被诠释成推动变革的战斗者先驱,并且是左派的民粹主义策略的参照对象,艾拉的左派活动在发动大多数平民和保障劳工权益等众多方面其实是对美国民粹主义政治遗产的再利用。长期以来民粹主义在美国的政治术语中一直是充满争议的一个概念,它是由堪萨斯州的一位新闻工作者在 1890 年创造并用来形容人民党(People's Party),人民党是在堪萨斯州组织的一个激进的第三党派,并在 1892 年发展成为全国性的力量,随后民粹主义很快成为对任何由普通美国工人组成的反叛运动的通常描述(Kazin 383)。民粹主义代表了美国历史上的反垄断(anti-monopolistic)的冲动,他们敌视建制派的大型和集中的权力机构,反而对本地化的家庭农场、乡村教堂等同政府和企业没有关联的公民协会组织有着浪漫型的依恋,他们还支持并捍卫"美国主义"(Americanism)的理想,他们认为美国是一个被选中的国家,所有的公民都有着完全平等的机会来实现自己的目标和改善命运,但必须抵制国内外的贵族(aristocrats)、帝国建设者(empire builders)和威权主义者(totalitarians)颠覆美国的理想(Kazin 384)。民粹主义者认为只有他们才能真正代表平民的利益(Müller 3)。民粹主义的三大核心要素是:反建制,威权主义和本土主义(Norris 6 - 7)。民粹主义强调平民群众的价值和利益,并以此作为激进运动合法性和平民政治基础建立的理由,但民粹主义往往在运动过程会以集体的平民的名义压了个人的自由和权益,并且在反对建制派权威的同时却推崇克里斯玛型的领袖权威,因而形成对威权主义的崇拜,在社会运动中民粹主义往往会走向非理性的暴力。

华莱士所创建的进步党在理论建构和活动方式上具有 19 世纪末人民党的影子,祖克曼在参与华莱士的集会时,想到他同高价和大企业的对抗,同种族隔离和种族歧视的斗争,不由得表示出钦佩,他又回想起霍华德·法斯特对托马斯·潘恩的描述:"他的思想理念远比杰斐逊的更贴近普通的工人群众"(34)。潘恩和华莱士在祖克曼心目中不仅成为美国革命精神的传承者,更是将这种革命的自由和民主精神从精英知识阶层转而传播向平民大众的行动者,在祖克曼看来华莱士是平民群众的代表,是同造成美国社会不自由现状的建制派战斗的英勇斗士,他认真聆听对方的演讲,"那位代表普通民众、人民和人民政党的候选人站在讲台上,紧握拳头并大声疾呼'我们的自由正被肆意地侵害'"(34)。由此可以看出祖克曼将华莱士作为美国传统自由主义精神的传承者,进而认为共和党和民主党在施政过程中逐渐"背叛"了自由主义和民众。祖克曼以这种为"平民"权利作斗争的理想作为启蒙的支柱,并且在这种政治活动的参与中获得了参与时代政治舞台的乐趣,祖克曼参与了黑人演员兼政治激进的民权活动者保罗·罗伯逊(Paul Robeson)的集会,之前罗伯逊曾在华盛顿爆发的反对《蒙特·尼克松法案》的集会活动中,在华盛顿纪念碑下向群众献唱歌曲《老人河》(Ol' Man River),在参议院司法委员会听证这项法案时罗伯逊表达了明确的抵制姿态,并且同激进左派保持着密切的联系,他认为左派的任务就是"支持黑人取得完全平等的权利",祖克曼在活动中受到了罗伯逊的鼓励,他握住祖克曼的手说道:"年轻人,不要丧失勇气"(33),正是在这种现场的参与中祖克曼逐渐形成了早期关于左派的政治启蒙观念和战斗型的豪情壮志:"同时沉浸于左派的环境和派系世界这两个崭新而独特的世界之中,所体会到的兴奋感正如同在大型棒球联赛中同球员共同坐在球员席"(33)。

尽管潘恩的激进民主思想成为驱动祖克曼寻找革命崇高事业的推动力,然而我们可以从中看到祖克曼在很大程度上并非完全凭借被潘恩思想所说服而充满斗志,而是被法斯特笔下的公民潘恩的勇敢的英雄魅力所吸引,此时的潘恩就成了马克斯·韦伯笔下的克里斯玛型(chrisma)的领袖人物,成为具备超人禀赋的权威并带领群众进入自身合法性的执政构架之中,因而潘恩成了另一种权威,无论艾拉是在舞台上扮演林肯还是对《公民汤姆·潘恩》的文本解读,都是在加强自身的启蒙导师的威信,这就同祖克曼的另一位启蒙者即他的父亲的思想产生了冲突,因而祖克曼的政治启蒙具有了寻找"替代父亲"的象征性意味。此时青年的祖克曼也并不能通过理性思辨来对自己接受的政治思想进行批判,因而作为第一人称叙述者的祖克曼在回忆政治启蒙之路时,将自身所经历的理性思维的成长同法斯特笔下的汤姆潘恩同步了起来,祖克曼同汤姆潘恩都决定"背叛"父亲,走向人生真正的统一,然而在这个过程中所面临的是"从人生一个陷阱迈向下一个陷阱,直至墓穴"(32)。作为当下回忆叙述者的祖克曼显然认为作为过去经验自我的祖克曼所面临的是一条具有危险性和挑战性的道路,这种思想的"弑父行为"从背叛的那一刻就要面临坠入(fall)陷阱的危险。祖克曼在将自我纳入左派的政治活动中时,其父亲对其进行不断的警告,认为祖克曼在未充分掌握"事实"情况下的政治狂热是非理性和偏激的。当祖克曼想要通过佩戴华莱士的标志来展示自身的政治认同时,父亲对祖克曼说道:"儿子,我尊重你的独立性。你要戴华莱士的徽章去上学吗?那就戴上它。这里是自由的国家(free country),但你要掌握全部的事实(facts)和真相,你在没有知晓全部事实的前提下无法做出一个明智的决定。"(32)

　　祖克曼父亲通过罗斯福内阁和新政的政治人物的行动来进一步强化对华莱士的质疑,以便捍卫新政自由主义的共识价值,他指出总统遗孀罗斯福夫人(Mrs. Roosevelt)、罗斯福信任的内政部长哈罗德·伊基斯(Harold Ickes)都对华莱士倡导的政策进行了反对,美国劳工联合会—产业工会联合会(CIO)也撤回了对华莱士的资金支持,他认为这些事实之所以发生的原因在于激进左派对进步党进行了渗透(infiltration)(32),这在50年代的美国反激进左派的政治话语中是一种常见的认知方式,祖克曼父亲说道:"亨利·华莱士不是太天真而毫不知情,就是太奸诈而不愿承认,不幸的是后者更有可能。"(33)祖克曼父亲希望祖克曼能够带领他去艾拉所在的锌镇小屋,并且想要确定艾拉是否真的是激进左派的成员,最终三人在祖克曼父亲足科诊所的办公室会面,这一次他再次宣称了自己对罗斯福新政遗产的认同,并且讲述了罗斯福之前美国的社会所面临的种族和社会问题:"当年在罗斯福之前我曾经非常反感我们国家的现状,反感那些对犹太人、对黑人的偏见,以及共和党对弱势群体的鄙视,大企业对人民贪得无厌式的压榨"(102-103),在这种情况下,祖克曼父亲决定前往激进左派党总部罗伯特崔特酒店,想要加入这一组织,结果是"还好那扇门锁着"(103),祖克曼父亲庆幸自己的冲动选择没有成功,随后罗斯福的当选在他看来是对美国资本主义生命的延续和革新,不仅复苏了因资本家的控制而衰落的资本主义制度,而且还拯救了处于大萧条危机下贫困底层的平民。祖克曼父亲进而提到自己后来反感激进左派的一个重要原因在于,被称为"捷克的罗斯福"的政治家扬·马萨里克(Jan Masaryk)被激进左派所暗杀(103),因此激进左派在他眼里已经远远超出新政自由主义的范畴,走向了另一种极端的状态,祖克曼父亲提及此事件的目的是意图将激进左派"标签化"和曲解为为了实现自身目标而走向情感上的冲动与非理性的团体并进而对其否定,从而重新掌控对祖克曼政治启蒙的话语权和主导地位。尽管祖克曼父亲坚定地宣称自己是罗斯福新政的忠实信徒,但他显然受到了战后五十年代美国冷战时期保守的自由主义思想的影响,这一时期的新政自由主义遗产已经逐渐被烙印上新保守主义的一些因素,因此在新政自由主义者看来激进左派的思想是对杜鲁门统治下的自由主义共识"生命中心"(The Vital Center)的违背。

　　祖克曼通过不同的政治启蒙导师的引导,逐渐进入自由主义政治话语网络的辩论之中,并对艾拉的行动最终产生了理性的批判意识,进而体现出罗斯对左派的反思同纽约知识分子的保守主义转向不谋而合。罗斯意在展示五十年代各种政治话语交锋时期个体所面临的思想困惑以及伴随的政治启蒙语境,意图通过文本中的思想辩论展现战后早期美国自由主义的意识形态精神对美国个体生活产生的影响。德里克·帕克·罗伊(Derek Parker Royal)认为,"罗斯在《美国三部曲》中所做的是将个人主体性写进历史的结构之中"(186)罗斯展示了个人与历史环境之间的对抗关系,而"历史的力量特别是美国历史威胁和压制着个体的自由"(187)。这部小说同时也因为对公共政治和个体之间关系的书写体现了美国当代小说中的政治"私人化"（privatization）（Radu-Cucu 171）。

参考文献

Beer, Jeremy, et al. *Walk Away: When the Political Left Turns Right*. Lanham: Rowman & Littlefield, 2019.

Bell, Daniel. *The End of Ideology: On the Exhaustion of Political Ideas in the Fifties: with "The Resumption of History in the New Century"*. Cambridge: Harvard UP, 2000.

Brühwiler, Claudia Franziska, and Lee Trepanier, eds. *A Political Companion to Philip Roth*. Lexington: UP of Kentucky, 2017.

Cotlar, Seth. *Tom Paine's America: The Rise and Fall of Transatlantic Radicalism in the Early Republic*. Charlottesville: U of Virginia P, 2011.

Derbyshire, John. Wholly Sanctimony. *National Review*. September 1998. 〈https://www.johnderbyshire.com/Reviews/Fiction/wedred.html〉

Fraser, Steve, and Gary Gerstle, eds. *The rise and fall of the New Deal order, 1930—1980*. Princeton: Princeton UP, 1989.

Gilbert, James. *Writers and Partisans: A History of Literary Radicalism in America*. New York: Columbia UP, 1993.

Kakutani, Michiko. Manly Giant vs. Zealots and Scheming Women. *The New York Times*. October 1998. 〈https://archive.nytimes.com/www.nytimes.com/books/98/10/04/daily/roth-book-review.html? scp=149&sq=doll%20house&st=cse〉

Kazin, Michael, Rebecca Edwards, and Adam Rothman, eds. *The concise Princeton encyclopedia of American political history*. Princeton: Princeton UP, 2011.

Kutulas, Judy. *The Long War: The Intellectual People's Front and Anti-Stalinism, 1930—1940*. Durham: Duke UP, 1995.

Müller, Jan-Werner. *What is Populism?*. Philadelphia: U of Pennsylvania P, 2016.

Norris, Pippa, and Ronald Inglehart. "Trump, Brexit, and the rise of populism: Economic have-nots and cultural backlash." *Harvard JFK School of Government Faculty Working Papers Series* (2016): 1-52.

Paine, Thomas. *Citizen Paine: Thomas Paine's Thoughts on Man*, Government, Society, and Religion. Lanham: Rowman & Littlefield, 2002.

Pells, Richard H. *The Liberal Mind in a Conservative Age: American Intellectuals in the 1940s and 1950s*. Middletown: Wesleyan UP, 1989.

Podhoretz, Norman. "New Vistas for Neoconservatives." *Conservative Digest* 15 (1989): 56-57.

Podhoretz, Norman. "The adventures of Philip Roth." *Commentary* 106, no. 4 (1998): 25-36.

Radu-Cucu, Sorin. "The Spirit of the Common Man: Populism and the Rhetoric of Betrayal in Philip Roth's *I Married a Communist.*" *Philip Roth Studies* 4.2 (2008): 171 – 86.

Roth, Philip. *I married a communist*. Boston: Houghton Mifflin Harcourt, 1998.

---. *Reading myself and others*. New York: Random House, 2001.

---. *The Human Stain*. Boston: Houghton Mifflin Harcourt, 2000.

Royal, Derek Parker. *Philip Roth: New Perspectives on an American Author*. Westport, Connecticut & London: Praeger Publishers, 2005.

Schlesinger Jr, Arthur M. *The Vital Center: Politics of Freedom*. New York & London. Routledge, 2017.

Wald, Alan. *The New York Intellectuals: The Rise and Decline of the Anti-Stalinist Left from the 1930s to the 1980s*. North Carolina: U of North Carolina P, 1987.

历史记忆与个体责任：
论陈以珏戏剧《南京的冬天》

沈芳菲*

摘　要：华裔加拿大作家陈以珏的两幕剧《南京的冬天》(2009)从集体记忆与个体记忆的联系、公共身份与私人身份的一体性，以及当下的遗忘对过去暴行的"重演"三方面探索了个体与国家民族的历史记忆之间的关系，表现出对暴行受害者发声困境及其斗争的高度关注。剧中人物之间爆发的一系列戏剧性冲突具有深刻的现实社会意义，反映了正义与非正义、无辜与有罪、受害者和施害者之间的矛盾。本剧在强调当下的个体对过去的历史真相和受害者苦难应负有关注、铭记与传递的责任的同时，也体现出文学作品所承载的社会意义：对历史真相的记忆与为受害者应得的公平正义抗争发声的信念跨越时空与代际的传承。

关键词：陈以珏；《南京的冬天》；南京大屠杀；华裔加拿大文学

Title: Historical Memories and Personal Responsibilities: A Thematic Study on Marjorie Chan's Drama *A Nanking Winter*

Abstract: Marjorie Chan's two-act play *A Nanking Winter* (2009) explores the relationship between the individual and the historical memories of the nation from the perspectives of the connections between collective and individual memories, the unity of public and private identities, and how oblivion in the present can act as a "replay" of atrocities in the past, showing great concern to the obstacles that confront the victims as they struggle to speak out. The dramatic conflicts between characters contain profound social significance and reflect the conflicts between justice and

---

　*　**作者简介：**沈芳菲，南京大学外国语学院博士研究生，主要研究方向为英美文学。联系方式：dg20090005@smail.nju.edu.cn。

injustice, innocence and guilt, and the victim and the perpetrator. *A Nanking Winter* not only highlights the responsibilities of individuals in the present to pay attention to, memorize and transmit the historical truth and the victims' sufferings in the past, but also embodies the social significance of literary writing, namely the remembrance of historical truths and the passing on of the determination to struggle and speak out for the victims who deserve justice across time, space and generations.

Key Words: Marjorie Chan; *A Nanking Winter*; Nanjing Massacre; Chinese Canadian literature

华裔加拿大作家陈以珏(Marjorie Chan)的两幕剧《南京的冬天》(*A Nanking Winter*,2009)被视为张纯如名作《南京大屠杀》在文学领域的延续之一。有学者赞其兼具艺术创新与人文关怀(Shan 615),将南京大屠杀这一在西方语境中"常被忽视"的战争罪行搬上舞台(Shan 615),促使人们关注"作者权益、营销策略、历史真相及集体记忆之间充满矛盾的复杂关系"(McHugh 134)。日裔加拿大作家小川乐(Joy Kogawa)更坦言,在自己认识的人中"没人不知道欧洲犹太人大屠杀,但并非所有人都知道日军在亚洲所犯下的暴行"(146),而她本人也是在观看《南京的冬天》后才了解到南京大屠杀并阅读了张纯如的著作,对日本在二战中的罪行进行了深刻反思(146-147)。《南京的冬天》指出了铭记日军暴行的历史真相并将其曝光于聚光灯下、使受害者的苦难与施害者的罪恶得以为世人所知的重要性,引导读者和观众关注并思考社会应如何正视历史、对历史负责的现实问题。

本文以《南京的冬天》对历史题材的文学表现为研究对象,考察作者以文本语言与舞台设计呈现的受害者视角下的战争记忆叙事。通过围绕历史真相、战争责任和公平正义等议题展开的一系列激烈冲突,本剧从集体记忆与个体记忆的联系、公共身份与私人身份的一体性,以及当下的遗忘对过去暴行的"重演"三方面探索了当下的个体与国家民族的历史记忆之间的关系,强调了当下的个体对过去的历史真相和受害者苦难应负有关注、铭记与传递的责任,也体现出文学作品所承载的社会意义:对历史真相的记忆与为受害者应得的公平正义抗争发声的信念跨越时空与代际的传承。

一、历史记忆对个体的"侵入"

美国剧作家劳逊(John H. Lawson)曾指出,戏剧处理的是社会关系,戏剧性冲突必定是社会性冲突(207),这种冲突存在于人与人之间或人与环境之间,在冲突中,被运用来实现某些特定目标的意志与社会必然性之间的力量对比变化将危机推向顶点（213）。在剧中，作为受害者的代言人与施害者的后代，主人公华裔作家艾琳和丈夫柯特多次与对方爆发激烈的冲突，这些冲突将人物之间的争执赋予了正义与非正义、无辜与有罪、受害者和施害者之间的矛盾这一社会内容，从而揭示了受害者诉说苦难、追求正义的声音所面临的严峻危机。柯特是日裔美国人，其祖父曾是侵华日军的一员，甚至被供奉在靖国神社，这一设计让受害者与施害者之间的矛盾时刻萦绕于柯特和艾琳的日常生活场景之中，使他们夫妻二人之间的情感关系始终无法摆脱侵华日军惨绝人寰的罪行所带来的阴影。作者模糊了"过去"与"现在"之间的分界，让历史对当下的个体私人生活所施加的影响得以更为直观地展现在观众面前。

柯特对于包括南京大屠杀在内的日本战争罪行表现出一种极为矛盾的态度。一方面，他全力支持艾琳致力于揭露南京大屠杀罪行的写作事业，辞去自己的工作，为艾琳翻译资料，帮助她进行调研，并陪伴她飞往各地采访与宣传（act 1）①。在此期间，柯特不仅目睹艾琳收集的大量证明日军暴行的图文资料，也曾与南京大屠杀幸存者者面对面交流。当艾琳之妹奥黛丽发现研究资料中被日军刺刀戕害的中国受害女性照片时，柯特提醒她"不要看"，因为他深知，"只要你见过她们，就不会忘记她们"（act 1）。从柯特的态度中可以看出，这些记录侵华日军惨无人道的暴行以及受害者苦难的铁证给他带来了巨大的冲击与震撼。但另一方面，柯特也极力试图将受害者的苦难隔绝在遥远的过去，即使他亲眼看见大量日军侵华暴行的铁证，却仍然反复强调自己与艾琳对于包括南京大屠杀在内的侵华日军战争罪行的"不知情"与"不在场"。艾琳试图与他就其祖父的战犯身份和战争罪行进行沟通，而他却回以一句"你不知道，艾琳，你不在那里，你不知道"（act 1），打断并拒绝了艾琳的尝试。在对奥黛丽回忆自己和艾琳在调研过程中遭到的、来自日本右翼势力与历史修正主义者的骚扰与阻挠时，柯特同样坚称，"我实在不知道……我从来没有经历过战争……艾琳也没有"（act 1）。他指责艾琳过于专注工作，导致她的研究挤占了他们的生活空间，而堆在卧室的受害者照片更使他难以入眠："我只能想起那些女人和她们的遭遇！那些图像在我们周围漂浮……那些画面每晚都和我们一起躺在床上，这太可怕了！"（act 1）。柯特对受害者抱有同情，却仍不能克服对侵华日军罪行历史真相的恐惧，甚至将受害者的苦难及其证据视作一种可能"侵入"自己平静私人生活的威胁，对其表现出强烈的反感与抗拒。

柯特之所以对侵华日军暴行与受害者苦难既承认又抗拒，试图将这些"侵入"并扰乱了自己私人生活的"威胁"隔绝在自己和艾琳都不曾亲身经历过因而"不知道"的、遥

---

① 本文引用的《南京的冬天》为电子书版本，根据《MLA 科研论文写作规范》第 9 版中引用电子书格式文献的相关规定，电子书显示页码因阅读设备不同而变化，故需使用章节标题或编号代替页码，以表明引文在文献中的位置（*MLA Handbook*. 9th Ed. 244）。

远异国的过去,是因为长期以来,他所接受的对于这段历史的记忆叙事是一种经过日本社会在战后重构的叙事,而他认知中的、日本的国家与士兵形象,也是通过纪念仪式与家族历史记录的赞颂重构的形象。英国社会学家科恩(Stanley Cohen)以纳粹德国在二战期间实施的大屠杀为例,将暴行的施害者与旁观者在能够获得相关信息的前提下仍然主张自己不知情的现象描述为"知道和不知道之间的混沌"(80),其实质是通过伪装"正常"假象使恐怖的暴行正常化,人们意识到暴行的存在却仍然装作一切正常,最终滑向一种钝感的、将暴行视作例行公事的状态(80-81)。日裔美国学者桥本明子(Akiko Hashimoto)将这一概念用于阐释战后日本社会逃避国家历史和人民黑暗面的自满状态(69),并探讨了纪念活动如靖国神社对这种状态产生的作用。桥本将几任日本首相参拜靖国神社的行为定义为旨在"试图重塑战争的国家象征,进而重塑日本的国家身份"的政治表演(73),并援引日本哲学家高桥哲哉与历史学家赤泽史朗的观点,指出靖国神社被日本的民族主义倡导者用作一种"情绪的炼金术"来改变日本士兵的道德地位,为了包括被供奉战犯在内的日本士兵"继续保持无辜形象",就必须"将他们杀害的亚洲受害者排除在外"(73),而很多日本人也因此免于直面亲人在战争中扮演的角色,并得以回避国家与个人应负有的战争责任,安于对自身黑暗历史心照不宣地"知道和不知道"的状态(74)。对柯特一家而言,参拜靖国神社对战争记忆的重塑意义不仅是公共的,也是私人的,通过仪式、赞颂、纪念,他们精心重构了国家、家族与自我的身份,将包括祖父在内的、受靖国神社供奉的战犯重塑为"在战争中为日本效力的人"(act 1),而将参拜靖国神社重塑为"对祖父表达敬意"的单纯家庭活动(act 1)。为了维持这种被重构的身份与叙事,就必须将受害者隔绝在自己"不知道"也"没有经历过"的遥远的过去,排除在经过重塑的战争记忆之外,从而使祖父等侵略者的身份与罪行正常化。而艾琳指出参拜供奉着一千多名战犯的靖国神社与祭拜希特勒无异的事实(act 1),直接冲击着柯特一家"一切正常"的伪装,冲击着包括祖父在内的侵华日军的"无辜形象",也冲击着施害者为自己重构的身份与叙事,最终使施害者一方无法继续维持他们习以为常的、对历史上所犯罪行的真相"知道却不愿承认"的状态,也动摇了他们重塑的战争记忆与道德身份。因此,在明知侵略与暴行事实存在的前提下,柯特仍然坚持维护父母参拜靖国神社的行为,甚至指责艾琳让自己和全家"处境艰难"(act 1)。

令柯特如此反感和抗拒的、来自过去的罪恶证据对当下生活的"侵入",实质上是南京大屠杀无可辩驳的如山铁证,以及在此基础上形成的受害者视角下的战争记忆叙事,完全颠覆了他长期以来在一种回避民族和家族历史的黑暗面,甚至不惜为此美化侵略战争与战犯的"知道和不知道"的自满状态中形成的、被仪式和赞颂重塑的施害者立场的战争记忆叙事。麦考马克(Gavan McCormack)在《"修正"历史的日本社会运动》一文中指出,日本历史修正主义者格外热衷于否定慰安妇的存在、苦难以及要求道歉赔偿的权利,因为慰安妇的故事打破了他们的极端民族主义信仰和垄断"受害者感受"的企

图:他们妄称慰安妇证言损害了日本的国家形象和"历史自豪感"(qtd. 61),将受害者塑造成攻击者,指责其证言"威胁日本的生存"甚至"共谋对日本的光荣和美德进行猛烈的、威胁性的诋毁"(qtd. 67)。麦考马克认为,战后日本社会"修正"历史的企图反映出其"强烈的不满情绪和被害者情结,它强烈地渴望自己是单纯的、无辜的,它渴求慰藉,它广泛地认同要谱写一种'人民为之自豪的历史'——仿佛这就是历史的功能。在这种话语中,玷污是一个强大的主题,仿佛揭露那些可耻的事比否认真相更可能玷污历史"(67)。为了在国家叙事和家族历史中粉饰战争罪行、鼓吹其所谓的"单纯无辜"与"光荣美德"并使国民"为之自豪",就需要将受害者排除在外,剥夺受害者的声音以保护自己免受"玷污"的威胁。柯特未曾意识到的是,那些重塑国家与士兵形象的仪式与赞颂同样"侵入"了他的认知,并对他灌输了经过施害者歪曲和美化的战争记忆叙事。然而,施害者通过美化自身、回避罪行而重塑的叙事与身份在历史真相面前是无法成立的,艾琳的研究迫使柯特正视以南京大屠杀为代表的侵华日军暴行,从远离祖父罪行和受害者苦难、以"不知道"和"没有经历过"为由粉饰太平的自满状态惊醒,直面亲人与国家历史的黑暗面。在固有的认知遭到颠覆之后,他感受到了前所未有的危机,而危机感又催生了恐惧,促使他不断逃避、抗拒甚至攻击艾琳为受害者发声的努力。通过艾琳与柯特之间的分歧和冲突,《南京的冬天》阐释了不同立场和视角的战争记忆叙事对当下的个体认知能够产生的深刻影响,同时也强调了关注、铭记和传播受害者苦难记忆的重要性。

二、私人身份与公共身份的统一

在柯特因艾琳的研究不得不接触并直面南京大屠杀受害者的苦难,无法再通过回避和远离来维持自己"知道和不知道"的状态之后,他试图将祖父在家庭中所扮演的"私人角色"与其在侵华日军中的公共身份彼此分离开来,在祖父的私人生活与公共生活之间划清界限,从而避免使祖父曾犯下的战争罪行与本应承担的战争责任"玷污"祖父在家族史和柯特心目中的形象。这种对其祖父公共身份与私人身份的切割直接体现在柯特与艾琳在柯特父母参拜靖国神社一事的分歧上:艾琳着眼于包括祖父在内的日本士兵身为侵略者一员的公共身份,指出靖国神社供奉着一千多名战犯,参拜靖国神社就如同缅怀希特勒一样荒唐,而柯特则拒绝在这一问题的讨论中涉及祖父身为侵华日军的"公共身份",坚持仅将祖父的身份定义限制在家庭和私人生活的层面,将其父母坚持参拜靖国神社的举动定义为单纯的、仅涉及家庭内部的祭拜活动,辩称参拜靖国神社与被供奉的战犯无关,而只是"对祖父表达敬意的私人行为"(act 1)。柯特无视祖父的战犯身份、曾作为侵华日军犯下的战争罪行,以及他本应承担的战争责任,甚至要求艾琳与他保持一致,忽略祖父的公共身份及其所作所为。当艾琳拒绝满足柯特的期望,柯特便指责艾琳不了解情况，攻击自己的家人，挤压自己家庭的私人生活空间，让自己和家人"处境艰难"（act 1）。

在如山铁证前，柯特无法继续回避受害者的苦难与日军的暴行，但与此同时，他也无法正视自己被供奉在靖国神社的祖父也曾作为侵华日军的一员而直接参与类似暴行的事实。通过回忆和讲述儿时与祖父在日常生活中相处的点滴，柯特不断试图强化祖父在家庭生活中的私人身份，同时回避祖父在侵华日军中所担当的公共身份，切断了祖父与他所属的团体在异国犯下的可怕战争罪行之间的联系，剥离了他身为屠杀戕害中国人民的侵略者的"恶魔"般的一面，从而将祖父的形象重塑为一位普通的、慈祥的、与孙辈安享天伦之乐的老人，将他重新赋予了"人性"。柯特以自己幼时和祖父一起去海边游玩的情景隐喻祖父所面临的"左右为难的困境"，为祖父参与侵略战争的选择开脱，期待艾琳能如他一般理解祖父的"两难处境"甚至与之共情；在通过回忆其私人生活对祖父的形象重新赋予"人性"之后，又进一步尝试将祖父在战争中的所作所为与其家庭生活中的情景类比，从而对其在侵略战争和暴行中的参与赋予合理化的解读。为了证明祖父对孙辈的慈爱以及"左右为难"的无奈，柯特对艾琳回忆起祖父带着儿时的自己去海滩玩耍的故事：他们前往的日本海滩由漆黑的火山岩形成，因此在日照下温度滚烫，导致祖父不得不领着他时不时跑入海水中降温避免烫伤，然而海水中却同样潜藏着许多蜇人的水母，如柯特对艾琳所说的，"我被蜇过太多次，甚至无法告诉你究竟多少次"（act 1）。柯特认为，祖父处于一种"无法站住不动，也无法选择"的状态（act 1），一旦他停下奔跑"站在一个地方停滞不前"就会面临"彻底毁灭"的命运（act 1）。柯特的故事实际上是旨在对侵略战争发起国和参与者的罪行合理化的一种隐喻，通过这个故事，他试图对艾琳暗示，无论是发动对外侵略战争的日本，还是加入日军，亲身参与暴行的祖父，都是在面临艰难处境的情况下而"别无选择"地成了施害者，并最终在"战争的混乱"中造成了一些"不幸的副作用"（act 1）。

柯特的辩解体现出的，是战后日本社会内部大众出于自身对战争负有责任的意识和难以进行自我批判的"痛苦"矛盾而产生的一种"既善又恶"的战争记忆叙事：在谴责施害者行为的同时，将施害者认定为军国主义政府的"受害者"，认为他们"没有选择的余地……不得不和魔鬼做出约定，是为了在地狱中活下去"（桥本 91‐92）。柯特正是试图通过讲述童年回忆强调祖父的"别无选择"，将原本身为施害者的祖父塑造为一个身处两难境地，只能为了生存投身战争的、因"无助"而"无辜"的受害者一位年幼孙辈仰望的、为国家与家族无私奉献的"英雄"，将包括祖父在内的侵华日军的暴行模糊为一种战争中不可避免的"副作用"（act 1）。在其获奖著作《拥抱战败》中，道尔（John Dower）批判了这种将战犯赋予"人性的色彩"的战争记忆叙事，指出这类叙事将战犯描绘成"对参与事件完全无力左右的人"，却忽略了他们"真实的所为"，战犯的战争罪行被并未受过他们行为伤害的人赦免，最终导致"昔日日本帝国的上上下下，无人真正为恐怖的战争以及随之遍布各地的暴行负责"(499)。利用这种叙事,柯特模糊了受害者与施害者之间的界限,并试图形成一个"想象的受害者共同体"(赫茵、塞尔登 11 - 12),将"受害"扭曲为侵略者与被侵略者共有的经历,而战争中的骇人暴行与施害者应有的负罪感则被取代、淡化、模糊甚至遗忘。站在受害者的立场,这种道德界限的模糊自然是无法容忍的,艾琳对柯特诡辩的反感与不满随着情节展开而不断积累,最终走向爆发:艾琳拒绝接受柯特剥离祖父公共身份的叙事,而是直白地揭露了柯特的祖父自己选择作为侵华日军的一员直接参与了戕害中国人民的暴行这一事实,并明确地提出,柯特只是"无法承认"在家庭生活中慈爱平凡的祖父同时也是在异国犯下滔天罪行的侵略者(act 1)。艾琳指出,如南京大屠杀这样的暴行决不能被淡化为"副作用"、"混乱中的偶发事件"或"战争的不幸影响",同样,祖父的罪行也决不能与柯特所讲述的、祖父和幼年的自己"不得不"在滚烫的海岸和潜藏着水母的海水中不断来回奔跑这种"无力而空洞的故事"混为一谈(act 1)。无论柯特是否承认,祖父的公共身份与私人身份是无法切割的,私人身份为他所赋予的"人性"不能为祖父作为侵略者犯下的战争罪行开脱。在艾琳看来,祖父并非身处"别无选择的两难境地",而是已经做出了选择,他所选择的,正是"作为日本军队的忠诚一员参与暴行"(act 1),这是无可辩驳的事实。

柯特虽然希望将祖父的公共身份与私人身份切割,将祖父作为直接参与暴行的侵略者与施害者身份从记忆中慈爱的祖父形象中剥离,却始终无法公正客观地批判他尝试剥离的祖父"恶"的一面的所作所为,而是极力以祖父在私人身份中表现出的温和慈爱、左右为难的形象,对其公共身份的罪行与责任进行合理化。可见,即使是柯特自己,也无法真正将祖父的两重身份分开看待,对祖父的公共身份与私人身份进行"切割"的尝试,实质上仍然是将祖父的施害者身份与所犯下的战争罪行看作是对祖父形象的"玷污"而试图对其进行掩盖甚至美化的表现。因此,柯特将艾琳对侵华日军暴行的揭露与控诉视作对国家、民族、家族乃至自身的攻击。当艾琳指出她从未将自己看作受害女性的一员而柯特却将自己比作战犯,柯特以"那些照片里和你的整本书里的日本男人都是强奸犯和嗜血的杀人犯"为由反驳,辩称自己"不得不"与战犯共情(act 1)。至此,柯特将自己以切割公共身份与私人身份维护祖父形象的努力扩散到整个国家、民族以及个体自我认同的范围,无法跳出日本学者佐藤学所批评的"自我中心、顾影自怜的扭曲民族主义"(qtd. 麦考马克 68),如战后德国国民那样在集体忏悔与自我重建后将"过去的纳粹在今天的自然延伸"视为真正威胁新生德国的秩序与国际的"内生因素"(索伊萨尔135),相反却将家人、民族和国家所犯战争罪行的事实与本应承担的战争责任视作一种对自身的冒犯。柯特最终离家出走的选择不仅标志着他与艾琳的彻底决裂,也标志着他分离祖父等战犯的公共身份与私人身份从而为之辩护的尝试已经宣告失败。

三、"第二次大屠杀"：过去与现在的"二重身"

法国戏剧理论家阿尔托(Antonin Artaud)曾提出，戏剧作为一门独立的艺术"必须显示其与剧本有所区别，与纯话语、文学及其他一切固定的文字手段有所区别"(114)。在阿尔托看来，戏剧不能局限于"感情在字词中的变化及冲突"(117)，而是需要"通过形形色色的客观情景向我们暗示理念的转化和嬗变为物体的概念"(117)，通过文字、动作、面部表情、姿势、音乐、照明、布景等一切物质化的手段来"表达话语所表达的一切"(131)。阿尔托更强调导演而非剧作者在舞台表演中对于这些非文本的、物质化的话语的掌握与运用，并认为"掌握这种即时的物质语言的人，只有导演"(130)，然而作为剧作者，陈以珏同样在《南京的冬天》中活用演员形象，将文本的语言与舞台的物质化手段相结合，进而阐释南京大屠杀这一历史上的恐怖罪行与当下的个体之间的联系，并向观众揭示对南京大屠杀的否认、歪曲、掩饰、贬低乃至消费化和娱乐化是如何构成了对受害者的"第二次屠杀"。

《南京的冬天》第一幕与第二幕分别在代表"现在"的 2004 年 11 月的加州与代表"过去"的 1937 年 12 月的南京这两个不同的时空中展开，而作者在剧本开篇的人物介绍中特别标注，这两个时空中的人物两两对应，需要由同一名演员饰演，具体的分组包括艾琳与南京大屠杀幸存者小梅、艾琳妹妹奥黛丽与在南京大屠杀中罹难的大梅、出版方代表茉莉亚与安娜修女、出版方法律顾问弗兰克与德国军官尼科拉斯，饰演艾琳丈夫柯特的亚裔男演员则需同时饰演与安娜和尼科拉斯交涉的日本外交官福山以及对小梅施暴的日本士兵。分处不同时空的两个人物由同一演员饰演的设计，确保了这两个人物在外貌上的绝对相似，使之形成了一种"二重身(Doppelgänger)"，这类外貌相同、成双出现的人物形象在浪漫主义时期的小说中经常出现，并被用于表现小说中心人物心底最隐秘的恐惧与渴望(Hallam 10)。在本剧中，通过过去和现在两个不同时空中外貌互为镜像的人物对观众展现的，则是主人公艾琳所发出的最强烈的控诉：拒绝承认南京大屠杀的存在，对南京大屠杀的历史事实加以系统性的否认，就如同对受害者再一次施加当时的暴行(act 1)。张纯如在《南京大屠杀》中也曾提出类似的观点：对南京大屠杀的历史事实在学术界和大众视野中的否认、掩盖、扭曲、贬低和遗忘，实质上无异于是"第二次大屠杀"(199)。分处两个时空内两幕场景中的、外貌相同的人物时刻提醒着观众，在当下对南京大屠杀历史的否认以及对受害者苦难的贬低，不仅是南京大屠杀的后续余波，同时也可以说是南京大屠杀的再次上演。大屠杀并未结束，而是在以另一种形式重复在过去曾发生过的暴行：第一次大屠杀戕害的是人们的生命，而第二次大屠杀戕害的，则是人们对历史真相的记忆。

在《南京的冬天》中,最具代表性的"二重身"当属主人公艾琳与幸存者小梅,南京大屠杀发生数十年后,艾琳找到幸存的小梅,听取她的证言并帮助她"告诉世人在南京曾经发生了什么"(act 2 sc. 19),两人外表上的高度一致暗示着受害者对历史真相的记忆的传递与延续,作为幸存下来的代表,小梅将自己的证言托付给艾琳,艾琳则接过下一棒继续为受害者发声。然而,日本右翼势力与历史修正主义者依然在极力试图掩盖、篡改、否认历史,迫害受害者并打压其要求正义的声音。艾琳长期受到日本右翼势力无休止的攻击、骚扰与威胁,右翼逼迫她停止对南京大屠杀的研究,在骚扰电话中威胁艾琳停笔,否则就要"像日军在南京那样"对她施暴(act 1)。日本右翼势力在威胁艾琳时特意选用南京大屠杀作为类比,更加凸显出其否认历史、掩盖真相的行径实质上是对受害者及其要求公平正义的声音实施"再一次大屠杀"。与此同时,柯特及其家人拒绝艾琳就柯特祖父的战犯身份及柯特父母参拜靖国神社的行为进行沟通的请求,断绝了艾琳在家庭内部为日军暴行的受害者发声的可能。而当艾琳指出两人矛盾的根源是"你在否定我发声的权利"时(act 1),柯特情绪失控,反复对艾琳大喊"停下""我不能忍受"乃至"住口"(act 1),以此拒绝艾琳对受害者苦难与诉求的讲述。与这些逼迫艾琳"住口"的情节相呼应的场景是第二幕中,日本士兵在对小梅施暴前,为了让小梅无法喊叫而残忍地割开了她的喉咙(act 2 sc. 15),彻底剥夺了小梅呼救和控诉的声音。小梅与艾琳互为镜像,柯特又与对小梅施暴的日本兵互为镜像,由此呈现出的场景都向观众表明,受害者发声与抗争的努力仍在继续,施害者对受害者的"消声"与迫害、对历史的否认和歪曲也仍在继续,当下围绕施害者否定受害者发声权利而展开的斗争,仍然是过去的残忍罪行与反抗的重演。

需要注意的是,在剧中,由同一演员所饰演的不同人物的立场、动机、态度、行为虽然并不能完全对等,但跨越过去与现在两个不同时空的"二重身"设计却仍然使"两次大屠杀"之间的联系得到了具象化,物质语言与文本语言结合在一起,推进了观众对于"否认大屠杀即是再一次大屠杀"这一主张的深入理解。第一幕中,为规避日本"激进民族主义者"的反对,茱莉亚在艾琳住院治疗期间擅自与柯特协议将书名定为"南京事件(incident)",直到新书印刷完成,书名不可更改时才将实情告知艾琳,因此艾琳与柯特以及代表出版方的茱莉亚和弗兰克之间爆发了激烈的冲突。艾琳原定的书名《南京浩劫(The Nanking Holocaust)》或《南京:另一次浩劫(Nanking:The Other Holocaust)》均遭到出版方的否决。茱莉亚称,标题使用"事件"比"浩劫(holocaust)""大屠杀(massacre)"或"暴行(atrocity)"更易吸引读者(act 1),因为"没有多少人想要直面南京"(act 1),但无法直面南京的恰恰是不愿正视祖父与日本战争罪行的柯特,因此他与茱莉亚私自协议将书名改为"南京事件",又急切地试图说服艾琳"茱莉亚是对的!所以我同意了!(act 1)"。通过将原书名中的"浩劫"替换为"事件",柯特试图将南京大屠杀降级为一次中性的、偶发的"混乱战争中的不幸副产物",以此否认侵华日军对中国人民的系统性戕害,助长右翼势力和历史修正主义者对日军暴行的"系统性否认"(act 1)。如艾琳所指出的,这个标题本身即是对日军暴行的否定以及对历史修正主义者的屈服,同时也是在否认南京大屠杀以及日军暴行受害者的苦难(act 1)。艾琳的控诉在第二幕中得到了印证:与柯特由同一演员饰演的日本外交官福山要求安娜修女和尼科拉斯交出二十名女性难民以"减少'关于女性的事件'的数量"(act 2 sc. 12)。安娜被福山蒙骗,不顾尼科拉斯的反对交出二十名妇女,希望以此换取其庇护下的一万两千名难民的安全(act 2 sc. 12),然而日军趁安娜和尼科拉斯与福山周旋无暇他顾时,悍然用卡车撞塌围墙,掳走了一百多名中国女孩(act 2 sc. 13)。分处两个不同时空的不同场景,因互成镜像的角色和"事件"这一相同的词语选择联系在一起。柯特与福山作为一组"二重身",直观地表现出了将"大屠杀""浩劫"以及"暴行"替换为"事件"的欺骗性:"事件"正是侵略者用于美化自身罪恶、降低他人警惕的语言。茱莉亚与弗兰克出于眼前的经济利益考虑及其根深蒂固的西方中心主义思想将南京大屠杀贬低为"事件",甚至试图以"'事件'听上去就像'无辜(innocent)'"来说服艾琳(act 1),但这一行为却迎合了日本右翼势力与历史修正主义者的要求,使其得以如第二幕中撞开围墙的日本侵略者一般,击碎以艾琳和小梅等受害者及其代言人维护历史真相并不断发声的努力,对受害者关于历史真相的记忆展开第二次的大屠杀。舞台上表现过去与现在的物质语言和文本语言互相呼应,时刻提醒着观众,直至今天,施害者仍然在扼杀受害者传播历史真相、争取公平正义的声音,而对当下的每一个个体而言,拒绝让历史被篡改、扭曲和遗忘,即是在对抗这场仍在进行中的"第二次大屠杀"。

四、结　语

本剧收场白中,奥黛丽在茱莉亚的鼓励下登台代艾琳领奖,并向颁奖典礼现场众人朗读艾琳的获奖遗作,讲述侵华日军在南京犯下的累累罪行。令人遗憾的是,艾琳的遗作仍被冠以"南京事件"这一被出版方与柯特篡改的标题,暗示着以军国主义、历史修正主义和西方中心主义为代表的,试图剥夺受害者声音、模糊道德界限、贬低受害者苦难,进而为施害者开脱的种种力量依然存在。但另一方面,为暴行受害者遭受的苦难与不公发声、传播历史真相、明确道德界限、争取公众承认的斗争同样仍在继续:在《南京的冬天》中,从小梅、尼科拉斯到艾琳,再到奥黛丽与艾琳的众多读者,关于历史真相的记忆以及为受害者争取公平正义而不懈斗争的意志跨越时空与代际薪火相传,而作者也通过其作品参与到讲述、传递和斗争的过程中,让更多的观众与读者了解南京大屠杀,使这种意志与记忆的传递从剧中延续到剧外。无论面临怎样的困境,只要为受害者发声、向世人讲述历史真相、争取公平正义的努力仍在继续,受害者的苦难与侵略者的暴行就不会被真正遗忘——这也正是《南京的冬天》作为戏剧作品带来的现实社会意义与希望之所在。

参考文献

Artaud, Antonin. *The Theatre and Its Double*. Trans. Gui Yufang. Beijing: The Commercial Press, 2014.

［安托南·阿尔托:《残酷戏剧:戏剧及其重影》,桂裕芳译,北京:商务印书馆,2014 年。］

Chan, Marjorie. *A Nanking Winter*. E-book ed., Toronto: Playwrights Canada, 2008.

Chang, Iris. *The Rape of Nanking: The Forgotten Holocaust of World War II*. New York: Basic Books, 2011.

Cohen, Stanley. *States of Denial: Knowing about Atrocities and Suffering*. Cambridge: Polity, 2001.

Dower, John W. *Embracing Defeat: Japan in the Wake of World War II*. Trans. Hu Bo. Beijing: SDX Joint Publishing Company, 2009.

［约翰·W·道尔:《拥抱战败:第二次世界大战后的日本》,胡博译,北京:生活·读书·新知三联书店,2009 年。］

Hallam, Clifford. "The Double as Incomplete Self: Toward a Definition of Doppelgänger." *Fearful Symmetry: Doubles and Doubling in Literature and Film*. Ed. Mary Free Florida: UP of Florida, 1981. 1 – 31.

Hashimoto, Akiko. *The Long Defeat: Cultural Trauma, Memory, and Identity in Japan*. Trans. Li Pengcheng. Shanghai: Shanghai Joint Publishing Company, 2019.

［桥本明子:《漫长的战败:日本的文化创伤、记忆与认同》,李鹏程译,上海:上海三联书店,2019 年。］

Hein, Laura and Mark Selden. "The Lessons of War, Global Power, and Social Change." *Censoring History: Citizenship and Memory in Japan, Germany, and the United States*. Ed. Laura Hein and Mark Selden. Trans. Nie Lu. Beijing: Social Sciences Academic, 2012. 3 – 54.

［劳拉·赫茵、马克·塞尔登:《战争的教训、全球霸权和社会变迁》,赫茵、塞尔登编《审查历史:日本、德国和美国的公民身份与记忆》,聂露译,北京:社会科学文献出版社,2012 年,第 3 – 54 页。］

Lawson, John Howard. *Theory and Technique of Playwriting and Screenwriting*. Trans. Shao Mujun and Qi Zhou. Beijing: China Film Press, 1999.

［约翰·霍华德·劳逊:《戏剧与电影的剧作理论与技巧》,邵牧君、齐宙译,北京:中国电影出版社,1999 年。］

Liu, Kuilan and Joy Kogawa. "Silence, Articulation and Mercy: An Interview with Joy Kogawa." *Review of English and American Literature* 31 (2017): 137 – 50.

［刘葵兰、小川乐:《沉默、直言与宽恕:小川乐访谈录》,《英美文学评论》2017 年第 31 期,第 137 – 150 页。］

McCormack, Gavan. "The Japanese Movement to 'Correct' History." *Censoring History: Citizenship and Memory in Japan, Germany, and the United States*. Ed. Laura Hein and Mark Selden. Trans. Nie Lu. Beijing: Social Sciences Academic, 2012. 55 – 75.

［加万·麦考马克:《"修正"历史的日本社会运动》,赫茵、塞尔登编《审查历史:日本、德国和美国的公民身份与记忆》,聂露译,北京:社会科学文献出版社,2012 年,第 55 – 75 页。］

McHugh, Marissa. "Canadian Theatre of War."*Canadian Literature* 203 (Winter 2009): 134.

Shan, Te-hsing. "Narrativizing Trauma, Activating Awareness: Iris Chang's *The Rape of Nanking* and Its Afterlives." *Inter-Asia Cultural Studies* 20.4 (2019): 610 – 19.

Soysal, Yasemin Nuhoglu. "Identity and Transnationalization in German School Textbooks." *Censoring History: Citizenship and Memory in Japan, Germany, and the United States*. Ed. Laura Hein and Mark Selden. Trans. Nie Lu. Beijing: Social Sciences Academic, 2012. 127 – 48.

［亚塞明·努赫奥卢·索伊萨尔:《德国学校教科书中的认同与超国家化》,赫茵、塞尔登编《审查历史:日本、德国和美国的公民身份与记忆》,聂露译,北京:社会科学文献出版社,2012 年,第 127 – 148 页。］

数字人文视阈下德国移民家庭小说
《我从哪里来》中的情感研究

胡成静　庄　玮[*]

摘　要: 2019 年德国图书奖获奖小说《我从哪里来》被广泛视为德国新现实主义时期关于移民题材的代表性作品,展现了移民家庭复杂且多维的情感世界。本研究基于 BERT 模型,结合数字人文中的远读和细读对小说进行了分句情感极性识别,科学绘制出文学作品中的情感纹理和日常情感空间。本文通过探讨 90 年代波黑战争难民在德国面临的移民政策、社会情感挑战和个人情感适应与身份认同问题,突显了复杂情感体验对移民叙事核心的构成作用,提供了洞察移民家庭在新国家生活的关键视角,以此观察文学与情感的交融和跨学科范式的进一步应用。小说通过勾勒特定地点、教育、工作、语言、生存困境等日常生活细节,揭示了移民家庭情感的链式反应和身份认同的塑造过程。这种方法使得原本难以捉摸的情感被重构和重新感知,形成了一个连贯而生动的情感世界。

关键词: 《我从哪里来》;情感分析;移民家庭;身份认同

Title: Emotional Studies of the German Immigrant Family Novel *Where You Come From* from the Perspective of Digital Humanities

Abstract: The 2019 German Book Prize-winning Novel *Where You Come From* is widely recognized as a representative work of German New Realism on the theme of immigration, showing the complex and multidimensional emotional world of immigrant family. This study employs the BERT model, combined with distant and

---

* **作者简介:** 胡成静,浙江大学外国语学院博士研究生,主要从事当代德语文学和文化研究。联系方式:huchengjing126@126.com。庄玮,浙江大学外国语学院"百人计划"研究员,主要从事德语文学和文化学相关研究。联系方式:woshisenlin0301@126.com。

close reading from digital humanities, to perform sentence-level sentiment polarity identification in the novel, scientifically mapping the emotional texture and daily emotional spaces within the literary work. By examining the immigration policies, social emotional challenges, and personal emotional adaptations and identity issues faced by Bosnian War refugees in Germany during the 1990s, this paper highlights the crucial role of complex emotional experiences in the core narrative of immigration, providing key insights into the lives of immigrant family in new countries and observing the fusion of literature and emotion and the further application of interdisciplinary paradigms. Through delineating everyday life details such as specific locations, education, work, language, and survival struggles, the novel reveals the chain reactions of emotions in immigrant family and the process of identity formation. This approach allows for the reconstruction and re-perception of emotions that were once elusive, forming a coherent and vivid emotional world.

Key Words: *Where You Come From*; Sentiment Analysis; Immigrant Family; Identity

----

家庭小说在 21 世纪的德国文学中受到广泛关注,尤其是关于移民家庭和少数族裔的作品。自 2005 年以来,德国图书奖及莱比锡图书奖均多次授予描绘从传统向多元和包容性家庭转变的小说。萨沙·斯坦尼西奇(Saša Stanišić, 1978—)的《我从哪里来》(*Herkunft*, 2019)作为此类文学的代表,荣获 2019 年德国图书奖。评委会称赞"萨沙是一位出色的叙述者,以至于他不信任叙述。这部小说的每个句子背后都隐藏着不可获得的'出身'(Herkunft),并推动着叙事……作者以其广阔的想象力为读者构建了一个超越时间线、超脱于现实主义及形式桎梏的世界"(Jury des Deutschen Buchpreis,"Begründung")。

《我从哪里来》通过碎片化和非线性叙事方式,探索了主人公斯坦尼西奇在多重时空背景中的情感历程。通过串联不同地域和历史时刻的人物经历,小说勾勒出从 1978 年斯坦尼西奇在波斯尼亚小镇维舍格勒出生,到 2018 年祖母被诊断出阿尔茨海默病的情感脉络,背景跨越前南斯拉夫至德国等多国。小说视角不断进行转变,细致描绘出移民家庭的生活群像,反映了从逃离波斯尼亚战争到适应新国家的复杂情感历程。作为移民家庭第二代的萨沙,以其真实姓名和个人经历为叙述基础,体现了勒热纳所定义的"自我虚构"——作者、叙述者和人物的同一性,通过这种同一性,作者与读者之间达成了自传契约(勒热纳 20)。萨沙以祖母患阿尔茨海默病为写作动机,将自己完全融入角色"我"中,"重新构建了一段真实历史或故事,呈现出了碎片化的记忆和人生经历"(车琳 104),不断探索自己的"出身"。这部小说为读者提供了跨文化视角,展示了一个移民作者如何看待自己在两个文化之间的位置,对移民经历、文化身份和历史记忆进行了深入探讨,具有重要的学术和文学价值。

《我从哪里来》自 2019 年出版以来受到学界广泛关注,学者们围绕叙事技巧、记忆书写和身份认同的塑造等多角度进行研究。例如克吕佩尔(Joscha Klueppel)以《我从哪里来》和瓦拉塔拉贾(Varatharajah)的处女作《在符号增多前》(*Vor der Zunahme der Zeichen*,2016)为例,探讨了羞愧和负罪感两种情感在家庭和社会边界中的形成原因,并认为这两种情感构成了个体在社会道德秩序中的"社会生活语法"(grammar of social living)(7)。他认为斯坦尼西奇通过文学作品探索自我身份时,未能为自身争取一个精神家园,反而陷入了一场奇幻故事之中(17)。尽管克吕佩尔指出当前研究在将情感与移民结合方面还不够充分(7),但他的分析也只侧重于羞愧和负罪感两种负面情感。在《情感、空间、社会》杂志特刊中,博卡尼(Paolo Boccagni)和巴尔达萨尔(Loretta Baldassar)曾强调,情感分析能够提供"对移民融合更为细腻和多维的理解"(76)。据此,本文旨在探讨《我从哪里来》中非线性叙事框架下情感线索的构建和表现,及其所隐含的、尚未充分识别的情感特征。文章还将分析小说情感随叙事发展的动态变化,尤其是在移民经历和跨文化交流背景下,主要人物的情感轨迹如何随故事进展和空间背景的转换而演变,以及其情感表达如何映射出身份认同和文化适应的议题。

一、研究方法

文学情感研究与神经科学在方法论上存在显著差异。神经科学依赖大脑扫描技术观察情感反应,文学研究则通过语言艺术探索情感的社会文化维度。文学的情感表达不单是精确的语言活动,更关注于情感在社会互动中的作用(金雯 44)。梅尔曼(Katja Mellmann)强调,文学能如同自然界的刺激一般激发读者情感,读者将这些情感归因于文本,进而在内心激发相应的情感反应("Bindung")。自"情感转向"和文学情感研究兴起以来,依然存在两个难题:一是忽视对作者和读者真实情感的分析,二是在情感分析时忽略文本本身(Anz,"Gefühlsforschung")。金雯进一步指出,情感研究促进了学术创新与跨学科交流,同时也带来了跨学科研究的挑战(50)。有鉴于此,本文采用数字人文中的情感分析方法,深入探索文学作品中的情感表达。情感分析作为计算技术,可以帮助评估文本中的情感信息,进一步揭示文学作品的情感结构。本文基于 BERT 模型,结合文本分析,量化考察《我从哪里来》中的情感特征,探索其情感分布、变化趋势及其与情节的关联,为理解文学作品中的情感表达及移民文学叙事提供新视角。

BERT(Bidirectional Encoder Representations from Transformers)是 2018 年由谷

歌推出的自然语言处理的预训练技术。它可以利用双向 Transformer 编码器和注意力机制,有效捕捉上下文中的语义关联。其特色在于能够捕捉常见的语义差异(如多义词问题)并根据上下文调整词项的词嵌入,从而获得更精确的语言特征表示(McCormick and Ryan,"BERT")。它通过组合词向量(Token embeddings)、分段向量(Segment embeddings)与位置向量(Positions embeddings)实现对句子深层双向语义信息的提取(McCormick and Ryan,"BERT")。词向量负责捕捉词的语义信息,分段向量用于区分不同的句子,而位置向量则给出词在句中的位置信息。经 BERT 编码器处理后,利用 Encode 特征提取器获得双向语义信息的词向量(McCormick and Ryan,"BERT")。与传统情感分析方法不同,BERT 能够全面考虑上下文信息,有效处理文学作品中的一词多义现象。它能从无标签文本中训练出深层双向表示,在多个自然语言处理(NLP,Natural Language Processing)任务中都已经实现了前沿的性能("Open Sourcing")。

情感极性识别作为研究的关键步骤,旨在判断文本中的主观情感色彩,即正面/积极(positive)、负面/消极(negative)和中性(neutral)三种倾向。研究选取《我从哪里来》德语原版为语料,按句子粒度将语句划分为积极、中性和消极三种情感极性。如表 2 所示,积极情感包括高兴、满意、希望等,消极情感包括伤心、失望、愤怒等,中性情感则指无明显情感倾向的语句。鉴于目前缺乏针对德语文学文本的情感分析语料库,本研究采用了古尔、舒曼等人开发的预训练德语情感分析模型①。如表 1 所示,该模型基于BERT 架构,在超过 535.5 万个样本上接受了训练,覆盖 Twitter、Facebook 及电影、应用的评论等多领域文本,兼容了多种现有数据集以及原创数据集,该数据集也在不断更新,并在多个数据集上取得了高 F1 得分②,表明其具有良好的性能和处理不同类型数据集时的鲁棒性③。为准确捕捉小说非线性叙事中各角色和场景的情感变化,研究将小说文本按照现有标题手动划分为 65 个独立章节,每个样本都被视为一个独立变量,按章节序号编列。通过人工标注与 BERT 模型的协同,对未标注数据进行深度词嵌入和情感极性分类,最终共整理得到 7 414 条有效数据。

---

① https://github.com/oliverguhr/german-sentiment

② F1 得分是精确度和召回率的调和平均数,常用于评估分类模型的性能,尤其是在数据集类别分布不均时。这里的"平衡"指的是数据集中各类别的样本数量相同或接近,而"不平衡"指的是某些类别的样本数量远多于其他类别。

③ 鲁棒性是指一个系统、模型或函数在面对错误、变化或干扰时,仍能维持其性能不受影响的能力。在机器学习和统计学中,一个鲁棒的模型能够处理不同类型的输入数据和潜在的异常值,同时仍能产生准确可靠的结果。鲁棒性是衡量模型可靠性和稳定性的重要指标,尤其是在实际应用中,它有助于确保模型在现实世界的复杂和不可预测环境下仍能正常工作。

表 1　本研究所采用数据集情况

Data Set	Positive Samples	Neutral Samples	Negative Samples	Total Samples
Emotions	188	28	1 090	1 306
filmstarts	40 049	0	15 610	55 659
GermEval-2017	1 371	16 309	5 845	23 525
holidaycheck	3 135 449	0	388 744	3 524 193
Leipzig Wikipedia Corpus 2016	0	1 000 000	0	1 000 000
PotTS	3 448	2 487	1 569	7 504
SB10k	1 716	4 628	1 130	7 474
SCARE	538 103	0	197 279	735 382
Sum	3 720 324	1 023 452	611 267	5 355 043

表 2　数据标注规则及示例

情感极性	积极/正面	高兴、希望、希望、鼓舞、满意等
	消极/负面	害怕、悲伤、生气、失望等
	中性	没有体现清楚的情感倾向,例如好奇、描述、阐释
遴选规则	词类	形容词、动词、连词等
	语境	根据句子所处位置
	标点符号	感叹号、问号等
标注示例	积极/正面	Die Antwort entlockte ihm ein anerkennedes Nicken.（我的回答博得他赞许地点点头。）(Stanišić 61)
		Mit dem Umzug nach Heidelberg wurde einiges leichter.（搬到海德堡以后,日子变得稍微轻松了些。）(Stanišić 69)
	消极/负面	Ich empand sie in Deutschland oft ehr als Hindernis.（可我在德国常常觉得它们很碍事。）(Stanišić 61)
		Mutter darf nicht arbeiten, und ihr habt wenig Geld.（母亲不被允许去工作,而你们又没什么钱。）(Stanišić 132)
	中性	Großmutter hat ein Mädchen auf der Straße gesehen.（奶奶看到大街上站着一个小姑娘。）(Stanišić 5)

由于文学文本中情感表达的复杂性,例如"这是一项荣耀,我们感到自豪,我们也感到恐惧"(斯坦尼西奇 270)同时包含了积极情感"自豪"和消极情感"恐惧"。在此情境下,尽管 BERT 模型将此类句子归为消极类别,但文学作品的多维情感表达要求通过

人工进行上下文分析,实现对同一句子的复合情感识别。此外,小说的最后一章(第 65 章)通过叙述视角的不断变换及现实与神话的结合,营造了一个冒险色彩的虚构世界,其中祖母几乎化身为神话般的人物。作者构建了一个让读者自行决定故事走向的多重选择空间,提供了不同选择路径,如"你接受了她的好意,喝起水。接着看第 397 页。你直接去喝泉水,趴在菜地上。接着看第 393 页"(335)。他为"我"和祖母提供了在有限的记忆与生命中寻求情感满足的不同可能性。因其独特叙事结构,该章节未纳入情感分析范围。

经过对小说前 64 个章节的 6 253 条有效数据进行预测、计算机处理和人工校验,结果显示积极情感语句 332 条,消极情感 665 条。这些情感语句覆盖了小说中跨越的三个关键时空维度:与前南斯拉夫背景相关的情感、波黑战争相关的情感以及移民德国后的情感体验。其中,与前南斯拉夫背景相关的积极与消极情感分别为 148 条与 260 条;波黑战争相关情感积极 2 条,消极 79 条;移民德国后的情感体验中,积极情感 182 条,消极 326 条。本文聚焦移民德国这一关键阶段,揭示移民在新环境中的适应过程、面对文化差异的挑战以及在建立新的身份认同过程中所经历的情感波折。通过综合分句情感极性识别和分析,本研究旨在探讨 90 年代战争难民在德国面临的政策、社会互动的情感挑战以及个人情感适应与身份认同。正是这些丰富且复杂的情感体验构成了移民故事的核心,为我们提供了理解移民家庭在新国家生活的关键视角。深入探讨这些情感体验及其在小说中的呈现,有助于深化对移民家庭情感动态的理解,展现文学在传递移民经验和情感层面的独特价值,进而全面把握移民在德国生活的挑战与情感经历。

二、移民德国后的情感体验

1992 年,波黑战争在巴尔干半岛爆发,给前南斯拉夫人民带来巨大创伤和不确定性,迫使他们离开家园,从而面临生活的巨大转变。这一历史背景为《我从哪里来》提供了丰富的叙事土壤,尤其反映在移民在德国的复杂情感体验上。在新环境中,叙述者及家庭不仅重建生活,还需适应新文化并处理战争和逃难遗留的心理创伤。小说通过个人、社会和国家三个层面,深入探讨了移民的情感世界,涵盖了身份认同、社会排外、语言障碍、移民政策、社交互动等多个方面,以及具体的地点如海德堡、埃默茨格伦德和奥尔滕瑙大街等,这些元素共同构成了叙述者及其家庭在新环境中的社交互动与情感历程。统计显示,在国家层面,移民政策相关情感语句有 34 条;社会层面中的社交互动被提及 124 次、生存困境 43 次、社会排外 41 次、特定地点 40 次、语言障碍 39 次、工作挑战 30 次、代际关系 25 次、文化适应 20 次;在个人层面,身份认同被提及 36 次、适应性

30 次、归属感 15 次。

(一)移民政策下的国家视角与情感反响

通过 34 条关于德国移民政策的情感语句可以深入理解 90 年代德国针对战争难民和移民的政策环境。这些语句普遍渗透着负面情绪色彩,展现了叙述者对德国移民政策的不满和担忧。通过小说这一叙事媒介,叙述者及其家庭成员、朋友在面对遣返威胁的复杂情境中的困境与挣扎被细腻地展现。小说中有 6 个章节都提及了父母从逃离原籍国到德国再到不得不离开德国的艰辛旅程。他们在 1992 年抵达德国,但到了 1998 年,却因担心被遣返回曾经遭受种族清洗的维舍格勒,被迫再次迁移,小说中 4 次提到在 1992 年到 1998 年间,他们的命运由于德国移民政策的影响而发生了剧烈变化,正如小说中所描述的:"1998 年,他们又不得不离开这个国家",(80)这种被迫离开的主题贯穿整部小说:"六个月后,对他们来说,德国这一章彻底画上了句号"(244),"1998 年,父母不得不离开这个国度"(245),叙述者通过时间和环境的描述,又进一步强调了这一离别的艰难:"那是 1998 年冬天,一个冰天雪地的日子。几个星期后,父母就不得不离开德国"(274)。这种"不得不(mussten)"在情感上强烈反映了一种被迫离别的悲剧性质,强调了离别的艰难,象征性地表现出他们在德国生活的冰冷终结。最终,父母"为了抢在被遣送回遭到种族清洗的维舍格勒之先,他们移民去了佛罗里达"(80),此后以美国退休人员的身份在克罗地亚定居。这一转变不仅体现了他们在德国生活的结束,更深层地反映了国家层面移民政策对个人命运和情感体验的深刻影响。

这一地理与情感层面的转变对于移民而言预示着生活新篇章的艰难开启,同时伴随着被遣返阴影下的不断挣扎。正如文中所指出,"摆脱依赖的出路常常是走不通的,或者为时已晚——而遣返却来得太快"(211),反映出移民在面对国家机制与政策时的深切无力感与绝望。叙述者自身的遭遇进一步印证了这一点,在他和母亲抵达慕尼黑机场时,仅仅是因为姨妈以劳工身份作担保,她们才得以在德国境内暂时留下。这一细节揭露了移民面临的不确定性,突显出他们对于稳定生活的迫切渴望。遗憾的是,并非所有移民都有机会获得这样的"幸运"。在遣返阴影下生活成为许多人不得不接受的现实,"当母亲和我在慕尼黑机场被扣留,并且要被遣返回去时,他们出具了担保书,表明必要时他们会承担我们的生活费用。然后我们才被允许入境。别的一些人就没有这样幸运的担保了"(82)。此种情形对移民的日常生活和心态产生了深远的影响,"由于面临被遣返的危险,我这里接二连三地出状况,哪里还有心思去观赏阿尔卑斯山山路赛段的冲刺呢?"(185)。叙述者表达出个体在压力下的心理状态,也间接指出了生活在不确定性中的移民如何逐渐失去对生活美好事物的感知与欣赏能力。

此外,通过对情感语句定量分析,我们可以追踪叙述者在德国长达 30 年的人生轨迹,从最初获得居留许可到 30 年后成为德国公民。该过程见证了个体奋斗和自我实现的历程,映射出德国移民政策的复杂性与多变性,如叙述者所述:"我获准继续留在德国。起先,只要我上大学就能待在这里。之后我需要得到一个与我的学业紧密相关的工作。我想成为作家。这就是说,我必须出具证明,文学与作家息息相关。接下来还需要证明,作家真的是一个职业。最终要证明的是,这个职业可以养活一个成年人"(246)。叙述者最初能够留在德国是因为其学生身份,前提是必须从事与学业相关的工作。然而,作为一名梦想成为作家的人,他必须向移民局证明文学创作是一项合法且可持续的职业。这个过程充满挑战,因为即使他获得作家身份,移民局仍对他的生计来源持怀疑态度。一位移民局官员甚至表示:"自由职业艺术家,尤其是作家和小丑,几乎不可能持续地养家糊口"(246)。尽管遭遇质疑和障碍,叙述者通过签订小说合同和获得稿酬,最终在莱比锡移民局成功获得了以作家身份的居留许可,"在作家这个自由职业以及相关活动结束时自动失效"(247)。但这也伴随着严格的工作限制,仅限于作家职业,"除此之外,我不能够干任何别的工作"(247)。

在经过 30 年的居留后,叙述者于 2008 年获得申请德国国籍的资格。这标志着一个重要的转变,他需要向移民局提交一份亲笔书写的简历(12),这不仅是满足行政程序的必要环节,也象征着他与德国这个国家之间的深度融合。在描述这一过程时,叙述者对德国移民政策的复杂感受是:"这是怎样的煎熬啊! 德国人喜欢各种各样的表格"(12)。叙述者的经历和感受揭示了德国社会中对文化多样性和身份认同的复杂态度,以及移民在适应和融入过程中的艰辛和努力。通过叙述者朋友德多的故事,小说进一步展现了德国移民法的另一面。当德多面临被遣返的风险时,他的朋友们建议他寻求精神科医生的帮助,以识别其精神创伤,为其争取留在德国的可能性,"当我们获悉他面临被遣返的危险时,大家都恳求德多去看医生。每个精神科医生恐怕都会看出他的精神创伤。如此一来,德多可能就不会被遣返了"(192)。这个情节则揭示了移民可能利用的法律漏洞,也反映了战争创伤对难民的持续影响。

因此,通过以叙述者为代表的战争难民的生命旅程,我们得以洞察 90 年代移民的集体命运,呈了他们如候鸟般未定的命运——"有可能命运多舛……不是英勇献身,就是命运悲惨"(259)。

(二) 社会互动背景下的情感挑战

在社会层面,情感语句深刻展示了移民在德国所面临的多样化挑战。通过参与各类社会活动,移民群体展现了伊恩·伯基特(Ian Burkitt)所论述的"隐藏的"自我。伯基特认为,个体的自我塑造过程不是"向内"探察以找到自身,而是在与他人的互动及共同活动中"向外"探索的,"我们寻找自身的地方基本上就是与他人共享的世界,而不是我们通过反思自己的所思所感为自己创造的那个世界"(11)。这一观点与移民在德国的身份重构过程相呼应,虽然他们面临诸多生存挑战和社会排外,但通过社交、教育和工作等活动,以及对新环境中地点的感知,他们不断重塑自我认同。此过程揭示移民自我认同构建的核心论点:这不是孤立的自我中心过程,而是一个动态的、与他人及社会环境紧密相连的过程。

值得注意的是,在《我从哪里来》描绘的移民世界中,社交互动和地点感知普遍呈现出积极色彩。在涉及社交互动的 124 条情感语句中,有 80 条展现出积极的情感色彩,占比 65%。这一数据凸显了积极社交关系在构建移民幸福感和满足感中的重要性,突出了社交互动在其生活中的核心地位。积极的社交关系为移民提供了支持、认同感和归属感,对于他们在新国家的适应和融入至关重要。在移民的艰难旅程中,这些积极的社交关系成了他们面对生存困境、文化障碍和身份认同挑战的重要支撑。例如,"在德国,第一次有人邀请你去干什么"(155),看似简单的互动实际上标志着移民融入新社会的重要一步。这一互动不仅促成了基于共同回忆和经历的深厚友谊,"我们成了朋友,因为我们共同错过了一些令人向往的东西,这种情况把我们联结在了一起"(186),而且反映了移民在新环境中寻求共鸣和连接的内在需求。

不同的社交经历丰富了叙述者在异国他乡的生活,帮助他在新文化环境中找到了自己的位置,成为其在新国家中找到方向的关键。文中提到了三次对朋友的积极情感,展现了叙述者通过与他人的交流和共同活动探索自我定位的过程,凸显了积极社交关系在移民生活中的核心价值。叙述者享受与不同朋友群体的相处,"我享受阿拉尔团伙的放荡无忌、时而为之的冒险行为和友谊。我也享受拉希姆家按照主题分门别类的书架、宽敞而令人舒适的客厅和彼此让对方说完话的氛围"(206)。在与朋友相处的过程中,叙述者逐渐融入了当地社会,他观察到并感受到朋友之间亲密的互动,"一天结束时彼此倾听对方的心声,即使有我这个地地道道的外人在场,我觉得这让人感到惬意;我仿佛不在那里,因为这是一场只属于他们两人的对话"(213)。这种包容和接纳让他感到舒适,也让他更深入地了解了当地文化,这些社交关系从而成了叙述者适应新生活的重要支撑。"在埃默茨格伦德和海德堡,正是和他们在一起,也正是因为有他们,我才没有迷失方向"(249)。

特定地点对叙述者情感的影响同样显著。在提及特定地点的 40 条情感表述中,有 26 条呈现出积极情感,占比 65%,表明德国和海德堡作为新生活的开端,对叙述者及其家庭的过去经历转折扮演了重要角色。叙述者描述道:"搬到海德堡以后,日子变得稍微轻松了些"(82),表达了海德堡为他们带来的积极变化。对于叙述者来说,海德堡不仅仅是一个地理位置,更是一个充满美好回忆的地方,"对我来说,观看这座城堡,永远都会带来巧克力的味道"(145)。对于逃离动乱的移民而言,这些地点代表了安全和新生活的希望,因此海德堡的描绘主要以积极情感为主,叙述者以诗意的笔触描绘海德堡的美丽:"雨后的海德堡,一切都变得清澈明亮,如此美丽,只有一些生长橄榄树的城市才可以与之媲美"(146)。更重要的是,海德堡为他们提供了一个安全、包容的生活空间。正如叙述者所说:"在奥尔滕瑙大街上,你从来没有遭到过辱骂。在奥尔滕瑙大街上,你从来没有感到过饥肠辘辘"(158)。这些叙述勾勒出一个和谐且宜居的环境,为逃离不安和动荡的移民家庭供了梦寐以求的避风港。即便在面临父母可能被遣返的情况下,海德堡在他们心中依然占据着特别的地位,"时至今日,海德堡仍是他们所钟爱的城市之一,因为在他们的想象中,要是他们有可能过上一种正常的生活,海德堡似乎就是他们梦寐以求的地方"(245)。

虽然社交活动和特定地点对叙述者及其家人产生了积极影响,但小说同时也揭示了他们在德国所面临的生存困境和工作挑战。这些经历不仅涉及经济上,还包括心理和情感上的考验,突出了移民在经济和社会适应方面的双重挑战。在经济方面,叙述者描述了家庭在物资匮乏中的生存挣扎:"人人都等待着好消息,等待着生存条件得以改善,当然肯定不会抱有什么奢望"(81),"可是我们没家具,也没钱,毫无选择"(81),甚至日常生活中的细节也反映了他们的窘迫:"沙发是人家扔掉的旧货。恐慌的苍蝇弄得你拳头里痒痒的"(156)。

在社会适应的语境下,叙述者对父母在德国生活和社会地位变迁的反思尤为深刻,他意识到父母经历的巨大转变,"我明白了他们在 30 多岁之前一直过着安稳的生活,如今却要与房东讨价还价能不能在花园里栽种西红柿,明白这对他们到底意味着什么"(210)。父母被迫放弃他们熟悉和热爱的职业,面对新的文化和语言障碍,"他们俩不得不放弃熟悉和喜欢的职业"(210),"父母只能忍气吞声,敢怒不敢言"(210)。这种转变不仅是职业生涯的重大变动,也挑战了他们个人身份和自尊。父母的工作变化体现了非技术类移民在新国家必须面临的艰难选择和适应过程,即"不得不放弃熟悉和喜欢的职业"(210),"身为政治学家的母亲落脚到一家洗衣厂里。她和滚烫的毛巾打了五年半交道。身为企业经济学家的父亲流落到建筑工地上"(80)。这种"不得不耗费绝大部分时间"来挣薪水的工作被吕西安·塞夫(Lucien Sève)称为"第二类行为"(sector II acts),它们涉及"单调重复、令人厌烦的活动",利用而非发展个体能力,无法促进个人发展或提供满足(伯基特 257)。伯基特进一步指出这种工作是"伤及灵魂"的,因为它剥夺了工人的自我实现和成长潜能(258)。父母的工作经历充满艰辛,"母亲在洗衣房里热得不知'死'过多少次。作为非德国籍的女人,而且是来自巴尔干的女人,她处在工作阶梯的最底层,人家也会让她感受到这一点"(179),"父亲和母亲一天到晚辛勤劳作,让人心痛。1994 年,父亲在一家康复医院里干了整整一个月,腰背都累坏了"(210)。

这些挑战对第二代移民子女影响深远,塑造了家庭的情感氛围和子女的未来展望。对叙述者来说,母亲作为"马克思主义者,本来算是一位研究剥削的专家,现在却受人剥削"(210)。父母虽然在个人层面上作出巨大牺牲,他们"不爱惜自己"(210),但仍然"很照顾我"(210),努力为子女创造机会,"他们通过鼓励、关爱和一点零花钱为我创造了一个个机会,让我在一定程度上克服移民身份的种种障碍,成了一个正常的青年"(211)。

第一代移民在融入新的国家和社会过程中,面临着"社会起点低下,接纳社会也有封闭倾向"(Apitsch 15)的双重困境,但他们仍努力为后代创造良好的生活条件和教育机会。一方面,小说中提及为子女购买新裤子以确保其在学校中得到良好对待的举动,突显了移民家庭对教育的高度重视和对子女融入新环境的深切关怀,"这是 1992 年 9 月 20 日。你来德国一个月了。这扇门属于你的学校,今天是你上学的第一天。你穿着新牛仔裤。它是母亲专为你买的,因为她不忍心看到你穿着一条破破烂烂的裤子去德国学校上学"(153)。母亲为"我"购买新裤子的行为,彰显了她希望"我"在新学校中得到良好对待和融入的愿景。这种努力体现了他们对子女未来的乐观追求及对适应新环境的积极态度。另一方面,教育环境的包容性对移民青少年的适应至关重要。叙述者描述道:"海德堡国际小学(IGH)非常国际化,很好地适应了学生的多元化"(176),"种族歧视在这里零容忍"(176),进一步为移民青少年的融入和成长提供了安全港湾。因此,对移民青少年来说,"海德堡国际小学是遮风挡雨之地,是学习语言之地,是日常生活之地,是学生食堂的塑料盘子,上面总是放着太软的炸薯条"(177)。

但家庭和学校的积极努力并不能完全消解外界对移民的结构性歧视和社会排外现象。文中引述了 1993 年德国新纳粹主义复兴背景下的恐惧和威胁实例。一个土耳其家庭在索林根遭到极端右翼青年的纵火袭击("Brandenanschlag"),"1993 年 5 月 29 日,在索林根一次极右分子实施的纵火案中,有五个人失去了生命"(165),至"2017 年,攻击难民住地的事件在 264 起到 1387 起之间(数据由于来源不同而有差异)"(165)。因此,新一代移民"从自己这个幸运的例子看得出,这种对难民的结构性歧视在当时有多么广泛,而如今一如既往"(211)。这些事件反映了移民家庭在德国社会中遭遇的歧视和恐惧是持续且深刻的。对移民家庭而言,生存威胁给他们带来了巨大的心理压力,迫使他们学会在偏见中生存,积累被歧视的经验。叙述者观察到:"在公共场合,父母用塞尔维亚-克罗地亚语交谈时,声音会变得很小,怕惹来麻烦"(179),他们逐渐适应了应对偏见的方式,"随着时间的推移,我们对一个个偏见了如指掌,学会了你说你的,我做我的"(179),被歧视的经验从而成为移民生活的常态,叙述者以一种讽刺的口吻描述道:"我们积累着被歧视的经历,如同徒步旅行者收集徒步戳记一样"(248)。

此外,这种歧视经历使得叙述者在语言使用上感到矛盾和困惑,对母语产生羞耻,对德语也抱有畏惧。为了适应新环境,叙述者不得不在身份和文化之间做出妥协,揭示了移民生活中的困境,也反映了移民如何在他人的期待与个人情感之间寻求平衡。在与语言学习相关的 39 条情感叙述中,负面情感语句有 27 条,占比高达 69%。叙述者描述了自己为融入社会所做的改变:"但我看了 20 次房子,还是没能成为备选,后来,我只好把我的名字 Saša 写成 Sascha"(75),这种改变名字的行为象征性地体现了移民为适应新环境所做的身份妥协,语言障碍给叙述者带来的痛苦体验刻印在心中:"我深有感触,想要表述一些东西而没有合适的语言,会让人从心底里感到难以忍受的苦涩"

（75）。无法准确表达自己的感受，成为移民融入新社会的一大障碍。在德语学习过程中，叙述者特别记录了那些与移民命运紧密相关的排外性词汇，例如 aufgebracht（愤怒的），Bürgerwehr（市民抵抗），Krawal（暴动），Sprengsatz（炸药），ersticken（窒息）……（163）。词汇选择选择非偶然，而是深刻反映了移民在新国家面临的社会挑战与文化障碍。词汇学习过程中的经历，尤其是那些与排外和歧视有关的词汇，更加凸显了他们在新国家的复杂心理状态和社会处境。语言学习不仅是掌握交流工具的过程，更成了理解和适应新社会文化的途径。然而，这个过程也伴随着对自身身份的质疑和重新定位。

（三）个体情感适应与身份认同

社会维度上的情感表达揭示了叙述者在重新理解出身的过程中，如何将这种理解投射到自身在社会层面的建构，形成一种充斥着他人能量和声音的自我意识（伯基特75）。以叙述者为代表的第二代移民在探索"我是谁"这一问题的过程中，实际上是在通过"我在做什么"的方式向外来塑造和实现自我。正如伯基特所指出，"我们如何领会我们的自我，取决于我们如何对世界起作用，如何使整个社会生活或我们与之互动的他人的生活有所不同"（163 - 164）。这表明，自我认同的构建不是孤立的内省过程，而是与个体所处的社会环境和其参与的活动密切相关。在琐碎的生活和叙述片段中，情感语句为我们提供了线索，帮助我们串联起叙述者追求的身份认同。在此过程中，个体的情感适应和身份认同成了相互交织的主题。叙述者通过与社会的互动、文化的适应以及生活琐事的处理，逐渐塑造了自己的身份认同。这一过程不仅涉及对外部世界的适应，亦涵盖了对内在自我归属感的反思和身份的重构。身份构建是一个动态过程，它涉及个体与社会环境的持续互动及情感的演变和自我意识的发展。

小说中涉及身份认同的情感语句共 36 条，其中负面情感有 32 条，占比高达 89%，这一数据突出显示了移民在异乡身份认同过程中所体验到的深刻负面情绪。这些情感主要源于对前南斯拉夫身份的否认和对德国社会中经历的排外和歧视的直接反应，叙述者描述了普遍存在的偏见："不言而喻，这些南斯拉夫人，彼此混战不断，行为举止恶劣"（175），面对这种刻板印象，叙述者坦言："在德国初期，我不愿当两种人：南斯拉夫人和难民"（175）。尽管学校环境相对包容，但叙述者在其他场合仍感到不安，"在学校之外，很长一段时间里我仍然以为自己会被认作移民，也会因此受到攻击"（178）。社会对移民的定义进一步加剧了身份困惑，"你从巴尔干来，逃亡到这里，不说这个国家的语言，这些就是你本来的属性和证明"（80），"我们是犯罪率、失业率、外国人的一分子"（148）。

这种从他人视角构建的自我形象不仅展示了个体与社会之间的深层裂痕，也反映了身份认同过程中的内在矛盾和挑战。在努力融入德国生活的过程中，叙述者采取了逃避现实的策略，试图通过迎合德国人的期待来塑造自己的身份。他"宁可让人把我看作滑雪者，而不是牺牲品"（175），这种适应策略揭示了身份认同过程中的复杂性和挑战。在家庭生活中，叙述者的自我认知同样充满负面情感。他认为自己"是一个自私的碎片……更多关心的是自己，而不是家庭和团聚"（245），凸显了个人与家庭关系中的紧张，也揭示了移民个体在新社会中寻求认同和地位时所遇到的内心斗争。这场斗争既关乎如何在新文化中找到归属感，也涉及如何在家庭和社会的期望之间找到平衡。

由消极的身份认同过程也带来了以负面情感为主的归属感和适应性方面的情感体验，在涉及归属感的 15 条情感语句中，有 11 条负面情感，占比 73%；与适应性有关的 30 条情感语句中，负面情感有 16 条，占比 53%。在小说中，消极的归属感在叙述者的父母和外祖父身上尤为明显，反映了成年移民在社会地位、工作和语言方面的巨大转变所带来的挑战。"他们俩在德国幸福吗？ 幸福，有时候；幸福，太少见了"（80），这种感受不仅来源于个人移民经历的直接反应，也是对德国社会中排外和歧视的间接体验。外祖父则"是我们当中在德国最少感到幸福的人，但他为人友善，知恩图报，不愿意说出心里的不快"（202）。由此叙述者也将这种上一代对德国的消极归属感投射到自己书写的人物中。他的"人物几乎没有一个留在原处。有一些人去了他们本来要去的地方。他们定居在那里却很少感到幸福"（77），进一步强调了移民家庭对幸福感的稀缺体验和对新环境的复杂适应过程。在适应性方面，这种负面情感同样在叙述者的父母和外祖父母身上显现。外祖父母在德国的生活受到语言障碍的限制，导致他们"大多数时间都守在家里"（89）。母亲在带孩子从波黑战争逃亡至德国时，内心充满了混乱和焦虑，"她自己同样也被折腾得不知所措，可她竭尽全力掩饰着，不让这种情绪暴露出来"（144）。

相比之下，第二代移民如叙述者的处境与父母有所不同。叙述者认识到自己的优势："获得了接受高等教育和上大学期间打工的机会"（211），同时也意识到自己"没有承受过父母所承受的生存压力"（211），因而能更积极地适应德国生活，表现出更积极的适应性。相对宽松的生存环境带来的积极情感让叙述者有了更多的思考空间，对自身的出身起源和民族认同进行深刻反思，叙述者对自己的适应策略有着清晰的认识："我的反抗就是适应。不是适应一种在德国作为移民必须要怎样的期待，但也不是自觉地与之对抗。我反抗的是对出身起源的神化和民族认同的幻象。我赞成其中的归属感。无论我在哪里，无论我愿意待在哪儿，那里都应该让人有归属感。找到最低限度的共同点，这就足够了"（250）。

叙述者的反抗态度实际上是对出身起源的神化和民族认同的幻象的适应，他追求的是一种超越具体地理和文化界限的普遍归属感。因此，第一代移民经历了社会地位和文化环境的巨大变化，遭遇深刻的归属感和适应性困境。相比之下，第二代移民在享受更好教育机会的同时，也面临着自己的身份认同和文化适应的挑战。这些情感体验不仅构成了家庭成员间的情感动态，也塑造了他们在新社会中的身份认同和文化适应策略。

三、结　语

　　本文基于 BERT 模型,结合数字人文的远读和近读对《我从哪里来》进行分句情感极性识别,通过深入分析揭示了文本中的丰富情感空间及人物在不同事件中的情感倾向。此方法不仅为当代移民文学提供了新的解读路径,而且展示了数字技术在文学分析中的创新潜力。《我从哪里来》的叙事结构虽然分散于 65 个看似独立的章节,但通过细腻的情感线索紧密相连,形成了一种独特的凝聚力。萨沙在叙述战争、移民等宏大主题之外,还通过日常生活细节如特定地点、教育、工作、语言、生存困境等微妙细节,构筑了一个立体且复杂的移民身份认同图景,如同"欧班夫人的晴雨表",悄无声息地透露出深层的情感和认同的问题。利用 BERT 模型等工具,我们得以捕捉这些看似零散的情感动态,理解它们之间的内在联系。通过统计和分析,原本难以捉摸的情感被重构和重新感知,形成了一个连贯而生动的情感世界。这些情感碎片汇聚成一个平等的情感展现空间,打破了传统叙事的界限,提供了全新的审美体验。这样的叙事方式赋予读者更加积极的角色,能够在不同情感节点间自由导航,深入理解和感知文本的情感深度和广度。

　　这部作品突显了文学在情感教育方面的独特价值,无论是通过传统阅读还是现代技术的辅助,都能够为我们提供一种深刻的生活体验,让我们在理解文本的同时体验生活本身,并在这个过程中寻找人性的共通之处。这不仅是对身份和经历的叙述,更是对情感和存在的深刻反思。本研究展示了数字人文技术在分析现代碎片化叙事文本中的潜力,但同时也揭示了一些局限性。例如,我们采用的预训练德语情感分析模型虽然覆盖了广泛的样本,但在文学文本的具体应用中仍存在提升空间。未来的研究可以考虑构建更专注于当代文学领域的语料数据集,并持续完善样本,以期在降低人工投入的同时,提高模型的准确性和应用效果。

参考文献

Anz, Thomas. "Emotional Turn? Beobachtungen zur Gefühlsforschung." *Literaturkritik*, no. 12, Dec. 2006, 28 Aug. 2023. ⟨https://literaturkritik.de/id/10267⟩.

Apitzsch, Ursula. "Transnationale Familienkooperation." *Migration, Familie, Gesellschaft*, edited by Thomas Geisen, Tobias Studer and Erol Yildiz, Springer Fachmedien, 2014, pp. 13 - 26.

Boccagni, Paolo, Loretta Baldassar. "Emotions on the move: Mapping the emergent field of emotion and migration." *Emotion, Space and Society*, vol. 16, pp. 73 - 80.

bpb: "29. Mai 1993: Brandanschlag in Solingen." 26 May 2023, 15 Dec. 2023. ⟨https://www. bpb. de/kurz-knapp/hintergrund-aktuell/161980/29-mai-1993-brandanschlag-in-solingen/⟩.

Burkitt, Ian. *Social Selves: Theories of Self and Society*. Trans. Li Kang. Shanghai Literature and Art Publishing House, 2023.

［伊恩·伯基特:《社会性自我》,李康译,上海:上海文艺出版社,2023 年。］

Che, Lin. "Autofiction: A Keyword in Critical Theory." *Foreign Literature*, no. 1, Jan. 2019, pp. 97 – 107.

［车琳:《西方文论关键词:自我虚构》,《外国文学》第 1 期,2019 年 1 月,第 97 – 107 页。］

Deutscher Buchpreis. "Begründung der Jury." 28 Aug. 2023. ⟨https://www. deutscher-buchpreis. de/archiv/jahr/2019⟩.

Jin, Wen. "Affect and Emotion: A Study on Literary Emotions and Its Methodology." *Studies in Culture & Art*, vol. 15, no. 1, Jan. 2023, pp. 44 – 55.

［金雯:《情动与情感:文学情感研究及其方法论启示》,《文化艺术研究》第 15 卷第 1 期,2022 年 1 月,第 44 – 55 页。］

Klueppel, Joscha. "Emotionale Landschaften der Migration: Von unsichtbaren Grenzen, Nicht-Ankommen und dem Tod in Stanišićs *Herkunft* und Varatharajahs *Vor der Zunahme der Zeichen*". *TRANSIT*, vol. 12, no. 2, 2020, pp. 1 – 21.

Lejeune, Philippe. *Le Pacte Autobiographique*. Trans. Yang Guozheng. Beijing UP, 2013.

［菲力浦·勒热纳:《自传契约》,杨国政译,北京大学出版社,2013 年。］

Mellmann, Katja. "Lust, Attrappenwirkung und affektive Bindung. Literarische Ästhetik im Zeichen der Evolutionspsychologie." *Literaturkritik*, no. 12, Dec. 2006, 28 Aug. 2023. ⟨https:// literaturkritik. de/public/rezension. php? rez_id=10266&ausgabe=200612⟩.

McCormick, Chris and Nick Ryan. "BERT Word Embeddings Tutorial." 14 May 2019, 11 Jul. 2023. ⟨https://mccormickml. com/2019/05/14/BERT-word-embeddings-tutorial/⟩.

Stanišić, Saša. *Herkunft*. Luchterhand Literaturverlag, 2019.

Stanišić, Saša. *Herkunft*. Trans. Han Ruixiang. Shanghai People's Publishing House, 2021.

［萨沙·斯坦尼西奇:《我从哪里来》,韩瑞祥译,上海人民出版社,2021 年。］

两个世界间的调停者
——达维德·迪奥普及其"世界性"书写

陶 沙 高 方*

摘 要:达维德·迪奥普是塞内加尔法国混血作家,他迄今所创作的三部小说关注法国和塞内加尔之间的历史互动与文化关系。法属马提尼克思想家格里桑用"世界性"指涉多元文化共生、彼此尊重的状态,以抵抗"全球化"的同化力量。通过书写越界人物的身份困境和时代洪流中人类的共同命运,迪奥普构建起个体间和民族间的对话关系,尝试调停文化间的矛盾,恢复被扭曲的"世界性"。本文对迪奥普作品中的空间、历史和互文关系进行考察,揭示其"世界性"书写的创作路径和跨文化意义。

关键词:迪奥普;世界性;空间;历史;互文

Title: Mediator Between Two Worlds—David Diop and the "Mondialité" in His Writings

Abstract: David Diop is a biracial writer of Senegalese and French descent. His three novels to date focus on the historical interactions and cultural relations between France and Senegal. The Martiniquais thinker Édouard Glissant referred to "mondialité" as a state of multicultural coexistence and mutual respect, a stance against the assimilating forces of globalization. By writing about the identity crises of characters who cross boundaries and the common fate of humanity in the torrent of the times, Diop constructs dialogues between individuals and nations, attempting to mediate cultural contradictions and restore the distorted "mondialité". This article

* **作者简介:**陶沙,南京大学外国语学院博士研究生,南京传媒学院讲师,研究方向为法语文学、翻译学。联系方式:alexandre1222@163. com。高方,南京大学外国语学院教授,博士生导师,研究方向为比较文学、翻译学。联系方式:gaofang@nju. edu. cn。

examines the spaces, history, and intertextual relationships in Diop's works, revealing his path of "mondialité" writing and its cross-cultural significance.

Key Words: Diop; mondialité; space; history; intertextuality

··

2021 年，塞内加尔裔法国作家达维德·迪奥普凭借小说《灵魂兄弟》(*Frère d'âme*) 英译本当选布克国际奖，成为首位获得该奖项的法语作者和非洲裔小说家。此前，《灵魂兄弟》曾摘得 2018 年龚古尔中学生奖。小说随后被译成十几种语言，为作家赢得国际声誉。丹穆若什在《什么是世界文学？》中指出，"如果一个塞内加尔人用法语写成的小说在巴黎、魁北克、马提尼克被阅读，它在实际意义上可以进入世界文学范畴；而翻译只是它在世界范围传播的下一步"(237)。这一论述表明身份、语言、流通以及翻译对世界文学的外部建构功能。宏观来看，这些因素在迪奥普小说的传播路径中得到了印证。除了《灵魂兄弟》，作家还有两部作品面世，分别是《1889，万国博览会》(*1889, l'Attraction universelle*，2012)和《不归路之门或米歇尔·阿当松的秘密笔记》(*La porte du voyage sans retour ou les cahiers secrets de Michel Adanson*，2021，以下简称《不归路之门》)。微观上看，三部作品有其共性：作者关注欧洲与非洲间历史关系，以空间、人种、跨文化性为创作主题。因此，他被法国《十字架报》(*La Croix*)称为"两个世界间的作家"。借用法属马提尼克思想家爱德华·格里桑(Édouard Glissant)的术语，迪奥普的文学创作路径或可归纳为一种"世界性"书写。

何谓"世界性"？我们常用以描述超越民族、具有普世意义的事物。"世界性"似乎成了"国际化"和"全球化"的同义反复。在法语语境中，"世界性"(mondialité)被名词化，继而获哲学化和理论化。正如它的词根——比较文学研究者艾普特(Emily Apter)指出"世界"(monde)一词具有概念上的密度和哲学上的不可译性(101)——"世界性"作为术语具有丰富的阐释空间。法国哲学家让-吕克·南希(Jean-Luc Nancy)认为，"世界性"是世界的符号化(symbolisation)，是世界自我象征的方式，它使意义流通成为可能而不必指向世界外(59)。因此，"世界性"反映出世界的特征。格里桑认为世界本质上具有整体性、混杂性和空时性等属性，由此提出了"世界性"的理论构想。他在《外围与您对话》(*Les périphériques vous parlent*)杂志的访谈中阐述了"世界性"与"全球化"的差异："'全球化'是经济和历史演变的事实状态，源于竞相逐低的同质化；相反，'世界性'是文化多元共生、彼此尊重的状态"。简言之，"世界性"是一种文化混响的共同体意识，促成交流和改变，且在走近他者时不失去自我。

空间、时间、文化是世界的三个维度。文学作为世界的符号化与意义流通手段，在这三个层次展现出"世界性"和"文学性"的共生关系。格里桑从加勒比海独特的群岛面貌出发，关注文学与场所的关系，倡导通过"克里奥尔化"(créolisation)让文学摆脱单一场所的束缚,走向多元关系的呈现(高方,《法语语境中"世界文学"概念的移译与构建》69)。法国作家米歇尔·乐彼(Michel Le Bris)提出旅行文学和世界写作的概念,认为"世界文学"意味着一种向世界开放的文学,或者说,一种谈论真实和生活而非在自恋意识中自我封闭的文学(25)。格里桑和乐彼的设想促使"法语世界文学"(littérature-monde en français)概念生成,对法国中心的法语文学观发起挑战,呼唤一种丰富的、多元的、去中心的法语世界文学。迪奥普的小说创作是这一写作潮流的例证。本文认为,其"世界性"书写经由以下路径实现:1. 通过人物的流动,书写异质文化空间及越界者的身份迷思;2. 通过对历史进行虚构,展现人类命运共有的现实性与复杂性;3. 通过缔结欧洲和非洲文学间的互文关系,践行"和解"和"跨文化"的文学使命。

一、空间的越界:跨文化流动的困境

迪奥普父亲是塞内加尔人,母亲是法国人。他生于巴黎,五岁前往塞内加尔并在那里度过童年和青少年时期,后回法国接受高等教育,博士毕业后获大学教职。和同为塞内加尔裔,但从小在法国长大、欧洲化了的法国女作家玛丽·恩迪亚耶(Marie NDiaye)相比,达维德·迪奥普拥有非洲生活经历,会说沃洛夫语,并不是一个徒有其表的混血儿。和勒克莱齐奥(Le Clézio)一样,迪奥普很早就开始写作(四岁写诗),而且,他的童年记忆也同样对其日后的文学创作产生了不可磨灭的影响。在接受《读书》(Lire)杂志采访时,迪奥普谈及童年往事:和堂兄弟去达喀尔的祖母家,一起坐船去恩格尔,熬夜在屋顶看星星,听姆巴拉科斯音乐(Mbalax)和歌剧《奥菲欧与尤丽迪丝》(Orphée et Eurydice),"我的童年真是一种音响、喧哗、聚会和阅读的混合。某些属于我的双重文化的东西,它们在我身上和解"(Marivat 51)。迪奥普的双重文化背景不可避免地塑造了他的志趣,其学术视野聚焦欧洲对非洲的表述,这后来也成了他文学创作的领域。

塞内加尔和法国成为迪奥普小说故事发生的场所。圣路易、佛得角、巴黎、波尔多……这些城市或地区通过虚构被串连起来,呈现在作家的文学地图上,形成空间的交错。地域界限被打破,作者搭起一座文学之桥,凭栏而望,一面是塞内加尔河畔的独木舟和鱼鹰,一面是矗立在塞纳河边的巴黎铁塔。于是,不同时期东西方世界的人文景观通过小说人物跨越大西洋的流动被并置在虚拟的文学空间之中,呈现出一种混杂的状态:猴面包树、乌木树、棕榈树与橡树、山毛榉、杨树、白桦树交相辉映;塞内加尔人的舞蹈、歌声、音乐与巴黎博览会机器展馆的钟表异曲同工;一战欧洲战场的黑暗血腥与西非乡村的田园牧歌形成鲜明对比。两个世界看似格格不入,却通过某些方式(往往是剥削)保持着联系和互动:"曾经遍布在佛得角半岛与圣路易岛之间六十里海岸线上的乌木林如今已所剩无几。在我去塞内加尔之前的两个世纪里,欧洲人大量砍伐这些树木,现在它们装饰着我们的镶木写字台、珍品收藏柜和大键琴琴键"(Diop, *La porte du voyage sans retour* 89‐90)。作为法国与塞内加尔文化的交汇点,圣路易是迪奥普作品中重要的文学地标,是多元和模糊的空间。这里是流动的起点,亦是旅途的终点,是越界发生的场所。一定程度上,它甚至具有文化符号的意义。这个以法国国王名字命名、带有空间殖民主义色彩的西非海滨城市不仅指涉历史上真实的殖民地理空间,同时还隐喻了法国和塞内加尔在人种、语言、文化上的交杂与冲突。这座充满矛盾与融合的城市就像是讲法语的非洲人——"圣路易之美是因为其居民之美……只有当黑、白和混种的圣路易人为了某一盛事齐聚圣路易岛上之时,才算是戴上了最好的庆典面具"(Diop, 1889, *L'Attraction universelle* 108)。

流动与越界是迪奥普小说共同的主题,是所有主角所共享的行动:《1889,万国博览会》讲述了法国大革命一百周年之际,来自塞内加尔圣路易岛的黑人代表团前往巴黎参加"万国博览会"的遭遇;《灵魂兄弟》是关于一战期间塞内加尔土著兵赴欧洲战场作战的故事;而《不归路之门》则描述了18世纪50年代,法国植物学家米歇尔·阿当松在塞内加尔的旅行。这种行动具有两个方向,从塞内加尔到法国(从东方到西方)或相反(从西方到东方)。空间上反向的流动,其文化含义截然不同。萨义德在《东方学》中指出,欧洲在东西方关系中处于强势地位,掌握自由交流的特权,"不仅在欧洲五花八门的印度公司这些庞大的机构中,就是在旅行家的故事中,殖民地也得到创造,民族中心的视角得到保护"(157)。因此,迪奥普使笔下的人物往返于法国和塞内加尔之间具有象征意义:越界的双向流动意在消解欧洲中心的观点。

然而,往返于两个世界之间的旅行并不简单,人物从家乡进入异域,成为异乡人,这意味着地理空间和文化空间的双重跨越。迪奥普小说中的人物在流动中面临着文化冲击和身份危机。尤其当来自边缘世界(非洲)的人进入所谓的"中心"(métropole)世界(欧洲)时,他必然会经历考验和痛苦。一方面,他可能由于语言和宗教文化的差异,无法完成自我表达与双向交流,这是《灵魂兄弟》中塞内加尔土著兵阿尔法的困境,他不会说法语,信奉伊斯兰教,失去好友马丹巴后,在战争中陷入了疯狂;另一方面,当边缘群体试图发出不同的声音,中心世界就会剥夺他们的话语权,并施以惩戒。比如《1889,万国博览会》中圣路易代表团团长巴希胡,他对塞内加尔总督营私舞弊的举报不仅毫无结果,还招致法国当局的报复和羞辱。当然,跨文化流动的困境不单存在于从非洲到欧洲的越界行为之中,来自西方的越界者也往往受到历史情境的限制和困扰。

米歇尔·阿当松是历史上真实存在的人物,这个启蒙时期的博物学家——按照萨义德的说法——算得上一位不折不扣的东方学者。无可避免地,他带有所处时代的烙印,受到西方优势的心理暗示,对于殖民主义和奴隶制秉持暧昧的态度。因此,作为启蒙学者的真实阿当松和小说人物之间存在着差异,后者从某种意义上来说是迪奥普本人的化身。作者在小说中努力协调真实与虚构之间的关系,对于历史的局限,既有所突破又有所保留。这种突破和保留构成一种矛盾,其本质与跨文化的矛盾一致。青年学者为编写百科全书来到塞内加尔。当他听说从美洲回来的"幽灵"的故事后,毅然出发寻找这个叫玛哈姆的黑人女性并且爱上了她。其间他的理性观念与非洲的神秘主义相碰撞,泛灵论的思想深刻影响了他的世界观。本来,他的思维对于时代而言就具有超前性:"天主教(我险些儿成为它的仆役)教导世人说,黑人是天生的奴隶。然而,我很清楚地知道,如果说黑人是奴隶,并不是上帝的意旨如此,而是因为这种想法有助于人们继续毫无悔意地卖掉他们",他赞美黑人的智慧,认为"黑人不像我们一样,不假思索地把贪婪当作一种美德,甚至觉得自己的行为是如此自然。他们也不像我们一样,受笛卡尔鼓动,认为应当使自己成为整个自然界的主宰和拥有者"(Diop, *La porte du voyage sans retour* 54,55)。由于旅行中的经历和见闻,尤其是通过使用沃洛夫语,他文化身份的同一性被打破。小说里多次写到晚年的阿当松"用塞内加尔黑人的方式蹲着",他成了精神上的塞内加尔人,白人中的"异类"。如他自己所说,"在塞内加尔生活了三年后,我觉得自己似乎成了一个黑人,所有的口味都是如此。这不仅是由于习惯的力量,像人们轻易相信的那样,而是因为,由于说沃洛夫语,我忘了自己是白人"(189)。然而,对黑人文化的认同并未使阿当松进一步做出超越时代的政治选择。作为塞内加尔事务专家,他为殖民地办公室起草文件鼓吹戈雷奴隶贸易,其学术创新性也仅局限于在出版的游记中写下符合殖民利益的建议:"成千上万被塞内加尔租界送往美洲的黑人本可以被更好地用于耕种非洲的可耕地。甘蔗在塞内加尔长得毫不费力,从中产出法国亟须的糖比从安的列斯群岛获取更为有利可图"(233 - 234)。这一选择是造成他晚年心灵煎熬的一个直接原因,他将此视为对玛哈姆的背叛。由此我们注意到,小说的虚构主要集中在人物的思维和情感范畴,迪奥普通过将虚构情节与关键史实相适配,强调了人物在精神层面的越界和现实层面的妥协,继而获得一种合理性。阿当松的流动与越界,一方面是对历史现实的突破,另一方面又受到客观条件的制约。他试图打破西方世界的秩序,却无法逃脱世界中心的引力。

二、历史的引力:人类命运交织

迪奥普在第一部小说的题目中玩了个文字游戏——法语"attraction universelle"(万有引力)一词具有双重涵义,一指"万国博览会(Exposition universelle)",二指万有引力定律(loi de la gravitation)。这一表述后来再度出现在了《不归路之门》中,"我(阿当松)被戈雷总督打败了,被他的世界打败了,这世界的力量就像强大的万有引力定律一样不可阻挡,它把黑人同白人的身体以及灵魂都拖在身后"(Diop, *La porte du voyage sans retour* 207 - 208)。"万有引力"的隐喻,是迪奥普写作的原点,是关于世界普遍性的本质思考。"万有引力"是现实世界的重力,是两种文化间的张力,也是历史的引力。基于此,迪奥普认为个体的命运无法脱离集体的命运,人永远存在于他和世界的关系之中。文化间总是存在相互作用,不同民族的命运交织在人类共同的历史之中。他笔下的人物生活在两种文化的交界处,往往体现出时代的悲剧性,反映了特定历史背景下边缘群体的集体宿命。

在《1889,万国博览会》中,由于团长巴希胡的"叛逆"和其他成员的罢工,参加 1889年巴黎"万国博览会"的圣路易代表团被送往波尔多的马戏团,法国当局逼迫他们和动物一起进行屈辱的"黑人表演"。在欧洲中心主义语境下,非洲人作为彻头彻尾的他者,在"自我"的凝视中被异化成了动物。他们幻想通过"万国博览会"改善自己的身份和地位,却最终被现实的重量压得粉碎。小说故事取材于真实事件,是对欧洲殖民历史的回溯。19 世纪后半叶,伴随着工业革命的发展和殖民帝国的崛起,欧洲人统治了世界大部分地区并发现了居于其间的"他者"。西方人类学基于外形、体力、智力等标准对种族进行分类,假定白人具有原始的优越性,将黑人归入人类底层,其他种族则是中间人,以此捍卫达尔文的进化论:"人类社会的历史是按照连续但统一的线性进化模式构成的,每个社会都应该经历一定数量的阶段,从残暴的动物阶段经过未开化和野蛮的中间阶段,再到理性和技术的文明阶段"(Girardet 90)。这一价值体系在当时足以证明殖民主义的合理性,使欧洲人心安理得将殖民地土著居民作为物品进行展示和欣赏。自 19 世纪 70 年代初以来,在伦敦,然后在德国、法国和意大利,土著人被陈列在真正的人类动物园中(Abbal 23)。"万国博览会"象征扭曲的世界主义,彻底沦为殖民压迫的工具。此外,迪奥普也在小说中谈及法国的犹太人群体,指出他们和非洲人同命相连:反对"黑人表演"的年轻犹太医生拉斐尔向他的父亲发问:"阿扎姆教授,你知道吗? 对于一部分法国人来说,我们不仅是弑神的人,还是边缘的种族。在法国,有些'科学家'想要对我们实行测颅法,就像上世纪以来他们对非洲人和美洲印第安人所做的那样。同样的动机,同样的惩罚。而你要我沉默吗?"(1889, *L'Attraction universelle* 204 – 205)。

在《灵魂兄弟》中,作者试图突破欧洲中心主义,将话语权还给历史上长期沉默的塞内加尔土著步兵(tirailleurs sénégalais),进而解构殖民语境下自我与他者的关系。全书是黑人士兵阿尔法和马丹巴的独白,以意识流的方式讲述了"我"对战争的感知、对故乡的怀念、对友情和爱情的体验。视角的切换,导致了身份的互换。"自我"与"他者"的位置颠倒过来,黑人成了观察者,而白人成了被观察的对象。这里,作者借人物之口讲述了战争的黑暗和殖民主义的残酷。阿尔法和马丹巴有着共同的名字,是法国人口中的"巧克力兵",他们一方面被殖民帝国宣传成天真烂漫的服从者形象,另一方面被配以砍刀、在战场上被迫发出野兽般的叫喊以震慑敌人。一战期间,共有 20 万塞内加尔土著步兵为法国作战,其中 13.5 万人奔赴欧洲战场,3 万多客死他乡。然而这一群体并未得到应有的重视,他们几乎被历史遗忘。黑人性运动的代表人物、塞内加尔诗人和首任总统桑戈尔(Léopold Sédar Senghor)二战期间曾在塞内加尔步兵团中服役,他写下了悲壮的诗句:"塞内加尔的步兵们,我的黑人兄弟,你们的手在冰与死亡之下依旧滚烫。若非你们的战友(frère d'armes),你们浴血的弟兄(frère de sang),谁将为你们歌唱?"(7)"灵魂兄弟"和"战友"的法语音近形似,迪奥普或许也受到了桑戈尔的启发。他在小说中"巧妙地营造了'一战'欧洲战场和战前西非故乡的时空交叠,构建了善与恶、美与丑、生与死、文明与野蛮、和平与战乱等多重对比。这些矛盾的两极相互碰撞、交织,融为一体,难解难分,呈现出塞内加尔人的生命张力"(陶沙 33)。

通过《不归路之门》,迪奥普揭开了西方奴隶贸易的伤疤,揭示了三角贸易和奴隶制下非洲黑人的悲惨命运。戈雷岛是西非重要的贸易站,在持续三个世纪的奴隶贸易中,数以百万计的非洲黑人从这里被贩运到安的列斯群岛,沦为甘蔗种植园里的奴隶。玛哈姆的形象集中体现了黑人女性所遭受的暴力和奴役。美貌和黑人女性身份导致她悲惨的命运。她受到男性觊觎,无论黑人还是白人。她的舅舅试图对她施以强奸和谋杀,租界主管用步枪交换她为奴并意欲侵犯她,戈雷总督打算将她卖给好色的路易斯安那总督。玛哈姆最终死在了戈雷岛的码头边。如果说玛哈姆最终并没有穿越大西洋被卖到美洲,那么小说结尾出现的玛德莱娜则补充说明了离散的黑人女性在糖岛种植园和法国的可悲境遇。如格里桑所言,"非洲人赤条条地抵达(美洲),被剥夺了所有可能性,甚至他们的语言:贩奴船的船舱是非洲语言消失的地方,因为在贩奴船上,和在种植园里一样,说相同语言的人永远不会被安置在一起"(16)。这个酷似玛哈姆的黑人女仆幼年时就被卖到瓜德鲁普,遗失了原本的语言、种族和关于故乡的全部记忆,她接受了自己的奴隶身份,在白人世界饱受男性的骚扰。在故事最后一章,迪奥普巧妙地让一个名叫玛库的老黑奴出场。这个玛库就是阿当松当年在塞内加尔乡村抱过的婴儿,他一直坚信是因为自己扯了白人(阿当松)的头发,才导致他和姐姐沦为奴隶。作者用寓言的手法,表现了黑人命运的悲剧性和荒诞性。

值得一提的是,迪奥普不单谴责了西方在三角贸易和奴隶制中所扮演的角色,他同时清醒地认识到非洲民族自身并非毫无责任。奴隶制在西方人到达之前就存在于非洲,奴隶贸易是非洲部落和西方殖民者共谋的结果。在他的笔下,塞内加尔的瓦洛国王和卡约尔国王都是导致非洲悲惨命运的元凶,他们贪得无厌,发动奴隶战争,从和西方人的贸易中谋取私利。此外,迪奥普也塑造了恩迪亚克这样忠诚、善良的黑人角色。作为瓦洛王子,他为了朋友奋起抗争,却无力改变现实,只能放弃王位,去往这个国家唯一禁止奴隶买卖的地方潜心研习《古兰经》。

历史对文学具有引力。通过写作穿梭于历史之间,迪奥普为长期失语的边缘群体发声:19 世纪的圣路易黑人、塞内加尔土著兵、奴隶制下的塞内加尔黑人女性、法国社会中的犹太人群体……作家对他们在殖民历史中的他者地位及其集体命运的悲剧性进行反思,让他们从历史的边缘回归文学舞台之上。需要注意的是,迪奥普对黑人世界的关注并不意味着自身文化认同的单向选择,而是一种站在两个世界之间的、冷静的历史回望。在今天的英美语境中,黑人人权被过度政治化,导致出现矫枉过正的倾向。迪奥普对此表达了自己的看法:"在我身上没有对立,这可能对一些美国人来说难以理解……我们不该害怕说出'黑人'有可能是个怪物,杀人犯,就像'白人'一样。从我们对此避而不谈开始,我们便陷入一种完全的异化"(Lestavel)。迪奥普没有在虚构中刻意回避黑人世界中人性的恶,比如《不归路之门》中试图强奸及杀死自己外甥女的黑人首领、《1889,万国博览会》中土库勒人和颇尔人之间的种族仇杀,等等。他(以阿当松的身份)写道:"他们是和我们一样的人。像所有人类一样,他们的心灵和思想会渴求荣耀与财富。在他们当中,也有一些贪婪的人,随时准备牺牲他人的利益来中饱私囊,准备着掠夺,为了黄金而杀戮。我想到他们的国王,和我们直到拿破仑一世皇帝的历代君主一样,为了获得或保持权力,毫不犹豫地推行奴隶制"(Diop, *La porte du voyage sans retour* 56)。在迪奥普的小说中,总是存在多个民族和多种文化在场,存在复杂而多元的人性。但无论是非洲民族还是欧洲民族,黑人或白人,本质都是人类,有着共同的焦虑。文化间彼此牵连,人类命运息息相关,共同汇入历史的洪流,就像这世上一切都受万有引力作用一样。

三、互文的世界:通过对话走向和解

迪奥普的小说建立在两种文化对话的基础之上,创造出一个互文的世界。在他的作品中,总是存在着来自不同时空的声音,欧洲和非洲文学的记忆碎片杂陈交织。正如萨莫瓦约(Tiphaine Samoyault)在《互文性研究:文学的记忆》中指出的,"互文性首先呈现的是混合的一面,这也是它的一个基本特色,它将若干种言语、语境和声音罗列于前"(79)。在迪奥普构建的文学世界中,文本间的互文促成了文明间的交流与对话,是传承的方式也是和解的手段。这正回应了迪奥普"它们(双重文化)在我身上和解"的自述。

20世纪80年代初,迪奥普从塞内加尔回到法国,进入图卢兹大学学习,他最初研究狄德罗《百科全书》中的政治哲学思想、孟德斯鸠和十八世纪的政治文本。1998年,他在巴黎四大完成了题为"狄德罗和达朗贝尔百科全书中政治哲学的思想渊源:自然法则中自我保护优先思想之嬗变"的博士论文。迪奥普对植物学家米歇尔·阿当松的关注始于2006年,他在阅读后者的《塞内加尔行纪》时深受感动。这位百科全书作者在回忆录中讲述了对非洲大陆的亲身体验,并保留了大量沃洛夫语表达。迪奥普对《读书》杂志做出了如下表述:"他品尝了鲨鱼肉古斯古斯,他对我说他一点也不喜欢"(Marivat 53)。"他对我说"——显然,通过阅读阿当松的笔记,迪奥普和三个世纪前的启蒙学者间建立起一种对话关系，并且从中发现了进行文学虚构的空间。正是基于这种联系，迪奥普想象了米歇尔·阿当松不为人知的隐秘生活，创作了《不归路之门》。迪奥普巧妙地借鉴了 18 世纪小说中常用的桥段：阿当松的女儿阿格莱在父亲遗物的抽屉暗格中发现了留给她的笔记，从而开启了画中画、曲中曲。自小说第十一章开始，阿当松透过笔记向女儿讲述自己在塞内加尔的往事，坦陈自己年轻时的爱情故事。透过传承性的亲子间对话，父女隔阂得以消解，老人也完成了与自我的和解。迪奥普在小说中多次提到格鲁克的歌剧《奥菲欧与尤丽迪丝》，源于希腊神话的故事隐喻了主人公的爱情悲剧。阿当松和玛哈姆在戈雷码头的出逃可以视为是对奥菲欧（希腊神话中的诗人和音乐家）前往冥界拯救爱人尤丽迪丝的改写。小说末章谈到种植园主给黑奴马库取名"奥菲欧"，让人不禁联想到萨特（Jean-Paul Sartre）为桑戈尔《黑人和马尔加什法语新诗选》（*Anthologie de la nouvelle poésie nègre et malgache de langue française*）所作序文《黑奥菲欧》（*Orphée Noir*）。它歌颂了黑人性运动（la Négritude）中的黑人和马达加斯加诗人。通过神话的永恒回归，作者编织了文本间纵横交错的互文网络，同时将个人记忆融入小说叙事，在自身和人物之间建立了紧密联系。

在迪奥普的小说中，这种互文现象十分普遍。读者在阅读过程中往往能够发现一些指向文本外部的线索，进而开启新的阅读和对话的可能。在《灵魂兄弟》中，我们可以发现三个隐迹文本：一是法国超现实主义诗人阿波利奈尔（Apollinaire）的一首图形诗《蓝色矢车菊》（*Bleuet*），二是塞利纳（Louis-Ferdinand Céline）的代表作《茫茫黑夜漫游》（*Voyage au bout de la nuit*）（主要是前九章军队生活场景的描述），三是瑞裔法国诗人布莱斯·桑德拉（Blaise Cendrars）的小说《断手》（*La Main coupée*）。小说在叙述方式、人物形象塑造、故事情节与隐喻构造方面均受到了以上三个文本的影响（王天宇、高方 55）。高方指出，"断手"是小说家达维德·迪奥普布下的一个重要的符号，是他在文本中设下的一个互文游戏。桑德拉之外，桑戈尔也曾在《白雪笼罩着巴黎》这首诗中列举了欧洲人以"教化"和"拯救文明"的名义，用他们的白手所犯下的累累罪行。在《灵魂兄弟》结尾处，迪奥普通过一个关于伤疤和身份的巫-狮寓言点出马丹巴的灵魂在阿尔法的肉身上重生。这一诗意的表达打破了传统"一体二魂"的二元对立，丰富了 18 世纪以来西方文学史中复身（double）母题的创作（《"我们通过名字而相互拥抱"——〈灵魂兄弟〉的关联阅读》52,54）。

此外，《1889，万国博览会》中描述的圣路易黑人代表团的遭遇使人想起迪迪埃·达尼尼科斯（Didier Daeninckx）《食人族》（*Cannibale*）里参加 1931 年殖民博览会的卡纳克人（Kanaks）——他们在人类动物园里被迫扮演原始的食人族并被用来交换德国马戏团的鳄鱼。与此同时，小说中几度出现的马拉美诗歌则把我们引向了象征主义的隐喻世界。可以说，与超现实主义、象征主义等文学流派之间的互文交织体现了欧洲文学对作家的深刻影响，是他双重身份中欧洲部分的集中体现。而在迪奥普的小说中，欧洲文化的声音并不是独白式的自我言说，它拥有来自异域的对话者。

迪奥普在《灵魂兄弟》的扉页引用了三位作家的格言。前两句是法国文学家蒙田（Montaigne）的"我们通过名字而相互拥抱"和帕斯卡尔·基尼亚尔（Pascal Quignard）的"思考即背叛"。第三句则出自塞内加尔作家谢赫·哈米杜·卡纳（Cheikh Hamidou Kane），"我是同时奏响的两个声音，一个远去另一个升起"。这句话正是小说寓言性的起点，它暗和了故事结尾马丹巴的灵魂在阿尔法的肉身上重生，他们成为真正的灵魂兄弟。同时，这句话也是一个链接，将我们引向卡纳的半自传小说《模棱境遇》（L'Aventure ambiguë）。作为非洲最重要的哲理小说之一，《模棱境遇》通过描写主人公身处非洲和西方文明之间所产生的精神和文化上的撕裂，隐喻了时代背景下黑人知识分子的心灵之旅和身份困惑。小说的结尾耐人寻味，主人公在他古兰经导师的墓前陷入和神灵的对话，一个疯子将他说的"不"理解为对祈祷的拒绝，于是将他刺死。卡纳认为，主人公之死代表了和解的可能，"伟大的和解正在发生"（189），"你进入了无歧义之境"（190）。这里，卡纳谈到了信仰和理性的关系，其本质是精神世界和物质世界的二元对立，从这个角度看，作者试图摆脱时间和政治的藩篱，超越"身为黑人之焦虑"的主题，进而思考永恒的存在问题，一种生而为人的焦虑。

卡纳对迪奥普的影响显而易见，人类的"焦虑"与"和解"在后者的作品中留下了痕迹。对迪奥普而言，"焦虑"是现实层面的，其根源是现实的重力或所谓"万有引力"般的世界秩序（西方主导的）。殖民主义、奴隶制、战争和生态问题都是这一力量的恶果。而"和解"在精神层面发生，其前提是对话与认同，尊重文化间差异。如果说"西方世界的秩序"是万有引力消极的一面，那么文化间的张力则是万有引力内部消解自身消极性的一种方式。比如《不归路之门》中阿当松与玛哈姆跨越种族的爱情神话，实质隐喻了两种文化间的相互吸引、相互作用，软化了两种文明间冲突的关系。玛哈姆身上散发出非洲自然、宗教、哲学神秘的美与智慧，相形之下，白人世界的科学、理性、价值显得苍白与鄙俗。针对西方所引发的问题，迪奥普在作品中展示了从非洲文化中寻求解法的可能性。他在小说中多次提及存在于非洲大陆的戏虐关系（parenté à plaisenterie），一种通过玩笑来链接家族成员或不同族群的社会习俗，是缓解争端、促进和解的有效手段。他也从非洲世界的神秘主义中汲取了灵感，意识到理性主义和神秘主义对于自然奥秘同样敏感，差别在于前者渴望洞悉自然规律，进而驯服自然，而后者则渴望依靠自然之力因而敬畏自然。他谈到塞内加尔的拉奥贝人（Laobés）："尽管我信奉笛卡尔主义，信仰那些我推崇的哲学家们所颂扬的理性的上帝，但想象在这片大地上有一群男人和女人知道如何与树木交谈，在砍伐前请求它们原谅，这使我感到欣慰。"在万物有灵论的诱惑下，阿当松思索"如果对于每一棵被砍伐的树木，智慧的异教徒拉奥贝人的祈祷都是必须的，那么巨大的乌木林可能还没有从塞内加尔消失"，于是，他"跪在半明半暗的教堂里，被它们上了清漆、布满钉子的尸体所包围，开始请求乌木树宽恕他们的罪过，宽恕那些砍伐它们，把它们锯开并运到另一片天空下、远离其非洲母亲的人"(Diop, *La porte du voyage sans retour* 89,90)。假借人物之口，迪奥普描述了两个维度的和解，一是人与人之间，二是人与自然之间。

四、结　语

2018 年《灵魂兄弟》获得龚古尔中学生奖后，迪奥普坦言："这种媒体曝光，或许一项文学奖，这一切使我能够与更多读者相遇。而每一次相遇都为我的小说增添了一层意义。"(Félix)迪奥普将作品视为开放的文本，认为文学的价值是由作者和读者所共同创造的。作品通过被阅读来影响甚至改变世界，同时也丰富了自身的价值。文学在与世界的双向互动中获得了一种当代性。

近些年，战争、疫情、生态等问题卷土重来，国家、民族间矛盾加剧。迪奥普小说中对于人类焦虑的历史书写凸显出现实意义。勒克莱齐奥指出，"文学有助于消弭民族和文化间的冲突，推动文化间性的到来，推动跨文化实践，而跨文化会成为解决种种问题、获得世界和平的途径"(高方、施雪莹 9)。文学是一条纽带，将两个世界、两种文化串联起来。通过文学想象，迪奥普让读者往返于欧洲和非洲之间，探索历史记忆的隐秘角落，感受现实重力下的人类命运交织。他因此成为两个世界间的调停者。写作中，作家的语言策略同样承载了他"和解"与"跨文化"的文学观。对迪奥普而言，沃洛夫语中蕴藏着"黑人人性的宝藏：他们好客的信仰、兄弟情谊、他们的诗歌、他们的历史、他们对植物的知识、他们的谚语和他们关于世界的哲学"(*La porte du voyage sans retour* 55 - 56)。而法语是他面向世界写作、表达的语言。迪奥普选择将沃洛夫语词汇保留在法语表达中，用法语解释沃洛夫谚语，并尝试在法语中引入塞内加尔口语的节奏感。他的小说中总是存在一个不在场的翻译，即作者本人，写作亦是自我翻译的过程。这让我们想起分别将克里奥尔语和马林凯语移植到法语中的马提尼克作家帕特里克·夏莫瓦佐(Patrick Chamoiseau)和科特迪瓦作家阿玛杜·库鲁马(Ahmadou Kourouma)。语言移植的尝试让不同文化得以通过法语传播，同时丰富了法语自身，是文明互鉴、民族和解的途径，也是"世界性"在语言层面的体现。

参考文献

Abbal, Odon. *L'Exposition coloniale de* 1889: *la Guyane présentée aux Français*. Matoury: Ibis Rouge, 2010.

Apter, Emily. "Le mot 'monde' est un intraduisible." *Relief*, N°6(2012), p.98 - 112.

Damrosch, David. *What is World Literature?*. Trans. Zha Mingjian and Song Mingwei, et al. Beijing: Peking UP, 2014.

［丹穆若什:《什么是世界文学?》,查明建、宋明炜等译,北京:北京大学出版社,2014 年。］

Diop, David. *Frère d'Âme*. Trans. Gao Fang. Beijing: Beijing: People's Literature, 2008.

［迪奥普:《灵魂兄弟》,高方译,北京:人民文学出版社,2008 年。］

Diop, David. *1889, L'Attraction universelle*. Paris:L'Harmattan, 2018.

Diop, David. *La porte du voyage sans retour ou les cahiers secrets de Michel Adanson*. Paris: Seuil, 2021.

Félix, Jean-Marie. "La pensée d'un tirailleur sénégalais dans *Frère d'âme* de David Diop", *RTS Culture*, le 4 octobre, 2018. Web. 30 Oct 2022. 〈https://www. rts. ch/info/culture/livres/9892189-la-pensee-dun-tirailleur-senegalais-dans-frere-dame-de-david-diop. html〉.

Gao, Fang. "The Conceptual Development of Weltliteratur and Its Transplantation via Translation in French Context." *Journal of Northwestern Polytechnical U (Social Sciences)* 4 (2022): 65 – 72.

［高方:《法语语境中"世界文学"概念的移译与构建》,《西北工业大学学报(社会科学版)》,2022 年第 4 期,第 65 - 72 页。］

Gao, Fang. "'We embrace each other through our names': a connected reading of *Frère d'Âme*." *Foreign Literature and Art* 5 (2021): 48 – 55.

［高方:《"我们通过名字而相互拥抱"——〈灵魂兄弟〉的关联阅读》,《外国文艺》,2021 年第 5 期,第 48 - 55 页。］

Gao, Fang, and Shi Xueying. "Understanding Literature from both Conventional and Evolutionary Perspectives:An Interview with Nobel Laureate Jean-Marie Gustave Le Clézio." *Journal of SJTU (Philosophy and Social Sciences)* 2 (2023): 1 – 13.

［高方、施雪莹:《文学的守常与流变——访谈诺贝尔文学奖得主勒克莱齐奥》,《上海交通大学学报(哲学社会科学版)》2023 年第 2 期,第 1 - 13 页。］

Girardet, Raoul. *L'idée coloniale en France*, Paris:la table Ronde, 1972.

Glissant, Édouard. *Introduction à une Poétique du Divers*, Paris: Gallimard, 1996.

Kane, Cheikh Hamidou. *L'Aventure ambiguë*. Paris:Éditions Julliard, 1961.

Le Bris, Michel, et al., eds. *Pour une littérature-monde*. Paris: Gallimard, 2007.

Lestavel, François. "David Diop aux âmes, etc." *Paris Match*, le 23 août, 2021. Web. 30 Oct 2022. 〈https://www. parismatch. com/Culture/Livres/David-Diop-aux-ames-etc-1753848〉.

Marivat, Gladys. "Un pont entre deux rives." *Lire-Magazine littéraire*, N°499(2021), p.50 – 4.

Nancy, Jean-Luc. *La création du monde ou la mondialisation*. Paris: Galilée, 2002.

Said, Edward. W. *Orientalism*. Trans. Wang Yugen. Beijing: SDX Joint, 2019.

［萨义德:《东方学》,王宇根译,北京:生活・读书・新知三联书店,2019 年。］

Samoyault, Tiphaine. *L'Intertextualité. Mémoire de la littérature*. Paris: Nathan/HER, 2001.

Senghor, Léopold Sédar. *Hosties noires*, Paris, Edition du Seuil, 1948.

Tao, Sha. "A neglected group in World War I: The Senegalese Tirailleurs." *World Culture* 2 (2021): 33 – 35.

［陶沙:《"一战"中被忽视的群体——塞内加尔土著步兵形象》,《世界文化》,2021 年第 2 期第 33 – 35 页。］

Wang, Tianyu, and Gao Fang. "The Cross-cultural Writing of Metaphors in *Frère d'Âme*." *Contemporary Foreign Literature* 3 (2020): 52 – 58.

［王天宇、高方:《〈灵魂兄弟〉中隐喻的跨文化书写》,《当代外国文学》,2020 年第 3 期,第 52 – 58 页。］

论中上健次《十九岁的地图》动物化
书写的现实主义内涵[*]

宁　宇　王奕红^{**}

摘　要:中上健次(1946—1992)是日本首位出生于"二战"之后的芥川奖获奖作家,其初期作品积极向大江健三郎的文学创作发起对话,并以此为方法把握战后日本社会的现实变迁。其中,短篇小说《十九岁的地图》(1973)以动物化的书写策略重新演绎了大江《奇妙的工作》《十七岁》的"监禁状态"、天皇制批判等主题,进而揭露繁荣的社会表象背后底层群体如动物般失语的生存困境,反映出 1970 年代初日本社会去历史化、去政治化乃至趋向动物化的时代走向,揭示出伴有歧视意义的动物话语在日本社会话语空间的运作机制,可谓充分展现了早期中上现实主义书写特色的代表性作品。

关键词:中上健次;《十九岁的地图》;动物化书写;现实主义;大江健三郎

Title: The Realistic Connotations of Animalized Writing in Kenji Nakagami's "The Nineteen-Year-Old's Map"

Abstract: Kenji Nakagami (1946—1992) was the first Japanese writer born after World War II to win the Akutagawa Prize. His early works actively engaged in a dialogue with the literary creations of Kenzaburo Oe, using this as a method to grasp the evolving reality in post-war Japanese society. In particular, his short story "The Nineteen-Year-Old's Map" (1973) employs an animalized writing strategy to reinterpret themes such as the "Confinement" and criticism of the Mikado system,

---

　*　本文系国家社会科学基金项目"中上健次小说创作研究"(13BWW022)、国家社会科学基金重大项目"外国文学原理研究"(22&ZD284)的阶段性成果,得到国家留学基金资助。

　**　**作者简介:**宁宇,南京大学外国语学院博士研究生,主要从事现代日本文学研究。联系方式:nyny45@163.com。王奕红,南京大学外国语学院教授、博士生导师,主要从事日本文学与文化研究。联系方式:wangyihong@nju.edu.cn。

echoing Oe's "An odd job" and "Seventeen". Through this approach, Nakagami exposes the silenced existence of marginalized groups, akin to animals, concealed behind the facade of a prosperous society, reflecting the trend of Japanese society towards dehistoricization, depoliticization, and even animalization in the early 1970s. The story also dissected the mechanisms of discourse about animals with discriminatory undertones in the social discourse space, making "The Nineteen-Year-Old's Map" a representative work showcasing the distinctive features of Nakagami's early realistic writing.

Key Words: Kenji Nakagami; "The Nineteen-Year-Old's Map"; Animalized Writing; Realism; Kenzaburo Oe

　　1976 年,中上健次(1946—1992)历经四次芥川奖候补后终于以《岬》(1975)斩获奖项,成为日本首位"二战"后出生的芥川奖获奖作家,并与此后登上文坛的村上龙、三田诚广等战后出生的作家共同"引领日本文学的时代浪潮"①(川村凑 340)。与其他同一代作家相比,中上的初期创作尤其呈现出大江健三郎文学的影响。究其所以,正如大江以继承日本战后文学为己任(《大江健三郎同时代论集》第 1 卷 110),拓宽了战后日本文学的现实主义书写维度,中上对大江同样并未止于被动的接受,而是呈现出一种演绎与对话的姿态。大江出生、登上文坛约早于中上十年,作为文坛先驱固然是中上需要攀越的一座高峰②,更为重要的是,与大江文学的对话为中上审视自身所处现实提供了一条切实的途径。换言之,中上的初期创作从战后出生者的视角出发,并辅以自觉的历史意识探索、把握其所处的现实,同样关注战后日本的现实状况的大江文学作为中上文学创作的参照物,具有不可或缺的功能和意义,这也正是中上将自己比作大江以后的战后第二代③的意义所在。据此而言,与大江文学的互文性为理解中上初期创作的现实主义书写特色提供了关键的切入点。1973 年中上所作《十九岁的地图》(后文简称《地图》)则是典型地呈现出这种现实主义书写特色的作品。《地图》讲述了一名亦人亦狗的穷苦青年频繁拨打恐吓电话排解内心苦闷的故事,并以这一青年的视角揭露日本社会繁荣表象背后的种种问题。一方面,《地图》动物化的书写策略延续了早期大江《奇妙的

---

　　① 本文引用的外文文本均为笔者所译。

　　② 一般的文学史观点认为中上登场于"内向一代"之后。但需要注意的是,"内向一代"的命名基于 1970 年川村二郎的论文《内部季节的丰饶》,经由 1971 年小田切秀雄命名"内向一代"后逐渐固定下来。而中上的初期文学活动在时间上与"内向一代"的前后关系其实并不明显。相较而言,早期中上自我定位时始终以大江为参照,而此后则对"内向一代"持否定态度较多。

　　③ 中上生于 1946 年,大江生于 1935 年;二者的亮相作品分别为 1969 年的《最开头的事》和 1957 年的《奇妙的工作》。此外,大江自命为战后文学的继承者,中上则曾在和村上龙的对谈《我们的航船是静止的雾霭中解开缆绳》(1976)中表明大江是第一代战后,自己是第二代战后,村上属于第三代。

工作》(1957)、《十七岁》(1961)等作品中动物意象内含的社会批判色彩;另一方面,《地图》与这些作品间的差异则再现了十年之间日本时代状况的变迁,同时反映出中上独特的反歧视问题意识。本文拟以动物化书写为切入点,关注《地图》如何依据1970年代初的日本社会现实重新演绎早期大江文学中"监禁状态"、天皇制批判等主题,并进一步考察这种现实表象背后中上独特的现实关怀和批判理路,明确《地图》现实主义书写的时代价值。

一、动物化书写对日本社会的去历史化批判

动物是贯穿《地图》始终的重要意象,《地图》主人公生活贫苦,于是自比徘徊在社会边缘的野狗,屡屡拨打恐吓电话报复社会,主人公的背后更有数名生活在社会底层、始终失语的"动物"角色,与主人公共同构成了作品中底层群体的现实书写维度。无论是主人公自暴自弃意欲主动化作动物的举措、抑或作品中被动以动物形象示以读者的底层群体,在《地图》的动物化书写的背后,暗藏着边缘群体在日益繁荣的日本社会中被强制失语的压抑结构。这一压抑结构包含日本国内社会环境和国际社会关系的双重位相,根植于高速成长期的时代动向,呈现出1970年代日本社会的另一种"监禁状态"。

《地图》的主人公"我"是一名唾弃升学就业,感到未来无望的"上京青年"①,为了生计兼职送报。每日拂晓"我"便要起床摸黑送报,途中需要爬上一段长长的坡道,这条坡道空无一人,却多有野狗。由此,主人公为自己与家家户户中熟睡的人们间的落差而愤懑不已,路上野狗的丧家之犬形象更唤起孤身上京的"我"的自我认知,催发主人公主动宣称"我就是条狗。是一有破绽我就狠狠咬向你们的软肋的野兽"②(388)。自觉身处社会边缘的主人公要化身为趁"人"不备反咬一口的"狗",这与主人公自觉并非社会意义上的"人"是同一回事,而主人公"哪能让你们活得那么惬意,这世间还有许多被你们忘了的家伙,等着趁机收拾你们呢"(387)的心理活动更暗示着《地图》中被社会所遗忘者不止主人公一人。事实上,隔壁公寓频频遭受家暴的女人、疑似暗娼的"疤疤玛丽亚"等角色都可谓被遗忘的社会"动物"。前者时不时与丈夫口角,曾开窗大喊"让世上的人都听听!"(407)却立马被强制关上窗户,希望世上的人倾听自己的境遇却以失败告终,屋内传出的只有"狗嚎叫一般的声音"(408);后者被形容为浑身疮疤、营养不良体态浮肿如河马一般,虽然一直哭诉自己求死不得,却对自身暗娼的生存境遇只能钳口不言。

---

① 上京指从日本的其他地区来到东京。
② 本文引用的小说文本采用中上健次著《十九岁的地图》,收入《中上健次全集1》(1995)。此后的文本引用只随文标注页码。

正如动物不具备人类的语言，二者在社会话语空间中隐形，其困境首先表征为某种失语症候。

包括集居在老旧公寓"鹤声庄"的孤寡老人、落魄的中年送报员室友绀野在内，《地图》所描绘的这些"动物"可谓一一对应着 1970 年，由日本经济白皮官方规定的"贫困户"（"貧困世带"）：其中包括"因事故灾害导致的单亲母亲家庭""因老龄化、身体精神障碍无法适应社会变化的阶层""被经济成长抛下的阶层"（岩田正美 194）等等。从 1970 年前后日本国内的社会环境来看，《地图》中失语的"动物"们生活在"一亿总中流"（也译全民中产）社会的荫翳之中，被排除在战后日本的经济神话之外。日本社会学者佐藤俊树就曾指出所谓的全民中产暗示着人人都平等地拥有攀升至上级阶层的可能性（89），这意味着全民中产更像是某种类似于起跑线的概念，尚不及起跑线的社会底层在这种言说中并无容身之处，难免被排除到目所不及的无意识层面，橄榄型的社会构造更加剧了他/她们的失语状态。上述吞噬弱者声音的社会压迫结构在这一时期的中上的文学表达中也被称作"以社会为名的软体动物"（《中上健次全集》第 1 卷 85），这不仅与大江所言"我们在黏液质的厚厚墙壁中规矩地活着"（《大江健三郎自选短篇》79）的"监禁状态"遥相呼应，《地图》主人公的野狗形象更可谓对大江《奇妙的工作》中处于"监禁状态"下的"狗"的戏仿。关于两部作品动物表象的异与同，可以结合两部作品的时代背景加以分析。

作为早期大江文学表现"监禁状态"主题的代表作品之一，《奇妙的工作》围绕三名大学生处理医院实验用狗的"奇妙工作"展开。这些待宰的实验用狗被锁在柱子上"丧失了见人就咬的习性""连叫都不叫"（《奇妙的工作》2），这些实验用狗的形象在小说刊行时被平野谦、荒正人等批评家普遍视作同时代日本人精神状态的隐喻。与之相对，《地图》的主人公的野狗形象呈现出明显的攻击性，可谓截然不同。究其所以，《奇妙的工作》的"狗"的意象背后始终潜藏着日本二战战败后受美国占领、支配的权力关系，但在《地图》中这种权力关系在 1970 年代美国霸权衰退和多极化的时代背景下已逐渐失去了现实感。不仅如此，从《地图》主人公送的一份报纸上印有"国会解散"（380）的字样来看，可以确认故事时间处于 1972 年田中内阁解散前后，这意味着 1972 年的冲绳"返还"和中日复交同样是小说的重要时代背景。就前者而言，这一时间段处于越南战争后期，此时在美方的战争越南化政策下，冲绳逐渐摆脱美军后方基地的身份并于 1972 年如期"返还"，日本社会层面的反美情绪渐趋消弭。而与后者相对应的是，主人公的室友绀野虽然自称"伪满洲"出身，在大连长大，但他却被描述为说谎成性、没一句真话的男人；主人公更对教科书上的历史知识嗤之以鼻。这隐蔽地涉及了中日战争的历史，但无疑已经失去了其应有的厚重。

上述作品细节彰显着看似和平的高度成长社会中所隐藏的战争痕迹，也同时表现了时代条件制约下，战争的现实和历史所受到的遮蔽。进而言之，中美两国这两个对日本而言的巨大他者在《地图》中不仅丧失了存在感,连第二次世界大战的历史本身似乎都成了虚构,那么主人公在社会内部受到的压抑在社会外部缺乏投射或转移的对象,进而自认"见谁咬谁"的野狗也就绝非偶然。据此而言,未体验过太平洋战争乃至 1968 年的大学斗争,就连同时代的战争记忆都遭受着遗忘和遮蔽的《地图》主人公看似摆脱了《奇妙的工作》中"实验用狗"般完全无力的状态,事实上《地图》主人公的攻击欲只是国内的社会压迫结构与(战争)历史意识的消弭的双重压抑下的产物。不仅如此,这一双重压抑下的产物最终又以恐吓电话的形式,作为被压抑之物的回归(弗洛伊德 116)对表面和平繁荣的社会形成反噬,在这层意义上,主人公野狗般的人物形象实为日本社会压迫和遗忘机制的倒影。如此,《地图》以压迫、遗忘和社会暴力之间的恶性循环结构,尝试呈现 1970 年代初,趋向均质的日本社会对少数受压抑者的新型"监禁状态",准确地捕捉到了日本社会去历史化动向背后隐藏的现实症结。

二、动物化书写对日本社会的去政治化批判

如前所述,就野狗的形象和"监禁状态"的主题性而言,可以将《奇妙的工作》视作《地图》的前文本。在此基础上,《地图》进一步使主人公具有右翼、天皇崇拜的倾向,这种将动物意象与天皇崇拜相结合的情节设定更与大江健三郎的《十七岁》(1961)①相呼应。确实,日本批评家渡部直己就曾提及《地图》与《十七岁》在"右翼"表象上呈现出了互文关系(174),但仍有必要从两部作品动物形象的关联性入手,进一步明确两部作品中"右翼"表象的异同及其意义所在。

《十七岁》以现实中的"浅沼稻次郎刺杀事件"为原型,描述了一名沉溺于自渎的 17 岁少年在加入右翼组织后逐渐偏激,妄想与"神"(天皇)合一,最终公然行凶乃止自我毁灭的故事。《十七岁》的主人公本就对自己孱弱的身心怀有自卑感,常常想象他人将自己视作软弱而不知羞耻的可鄙动物,在日常生活中像"刚刚脱换上软壳的螃蟹,孤独不安,极易受伤,弱小无力"(27)。而在主人公加入右翼组织后,他摇身一变将组织制服视作"甲虫一样的铠甲"(47),更幻想成为天皇这"永恒的大树上的一片嫩叶"(51)。与之相对,《地图》同样将主人公设定为沉溺于自渎的,"没有伟大的精神,只有性器官"(375)的动物化形象,并使主人公在右翼的名号下越陷越深,同样不甘于自居孱弱的动物,而是主动成为野兽来获得某种自我认同。在这层意义上,《地图》与《十七岁》都刻画了未曾实际经历战争时期日本的皇权体制,而是成长于象征天皇制的战后青年因天皇崇拜的蛊惑而误入歧途的问题。

---

① 本文将《十七岁》及其续作《政治少年之死》(1961)两部作品统称为《十七岁》。

　　然而,两部作品同中有异之处无疑更值得关注。具体而言,右翼身份在《地图》中不过是主人公动物化冲动的副产物,不再像《十七岁》一般能够充当主人公的精神支柱。《地图》主人公自称右翼是某次电话中的临时起意,只不过在挂掉电话后"如同呼唤恋人的名字一般"(387)对右翼一词的音响感到亢奋,久久不能忘怀。由此可见,右翼标签为"我"带来的只是联想"恋人的名字"一般的动物化(性)冲动。喃喃自语"我就是右翼"(388)之后,主人公紧接着又脱口而出一句"我就是条狗,是冷不防就要反咬你们一口的野兽"(388),更是无意间反讽了所谓的右翼,也使所谓的"神"彻底失去了超越性意义。换言之,《地图》颠倒了《十七岁》中天皇崇拜与动物意象间的从属关系,这具体表现在两个层面,其一是《地图》主人公的右翼崇拜只是徒托空言,其二是《地图》主人公的动物化冲动更加占据其思考的支配性地位。

　　无论是政治思想的空洞抑或是动物化冲动的强化,都可以基于1970年代初日本去政治化的时代背景进一步加以阐释,这也是《十七岁》与《地图》间的十年之差的具体表征。首先,与《十七岁》中描绘的左右翼针锋相对的图示不同,《地图》中所谓左、右翼的关系已经伴随着"政治的季节"的结束丧失了原有的张力关系。全共斗(1968)之后日美安保条约自动延长(1970)乃至浅间山庄事件(1972)等事件宣告了日本"政治的季节"结束。此后日本的新左翼运动逐渐失去群众基础,日本全共斗时期的"左翼国土"的形象逐渐转型成为"消费主体"。疋田雅昭指出,在这一过程中,但右翼的形象仍无需与"暴力"的形象切割,由此右翼才毫无阻碍地成了《地图》主人公自我认同的道具(206)。如此,《地图》主人公的天皇崇拜只是主人公动物化表征的副产物,不再如《十七岁》一般,充当作品展开所需的核心矛盾。但与此同时,正如大江认为象征天皇制因其象征性质反而可以具有无比巨大的能量(《大江健三郎同时代论集》第1卷10),《地图》中右翼、天皇观念即便空洞虚无却依然一度能够赋予主人公畸形的驱动力,这也再次印证了《十七岁》所描绘的"普遍而深入地存在于日本人的外部和内部的天皇制及其阴影"(《作家能够绝对地反政治吗?》381),由而延续了大江天皇制批判的脉络。

　　在此基础上,《地图》主人公表现出的动物化冲动同样可置于"政治的季节"结束的背景下加以把握。日本批评家东浩纪认为,在1970年之后日本的大叙事消解呈现出一种后历史的状态,对此,人们只有"动物化回归"或"清高主义化"两种进路。于此,东浩纪采取的是科耶夫对黑格尔哲学的阐释,其背景在于二战以后快餐化的美国式生活迅速扩散,在性产业与速食产业的高速发展下大众的生存不再需要与他者斗争乃至接触,而是陷入动物般"需要——满足"的封闭循环。所谓的"历史的终结"论固然有其局限性,但《地图》主人公平日吃泡面度日、为性冲动支配、沉溺于自慰的即时满足的行为模式,确实呈现出一种明显的动物化回归倾向。与之相应,主人公表现出的野狗般的攻击欲、看似是某种(黑格尔/科耶夫语境下)"人"之为"人"所必须的"斗争",但主人公的"斗争"实则同样为动物化冲动所裹挟。如此,《地图》主人公的矛盾性形象一方面可谓

1970 年代前后日本社会去政治化转型的象征,另一方面则预示了日本社会的动物化倾向。而在 1970 年代初日本左翼退潮与去政治化的双重背景下,《地图》在延续早期大江文学的天皇制批判的同时展现出对同时代社会现实的精确把握,并以动物化书写衍生出现实寓言的深层内涵。

三、动物化书写对日本社会的话语空间批判

上文探讨了《地图》的动物化书写如何在与大江文学的对话中相对化地捕捉、批判时代状况。但不仅如此,《地图》的动物化书写以"人为何要主动成为动物"这一问题切入了社会歧视话语的双向运作机制,可谓呈现出了中上文学独有的特色,开拓了《奇妙的工作》和《十七岁》的动物意象所展现的视野。《地图》的结局更描绘了社会"动物"间的共鸣,表露出反歧视的积极愿景和伦理关怀。《地图》的双向视野与现实关怀与中上出身被歧视部落的个人经历息息相关,于探究中上文学现实主义书写的特色而言不可或缺。

《地图》采取了动物化的书写策略,而与动物化有关的话语往往强调动物非人的等级观念,根源自一种人类中心主义的物种主义(Speciesism)思考,伴有歧视意识。对此,吉奥乔·阿甘本曾追溯历史,指出西欧文化中"支配着所有其他冲突的最关键的政治冲突就是人的动物性和人性之间的冲突"(96),在这种强调人与非人(动物)的区别的"人类机制"(一译人类学机器)中,一些人可以比另一些人更像人,并在人种、宗教、性别等领域中逆向生产人的动物化(非人化)话语。值得注意的是,上述动物与人的关系在出身被歧视部落的中上的文学语境中同样重要。日本的部落歧视问题有着较为深远的文化背景,且至今仍然根深蒂固。日语中的"非人"一词乃至暗指四肢行走的动物的"四",都是对部落民的歧视语,这种歧视又与部落民曾专职牲畜屠宰业的历史息息相关。事实上,《地图》主人公也曾自称"畜生"(376,日语原文"人非人"),又时时在电话中恐吓要像肉店屠夫一般"处理"对方,这不仅隐蔽地涉及了歧视问题的历史记忆,其中也不乏被歧视者自白的意味,可谓与主人公声称自己就是狗的行为逻辑如出一辙。在这一点上,中上可谓在歧视/反歧视的论域中通过主人公的自我动物化别出心裁地提出了"人为何要主动成为动物"的问题。

为明确《地图》中"人主动成为动物"的批判意义所在,《地图》刊行两年后日本发生的"东亚反日武装战线"事件是一个无法绕过的参照物。在这起被戏称这正是"《十九岁的地图》作者引起的"(松本健一 202)的事件中,主谋"东亚反日武装战线"不仅重申日

本于国内外推行殖民压迫的历史,将所谓的"市民社会"①和大企业视作日本帝国主义和殖民主义的帮凶,呼吁社会底层的劳动者奋起反抗(《腹腹时钟》2-4),并以"狼"为代号展开恐怖行动对三菱重工等大企业进行爆破造成三百余人伤亡。于此,从动物与人的对立到底层群体与市民社会的对立,再到爆破的行径,"东亚反日武装战线"事件都可谓与《地图》的结构呈现出高度的相似性,正可谓"人主动成为动物"的典型现实案例。值得关注的是,中上围绕这起事件作出了一篇名为《愤怒与饥饿》的随笔,这篇随笔作为《地图》的副文本,其重要性在于中上补充了《地图》中所缺乏的"人类",或者说"市民"的视角。

具体而言,在这篇随笔里,中上关注的并非"动物"一方的行动逻辑,反而是市民社会中所流通社会言论的形态,其中尤以一篇新闻报道的标题《市民的假面,狼的心》使中上感到格外刺眼(《中上健次全集》第 14 卷 196)。无疑,中上一眼看破了"假面"或"心"等用词所隐藏的叙事逻辑,取自清高之意的"狼"代号在世间看来只是狼子野心,在这种言说中狼小队被排除到了人类社会以外,成了潜藏在人类社会的动物、搅乱繁荣清梦的敌人,也是破坏社会契约、使他的个人利益与其他所有人的利益相对立的"社会成立以前的林中野人"(Foucault 91)。换言之,上述社会言论意味着恐怖事件中绝非只存有"狼"对"人"的单方向敌意或暴力,在市民假面、动物内心的叙事框架中,社会大众将边缘群体视作刻意隐藏本性的野兽,再次正当化了自身对边缘群体的避讳和遗忘。然而,也正是在这一叙事框架中,社会大众的忽视和遗忘反而也是底层"动物"趁其不备反击与报复社会的有利条件,狼小队与所谓的"市民社会"必然在某种程度上共享同一叙事框架,二者共同创造着社会中动物与市民相对立的故事,成为歧视意识滋生的温床。从这种视角回望《地图》可见,主人公同样遵循着这一叙事框架报复社会,这既意味着主人公深深地内面化了这种人与动物的歧视性叙事框架,也意味着主人公的报复行为绝非反抗社会歧视和社会不公平的举措,毋宁说主人公正是依据着同一种歧视框架变相地行使着社会歧视。由此可见,如果说《奇妙的工作》《十七岁》等早期大江文学作品所描绘的人对动物的暴力,本身即是映射人对人暴力的手段(村上克尚 129),那么《地图》的动物化书写则通过主人公"主动成为动物"的举措,讲述了人同样可以借动物的名号对他者施以暴力,反向地暴露出歧视意识的危害所在。

就此而言,从《地图》的动物叙事已经能够窥见中上数年后所谓"歧视就是结构"(《中上健次全》第 14 卷 678)观点的萌芽,但不应忽视的是,《地图》仍为主人公留存了摆脱这一歧视框架的希望。小说尾声,主人公在向东京火车站拨打恐吓电话并遭到冷嘲之后,终于开始直面自身的境遇。此时,放下电话的"我"已不再是狗或右翼或神中的

---

① 战后日本语境下的"市民社会"一词,可以定义为伴随 1960 年代日本高度成长期成立的消费社会。参见拓植光彦:《日常与非日常的夹缝》,《讲座昭和文学史》第 4 卷,东京:有精堂,1989,第 9 页。

任何一方,只是涕泗横流地自觉又变回了那个"白痴送报员"。此时,主人公不仅发觉自身对"市民社会"的报复荒唐而徒劳,更在涕泗横流中开始不受控地幻听疮疤玛利亚的哭喊声。于此,由凌驾于"我"的"人"、企图成为凶猛野兽的"我"、"我"所鄙夷的弱小"动物"这三项关系所组成的认知结构已经倾覆。而主人公的幻听更展现了,即使主人公"我"在文本全篇始终只是对隔壁女人和疮疤玛利亚持鄙夷态度,实际上却仍未丧失与她们相互感知、相互接纳的能力。进而言之,正因为这种相互感知并非"我"有意而为,反而使其超越了基于主观移情机制的自我感伤式同情,可谓达成了酒井直树所言能够突破现代社会中人与人之间异化关系的"'相互触摸'的政治"(3)。据此,部分既往观点认为《地图》的结尾只是批判或讥嘲了主人公,恐怕并不完全妥当。正相反,《地图》看似压抑讽刺的作品基调中不时闪烁着中上含蓄而切实的社会关怀,"我"与隔壁女人、疮疤玛丽亚等社会弱者在不自知间构成的连带关系中暗含中上对跨越歧视、暴力的瞩望。正是小说尾声中主人公的"身体中心的结晶溶解后从眼窝流淌出的热泪"(414),为早期中上文学的现实主义书写注入了一股真挚的暖流。

四、结　语

均质社会趋向封闭、社会生活去政治化、现实认知去历史化,《地图》继承大江健三郎文学中社会批判的文脉,以动物化的书写策略反映和剖析 1970 年代初的日本社会的上述问题,并进一步尝试揭露日本社会对边缘群体的遗忘、压抑,以及普遍存在于这种遗忘与压抑背后的社会歧视意识。当然,上述批判理路不仅限于早期中上的文学创作,也延续到了中上此后以被歧视部落为主体的"路地"书写之中,在这层意义上,早期中上文学的现实关怀于中上的创作生涯贯彻始终,同时为中上文学带来了时代证言和时代批判的双重底蕴。

参考文献

Azuma, Hiroki. *Animalizing Postmodernity*. Trans. Zhu Xuanchu. Taipei: BIG ART co., 2012.

［东浩纪:《动物化的后现代》,褚炫初译,台北:大鸿艺术股份有限公司,2012 年。］

Foucault, Michel. *Abnormal Lectures at The Collège De France 1974—1975*. Trans. Graham Burchell. London: VERSO, 2003.

Freud, Sigmund. *Moses and Monotheism*. Trans. Li Zhankai. Beijing: SDX Joint Publishing Company, 1992.

［弗洛伊德:《摩西与一神教》,李展开译,北京:生活・读书・新知三联书店,1992 年。］

Hikita, Masaaki: "Struggle of Words and Flight from Words: Exploring Kenji Nakagami's 'The Nineteen-Year-Old's Map'." *Bulletin of Tokyo Gakuegi University. Humanities and social sciences.* Ⅰ. 69(2018): 198 - 212.

[疋田雅昭:《话语的"斗争"与从"话语"处逃遁:以中上健次〈十九岁的地图〉为中心》,《东京学艺大学纪要. 人文社会科学系. Ⅰ 69》2018 年第 1 期,第 198 - 212 页。]

Iwata, Masami. *Aftermath History of Poverty: How has the "Shape" of Poverty Changed Post-War?*. Tokyo: Chikuma Shobo, 2018.

[岩田正美:《贫困的战后史——贫困的"形态"是如何变化的?》,东京:筑摩书房,2018 年。]

Kawamura, Minato. "Commentary A Chronicle of Modern Novels: 1975—1979." Japanese Literature Association, eds. *A Chronicle of Modern Novels: 1975—1979*. Tokyo: Kodansha, 2014. 340 - 45.

[川村凑:《解说 现代小说年代记——1975—1979》,日本文艺家协会编:《现代小说年代记 1975—1979》,东京:讲谈社,2014 年,第 340 - 345 页。]

Kojève, Alexandre. *Introduction to the Reading of Hegel*. Trans. Jiang Zhihui. Nanjing: Yilin Press, 2005.

[科耶夫:《黑格尔导读》,姜志辉译,南京:译林出版社,2005 年。]

Matsumoto, Kenichi. "Contemporary Bombs." Kenji, Nakagami. *The Nineteen-Year-Old's Map*. Tokyo: Kawade Shobo Shinsha, 1994. 216 - 22.

[松本健一:《同时代的炸弹》,中上健次:《十九岁的地图》,东京:河出书房新社,1994 年,第 216 - 222 页。]

Murakami, Katsunao. *The Voice of The Animal, The Voice of The Other: The Ethics of Postwar Japanese Literature*. Tokyo: Shinyosha, 2017.

[村上克尚:《动物之声,他者之声:日本战后文学的伦理》,东京:新曜社,2017 年。]

Nakagami, Kenji. *The Complete Works of Kenji Nakagami 1*. Tokyo: Shueisha, 1995.

[中上健次:《中上健次全集》第 1 卷,东京:集英社,1995 年。]

---. *Compilation of Statements by Kenji Nakagami 1*. Tokyo: Daisan Bunmei-Sha, 1995.

[中上健次:《中上健次发言集成》第 1 卷,东京:第三文明社,1995 年。]

---. *The Complete Works of Kenji Nakagami 14*. Tokyo: Shueisha, 1996.

[中上健次:《中上健次全集》第 14 卷,东京:集英社,1996 年。]

Oe, Kenzaburo. "Can a Writer Remain Absolutely Anti-political?" *Complete Works of Oe Kenzaburo 3*. Tokyo: Shinchosha, 1966. 372 - 86.

[大江健三郎:《作家能够绝对地反政治吗?》,《大江健三郎全作品》第 3 卷,东京:新潮社,1966 年,第 371 - 386 页。]

---. *Collection of Contemporary Essays of Kenzaburo Oe 1*. Tokyo: Iwanami Shoten, 1980.

[大江健三郎:《大江健三郎同时代论集》第 1 卷,东京:岩波书店,1980 年。]

---. "An Odd Job." Trans. Si Hai. *Lavish are the Dead*. Beijing: Guangming Daily Press, 1995.

[大江健三郎:《奇妙的工作》,斯海译,大江健三郎著:《死者的奢华》,北京:光明日报出版社,1995 年。]

——. *Self-Selected Stories of Kenzaburo Oe*. Tokyo: Iwanami Bunko, 2014.

［大江健三郎：《大江健三郎自选短篇小说》，东京：岩波文库，2014 年。］

Sakai, Naoki. *Hikikomori Nationalism*. Tokyo: Iwanami Shoten, 2017.

［酒井直树：《蛰居式的民族主义》，东京：岩波书店，2017 年。］

Sato, Toshiki. *Japan as an Unequal Society*. Tokyo: Chuokoron Shinsha, 2000.

［佐藤俊树：《不平等的日本》，东京：中央公论新社，2000 年。］

The East Asia Anti-Japan Armed Front "Wolf" Soldier Reader Compiled by the Editorial Committee. *Hara Hara Tokei*. Tokyo: East Asia Anti-Japan Armed Front "Wolf" Information Department, Propaganda Bureau, 1974.

［东亚反日武装战线"狼"士兵读本编纂委员会：《腹腹时钟》，东京：东亚反日武装战线"狼"情报部情宣局，1974 年。］

Watanabe, Naomi. *So Delicate a Tyranny: A Literary Analysis of Japanese Novels from 1968*. Tokyo: Kodansha, 2003.

［渡部直己：《如此细腻的凶暴：日本"六八年"小说论》，东京：讲谈社，2003 年。］

"革命文学"论争中的理论"误读"：再论太阳社对藏原惟人"新写实主义"的引介与运用[*]

顾宇玥^{**}

摘　要：在 1928 年中国左翼文坛爆发的"革命文学"论争中，太阳社率先译介了日本左翼理论家藏原惟人的"新写实主义"论，以此作为"新兴文学"重要的理论支柱。太阳社关注"藏原理论"，既是缘于新兴文学实践过程中自然产生的文艺理论诉求，又存在与创造社"理论竞备"的现实契机。而"新写实主义"在中国左翼文坛的批评实践及其演变轨迹，实际与太阳、创造二社同茅盾有关"革命文学"的论争相伴相生。在茅盾与钱杏邨的对话关系中，正是对于"新写实主义"之无意/有意的误读，部分造成了论争的错位、激化，并实质上影响了这一理论在中国的阐释路径及走向，"钱杏邨理论"与"藏原理论"之差异亦由此呈现。钱杏邨的理论取舍与得失并非孤例，而是折射出早期中国左翼文艺理论实践的普泛性困境。

关键词：新写实主义；革命文学；钱杏邨；茅盾；误读

Title: The "Misreading" of Theory in the "Revolutionary Literature" Debate: Re-examining the Introduction and Utilization of Kurahara Korehito's "New Realism" by the Sun Society

Abstract: During the "revolutionary literature" controversy that broke out in the left-wing literary circles in China in 1928, the Sun Society took the lead in translating and introducing Japanese left-wing theorist Kurahara Korehito's theory of "new realism" as an important theoretical pillar of the "emerging literature". The Sun

---

　*　本文为教育部人文社科青年基金项目"'日本共运'理论与'中国左翼文学'思潮研究（1925—1937）"（24YJC751012）和江苏省社科基金项目"国际共运与中国左翼文学研究"（22ZWB008）阶段成果。

　**　作者简介：**顾宇玥，文学博士，江苏开放大学外国语学院教师，主要从事中国现代文学研究。联系方式：747241567@qq.com。

Society's concern for the Kurahara's theory is not only due to the demand for literary theory that naturally arises in the process of emerging literary practice, but also due to the realistic opportunity of "theoretical competition" with the Creation Society. The critical practice of "New Realism" and its evolution in the left-wing literary circles in China actually accompanied by the debates on "revolutionary literature" between the Sun Society, the Creation Society, and Mao Dun. In the dialogue between Mao Dun and Qian Xingcun, it is the unintentional/intentional misinterpretation of "New Realism" that partly causes the misplacement and intensification of the debate, and substantially affects the path of interpretation and direction of this theory in China, and the difference between "Qian Xingcun's Theory" and "Kurahara's theory" is also presented as a result. Qian Xingcun's theoretical trade-offs and gains and losses are not an isolated case, but reflect the generalized dilemma of early Chinese left-wing literary theory and practice.

Key Words: new realism; revolutionary literature; Qian Xingcun; Mao Dun; misreading

....

在 1928 年爆发的"革命文学"论争中，随着茅盾《从牯岭到东京》一文的发表，继鲁迅、郁达夫之后，太阳社、创造社又与茅盾之间，围绕"革命""现实""小资产阶级"等一系列问题展开了激烈的争论。其中，太阳、创造二社所援引的关键理论资源，就是日本藏原惟人在同期所提出的"普罗列塔利亚写实主义"论（即"新写实主义"论）。同样是在这场论争中，钱杏邨作为"革命文学"初期的代表性左翼理论家登上了历史舞台，而"钱杏邨理论"与"藏原理论"间也存在密切的承袭与关联。可见"藏原理论"是我们深入理解"革命文学"论争绕不开的重要一环。此外，虽然"藏原理论"之核心——"新写实主义"论在风靡一阵之后很快又为"社会主义现实主义"的新理论所取代，但其中的一些内核观念却在左翼文坛之中长久的遗存。因此，"新写实主义"并非"革命文学"风潮中"昙花一现"的舶来品和理论工具，而是深刻影响了中国左翼文学的走向与进程。

一、"理论竞备"与"文学本位"
——"新写实主义"理论的引介契机

藏原惟人是近现代日本左翼文坛重要的文艺理论家和批评家。作为日本共产党的文化方面负责人，在日本无产阶级文艺运动的"纳普"至"克普"阶段，藏原的理论活动深刻影响了运动的方向与进程,并最终决定了其走向与成败。1928 年 5 月,藏原惟人在《战旗》杂志创刊号发表著名文章《普罗列塔利亚写实主义的路》,正式提出和阐发了"普罗列塔利亚写实主义"的理论主张。同年 7 月,林伯修将该文翻译为中文,并将题名改译为《到新写实主义之路》,发表于《太阳月刊》的停刊号上。相较于"普罗列塔利亚写实主义","新写实主义"的译名既有规避国民党书报审查制度的考量,亦有在"新—旧"对比中凸显理论新锐之意,自此起"新写实主义"也成为这一理论的主流指称而在国内广泛传播。

太阳社对于藏原惟人的译介,既是出于对世界左翼文坛尤其是日本左翼文坛情势的及时关注和深切的理论洞察,也与当时中国文坛所活跃的另一大"革命文学"团体创造社的动向密切相关。1927 年底,后期创造社成员李初梨、冯乃超、朱镜我等甫一归国登上文坛,就展现出了极强的理论意识和新锐视野。成仿吾为《文化批判》创刊号所作《祝词》,开篇就引列宁的名言:"没有革命的理论,没有革命的行动",并宣言"'文化批判'将贡献全部的革命的理论,将给予革命的全战线以郎朗的光火"(1 - 2)。而《文化批判》杂志也正以理论之纷繁,名词之驳杂晦涩著称。相较之下,前期太阳社则更加注重文学创作而相对忽视理论活动。蒋光慈就曾言:"我不爱空谈理论,我以为与其空谈什么空空洞洞的理论,不如为事实的表现,因为革命文学是实际的艺术的创作,而不是几篇不可捉摸的论文所能建设出来的"(《蒋光慈文集》第 4 卷 166)。钱杏邨也曾暗讽创造社"没有外国书可抄,没有革命文学的理论",呼唤文坛应"抛弃了一味只相信理论的迷梦",回归社会实际与现实实践(《批评与抄书》1 - 4)。

然而,理论素养的匮乏很快就让太阳社在与创造社争夺"革命文学"话语权的过程中感到力不从心。在双方停止论争而统一战线后,太阳社最终自我检讨道:"过去的本刊没有注意系统的理论的建设,缺乏重要的理论与翻译,描写的范围狭小单调"(《编后》1)。当然,太阳、创造二社从交锋到休战的个中因素错综复杂,也绝非"理论与创作"分歧之单一向度可以概括①。但与创造社的论争无疑促使太阳社意识到理论资源之重要性,同时其所一贯注重的新兴文学实践(即"革命文学")也需要新的文学理论来促进发展。正是基于此,太阳社开始了对日本左翼文坛新兴的"藏原理论"之全面关注。

在译介理论的同时,太阳社同人与藏原惟人亦有过一段宝贵的交游经历。1929 年8 月,蒋光慈因病赴日修养。在此期间,经由当时的"中国通"——日本作家藤枝丈夫的引介,拜访结识了藏原惟人。蒋光慈并不擅于日语,但他与藏原惟人都有在莫斯科东方大学留学的经历,因此二人的交流"少见"的以俄语形式展开,对话的内容也以双方所熟悉的苏俄文坛为开端。据蒋光慈《异邦与故国》记载,在日期间他一共四次拜访藏原惟

---

① 太阳社与创造社二社内部有关"革命文学"论争情况始末,详见张广海:《"革命文学"论争与阶级文学理论的兴起》,北京大学博士学位论文,2011 年。

人，在藏原的藏书中借阅了不少俄文批评集和长篇小说。其间二人又以友人漫谈的形式，交流了有关"俄文坛的现状，中国的普洛文学，日本的作家"，"文学家与实际工作"，"未来主义与新写实主义"以及中日文坛翻译现状等众多现实议题（《蒋光慈文集》第2卷 462、476、479、487）。

这其中 10 月 22 日二人的第三次会面及长谈尤为值得关注。据蒋光慈记录，他与藏原就"新写实主义"的问题交换了不同意见。双方都赞同"新写实主义"在形式上的新特点是"动性"和"节势"，分歧则在于其究竟是受到俄国"未来主义"还是现代工业生活的影响（479）。事实上，藏原的观念在其随后发表的《向新艺术形式的探求去》（载 1929年 12 月《改造》）中有更为系统的阐发。文章将未来派和无产阶级文学等现代文艺思潮都放置在大都会与机械时代的资本主义大背景下进行考察，从而发现无产艺术部分继承了未来派关于"美"的见解，同时也发扬了其"力学的，敏捷的"特征（12-46）。虽然没有明确的材料证明该文的写作受到此前与蒋光慈对谈的触动与启发，但藏原的这一论断实然又构成了谈话之中双方观念的综合。

如果说林伯修和吴之本的主要贡献是向国内文坛译介——引入了"藏原理论"；蒋光慈凭借文学家阅读与创作的"实感"而与藏原产生了共鸣，又在对话与交流之中加深了对于"新写实主义"的理解；那么钱杏邨就是系统性地将"藏原理论"运用于国内"革命文学"理论建设与批评实践的"第一人"。钱杏邨的《"动摇"》（书评）与林伯修译《到新写实主义之路》一同刊载于《太阳月刊》停刊号，在这篇文章中他已经率先开始运用"新/旧写实主义"的二元概念对茅盾的创作进行定性。而 1930 年出版的《怎样研究新兴文学》一书，则是钱氏综合运用"藏原理论"的代表性著述。据统计，该书所引述的藏原文论不下八篇，囊括了其同期对于"新写实主义"理论、意识形态论、内容与形式关系、俄罗斯文艺等多方问题的重要思考，且钱杏邨的观点也基本延续了藏原的论断和认知。书稿特别以介绍藏原"新写实主义"论"作为全书的总结"（118），亦可以证明钱杏邨将"新写实主义"的理论主张视作"新兴文学"思潮之核心与关键所在。

二、从"时代题材"到"阶级立场"
——太阳社与茅盾的对话和论争

旷新年曾提出"在中国，作为'新写实主义'译介的重要背景和'潜对话'是 1928 年底创造社、太阳社和茅盾之间的争论"（136）。鲁迅也曾讥讽在"革命文学"论战中，钱杏邨是"挽着藏原惟人，一段又一段的，在和茅盾扭结"（246）。因此，当我们试图追踪"新写实主义"理论在中国左翼文坛的批评实践及其演变时，就有必要将其放置在太阳社，尤其是其中的主将钱杏邨与茅盾对话、论争之结构关系中加以考察。

　　太阳社与茅盾之间的关系,以茅盾《从牯岭到东京》一文的发表为分水岭。此前,双方基本保持着较为友好的互动、交流。蒋光慈曾多次表示茅盾"是我们的友人"(《蒋光慈文集》第 4 卷 175)。《太阳月刊》创刊后,茅盾也立刻写作《欢迎〈太阳〉》,向文艺界"郑重介绍"了这一刊物,且尤为推介小将钱杏邨的文学批评。这篇批评之所以能获得茅盾的青睐,关键在于其始终紧扣"创作"与"时代"的关系命题:"伟大的创作是没有一部离开了它的时代的。不但不离开时代,有时还要超越时代,创造时代,永远地站在时代前面"(《阿英全集》第 1 卷 233)。"时代"正是钱杏邨早期文艺批评中的一个重要概念。在对《幻灭》的书评中,钱杏邨亦从"时代"的维度给予小说很高的评价,认为茅盾"认清了文学的社会的使命,在创作中把整个的时代色彩表现了出来"(《"幻灭"》1)。可以说,对于文学"时代性"的强调,恰恰构成了前期太阳社与茅盾得以"对话",甚至相互"欣赏"的基础。

　　然而,双方之间的友好"对话"随着《从牯岭到东京》的发表而中止,并即刻转为紧张的论战。在这篇关键性的文章中,茅盾首先宣称了自我由左拉——托尔斯泰,由自然主义——写实主义之文学理念的转变,在此基础上自陈了《蚀》三部曲之创作心路,认为这三篇创作只是"忠实的时代描写"而并非积极指引"出路"的"革命小说";再者,茅盾又对于当下国内文坛兴盛的"革命文艺"提出了异议,指出其中存在着"标语口号文学"倾向,"读者对象"认识局限以及文艺描写技巧的三方面问题,并尤其呼唤推动"新文艺走到小资产阶级市民的队伍去"(《茅盾全集》第 19 卷 176—194)。目前学界对于《从牯岭到东京》一文的细读,包括对于由此引发的"革命文学"论争的阐释已不胜枚举。而本文则希望能从"新写实主义"的特定视角,重新对这一问题进行梳理分析。

　　可以说,茅盾对于"革命文艺"的发难,一个重要原因即是他对太阳社所倡导的"新写实主义"理论存在"误读"。据茅盾晚年回忆:"我讲到文艺的技巧问题,还因为我曾在广告上看见《太阳》七月号(后来成为终刊号)上有一篇评论《到新写实主义的路》,但未见原文,不知是什么主张"(《我走过的道路》24)。而他所联想到的是自己在 1924 年《小说月报》发表的《俄国的新写实主义及其他》一文中曾提到的"新写实主义",由是认为:

　　　　"新写实主义起于实际的逼迫;当时俄国承白党内乱之后,纸张非常缺乏,定期刊物或报纸的文艺栏都只有极小的地位,又因那时的生活是紧张的疾变的,不宜于弛缓迂迴的调子,那就自然而然产生了一种适合于此种精神律奏和实际困难的文体,那就是把文学作品的章段句字都简练起来,省去不必要的环境描写和心理描写,使成为短小精悍,紧张,有刺激性的一种文体,因为用字是愈省愈好,仿佛打电报,所以最初有人戏称为'电报体',后来就发展成为新写实主义。"(《茅盾全集》第 19 卷 191—192)

茅盾所介绍的"新写实主义"显然不是指太阳社新近引入的"藏原理论",而是苏俄革命时期一种特殊的文学产物。但在茅盾的理解中,这种"短小精悍,紧张,有刺激性"的文体追求正恰恰为"革命文艺""不能摆脱'标语口号文学'的拘囿",缺失"文艺的价值"而找到了"理论根源";同时他认为,不理解中苏两国国情之差异而盲目"移植"新的文艺技巧,也必然会造成理论倡导与时代、社会现实的脱节,造成了"革命文艺"对其事实上的广大读者"小资产阶级"群体的漠视。因此,对于"新写实主义"理论的"误读"实际构成了茅盾批判"革命文艺"逻辑理路的核心一环。

茅盾的檄文发表后,钱杏邨一反此前对其小说书写"革命的实际",表现"时代性"的赞许,而与创造社达成了立场的一致。钱氏随后发表《从东京回到武汉》,严厉批判了茅盾"信仰"之"叛变"。该文最后一节取名为《从东京回到武汉——关于新写实主义问题》,专题对比分析了藏原与茅盾所提的两种"新写实主义"之间的差异,并彻底否定了"茅盾先生关于新写实主义技巧的两个问题,根本上是没有讨论的可能性的"(《阿英全集》第 1 卷 367)。茅盾自言"从牯岭到东京",以空间之腾挪暗示自我身份、观念之转换;钱杏邨反用这一隐喻,由东京(日本左翼思潮兴盛之地)而至武汉(大革命落潮之所),暗示了茅盾革命态度的"回转"与"倒退";在与"新写实主义"的对照之中呈现了茅盾"资产阶级旧写实主义"创作理念之"落伍"与"错误"。

一则容易被忽视的材料,是茅盾本人在《读〈倪焕之〉》这篇回驳文章中的这段表述:

> "所谓时代性,我以为,在表现了时代空气而外,还应该有两个要义:一是时代给与人们以怎样的影响,二是人们的集团的活力又怎样地将时代推进了新方向,换言之,即是怎样地催促历史进入了必然的新时代,再换一句说,即是怎样地由于人们的集团的活动而及早实现了历史的必然。在这样的意义下,方是现代的新写实派文学所要表现的时代性!"(《茅盾全集》第 19 卷 165)

这里茅盾以肯定"新写实派文学"存在之合理性为前提的论述,其实已然隐晦表达了他对于"新写实主义"理论的部分认同,只不过这种微妙的认同往往淹没在他对于"革命文学"派的回击,尤其是对创造社由"艺术"——"革命"转向之快的指摘中而不易被察觉。显然在此前论战中,太阳、创造二社对于"新写实主义"的不断"正名释义",促成了茅盾对于这一理论的正视和理解。因而他也开始尝试在对小说"时代性"的一贯文学倡导之中,融入"藏原理论"所强调的"集团"之观点和意识,以达成自身对于"新写实主义"的诠释和求同。换言之,随着"误读"的消解,茅盾的立场已经向"革命文学"派有所靠拢。

但是,茅盾立场的松动并没有提前结束这场论争。正相反的是,作为太阳社的理论干将,钱杏邨对于茅盾的攻讦反而愈演愈烈。当我们试图理解钱杏邨对茅盾由"引为同道"到"铲除异己"的姿态转变时,也必须结合其对于"新写实主义"理论的"接受——理解"历程来进行解读。《茅盾与现实》一文由钱杏邨将其不同时期对于茅盾小说的四篇评论整合汇集而成。在这篇长文的序引中,钱杏邨清晰表述了自我在写作过程中批评立场的巨大转变:

> "我的考察是分为四部分的,一是他的《幻灭》的考察,二是他的《动摇》的考察,这一部分自己认为是最不满意的,我没有站在新兴阶级文学的立场上去考察,差不多把精神完全注在创作与时代的关系的一点上去了。重作既在事实上为不可能,只好把它们留在这里了。第三是对他的《追求》的考察,四是关于他的《野蔷薇》的考察。这二篇,在立场上自信是没有错误的,可是仍旧不是我满意的东西。"(《阿英全集》第 2 卷 168 - 169)

钱杏邨态度逆转的实质是其"批评标准"由反映"创作与时代的关系"到呈现"新兴阶级文学的立场"的转变,是由"时代文艺"到"阶级文艺"的方向转换。四篇评论中,第二篇《动摇》的书评写作于 1928 年 5 月 29 日,而第三篇考察《追求》的书信则写作于 1928 年 10 月 18 日,在这两篇文章写作的间隔期间,影响钱杏邨态度转变的文坛动向,一则是茅盾的檄文《从牯岭到东京》的发表,二则是藏原的译作《到新写实主义之路》的引入。

日本学者芦田肇指出,藏原惟人的"新写实主义"论正是造成"钱杏邨的批评原理发生质变"的"直接原因",钱杏邨选择接受了"藏原理论"之中"'用无产阶级前卫的眼睛'观察世界"的"第一命题",而相对忽视了"以严正的现实主义者的态度进行描写"的"第二命题",这就造成其关注的重心由"时代"转向作者的"立场"和"思想"。至于他为何在两项命题中专注前者而忽略后者,芦田肇认为这是缺失"现实的基础"就"从日本机械地输入"而发生的理论"错位"(24 - 52)。芦田肇对于钱杏邨接受藏原理论之脉络的现象梳理基本正确,但对于其中原因的归纳则有待商榷。值得追问的是,如果仅仅是简单的机械输入理论,那么为何又在其中有所选择偏重? 这种选择究竟是源于"现实基础"的缺失,还是因为钱杏邨与藏原在论战之中所面对的"现实"并不相同呢?

藏原惟人在《到新写实主义之路》中曾提出过一个重要论断:"普罗列搭利亚作家,决不单以战斗的普罗列搭利亚特为他的题材","他只是在那时候,将用其阶级的观点——用现在的唯一的客观的观点——去描写地吧。问题只在作家的观点,不必在其题材"(16)。藏原这句话所针对的现状,是当时日本普罗文学只以"工人"、"劳动者"为描写对象而导致的题材单一化倾向;他将判定标准由"题材"转换为"观点",目的是在保证立场正确的同时"拓展"左翼文艺的题材和视野。而在中国文坛,"革命文学"论战状况则反其道而行之。前文提到,太阳社与茅盾最初在"文学反映时代"这一认知上达成共识,因此即使描写的对象是"小资产阶级",只要其反映了时代的一种面向,依旧可以被视为"革命文学"创作。换言之,"时代题材"正构成了钱杏邨早期文学批评的"标准",这一标准实则也是相对包容且开放的。

然而,自《从牯岭到东京》起,茅盾在创作小资产阶级"题材"的基础上,进一步宣扬了"新文艺"应当为"小资产阶级"而非"无产阶级"而作的"观点"。在钱杏邨看来,这也就是茅盾公然宣布了自身作为小资产阶级的"态度"与"立场",借高举"小资产阶级革命文艺"的大蠹以消解二社"无产阶级革命文学"命题之合法性,这无疑展现了他从"我们的友人"而站在了"革命文学"对立一面的姿态。依据"藏原理论",正是"观点"而非"题材"决定了作家及文学创作的根本"性质"。因此就钱杏邨而言,也正是茅盾的"发难"首先宣布了他与"革命文学"派在"阶级立场"上的"对立",钱氏亦由此发现此前自身以"时代题材"评判"革命文学"之"标准"的"失效":"一个革命的作家,他不能把握得革命的内在的精神,虽然作品上抹着极浓厚的时代色彩,虽然尽了'表现'的能事,可是,这种作品我们是不需要的,是不革命的"(《"追求"——一封信》111)。所以,正是批判茅盾的现实需求,促使了钱杏邨在"藏原理论"的两个命题中"发现"了"写正确"(对应阶级立场)之重要,并有意淡化"写真实"(对应时代题材)的另一面。然而从结果来说,与日本语境相较,对"观点"而非"题材"的强化,反而造成了中国"革命文学"文艺视野的"收缩"。

综上所述,以"新写实主义"为线索重审"革命文学"论争,可以发现既往"二元对立"思维模式所遮蔽的历史现场之复杂性。事实上,钱杏邨对于"新写实主义"的阐释,也未尝不可视作另一种策略性的"误读"。在钱杏邨与茅盾论争的关系结构中,正是对于"新写实主义"之无意/有意的误读,部分造成了论争的错位、激化,并实质上影响了"新写实主义"在中国的阐释路径及走向。

三、"误读"的"新写实主义"
——"钱杏邨理论"与"藏原理论"之差异

在《从东京回到武汉》中,钱杏邨将"新写实主义"的特质概括为四点;其中,仅有第一点是对"写实性"的阐释,且仍附加了有关阶级立场的限定(《阿英全集》第1卷366-367)。可以说,"钱杏邨理论"之要素虽然均取法自藏原惟人,但相较"藏原理论"试图在"文学"与"政治","写真实"与"写正确"之间调和、折中的态度,钱杏邨显然更为凸显其中政治的、"阶级正确"的一面。前文提到,正是与茅盾的论战促使钱杏邨对于"藏原理论"进行偏重和取舍,生成了钱杏邨对于"新写实主义"的策略性"误读"。也正是在"误读"这一特定视角中,"钱杏邨理论"与"藏原理论"之差异得以呈现。

首先关涉到的问题是对"现实"这一概念的理解与阐释。"藏原理论"大力倡导写实主义的复归,所针对的事实对象是日本左翼文坛"主观主义""观念主义"盛行的积习。因此,藏原所呼唤的"现实"首要是与"客观"同调而与"主观"相对的一种概念。与此同时,为了与日本近代强大的自然主义文艺传统相抗衡,凸显普罗列塔利亚的阶级立场,他又要求艺术在"客观现实"中发现于无产阶级所"必要的""典型的"一面,书写"现实以上的现实",这又提出了对于"现实"有选择的,甚至"超验"的认知。由此,"现实"和"现实以上的现实"这一对概念,在藏原文论中就产生了一定的理论裂隙与张力。

当"藏原理论""旅行"到中国文坛时,钱杏邨对于"新写实主义"之"现实"的介绍基本延续了藏原的理路,而在"革命文学"的论争实践中,"现实"这一概念则成为双方交锋的一大焦点。茅盾"以'现实'作为自我证明的手段","'合于现实'是茅盾证明自己创作的重要途径"(张广海 26)。在《从牯岭到东京》中,他反复强调《蚀》三部曲的创作是完全排除了主观因素,"老实""忠实""客观"的表现"现实"。"茅盾之所以要亲自对《蚀》三部曲的'客观'性做权威性的论证,其用意在于通过强化三部曲纯粹的'客观的真实'来淡化它在美学上的意识形态性,即所谓的'倾向''立场'"(李跃力 58)。与之相对的,为了破除茅盾"客观性"的"假象",揭示其中小资产阶级意识形态及立场的"反革命"性,钱杏邨就必须召唤"新写实主义"文论中,"客观性"之外的,"现实"之"意识形态性"的另一种面影。这就实然进一步扩张了"藏原理论"的裂隙,强化了对于"现实以上的现实"之追求。

在《中国新兴文学中的几个具体的问题》中,钱杏邨直截了当指明了"革命文学"派与茅盾在何为"现实"问题上观念的分歧:

> "普罗列塔利亚作家所要描写的'现实'……决不是像那旧的写实主义,像茅盾所主张的,仅止是'描写''现实','暴露'黑暗与丑恶;而是要把'现实'扬弃一下,把那动的,力学的,向前的'现实'提取出来,作为描写的题材。"(《阿英全集》第 1 卷 449 - 450)

在另一篇名为《茅盾与现实》的文章中,钱杏邨曾借茅盾的言述提出,当下实际存在两种维度的"现实",一种是"大勇者,真正的革命者",另一种是"幻灭动摇的没落人物",这两种"现实"既然都作为"事实"而存在,关键就在于何者"真正的代表着时代","完成这时代的作家的任务",何者就成为应当被发扬的"现实"(《阿英全集》第 2 卷 195 - 197)。结合这两篇文章来看,以钱杏邨为代表的"革命文学"派并不将"现实"真正等同于"客观事实",而认为其中内含着强烈的意识形态及价值导向。对于"现实"概念的层层切割、包装让其仿佛成为又一个"任人打扮的小姑娘"——"现实"必须被"提取""扬弃",成为"向上的""向前的"的题材,方才成为"真正"的"现实"。这种对于"现实"过于"先验"的约束只能造成"观念的""虚假的"的遮蔽,最终导向一种"非现实"的艺术论。

虽然理论的拆解并不困难，但值得反思的是这种"非现实"的艺术论，尤其是其"拆解——重塑""现实"的逻辑理路，并未随着"钱杏邨理论"之批判以及"新写实主义"热的消散而结束，反而长久遗存下来，成为日后革命现实主义美学中主流的思维范式和支配性原则。

再者，藏原惟人与钱杏邨理论的又一个显著差异体现在对"小资产阶级"这一阶级群体的认知之上。藏原的态度总体而言是积极的，他认为小资产阶级作家及其创作虽然呈现出摇摆的、阶级协调主义的倾向，但仍具有一定的革命性与进步性；对于小布尔乔亚写实主义的创作成果，应当在批判其"个人主义"的基础上有所继承发展。在有关"文艺大众化"问题的讨论中，藏原的一个核心构想就是将普罗文艺的创作以其读者大众"自身的文化的水准"为标准进行分层分类，一类是"作为艺术的，有着社会底价值的作品的大众化"，另一类则是"没有艺术性，但在大众的教化和宣传的意味上有着价值的大众的作品的制作"（《新写实主义论文集》78）；前者以"已经获得了相当的文化的水准的读者（观者）"（79）为对象，后者以广大工厂、农村的大众为读者群。这里藏原虽没有明确提出"小资产阶级"的概念，但在具有相当文化水准的读者中，小资产阶级知识分子显然就占有很大的比重。因此，在藏原的观念体系中，小资产阶级文艺创作既有值得取法之处，小资产阶级读者群亦是文艺大众化的重要对象，这一群体自然也成为革命文艺构想所不可忽略的一环。

而在中国"革命文学"论争的语境中，"小资产阶级"则成为话语交锋的焦点。也可以说，正是茅盾对于"小资产阶级"作家立场、作品创作以及读者群的全面宣扬，"应激"了"革命文学"派对于这一概念的集中声讨和批判。在论争开始前，钱杏邨对于"小资产阶级"的态度甚至是友善且宽容的。在《批评的建设》中，他特意强调对小资产阶级的批评要注意"维持他们的革命情绪"，要以"友谊的态度"处之（15-16）。而在论争开始后，他却公开表态了自己态度的转向："我的态度较之批评'幻灭'与'动摇'时变了一点，这是对的，因为在我最近的经验之中，觉得批评的态度要严整，不能太宽容。无论对于敌人，抑是自己阵营里的同道者"（《"追求"——一封信》111）。钱杏邨调整姿态的直接原因是有感于论争情势之迫切。在他看来，作为小资产阶级代言人的茅盾已经率先于政治领域强调了该阶级之于中国革命的重要性，在文学领域又尤其将对于"小资产阶级"及其文学的宣扬建立在对"革命文学"的批判之上；而在论敌如此主动出击的情况下，己方对于小资产阶级的批评教育自然也不待徐徐图之。因此，钱杏邨等一众"革命文学"派同人才会聚集火力，短时间内针对这一阶级展开集中批判，包括在文学上否认"小资产阶级革命文学"存在之合法性，同时在意识形态上指认其"妥协""动摇""不长进"的阶级特性。应该说，"革命文学"派对于"小资产阶级"之性质的认知基本符合马克思主义阶级学说的一贯论述（包括并非全然否认其革命性），但显然与茅盾的论争更加激化了其中批判性的一面。

四、结 语

　　从日本共运的自身发展脉络来说,藏原惟人作为福本和夫的后继者,批判并扬弃了"福本学说"对于日本无产阶级文艺运动的负面影响,从而确立了"藏原理论"新的指导地位。而在中国的"革命文学"论争中,"福本学说"和"藏原理论"却分别经由创造社和太阳社之引介,几乎"共时性"地对中国的左翼文艺运动产生了显著的影响。

　　后期创造社主要通过效仿"福本主义"的话语模式,先发制人地开展"理论斗争"和"文化批判",以确证"革命文学"的合法性并迅速抢占主导和话语权。相较之下,太阳社对于"藏原理论"的引介和运用过程,则更加呈现出历史现场的复杂面貌。就理论本身而言,"藏原理论"之所以吸引太阳社,最初源于其对普罗文艺和文学创作"本体"之注重。然而,中国左翼对于"新写实主义"的现实运用,实际却与太阳、创造二社同茅盾有关"革命文学"的论争相伴相生。尤其就茅盾和钱杏邨二者而言,正是对于"新写实主义"之无意/有意的误读,部分造成了论争的错位、激化,并实质上影响了这一理论在中国的阐释路径及走向,最终造成了钱杏邨理论偏重"阶级立场"而轻视"现实书写"的"左倾"面貌。此外,本文虽然论证了钱杏邨对于"藏原理论"的运用——偏重——取舍也存在现实基础,但这一"现实"更多指向论战之中的"现实语境",而非对于中国左翼文艺之"文学现场"与未来发展更为长远及深度之思考。因此,以钱杏邨为代表的早期中国左翼文艺实践,在学习、借鉴国际共运理论过程中的经验与得失,依然值得我们当下持续的注重和反思。

参考文献

Hiromi, Ashida. "Qian Xingcun's 'New Realism': Relationship with Kurahara Korehito's 'Proletarian-Realism' and Beyond." Trans. Li Xuan. *The Era of Left-Wing Literature: Selected Papers from "The Society for the Study of Chinese Literature of the 1930s" in Japan*. Ed. Wang Feng and Shirai Shigenori. Beijing: Peking UP, 2011. 24-52.

［芦田肇:《钱杏邨的"新写实主义"——与藏原惟人"无产阶级·现实主义"的关系及其他》,李选译,收入王风、白井重范编:《左翼文学的时代:日本"中国三十年代文学研究会"论文选》,北京:北京大学出版社,2011年,第24-52页。］

Cheng, Fangwu. "Toasts." *Cultural Critique* 1(1928): 1-2.

［成仿吾:《祝词》,《文化批判》1928年第1期,第1-2页。］

Jiang, Guangci. *The Collected Writings of Jiang Guangci* vols. 2 and 4. Shanghai: Shanghai Literature and Art Publishing House, 1983 and 1988.

[蒋光慈:《蒋光慈文集》第 2 卷、第 4 卷,上海:上海文艺出版社,1983、1988 年。]

Kuang, Xinnian. *1928: Revolutionary Literature*. Beijing: People's Literature Publishing House, 1998.

[旷新年:《1928:革命文学》,北京:人民文学出版社,1998 年。]

Korehito, Kurahara. "The Road to Neorealism." Trans. Lin Boxiu. *Sun Monthly* stoppage issue (1928): 1–18.

[藏原惟人:《到新写实主义之路》,林伯修译,《太阳月刊》1928 年停刊号,第 1–18 页。]

---. "The Quest for New Art Forms." Trans. Shao Shui. *Gregarious* 12(1929): 12–46.

[藏原惟人:《向新艺术形式的探求去》,勺水译,《乐群》1929 年第 12 期,第 12–46 页。]

---. *Essays on New Realism*. Trans. Zhi Ben. Shanghai: Modern Bookstore, 1930.

[藏原惟人:《新写实主义论文集》,之本译,上海:现代书局,1930 年。]

Li, Yueli. "The Avoidance and Exile of 'Reality': Revisiting 'New Realism'." *Modern Chinese Culture and Literature* 1(2012): 55–66.

[李跃力:《对"现实"的规避与放逐——再论"新写实主义"》,《现代中国文化与文学》2012 年第 1 辑,第 55–66 页。]

Lu, Xun. *The Complete Works of Lu Xun* vol. 4. Beijing: People's Literature Publishing House, 2005.

[鲁迅:《鲁迅全集》第 4 卷,北京:人民文学出版社,2005 年。]

Mao, Dun. *The Complete Works of Mao Dun* vol. 19. Beijing: People's Literature Publishing House, 1991.

[茅盾:《茅盾全集》第 19 卷,北京:人民文学出版社,1991 年。]

---. *The Road I Traveled* (middle). Beijing: People's Literature Publishing House, 1984.

[茅盾:《我走过的道路》(中),北京:人民文学出版社,1984 年。]

"Post-Edited." *Sun Monthly* 5(1928): 1–5.

[《编后》,《太阳月刊》1928 年第 5 期,第 1–5 页。]

Qian, Xingcun. *The Complete Works of A Ying* Vol. 1 and Vol. 2. Hefei: Anhui Education Publishing House, 2003.

[钱杏邨:《阿英全集》第 1 卷、第 2 卷,合肥:安徽教育出版社,2003 年。]

---. "'Disillusionment'." *Sun Monthly* 3(1928): 1–9.

[钱杏邨:《"幻灭"》,《太阳月刊》1928 年第 3 期,第 1–9 页。]

---. "'The Quest': A Letter." *Taito Monthly* 4(1928): 105–12.

[钱杏邨:《"追求"——一封信》,《泰东月刊》1928 年第 4 期,第 105–112 页。]

---. "Criticism and Copybook." *Sun Monthly* 4(1928): 1–24.

[钱杏邨:《批评与抄书》,《太阳月刊》1928 年第 4 期,第 1–24 页。]

---. "The Construction of Criticism." *Sun Monthly* 5(1928): 1–21.

[钱杏邨:《批评的建设》,《太阳月刊》1928 年第 5 期,第 1–21 页。]

---. "'Shaken'." *Sun Monthly* stoppage issue(1928): 1–19.

［钱杏邨：《"动摇"》，《太阳月刊》1928 年停刊号，第 1－19 页。］

---, ed. *How to Study Emerging Literature*. Shanghai: Nanqiang Bookstore, 1930.

［钱杏邨编：《怎样研究新兴文学》，上海：南强书局，1930 年。］

Zhang, Guanghai. "Mao Dun and the Revolutionary Literary School's Dispute over the View of 'Reality'." *Modern Chinese Literature Studies* 1(2012)：16－31.

［张广海：《茅盾与革命文学派的"现实"观之争》，《中国现代文学研究丛刊》2012 年第 1 期，第 16－31 页。］

现实主义的回归与开拓

——以新时代乡土书写为中心

周　倩[*]

摘　要：新世纪以来，乡土现实书写面临困境，阎连科长篇小说《受活》的后记《寻找超越主义的现实》一度引发学界关于乡土文学中"现实主义传统的失落"的争论。乡土书写中"现实"向"现代"的转型，"写实"到"象征"的变迁，在一定程度上导致对故事叙述的过度偏重，由此产生失真、浅薄等问题与弊病。进入新时代的乡土写作力求突破这一困境，重构乡土文学与乡村现实之间的有效关系，重振乡土文学介入现实的能动效应。作家通过如盐入水地走近乡村，深入肌理地采风与考察，探知与体认当下真实的中国乡村。他们的创作经由风土人情与民风民俗的融入，乡村日常生活的刻画，贴近真实、贴近自然、贴近土地的书写姿态，使得民间文化资源与现实主义风格互构，赋予乡土写作新生意义与审美特质，开拓乡土书写与现实主义创作的新路径。

关键词：乡土文学；现实主义；新时代

Title: The Return and Development of Realism—Focusing on Local Writing in The New Era

Abstract: Since the new century, the writing of local reality has been faced with difficulties. Yan Lianke's postscript "In Search of the Reality of Transcendence" in his novel *Lenin's Kisses* once triggered a debate about the "loss of the realistic tradition" in local literature. The transition from "reality" to "modern" and from "realism" to "symbolism" in local writing, to a certain extent, lead to excessive emphasis on story narration, resulting in distortion, superficiality and other problems

---

　　* **作者简介：**周倩，兰州大学文学院博士研究生，主要从事中国现当代文学研究。联系方式：2486126036@qq. com。

and drawbacks. Local writing in the new era strives to break through this dilemma, reconstruct the effective relationship between local literature and rural reality, and revive the dynamic effect of local literature intervening in reality. The writer approaches the countryside like salt into the water, and goes deep into the texture of the sampling and investigation, to explore and understand the real Chinese countryside. Through the integration of local customs and folk customs, the depiction of rural daily life, and the writing attitude close to reality, nature and land, their creation makes the folk cultural resources and realistic style mutually construct, endows local writing with new meaning and aesthetic characteristics, and opens up a new path for local writing and realistic creation.

Key Words: local literature; Realism; New era

阎连科在长篇小说《受活》的后记《寻找超越主义的现实》(阎连科,《受活后记》297)以及与李陀的对谈中,指斥现实主义是"谋杀文学的元凶",宣称要实现对现实主义的突破与超越,提出"超现实写作"这一新路径,由此引发了关于乡土文学中"现实主义传统的失落"的争议与讨论。

新世纪以来,乡土现实书写的进一步发展曾一度遭遇瓶颈,阎连科、贾平凹等重要乡土作家都曾表露出他们所面临的叙事焦虑与言说困境。如何在现代性的冲击之下延续写实主义传统,如何开拓适应当下时代的创作模式,如何展现新时代山乡巨变、乡村多元发展的社会现实,这一系列问题成为乡土文学中现实主义写作发展的关注重点。

新时代的乡土写作力求对这些书写困境与难题做出突破与回应,作家通过更加深入地贴近乡土自然与乡村真实,以求真的笔触如实记录、还原和呈现当下中国乡村的真实样貌,并对乡村的未来发展提出建设性思考,尝试开拓乡土文学与现实主义创作发展的新路径。

一、失落抑或回归? ——乡土文学现实主义书写的困境与新尝试

《受活》扉页上的题词"现实主义——我的兄弟姐妹哦,请你离我再近些。现实主义——我的墓地哦,请你离我再远些"揭示了阎连科个人文学经验的某种本质,其作家自我塑成与文学世界的建构源于长期的现实主义接受、认知与训练。与此同时,这句题词也明确表露了他在当下个人创作体验中遭遇的困境,即他所面临的某种叙事焦虑。阎连科敬仰 20 世纪 30 年代的作家对"劳苦人的命运"的书写,排斥"庸俗的现实主义,

粉饰的现实主义，私欲的现实主义"，但他又不愿回到"简单、概念、教条，甚至庸俗"(李陀 48－49)的传统文学手段及现实主义的正剧模式创作之路上。因此他将创作的困境、叙事的无力归结于现实主义创作范式的限制，决意突破和超越现实主义的窠臼，通过"解除叙事的成规"，"解放文学视域"(南帆 66)，开辟出新的乡土小说写作路径。从《日光流年》中荒诞的神话宿命式结构，到《坚硬如水》中奇异的政治隐喻怪象，再到《受活》狂想式的超现实写作，如同学者南帆所言，到达《年月日》这一临界点之后，缓慢的故事节奏无法承载和抑制强烈的叙事压力与表达动力，最终这一创作冲动冲破了现实主义形式的躯壳。阎连科开始用超现实想象构建起高于逻辑、超出现实的乡村世界，借由种种怪诞、奇诡的文学构想去言说与展现他心目中真实的乡村居民的生存形态。

阎连科固然做出了凸显个性化的新尝试，而他的写作观念也引发诸多争论。在持经典现实主义观的学者与评论家看来，阎连科怪诞的狂想损伤了现实主义性，以恣意的虚构取代了对现实的描摹，只将自我的狂想当做真实，他的创作嬗变可被视作乡土文学现实主义传统失落的标志，而路遥的《平凡的世界》才可称作是现实主义的真正典范(邵燕君 5)。另一方面，也有评论家持相反的观点，认为阎连科回到了对乡土中国生存困境的关照，以融入后现代写作思维及表达手段的方式，使传统现实主义呈现出开放姿态，实现了对乡土文学写作范式的新的开创(陈晓明 67－69)。更有学者提出，阎连科并未背离书写乡土现实的根本目的，他所标榜的"超越主义"或是一种"反现实主义的现实主义"(梁鸿 95)。

从某种意义上来说，阎连科的创作的确并未背离书写乡土现实的初衷和关切农民命运、为劳苦大众发声的立场，他认为"只能用超现实的方法，才能够接近现实的核心，才有可能揭示生活的内心"，否则他的写作将难以为继(李陀 49)。事实上，阎连科所经受的叙事焦虑也折射出当代乡土文学发展所面临的共同困境，尤其是乡土现实书写中，写实的写作传统与现实主义边界拓展之间的不协调与不契合之处，持续引发着文学创作与理论批评的相关争议。

从 19 世纪的批判现实主义，到 20 世纪的社会主义现实主义，再到兼容现代派的无边的现实主义，抑或以《百年孤独》的风行与影响为代表的魔幻现实主义等流派、定义的盛行，伴随着现代性观念意识、思维方式的涌入与流行，似乎传统的"现实"所能承载与蕴含的表现力在逐渐衰弱，而寻求更为多元化、更富文本张力、更具美学意蕴的表达方式成为更为主流的创作趋向。随着社会现代化发展深入，商品经济、消费主义的热潮涌动，一方面文学具有了更多市场化价值追求，另一方面，传统乡村的边缘化，使得乡土文学的现实书写总体偏向对逝去的田园牧歌的哀婉叹息，流露出对乡土现实感到无望的消极态度。

在这种发展态势下，乡村逐渐成为某种寓言的载体，或者一种文化符号的象征，乡土世界一度成为与现代社会相背而行、渐行渐远的世外桃源，成为由文学话语与构想搭建起来的封闭式的小世界，而真实的乡村样貌却日渐模糊。"作为现实主义的'叛逆之子'，现代主义对现实主义的超越具有反抗性质，同时也是有代价的"，"现代主义将人类具体的苦难放置到人类历史的深远背景中进行形而上的哲学思考，从而具有了超历史性、神秘性和荒诞性。"（邵燕君 5－6）但由此苦难被抽象化、历史被神秘化、现实被荒诞化，失去了其原有的意义的厚度。乡土写作中"现实"向"现代"的转型，"写实"到"象征"的变迁，引导了对故事叙述方式与结构的过度偏重，对写作手段与技巧的过分倚重，使得形式逐渐大于内容，最终产生失真、浅薄等问题与弊病。

有关乡土文学中的现实主义的争论，以及乡土现实书写的叙事困境成为笼罩着当代乡土写作的一个整体背景。在面临诸多相悖的观念意见、创作与批评的相关问题和困惑的情况下，新时代的乡土写作又出现了回归现实主义的趋向，这也是当下的乡土作家对乡土书写困境的一个回应和新的尝试。面对观念和写法上的争论，他们不再沉湎于对逝去的传统乡土的过分哀叹，而试图真正地回归到当下乡土中的真实。

乡土文学中回归现实这一创作趋向的出现，与社会现实发展的总体进程与历史背景息息相关。新世纪以来，随着脱贫攻坚、乡村振兴等国家重要战略的推行与落实，乡村社会由内而外发生新的变化，对这一变革加以关注、观察、记录和书写成为乡土作家创作的应有之义，从而促使乡土文学作品也呈现出一种新的面向。如周大新的《湖光山色》（2006）、关仁山的《金谷银山》（2017）、老藤（滕贞甫）的《战国红》（2019）、赵德发的《经山海》（2019）以及乔叶的《宝水》（2022）等作品，不仅如实反映乡村的风土人情、发展困境，以及乡民的真实内心与诉求，不只停留于对传统乡土中国的渐渐消弭与逝去的慨叹，而是"以建设性姿态思考着中国乡村的未来，并试图提出乡村重建的方案"（雷鸣92）。正如乔叶所宣言的那样："我想写有新特质的乡村"，对"牧歌式的，悲歌式的，审判式的，或者是隔着遥远的时间距离而把相对静止状态的乡村记忆放在过去时中去感叹的写作"缺乏兴致（乔叶）。

当下中国乡村转型与变革的实况给予乡土写作以现实支撑，促使乡土现实书写在乡村思考路径方面实现突破。不同于鲁迅及"五四"时期乡土文学群体，以及80年代以来高晓声、韩少功等对乡村的批判性思考，主要以客观中立的视角与立场进行冷峻揭露、审视、剖析；也不同于20年代的废名、30年代的沈从文，以及90年代以来迟子建、阿来、贾平凹、张炜等对乡村传统文化的考察、寻根，对现代文明的批判，以期寻找精神家园、发掘原始的自然的理想人性；当下的乡土书写提出对乡村的建设性思考，呈现乡村现代化发展新形态、展现对乡村未来图景的设想与展望，从而为乡土现实的新的生长与发展谋求文学建构与文化意义上的新出路。

二、贴近现实的创作诉求与路径

在乡土书写中出现回归现实主义的创作诉求是一种必然的趋势，事实上中国的乡土书写从未远离对乡村社会历史真实的描摹、反映与回应。乡土写作的现实主义传统可以追溯到鲁迅那里，从鲁迅批判国民性的启蒙之作以及在他的旗帜下形成的乡土小说流派，茅盾主张贴近现实的社会剖析小说为代表的批判现实主义，到以左翼文学作家和新中国成立后柳青、周立波等作家的创作为主的革命现实主义/社会主义现实主义，再到被认为接续了批判现实主义传统的八十年代路遥、高晓声、李佩甫等乡土作家的创作，现实主义的写作范式与时俱进，乡土书写的创作模式也随之改变。

乡土写作对现实主义的回归是必然会产生的诉求与趋向，而对现实主义的开拓则成了当下乡土作家所面临的历史难题。正如学者丁帆所指出的，"'柳青模式'和'路遥模式'这两种书写模式，是被认可的乡村书写典范。但是，我们不能不说，这样的模式已经不适合当下乡村巨变的历史语境了。如何面对当代巨变下的乡村书写？写什么？怎么写？这是这一世纪文学给作家提出的历史诘问。"（张清俐）在新时代的历史进程中，伴随着中国式现代化的深入发展，在脱贫攻坚、乡村振兴的宏大时代背景笼罩下，为回应时代的需求与召唤，新时代乡土文学理当以乡村革新、时代巨变为关注焦点，书写山乡巨变、伟大事业、改革进程成为个人化情感诉求与时代性任务感召相结合统一的创作目的与动机。

在此基础上，创作路径的选择成为新时代乡土文学作家所共同面临的难题，其中有相当一部分作家选择了与阎连科秉持的超越现实之道相反的方向，抑制了向"现代性""超写实"的转型这一"自然"的"进步之途"（邵燕君 9），而是萌生了更加深入、全面贴近乡土现实的创作诉求。比起鲁迅站在知识分子立场对国民性进行审视与剖析，以启蒙主题与文化批判为主要内容的主观现实主义，这类作家的创作诉求与理想似乎更贴近赵树理、柳青式的对某一历史时段乡村具体发展、现实变革进程的如实还原与书写。他们聚焦乡土社会现实及其历史变迁，延续客观展现乡村社会现实本身的赵树理传统。例如，王跃文的《家山》以百年家族史为聚焦点，沙湾地区的沧桑历变与几代父老乡亲的生活变迁为叙事轴心，几乎涉及近百年中国历史进程中的所有重大事件，书写"沙湾巨变"的乡村史诗，与柳青《创业史》的史诗性建构如出一脉。但与彼时宏大叙事的建构不同，当下的乡土小说更倾向于以日常生活为本位，如乔叶的《宝水》以"极小事"、碎片化的日常生活叙事来还原乡村生活，并提出面向未来的乡村建设性思考。

中国式现代化进程中乡村社会的多元发展与重大转型，对乡土现实书写提出了空前的巨大挑战。《秦腔》问世之后，贾平凹在与郜元宝的对谈中，坦言随着农村的巨大变化与个人认知的嬗变，他没办法再把握对故乡的书写，"我所目睹的农村情况太复杂，不知道如何处理，确实无能为力，也很痛苦。实际上我并非不想找出理念来提升，但实在寻找不到"(邵元宝)。由此贾平凹一直以来面对乡土时的"回去"姿态，转变为了"告别"的情绪，并以此构成了这部作品的情感基调和意义旨归——贾平凹宣言写下《秦腔》是在为故乡立碑，"为了忘却的纪念"。在当代作家的创作视域中，传统的乡土认知已然发生根本性的改变，他们无法再遵循和贯彻传统的、经典的写作模式，面对传统村庄不可避免的、日渐消逝的最终宿命，以及正在新生的现代化乡村日新月异的陌生面貌，他们不得不开拓新的思考路径，探寻新的写作方法。

"在中国当前的社会背景和文学背景下，继续走现实主义的路，重续'庄重、严肃、深刻'的现实主义传统不是一条因循的坦途，而是一条充满挑战、'费力不讨好'的畏途，其中有些困境是许多作家难以跨越的。这样的困境首先在于，继续现实主义传统必须对瞬息万变的新社会现实有着敏感深入的了解，对于写苦难的作家而言，必须一直与广大'受苦人'站在一起，对于他们现实的痛苦有着感同身受的体验。这一点看似简单，但对于许多深陷于'名利场'的作家来说，却是'不现实'的要求。"(邵燕君 11)面对乡土世界中正在进行中的宏大的社会转型与疾速的多元变革，当下的乡土作家或是缺乏足够深入、全面、切身、长期的生活体验，或是缺乏足以囊括和阐释这一社会变革历程的思想资源的知识储备，传统的写作范式已然过时，过去建构的理性判断和美学原则都已失效。"当作家们面对在第三次文化裂变中变得陌生的乡村社会时，他们既已建立起来的现实认知和艺术表现能力渐渐不足"，"在这种情况下，'真实记录'似乎成了一种可靠的叙事策略。"(李震 95)作家缺乏深入的主体体验，难以对当下多元的变革作出整体的把握和鞭辟入里的剖析与书写，难以把控对完整的乡土故事的叙述，所以选择将如实记录作为一种可行的有效路径，口述实录、纪实文学开始在乡土写作中盛行，整体的价值取向也不再固化于此前对美和善的过度强调，而是出现了求真的趋向。

进入新时代，乡土作家群体开始顺应时代潮流的号召，或自觉自发地履行记录、反映乡村社会真实与变革的使命，产生贴近现实的创作诉求，并将采风与考察，田野调查与实地采访作为触及真实、探知本质的必由之路，走近并深入乡村，积淀真实的生活经验，力求做到对当地大量地方性知识的全面掌握。赵德发在他的现实主义题材长篇小说《经山海》中呈现出一个依山傍水、半农半渔的海边乡镇之前，已在日照有了近 30 年的生活体验，而为了更好地完成反映新时代乡村振兴历程的写作任务，为了更加生动、真实地反映这一变革过程，他在 2018 年走过山东多地的村落进行采风、调查，采访了众多基层乡镇干部，最终花费一年时间写下这部书写新时代中国乡村振兴伟业的现实主义小说力作，聚焦海边乡镇的时代新人经山历海、振兴乡村的历程。乔叶自言在个人诉求与时代感召两相呼应之下，通过长期的"跑村"与"泡村"，观察乡村新面貌、新人物、新现象，积累大量的写作素材，试图在创作中与新时代同频共振，在新作《宝水》中描摹出当下中国的新山乡，展现一个处于传统与现代这一历史嬗变阶段中的寻常普通的豫北山村，力求实现对乡土中国现代化的文学书写。王跃文在《家山》的创作中，贯彻朴实的现实主义创作方法，坚持"史笔为文"的创作态度，"对小说中写到的岁月，从烟火日常到家国大事都下过一番考证功夫。他认为，文学从来都是人类的共同记忆，与其说是自己创作了《家山》，不如说是生养他的那一方父老乡亲创作了这部小说，创作者只是替同胞在言说。"（中国评协）杨志军在写下《雪山大地》之前，已在青海藏区有过相当漫长的生存经历，对藏民、牧民生活环境的深入了解与体验，让他能够深入肌理地书写青海藏区数十年来改天换地的沧桑巨变，当地藏汉民众生产生活方式、身份地位及价值追求的嬗变，草原牧人的生活变迁以及青藏高原上的父辈故事和家族历史。俯下身紧贴现实土壤的姿态，近距离的细致观察，切身的生活体验，切实的走访、考察与实践，作家们所采取的这一系列实际行动，为真正回归乡村的真实、消弭远离群众偏离现实的失真弊病提供了可行方案。

三、"非虚构"策略借鉴与内容形式的现实指向

出于回归真实的乡土，贴近现实的土壤这一创作诉求，乡土作家愈加青睐纪实文学的形式和现实描摹的笔触，新世纪以来的乡土写作中涌现出大量报告文学和非虚构写作的创作现象。相当一部分作家抵达近年来脱贫攻坚和乡村振兴战略在乡村中推行实施的前线阵地，以记者的立场与视角，如实反映和记录这一宏大的社会转型与变革历程，观察和描摹当下中国乡村脱胎换骨、日新月异的革新与发展。例如王华的《海雀，海雀》就记述了"时代楷模"海雀村的村支书文朝荣带领村民改善石漠化地貌、退耕还林、保护生态、强化教育、摆脱贫困和共同富裕奔小康的事迹。为了写好这部报告文学，王华住进了海雀村文老支书儿子的家里，与海雀人同吃同住，最终在作品中呈现出这一怀揣朴素的信仰、吃苦耐劳、热爱家国、为民奉献、朴实亲切的活生生的农村老干部形象。顾长虹的《被星星围住的阿丽玛》，何永飞的《奔腾的独龙江》，何炬学的《太阳出来喜洋洋》，次仁罗布的《鲁甸：废墟上开出的花》，黄伟的《悬崖之上》，刘晓平的《遥远的故土》，彭学明的《人间正是艳阳天》，罗大佺的《石头开花的故事》，侯健飞的《石竹花开》，徐一洛、冯昱的《山那边，有光》，林超俊的《红土地上的秀美人生》等诸多作品都是集文学性与新闻性为一体的报告文学作品。即便其中不乏受命之作，但大量报告文学的产生也构成了顺应时代感召、记录社会变革、关注民生问题、回应社会关切的文艺创作潮流，不少作品的诞生都建立在切身的走访、调研、考察的基础之上，真切地反映了这一历史阶段乡村转型与革新的社会真实。

另一部分作家则由文艺创作者的采风深入到社会学层面的田野调查，显示出更具

专业性的严谨考量和对中国乡村发展过程更加深入的理性思考。梁鸿的《中国在梁庄》和《出梁庄记》即是其中的典型之作,通过广泛的走访与真实的记录,走过从梁庄起始,经西安—南阳—内蒙古—北京—郑州—南方(主要指广东深圳)—青岛,最后再回到梁庄的人物采访路线,以非虚构写作的方式还原一个乡村的变迁史,直击农民最真实的生存境况,感受他们在新时期的悲欢离合。孙惠芬的《生死十日谈》以作家在辽南农村的实地社会调研为写作基础背景,聚焦农村的自杀事件,记述"我"对死亡者亲属与邻人的采访过程,由此还原事件的本来面目,揭露造成村民心态失衡的社会问题。林白的《妇女闲聊录》则采用了口述实录这一非虚构写作中的主要方式,小说中明确标注了"闲聊"发生的时间、地点和讲述人的姓名,用真实性的拼贴来结构文学叙事,打破了过去乡土文学中农民失声或只能由他人代言的尴尬处境,尤其是让作为社会中弱势群体的底层女性也能够开口发声,言说自己真实的人生。林白在后记中表明,"我听到的和写下的,都是真人的声音,是口语,它们粗糙、拖沓、重复、单调,同时也生动朴素、眉飞色舞,是人的声音和神的声音交织在一起,没有受到文人更多的伤害"(林白,《妇女闲聊录后记》226)。她在创作中有意摒弃了文学性的加工,只强调原生态的如实还原。

20 世纪 70 年代末 80 年代初,美国六七十年代的非虚构小说(Nonfiction Novel)和新新闻报道(New Journalism)逐渐引入国内并产生影响,"非虚构"的概念由此传入中国,并在八九十年代和 21 世纪初先后掀起纪实文学和非虚构写作的热潮(刘栋 39)。学者张文东指出,"非虚构是一种创新的叙事策略或模式,这种写作在模糊了文学(小说)与历史、纪实之间界限的意义上,生成了一种具有'中间性'的新的叙事方式"(张文东 44)。学者杨庆祥在论及非虚构写作的当下与可能时提出其"以在场的方式再次勾连起文学与社会的有机关联","试图在'个人性'与'公共性'之间找到一种平衡,以这种方式激活并拓展现实主义写作的广度和深度","'非虚构'成为现实主义作家一种应对激变社会的主流叙述方式"(杨庆祥 81)。

新世纪以来,非虚构写作在作家在场、行动意识、真实记录、日常生活书写等方面的策略意识与现实主义书写深化与拓展的发展趋向相吻合,贴近现实、记录现实、反映现实的这一共通的创作意图,使得非虚构写作与现实主义创作显示出类似的创作心理,而非虚构写作在叙事策略、写法取径上对现实主义的乡土小说创作显现出示范性。

《人民文学》设置"非虚构"这一栏目,"特别注重作者的'行动'和'在场',鼓励对特定现象、事件的深入考察和体验"(《人民文学》208)。这一走出书斋、回到文学现场的"行动"与"在场"意识,在当下的乡土文学现实主义创作中也多有体现,尤其是以新时代脱贫攻坚、山乡巨变为题材的小说,作家在采风与写作过程中也展现出和报告文学相似的社会调查的广泛性与深入性。口述实录的表现方法也在现实主义乡土小说中日常化、通俗化、地方化的语言运用中多有借鉴,不少作家会将民间采风、走访考察过程中实地采访的对谈内容作为叙事片段,原汁原味地呈现在文本中。

以乔叶的《宝水》为例，文本跟随主人公地青萍的视角展开，地青萍的身份背景不仅具有传统乡土叙事中较为经典的返乡的知识分子这一属性，还具备退休的记者这一设定，因此她的观察角度、思考路径在一定意义上具有社会调查的专业性，她对乡村人像物象的观察，对民风民俗民情的体察，对乡民观念意识的体认，对乡村社会规则、人情世态的理解，也都与文本之外、现实世界中作家乔叶本人"跑村"和"泡村"的主体实践经验相融通。以地青萍的视角面向宝水村所作的参与性观察，对乡村社会中的乡建工作、基层治理、人情往来等社会现象，以及留守儿童教育、空巢老人赡养、传统文化传承乃至家暴与出轨等社会问题都进行了集中且持续的关注与反馈。回到乡土现场让写作具有一种在场感和参与性，梁鸿曾在《中国在梁庄》的前言中言及"不以偶然的归乡者的距离观察，而以一个亲人的情感进入村庄"，才有可能真正发现与理解乡村"存在的复杂性"（梁鸿，《中国在梁庄前言》2），这一点与《宝水》的创作路径非常一致。在表现方法层面，乔叶在语言上应用了大量原生态的豫北方言，不少叙事情节都是在"扯云话"这一叙事场景中展开，对原始自然的村庄闲话进行了还原。同时，考虑到读者接受问题，乔叶也对极度简洁的地方方言进行艺术改造与创化，使其更易于为读者所理解，例如将教育孩子的俗语"该娇娇，该敲敲"改为"该娇就娇，该敲就敲"，既保留方言的原味，又避免误读的困惑。

同样采用真实记录的叙事策略，另一部分作家选择从志人志怪等传统古典文学中汲取营养，选取地方志、史传体的文体形式为故乡立传，将地方风物风俗、人文传统全都纳入文学观照的视域，使自己的创作不单具有文学层面的审美性，还具备了包罗万象的百科全书式的博物属性。例如贾平凹用《秦腔》来为故乡立碑，此后又在原定名为《秦岭》和《秦岭志》的《山本》以及《秦岭记》中广纳秦岭地区在地理环境、生物特征、人文景观等方方面面的知识内容，希望整理出一部秦岭的动物记和草木记。他在《秦岭记》的后记中自陈："几十年过去了，我一直在写秦岭。写它历史的光荣和苦难，写它现实的振兴和忧患，写它山水草木和飞禽走兽的形胜，写它儒释道加红色革命的精神"（贾平凹，《秦岭记后记》263）。他将秦岭视作中华大地的"龙脉"，亦是中国乡土的中心，对秦岭的地方志书写和树碑立传，也蕴含着记录乡土的根源与原乡，传承悠久的历史记忆与厚重的文化底蕴的意味。海男的《乡村传》副标题为"一个国家的乡村史"，也是从标题的命名上就表明了为乡村立传编史的写作意图，她在书中勾勒乡村的形象，描写普通平凡的乡村人物，呈现粮食、牲畜、风沙等乡村物象，记述置身于乡村之中的身体体验。孙惠芬的《上塘书》同样是以编纂史书的态度，记录一个小村落地理、政治、交通、通讯、教育、贸易、文化、婚姻、历史的方方面面，深入乡村生活内层，把握乡村现实，实现对乡村凡俗世界的还原与建构。付秀莹也坦言自己怀有"为我的村庄立传"的野心，她所推出的《陌上》与《野望》都旨在绘出芳村这一华北平原上一个普通乡村的精神地图。

现实主义创作在作家在场、行动意识、真实记录、日常生活书写等方面的策略意识，以及文体样式、创作技巧、结构模式、表现方法上对"非虚构"的借鉴,体现了当下的现实主义创作对先验性的超越和对实践理性的坚持。

总体而言,在叙事内容与主题上,当代乡土现实主义作家逐渐倾向于将宏大时代叙事的背景框架与日常生活叙事的具体笔触相结合,呈现乡土中国的新形态,讲述返乡的情感体验与精神之旅,在新时代传承与延续家园意识和寻根情结。日常化、碎片化的叙事使得乡土文学作品不再仅仅聚焦于尖锐的社会矛盾,而偏向于描摹静水流深的乡村日常生活,不再固化于概念化的乡村故事模式,而是追求对原生态的、自然、真实的乡村形态与面貌的呈现。

以贾平凹为例,自《废都》起始,他的现实主义叙事转向了"日常生活流动的书写",与"新写实主义"所提倡的"生活流"书写相暗合,他从《秦腔》(2005)起,包括《高兴》(2006)、《古炉》(2011)、《带灯》(2013)、《老生》(2014)在内的一系列长篇小说,被称为"微写实主义"(李遇春 44)小说,从强烈、尖锐、犀利的精英立场的社会与文化批判视角,慢慢转向冷静、客观、写实的叙事姿态,采用"闲聊体""慢叙事"的艺术策略加强小说的真实性。贾平凹的这一叙事观念的嬗变,也代表着整个乡土文学创作的新面向与新路径。

通过客观写实的叙事姿态,当下的乡土文学展现当下真实的中国乡村图景,揭示处于传统与现代之间的乡村,对传统文化根基的延续,与其现代化的转型、革新与发展,并对这一变革过程进行深入体验与忠实记录,对未来乡村蓝图作出文学性展望。

一方面,在真实的乡村生活描写中,融入大量地方性知识,广纳风土人情、民风民俗、方言俚语、民谣民谚等民间文化资源。其中在叙事语体的选用方面,对方言的广泛采纳显得尤为突出,例如王跃文《家山》中的语言是典型的湘西溆浦方言,文本中大量采用口语化的俚语,林白的《北流》则是对广西粤语的展现。

另一方面,当下的乡土现实写作注重对乡村主体性、内生力的发掘,表明在传统乡村融入现代化发展的进程中,并非只有对消逝的记忆中的故乡的惋惜与哀叹,更多的是对未来乡村建构与发展的乐观想象,以及自发投入乡村建设的积极心态。作品广泛展现乡村农业新业态,张扬乡村精神新面貌,塑造新乡村人物形象,书写现代化进程中智慧乡村的多元化发展,新型农民的多样化身份。在对新乡村人物形象长廊的建设中,新时代背景下的基层乡村干部和坚持创新创业的新型农民这两类人物形象最具典型性,如周大新《湖光山色》中楚王庄的楚暖暖、关仁山的《金谷银山》中白羊峪的范少山、《天高地厚》中蝙蝠村的女青年鲍真、《麦河》中鹦鹉村的曹双羊,老藤的《战国红》中柳城的会写诗的杏儿、网红李青,赵德发的《经山海》中的吴小蒿等。

在叙事结构和形式上,当下的乡土写作出现再次启用线性叙事的现象,体现出对现代性写作的反拨。较之以往的乡土文学创作,叙事主体意识也在发生嬗变,视角的设定、观察的角度、共情的体验等方面都呈现新变,主角往往拥有新农民或外来者(不同于传统乡土小说)的身份属性，由此具备了超越性的意识与视角。

作品通常具备时间与空间上的真实性。主体意识经由个体存在介入乡村空间，以这一乡村空间为聚焦中心与主要舞台，兼顾城市与乡村之间链接/对立的空间关系，体现传统与现代的碰撞与融合。以一户农家、一个村庄为点，由点及面，通过这一乡村空间隐喻乡土中国的整个演变历程。

在这一文学世界中所建构起来的真实的乡村空间中，作家往往依据时间的流动架构整个故事的框架，引导叙事的推进。贾平凹在《秦腔》中用"密实的流年式的书写方式"(贾平凹，《秦腔》518)书写清风街近二十年来的发展演变和芸芸众生生老病死、悲欢爱恨的真实生活。王跃文的《家山》细致描绘沙湾村春种秋收的四季日常，展现湘西大地二十多年的历史风云。同样是对乡村改革发展历史演变的观照，在时间上对乡村现代化进程时间轴的截取则存在不同，比起《家山》偏向史诗形态的，时间跨度较大的宏大框架，《宝水》则选择聚焦并记录一年之间宝水村的革新与变化。

值得一提的是，包含《宝水》在内，有多部作品在结构编排上采取了依照时序的设计，回归到简单朴实的线性叙事，使故事内容的日常性与叙事结构的秩序性两相交融。"实际上叙事内容上的日常性和叙事结构上的秩序性，更考验作者对现实生活的洞察力，以及将其转化为洗练语句和动人故事的讲述能力。"(谢乔羽 150)叶炜的《后土》以二十四节气的时序来结构整个叙事，以惊蛰作序曲，又以惊蛰为尾声，使整个故事套入循环轮回的农业时间观，节气的更替、推移与农民生产劳作的日常作息相互呼应、融合，从而将三十年乡土中国的历史演变、线性发展融汇于平实的叙事之中。付秀莹的《野望》也采用二十四节气来谋篇布局，以节气的推移和流转作为出发点，聚焦一户农家的岁时纪事，以线性叙事的形式，由点及面折射出一个村庄在新时代的沧桑巨变。

小说中一年四季十二月二十四节气的时序流转，使得文本在自然秩序的支配下，与现实世界相贴近。这类小说创作从讲求充满波折起伏、戏剧冲突的故事性的叙事套路中脱离，转而寻求一种紧贴现实的日常性记述。当代作家在乡土叙事中不约而同地选取依照传统乡土观念与知识资源来结构故事，建立一种有别于现代性追求下的非线性叙事的新的叙事结构与秩序，亦可窥见本土性、地方性写作对现代化潮流的反拨与对抗。

总之，新时代以来的乡土文学直面现实写作的困境，坚守贴近现实的初衷，忠实履行关注、反映、记录乡土世界变革、乡村社会转型、农民身份转变等社会现象及民生问题的文学责任。在文体样式的选择、叙事结构的架设、写作方法的创新等方面作出新的尝试，彰显对现代性叙事的反拨与对抗，对写实传统的继承与开拓。对乡土文学中现实主义写作路径的新尝试与新突破，力求重构乡土文学与乡村现实之间的有效关系，试图重振乡土文学介入现实的能动效应，不仅深化了文学反映现实的功能，还发挥了文学具有前瞻性的想象力，不但立于当下，而且指向未来，对乡村的未来建设与发展提出了文学性的想象与展望。

参考文献

Yan, Lianke. "In Search of the Reality of Transcendence." *Lenin's Kisses*. Shenyang: Chunfeng Literature and Art Publishing House, 2004.

[阎连科:《寻找超越主义的现实——代后记》,《受活》,沈阳:春风文艺出版社,2004 年。]

Li, Tuo, Yan Lianke. "*Lenin's Kisses:* A New Attempt at Surrealist Writing." *Reading* 3 (2004): 44 - 54.

[李陀,阎连科:《〈受活〉:超现实写作的新尝试》,《读书》2004 年第 3 期,第 44 - 54 页。]

Nan, Fan. "*Lenin's Kisses:* The Grotesque and its Aesthetic Pedigree." *Shanghai Literature* 6 (2004): 66 - 73.

[南帆:《〈受活〉:怪诞及其美学谱系》,《上海文学》2004 年第 6 期,第 66 - 73 页。]

Shao, Yanjun. "Brush with the Suffering on the Earth—The Loss of the Realistic Tradition of Contemporary Local Literature Judging from Yan Lianke's *Lenin's Kisses*." *Literary Theory and Criticism* 6(2004): 4 - 17.

[邵燕君:《与大地上的苦难擦肩而过——由阎连科〈受活〉看当代乡土文学现实主义传统的失落》,《文艺理论与批评》2004 年第 6 期,第 4 - 17 页。]

Chen, Xiaoming. "He Attracted the Ghost Fire, He Swept Everything." *Contemporary Writers Review* 5(2007): 62 - 9.

[陈晓明:《他引来鬼火,他横扫一切》,《当代作家评论》2007 年第 5 期,第 62 - 69 页。]

Liang, Hong. "Narrative Mode and Aesthetic Strategy of Yan Lianke's Novels: A Discussion on the 'Realism Debate' of Local Literature." *Contemporary Writers Review* 5(2007): 92 - 9.

[梁鸿:《阎连科长篇小说的叙事模式与美学策略——兼谈乡土文学的"现实主义之争"》,《当代作家评论》2007 年第 5 期,第 92 - 99 页。]

Lei, Ming. "Finding the Way of Rural Construction and the Change of Tone of Chinese Local Novels: A Case Study of the Novel *Lakes and mountains, Golden Valley Silver Mountain*." *Novel Review* 1(2022): 89 - 97.

[雷鸣:《乡村建设之寻路与中国乡土小说的变调——以长篇小说〈湖光山色〉〈金谷银山〉为例》,《小说评论》2022 第 1 期,第 89 - 97 页。]

Qiao, Ye. "Fit the bones of the countryside to grow." *Literary Newspaper* October 18, 2022.

[乔叶:《贴合乡村的骨骼去生长》,《文学报》2022 年 10 月 18 日。]

Zhang, Qingli, Zhang Jie. "Writing Local Literature in the New Era." *Chinese Journal of Social Science* December 9, 2022.

[张清俐,张杰:《书写新时代的乡土文学》,《中国社会科学报》2022 年 12 月 9 日。]

Jia, Pingwa, Gao Yuanbao. "On the Dialogue between *Qin Opera* and Local Literature." *Hebei Daily*

April 29, 2005.

［贾平凹，郜元宝：《关于〈秦腔〉和乡土文学的对谈》，《河北日报》2005 年 4 月 29 日。］

Li, Zhen. "New Village Narrative and its Cultural Logic." *Chinese Social Sciences* 7(2023)：80‑99 ＋205‑06.

［李震：《新乡村叙事及其文化逻辑》，《中国社会科学》2023 年第 7 期，第 80‑99＋205‑206 页。］

China Critics Association. "Writing the 'Shawan Great Change' in the Southern Countryside, Read the *Home Mountain* to Understand the Local China: Summary of academic seminar on Wang Yuewen's novel *Home Mountain*." *China Literature and Art Review Network* April 24, 2023.

［中国评协：《书写南方乡村"沙湾巨变"读懂〈家山〉就读懂乡土中国——王跃文长篇小说〈家山〉学术研讨会综述》，《中国文艺评论网》2023 年 4 月 24 日。〈https：//www. zgwypl. com/content/details32 _439664. html〉］

Lin, Bai. "Postscript: The World Is So Vast." *Women's Gossip*. Beijing: Xinxing Publishing House, 2005.

［林白：《后记——世界如此辽阔》，《妇女闲聊录》，北京：新星出版社，2005 年。］

Liu, Dong. "The Definition of Related Concepts and strategic Awareness of Nonfiction Writing: Starting from the concept of non-fiction Literature." *Literature Review* 5(2023)：38‑47.

［刘栋：《非虚构写作的相关概念界定及策略意识——从纪实文学的概念出发》，《文艺评论》2023 年第 5 期，第 38‑47 页。］

Zhang, Wendong. "'Non-fiction' Writing: New Literary Possibilities—Starting from the 'Non-fiction' of People's Literature." *Literature and Art Contention* 3(2011)：43‑7.

［张文东：《"非虚构"写作：新的文学可能性？——从〈人民文学〉的"非虚构"说起》，《文艺争鸣》2011 年第 3 期，第 43‑47 页。］

Yang, Qingxiang. "The History, Present and Possibility of 'Nonfiction Writing'." *Modern Chinese Literature Research Series* 7(2021)：79‑89.

［杨庆祥：《"非虚构写作"的历史、当下与可能》，《中国现代文学研究丛刊》2021 年第 7 期，第 79‑89 页。］

People's Literature Magazine. "'People's Land·Actors' Nonfiction Writing Project Announcement." *People's Literature* 11(2010)：208.

［《人民文学》杂志社：《"人民大地·行动者"非虚构写作计划启事》，《人民文学》2010 年第 11 期，第 208 页。］

Liang, Hong. "Preface." *China in Liangzhuang*. Beijing: Taihai Publishing House, 2016.

［梁鸿：《前言》，《中国在梁庄》，北京：台海出版社，2016 年。］

Jia, Pingwa. "Postscript." *The Tale of Qinling Mountains*. Beijing: People's Literature Publishing House, 2022.

［贾平凹：《后记》，《秦岭记》，北京：人民文学出版社，2022 年。］

Li, Yuchun. "Jia Pingwa: 'Towards Microrealism'." *Contemporary Writers Review* 6(2016)：41‑51.

［李遇春：《贾平凹：走向"微写实主义"》，《当代作家评论》2016 年第 6 期，第 41‑51 页。］

Jia, Pingwa. *Qin Opera*. Beijing: Writers Publishing House, 2018.

［贾平凹:《秦腔》,北京:作家出版社,2018 年。］

Xie, Qiaoyu, Jiang Shuzhuo. "The aesthetics of the solar term of *A Field View*." *Chinese Contemporary Literature Studies* 3(2023): 146-53.

［谢乔羽,蒋述卓:《〈野望〉的节气美学》,《中国当代文学研究》2023 年第 3 期,第 146-153 页。］

从"可能世界"到"实在世界"：科幻小说与现实

杨湃湃 *

摘　要：本文运用可能世界理论观照科幻小说与"现实"的关系。科幻小说的概念蕴含着内在张力，它一方面是基于"幻想"的虚构作品，一方面又与"科学"紧密相关，需要遵循现实世界的认知逻辑。依据可能世界理论，"科幻小说"构建的文本世界虽然不"摹仿"外部客观世界，却与现实存在紧密的内在联系：推想未来的科幻小说构建的"可能世界"与社会现实存在"对应"关系，既反映了科技对人类生活的深刻改造，又显示了人类对科技由"片面乐观"到"全面反思"的认知变化。通过"可能世界"与"实在世界"之间的"互惠反馈"，科幻小说既为技术发明提供了灵感，又预警了技术应用催生的社会危机、伦理困境等问题。科幻小说的诗学是对"虚构"与"现实"二元关系的解构，通过对可能世界的虚构，优秀的科幻作品既能反映和批判当下的社会现实，又能对未来世界的现实进行展望，显示出与现实主义文学作品相似的思想深度、批判精神与历史责任感。

关键词：科幻小说；可能世界；现实；虚构

Title: From "Possible World" to "Actual World": Science Fiction and Reality

Abstract: This paper employs the Possible World theory to examine the relationship between science fiction and "reality". The connotation of science fiction suggests inherent tension, as it is both a work of fiction based on "fantasy" and closely related to "science", requiring to be consistent with cognitive logic in the actual world. In the light of Possible World theory, science fiction, although not "imitating" the real world, has an inner connection with reality: the "possible world" in the future envisioned by science fiction is "counterpart" of social reality, showcasing the profound impact of technology on human life and the shift in human's

---

　　* **作者简介：**杨湃湃，南京大学英语语言文学专业博士研究生，主要研究方向为科幻小说、鲍勃·迪伦、现实主义理论。

perception of technology from "reckless optimism" to "comprehensive reflection". Through "Reciprocal Feedback" between the "possible world" and the "actual world", science fiction not only inspires technological invention but also warns of the social crises and ethical dilemmas arising from the application of technology. The poetics of science fiction deconstruct the binary relationship between "fiction" and "reality". Through the extrapolation of possible worlds, excellent science fiction can reflect the current social reality as well as anticipate the reality of the future world, demonstrating similar intellectual depth, critical spirit, and sense of historical responsibility as literary works of realism.

Key Words: Science fiction; Possible World; Reality; Fiction

　　科幻小说与现实的关系紧密而充满张力。当今世界,许多曾经的科幻小说情节都已成为现实,《皮格马利翁的眼镜》(*Pygmalion's Spectacles* 1935)中戴上就可进入异想世界(Paracosma)的眼镜与如今的头戴式虚拟现实设备十分相似;随着 ChatGPT、Sora 等 AI 技术的发展和应用,《我,机器人》(*I, Robot* 1950)中人类与人工智能之间的深度互动和内在矛盾正在融入日常生活;《神经漫游者》(*Neuromancer* 1984)中的赛博空间也由于元宇宙概念的出现引发了更多关注和讨论。然而,科幻小说真的能"预测现实"吗? 中国科幻作家刘慈欣认为,科幻小说可以"把未来的各种可能性排列出来……但这无数个可能的未来哪一个会成为现实,科幻小说并不能告诉我们"(47)。的确,科幻小说无法直接预测未来,甚至可能包含大量科学谬误,但即使是与事实相悖的科幻情节,仍旧可能深刻影响现实世界,比如《弗兰肯斯坦》(*Frankenstein* 1818)中拼凑尸体造人的情节完全不符合实际,却遇见了人造生命带来的安全隐患和伦理问题。在现当代,人们使用"弗兰肯斯坦"来形容核武器、生化武器等威力巨大的技术发明对人类社会的威胁,"弗兰肯斯坦的怪物"也经常被援引警告克隆人和基因工程等技术可能引发的伦理困境(Mellor 525)。可见,科幻小说虽然也是人类想象力的产物,却与奇幻小说、童话、寓言等文类中纯粹脱离现实的奇想有明显的区别。

　　托多罗夫(Tzvetan Todorov)在《荒诞:一种文学体裁的结构方法》(*The Fantastic: A Structural Approach to a Literary Genre* 1973)中区分了多种类型的"超现实"(supernatural):"怪诞奇幻"(hyperbolic marvelous)和"神异奇幻"(exotic marvelous)完全违背现实,其中情节只能诉诸梦境、幻觉或超自然力量;"工具性奇幻"(instrumental marvelous)作品中的事物是"在所描述的时期尚未实现的……技术发展,但从某种程度上说,它们是完全可能的";还有一种"科学奇幻"(scientific marvelous),其中的"超自然现象以一种理性的方式解释,但依据的是当代科学不承认的规律"(54-57)。托多罗夫对"科学奇幻"的界定实际上已经借鉴了"科幻小说"的概念。1926 年,根斯巴克(Hugo Gernsback)在《惊奇故事》(*Amazing Stories*)杂志第 1 期上首创"科幻小说"的说法:"我用科学的小说(scientifiction)来指代儒勒·凡尔纳、H. G. 威尔斯和埃德加·爱伦·坡这一类故事",还确立了科幻作品的三个基本要素,"浪漫传奇"(charming romance)的叙事架构,"科学事实(scientific fact)"的阐释,和"预言式愿景(prophetic vision)",即对可能的新科学发现或发明进行细节性描述(崴斯特福 208)。从根斯巴克的说明中可以看出,科幻小说的概念从形成之初就与"现实"有内在关联,它一方面是"浪漫传奇",是作者主观的幻想,一方面又要基于"科学事实",通过严密的逻辑"外推"(extrapolation),构建符合现实世界认知规律的"预言式愿景"。后来,苏恩文(Darko Suvin)把科幻小说蕴含的这种"幻想与现实"之间的张力总结为"认知陌生化"(cognitive estrangement)(4),"认知"指向经验现实,"陌生化"描述文学效果,在科幻研究界获得了广泛认同。同时,苏恩文还把科幻小说的"外推"创作过程界定为"从虚构('文学')的假设出发,以总体性(totalizing)('科学')的严谨态度加以展开"(6)。

谈及科幻小说基于现实进行"外推"的写作方式,塑造了美国"科幻小说黄金时代"的科幻作家、编辑坎贝尔(John W. Campbell)曾说,通过"对过去和当前的形势进行想象性的反思……科幻小说将能够成为一条道路……让我们以一个不同以往的视角去思考过去、现在和将来"(转引自崴斯特福 214),这说明科幻小说虽然不像传统现实主义作品一样"摹仿""实在世界",却同样可以反思"当前的形势",构建"过去、现在和将来"之间的连续性,触达深层次的社会现实。中国科幻作家是观照科幻与现实关系的理论先行者之一。1981 年,科幻作家郑文光首次提出"科幻现实主义"概念,指出科幻小说也是"反映现实生活的小说",如果说现实主义小说是"平面镜",科幻小说就是"折光镜"。当代科幻作家陈楸帆指出,科幻小说和现实主义作品都追求"真实性",科幻小说"基于我们对现有世界运行规律的认知和理解设置规则,然后引入一些变量……引发链式反应……整个世界都将为之产生改变,但这一切都是可理解、可推敲的,符合逻辑的,我们的故事便会在这样的具有'真实性'的舞台上演"("对'科幻现实主义'的再思考" 39)①。

坎贝尔和陈楸帆实际上都把科幻小说的"真实性"归之于其"外推"的写作方式,而"外推"的实质则是构建"可能世界"。可能世界理论"把世界分为真实世界,即已经实现的可能世界;可能世界,即可能实现但尚未实现的世界;不可能世界,即尚未实现且永远不会实现的世界"(邱蓓 78)。科幻小说即通过"外推",构建"可能实现但尚未实现的世界"。"一些事项例如'飞船'(air-ship)和穿越空间航行的可能性——必须是已得到

---

① 许多中国当代学者与科幻作家都对科幻与现实主义的关系提出过富有见地的论述,见丁杨,韩松:"在今天,科幻小说其实是'现实主义'文学",《中华读书报》2019-01-30,011,书评周刊·文学;陈楸帆,胡勇:"专访陈楸帆:科幻是人类最大的现实主义",2015.09.10.〈https://www.tmtpost.com/1430551.html〉;姜振宇:"贡献与误区:郑文光与'科幻现实主义'",《中国现代文学研究丛刊》08(2017):78 - 92。

承认的；而另一些构思则主要来自已知事实和对科学数据的逻辑演绎或合理推论"（Wicks x－xi）。背景宏大的科幻作品还往往"关注世界建构的复杂性，在（小说）中科幻作家设计出自洽的或然世界。世界建构现在已经成了科幻小说所提供给读者的最可称赞之物"（罗伯茨 3）。"外推"已经成为作家和学者们讨论科幻小说与现实关系的一个关键词，但"可能世界"与现实之间的关系实际上十分复杂，远非"外推"这一单一概念可以概括，哲学上的"可能世界"理论系统为进一步分析科幻小说与现实之间的关系提供了丰富的理论资源。

本文运用可能世界理论观照科幻小说与现实的关系，指出科幻小说构建的文本世界虽然不"摹仿"外部客观世界，却以"可能世界"为虚构的参照域，与现实世界互动密切：依据现实推想未来的科幻小说以"逻辑上的可能世界"为参照域，反映技术对人类生活方式与认知角度的改造过程，反思科技可能催生的伦理和社会问题；而来自不同背景的读者对科幻小说的阅读和评价则通过科幻"可能世界"与"实在世界"之间的"互惠反馈"，推动科幻小说的文学品质与思想深度不断提升，越来越成为人们审视现实的重要视角。科幻小说的诗学是对"虚构"与"现实"二元关系的解构，通过对可能世界的虚构，优秀科幻作品既能反映和批判当下的社会现实，又能对未来世界的现实进行预测和警示，显示出与"现实主义文学"相似的思想深度、批判精神与历史责任感。

一、可能世界视阈下的科幻小说：虚构何以"通达"现实

"可能世界"在哲学上可以追溯到亚里士多德（Aristotle），《诗学》中论及：历史"叙述已经发生过的事"，而诗人的职责"不在于描述发生过的事情，而在于描述可能发生的事，即根据可然或必然的原则可能的事"（81）。莱布尼茨在《神正论》（*Theodicy*）中正式提出该概念："现存世界是偶然的，无数其他的可能世界同样有权要求存在……在无数可能的世界中，上帝选择了最好的一个（使之成为现实）"（130－131）。20 世纪七八十年代，"可能世界"概念被引入文艺理论，通过托多罗夫、帕维尔（Thomas Pavel）、多勒泽尔、迈特尔（Doreen Maitre）、和瑞恩（Marie-Laure Ryan）等人的阐释与扩充，为文学作品的分类和叙事学解读提供了新视角①，也重构了现实主义诗学。

传统的现实主义文学艺术以"摹仿"为核心，"现实主义"作品被认为是摹仿实在世界的虚构作品。在"摹仿"的理论框架下，虚构与现实之间形成了笛卡尔式的二元关系：

---

① 见托多罗夫《荒诞：一种文学体裁的结构方法》、帕维尔《虚构世界》（*Fictional Worlds* 1986）、多勒泽尔《异宇宙：虚构与可能世界》（*Heterocosmica*：*Fiction and Possible Worlds* 1998）、迈特尔《文学与可能世界》（*Literature and Possible Worlds* 1983）、和瑞恩《可能世界、人工智能与叙述研究》（*Possible Worlds*，*Aritificial Intelligence and Narrative Theory* 1991）。

虚构无论如何与现实相似,都只是一个"摹本",形而上学上无法通达现实本身。为了跨越"虚构"与"现实"之间的"鸿沟",理论家们各展其能,有人提出"虚构的特殊性"(fictional particulars)能够表征"事实的普遍性"(actual universals),此论的典型代表是奥尔巴赫(Erich Auerbach)和卢卡奇(György Lukács),还有人以"形式现实主义"(Formal Realism)的写作技巧制造"伪摹仿"(pseudomimetic)效果,此论的典型代表是伊恩·瓦特(Ian Watt)①。总而言之,"虚构实体须与事实原型相匹配"(Dolezel 9),也就是说传统的现实主义虚构"只有一个合法的参照域,即现实世界"(2)。在可能世界理论视域下,虚构并不依附于现实,现实主义文本也不是在"摹仿"或"指涉"现实,而是创造或者说召唤了一个独立的文本世界——可能世界,而非现实世界,是现实主义作品的参照域(Dolezel 24 - 26)。虚构作品的"现实程度",不体现在它对现实世界的摹仿"像不像"、"典不典型",即"似真性"(verisimilitude)或"普遍性"(universality)上,而是体现在它构建的文本世界与"实在世界"之间的"可通达"(accessibility)关系上。

"可通达性"是可能世界理论视阈下测量文本"现实程度"的指标。虚构的文本世界是否具有"可通达性"取决于它对现实世界规则的改变情况,符合现实世界基本规则的文本即可通达。"利用虚构世界与真实世界的可通达关系,学者们能够界定文学作品的体裁类型,建立可能世界文类理论"(邱蓓 81)。迈特尔在《文学与可能世界》中根据可通达的程度把虚构文本分为四类:一、包含高精确指称真实历史事件的作品;二、包含通过想象产生但是仍可以成为真实事态的作品;三、涉及在可以真实与永远不可能真实之间波动的事态的作品;四、关于永远不可能实现的事态的作品(转引自邱蓓 81)。瑞恩依据文本世界对实在世界规则的改变情况,建构了不同文类系统与实在世界之间可通达关系的量表,将文本世界的"可通达程度"标准进一步细化。该量表从九个方面标识文本世界是否"可通达"现实世界:A. 属性同一性、B. 存品同一性、C. 扩充存品兼容性、D. 编年兼容性、E. 物理兼容性、F. 分类兼容性、G. 逻辑兼容性、H. 分析兼容性、I. 语言兼容性。若九个方面皆为"真"(在图表中以"+"表示),则该文本世界完全可通达现实世界,若九个方面皆为"假"(在图表中以"-"表示),则该文本世界无法通达现实世界。图表中"+"与"-"的数量直观地显示了不同文类的"可通达程度",而"+"与"-"的位置则标明了文本世界对现实世界规则的改变情况②。在此量表中,"精确的非虚构作品"(Accurate nonfiction)九个方面皆为"真","象形诗"(concrete poetry)九个方

---

① 见多勒泽尔(Lubomir Dolezel)在《异宇宙:虚构与可能世界》第 7 - 9 页对奥尔巴赫的《摹仿说》(*Mimesis:The Rrpresentation of Reality in Western Literature*,1957)和瓦特的《小说的兴起》(*Rise of the Novel*)的分析。对"伪摹仿"(Pseudomimetic)概念更加详细的解析见多勒泽尔"摹仿与可能世界"(Mimesis and Possible World)第 479 - 480 页。笔者认为,卢卡奇的"典型人物论"也是以"虚构的特殊性"表征"事实的普遍性"的理论代表。

② 该量表附在文末注解中。

面皆为"假",它们之间不同文类的可通达程度依次降低。现实主义小说(Realistic Ahistorical Fiction)除了 A. 属性同一性、B. 存品同一性、C. 扩充存品兼容性以外,所有的指标都是"＋",说明现实主义作品构建的文本世界包含的事物与现实世界并非一一对应,但在时序(D)、物理规律(E)、物种分类(F)、逻辑(G)、分析真理性(H)、语言(I)这些维度上都可以通达现实①。

瑞恩的量表为分析"科幻小说"的"现实程度"提供了具象的指标。整体来看,科幻小说位于量表中间,说明其"现实程度"的确处在描摹现实的"精确的非虚构作品"与纯粹为文字游戏和"胡言乱语"的"象形诗"之间,印证了内在于科幻小说概念中的"幻想与现实"之间的张力。据表可知,科幻小说构建的文本世界逻辑上是"可通达"的(E,G,H,I指标都是"＋"),但涉及现实世界的具体情况时,不一定具有"可通达性"(A,B,C,D,F指标要么不一定,要么是"－"),也就是说,科幻小说进行虚构的参照域是"逻辑上的可能世界"(Logical Possible World),却不一定是"实际上的可能世界"(actual possible world),这种不稳定的"可通达性"再次显示了科幻世界与现实世界之间紧密而充满张力的关系;科幻小说中的"可能世界"既是实际上"超现实"的,又是逻辑上"可通达"现实的。使用"可能世界"与"实在世界"之间关系的哲学框架,可以分析科幻小说构建的文本世界与现实的关系。

关于可能世界的哲学理论分为温和实在论与激进实在论。温和实在论的代表人物克里普克(Saul A. Kripke)认为,可能世界是"世界的可能状态"或者"事物的可能存在方式",这个概念描述人们设想出来的"非真实情形",而非实际存在的"不同维度的世界"(Kripke 15)。温和实在论认为"现实"是唯一确定的,可能世界以实在世界为参照而存在,"是抽象的而非具体的,是存在于现实世界之中的,而不是存在于'其外'的某个特殊的维度之中"(龙小平 17)。只有"实在世界"具有本体论上的"真实性",所谓"可能世界"即探索"实在世界"的"替代情形"(alternative),而非有意构造改变实在世界规则的平行世界。然而,大部分科幻小说在推想未来时都改变了实在世界的规则,"可以引用不曾存在过的学术权威,并虚构子虚乌有的重量级理论"来"营造必须的逼真氛围"(艾文斯 193)。因此,大多数科幻小说构建的可能世界完全依据自身独有的规则运行,与实在世界在本体论上相互独立。这种具有独立本体论地位的"可能世界"符合激进实在论观点。

---

① 参看瑞恩的"Possible Worlds and Accessibility Relations: a Semantic Typology of Fiction"第 558－559 页,对每个指标的含义有详细的说明。

二、"逻辑上的可能世界":科幻与现实的"对应关系"

关于"可能世界"的激进实在论以刘易斯(David Lewis)为代表人物,他认为"存在不同于我们碰巧所居住的这个世界的其他一些可能世界……事物除了现在的实际存在方式之外还可能会具有其他许多种存在方式"(Lewis, *On the Plurality of Worlds* 2)。刘易斯定义下的"可能世界"是一种可能的"实存",而非抽象的构造,它并不因可通达"现实"而成立,而是与"实在世界"具有同样的本体论地位:论及"实在世界"与众多"可能世界"之间的关系,刘易斯认为,"我们只把这个世界称为现实世界,并不是因为它在性质上与所有其他世界不同,只是因为它是我们所居住的世界。其他世界的居民也可以真实地把他们自己的世界称作现实的"(转引自陈波 第 331 页)。

在激进实在论框架下观照科幻小说与社会现实之间的关系,需要注意的关键是主体的"认知维度"和虚构文本与现实情况的"对应关系"。激进实在论者纵然认为每个可能世界都与实在世界一样是真实存在的,但也只能基于自己的"生活世界"去认知其他世界。对此,古德曼(Nelson Goodman)的见解很有代表性。古德曼的基本观点符合激进实在论,即现实世界与可能世界不存在"先后","许多不同的世界版本具有彼此独立的价值和重要性,不存在任何要求或假设可以把它们还原为单一基础"(4)。古德曼指出,无论是现实世界还是可能世界,都是主体思想建构的产物(20),他用"版本"(version)一词来描述这些对现实世界的个体描述或感知,并声称"这些版本——有些相互冲突,有些相差悬殊,以至于它们之间的冲突或兼容性无法确定——都同样正确"(Raghunath 53)。瑞恩对古德曼的评论揭示了这些"版本"与现实的关系:"版本,顾名思义,就是某物的版本"("The Text as World" 148),所以每个独立的"可能世界"实质上都是主体对"原初之物"(也就是现实世界)的认知图像。因此,尽管在激进实在论下"可能世界""之间的冲突或兼容性无法确定",而且未必"通达"现实,它们却与现实存在千丝万缕的"对应关系"。刘易斯这样描述不同世界中的"对应物":"你的对应物(counterparts)在内容(content)和背景(context)等重要方面都与你非常相似。它们比它们世界中的任何其他事物都更像你"("Counterpart Theory" 114)。由于激进实在论下每个可能世界都与实在世界一样是"确实存在"的,所以不存在"跨世界"的物体,因而独立的不同世界之间不存在"同一性",只能讨论"相似性"。这种基于相似的"对应物理论"被克里普克批判为模糊不清,却比较准确地描述了科幻小说构建的文本世界与现实世界之间的关系。在科幻文学的创作中,"对应"不是落在具体的"对应物"上(现实主义小说与现实世界存在许多具体的"对应物"),而是科幻作品对未来的想象整体上"对应"和反映了现实情况。理解科幻构造的"可能世界",要从作为建构主体的作者如何认知科技、写作科幻小说入手，分析科幻文本中的"可能世界"与不同时期的现实世界之间的"对应关系"。

世界上最早的科幻小说之一，开普勒（Johannes Kepler）的《梦》（*Somnium, the Dream* 1634）就是科幻小说的内容与现实"对应"的生动例子。故事的主人公在经过一次月球之旅后讲述了从月球看到的地球外观和天体运动，从而为地动说提供了一种直观的说明。在故事的注释中，开普勒直言"我写《梦》的目的在于以月球为例建立起一个支持地动说的论证"（艾文斯 169），因为在当时的社会"科学的探究在可能的宗教迫害面前蒙受着危险"（170），可见这篇科幻作品本身就颇具现实意义，旨在推动科学在现实世界确立自身的合法性。19 世纪，电气时代到来，科技发展带来了许多新发明，也激发了科幻作家对未来的美好愿景，"对应"在科幻小说中，爱伦·坡的作品是其中典例。"随着（爱伦·坡）对'科学发现的美学'的欣赏与日俱增，他试图通过文学手段来传播和赞美科学奇迹的尝试也变得更加多样和富有创造性"（Stableford 18）。在坡的小说中，主人公乘坐热气球进行月球之旅（《汉斯·普法尔无与伦比的冒险》"The Unparalleled Adventure of One Hans Pfaall"），气球在三日内横越大西洋（《气球骗局》"The Balloon Hoax"），还出现了"能战胜几乎所有人类棋手的自动下棋机器人"和"智力远超越其创造者，能在 1 秒内完成 5 万人一年计算量的生物"（《一千零二夜的故事》"The Thousand-and-Second Tale of Scheherazad"）。在此时期，科幻作家对科技的认知根植于启蒙思想，认为奇妙的技术发明会使未来生活更美好。

进入 20 世纪中后期，科幻写作形成了两条不同的"外推"逻辑："60 年代许多'实验'科幻是暗色调的，而持续的商业科幻主流则是鲜明的积极乐观，他们相信通过努力，人类能够建立一个技术拯救一切的世界"（Broderick 55）。科幻作家对技术态度的分化也与当时的现实情况密不可分。20 世纪 60、70 年代科技成果颇丰，出现了激光（1960）、LED、核潜艇（1960）、集成电路（1961）、个人电脑（1971）等影响深远的发明，阿姆斯特朗（Neil Armstrong）还在 1969 年成功登月。与此同时，科技的迅猛发展也催生了一些难以解决的问题，作为全球科技发展最快的国家，20 世纪 60 年代的美国甚至一度笼罩着"末日氛围"：1962 年的古巴导弹危机使全美人民生活在对核战的恐惧中；60 年代末，洛杉矶和纽约的雾霾问题严重到可能致人死亡；1969 年 1 月，联合石油公司的一个钻井平台在加利福尼亚州圣巴巴拉海岸发生爆炸，约 10 万桶原油倾倒入海，导致大量生物死亡；1969 年 6 月，美国水道的工业石油污染引起凯霍加河火灾。"对应"在科幻小说中，有些作品依旧高唱科技的赞歌，但推测科技将带来问题甚至毁灭世界的科幻作品也开始出现。比如，舒特（Nevil Shute）的《海滩》（*On the Beach* 1957）和霍班（Russell Hoban）的《漫步者雷德利》（*Riddley Walker* 1980）以核战争和世界末日为背景，布林（David Brin）的《地球》（*Earth* 1990）预测全球环境即将崩溃。

随着科幻小说新浪潮运动的开展，科幻作家开始有意识地超越启蒙叙事，对技术发明进行全面的反思，形成了不同于"技术创造美好未来"的全新叙事。在潘辛（Alexei Panshin）的《成年仪式》（*Rite of Passage* 1968）和斯科特（Ridley Scott）的电影《异形》（*Alien*）中，火箭和飞船不再是逃离地球、进军太空的希望之舟，而是"脆弱而且环境极其封闭"；飞行器内部的生存和权力争斗成为科幻作品的叙事核心，"通过技术应用摆脱人类环境的想法已经转变为不同的形式"（Jones 165）；机器人也不再是阿西莫夫（Isaac Asimov）笔下忠实于人类的"好仆人"[①]，在《类人生物》（*The Humanoids* 1949）中，类人生物取代人类，主宰地球；《与机器人的战争》（*War with the Robots*：*Science Fiction stories* 1962）的封面上写着"人类制造了机器，当发现危险，为时已晚"；在《仿生人会梦见电子羊吗？》（*Do Androids Dream of Electric Sheep?* 1968）中，仿生人具有高度复杂的思想和情感，与人类之间的区别难以界定。时至今日，关于机器人取代人类、引起伦理危机的叙事依旧备受关注，近年出现了《机器人末日》（*Robopocalypse* 2011）、《克拉拉与太阳》（*Klara and the Sun* 2022）等科幻新作。

詹明信（Fredric Jameson）曾指出，"在社会层面上……我们的想象力受制于我们自己的生产方式（或许还受制于它所保留的过去生产方式的残余）"（*Archaeologies of the Future* xiii），科幻作家对可能世界的想象亦如是，不同时期的科幻作者推想未来、构思"可能世界"的不同逻辑受制于各自时代的社会现实，科幻小说叙事模式的发展史也是科技与现实关系的嬗变史。

三、"可能世界"与"实在世界"的互动：互惠反馈机制

通过分析科幻作家建构可能世界的逻辑可以发现，科幻小说描绘的"可能世界"在本体论上是独立的，但实际上是"现实的寄生虫"（Eco 63），作为可能世界的认知主体，读者如何阅读科幻小说，也揭示了科幻作品与现实世界之间的彼此影响和相互塑造。读者在阅读过程中本能地依据他们自己生活的世界来体认虚构世界，因此，他们对文本世界的想象本来就与现实世界尽可能相似，只有在文本的提示下才会出现偏差。更确切地说，读者通过与现实世界的类比来弥补虚构世界不可避免的不完整性（Doležel 22）——除非文本本身明确规定了某些从现实世界的偏离，比如，在勒奎恩（Ursula K. Le Guin）的"海恩斯宇宙"（Hainish universe）系列小说中，格森星球上的人被规定为雌雄同体人，艾斯珊星球上的人被规定具有通过做梦洞察潜意识的能力。瑞恩将这一基

---

① 阿西莫夫 1950 年前后提出了"机器人三定律"，作为机器人的"道德原则"：一、机器人不可伤害人类，或者通过不作为方式使人类受到伤害；二、机器人必须遵守人类下达的命令，但如果这些命令有违第一条准则，机器人可以不服从；三、机器人必须保护其自身存在，条件是不得与第一条和第二条准则相冲突。（Jones 166）

本规则称为"最小化偏差原则"(The Principle of Minimal Departure)(*Artificial Intelligence* 48-51)。读者依据自己在现实世界的经验来理解科幻小说构建的可能世界,"这种世界之间的流动使读者能够在现实世界的领域内对文本世界进行语境分析和评价,同时也在文本世界的领域内对现实世界进行语境分析和评价"(Raghunath 89)。拉古纳特(Riyukta Raghunath)把这个过程称为"可能世界"与"实在世界"之间的"互惠反馈机制"(Reciprocal Feedback)(Raghunath 68)。"互惠反馈"生动体现在科幻小说的创作史和接受史中,科幻作品从被视为商业导向的流行文化到渐渐为文学批评界认可,走入严肃文学的"大雅之堂",其实也是科幻构建的可能世界与现实世界之间"互惠反馈"的结果。在这一过程中,科技对人类生活的影响越来越大,科幻作品反映现实的深度与艺术水平也不断提高。

在其发展的初期阶段,科幻小说令读者感到兴奋的原因是其对技术应用场景的展望。读者"在文本世界的领域内对现实世界进行语境分析和评价",倾向于认为科幻小说中出现的技术,以后在现实中也可能会有。为技术创新提供灵感也是科幻小说作为一种文本类型最初的指向,世界上第一本科幻小说杂志《惊奇故事》的创始人根斯巴克本人既是发明家又是科幻作家,他认为,科幻小说可以"通过教育公众认识科学的可能性和科学对生活的影响,从而使世界成为人类更美好的家园"。根斯巴克希望科幻小说能够"预言新的科学发现和技术发明",并提供"能实际指导青少年读者如何尝试科学的故事,来激发他们从事科学的兴趣"(Landon 140)。由于它为大众提供了畅想未来世界的窗口,"科幻小说在电影业和出版业中都占有重要地位……一直畅销不衰,在所有主要工业国家都很受欢迎"(Travis 244)。然而,作为"文学作品",科幻小说最初却未得到广泛承认,因为作家和批评家们"在现实世界的领域内对文本世界进行语境分析和评价",认为科幻小说情节程式化,缺乏思想内涵,只是"低俗的消遣,缺乏任何于事有补的社会价值"(艾文斯 199)。谈到著名科幻小说家 H. G. 威尔斯的作品,作家切斯特顿(G. K. Chesterton)说:"(威尔斯先生)凭着相对狭隘的科学观点,无法看清楚,有些事情事实上不应是科学的。他仍然受到科学谬误的影响……不从人的灵魂开始(写起),却从细胞质开始。"《奇幻与科幻》杂志评论员阿尔弗雷德·贝斯特(Alfred Bester)说:"许多科幻作家在作品中反映出自己是多么的愚蠢和幼稚,他们把科幻视作避难所,在这里他们可以无视现实,随意制定规则以适应自己的无能。"(Broderick 50)

20 世纪中期以来,反思技术应用之隐患的科幻作品大量涌现,读者通过阅读科幻小说"对现实世界进行语境分析和评价",更加关注科技催生的伦理和社会问题,得到了关于未来世界的警示。例如,"在公共管理实践方面,科幻小说《神经漫游者》成了一段时期内世界各国规划未来网络发展的参考读物"(吴岩 2),科幻电影《物种》(*Species*

1995)影响了 2008 年英国《人类受精和胚胎学法案》的修订①,法律上对复杂的案件进行裁决,还会参考科幻小说:在 Rank Hovis McDougall 有限公司诉专利、设计和商标局局长案([1978] F. S. R. 588)中,法官认为"尽管目前的科幻小说显示,有朝一日人类可能会制造出生物;因此根据 1964 年法案可以申请专利,但这并不意味着,人类制造出的东西就一定是成文法意义上的制造品"。Re A Ward of Court,[1995] Nos. 167、171、175、177 案的裁决指出"医疗技术的进步模糊了生死之间的界限——从前,这些进步是儒勒 · 凡尔纳和 H. G. 威尔斯等科幻小说家的构想"。医疗技术有效地创造了一个悬浮的 "黄昏地带",在那里,死亡开始了,而生命却以某种形式延续着。然而,"有些病人并不希望仅靠医疗技术维持生命,他们更愿意选择一种顺其自然的医疗方案,让自己死得有尊严"(Travis 259)。

与此同时,由于文人学者们亲眼见证社会现实在科幻中得到了生动的预演和深刻的反思,文学界越来越关注科幻小说,20 世纪 70 年代中期,科幻作品"拥有了学术关注和深度",以苏恩文为代表的学者"已经确信这种文学应该与探讨作品、社会和历史之间的关联的结构主义理论以及……马克思主义理论家放在一起研究",因为科幻小说与现实世界紧密相关,体现出"庞杂的物质性"(哈斯勒 260)。随着科幻小说触及的议题愈加复杂而有现实参考价值,科幻小说的读者也更有素养和批判思维能力,会对小说写作进行一系列颇具见地的批评。哈罗德 · 布鲁姆(Harold Bloom)曾评价获得雨果奖与星云奖的作品《黑暗的左手》(*The Left Hand of Darkness*),是一本"值得多次重读的书",因为"它具有伟大之作(a great representation)的关键品质,即为我们所谓的现实提供了新的视角"(Bloom 6 - 7),而即使是这样具有现实参考价值的佳作也收到了一些读者的批评,因为他们认为其中描写的"雌雄同体人"太像男人,而非男性与女性生理特征与社会角色的结合,影响了小说对性别塑造与社会结构的有效探究(Le Guin 169 - 171)。

学界的关注和读者层次的提升同时"反哺"了科幻小说的创作,更多优秀的科幻作品问世,通过推想未来有力地表征现实。比如,赛博朋克小说"将诸多重大议题,如人与科技、资本、阶层、代际等社会问题,总体性地纳入到了其设想的多元空间之内,具象地展开了对当代社会境况及其前景的反思与批判"(王一平 129),被詹明信称为"对晚期资本主义的……最佳文学表达"(Postmodernism 419)。以现在的视角反观科幻小说的发展史,会发现曾经仅在科幻小说中出现的技术和社会问题许多都已经成为事实,科幻小说建构的可能世界或许不能真正从"实在世界""通达",但它与现实的内在"对应"与"互惠反馈"关系为反映现实提供了独特而具有洞察力的视角。

---

① 在 Mitchell Travis. "Making Space:Law and Science Fiction". *Law and Literature*. Vol. 23, No. 2 (Summer 2011), pp. 241 - 61 中对这个问题做了说明。

四、结　语

　　刘慈欣曾表示,"我最初创作科幻小说的目的,是为了逃离平淡的生活,用想象力去接触那些我永远无法到达的神奇时空。但后来我发现,周围的世界变得越来越像科幻小说了"(46)。其实,当代科幻小说持续受到广大读者的欢迎,科幻小说研究也越来越被学术界关注,从根本上讲就是因为"世界越来越像科幻小说","科技已成为我们当今社会不可分割的一部分,你无法想象如何剥离了科技成分去讨论我们的日常生活经验"(陈楸帆,"'超真实'时代"46 – 47)。

　　通过在可能世界的理论视阈下分析科幻小说的叙事模式和发展历程,我们可以发现,从其诞生之初,科幻小说对可能世界的构建就深受现实世界的影响,包含着对社会现象的反思与潜在危机的预判。科幻小说不仅"已经成为今天的'现实主义文学'"(韩松,丁杨 2),而且始终与其他现实主义文学作品一样,是"来源于现实却又高于现实的艺术现实"(王守仁 132)。

注解

　　"文类与可通达关系"量表:

	Genre and Accessibility Relations								
	A	B	C	D	E	F	G	H	I
Accurate nonfiction	+	+	+	+	+	+	+	+	+
True fiction	+	+	+	+	+	+	+	+	+
Realistic & historical fiction	+	−	+	+	+	+	+	+	+
Historical confabulation	−	−	+	+	+	+	+	+	+
Realistic ahistorical fiction	*	−	−	+	+	+	+	+	+
Anticipation	+	−	+	+	+	+	+	+	+
Science fiction	+/*	−	+/−	−	+	+/−	+	+	+
Fairy tale	*	−	−	+	−	−	+	+	+
Legend	−	−	+	+	−	−	+	+	+
Fantastic realism	+/*	−	+/−	+	−	+	+	+	+
Nonsense rhymes	−	−	−/+	#	−	−/+	−	+/−	+
Jabberwockyism	−	−	−	#	−	−	?	+	−
Concrete poetry	−	−	−	#	−	−	−	−	−

　　∗ : nonapplicable because of a "−" on C

♯: nonapplicable because of a "—" or "?" on G: when the laws of logic no longer hold, the concept of time loses any meaning.

A = identity of properties　　　　　　F = taxonomic compatibility

B = identity of inventory　　　　　　G = logical compatibility

C = compatibility of inventory　　　　H = analytical compatibility

D = chronological compatibility　　　I = linguistic compatibility

E = physical compatibility

图源:Marie-Laure Ryan. "Possible Worlds and Accessibility Relations: A Semantic Typology of Fiction", p. 560.

参考文献

Aristotle. *Poetics*. Trans. Chen Zhongmei. Beijing: The Commercial Press, 1996.

[亚里士多德:《诗学》,陈忠梅译,北京:商务印书馆,1996 年。]

Bloom, Harold. "Introduction." *Ursula K. Le Guin's The Left Hand of Darkness*. Chelsea House Publishers, 1987.

Broderick, Damien. "New Wave and Backwash: 1960—1980." *The Cambridge Companion to Science Fiction*. Eds. Edward James, Farah Mendelsohn. Cambridge University Press, 2003.

Chen, Bo. Philosophy of Logic. Beijing: Peking University Press, 2005.

[陈波:《逻辑哲学》,北京:北京大学出版社,2005 年。]

Chen, Qiufan. "Rethink Science Fiction Realism." *Masterpieces Review* 28(2013): 38 - 39.

[陈楸帆:"对'科幻现实主义'的再思考",《名作欣赏》2013 年第 28 期,第 38 - 39 页。]

——. "Science Fiction Writing in Hyper-reality Era." *Comparative Literature in China* 02(2020): 36 - 49.

[陈楸帆:"'超真实'时代的科幻文学创作",《中国比较文学》2020 年第 2 期:第 36 - 49 页。]

Chesterton, G. K. *Heretics*, in *The Complete Works Of G. K. Chesterton*. Delphi Classics, 2014.

Ding, Yang and Han Song. "Today, Science Fiction is Realistic." *China Reading Weekly*, 2019-01-30,011, Book Review/Literature.

[丁杨、韩松:"在今天,科幻小说其实是'现实主义'文学",《文学中华读书报》2019-01-30,011,书评周刊·文学。]

Dolezel, Lubomir. *Heterocosmica: Fiction and Possible Worlds*. The Johns Hopkins University Press, 1998.

——. "Mimesis and Possible World." *Poetics Today*, 1988, Vol. 9, No. 3, *Aspects of Literary Theory*(1988), pp.475 - 96.

Eco, Umberto. "Small Worlds." *Versus* 52/53, 1989: 53 - 70.

Euans. Arthur B. "The Origins of Science Fiction Criticism: From Kepler to Wells." in *Criticism and Construction of Science Fiction Literature* by Robert Scholes and Fredric Jameson, with Arthur

B. Evans et al. Trans. Wang Fengzhen et al. Hefei: Anhui Literature and Art Publishing House, 2011, pp.165 – 203.

［阿瑟 B. 艾文斯："科幻批评的起源：从开普勒到威尔斯"，《科幻文学的评与建构》，詹姆逊等著，王逢振等译，合肥：安徽文艺出版社，2011 年，第 165 页至第 203 页。］

Ferreira, Rachel Haywood. "Ciencia Ficción/Ficção Científica from Latin America." *The Cambridge History of Science Fiction*. Eds. Gerry Canavan, and Eric Carl Link. Cambridge University Press, 2018.

Goodman, Nelson. *Ways of Worldmaking*. Indianapolis: Hackett Publishing, 1978.

Hassler, Donald M. "Academic Pioneer of Science Fiction Criticism 1940—1980." in *Criticism and Construction of Science Fiction Literature*. by Robert Scholes and Fredric Jameson, with Arthur B. Evans, et al. Trans. Wang Fengzhen, et al. Hefei: Anhui Literature and Art Publishing House, 2011, pp.239 – 303.

［唐纳德·M. 哈斯勒："科幻批评的学术先驱 1940—1980".《科幻文学的批评与建构》，詹姆逊等著，王逢振等译，合肥：安徽文艺出版社，2011 年，第 239 – 303 页。］

Jameson, Fredric. *Archaeologies of the Future: The Desire Called Utopia and Other Science Fictions*. Verso, 2005.

—. *Postmodernism, or, The Cultural Logic of Late Capitalism*. Duke University Press, 1991.

Jones, Gwyneth. "The Icons of Science Fiction." *The Cambridge Companion to Science Fiction*. Eds. Edward James, Farah Mendelsohn. Cambridge: Cambridge University Press, 2003.

Kepler, Johannes. *Kepler's Somnium; the Dream, or Posthumous Work on Lunar Astronomy*. University of Wisconsin Press, 1967.

Kripke, Saul A. *Naming and Necessity*. Harvard University Press, 1980.

Landon, Brooks. "The Gernsback Years: Science Fiction and the Pulps in the 1920s and 1930s." *The Cambridge History of Science Fiction*. Ed. Gerry Canavan and Eric Carl. Cambridge University Press, 2019.

Leibniz, Gottfried Wilhelm. *Theodicy: Essays on the Goodness of God the Freedom of Man and the Origin of Evil*. Trans. E. M. Huggard. BiblioBazaar, 2007.

Le Guin, Ursula K. *The Language of the Night*. Harper Perennial, 1993.

Lewis, David K. "Truth in Fiction." *American Philosophical Quarterly* 15: 37 – 46, 1978.

—. *On the Plurality of Worlds*. Basil Blackwell, 1987.

—. "Counterpart Theory and Quantified Modal Logic." *The Journal of Philosophy*, Vol. 65, No. 5. (Mar. 7, 1968), pp.113 – 12.

Liu, Cixin. "I Write Science Fiction, But I Don't Predict the Future." *Young Pioneer Review* 02 (2019): 46 – 47.

［刘慈欣："我写科幻小说，但是我不预测未来"，《少先队研究》2019 年第 2 期，第 46 – 47 页。］

Long, Xiaoping. "The Theory of Name and Identity in Possible Worlds: A Study to Naming and Necessity." Southwest University. PhD dissertation. 2007.

［龙小平：可能世界中的名称和同一性，西南大学，博士论文，2007 年。］

Mellor, Anne K. "Mary Wollstonecraft Shelley." *The Oxford Encyclopedia of British Literature*, Shanghai Foreign Language Education Press, 2009.

Maitre, Doreen. *Literature and Possible Worlds*. Hendon: Middlesex Polytechnic, 1983.

Poe, Edgar Allan. *The Science Fiction of Edgar Allan Poe*. Penguin Books, 1976.

Qiu, Bei. "Possible World Theory." *Foreign Literature* 02(2018): 77 – 86.

［邱蓓："可能世界理论"，《外国文学》2019 年第 2 期，第 77 – 86 页。］

Roberts, Adam. *The History of Science Fiction*. Trans. Ma Xiaowu. Beijing: Peking University Press, 2010.

［亚当·罗伯茨：《科幻小说史》，马小悟译，北京：北京大学出版社，2010 年。］

Ryan, Marie-Laure. "Possible Worlds and Accessibility Relations: A Semantic Typology of Fiction." *Poetics Today*, Autumn, 1991, Vol. 12, No. 3 (Autumn, 1991), pp. 553 – 76.

---. *Possible Worlds, Artificial Intelligence, and Narrative Theory*. Bloomington: Indiana University Press, 1991.

---. "The Text as World Versus the Text as Game: Possible Worlds Semantics and Postmodern Theory." *Journal of Literary Semantics*, 27(3), 137 – 63, 1998.

Stableford, Brian. "Science Fiction Before the Genre." *The Cambridge Companion to Science Fiction*. Eds. Edward James, Farah Mendelsohn. Cambridge University Press, 2003.

Suvin, Darko. *Metamorphoses of Science Fiction: On the Poetics and History of a Literary Genre*. Yale University Press, 1979.

Todorov, Tzvetan. *The Fantastic A Structural Approach to a Literary Genre*. Press of Case Western Reserve University, 1973.

Travis, Mitchell. "Making Space: Law and Science Fiction." *Law and Literature*, Vol. 23, No. 2 (Summer 2011), pp. 241 – 61.

Wang, Shouren. On the New Developments of Literary Realism Studies. *Zhejiang Social Sciences* 10 (2021): 129 – 42.

［王守仁："现实主义文学研究的勃勃生机"，《浙江社会科学》2021 年第 10 期，第 129 – 142 页。］

Wang, Yiping. The Representation and Criticism of the Three Spaces in Neuromancer. *Foreign Literature Studies* 43.02(2021): 128 – 39.

［王一平："《神经漫游者》的三重空间书写与批判"，《外国文学研究》2021 年第 2 期，第 128 – 139 页。］

Westfahl, Gary. "The Popular Tradition of Science Fiction Criticism 1926—1980" in *Criticism and Construction of Science Fiction Literature* by Robert Scholes and Fredric Jameson, with Arthur B. Evans, et al. Trans. Wang Fengzhen, et al. Hefei: Anhui Literature and Art Publishing House, 2011, pp. 204 – 38.

［格雷·崴斯特福："科幻批评的通俗传统 1926—1980"，《科幻文学的批评与建构》，詹姆逊等著，王逢振等译. 合肥：安徽文艺出版社，2011 年，第 204 页至第 238 页。］

Wicks, Mark. "Preface." *To Mars via the Moon: An Astronomical Story*. Ballantyne Press, 1911.

Wu, Yan. "General Preface" of *Trillion Year Spree: The History of Science Fiction* by Brian Aldiss with David Wingrove. Trans. Shu Wei, Sun Fali, and Sun Danding. Hefei: Anhui Literature and Art Publishing House, 2011.

［吴岩："总序",《亿万年大狂欢：西方科幻小说史》,布赖恩·奥尔迪斯、戴维·温格罗著,舒伟、孙法理、孙丹丁译,合肥：安徽文艺出版社,2011 年。］

Zheng, Wenguang. "Speech at the Forum of Literature Creation on Science Fiction." *References of Science Fiction Writing*. Ed. the Science and Art Committee of China Popular Science Creation Association. May 1982, Issue 4.

［郑文光："在文学创作座谈会上关于科幻小说的发言",《科幻小说创作参考资料》,中国科普创作协会科学文艺委员会编,1982 年 5 月,总第 4 期。］

科幻与现实主义文学的距离与张力[*]

林　叶^{**}

摘　要: 波粒二象性的光学实验表明,人类的主观实验观察方式可以改变客观现实世界。以时间轴、技术发展为移动坐标,同一文艺作品表现出科幻/现实的二象性,由此科幻与现实主义文学亦产生了距离与张力。本文选取的分析样本有:现实主义经典风格的 1974 年北岛《波动》的加速度开头叙事、1982 年铁凝《哦,香雪》的火车停留一分钟以及电视剧《狂飙》中 1996 年开始的"小灵通热";近期热议的科幻议题:2022 年詹姆斯·卡梅隆的《阿凡达 2:水之道》"家"的集体意识、2023 年《三体》电视剧的大众化传播模式以及《瞬息全宇宙》的中年大妈伊芙琳(杨紫琼饰)在亚裔社区的平凡生活轨迹。前者在现实主义中带有科幻性;后者的科幻作品体现了现实风格。而刘慈欣与赵树理"个体群像化"的人物描写共同形成了"物化"的人物张力。科幻文学具有破除本质论和二元对立思维的不确定性特质,对于现实主义文学具有跨学科、多视角的启发性。

关键词: 量子思维;不确定性;加速度;平行宇宙;跨学科

Title: Space and Tension Between Science Fiction and Literary Realism

Abstract: The optical experiments of wave-particle duality demonstrates that human observation can alter the objective world. Considering the time axis and technological development as dynamic coordinates, the same literary works manifest the duality of science fiction or reality. The examples of the double-slit experiment extracted in this paper are as follows: the acceleration beginning narration in Bei Dao's *Wave* in 1974, the one-minute train stopover in *Oh, Xiangxue* by Tie Ning in 1982, and the *"PHS fever"* in the TV series *"Hurricane"* from 1996. In 2022, The

---

　*　本文系 2020 年度安徽高校人文社会科学研究项目"20 世纪贺川丰彦思想在两岸三地的接受与影响研究(SK2024A007)"。

　**　**作者简介:** 林叶,天涯杂志社编辑,博士,主要从事科幻文学与中国现当代文学研究。

collective consciousness of "Home" in James Cameron's *Avatar 2: The Way of Water*, the popular communication mode of TV series *Three-Body* in 2023, and the ordinary life track of Evelyn (Michelle Yeoh), the middle-aged woman in *Everything Everywhere All at Once* in the Asian community. The former embodies sci-fi within realism; The latter's sci-fi works reflect a realistic style. Liu Cixin and Zhao Shuli's character portraying the "individual group image" collectively create a "materialized" character tension. Wave-particle duality, disrupting the uncertainty of essentialism and binary opposition thinking, has inspired comparative perspectives and interdisciplinary cultural studies, including the humanities.

Key Words: Quantum Thinking; Uncertainty; Acceleration; Parallel universe; Interdisciplinary

文学的本质是什么？从经典光学的双缝实验视角看，文学不一定是人的文学，钱谷融提出的"文学是人学"是 20 世纪 80 年代的社会文化氛围倡导和召唤的强调"人的主体性"的经典文学观念。而在 21 世纪的人工智能浪潮下，文学更可能是接近于去人类中心主义的物理学和文学跨界融合的科幻文学。运用光学的波粒二象性进行思想实验，我们可以发现内涵丰富的经典文艺作品是多个双缝实验装置，既是现实的也是科幻的。当故事中人的行为和新技术趋势相悖时，通常面临阻力和失败；而应用新技术进行同频共振则可能产生现象级的轰动效应。不过在此之前要克服旧思维、旧习俗的固有惯性和羁绊。新发明的技术就像一块磁石，周围环绕着不同的人物和事件，情节的起承转合在环形轨道上或远或近地运行，在地球的不同片场演绎出人世间的悲欢离合，拉伸出各自专属的张力。缘于"距离"不同，"这不是物理的距离，而是指想象和幻想的力度和自由度……科幻小说中的想象世界肯定不能与现实太近，否则就会失去其魅力甚至存在的意义。但想象世界与现实的距离也不能太远，否则读者无法把握。创造想象世界如同发射一颗卫星，速度太小则坠回地面，速度太大则逃逸到虚空中。科幻的想象世界，只有找准其在现实和想象之间的平衡点，才真正具有生命力"（刘慈欣 104）。文学即是"光"，有光的地方就有文学。文学和光一样古老，为不同时代不同的人观察思考。

一、科幻的牵引力：加速度的火车叙事

当 82 岁高龄的托尔斯泰在晚年离家出走，还来不及前往高加索或西欧就最终病逝于阿斯塔波沃火车站。这一事件充满了隐喻，似乎象征着 19 世纪现实主义文学告一段

落,也宣告了20世纪文学开启。当与此相关的人物、时间顺新技术而为时,科学与文学的相互交织和碰撞产生了独特的科幻特质。"新作家的产生也许还得归因于一系列环境因素:新编辑、新杂志、科幻小说的演化、相互激励、科学和社会学投入、不断变化的社会条件——比如我们经常提到的'蒸汽机时代'"(冈恩235)。

> "车站到了,缓冲器吱吱嘎嘎地响着。窗外闪过路灯、树影和一排跳动的栅栏。列车员打开车门,拉起翻板,含糊不清地嚷了句什么。一股清爽的空气迎面扑来,我深深地吸了一口,走下车厢。站台上空荡荡的。远处,机车喷着汽,一盏白惨惨的聚光灯在升腾的雾气中摇曳。从列车狭长的阴影里传来小锤叮当的敲击声。"(北岛45)

这是《波动》的开头,也是很多读者喜欢的句词类型。这是北岛于1974年10月前后动笔并完成初稿的小说,这种"快"的叙事速度奠定了整个小说的"现代化"叙事调子。这在当时说不清、道不明的叙事,产生的令当时的读者着迷的现代意识是通过火车的缓冲器、翻板、机车和小锤叮当的敲击声等波动传递的。确切地说,是火车的动力加速了小说的叙事速度,由此产生了一种类似达科·苏恩文所说的陌生化的文学类型。当时间轴停留在中国火车发展史和第一次工业革命上,这是用科幻的视角对火车的描述。1974年,东风4型机车正式出厂,转入批量生产,时速突破每小时120公里,标志着我国新一代内燃机车登场。刘慈欣曾说:"当自己第一次看到轰鸣的大型火力发电机组,第一次看到高速歼击机在头顶呼啸而过时,那种心灵的震颤,这震颤只能来自对一种巨大的强有力的美的深切感受。"(刘慈欣3)从移动时间轴和交通迭代的视角看火车已经由此诞生了数不胜数的经典文艺作品,文学表现出了丰富的波粒性。以今日之眼光看绿皮火车已被认为是落后的技术,而站在1982年的时间轴上看,在铁凝的《哦,香雪》中,这可能是改变命运的新事物。

> "如果不是有人发明了火车,如果不是有人把铁轨铺进深山,你怎么也不会发现台儿沟这个小村。它和它的十几户乡亲,一心一意掩藏在大山那深深的皱褶里,从春到夏,从秋到冬,默默地接受着大山任意给予的温存和粗暴。
> 然而,两根纤细、闪亮的铁轨延伸过来了。它勇敢地盘旋在山腰,又悄悄地试探着前进,弯弯曲曲,曲曲弯弯,终于绕到台儿沟脚下,然后钻进幽暗的隧道,冲向又一道山梁,朝着神秘的远方奔去。"(铁凝)

这个开头多么像科幻小说!铁凝曾自述:"1985年在纽约一次同美国作家的座谈会上,曾经有一位美国青年要我讲一讲香雪的故事,我毫不犹豫地拒绝了他。因为在我内心深处,觉得一个美国青年是无法懂得中国贫穷的山沟里一个女孩子的世界的。但是拗不过他们的一再要求,我用三言两语讲述了小说梗概,我说这是一个女孩和火车的故事,我写一群从未出过大山的女孩子,每天晚上是怎样像等待情人一样地等待在她们村口只停留一分钟的一列火车。出乎我意料,在场的人理解了这小说。他们告诉我,因为你表达了一种人类的心灵能够共同感受到的东西。也许这是真实的。"(於可训 79)铁凝的这篇成名作具有技术乐观主义的基调,现在读来仍然耳目一新。谢有顺、贺绍俊和戴锦华等众多学者,曾围绕人性、社会的人类社会学维度去解读,折射出了 20 世纪 80 年代中国社会特殊的文化症候。程光炜研究的出发点来自知青经历和观察香雪等千千万万个农村少女们的"劳动人民意识"(程光炜 58),解读是有阅历且犀利的。笔者认为,这些角度总体上看是以人类的情感叙事表达的,如果以火车的视角进行观察,解读将变得具有科幻风格。这和张爱玲的"电车回家"萌发的现代意识是异曲同工的。"城里人的思想,背景是条纹布的幔子,淡淡的白条子便是行驶着的电车——平行的,匀净的,声响的河流,汩汩流入下意识里去……'电车回家'这句子仿佛不很合适——大家公认电车为没有灵魂的机械,而'回家'两个字有着无数的情感洋溢的联系……有时候,电车全进了厂了,单剩下一辆,神秘地,像被遗弃了似的,停在街心。"(张爱玲 24)荒凉,好像是无情感的,但是却埋着一种被遗弃的隐秘的情感,"荒凉的手势"就像"电车回家",明明是回家,这个手势想表现的是温暖、有归属感,但回家的是电车,这电车冰冷、机械,骨子里透着荒凉。或许,这也是人们从农村走向城市的内心感受。具体来说,是火车改变了香雪的世界观。90 年代的颇具现实主义风格的《外来妹》可能就是成年后的香雪们的故事,当然也有可能是沦为被物质所困的"小黄米"们的故事。在火车没有出现之前的时间轴上,《哦,香雪》就是科幻文学;而在火车出现后,成了现实主义文学。如果没有科幻想象,没有第一次工业革命,就没有火车的出现,也就不会有海子、安娜·卡列尼娜的卧轨自杀,世界上将少一种富有决绝性的文艺气息的死亡方式。海子的卧轨自杀象征着 90 年代大转型时期、全球化背景下诗歌的边缘与失落。回望 80 年代,当诗歌乘着时代的火车,迎来的是爱情和成名。顾城在一次乘坐火车时邂逅了后来成为妻子的谢烨,同时把握住了成名与走红的机会,却在 90 年代隐居激流岛,过原始闭塞的生活,拒绝学习外语和驾驶,长期依靠妻子作为对外交流的拐杖,在国际环境中生存日益困难,最终酿成"诗人之死"。

火车承载着无数爱恨离别的人类情感。对以铁凝为代表的作家来说,"火车带来了外边的一切新奇,对少女来说,它是物质的,更是精神的,那是山外和山里空气的对流,经济的活泛,物质的流通,时装的变迁,乃至爱情的幻想……都因这火车的停留而变成可以触摸的具体"(於可训 80)。在这个意义上,《波动》和《哦,香雪》都属于科幻类型的火车文学。这样的物质感、技术感强烈的文学更加体现了作家对人类的体贴和爱。铁凝说:"我愿意拥抱高科技带给人类的所有的进步和幸福,哪怕它天生具有一种不由分说的暴力色彩。但我还是要说，巨大的物质力量最终并不是我们生存的全部依据，它从来都该是巨大精神力量的预示和陪衬。而这两种力量会长久地纠缠在一起，互相依存难解难分，交替作战滚动向前。"(於可训 81)这充分体现了物质与精神的波粒转化、量子纠缠。"从蒸汽机到内燃机、电气机车，还有计划中的高速干线，不管怎样，火车至今仍是与中国人的生活联系最紧密的交通工具，从数代领导人的考察巡视到大小商品的推广销售，从出差公干到旅游探亲，火车虽说已不是唯一的老大，但还是老大的一员。由此也可以解释为什么青海和西藏早已有飞机起降，这么多人流血流汗战天斗地却还要建造青藏铁路。"(王福春 90)为争取 1991 年世界科幻大会在成都的主办权，《科幻世界》杂志社主编杨潇一行从中国坐了八天八夜的火车假道俄罗斯到荷兰海牙(董仁威 340)。这是真正的科幻现实主义文学。80 年代是以人为本的波动的主体性文学，而在 90 年代乃至新世纪可能就是原子化的个人叙事。文学的波粒转化之快足以让人惊叹。时代精神和新技术更新迭代同样迅速。"作为一种饱受争议的创作观，'科幻现实主义'并不必然束缚科幻文学的想象力。相反，如果现实主义这一人类文学的深厚传统以其丰富的内涵和多元的形式充分滋育科幻文类，足以使之在今天这样一个非常有利于科幻文学和文化施展的时代，有效地支撑人们对现实世界支配法则的探索和自我表达、自我伸张的需要。"(李广益 163)

二、支撑与阻力：平行宇宙的双重变奏

当现实主义文学与新技术应用脱离的时候，就会被抛出运行轨道，人物命运多舛，在时代的边缘徘徊不前。与现代交通工具带给人类的持续乐观形成鲜明对比的是更新换代迅速的通信技术。"科幻文学在美学上应该能突破更多传统的现实主义表现形式，通过一种想象力的叙事力量的支撑，可以超越本体和喻体之间的二分法。"(陈楸帆 49)笔者选取的样本来自热播电视剧《狂飙》。随着第二次工业革命的到来，科技发展迎来了电磁学的发展成熟，通信技术由此狂飙迭代。1996 年是 2G 时代"小灵通"上线的年份。20 世纪 90 年代出现的"小灵通"来自科幻作家叶永烈《小灵通漫游未来》的无偿授权，暗含着信息革命和财富的密码。《狂飙》中高启强兄弟在 2000 年抓住了"小灵通热"，在市场中占住商机快速致富，而在 2006 年前后随着小灵通热潮后的衰落而一泻千里。高启盛因错判形势，囤积了几十万的小灵通通信设备，导致只能通过贩毒来填补资金，从此走上黑社会的不归途。以时间轴和技术发展为移动坐标，《狂飙》是发生在 90 年代的商人因"小灵通热"的风口而获利后又因技术迭代而破产的故事。《狂飙》的关键剧情变化源于小灵通的通信技术迭代。2000 年，千禧年开始，随后中国开始开门红，2008 年奥运会期间展现的上升的国力和友好形象得到了国际社会的瞩目。国内观众

对国际市场和资本的仰望经由 2009 年放映的现象级科幻电影《阿凡达》体现得淋漓尽致。作家文珍的《安翔路情事》(2011 年)出现了电影《阿凡达》的情节,美式科幻《阿凡达》与日料寿司在作家笔下并置为强大的外来资本符号,而符号化的《阿凡达》是小说剧情的关键变量,是故事人物产生情感波动的微妙变量。人的物化由此发生,小说读来隐约有对逝去的田园爱情的惆怅和对资本入侵的抵抗。如果没有《阿凡达》的刺激,卖麻辣烫的豆腐西施会遵循和卖灌饼的小胡一同回乡过男耕女织的田园生活的农耕逻辑,而不是寻求在城市立足的更多可能。这部具有现实色彩的小说也被众多学者归为底层文学的小说。值得注意的是,豆腐西施在经历心理斗争后最终选择了留在城市,豆腐西施做选择的驱动力不在具体的"人",而是对以《阿凡达》为象征的财富和技术的城市生活的向往。谈到写作的全部动因,作家文珍谈到是在出租车上的一瞥,促成了这篇小说诞生。这现实一瞥充满了悲悯的色彩。卖灌饼的小胡是让人心疼的。"这么热的天,在那么狭小的不到五平方米的一个小门面里,他一天到晚哪里都不去,一直站着在那里摊饼,只要有顾客过来买,他就一刻也不能休息,就像希腊神话里那个不断要把石头推上山的西西弗斯一样。"①小胡的生活是那么单一枯燥,这和带给当时观众巨大震撼的《阿凡达》的丰富感受形成鲜明对比。而从科技进步和女性发展的双重角度来看,对于拼命想在城市立足的女性,科技的进步推动了智慧城市的发展,让女性有可能摆脱体力劳动过上更文明的生活方式,运用金钱和技术去置换劳动力,在大城市生活可能更适合女性生存。从人类进化的角度看,生物意义上的女性明显在体力上是弱势的,在数字化浪潮的影响下或许有一定转机。因此,从科幻的视角看文珍的《安翔路情事》,在这个双缝实验中,看到科技掠夺的同时也看到了女性在城市生活的更多可能。2022 年上映的詹姆斯·卡梅隆的《阿凡达 2:水之道》与 2009 年的《阿凡达》相比,中国观众似乎不再惊讶于美式科幻的技术和构建,因为中国经济实力和科技发展在稳步增强。面对中国这个有着庞大人口基数的市场,詹姆斯·卡梅隆策略性地选择迎合中国观众的"家"的价值观,在其电影热播后,与 B 站连线热门的科普 UP 主毕导等年轻科幻爱好者,期待来自中国青年观众的反馈。拥有优越感和压迫感的美式科幻从天空回归海洋,从个人连接集体,似乎更接地气了,似乎也更接近于科幻现实主义风格。

科幻现实主义风格的策略性传播媒介不是电影,而是大众化的传统媒体电视,切入科幻与现实的文艺形式更为平易近人,最能深入千家万户的仍然是电视剧。这种传播模式不仅适用于典型的现实主义风格的《人世间》,也能把科幻现实主义元素融入大众化的日常精神文化生活。追溯电视的发明就是科幻魔法的诞生,电视长期以来一直是一个传播文化的有效宣传窗口。2023 年《三体》电视剧的推出不仅是国家文化战略部署,而且承载了科普功能。这个时代的中国主流观众已经可以从内心接受科幻,步入了

---

① 参见文珍在 2018 创意写作国际论坛上的讲座内容。

类似 50 年代美国黄金科幻时期,《三体》电视剧可以实现中国式的《生活大爆炸》。同样,在全球热映的《瞬息全宇宙》,中年大妈伊芙琳在亚裔社区的平凡生活轨迹与杨紫琼产生了一种奇妙的连接,形成了多重宇宙的拼接和碰撞。杨紫琼出身于优越的马来西亚拿督家庭,想为亚裔社区的华人发声,又选择了少有女演员走的功夫路线,杨紫琼的演艺生涯没有越走越窄,反而是在 60 岁焕发了更多的可能。杨紫琼的从影实践作为现实积累为她争取到了与之生活轨迹截然不同的伊芙琳这一角色,而伊芙琳的家庭矛盾和报税纠纷的现实又成为科幻风格的多重宇宙的编码,开发出现实之外的多重可能性。伊芙琳一地鸡毛的现实生活和杨紫琼功成名就的演艺生涯形成了科幻/现实二象性,勾勒了华裔在海外生活的双重轨迹。勇于探索、敢于冒险、亲和力强、共情他人的综合素质让杨紫琼在国际上大放异彩。

"光子似乎在根据观测者选择进行的实验来决定它自己是粒子或是波。"(麦肯齐165)新技术的发明和应用处于上升繁荣期,人物和事件刚好又能够趋于无限接近达到零阻力的情况下,就会涌现出现象级的文学潮流或文学类型。比如金庸武侠小说和香港报业、印刷术的繁荣以及多元文化的交叉融合分不开。再比如网络文学的兴起是文学与互联网自《第一次亲密接触》开始一骑绝尘,在文坛占据了一席之地。再到短视频平台 papi 酱的爆火和直播带货的媒介化实践。以严肃文学著称的国刊《人民文学》主动"与辉同行",把握住了上升风口,经由主播董宇辉带货创下了可能是中国乃至世界上杂志发行量最高的成交额记录 1785 万元。纸质媒介时代的衰落不由个人意志而改变,但是积极拥抱新生的媒体技术并进行融合跨界,就可能形成轰动效应再创辉煌。主动求新求变,应用新技术,环绕其间的人与物就会充分体现出一种生机勃勃的张力之美。在科幻和现实主义文学形成的交错世界的子集中,更易诞生现象级的文艺作品。足够丰富、巧妙融合、独特元素叠加新技术,或许这是诞生《三体》的时代密码。刘慈欣在第一次接触克拉克的科幻世界时,是通过父亲收藏的纸质图书,这种古典的、成熟的和时代逐渐脱离的传统纸媒。在 50 年代的美国,印刷业使得杂志繁荣发展,科幻处于黄金时代,诞生了一批主流的科幻作家,比如阿西莫夫、雨果·根斯巴克,相当于美国的科技启蒙导师,贝佐斯、马斯克这些在黄金时代成长起来的一代人,他们青少年时代的现实主义文学就是科幻文学。爱伦·坡对凡尔纳产生影响、凡尔纳对克拉克产生影响、克拉克对刘慈欣产生影响,不断传承。科幻对科技大佬产生的影响,比如阿西莫夫对马斯克的影响、刘慈欣和尼尔·斯蒂芬森对扎瓦伯格的影响,正在改变现实世界。"新一代伴随着原子弹、电视和航天长大,随之而来的还有变化带来的不确定性,他们发现传统文学并不关注自己日常生活中的这些基本事实,哪怕关注了,也只是为了表达哀叹和绝望的情绪。他们的父母基本上都对科幻小说嗤之以鼻,认为这类小说太不真实,或是真实得令人不快,而孩子们却认为科幻小说就是他们的文学。"(冈恩 295 - 296)已经成年的人容易形成思维定式,认同传统的审美习惯,认为眼前的悲欢离合、日常的消费、世俗的交际才是生活的现实。公认的传统的现实主义文学容易囿于封闭的文学圈子,创作的作品隔靴搔痒,消遣性强,远不如时事新闻精彩,并不真切关注科技发展带来的真正变化及不确定性,哪怕关注了也只为表达作家个人的牢骚和情绪。强调文学是人学,将人视为情感动物,这低估了人类。"现实主义是一种传统的文学写作方式,主要表现在逻辑的可认知性和美学上的自然主义,科幻现实主义则响应这样一个问题:科技已成为我们当今社会不可分割的一部分,你无法想象如何剥离了科技成分去讨论我们的日常生活经验。然而,中国纯文学长期以来都忽略了这种现象,或者说它没有能力去把握和处理科技的问题。"(陈楸帆 48)离日常生活更近的、关注五分钟后"近未来"的巴拉德可能会拥有更多受众,不过科幻的理想是创造新的生存环境,这是未来人类最大的希望和温暖。认识客观世界的道路充满困难和曲折,"真理"需要一场自我认知的革命。站在教堂屋顶观测宇宙数据的哥白尼,他的"日心说"一开始被视为"异端"。脚下稳固的大地是不断运动着的,这给习惯了以人类和地球为中心的人们带来了心理不适,难以直面对不确定性运动的恐惧。同理,以人类中心主义/以人为本的纯文学推崇者,难以摆脱时代的局限、放弃时代红利,认为自 80 年代之后的文学都不够"纯",变得"物化"了。

三、跨界与平衡:"物化"的人物张力

"物化"在科幻文学的语境中并非贬义词,从万物的本质和发源来看,人类是在复杂系统中堆叠进化的产物。物的立体性表达需要平面的人更好地表现。相对于稳定的物来说,人性随着时间轴的移动更加千变万化。刘慈欣的长篇小说《球状闪电》的叙事主角就是物本身——球状闪电。这是刘慈欣认为自己写得最像科幻的科幻小说。球状闪电是少年刘慈欣看到的令他惊奇不已、记忆深刻的自然奇象,也是触发他写作科幻的驱动力之一。与不同时间、相似时空的山西作家赵树理的创作异曲同工。"赵树理小说的最大争议,源自其人物描写。除却《孟祥英翻身》《套不住的手》《实干家潘永福》等纪实性人物故事,赵树理很少创造出一种作为个体的典型人物形象……更为重要的是,他的小说很少涉及人物的内心活动,仅仅从人物在事件发展中的功能、人物的语言和外在行为上来表现人物。"(贺桂梅 353)正如竹内好在《新颖的赵树理文学》中指出,人物是背景化的扁平人物,作品中的人物在完成其典型的同时与背景融为一体。一个人物代表的是一个群体。"在赵树理的构想中,他的读者不是孤独地面对作品的个体,而是一种群体性的场景。人们是以'读'和'听'的方式建立起与小说世界的认同关系。也可以说,就其消费和阅读方式而言,赵树理取消了那种个人主义的主体,而试图建立起一种群众性主体。"(354)这正是赵树理文学的新颖性和现代性。站在宇宙视角维度上,真正的"硬"科幻不以人类的情感和主观感受为转移,不关心个人的生死,也不在乎人类的存

亡。在新冠病毒长期与人类共存的事实、不可抗力的环境气候大变化面前,人类不得不树立在太空生存的意识。向外求,才能获得更高维的生存发展空间。科幻的定义是多元的:布鲁斯·富兰克林认为科幻小说描摹的是可能发生的事情;海因莱因认为科幻小说最好更名为"推测小说";约翰·坎贝尔说科幻小说就是科幻编辑出版的东西;克拉克认为科幻小说写的可能发生但你却不希望它发生的事情;达科·苏恩文倾向于"认知疏离的文学"这个定义;詹姆斯·冈恩则称科幻小说是"变化的文学"或"全人类的文学"。科幻作家的文学理念开放、多元和去中心化。未来学家阿尔文·托夫勒认为,科幻小说是一种拓展思维的力量,可以用来培养人们预测未来的习惯。我们的儿童应当学习克拉克、海因莱因等科幻作家的小说,不是因为这些作家能够让他们了解宇宙飞船和时间机器,而是因为他们能够引领那些年轻的心灵去探索政治、社会、心理、伦理事务的丛林,这些是他们长大成人之后必须面对的。科幻小说将是"未来学初级课程"的必读书目。威尔斯曾预言,假如未来型头脑能够自由表达自己,将会创造出巨大的成就。西方科幻和西方科学技术同步在美苏争霸的航空竞赛阶段开启了"奥德赛"赛道。克拉克的《2001:太空漫游》影响了 2001 年在肯尼迪发射中心火星"奥德赛"探测器的成功发射,直接影响了现实的科学进程。苏联人造卫星、肯尼迪登月计划、阿姆斯特朗的一小步让人类见证了太空科学不是幻想,是肉眼可见的航天现实。科幻小说的力量在于让人们相信科幻是关于现实而非梦想的文学。马斯克在发射"重型猎鹰"火箭的特斯拉跑车中放上了一套微缩版的《银河帝国》,因为阿西莫夫在年少的马斯克心中埋下了太空梦。美国大部分 NASA 员工主要是受《银河帝国》启发走上了科研道路。科学需要渗入日常的场景,霍金、马斯克都曾客串《生活大爆炸》,这部美剧相当于物理版的《老友记》。当你突然穿着绿巨人或者蝙蝠侠的着装出现在朋友家门口,不会被当作怪物,而是稀松平常之事。科普能产生更广泛的影响,发展起一大批热爱科学的青少年群体,从基础向上攀登科学高峰,多少人因为科学看起来高冷深奥的面孔望而却步。对于当时九岁的男孩阿西莫夫来说,科幻小说始于 1926 年 4 月,它的缔造者是雨果·根斯巴克,他创办了世界上最早的科幻杂志《惊奇故事》。自 11 世纪中国发明活字印刷到约翰·谷登堡发明了铅字印刷,杂志成为信息传播的重要载体和媒介。美国科幻文学的衰落也被归结于杂志的式微。中国发明的造纸、火药在全世界范围内被更广泛地应用,西方的科学技术发明可追根溯源到古老的中华文明的发明创造中。在全球化背景下,中国在世界格局中迅速崛起,成为世界第二大经济体,中国科学技术发展进入新纪元,文明周而复始。还是回到铁凝的经典成名作《哦,香雪》:一个农村小女孩向往外面的世界,对火车带来的变化产生了惊奇感。《哦,香雪》回应着时代对文学的召唤,让大众对作家的文学创作产生了共鸣。

四、结　语

　　"量子力学以一种完全矛盾的形式解决了'粒子与波动之争'的百年疑案：光既是一种粒子也是一种波。它看上去'像什么'取决于你如何审视它。如果你测量它的频率与波长，光看上去像波；如果你通过光电效应来为光子计数，那时候的光看上去像粒子。"（麦肯齐 156）

　　文艺作品可以承载科幻/现实二象性的双重共振。波粒二象性具有破除本质论和二元对立思维的不确定性，启发了包括人文学科在内的比较视角、跨学科文化研究。在Chat-GPT更新迭代的数字浪潮中，人类对人工智能的认知还有很长的路要走；在马斯克思考人类命运和火星移民时，多少人认为这和自己没有关系，甚至从现实层面，大多数人的认知还停留在第二次工业革命的燃油车时代，而人工智能已经不分日夜甚至不受人类意志的完全控制在指数迭代。光学基础科学的微观世界不再像牛顿时代的宏观世界肉眼可见，微观世界变得不易观察和难以理解。"科学的美感被禁锢在冷酷的方程式中，普通人需要经过巨大的努力，才能窥见她的一线光芒。"（刘慈欣 3）技术进步主义者容易在新技术还在概念层面还没有投入量产应用前，超前推进；保守主义者则会不屑一顾，被技术推操前进，当概念落地形成应用规模后，反应不及。因此，灵活掌握科幻与现实主义文学的距离才能形成独特的张力。新的想法和发明总会实现。在现实世界和虚拟世界交错的"元宇宙"，以科学技术作为创作动力的跨界作家更有可能为人类社会开拓出新的思维空间和生存空间。

参考文献

Bei, dao. *Volatility*, Beijing: Life, Reading, New Knowledge Sanlian Bookstore, 2015.

［北岛：《波动》，北京：生活·读书·新知三联书店，2015年。］

Chen, Qiufan. "Science Fiction Literary Creation in the Age of Hyperreality." *Chinese Comparative Literature*", 2(2022): 36-49.

［陈楸帆：《"超真实"时代的科幻文学创作》，《中国比较文学》，2022年第2期，第36-49页。］

Cheng, Guangwei. "The Xiangxue's 1980s—A Corner of the Countryside Reflected from the Novel." Oh, Xiangyue and Literary Criticism. *Shanghai Literature*, 2(2011): 52-8.

［程光炜：《香雪们的"1980年代"——从小说〈哦，香雪〉和文学批评中折射的当时农村之一角》，《上海文学》2011年第2期，第52-58页。］

Dong, Renwei. *A Century of Science Fiction History in China*. Beijing: Tsinghua University Press, 2017.

［董仁威:《中国百年科幻史话》,北京:清华大学出版社,2017 年。］

Gunn James. *Interlaced Worlds—A History of World Science Fiction*. Trans. Jiang Qian. Shanghai: Shanghai People's Publishing House, 2020.

［詹姆斯·冈恩:《交错的世界——世界科幻图史》,姜倩译,上海:上海人民出版社,2020 年。］

He, Guimei. *Imagination in Humanities—Contemporary Chinese Ideological Culture and Literary Issues*. Kaifeng: Henan Publishing House, 2005.

［贺桂梅:《人文学的想象力——当代中国思想文化与文学问题》,开封:河南出版社,2005 年。］

Li, Guangyi. "Africa, the Third World, and the Global South: Revisiting the Possible Aspects of Science Fiction Realism". *Theoretical Research in Literature and Art*, 5(2023): 163 – 71.

［李广益:《非洲、第三世界、全球南方:再论"科幻现实主义"的可能面向》,《文艺理论研究》2023 年第 5 期,第 163 – 171 页。］

Liu, Cixin. *The Worst Universe, The Best Earth Science Fiction Review Essay Collection*. Chengdu: Sichuan Science and Technology Literature Publishing House, 2015.

［刘慈欣:《最糟的宇宙,最好的地球》科幻评论随笔集,成都:四川科学技术文献出版社,2015 年。］

Mackenzie, Dana. *The Wordless Universe*. Trans. Li Yongxue. Beijing: Beijing United Publishing Company, 2018.

［达纳·麦肯齐:《无言的宇宙》,李永学译,北京:北京联合出版公司,2018 年。］

Tie, Ning. "Oh, Xiangxue." *People's Daily*, June 16, 2018.

［铁凝:《哦,香雪》,《人民日报》2018 年 6 月 16 日。］

Wang, Fuchun: *The Chinese on the Train*. Shanghai: Shanghai Jinxiu Article Publishing House, 2007.

［王福春:《火车上的中国人》,上海:上海锦绣文章出版社,2007 年。］

Yu, Kexun, ed. *Novelist Archives*. Zhengzhou: Zhengzhou University Press, 2005.

［於可训主编:《小说家档案》,郑州:郑州大学出版社,2005 年。］

Zhang, Ailing. *Rumors*. Beijing: Beijing October Literature and Art Publishing House, 2012.

［张爱玲:《流言》,北京:北京十月文艺出版社,2012 年。］

论张纯如非虚构类作品《南京大屠杀》的现实主义文学价值

葛雅纯[*]

摘　要:1997年,美藉华裔作家张纯如出版了《南京大屠杀:第二次世界大战中被遗忘的大浩劫》一书,该书出版后盘踞纽约时报非虚构类畅销书榜长达三个月,售出50万余册,引发了国际社会对于南京大屠杀史实的重新关注与讨论。作为史学作品,该书遭受了诸如考据不够严谨、论断过于主观等诸多批评,但若将该书界定为纪实文学作品,其可读性与多重叙事价值是毋庸置疑的。本文将基于艾布拉姆斯提出的文学四要素(作者、作品、读者、世界)说明《南京大屠杀》一书的文学性;也将基于卢卡奇总结的现实主义文学典型特征(即真实性、典型性和历史性),深入分析文本以揭示该书被长期忽视的现实主义文学价值。作为结论,本文认为体裁分类不应成为判定作品文学价值的唯一标准;学界应推动文学史的重新梳理,将传记、日记、历史纪实等非虚构类作品也纳入到现实主义文学的研究视野中,不断丰富现实主义文学研究的内涵。

关键词:张纯如;《南京大屠杀:第二次世界大战中被遗忘的大浩劫》;现实主义;文学四要素

Title: On the Literary Value of Iris Chang's Non-fiction *The Rape of Nanking* in terms of Realism

Abstract: Iris Chang, a Chinese-American author, published her book *The Rape of Nanking: The Forgotten Holocaust of World War II* in 1997. Since its publication, the book has been sold more than 500,000 copies and stayed on the New York Times bestseller list for three months. The Nanjing Massacre sparked intense

---

　*　**作者简介**:葛雅纯,国防科技大学博士研究生,主要研究叙事学、话语分析和认知语言学。联系方式: geyachun0210@nudt.edu.cn。

debates and captured the interest of the global community due to its portrayal in the book. Recognized as a piece of historical work, the book has faced intense criticism for its insufficient rigor and objectivity. However, if we redefine the book as a form of documentary literature, its exceptional readability and diverse narrative are undoubtedly remarkable. Hence, the purpose of this article is to examine the literary aspects of *The Rape of Nanking*, using Abrams' four elements of literature (artist, work, audience, and universe) and the three key traits of realism (namely authenticity, typicality, and historicity) summarized by Lukacs. The book will be further analyzed to reveal its literary value in terms of Realism, which has been neglected for such a long time. In essence, this article suggests that genre classification should not be the sole measure when appraising a piece. To continuously enrich the exploration of realistic literature, researchers should prioritize the re-examination of literary history and the integration of non-fiction works such as biography, diary and historical documentary into the research framework.

Key Words: Iris Chang, *The Rape of Nanking: The Forgotten Holocaust of World War II*, Realism, Four elements of literature

----

张纯如（Iris Chang，1968—2004），出生于美国新泽西州，作为一名华裔作家，曾为《纽约时报》、《芝加哥论坛报》等期刊报社供稿，并著有多部纪实作品，致力于展现在美华人真实生活或揭示鲜为人知的中国历史。《南京大屠杀：第二次世界大战中被遗忘的大浩劫》（后简称《南京大屠杀》）是第一部全面介绍南京大屠杀史实的英文著作（Zagoria 163）。该书出版于 1997 年暨南京大屠杀 60 周年之际，自出版后盘踞纽约时报非虚构类畅销书榜长达三个月，售出 50 万余册，引发了国际社会对南京大屠杀史实的重新关注与讨论。1995 年张纯如便开始在美国国家档案馆和华盛顿国会图书馆等地完成了写作资料的初步准备，并前往中国北京、上海、南京等多地调研、探寻相关史料。因此，该书出版后长期被视为史学著作，早期评价褒贬不一：牛津大学的历史学者克里斯蒂安·克林根贝加（Christian Jessen Klingenberga）高度赞扬"这是一部杰出的史学作品"；学者佛果（Joshua Fogel）则认为该书数倍夸大了南京大屠杀的恐怖程度，批评张纯如在史料考据方面不够严谨："［她］不假思索地采信了一些资料，作出了一些无端的断言，作品中的观点表达情绪化、过激、充满愤怒"（818）。

文学史的书写往往决定了文学研究的范畴以及文学作品的价值。《南京大屠杀》取材于真实的一手史料，采用了不同视角、全面介绍了南京大屠杀史实。因此，《南京大屠杀》长期被定性为史学著作，国内外针对于此的学术研究也集中在史学界，相关研究侧重于其国际影响力、史实考据与表述客观性,却并未充分关注到该部作品在揭露历史真相外的其他价值,如现实主义文学价值。该作出版后的二十余年间,该书都未能顺利进入文学研究的视野中,该部作品的文学价值被严重低估,在文学评论领域颇受忽视。虽然早在《南京大屠杀》出版时,普利策奖得主戴尔·马哈里奇(Dale Maharidge)就盛赞其"可读性强"("Praise for THE RAPE OF NANKING" 6),《南京大屠杀》也成为多部南京大屠杀主题的小说与诗歌的素材与灵感来源,例如严歌苓的《金陵十三钗》、林永得的《南京大屠杀:诗歌》、哈金的《南京安魂曲》等(张小玲 106),但直至 2018 年,郭英剑等主编的《美国华裔文学作品选》才首次将张纯如的《南京大屠杀》正式纳入文学作品的范畴内(178)。随后,逐渐有学者认可该书的文学艺术价值(李良 33),但相关研究仍停留在分析该书对华裔文学的影响,或分析该作与其他南京大屠杀小说之间的互文关系(张小玲 112),却并未聚焦作品本身的文学性或对作品开展深入的文本细读以揭示其文学价值。

一、《南京大屠杀》的叙事特点

不同于戏剧、小说等经典的虚构文学体裁,非虚构类作品并非文学研究中的典型性对象。因此,本文将《南京大屠杀》这部长期被归类为历史纪实的作品纳入到文学范畴进行探讨的尝试,本身就是一项颇具挑战性的任务。然而,由于张纯如并不是一位训练有素的历史学者,却是一名出色的职业作家,《南京大屠杀》一书在出版后虽遭到不少史学家的挑战,却也因受大众读者的喜爱而广为传播,连历史学者柯伟林(William Kirby)在批判该作"民族主义情感偏向"的同时,也忍不住称赞"张纯如对南京大屠杀的描述生动、可读性强。写作是她的强项,她用简洁有力的语言描述了大屠杀,带领读者经历残暴和毁灭,让读者感受大屠杀的真相,并用个体故事让读者感到恐惧、震惊、难以忘怀"(433)。

《南京大屠杀》全书分为两个部分,第一部分主要讲述真实发生的南京大屠杀的经过,第二部分则主要论述南京大屠杀结束后在国际社会惨遭遗忘的现实境遇。该书在叙事视角、人物塑造等方面都同一般历史著作存在明显差异,并呈现出高度文学化的叙事特点。

在叙事视角方面,张纯如直言在写作第一部分时,曾受芥川龙之介小说《竹林中》改编电影《罗生门》的影响,因而采取了日方、中方以及南京沦陷后安全区的西方人士这三方视角来共同讲述南京大屠杀(XXXII)。不同于一般史学著作惯于通篇使用第三人称全知视角,采取多视角叙事是因为张纯如写作的主要目的不是纯粹的历史考据,而是合理运用各方资料,以更加客观地向读者呈现南京大屠杀的原貌。例如:在讲述日军强奸妇女的残暴行径时,张纯如便同时采用了日本老兵东史郎的回忆录(32-33)、田所耕三的自述(33)、幸存者的回忆(79-81),以及安全区欧美传教士的记录(74-75),从加害者和受害者视角共同讲述日军对中国女性惨无人道的蹂躏与杀害。采用多立场、多视角的叙事使得文本呈现出一种"复调小说"的效果(Bakhtin 27)。

这种复调的效果不仅由作品中援引的日、中、西这三方的话语与声音来呈现,也与作者在书写中提供的评价资源与展露的情感态度紧密相关。例如,张纯如在书写围攻南京的三支日本军队(即在白茆口登陆的第十六师团、上海派遣军和第十军)的指挥员,便基于已掌握的史料分别调用了不同的评价资源,其中暗含了作者对不同人物的情感态度。在描述第十六师团的总指挥中岛今朝吾时,张纯如称与之相关的书面资料十分有限,且发现的记录相当负面,并引用了作家戴维·伯格米尼(David Bergamini)及其他人的评语,称中岛是"一个小希姆莱,一个思想控制、恐吓和酷刑专家""一头野兽"和"一个暴力的人"(19-20)。在描述日军司令松井石根时,张纯如不仅花费笔墨形容了他的外貌"他体质虚弱,身材矮小,留着小胡子"(21),成长背景"出身于书香门第,是一个虔诚的佛教徒"(21),还介绍了他的现实处境:因患有肺结核被调离担任华中方面军(由上海派遣军与第十军合并而成)司令,转由裕仁天皇的姑父朝香宫鸠彦接任原上海派遣军司令,接替松井成为日军入侵南京的一线指挥(22-23)。在东京审判中,松井石根因纵容下属实施各种暴行而不加阻止的"不作为"被认定有罪,作为甲级战犯被处以绞刑。

可以发现,尽管中岛今朝吾与松井石根同为日军入侵南京的指挥官,但作者在刻画不同人物时,其用词的情感态度明显相距甚远,甚至让部分读者误认为作者对松井寄予了某种同情。这或许因为彼时美苏冷战刚结束,南京大屠杀的公开史料十分有限,作者的态度很大程度上受到东京审判案卷的影响,其中记录了松井石根本人及其下属在法庭上的辩护词。暂且不论这种情感态度的差异缘何而来,作者调用不同评价资源的行为,也是其叙事声音的一种体现。在历史情节发展的明线之下,作者基于史料刻画不同历史人物,允许其作为叙事者传递不同的声音与立场,同时也凭借着评价资源暗自传达了独立于笔下人物的叙事声音与情感态度。作品中的多种叙事声音碰撞在一起,读者必须将作品中所有叙事者的回忆拼凑在一起,鉴别每一个人声音的真伪,在这一过程中对抗自我的主观与自信,去伪存真,对所发生之事得出更为客观的结论(XXXII)。最终,作品的"复调"叙事得以由作者、读者及参与叙事的历史人物共同完成。

由此可见,《南京大屠杀》中塑造的历史人物颇具主体性,不同于一般史学作品的人物塑造。史学作品中通常会介绍历史人物的生平信息,有时为讲述人物事迹才描述其行为、言语。但无论刻画得多细致,史书中塑造的人物通常是绝对的客体,是被书写、被阅读、被评判的对象。反观文学作品中的人物塑造则不尽然。小说人物不仅能够去扁平化,随着情节推进动态成长,甚至能够发展出独立于作者写作意图、情感价值导向的人物形象。同样以《南京大屠杀》中对松井石根的刻画为例,在讲述松井石根因病暂退,朝香宫鸠彦接掌指挥权时,张纯如写道:"当时,这似乎是一个微不足道的人事异动,但后来的事实证明,这对成千上万中国人的性命产生了决定性影响。"(23)同时写道:"松井石根对这个新来的皇室成员存有戒心,也担心部队滥用权力,于是对进攻南京的部队发布了一系列道德命令。"(23)在此处,作者运用了预叙(foreshadowing)的手法暗示未来的惨剧,调动读者对朝香宫担任指挥官的负面情绪,通过刻画松井石根的心理活动与行动,对比说明松井与朝香宫在行事间的"不同"。正因如此,即便作者特地说明当时的具体细节并不可考,文中援引的证据主要源于东京审判中松井石根及其下属的证词,可能属于不可靠叙事,在阅读时需谨慎对待,但在这里,该人物却摆脱了作者的束缚,给人一种"正面"形象的感觉。作为南京大屠杀幸存者后代的张纯如,在写作时绝无心为任何日本战犯进行"洗白",却在自身未察觉时将笔下人物刻画地颇为立体鲜活,令读者不免产生"作者对松井寄予了某种同情"的"误读"。

《南京大屠杀》在叙事特点上颇具文学色彩,但这不足以扭转对作品分类的刻板认识。要让这部作品正式进入文学研究的视野,也许还须以更加普适的文学批评标准加以审视。

二、《南京大屠杀》的文学性

"文学性"问题的讨论起始于20世纪初期的俄国形式主义,学者周海波指出"文学性"与文学批评关系密切,当文学批评活动中的非文学性现象泛滥之时,有关"文学性"问题的讨论便自觉浮现出来。在讨论这一问题时,洪子诚曾提出,"最好的文学,都是认真思考和呈现人类的生存处境,关怀人的灵魂和感情,呈现人的希望和恐惧的本真的文学"(吴晓东 1-2)。从这个意义上来看,《南京大屠杀》无疑是属于"最好的文学"这一范畴的,但以此作为文学价值评判标准的权威性与普适性尚待检校。缘于此,本小节中将借用艾布拉姆斯在《镜与灯》中提出的文学批评四要素,即作品(work)、作者(artist)、世界(universe)与读者(audience),以探讨《南京大屠杀》的文学内涵(Abrams 6-7)。将艺术作品置于这四个维度来进行分析,有助于揭示作品的本质与价值。

在四个要素中,作品是文学批评当之无愧的核心。无论是以文本细读为重点的俄国形式主义和欧美新批评一派,还是着重关注作品背后社会现实与意识形态的西方马克思主义一派,在阐释文学意义与价值时都是高度聚焦作品本身的。评论家们或将作品视为自足的整体,基于叙事、修辞、美学等方面评价作品本身的文学价值;或将作品视作对现实世界和客观事实的摹仿,反映出特定时代的真实,以此探讨作品与世界之间的关系;或将作品视为作者生活经验与灵感想象的外在表现,以此讨论作品与作者之间的关系;或将作品视作供读者的阅读、欣赏,以丰富其情感体验与认知的工具,基于读者的评价反馈衡量作品的价值意义。可以说,艾布拉姆斯提出的四要素对此后的文学批评产生了巨大的影响。因此,下文中将围绕着作者、世界、读者与作品之间的关系,进一步探讨《南京大屠杀》一书的文学性。

就作者而言,张纯如身为第二代美籍华裔,外公一家是大屠杀前逃离南京的幸存者。幼时就曾听父母讲述过南京大屠杀的残酷,小学时遍寻当地公共图书馆查找相关资料却一无所获,内心疑惑若南京大屠杀真如传闻中残酷,为何无人为其书写(XXV - XXVI)。这是张纯如父母在她内心埋下的一粒种子,但此事很快被抛诸脑后,并未成为张纯如生活的主旋律。她随后为《纽约时报》等报刊供稿,成为了一名职业作家。同年埋下的种子被孵化在其成年后,张纯如从其他华裔朋友处重新听说有人制作了南京大屠杀的记录片,但发行时遇到资金困难,由此接触到在美华人团体举办的一个草根活动,活动主旨是促进南京大屠杀史料公开于世。她留心到美国人对于纳粹屠犹、奥斯维辛、广岛长崎这部分二战史烂熟于心,却对南京大屠杀一无所觉,加之彼时许多日本政客、学者和行业领袖矢口否认南京大屠杀的行径。这些事激励着张纯如决心写作《南京大屠杀》,告知世人这一段被长期被忽视与遗忘的历史,同时警醒世人铭记历史教训,不要重蹈覆辙。作者创作此书之前并未受过专业的史学训练,故此在史料考据等方面或许不够严谨、不符合相关学术规范,这也成为作品出版后备受指摘之处。作者本人并非对作品可能存在纰漏毫无察觉,与之相反,张纯如是一个相当自觉的写作者,她在书中多次借由尾注等方式告知读者文中引用的某段史料或某个推论的不可靠。张纯如所从事的是一种明知不可为而为之的书写。2011 年完成出版的《南京大屠杀史料集》长达78 卷、4 000 万余字、耗时共 10 年,而张纯如从 1995 年开始相关史料的收集整理工作,走访了美、中、德等多个国家寻访幸存者,于 1997 年完成作品写作并付梓出版。她的创作意图并不是历史考证,而是广而告知,将她所知晓的、被长期遗忘的这段历史告之世人。她也仅把自己的作品当作"抛砖引玉"的工具(XIV),希望能唤起更多人对于这段历史的兴趣。同样,张纯如也是一名高度敏感的写作者,她在书写过程中通过所掌握的史料洞悉到事件背后隐藏着一个可怖真相:日军在南京犯下惨无人道的罪行背后,存在一种能够使所有人都变成魔鬼的文化影响力(the power of cultural forces to make devils of us all),这种力量既能够剥夺使人之为人的那一层单薄的社会约束,也可以增强这一约束(XXXI)。这种力量就是教育。因此,作者创作此书的核心目的是为了警醒世人:错误的文化教育足以扭曲人性。这一创作主旨符合"文学实用论"的主张,即文学的最终目的是为愉悦和教育(to teach and delight)而进行模仿(Abrams 14 - 15)。为实现上述创作目的,作者采用了多视角化的叙事鼓励读者参与真相的探寻与文本阐释。然而,日本右翼及其资助的学者对此并不买账。鉴于她美籍华裔的身份,右翼学者批评她的作品偏激、不客观,其所有"真诚地要求日本正视历史并承担相应责任的努力往往被贴上'打击日本'的标签"(张纯如 XXXI)。

十分遗憾,作者自我陈述的创作意图并未得到所有读者的认可。面对复杂多变的国际环境和数量庞大的读者群体,当时的社会环境、时代背景,以及不同读者群体的立场等因素势必会影响对作者创作意图和作品内涵的解读。

在世界维度,《南京大屠杀》的创作与当时美国社会的三件大事关系密切:由苏联解体标志的冷战结束、美国身份政治运动的兴起(包括纳粹大屠杀记忆的"美国化")、九十年代日本经济腾飞。东京审判后,美苏冷战正式拉开序幕,美国为应对苏联和中国的共产主义"威胁",为拉拢昔日敌人日本,对南京大屠杀搁置不提,主导了国际社会对南京大屠杀的遗忘。1991 年冷战结束,国际政治环境愈加宽松,使南京大屠杀有了重提的可能性,美国军方也解密了一批档案,使相关研究有了新的史料证据。同一时期,美国的黑人寻根运动和女性身份政治运动也带动了美国国内少数群体的自我身份探寻。二战期间美国接收了大量犹太难民,幸存者们书写的以《安妮日记》《大屠杀》为代表的大众文化作品在民众中引发激烈的情感共振。1960 年代至 1980 年代,美国犹太移民对于彼时未能切实援助其欧洲同胞而深感内疚,在大屠杀真相浮出水面后,逐步转变为关注大屠杀、勿让悲剧重演的警钟。大屠杀记忆逐步从边缘地位成为美国犹太人关注的核心(诺维克 308)。1993 年 4 月 22 日,坐落于华盛顿核心纪念区的美国大屠杀纪念馆正式开馆,标志着犹太大屠杀记忆正式"美国化",美国社会出现了"大屠杀热"。与此同时,日本经济自 20 世纪 80 年代迅猛发展,到 1995 年,日本经济总量仅次于美国,位世界第二,人均 GDP 位居全球第一,隐有威胁美国世界霸主地位之嫌。冷战的结束为张纯如写作《南京大屠杀》一书营造了良好的社会氛围与客观条件;身份政治运动的兴起也促使她思考自身作为二代华裔的自我认同与使命责任;在美国对犹太大屠杀的高度关注的衬托下,南京大屠杀的无人问津更令她下定决心要将这段历史告之世人。可以发现,张纯如的创作反映出她所处时代的部分社会现实,客观政治环境的宽松友好,社会氛围对大屠杀的天然关注,为张纯如的写作创造了得天独厚的有利土壤,而她的作品也进一步呼应了彼时美国社会中弥漫的"大屠杀热"。

作为一本备受争议的畅销书,《南京大屠杀》拥有非常庞大的读者群体,不同经验、立场的群体势必会从作品中解读出不同的主旨内涵。该作的典型读者大致可以分为三类:第一类是此前不曾听闻过南京大屠杀的普通西方读者;第二类是各国从事历史研究的学者;第三类是意图否认和抹杀南京大屠杀的部分人群,其中以日本右翼政客为典型。大众读者对于该部作品的态度比较积极,在美国社会大屠杀热的影响下,多数读者对该书称赞有加,认为它将南京大屠杀史实传播到西方世界,读者们震惊于日本军队的残酷暴行,也同情中国人民的不幸遭遇。历史研究者们的态度则大相径庭:既有学者称赞张纯如女士向世界公布南京大屠杀真相的勇气,认可该书填补了相关空白,全面介绍了有关史实,并给予作品高度赞誉;也有学者批评该作存在引用了来源存疑、事件归因与结论存在争议的史料证据,指责她全盘否认了日本普通学者为研究南京大屠杀所做出的努力(Fogel 818-819)。不可否认,部分中立的日本学者的确长期从事并为南京大屠杀研究并做出了突出贡献。但作者母亲张盈盈女士也指出:有些在美国从事中国或亚洲研究的所谓"历史专家"其实是在日本资助下为日本说话的,甚至有些美国大学里中日历史研究的经费也出自日本,因此这些研究很难保持客观(XIV)。读者群体中对《南京大屠杀》批判得最为狠厉的是某些日本右翼政客。为实现其否认和淡化南京大屠杀的目的,日本右翼政客几乎是不遗余力地抨击、抹黑该部作品。例如,1998年4月,日本驻美大使齐藤邦彦在华盛顿举行记者招待会,他攻击张纯如的书是一本"歪曲历史的书",但他也无法说出该书究竟扭曲了何种事实。

总之,《南京大屠杀》出版后因在国际社会引发巨大反响而备受瞩目。但与其说这部作品的完成仅仅源于作者个人的国仇家恨和民族情怀,又或是说受到某种意图打击日本的政治目的的驱使,不如说是天时地利人和的多种因素共同作用下的水到渠成。在一个恰如其分的时间,一位富有正义感的女作家,勇敢地、义无反顾地讲述了一段应该被铭记却被人遗忘的历史。同时,《南京大屠杀》是一部颇具开放性的作品,给读者留有充足的阐释空间。作者坚信"一个人的力量"能改变世界,也在书中给出了自身对于当时社会热点问题的思考,呼应时代主题、紧扣社会现实。

三、《南京大屠杀》的现实主义文学价值

按照文学实用论的观点,西德尼指出:文学应具有某种目的和功能,能对读者产生影响(Abrams 14-15)。《南京大屠杀》无疑对许多读者产生了深远影响。它的影响不仅在于让许多不曾知晓此事的读者了解、认识到这段历史的残酷,也实实在在激励了许多历史研究者关注和研究南京大屠杀相关问题。据统计,1997年之后国际学术期刊上发表的南京大屠杀主题论文逐年增加,学科方向也从历史学拓展到国际政治、文化艺术研究等多个学科领域,更是成为了东亚政治(尤其是中日关系)研究中避不开的一个重点议题。值得注意的是,该部作品对于文学领域的影响或许要胜过对历史学界的影响。《南京大屠杀》出版后,不仅成为许多相关主题小说、诗歌的灵感来源,其多视角的叙事方式更是成为新世纪南京大屠杀主题作品的叙事蓝本。新世纪以来,国内外的南京大屠杀主题的小说与影视作品都不再囿于中方视角来进行苦难叙事,而是灵活采用多方视角(如电影《金陵十三钗》中同时借用南京安全区的西方传教士视角)来呈现这一事件(Shang 63),响应"铭记历史 珍爱和平"的新时代号召。

现实主义文学的表现对象是客观世界,日常生活经验也告诉我们"现实主义所模仿的现实确实存在"(Lodge 26)。王守仁指出:"现实主义文学在其发展演变中,逐渐形成

了具有辨识度的创作特征,卢卡奇将其总结为真实性、典型性和历史性"(130)。基于卢卡奇的观点,现实主义的真实是对现实存在的认同,"真实"并非是绝对客观的,而同样是经过意识形态处理的。正如学者安德丽娅·汉森(Andrea Hanson)在艾布拉姆斯"镜"与"灯"隐喻基础上指出的:镜面反射所呈现的真实是糅合了作者视角的"真实",而并非是绝对的客观现实(4)。因此,现实主义文学中的"真实"仅仅是一个相对概念,势必要受到作者主观性与时代背景的调和。典型性意味着对现实主义文学并非是对现实生活的照搬全抄,而是在大量生活素材中进行挑选具有代表性的案例,又或是从众多相似案例中抽象概括出事件背后的真相,予以摹仿再现,进而揭示生活的本质特征。历史性则意味着现实主义文学立足于历史语境,并随历史进程而变化,所反映的是与时俱进的开放、动态的现实世界,而并非是陈旧、固化的历史切片。复杂的社会生活为现实主义文学提供了大量创作素材与表现主题,不同的时间地域内反映真实生活的作品也将呈现出差异化的表达,丰富现实主义的内涵。

就真实性而言,《南京大屠杀》取材于大量一手史料。作者在美国国家档案馆和华盛顿国会图书馆等地调阅了大量相关档案,并亲身前往中国北京、上海、南京等多地调研,采访幸存者并访谈收集口述证据,发掘了《拉贝日记》这样被埋没的宝贵史料。作者基于掌握的大量资料,借由多名幸存者、施暴者、旁观者的证言和口述,拼凑出南京大屠杀的真实过往。同时在写作过程中,作者格外注重细节描写,以细腻的文字勾勒出鲜活的画面,如摄影技术般还原事件场景。例如,在描述南京陷落后日军搜索战俘的场面时,张纯如根据《东史郎日记》写道:"战俘们衣衫褴褛,有的穿着蓝色棉军服,蓝色棉大衣,戴着帽子;有的用毯子裹着头,拎着粗布袋子;有的还背着床垫子。日本人让俘虏排成四队,队伍前面是那面白旗。……他们成群地走着,就像是地上爬的蚂蚁。他们看上去就像是一群无家可归的人,脸上带着愚昧无知的表情。他们就像一群羊,毫无规矩和秩序,在黑暗中前行,并相互耳语着"(张纯如 26 - 27)。从此处的描述来看,南京被俘人数众多,并且懦弱无序,全然没有反抗的能力与意图,然而此处的"真实"仅是东史郎视角里的真实。事实上,由于南京驻守军队很快便脱去制服,乔装混入平民之中,根本无法确认这些"看上去就像是一群无家可归"的所谓"战俘"是否的确只是手无寸铁的无辜平民,而他们"脸上带着愚昧无知的表情"和"毫无规矩和秩序"也并不如东史郎所认为的那般,是对其"军人"身份的折辱(尤其是在日本武士道精神的审视下)。如前文所言,《南京大屠杀》是一本具有多重声音叙事的作品,因此作品中的"真实"往往是各个叙事者的视角与意识形作用下的"真实",作者基于自己的判断将不同信源的史料梭织在一处,她对史料的挑选与编排本身也体现出作者对南京大屠杀有关过往"真实"的认知与理解。因此,也无怪乎许多批评者要从作者的主观性与立场选择来抨击作品的客观真实性。

从典型性来看,张纯如在海量的南京大屠杀史料中,选取了其中最具代表性和说服力的材料,以完成这部作品。在创作第一部作品《蚕丝》时,张纯如曾遇到的资料不足的问题。与之相对,在写作《南京大屠杀》时,她面临的是史料过于庞杂的问题。她从美国国家档案馆等地查找当年的日记、信函、照片、政府报告等原始资料,并通过调查走访南京、通过书信联系日本二战老兵、联系拉贝后人等,又获取了中、日、德和英四种语言来源的许多一手史料。她曾花费大量时间来阅读整理这些资料,却并未在作品中只简单地对史料进行罗列,而是在抽象的事实概括和数据总结之外,选取了若干施暴者与幸存者的日记、信件与口述回忆作为典型案例,以揭示南京大屠杀的残酷本质。例如,在讲述日军惨无人道屠杀中国平民时,作者选取了日军杀人比赛的幸存者唐顺山的口述回忆作为证明:唐顺山由于好奇日本人与中国人外貌是否相似,离开了原本的藏身之处,没多久就被一支八、九人组成的日本小队发现踪迹并带走,经历了日军以人头计数的杀人游戏,目睹日本兵企图强暴怀孕的妇女,遭到反抗后将人开膛破肚,他借前排被斩头同胞的尸体掩护掉入埋尸的坑洞里,被刺了五刀后侥幸存活了下来。唐顺山是当天被杀死的数百人中唯一的幸存者(张纯如 65 - 69)。在南京大屠杀中,相比于数十万死难同胞而言,幸存者其实是非典型的。但作者借由许许多多幸存者的视角,揭露那些永远沉默的死难者们的现实遭遇,通过个体的叙事来呈现群体的故事,以小见大、以点带面地再现历史真实。

《南京大屠杀》一书的历史性则恰如其分地由作品的两个部分得以呈现。第一部分立足于 1937 年的历史语境,从三方视角讲述南京大屠杀事实;第二部分则是立足于1990 年代的历史语境,讲述南京大屠杀从公共意识中消失半个多世纪、被别有用心之人扭曲的现实境遇。在第一部分讲述南京大屠杀历史时,作者引用的大量材料都源自于事件亲历者的日记、信件或口述,真实地反映出事件发生当下的历史真相。在第二部分讲述世人因遗忘而造成二次屠杀时,张纯如广泛地考察了日本社会对于南京大屠杀的刻意扭曲和否认、西方社会对于成堆史料与证据的冷漠与无视,巧妙地应和美国当时社会环境中萌生的"大屠杀热"这一时代背景,在书中将南京大屠杀与犹太大屠杀并置讨论,从多个维度对比二者之间的异同:许多日本战犯不仅没有如同德国战犯一般受到应有的惩罚,其后代还堂而皇之地重新步入政治舞台,从未真诚地认识到自身错误、向曾经的受害者们道歉,反而厚颜无耻地参拜靖国神社。《南京大屠杀》两个部分的内容反映出不同时代的人们对南京大屠杀认识的动态变化,作者也有意通过自身写作改变其所处时代的社会现实,终结因遗忘而带来的二次屠杀。事实证明,张纯如成功做到了这一点。不同于世纪之交,由历史学界带头形成了对《南京大屠杀》一书的刻板印象,时代发展令 21 世纪的读者能够立足于新的社会现实与时代背景,更加多元地来评价这部作品。经过时间的检验,可以发现《南京大屠杀》不仅扩大了南京大屠杀史实在国际社会的知晓范围,引发了学界对相关问题的广泛关注与思考,启发了南京大屠杀主题文学的创作,也助推了南京大屠杀记忆成为世界集体记忆的组成部分。《南京大屠杀》从取材于历史现实,回应社会现实号召,最终成功影响并改变现实,其历史性正是在时代前进的过程中得以彰显。

四、结　语

诚然,若仅从严苛的历史学科规范出发,《南京大屠杀》不得不时刻直面那些因"严谨性不足""存在诸多偏误"而招致的质疑与挑战,从而导致该部作品的真正价值遭到贬损。一旦挣脱这一桎梏,将该部作品置于现实主义文学作品的语境下审视,这的确是一部颇为难得的佳作。张纯如凭借自己绝佳的写作功底,将一段鲜为人知的中日历史说予西方读者,触动了无数人的内心,造成了巨大的社会反响。若从对外讲好中国故事,传播中国文化,加强国家软实力的层面来看,这更是一张值得深入研究的高分答卷。

必须承认,文学史在很大程度上决定了哪些作品能够进入主流的文学研究视野中。《南京大屠杀》的叙事特点不同于一般史学著作,反倒颇具文学色彩,作品高度吻合现实主义文学作品的三大特征,即便其置于严肃的文学批评体系下进行审视,仍旧可算作一本不俗的现实主义文学作品。然而,由于作品分类的缘故,《南京大屠杀》长期被剔除在文学研究的范畴之外。因此,本文认为应该拓宽现实主义文学研究的视野,将小说、诗歌等虚构类作品之外的非虚构类文学体裁(如日记、传记、历史纪实等)也纳入文学研究的范畴中,不断丰富现实主义文学研究的内涵。

参考文献

Abrams, Meyer H. *The Mirror and the Lamp*. London: Oxford UP, 1958.

Bakhtin, Mikhail. "Polyphonic discourse in the novel." *The Discourse Studies Reader: Main currents in theory and analysis* (2014): 27 – 35.

Fogel, Joshua A. Book Review of "The Rape of Nanking: The Forgotten Holocaust of World War II / Japan's War Memories: Amnesia or Concealment?" *The Journal of Asian Studies* 57: 3(1998): 818 – 20.

Guo, Yingjian et al. *An Anthology of Chinese American Literature*. Beijing: China Renmin UP, 2018.

［郭英剑等:《美国华裔文学作品选》,北京:中国人民大学出版社,2018 年。］

Hanson, Andrea J. "The Window, the Mirror, and the Stone: A reassessment of the roles of mimesis and opsis in critical theory." Las Vegas: U of Nevada, 1992.

Kirby, William C. "The Internationalization of China: Foreign Relations at Home and Abroad in the Republican Era." *The China Quarterly*, 150(1997): 433.

Li, Liang. "Between Disenchantment and Re-enchantment: the narrative of 'Nanjing Massacre' from the perspective of new immigrant literature." *Contemporary Writers' Review* 6(2018): 33-40.

[李良:《祛魅与复魅之间——新移民文学视域中的"南京大屠杀"叙事》,《当代作家评论》2018 年第 6 期,第 33-40 页。]

Lodge, David. "The Novelist at the Cross Road." *The Novelist at the Cross Road*. London: Routledge, 1971.

Novick, Peter. *The Holocaust and Collective Memory*. Trans. Wang Zhihua. Nanjing: Yilin Press, 2019.

[彼得·诺维克:《大屠杀与集体记忆》,王志华译,南京:译林出版社,2019 年。]

Shang, Biwu. "Memory/Postmemory, Ethics and Ideology: Toward a Historiographic Narratology in Film." *Primerjalna Knjizevnost* 38: 1(2015): 63-85.

Wang, Shouren. "The Vitality of Realistic Literature Research." *Zhejiang Social Sciences* 10 (2021): 129-134 + 142 + 159-160.

[王守仁:《现实主义文学研究的勃勃生机》,《浙江社会科学》2021 年第 10 期,第 129-134、142、159-160 页。]

Wu, Xiaodong. "Literary Classics, Criticism, Reading and Interpretation: A Dialogue with Mr. Hong Zicheng." *The Fate of Literary Nature*. Guangzhou: Guangdong People's Publishing House, 2014.

[吴晓东:《文学性·文学经典·批评、阅读 和阐释——与洪子诚先生对话》,《文学性的命运》,广州:广东人民出版社,2014 年。]

Zagoria, Donald. Book Review of "The Rape of Nanking: The Forgotten Holocaust of World War II." *Foreign Affairs* 77: 2(1998): 163.

Chang, Iris. *The Rape of Nanking: The Forgotten Holocaust of World War II*. Trans. Tan Chunxia, Jiao Guolin. Beijing: Citic Press, 2012.

[张纯如:《南京大屠杀:第二次世界大战中被遗忘的大浩劫》,谭春霞、焦国林译,北京:中信出版社,2012 年。]

Zhang, Xiaolin. "The Origin of the Nanjing Massacre in Contemporary Chinese American Literature." *Foreign Language Teaching* 43:04(2022): 106-12.

[张小玲:《当代美国华裔文学南京大屠杀书写探源》,《外语教学》2022 年第 43 卷第 4 期,第 106-112 页。]

Zhang, Yingying. "Preface to Chinese Version." *The Rape of Nanking: The Forgotten Holocaust of World War II*. Iris Chang. Trans. Tan Chunxia, Jiao Guolin. Beijing: Citic Press, 2012. XI-XVI.

[张盈盈:"中文版序",《南京大屠杀:第二次世界大战中被遗忘的大浩劫》,张纯如著,谭春霞、焦国林译,北京:中信出版社,2012 年,第 XI-XVI 页。]